Die Königin des Feuers

Barbara Erskine studierte mittelalterliche Geschichte und hat bereits zahlreiche Romane veröffentlicht. Ihre Bücher wurden in mehr als zwanzig Sprachen übersetzt und belegten stets die vorderen Plätze in den internationalen Bestsellerlisten. Barbara Erskine lebt mit ihrer Familie in Wales und auf einem alten Landsitz in North Essex.

Barbara Erskine

# Die Königin des Feuers

Roman

Aus dem Englischen von
Ursula Wulfekamp

Weltbild

Die englische Originalausgabe erschien 2006 unter dem Titel
*Daughters of Fire* bei HarperCollins, London.

Besuchen Sie uns im Internet
*www.weltbild.de*


Zitat auf Seite 6 aus R. L. Stevenson: Mein Bett ist ein Boot – Der Versgarten
eines Kindes. Deutsch von Klaus Modick. Lappan Verlag, 2002.
Übersetzung: Ursula Wulfekamp
Umschlaggestaltung: Johannes Frick, Neusäß
Umschlagmotiv: © Johannes Frick unter Verwendung von Motiven von Trevillion
Images (© Ildiko Neer) und iStock (© Danielrao, © ValeryEgorov)
Satz: Datagroup int. SRL, Timisoara
Druck und Bindung: GGP Media GmbH, Pößneck
Printed in the EU
ISBN 978-3-95973-980-1

2022 2021 2020 2019
Die letzte Jahreszahl gibt die aktuelle Ausgabe an.

*Für Diz, die alles ins Rollen gebracht hat.*

Die Abenddämmerung durchbricht
der Gaslaternen mildes Licht.
Und dunkles Blau vom Himmelszelt
auf Gärten und auf Mauern fällt.

Im Zwielicht, wie in einem Traum,
das Feuer lodert hell im Raum,
tanzt lustig an der Zimmerdecke

und flackert durch die Bücherecke.
Im Feuer kann man Städte sehn,
in Brand gesetzt von den Armeen.
Das Holz verkohlt, es schwelt und zischt,
die Söldner fort, der Glanz verlischt.

Dann lodert eine Feuerwand,
und wieder steht die Stadt in Brand;
im Fackeln, Glosen, Glimmern, Glühn
sieht man erneut Armeen ziehn.

Kannst du mir sagen, rote Glut,
was die Armeen setzt in Wut?
Wie heißt die Stadt mit Wall und Turm,
die du verbrennst im Feuersturm?

*Robert Louis Stevenson*

Was Menschen Übles tun, das überlebt sie,
Das Gute wird mit ihnen oft begraben …

William Shakespeare, *Julius Caesar*

OCEANUS
GERMANICUS
KALEDONIER
IOU
(Iona)
EDINBURGH
DUN PELDER
(Traprain Law)
DAMNONIER
SELGOVEN
VOTADINER
NOVANTEN
CAER LUGUS
(Carlisle)
CARVETIER
BRIGANTEN
INSEL MANANNAN
(Isle of Man)
DINAS DWR
(Stanwick)
EBORIOS (York)
BARWICK IN ELMET
DUN RIGH
(Ingleborough Hill)
PARISIER
HUMBRE (Fluss)
(Humber)
YNYS MÔN
(Anglesey)
TRISANTONA
(Fluss)
(Trent)
LINDUM
(Lincoln)
AFON MENAI
SEGONTIUM
(Caernarvon)
DECEANGLER
DEVA
(Chester)
CORIELTAUVER
ORDOVICER
CORNOVIER
ICENER
CATUVELLAUNEN
TRINOVANTEN
SILURER
DOBUNNER
CAMULODONUM
(Colchester)
VERULAMIUM
(St Albans)
ATREBATEN
LONDON
CANTIACER
DUROTRIGEN
BELGER
REGNER
DUMNONIER

# Prolog

Sie hatte auf einer Initiation bestanden. Ohne die konnte sie nicht Königin werden.

Und jetzt hatte sie Angst. Zum ersten Mal in ihrem Leben hatte sie wirklich Angst.

Nicht vor den Ahnen, inmitten deren Gebeine sie im Dunkeln saß, sondern vor den anderen, den Schatten, den Stimmen, den Gesichtern aus der Zukunft. Die hatte sie nicht erwartet.

Als das letzte fahle Licht verblasste, kauerte sie sich lautlos zusammen. In der Stille war außer ihrem trommelnden Herzschlag nur das leise Poltern zu hören, als die Steine und das Erdreich, mit denen man den Höhleneingang hinter ihr verschlossen hatte, sich setzten. Sie hatte sich vorgestellt, sie würde die sich entfernenden Schritte der Druidenpriester hören, ihre flüsternden Stimmen, die in der Ferne verklangen, aber sie vernahm nichts; nichts als die lastende Schwere der Felsen und Erde über sich und die Gegenwart der Knochen um sich. Vorsichtig streckte sie die Hände aus und tastete umher. Schließlich berührten ihre Finger die der Frau, mit der sie dieses Grab teilte. Die Knochen klapperten leise.

Sie atmete tief durch und setzte sich auf den Boden, den Rücken an die Kalksteinwand gelehnt, schloss die Augen und wartete. Worauf, das wusste sie nicht.

Draußen über den Mooren brach die Dunkelheit herein. Vor dem Grab, mit ihr als Lebender darin, standen keine Wachposten. Die waren nicht nötig – niemand, der bei Sinnen war, würde sich hierher wagen, weder bei Tag noch bei Nacht. Dies war der Ort der Ahnen. Ein Ort der Götter. Wenn sie noch lebte und nicht den Verstand verloren hatte, wenn der Eingang wieder geöffnet wurde, würde sie eine Initiierte sein, der Elite angehören. Eine Frau, die mit den Göttern in Verbindung treten und das Volk regieren konnte.

Eine Frau, die sich als würdig erwiesen hatte, Königin zu sein. Sollte sie tot sein, würden ihre Gebeine zwischen den anderen liegen, und ihr Geist würde über die Berge streifen, bis er an den Ort der Ruhe jenseits der westlichen Meere gerufen wurde, ins Land der ewigen Jugend, und dann wieder in die Welt der Menschen, um erneut zu leben.

Zuerst waren die Stimmen undeutlich, ein Gemurmel in der Dunkelheit. Panisch ballte sie die Hände zur Faust, lauschte angestrengt, um die Worte auszumachen. Allmählich begriff sie ihre Bedeutung, und damit stiegen Bilder auf. Sie sah Männer mit Streitwagen, die am Fuß der Berge Stellung bezogen, die Augen wild und grausam, schwere Panzer am Leib. Sie sah weinende Frauen, Schwerter und Feuer und Blut. Sie sah, wie das Land sich veränderte, von Wald zu Heideland und wieder zu Wald wurde. Sie sah Männer, die Felder pflügten; zuerst zogen und schoben sie den Pflug selbst, dann wurden Ochsen davorgespannt, dann Pferde, und schließlich wurde er von seltsamen Wagen gezogen, die über ihren riesigen Rädern Rauch ausstießen. Sie sah Schwärme von Möwen, die den Furchen folgten, über die Zeitalter hinweg, durch Hungersnöte und Zeiten der Fülle, durch Krieg und Frieden. Sie sah ihr Volk leben, sie sah ihr Volk sterben. Sie sah die Menschen lachen und weinen. Und aus den Schatten rief eine Stimme klar und vernehmlich nach ihr, rief ihren Namen – Cartimandua, Geschmeidiges Pferd – mit einem ihr fremden Akzent. Sie schüttelte den Kopf, bemühte sich, in den treibenden Schwaden mehr zu erkennen, und das Gesicht einer Frau erschien vor ihr. Einer Frau, die die Hände nach ihr ausstreckte. Die über die Äonen hinweg griff, um ihren Geist zu berühren. Die wissen wollte, wer sie war und was sie getan hatte. Eine Frau, die sie vor allen anderen erwählt hatte, damit sie sie lehrte und ihr ihre Geschichte erzählte.

Im Grab wurde es kalt. Draußen versank die Sonne hinter einer Wolkenbank. Bald würde es völlig dunkel sein. Unvermittelt schauderte sie, und der Geist, der den ihren berührt hatte, zog sich zurück.

»Wo bist du?«, rief Carta. »Geh bitte nicht. Bist du eine Göttin?«

Es kam keine Antwort.

Irgendetwas verursachte zu ihren Füßen ein Rascheln, stieß leise klappernd gegen die Gebeine, und sie presste die Lippen zusammen, um nicht laut aufzuschreien. Zum ersten Mal fragte sie sich, ob jemals jemand kommen und sie freisetzen oder ob man sie hier zwischen den Toten liegen lassen würde, während jemand anderes den Umhang des Königs anlegte.

Jemand, der der Rolle mehr entsprach, weil er ein Mann war.

# Kapitel 1

## I

»Haben Sie überhaupt eine Vorstellung davon, welchen Schaden Sie damit dem Institut zugefügt haben?« Professor Hugh Graham schleuderte die Zeitschrift auf den Schreibtisch. Aufgeschlagen war sie bei einem Artikel mit der Überschrift »Cartimandua, die erste britische Königin?«. »Sie haben uns dem allgemeinen Gespött preisgegeben! Und mich! Sie haben mich in der ganzen akademischen Welt lächerlich gemacht!« Er sprach mit dem weichen Tonfall der schottischen Grenzregion, der normalerweise kaum auffiel, doch jetzt in seinem Zorn immer stärker wurde.

Die Sonne, die durch das Bürofenster schien, das den Blick auf den George Square in Edinburgh freigab, hob sein dichtes grau meliertes Haar hervor und auch die Konturen seines wettergegerbten Gesichts. »Ich glaube, Sie und ich können nicht mehr zusammenarbeiten, Viv. Nicht, wenn Sie so wenig auf meine Ansichten geben.«

»Unsinn!« Viv Lloyd Rees war fünfunddreißig Jahre alt, eins sechzig groß und etwas füllig, und sie hatte kurz geschnittenes, leuchtend rotes Haar, das ihre grünen Augen noch betonte. Trotz ihres walisischen Namens sprach sie reinstes Englisch, und auch diese Tatsache ärgerte den Professor, der im Stillen eine nationalistische Gesinnung hegte.

»Wollen Sie damit sagen, dass auf einmal niemand mehr hier eine eigene Meinung haben darf?«, fuhr sie wütend fort. »Du meine Güte, Hugh! Wir studieren keltische Geschichte. Wir sind keine Denkfabrik für irgendein Politbüro!«

»Nein, das sind wir auch nicht.« Er beugte sich vor, stützte die Hände auf die Unterlagen und aufgeschlagenen Bücher, die er über den gesamten Schreibtisch hinter seinem Computerbildschirm verteilt hatte. Irgendwo darunter lagen vermutlich eine Tastatur und eine Maus. »Da haben Sie recht. Wir forschen. Wir beschäftigen uns mit Tatsachen. Wir legen sie dar …«

»Und genau das habe ich getan, Hugh. Ich habe einige Tatsachen dargelegt. Sie interpretiert …«

»Es sind Ihre Interpretationen, nicht meine.«

Zwischen ihnen knisterte es vor Spannung.

»Meine Interpretationen, genau. Es ist mein Artikel, Hugh, nicht der Ihre.«

»Erfundenes Geschwätz!«

»Nein, Hugh, nicht erfunden.« Allmählich wurde sie ebenso zornig wie er. »Intuitiv interpretiert.«

Aber um ehrlich zu sein, war es mehr als das. Er hatte recht.

»Intuitiv!«, rief er verächtlich. »Genau das meine ich ja! Und Ihr Buch, Ihr viel gepriesenes Buch. Steht in dem ähnlicher Unsinn wie hier?« Er deutete auf die Zeitschrift.

»Natürlich. Haben Sie noch kein Rezensionsexemplar bekommen?« Herausfordernd begegnete sie seinem Blick.

Sie hatte dagegen angekämpft, hatte sich so heftig gegen diese fremde Stimme in ihrem Kopf gewehrt, die Stimme, die sie bei ihren Recherchen heraufbeschworen hatte. Die Stimme, die verlangt hatte, dass sie das Buch schrieb, und die jetzt verlangte, dass sie ein Hörspiel schrieb. Die Stimme, von der sie niemandem erzählen konnte. Aber ihre Eingebungen waren zu subtil gewesen, die Informationen zu spezifisch, als dass Viv sie hätte ignorieren können. Es war ihr nicht gelungen, diese Details aus dem Buch herauszufiltern, dem Buch, das in genau vier Wochen, am 14. Juli, veröffentlicht werden sollte. Sie hatte versucht, sich an die Tatsachen zu halten, das Bekannte vom Unbekannten zu trennen. Ohne Erfolg.

Bekümmert wartete sie auf Hughs Replik und starrte unverwandt auf die kleine Schatulle, die in seiner Eingang-Ablage im Sonnenlicht lag. Sie wagte es nicht, seinem Blick zu begegnen.

Eine Weile herrschte Stille. Hugh rang sichtbar nach Fassung. Er war Anfang fünfzig, von durchschnittlicher Größe und mit seinen leicht schräg stehenden, haselnussbraunen Augen ein ausgesprochen gut aussehender Mann. Heute hatte er zudem etwas Bedrohliches, so wie er die Frau anfunkelte, die vor ihm auf dem abgetretenen Flickenteppich stand, der den Boden seines kleinen, überfrachteten Büros im ersten Stock bedeckte.

»Ihre Verfasserangabe«, fuhr er fort, ohne auf ihre Frage einzugehen, »›Viv Lloyd Rees vom Institut für pankeltische Geschichte und Kultur an der Universität Edinburgh‹« – er betonte die Bezeichnung des Instituts – »wird hoffentlich nicht in Ihrem viel besungenen Buch erscheinen. Ich entziehe Ihnen das Geld für Ihre Forschungen. Und Ihre Anstellung wird zum Ende des Jahres nicht verlängert.«

Viv starrte ihn an. »Das können Sie nicht machen!« Sie war fassungslos.

»Ich werde zweifellos Mittel und Wege finden.« Er verschränkte die Arme. »Dieses Institut ist der Forschung verpflichtet, nicht der Mutmaßung. Für Fantasten ist hier kein Platz.« Er hob das Hochglanzmagazin der *Sunday Times* mit spitzen Fingern auf und warf es Viv über den Schreibtisch zu. »Nehmen Sie's gleich wieder mit. Ich werde es mir nicht noch mal ansehen.« Dann verschränkte er wieder die Arme und sah sie mit gerunzelter Stirn an.

Das Wissen, dass er mit seiner Kritik in vielen Punkten recht hatte und sie deswegen ohnehin schon von Gewissensbissen gequält wurde, schürte ihren Zorn noch mehr.

Sie war überglücklich gewesen, als er sie gefragt hatte, ob sie nicht wieder nach Edinburgh kommen und mit ihm arbeiten wolle, und hatte die Lehr- und Forschungsstelle voller Optimismus angenommen. Es war für sie eine Chance gewesen, einen Strich unter die Vergangenheit zu ziehen, einen Neuanfang zu machen und unter den Fittichen des Mannes, den sie auf ihrem Gebiet am meisten verehrte, ihre Karriere voranzubringen.

Die Vergangenheit war Dublin und hieß Andrew Brennan. Vier Jahre lang hatten er und sie eine leidenschaftliche Affäre gehabt, von der sie in womöglich bewusster Naivität geglaubt hatte, sie würde eines Tages zwar vielleicht nicht in einer Ehe münden, aber doch in einer Gemeinsamkeit von Tisch und Bett, wenn er nur erst einmal die Scheidung eingereicht haben würde, was laut seiner Aussage nur eine Frage der Zeit sei. Dazu war es nie gekommen. Natürlich war es nie dazu gekommen; es war nicht einmal eine reelle Möglichkeit gewesen. Als sie sich das schließlich eingestand, hatte sie die Affäre beendet und Hugh auf das Gerücht hin, an seinem Institut sei eine Lehrstelle zu besetzen, einen Brief geschrieben. Er hatte ihr den Job gegeben, und sie hatte eine gigantische Hypothek aufgenommen und sich in der Old Town eine kleine Wohnung gekauft und Andrew und seine Beteuerungen mit solcher Begeisterung hinter sich gelassen, dass sie sich fragte, inwieweit sie ihn überhaupt je geliebt hatte. Trotzdem war die erste Zeit schwer gewesen, schwerer, als sie erwartet hatte. Auch wenn sie aus ihrer Studentenzeit noch Freunde in Edinburgh hatte, klaffte in ihrem Leben doch eine große Lücke. Ihr fehlte die enge Verbundenheit mit Andrew, sein Anrecht auf ihre Freizeit, und wegen dieses Gefühls von Einsamkeit hatte sie sich häufig mit Hugh Graham und seiner Frau getroffen, vielleicht allzu häufig.

Alison Graham war eine ihrer besten Freundinnen geworden. Sie vertrauten einander Geheimnisse an, Viv erzählte Alison von Andrew, von ihrer Trauer, als ihr Bruder David, der wie ihr Vater ein angesehener Kinderarzt war, mit seiner Frau und ihrem kleinen Kind nach Australien zog, und von ihrem Gefühl unendlichen Verlusts, als ihre Eltern fünf Jahre später ebenfalls nach Perth übersiedelten. Alison und Hugh waren für sie da gewesen, hatten sie unterstützt. Sie hatten sich häufig gesehen, in verschiedenen Konstellationen, bis ihr der Verdacht kam, dass sie sich allmählich in Hugh verliebte. Sie zog sich etwas zurück. Sie wollte die Ehe ihrer Freunde auf keinen Fall gefährden. Also schränkte sie ihre Besuche ein und ging Hugh nach Möglichkeit aus dem Weg. Hugh aber reagierte verärgert, ihre plötzliche Zurückhaltung war ihm ein Rätsel und verletzte ihn. Und dann war Alison ganz unerwartet gestorben.

Hughs Ärger legte sich auch nach dem Tod seiner Frau nicht, eher im Gegenteil, und seine freundschaftliche Kameradschaft mit Viv war, was ihre professionelle Beziehung betraf, in Feindseligkeit umgeschlagen. Sie bemerkte, dass er ein unerträgliches, überhebliches Ego hatte. Er weigerte sich anzuerkennen, dass das Studium der Geschichte sich verändert hatte, dass der akademische Anspruch zugunsten einer etwas populäreren Lesart zurücktreten sollte, und vor allem weigerte er sich anzuerkennen, dass jemand anderes außer ihm ein guter Historiker sein konnte, von einer guten Historikerin ganz zu schweigen. Der Mann, der der jüngste, ehrgeizigste Professor gewesen war, der je das Institut geleitet hatte, schwang sich jetzt offenbar zum Verfechter einer verbohrten, orthodoxen Denkweise auf.

Unverwandt erwiderte er ihren Blick, musterte sie, als sei sie ein befremdliches Fundstück unter einer Vakuumglocke im Labor. Jede Falte in seinem Gesicht brachte Missbilligung zum Ausdruck. Der Blick traf sie zutiefst.

Sie holte Luft und redete sich weiter in Rage. »Sie nennen mich eine Fantastin!« Ihre Stimme bebte. »Darf ich Sie daran erinnern, dass Sie derjenige waren, der mich mit Auszeichnung hat bestehen lassen, *Professor?*«, fuhr sie fort, wobei sie die Anrede sarkastisch betonte. »Damals fanden Sie meine Arbeitsweise sehr gut. Sie haben mir geholfen, dass ich den Magister in Aberystwyth machen und an der Universität von Wales promovieren konnte. Sie haben meine Bewerbung für Dublin unterschrieben und Sie haben mir geholfen, die Stelle an der UCLA zu bekommen. Und dann haben Sie – *Sie!*«, wiederholte sie, »mir hier ein Forschungsstipendium und einen Lehrauftrag angeboten! Sie haben mich dazu ermutigt, das Buch zu schreiben!«

»Sie waren ja auch eine herausragende Studentin. Sonst hätte ich Ihnen die Stelle nie angeboten.« Er zuckte mit den Achseln. »Und als Sie nach Edinburgh zurückkamen, waren Sie anfangs auch eine erstklassige Historikerin. Offenbar sind Ihnen meine Freundschaft und mein Vertrauen zu Kopf gestiegen. Über die Gier nach öffentlicher Anerkennung haben Sie den Bezug zur Realität verloren. Deswegen habe ich keine Verwendung mehr für Sie. Ich schlage vor, dass Sie woanders hingehen und historische Romane schreiben, wo Ihre Auslassungen über die Eisenzeit keinen Schaden anrichten können, und das Schreiben über geschichtswissenschaftliche Themen denjenigen überlassen, die mehr davon verstehen.« Einen Moment kam sich Viv, während sie so dastand und auf den sitzenden Institutsleiter schaute, wie ein unartiges Schulmädchen vor, das beim Spicken ertappt und zum Direktor zitiert worden war, und genau das beabsichtigte er wohl auch. Zittrig atmete sie ein, um sich die Kränkung nicht anmerken zu lassen, und bemühte sich, ruhig zu sprechen. »Darum geht das Ganze also. Jetzt ist es mir klar!« Sie spielte Erstaunen. »Sie schreiben also auch ein Buch! Warum haben Sie mir das nicht gleich gesagt? Ach so, ich hätte es mir wohl denken sollen, oder?«

»Das hätten Sie in der Tat, schließlich ist diese Zeit mein Fachgebiet.« Er lehnte sich zurück. »Der Gedanke ist wohl nicht allzu abwegig.« Viv trug einen unförmigen fuchsienroten Pullover und eine Trainingshose. Allein ihr Anblick bereitete ihm Kopfschmerzen. Vor allem, wenn sie wütend war.

»Und Sie schreiben über Cartimandua, obwohl jeder weiß, dass sie mein Thema ist!« Vivs Augen verengten sich.

Er zuckte mit den Achseln. Er erwähnte nicht, dass sein Buch bislang aus wenig mehr als Notizen, einer Gliederung und ein oder zwei Kapiteln bestand und dass außer seiner Lektorin bei der University Press noch niemand davon wusste. »Nein.« Sein Tonfall war voll Verachtung. »Zufälligerweise schreibe ich nicht über Cartimandua. Die wäre kaum einer ernsthaften Untersuchung würdig. Ihren Behauptungen zum Trotz ist nicht genug über sie bekannt. Nein, mein Buch wird – ist – eine Abhandlung über den Widerstand der Briten gegen die römischen Eroberer, und die Hauptperson ist Venutius.«

»Cartimanduas Ehemann.«

»Eben dieser.«

Viv holte tief Luft, versuchte, die Situation zu entschärfen. »Aber das macht doch nichts, oder? Es ist doch Platz für beide Bücher.« Sie hob fragend die Augenbrauen. »Und was immer Sie von meinem Artikel halten mögen« – sie schaute zu der Zeitschrift auf seinem Schreibtisch –, »ich kann Ihnen versichern, dass mein Buch eine ernsthafte Untersuchung ist.« Das zumindest entsprach der Wahrheit. Mehr oder minder. Sie sah ihn nachdenklich an, bevor sie fortfuhr. »Befürchten Sie vielleicht, ich könnte so viele Exemplare verkaufen, dass Sie sich wegen Ihrer Verkaufszahlen schämen müssten? Von einer solchen Banalität wird sich doch der große Professor Hugh Graham nicht beeinflussen lassen!«

»Nein, das befürchte ich keineswegs.« Er verzog den Mund. »Mein Buch wird in einem Fachverlag erscheinen. Ihres kommt meines Wissens bei einem Publikumsverlag heraus. Das bedeutet, dass Sie *nolens volens* mehr Exemplare verkaufen werden. An eine ahnungslose Leserschaft, der es nicht um akademische Redlichkeit geht. Ich habe Ihnen meine Gründe für meine Einwände schon genannt. Ihre Forschungen und Ihre Veröffentlichungen entsprechen nicht dem Standard, den ich von den Mitarbeitern meines Instituts erwarte und verlange. Und wenn Sie mich jetzt bitte entschuldigen würden, ich habe zu tun.«

»Das glaube ich gern.« Viv versuchte vergeblich, sich einen ironischen Unterton zu verkneifen. »Ich werde Sie nicht länger aufhalten.« Noch immer zitternd vor Wut wandte sie sich zur Tür. Dann hielt sie inne. Guter Gott! Sie hatte völlig vergessen, weshalb sie ihn überhaupt aufgesucht hatte. Sie wandte sich wieder um und zwang sich zu einem Lächeln. »Bevor ich gehe, muss ich Sie noch um einen Gefallen bitten.« Nicht gerade der günstigste Moment, aber nur aus dem Grund hatte sie nichts ahnend die Höhle des Löwen betreten. »Ich wollte Sie fragen, ob Sie mir die Cartimandua-Nadel borgen könnten, bevor Sie sie dem Museum zurückgeben.« Ihr war erst nach einer Weile klar geworden, dass eben die in dem Kästchen in seiner Eingang-Ablage lag. »Die Bitte werden Sie mir doch nicht abschlagen. Ich trete nächsten Monat im Fernsehen auf, bei der

Geschichtsnacht im Channel 4, und würde die Fibel gern herzeigen, wenn ich über mein Buch rede. Es wird den Zuschauern bestimmt gefallen, ein Schmuckstück aus der Zeit zu sehen.«

Hugh verschränkte die Arme. »Unmöglich.« Die Antwort kam wie aus der Pistole geschossen.

»Warum?« Sie bemühte sich, ihren Zorn zu zügeln.

»Ich habe mit dem Museum vereinbart, dass ich sie nicht aus der Hand gebe.«

»Aber sie gehört Ihnen. Sie haben sie dem Museum doch nur als Leihgabe überlassen. Außerdem haben Sie sie schon aus der Hand gegeben!«

»Genau. Es ist ein Stück von unschätzbarem Wert, und ich habe nicht vor, sie noch einmal aus den Augen zu lassen«, fuhr er fort. Sir Mortimer Wheeler hatte seinem Vater, einem Archäologen, die Fibel in den Fünfzigerjahren geschenkt, nach der Ausgrabung der Befestigungsanlagen in Stanwick.

»So kostbar, dass Sie sie nicht in den Safe des Instituts legen wollen, sondern sie lieber in den Posteingang neben dem Klammerapparat geworfen haben.« Viv deutete darauf und holte abermals tief Luft. »Ich an Ihrer Stelle würde besser darauf aufpassen, Hugh! Und ich habe auch nicht vor, sie einzuschmelzen.« Sie griff nach dem durchsichtigen Acrylglaskästchen, in dem die emaillierte Fibel auf einem Samtkissen lag.

»Legen Sie sie wieder hin!« Hughs Stimme war eisig. »Rühren Sie sie nicht an!« Sein Vater hatte die Nadel gehasst. Er war ein rein der Logik verpflichteter Naturwissenschaftler gewesen, aber trotzdem hatte er vor diesem wunderschönen Objekt einen abergläubischen Horror empfunden und niemandem in der Familie je erlaubt, sie anzufassen oder auch nur zu betrachten.

»Ich mach sie schon nicht kaputt.« Trotz ihres Zorns überkam Viv plötzlich das absurde Verlangen, ihm die Zunge herauszustrecken und mit dem Kästchen in der Hand davonzulaufen. »Glauben Sie wirklich, dass Venutius sie Cartimandua geschenkt hat?« Vorsichtig nahm sie den Deckel ab und studierte die Fibel. Während sie

sie hin und her drehte, fing sich das Licht der Schreibtischlampe in dem farbigen Email und dem kunstvoll gravierten Gold. Die Fibel verströmte eine Aura von Reichtum und Macht.

»Das bezweifle ich.« Hugh klang bestimmt.

»Sie ist wunderschön. Und kostbar. Und sie stammt aus der richtigen Zeit.«

»Legen Sie sie hin.« Er wurde immer erregter.

»Denken Sie nur, wie sehr sie die Fernsehzuschauer ansprechen würde.«

»Nein!«

»Aber Sie haben sie Hamish für seine Vortragsreihe geborgt.«

»Ein persönlicher Gefallen.«

»Ich möchte sie ja nur für den einen Abend, bevor Sie sie dem Museum zurückgeben. Es wäre ein persönlicher Gefallen mir gegenüber.«

»Nein.«

»Weil Ihnen nicht passt, was ich schreibe?«

»Genau.«

»Das ist kindisch!«

»Nein, das ist eine akademische Entscheidung. Bitte, stellen Sie das Kästchen wieder an seinen Platz.«

Vor Wut lief sie rot an. »Wissen Sie was – das ist kleinlich und rachsüchtig!« Zärtlich, fast ehrfürchtig berührte sie die Fibel mit der Spitze des kleinen Fingers. Das Email fühlte sich eiskalt an. Bestürzt drückte sie den Deckel wieder auf das Kästchen und stellte es auf den Schreibtisch, wo es über einen Stapel Papiere herunterglitt und im Unterlagenwust verschwand. Eine Sekunde lang hatte Viv, als sie die Fibel berührte, ein fast überwältigendes Gefühl von Unbehagen verspürt.

Seine sichtliche Erleichterung, dass sie das Kästchen zurückstellte, währte nur einen Moment. »Lassen Sie sich von mir nicht von der Arbeit abhalten.«

»Sie sind ein Ekel, Hugh.« Sie schauderte, und unwillkürlich wischte sie sich die Handflächen an ihrer Trainingshose ab, als müsste sie sich von dem widerlichen Gefühl der Fibel befreien.

»Bitte gehen Sie jetzt, Viv. Ich glaube nicht, dass wir uns noch etwas zu sagen haben.« Verärgert stand er auf, ging zum Fenster und kehrte ihr demonstrativ den Rücken zu.

Das war verrückt. Unfassbar! »Sie können mich nicht rausschmeißen, Hugh, und das wissen Sie auch«, sagte sie leise.

»Wie ich schon sagte, ich werde Mittel und Wege finden.« Er drehte sich nicht um.

Sie beugte sich vor, um die hingeworfene Zeitschrift an sich zu nehmen. Darunter funkelten das Gold, Grün und Rot der Fibel. Sie warf einen Blick auf die angespannten Schultern des Mannes, der am Fenster stand, und lächelte. Im Bruchteil einer Sekunde hatte sie die Schatulle in ihre Tasche gesteckt.

»Auf Wiedersehen, Hugh.«

Er erwiderte ihren Gruß nicht. Und er drehte sich auch nicht um, als die Tür ins Schloss fiel. Als er sich schließlich wieder an seinen Schreibtisch setzte, bemerkte er nicht, dass die Fibel nicht mehr da war. Er fröstelte. Plötzlich war es sehr kalt in seinem Büro.

## II

»Und da bin ich gegangen, Cathy. Sonst hätte ich ihm den Hals umgedreht!«

Völlig erschöpft ließ Viv sich auf das Sofa in Cathy Frenchs Wohnzimmer fallen, Mittelpunkt der elegant-lässigen Maisonettewohnung am Abercromby Place. Ihre letzte Trotzhandlung – dass sie das wertvolle Schmuckstück eingesteckt hatte – erwähnte sie nicht. Im Grunde konnte sie immer noch nicht glauben, dass sie es tatsächlich getan hatte. Kopfschüttelnd fuhr sie fort: »Er ist ein widerwärtiges Ekelpaket geworden! Wenn ich mir überlege, wie viele Stunden ich in den vergangenen zwei Wochen für ihn Prüfungen korrigiert habe!« Sie griff nach dem Weinglas, das Cathy ihr eingeschenkt hatte. »Und was soll ich jetzt machen?«

Eine Weile saßen die beiden Frauen in einvernehmlichem Schweigen da. Normalerweise war Viv eine wortgewandte, humorvolle Person, und die Niedergeschlagenheit, die auf ihren Zorn folgte, war völlig untypisch.

Cathy war rein äußerlich das genaue Gegenteil von ihr. Groß und schlank, mit dunklem Haar, das ihr fast bis auf die Schultern reichte, und einem langen Rock und Baumwollhemd, saß sie ihrer Freundin gegenüber, in einer Hand ein Weinglas, in der anderen ihre Brille.

»Ist das wirklich das letzte Wort? In meinen Ohren klingt das eher, als würde er sich verletzt fühlen.«

Viv verzog das Gesicht. »Vergiss den psychologischen Ansatz, Cathy. Ich bin nicht eine von deinen Klientinnen. Selbst wenn Hugh und ich uns über die historische Wahrheit einigen könnten – irgendeinen Teil der historischen Wahrheit –, habe ich den Eindruck, dass wir als Menschen keine Gemeinsamkeiten mehr haben.« Sie trank noch einen Schluck Wein. Sie liebte diese weitläufige zweigeschossige Wohnung mit den großen Räumen, dem Blick auf die Queen Street Gardens mit ihren wunderschönen Laubbäumen und der Atmosphäre von latent chaotischer Kreativität. Sie fand sie entspannend. Normalerweise zumindest. »Wenn er Ernst damit macht, ist meine Karriere am Ende. Aus und vorbei.«

»Also gut.« Cathy lächelte verhalten. »Das heißt also, dass es das letzte Wort war.« Sie atmete durch. »Das heißt, du arbeitest bis ... Semesterende? Dem Ende des akademischen Jahres? Und was dann?«

»Das Semester ist so gut wie vorbei, die Prüfungen sind gelaufen. Und ehrlich gesagt kann er mich nicht rausschmeißen. Nicht ohne einen bestimmten, sehr guten Grund. Und den hat er nicht.« Viv seufzte. »Aber er kann mir das Leben zur Hölle machen. Er hat ja schon gesagt, dass er mir die Forschungsgelder streicht. Zumindest kann er veranlassen, dass das Stipendium nicht verlängert wird. Die Möglichkeit hat er. Und er kann sich überlegen, mich doch nicht zu befördern. Ich hatte gehofft, er würde mir die Dozentenstelle geben, wenn Hamish Macleod nächstes Jahr in Pension geht. Dann würde ich endlich so viel verdienen, wie ich wirklich brauche. Manche Leute haben sich nämlich für ihre Wohnung in große Schulden gestürzt.«

Cathy lehnte sich zurück und schlug die Beine übereinander, ohne auf die Stichelei einzugehen. Ihr Vater, ein angesehener Arzt in Edinburgh und Exkollege von Vivs Vater, hatte ihr die Wohnung vermacht, und wegen dieses Erbes galt sie in Vivs Augen als vermögend. »Wenn du ihm seinen Herzenswunsch erfüllst und die Stelle aufgibst, was könntest du dann tun? Was ist aus der Radiodokumentation geworden, an der du schreibst?«

Viv seufzte wieder. »Die habe ich auch verbockt. Ich habe Maddie Corston bei der BBC meinen Entwurf gezeigt, und den hat sie verrissen.«

»Was hat sie gesagt?«

»So deutlich ist sie nicht geworden, aber sie meinte, ich müsste mir von jemandem helfen lassen, um sie rechtzeitig fertig zu kriegen.«

»Ah so.« Cathy runzelte die Stirn. »Und von wem helfen lassen? Hugh?«

»Guter Gott, nein. Er weiß gar nichts davon. Das wäre nur ein weiterer Nagel in meinem Sarg. Nein, sie hat mir vorgeschlagen, mit einer erfahrenen Produzentin zu reden, die mir ihrer Ansicht nach beim Schreiben helfen könnte.« Viv klang ablehnend. »Irgendeine Frau, die keine Ahnung von Cartimandua hat, die vermutlich noch nicht einmal von ihr gehört hat. Die würde hereinschneien, mit ihrem Zauberstab wedeln, und alles wäre paletti; auch wenn sie keinen blassen Schimmer von dem Thema hat.«

»Wenn sie sich mit Radio auskennt, wäre das doch vielleicht gar nicht so schlecht, Viv«, gab Cathy vorsichtig zu bedenken.

»Vielleicht«, räumte Viv widerwillig ein.

»Wie heißt sie denn? Vielleicht kenne ich sie ja durch Pete.«

Pete war seit vier Jahren Cathys Freund. Er arbeitete als Reiseschriftsteller und unabhängiger Produzent für Fernsehdokumentarfilme und hatte eine Vergangenheit in Gestalt einer Tochter und einer Ex. Viv beneidete ihre Freundin um ihre unkomplizierte Beziehung zu dem hilfsbereiten, liebevollen Pete, aber nicht um die Schwierigkeiten, die seine Familie ihr bereiteten. Seine ehemalige Frau, die ebenso groß und schlank war wie er, hatte neben ihren vielen Fehlern zu allem Überfluss auch noch blondes Haar und war wunderschön, elegant und klug. Laut Cathy bestand ihr einziger Vorzug darin, dass sie beschlossen hatte, in ihre Heimatstadt Stockholm zurückzukehren. Viv hatte sie nie kennengelernt.

Also war es gut möglich, dass Pete mit seinen Verbindungen zur Film- und Fernsehwelt die Frau kannte, die Maddie ihr vorgeschlagen hatte. Viv suchte in ihrer Tasche nach dem Zettel, auf den sie den Namen notiert hatte.

»Sie heißt Pat Hebden und lebt in London.«

Cathy lachte auf. »Die Welt ist wirklich klein! Ich kenne Pat tatsächlich. Und deine Redakteurin hat vermutlich recht, sie könnte dir wahrscheinlich gut helfen. Sie hat viel Erfahrung, arbeitet seit Jahren beim Rundfunk. Sie schreibt und produziert bisweilen selbst und ist obendrein Schauspielerin. Sie hat sogar ein- oder zweimal bei uns gewohnt, als sie zum Festival hier war.«

Viv nippte von ihrem Wein. »Das klingt ja wie eine Verschwörung! Du meinst also, ich sollte mich mal mit ihr treffen? Würde sie mir gefallen?« Sie wirkte immer noch etwas ablehnend.

Cathy zögerte nur kurz. »Sie ist eine starke Persönlichkeit. Aber ich glaube, ihr würdet euch ganz gut verstehen. Und mit ihr zu reden, kann nicht schaden, Viv. Wer weiß? Vielleicht wird's ein Riesenerfolg. Ich kann sie ja mal anrufen, oder hat Maddie das schon gemacht? Doch, je länger ich darüber nachdenke, desto großartiger finde ich die Idee. Also gut, dieses Hörspiel ist eine Sache, mit der du Geld verdienen kannst. Womit noch?«

Viv überlegte. »Na ja, da ist natürlich noch das Buch, aber damit werde ich bestimmt nicht reich. Sonst gibt's nicht viele Möglichkeiten. Die Welt, in der ich arbeite, ist sehr klein. Hugh könnte meinen Ruf völlig ruinieren. Er braucht nur hier und dort fallen zu lassen, dass ich unzuverlässig bin und Ärger mache oder dass ich als Historikerin nichts tauge, dann gibt keine Uni mir noch eine Chance.« Sie stellte ihr Glas ab, ließ sich vom Sofa auf den Boden gleiten und steckte sich ein Kissen unter den Kopf. »Ich kann gar nicht fassen, dass das wirklich passiert ist, Cathy! Ich kann nicht fassen, dass er, nur weil er den einen Artikel gelesen hat, derart feindselig wird.« In dem Moment sprang der große getigerte Kater von der Sofalehne, von der aus er alles verfolgt hatte, schnurrend auf ihren Schoß und machte es sich bequem.

Cathy warf ihm einen liebevollen Blick zu. »Pablo riecht den Erfolg. Er gibt dir seinen Segen.«

»Alter Schmeichler.« Viv kraulte den Kater hinter den Ohren.

»Da steckt doch bestimmt mehr dahinter als nur der Artikel.« Cathy runzelte wieder die Stirn. »Bist du dir sicher, dass du Hugh nicht noch auf eine andere Art verärgert hast?«

Viv zuckte mit den Achseln. »Vielleicht schon, wenn auch nicht bewusst.« Sie hatte sich so für ihre Eltern gefreut, als sie nach Australien gezogen waren, hatte sie um ihr neues, spannendes Leben beneidet und sie sogar zweimal dort besucht. Das war das Problem. Die beiden versuchten immer noch, sie zu überreden, ihnen ans andere Ende der Welt zu folgen, aber das war einfach unmöglich. Ihre Karriere, ihre Interessen, alles, was ihr Leben ausmachte, gehörte zur Welt der Kelten. Hugh hatte das verstanden. Zu der Zeit waren sie sich nahe gewesen. Es war ihre Schuld, dass sie sich in ihn verliebt hatte, es war ihre Entscheidung gewesen, auf Distanz zu ihm zu gehen.

»Früher haben wir uns gut verstanden«, sagte sie wehmütig. »Aber seit einer ganzen Weile nicht mehr.« Weiter äußerte sie sich nicht zu dem Thema. »Und das Problem ist, ich werde sehr angreifbar sein. Wenn Hugh das Buch rezensiert, wird er einen Verriss schreiben. Er und sein Gefolge in der akademischen Welt werden daraufhin alle meine Veröffentlichungen auseinandernehmen. Und wenn er es nicht rezensiert, wird jeder fragen, warum. So oder so bin ich unten durch.«

»Dann wirst du dich wohl gegen ihn zur Wehr setzen müssen.« Cathy grinste verschmitzt. »Jetzt komm schon, Viv, wo ist die energische Frau, die gerade feuerspuckend hereingerauscht ist? Außerdem weißt du so gut wie ich«, fuhr sie fort, »wenn du's zynisch betrachtest, je kontroverser das Buch ist, je mehr ihr beide euch öffentlich in die Haare geratet, desto besser verkauft es sich. Übrigens, wann bekomme ich ein Exemplar?« Mit einem Lachen setzte sie sich ebenfalls auf den Boden und füllte ihre Gläser nach. Pablo stand auf, streckte sich genüsslich und trat dann vorsichtig über den Tisch, um sich auf Cathys Schoß niederzulassen.

»Also, jetzt sag mir doch noch mal, warum das Buch so kontrovers ist«, bat sie. »Was ist so schockierend daran, dass er derart sauer reagiert?«

Abgesehen von den Fakten, die keine sind, meinst du. Abgesehen von den Details, bei denen ich mich so bemüht habe, sie rauszustreichen, weil sie historisch nicht erwiesen sind. Das »erfundene Geschwätz«, das Hugh sofort ins Auge gestochen war. Das sagte Viv allerdings nicht, sie schüttelte nur heftig den Kopf. »Das einzig Schockierende daran ist, dass ich die Kühnheit besessen habe, es vor dem Buch fertigzustellen, das Hugh gerade selbst schreibt.«

»Deins handelt von Cartimandua und einem keltischen Stamm, den Briganten, oder?«

»Ja. Und Hugh schreibt über Venutius, ihren Mann!« Viv verzog das Gesicht. »Zwei unterschiedliche Berichte über Britannien zur Eisenzeit, etwa zur Zeit der römischen Eroberung, anno 43 nach Christus.«

»Aber das sollte doch kein Problem sein, oder?«, warf Cathy nachdenklich ein und trank einen Schluck Wein. »Die Leute werden sich doch für beide Darstellungen interessieren, oder nicht?«

»Das könnte man meinen.« Viv seufzte. »Und sie sind wirklich sehr unterschiedlich.« Das zumindest räumte sie bereitwillig ein. »Ich schreibe aus dem Blickwinkel einer Frau über eine kontroverse Königin. Das Gegenstück zu Boudicca. Eine mutige, kluge keltische Königin, das war sie zweifellos, aber sie hat die Römer umgarnt, und deswegen wurde sie – wird sie – von vielen, einschließlich ihrem Mann, als Verräterin bezeichnet. Als Kollaborateurin.«

»Aha.« Cathy setzte den schnurrenden Kater in eine für sie bequemere Position. »Und Hugh vertritt die gegenteilige Meinung.«

»In jeder Hinsicht. Er schreibt über einen Mann, der als wahrer Patriot gilt, weil er sich gegen Rom erhob, und er schreibt von Krieg und Militärtaktiken und solchen Sachen.«

»Ich verstehe immer noch nicht, was ihn an deinem Buch stört. Die beiden Darstellungen ergänzen sich doch eigentlich eher, oder nicht?«

»Wenn man es rational betrachtet, schon.« Viv griff nach der Weinflasche und schenkte sich erneut nach. Dann stand sie auf und ging zum Fenster. »Ich hab's vermasselt. Früher hat er mich respektiert. Meine Forschung hat ihn beeindruckt. Er hat mich ermutigt, zum ersten Mal im Fernsehen aufzutreten. Früher haben wir uns wirklich gut verstanden.« Sie hörte selbst, wie wehmütig sie klang, und verabscheute sich dafür. Eigentlich wollte sie sagen: Früher hat er mich gemocht. Und ich habe ihn gemocht. Sehr. Warum war sie so wütend, dass er sie durchschaut hatte? Hatte sie wirklich geglaubt, er würde nicht auf den Artikel reagieren? Und wenn er das Buch lesen würde – erwartete sie tatsächlich, dass er sie dafür loben würde? Sie trank einen großen Schluck. »Er ist natürlich neidisch.«

»Auf deinen Erfolg?«

»Ja, auf meinen Erfolg. Es ärgert ihn, dass ich öfter im Fernsehen zu sehen bin als er. Und dass sie in der Beilage der *Sunday Times* einen Artikel über mich gebracht haben, mit dem Buch als Aufhänger. Und dass ich jetzt wieder im Fernsehen sein werde, bei einer Geschichtsnacht auf Channel 4 …« Abrupt unterbrach sie sich und warf einen Blick zu ihrer Tasche, die auf dem Sofatisch lag. Darin befand sich, zwischen ihrem persönlichen Krimskrams, das Kästchen mit der zweitausend Jahre alten Fibel. Seit sie sie in die Tasche gesteckt hatte, hatte sie sie nicht mehr angeschaut.

»Du musst dich gegen ihn wehren, Viv.« Cathys Ton war beharrlich, so zärtlich sie den schlafenden Kater auch streichelte. »Du darfst dich von ihm nicht ständig derart schikanieren lassen.«

»Ich weiß.« Viv wandte sich wieder zum Fenster. »Ich weiß, dass ich mich gegen ihn wehren muss. Ich weiß nur noch nicht wie. Natürlich habe ich ein Exemplar für dich dabei, Cathy, mit Widmung und Unterschrift. Du musst es lesen und mir sagen, was du davon hältst.«

## III

Pat Hebden saß bedrückt auf der Sofalehne im Wohnzimmer ihres kleinen Hauses in Battersea und starrte vor sich hin, das Handy noch in der Hand. David Roach, ihr Agent, hatte sie angerufen, sobald er die Nachricht erhalten hatte. »Es tut mir leid, Pat. Ich dachte, der Vertrag wäre in trockenen Tüchern. Die Rolle war dir auf den Leib geschrieben, Schätzchen.«

Die Frau, die die Fernsehrolle bekommen hatte, war fünfzehn Jahre jünger als sie. »Aber ich habe das richtige Alter, David. Ich habe Erfahrung. Das wäre meine Rolle gewesen.«

»Ich weiß, Schätzchen. Ich kann's auch nicht fassen.« Sein Tonfall klang vage amerikanisch, aber der war lediglich vorgetäuscht. Pat wusste, dass David aus dem Londoner East End stammte. »Aber wir finden schon noch die richtige Rolle für dich. Die gibt's. Es wird nur ein bisschen länger dauern.« Immer pragmatisch – und tröstend. Sie konnte sein schwaches Achselzucken förmlich hören. Und die unausgesprochenen Worte: Es gibt sehr wenige Rollen für eine Frau deines Alters, Schätzchen. Wenn du keine Charakterdarstellerin bist und die Zuschauer dich nicht kennen. Du hast dich nie richtig auf eine Sache konzentriert, das ist das Problem. Immer zu viele Eisen gleichzeitig im Feuer.

Fünf Minuten später starrte sie immer noch vor sich hin, die Enttäuschung nahm ihr allen Mut. Seufzend stand sie schließlich auf.

Verdammt, so alt war sie doch noch gar nicht. Mitte fünfzig. Konnte sich als vierzig ausgeben, oder noch jünger. Mit Schminke. Sehr viel Schminke. Sie lachte bitter. Was machte sie sich denn vor? Die anderen hatten recht. Sie wäre grauenhaft in der Rolle gewesen.

Als sie wieder nach ihrem Handy griff, fiel ihr Blick auf den Zettel, der halb verborgen unter dem gestrigen *Guardian* lag. Sie zog ihn hervor und schaute auf die Notiz, die sie dort aufgeschrieben hatte. *Cartimandua,* stand da. *Königin. Römer. Kelten. Viv Lloyd Rees. Drama? Doku-Drama? Maddie Corston anrufen!!!*

Nach allem, was Maddie erzählt hatte, war es ein Melodram. Eine Liebesgeschichte, Krieg, eine fesselnde Handlung. In Auftrag gegeben und überfällig. Eine Autorin, die zwar sehr begabt war, aber noch nie für den Hörfunk geschrieben hatte und jemanden brauchte, der sie an die Hand nahm. Vielleicht würde auch eine weibliche Hauptrolle dabei herausspringen.

Pat schaute auf. Als sie ihrem Spiegelbild begegnete, verzog sie das Gesicht. Großartige Stimme. Hübsches Gesicht. Goldblondes Haar. Na ja, leicht ergraut mit Strähnchen vom Fachmann. Genau die richtige Größe – einsfünfundsechzig – also gut, einszweiundsechzig, wenn sie lässig dastand. Markante Wangenknochen. Unbewusst legte sie den Kopf etwas in den Nacken. Mittlerweile brauchte sie eine Lesebrille, sicher, aber das tat jetzt nichts zur Sache. Im Moment war sie keine Schauspielerin mehr, jetzt war sie die Redakteurin. Die Mentorin. Die ruhige, erfahrene Hand am Steuer, die das Stück zuerst ins Radio und dann vielleicht ins Fernsehen bringen würde. Auf die Leinwand gar oder die Bühne? Maddie hatte andeutungsweise von einer unerfahrenen, verletzlichen Autorin gesprochen sowie akademischen Querelen. Krieg hinter den Kulissen. Erstklassige Werbung. Das Gesicht, das sie im Spiegel musterte, lächelte. Als unverbesserliche Optimistin hatte sie die Niederlage schon vergessen. Vor ihr lag ein neues Projekt. Ein Projekt, in das sie sich reinknien konnte. Und für das sie eine Weile nach Edinburgh fahren musste.

Draußen war ein wunderschöner Sommertag, aber in Pats Wohnung bemerkte man nichts davon. Die Kirschbäume, die die schmale Straße säumten, hingen voll Laub, und es wehte eine eher frische Brise vom Battersea Park und der Themse herüber, die die Abgase und Treibstoffschwaden der tief fliegenden Flugzeuge vertrieb. Alle zwei Minuten ließen sie auf ihrem Weg nach Heathrow das Haus erzittern. Pat sah sich in dem kleinen rechteckigen Raum um, der nahezu das gesamte Erdgeschoss einnahm. Durch die schweren Netzgardinen, die sie zum Schutz vor neugierigen Blicken ständig geschlossen hielt, drang nur wenig Tageslicht. Der Raum wirkte müde und staubig. Sie fuhr mit einem Finger über den Tisch und betrachtete seufzend die Spur, die er hinterließ. Sie hatte momentan keine Putzfrau. Sie hatte praktisch immer gerade keine Putzfrau. Die letzte hatte sie dabei erwischt, wie sie sich in der Küche einen Schuss setzte. Ein Jammer. Ein nettes, kluges Mädchen war sie gewesen, vertrauenswürdig, das hatte Pat zumindest gedacht. Eine Studentin im dritten Jahr an einer Fremdsprachenschule, die, wie sich herausstellte, im Absturz begriffen war; ihr sicherer Tod irgendwo unter einer Brücke war nur eine Frage der Zeit. Zwei Tage, nachdem sie dem Mädchen gekündigt hatte, war in ihre Wohnung eingebrochen worden. Wieder seufzte Pat. Sie wusste, dass es Sarah gewesen war, und zwar wegen der Dinge, die fehlten. Nicht die wertvollen alten Sachen, deren Verlust sie wirklich geschmerzt hätte. Nicht einmal das goldene Armband ihrer Großmutter, das sie achtlos im Schlafzimmer auf dem Tisch hatte liegen lassen. Nur die elektronischen Geräte, die sich ersetzen ließen. Das Bargeld aus dem Küchenschrank und die zwei silbernen Kerzenleuchter, bei denen sie und Sarah sich einig gewesen waren, dass sie im Grunde ziemlich ordinär aussahen.

Mittlerweile hatte sie das Schloss ausgewechselt und sich endlich dazu durchgerungen, Gitter vor die zur Straße gehenden Fenster anbringen zu lassen. Bei der Vorstellung, sich wieder auf eine neue Person einzustellen, die unweigerlich ihre Probleme mitbrachte, während sie unmotiviert den Staubsauger über den Boden schob und Staub von einer Fläche wischte, um dann zuzusehen, wie er sich auf einer anderen niederließ, verging ihr die Lust. Was sie wirklich wollte, war, London für eine Weile zu verlassen.

»Maddie?« Ganz in Gedanken hatte sie die Nummer gewählt. »Ich habe über das Projekt nachgedacht, und ja, ich würde gern kommen und mit dir darüber reden.«

# Kapitel 2

## I

Am nächsten Morgen ging Viv in ihrem Wohnzimmer auf und ab und dachte über die Fibel nach. Als sie abends heimgekommen war, hatte sie sie ganz hinten in eine Schreibtischschublade gelegt, wo sie sie nicht sehen konnte.

Sie musste sie unbedingt zurückgeben. Mit einem Schaudern gestand sie sich ein, dass sie sie gar nicht behalten wollte. Aber wie konnte sie sie zurückbringen, ohne ihre Langfingerei zu gestehen?

Der nächtliche Regen hatte sich verzogen, Sonnenstrahlen fielen auf die Teppiche und wärmten sie, als sie mit verschränkten Armen stehen blieb und über die Dächer hinausschaute. Sie liebte diesen Blick auf das historische Zentrum der Stadt, ganz in der Nähe der Burg. Nur aus diesem Grund fand sie sich mit der schmalen, gewundenen Treppe ab, den steinernen Treppenabsätzen, der Tatsache, dass sie ihr Auto nicht vor dem Haus parken konnte, sondern jeden Abend den steilen Berg zu der Gasse hinauflaufen musste, die vom Lawnmarket abging, die Arme voller Bücher, die schwere Computertasche über die Schulter geschlungen. Sie hatte ihren Schreibtisch an der hinteren Seite des Zimmers aufgestellt, denn sie hatte gewusst, wenn sie am Fenster saß, würde sie nie arbeiten, sondern sich nur zwischen den grauen Schindeln, den Kaminen, den Farbtupfern einiger Blumentöpfe auf einem Fenstersims oder Dachgarten in Träumen verlieren, umgeben von zerrissenen Rauchschwaden und den Vögeln, die sich in die Lüfte erhoben, sich niederließen und dann wieder davonflogen.

Auf ihrem Schreibtisch herrschte peinliche Ordnung. Der abgelehnte Entwurf ihres Hörspiels lag sorgfältig in einem Stapel da, die

Bücher standen in den Regalen, auf dem Boden reihten sich die Aktenordner aneinander.

Das Buch selbst war fertig, war redigiert, gedruckt und mit einem Schutzumschlag versehen. Ein Karton mit Belegexemplaren stand beim Rattanschaukelstuhl neben der Tür, die in die Küche führte. Sie sollte zufrieden sein, aufgeregt, glücklich. Ein Projekt abgeschlossen, das nächste in Vorbereitung. Stattdessen war sie unruhig, machte sich Sorgen. Und sie hatte Gewissensbisse. Wegen ihrer Forschungsmethoden und wegen der Fibel. Und Sorgen machte sie sich, weil sie mit einer anderen Person an dem Hörspiel arbeiten sollte. Die Vorstellung von Teamarbeit behagte ihr überhaupt nicht. Vor allem nicht, wenn sie diese andere Person in ihre Forschungsmethoden einweihen musste.

Aber ohne Hilfe würde sie mit dem Hörspiel nie fertig werden.

Viv seufzte. Es gab Tausend Sachen, die zu erledigen waren, alles, was sie liegen gelassen hatte, während sie Kurse gab, ihre Studenten betreute und ein zweihunderteinunddreißig Seiten umfassendes Buch schrieb, dazu zehn Seiten Anmerkungen und Bibliografie, gefolgt von zwei langen Artikeln, einen für die *Sunday Times* und einen für das *History Magazine*, ganz zu schweigen vom Korrigieren der Prüfungen ihrer Studenten im ersten und zweiten Jahr. Sie brauchte dringend ein neues Paar Schuhe, sie musste unbedingt zum Friseur – sie fuhr sich mit den Fingern durch den wild zerzausten roten Schopf –, sie musste sich um ihre Geldangelegenheiten kümmern, und zu allem Überfluss musste sie sich jetzt auch noch an dieses blöde Umschreiben machen. Also warum stand sie, vor Unsicherheit wie gelähmt, hier am Fenster und starrte ins Leere?

Zur Antwort hörte sie ein Flüstern am Rand ihres Denkens. Die Stimme, die zunehmend eindringliche Stimme, gegen die sie sich die ganzen letzten Monate immer wieder gewehrt hatte, war wieder da, hallte über unendliche Entfernungen zu ihr herüber. Ein Schauder lief ihr über den Rücken. Sie war felsenfest überzeugt gewesen, dass die Stimme verschwinden würde, wenn sie erst einmal mit dem Buch fertig war. Aber das war nicht der Fall, eher war sie noch eindringlicher geworden. Und allmählich jagte sie ihr ziemliche Angst ein.

Die Türglocke riss sie aus ihren Gedanken. Einen Vorteil hatte es doch, im obersten Geschoss eines sechsstöckigen Wohnhauses ohne Lift zu wohnen. Ohne wirklich triftigen Grund kam niemand sie besuchen.

Als sie die Tür öffnete, stand ihr Steve Steadman gegenüber, einer ihrer Diplomstudenten. Ruhig, zuverlässig und am Institut allgemein beliebt. Auch Viv mochte ihn sehr. Er war ein gut aussehender Mann Anfang dreißig, groß und kräftig, hatte dichtes blondes Haar und lauter Sommersprossen im Gesicht, das von seiner Vorliebe für Wind und Wetter zeugte. Er war auch einer der ganz wenigen Menschen in ihrem Bekanntenkreis, die vom Stufensteigen nicht völlig außer Atem bei ihr vor der Tür standen.

»Hallo, Viv.« In der Hand hielt er ein Exemplar von *Cartimandua, Königin des Nordens.* »Hoffentlich stört's dich nicht, dass ich einfach hereinschneie. Ich wollte dich fragen, ob du mir das Buch signieren magst?«

Verdattert stand sie da. »Wo hast du das her?« Dann besann sie sich. »Entschuldige, natürlich signiere ich es. Komm rein. Es ist nur, weil das Buch noch nicht in den Läden liegt.« Sie packte ihn am Arm und zog ihn in die Wohnung. »Ich habe mit dir ein Hühnchen zu rupfen, Steve.«

Bevor er etwas erwidern konnte, bedeutete sie ihm, sich auf den Schaukelstuhl zu setzen, während sie selbst auf dem Schreibtisch nach einem Stift suchte. »Warum hast du mir nicht gesagt, dass Hugh ein Buch über Venutius schreibt?«

Steve wirkte erstaunt. »Davon weiß ich gar nichts.«

Sie drehte sich zu ihm, einen Stift in der Hand. »Wirklich nicht?«

Er schüttelte den Kopf. »Es wundert mich, dass er mir nichts davon erzählt hat.« Als er ihre Miene bemerkte, wurde er leicht unsicher. »Du hast also auch nichts davon gewusst, oder?«

Sie seufzte. »Nein. Also, woher hast du das Buch?«

»Hugh hat es mir gegeben.« Er setzte sich auf die Kante des Schaukelstuhls, und ohne das Gleichgewicht zu verlieren, streckte er seine langen Beine aus.

»Dann ist es also ein Rezensionsexemplar.« Sie lächelte bitter.

Steve merkte, dass er in ein Minenfeld getreten war. »Wahrscheinlich bekommt er so viele ...« Er brach ab, als ihm bewusst wurde, dass er dem Professor in die Falle gegangen war. »Gehen Sie doch zu ihr und bitten sie, es zu signieren«, hatte er gesagt – mit einem Blitzen in den Augen, das Steve rückblickend als ausgesprochen maliziös erkannte. »Sie wird vermutlich im Lauf des Sommers kündigen, also werden Sie sie nicht mehr allzu häufig zu Gesicht bekommen, und sie freut sich sicher über Fanbesuch.«

Viv blätterte das Buch durch. War es gelesen worden? Fast hatte sie Angst, dass Abschnitt um Abschnitt rot durchgestrichen sein könnte – eine Gepflogenheit, an die seine Studenten sich im Lauf der Jahre gewöhnten. Soweit sie es feststellen konnte, waren keine Spuren zu sehen. Erleichtert schlug sie die Titelseite auf und setzte ihre Unterschrift darauf.

Steve nahm ihr das Buch ab und steckte es in die zerschlissene Stofftasche, die er neben dem Stuhl abgelegt hatte. »Der Prof hat angedeutet, dass du kündigen willst. Aber das stimmt doch nicht, oder? Du würdest uns allen schrecklich fehlen.« Eine freundliche, völlig aufrichtige Bemerkung.

»Nein, ich gehe nicht, Steve, auch wenn der Professor das gern hätte«, sagte sie mit Nachdruck. »Das war ein kleiner Privatscherz seinerseits.«

Steve schüttelte den Kopf. »Da bin ich aber froh! Ich habe ihn wohl missverstanden.«

»Nein, du hast ihn nicht missverstanden, Steve. Aber denk dir nichts dabei. Ich werde nächstes Jahr immer noch da sein.« Sie unterbrach sich, weil ihr ein Gedanke gekommen war. Hugh hatte das Buch ungelesen verschenkt, weil er es nicht rezensieren wollte. Er fand es offenbar nicht der Mühe wert. Wahrscheinlich hatte er nicht einmal einen Blick hineingeworfen. Viv biss sich auf die Unterlippe.

War sie verärgert oder erleichtert? Eine Beleidigung würde es so oder so sein, ob nun jetzt oder später. Aber was hatte sie denn erwartet? Hatte sie wirklich gedacht, sie würde damit durchkommen? Hatte sie wirklich geglaubt, dass er sich anders als ein brummiger, engstirniger, heimtückischer Chauvinist verhalten würde? Sie grinste. Ihn so zu beschimpfen, selbst im Stillen, tat ihr gut. »Hoffentlich gefällt dir das Buch, Steve.« Sobald er es gelesen hatte, würde er natürlich wissen, warum Hugh nichts damit anfangen konnte. Bald würden es alle wissen.

Steve lächelte. »Ich habe es schon gelesen. Ich finde es herausragend.« Er machte keinerlei Anstalten, aus dem Schaukelstuhl aufzustehen. »Gestern Abend, nachdem er es mir gegeben hat. Es ist brillant, einfach brillant. Das perfekte Gegenstück zum Buch des Professors, wenn es wirklich von Venutius handelt. Deiner Darstellung zufolge war er ja ein ziemliches Schwein.« Er lachte. »Viv, du erwähnst Ingleborough sehr oft. Du weißt doch, dass ich von dort stamme, oder? Die Farm meiner Eltern liegt auf den Abhängen unter der Bergfestung. Du schreibst, dass Cartimandua genau dort geboren wurde und aufwuchs.« Er bemerkte nicht, wie Viv die Hände zur Faust ballte und sich ihre Miene anspannte. »Ich wusste gar nicht, dass das erwiesen ist. Bei uns in der Gegend ist es natürlich in die Legende eingegangen, aber in einem Geschichtsbuch habe ich das noch nie gelesen. Tacitus und die anderen Historiker wussten natürlich nicht, woher sie kam, oder es war ihnen egal, und sie haben sich auch nie über die Untergruppen der Briganten-Stämme ausgelassen, oder? Komisch, weil ich dort gelebt habe, habe ich das Gefühl, als würde ich Cartimandua gut kennen. Ich bin mit ihrem Gespenst aufgewachsen.«

Jetzt schließlich blickte er auf und bemerkte Vivs blasses Gesicht, ihre gerunzelte Stirn. Schnell schüttelte er den Kopf. »Nicht im wörtlichen Sinn, das meine ich nicht. Zumindest glaube ich's nicht. Obwohl meine Mutter dir von ein paar gespenstischen Geräuschen in der Nacht erzählen könnte. Schwerterklirren. Galoppierende Pferde, solche Sachen.« Er grinste. »Nichts, was ich unbedingt dem Prof erzählen würde!«

»Das glaube ich sofort.« Viv verzog das Gesicht. »Natürlich war ich in Ingleborough, aber nur ein paar Stunden. Ich habe keine Gespenster gehört.«

Das war gelogen. Natürlich hatte sie welche gehört. Und zwar mehr als gespenstisches Galoppieren. Sie hatte eine Stimme gehört.

Steve schüttelte den Kopf. »Schade, dass ich das nicht gewusst habe. Du hättest bei uns wohnen können. Seit der Maul- und Klauenseuche betreibt meine Mutter eine kleine Pension.« Er seufzte. »Du darfst nicht kündigen, Viv. Das geht einfach nicht.«

»Das will ich auch nicht, wenn ich's irgendwie vermeiden kann.« Viv begegnete seinem Blick. Früher oder später würde er ohnehin von ihrem und Hughs Krach erfahren. Die Buschtrommeln funktionierten recht gut, das Institut war klein, und sie bezweifelte, dass der Professor sich in irgendeiner Weise wegen ihres Buchs Zurückhaltung auferlegen würde. Sie seufzte wieder, diesmal zum Teil auch vor Erleichterung. Der Moment war vorüber. Steve würde sie nicht fragen, woher sie die ganzen Informationen hatte. Zumindest ihm genügte es, dass sie in die Legende eingegangen waren. Er stand auf und griff nach seiner Tasche.

»Bleib doch auf einen Kaffee«, hörte sie sich sagen. Sie wollte nicht allein sein, nicht in diesem Moment, wo die Stimme noch in ihren Ohren nachhallte. »Ich würde gern mehr von den Gespenstern deiner Mutter hören. Das ist doch spannend. Ich weiß gar nicht, warum wir uns nicht schon früher darüber unterhalten haben.«

Er nahm die Tasche von der Schulter und ließ sie wieder auf den Boden fallen, eindeutig erfreut über die Einladung. Er folgte ihr in die Küche. Auch hier strömte die Sonne herein und fiel auf die Schränke, die Regale, die Gefäße und Flaschen. Viv griff nach dem Kessel. »Als ich die Stätten besuchte, hatte ich auch ein paar seltsame Erlebnisse.« Kling beiläufig, ermahnte sie sich. Witzig. Lass ihn nicht merken, wie viel Angst dir das alles macht. »Aber ich war immer allein da, also gab's niemanden, den ich fragen konnte, wie's ihm ergeht.« Sie lachte. Sie durfte Steve nicht glauben lassen, sie nähme das alles ernst.

Er stand an einen Schrank gelehnt da, die Arme vor der Brust verschränkt, und sah zu, wie sie Kaffeepulver in die Kanne löffelte. Offenbar dachte er darüber nach, was sie gesagt hatte. »Mein Vater hat sein ganzes Leben dort verbracht.« Er sprach mit einem leichten Yorkshire-Akzent, der Viv immer gut gefallen hatte. »Die Farm ist seit Hunderten von Jahren im Besitz der Familie. Ich weiß, dass es alle möglichen Geschichten gibt – die gibt's auf dem Land ja überall.« Er schwieg kurz. »Aber du weißt doch, wie Bauern sind«, fuhr er dann mit einem Achselzucken fort. »Sie sehen alle möglichen Sachen, aber sie geben's nicht zu.« Er sah sie durchdringend an, und sie bemerkte, dass unterschiedliche Gefühle sich in seinem Gesicht spiegelten. Vorsicht. Misstrauen. Wollte er prüfen, wie sie darauf reagierte? Doch schon war er wieder der vertraute lässige Steve. »Meine Mutter kommt auch aus der Gegend, aus dem Tal. Sie hat sich auf den ersten Blick in die Farm verliebt, sobald mein Vater sie ihr gezeigt hat. Es ist wunderschön dort, wild und einsam. Sie war damals eine richtige Romantikerin. Und jung.« Er machte eine Pause. »Es ist kein leichtes Leben, eine Farmersfrau zu sein.«

Bei seinem veränderten Tonfall sah sie auf. »Es muss schrecklich gewesen sein, als die Maul- und Klauenseuche ausgebrochen ist.«

Er nickte. »Das war es auch. Mein Vater war nahe dran aufzugeben. Aber dann ist meine Mutter auf die Idee mit der Pension gekommen – im Internet dafür zu werben und so. Zuerst fanden wir die Vorstellung entsetzlich, Fremde im Haus zu haben – vor allem meine Mutter –, aber man gewöhnt sich daran.« Er machte eine vage Geste.

»Vermutlich hat sie jetzt keine Zeit mehr, Gespenster zu hören.« Viv drückte den Pressfilter hinunter und schenkte zwei knallrote Becher mit Kaffee ein.

»Sie geht nicht mehr oft auf den Berg.« Wieder zuckte er mit den Achseln, in seiner Miene lag Wehmut. »Sie hat sich sehr verändert. Aber ab und zu hört sie immer noch Geräusche. Manchmal glaube ich, dass sie einfach zu empfindsam ist. Dad ist viel bodenständiger. Aber die Gäste gehen gern hinauf.« Er lachte leise. »Wenn sie abends zurückkommen, erzählen sie manchmal die aberwitzigsten Geschichten.«

Viv reichte ihm einen Becher, lehnte sich gegen den Herd, ihren eigenen Becher mit beiden Händen umfassend, und sah ihn an. »Was für Geschichten denn?«

Er sah sie fragend an. »Willst du das wirklich wissen? Na ja, da gibt's zum einen die Erdgeistlöcher.« Er lächelte. »Und manche sagen, sie hätten mitten in der Nacht den Werwolf heulen hören! Und dann erzählen sie von Pferden, von Hufgetrappel. Manchen wird es ausgesprochen gruselig. Eine Frau sagte mal, sie hätte ›Gefühle‹ bekommen.« Er verdrehte die Augen. »Sie war ziemlich freakig, aber als ich Mums Gesicht sah, dachte ich mir, dass sie ziemlich genau wusste, wovon die Frau sprach.« Wieder warf er einen kurzen Blick zu Viv. »Die Frau wollte eine Séance abhalten, aber das kam für Mum nicht infrage. Nicht in unserem Haus. Das würde Dad nie zulassen, und außerdem hielt sie es für falsch. Respektlos.«

»Ich würde deine Mutter gern mal kennenlernen.« Nachdenklich trank Viv von ihrem Kaffee. »Vielleicht miete ich mich wirklich bei euch ein. Ich muss noch einiges recherchieren ...« Abrupt unterbrach sie sich, aber Steve griff ihren Gedanken sofort auf.

»Du willst also weiter über Cartimandua schreiben? Du hast neue Quellen gefunden, stimmt's?«

Guter Gott, dann hatte er die ganzen zusätzlichen Informationen also doch bemerkt. Na ja, das sollte er wohl auch. Schließlich gehörte er zu ihren besten Studenten, und es hätte sie sehr gewundert, wenn ihm die vielen Einzelheiten, die sie hatte einfließen lassen, nicht aufgefallen wären – Cartimanduas Stamm und ihr Geburtsort waren eindeutige Hinweise. Fakten, die niemand kannte und die auch sie nicht kennen dürfte. Wenn es denn überhaupt Fakten waren.

Steve nickte nachdenklich. »Es ist wirklich frustrierend, sich mit der Zeit direkt vor der Geschichtsschreibung zu befassen, über die es bloß römische Quellen gibt. Wenn nur die Kelten selbst etwas aufgeschrieben hätten.«

»Aber das haben sie doch.« Viv wurde zunehmend unwohl dabei, welche Wendung das Gespräch nahm. Um die Situation aufzulockern, drohte sie ihm scherzhaft mit dem Zeigefinger. »Vergiss nicht, dass sie, wenn's sein musste, Griechisch und Lateinisch schreiben konnten, und auch Keltisch in lateinischer Schrift. Wir wissen zwar, dass die Kelten eine mündliche Überlieferungstradition hatten, aber ihre unglaubliche Gedächtnisleistung bedeutet nicht zwangsläufig, dass sie Analphabeten waren. Wir können nicht mit Sicherheit sagen, dass sie nicht auch geschichtliche Ereignisse aufgezeichnet haben.« Sie machte eine kleine Pause. »Vielleicht haben sie sogar ihre ganzen heiligen Traditionen aufgeschrieben, und es wurde vernichtet. Das wissen wir einfach nicht.«

Steve schüttelte den Kopf. »Wenn sie schriftliche Zeugnisse hinterlassen hätten, dann hätten wir sie mittlerweile doch gefunden. Du weißt ja, ich habe für meine Diplomarbeit selbst umfangreich recherchiert. Die Traditionen wurden zerstört, die Erinnerungen gingen verloren. Die Römer und die Christen waren wild entschlossen, ihre Kultur auszulöschen. Da bleiben uns nur die römischen und die christlichen Quellen.« Er schaute Viv ins Gesicht. »Es sei denn ... Ist es das, Viv? Es gibt doch Schriften, und du hast sie gefunden?«

Einen Moment herrschte Stille. Oh ja, sie hatte in der Tat etwas gefunden, aber kein Stück altes Pergament. Es war in ihrem Kopf, das Echo einer untergegangenen Zeit.

Gebannt sah er sie an, deutete ihr Schweigen als Bestätigung. »Mein Gott, das ist ja spannend! Und Hugh ist neidisch, weil du etwas entdeckt hast, von dem er nichts wusste? Wow!«

»Nein, Steve ...«

Doch er ließ sich von seiner fixen Idee nicht mehr abbringen. »Keine Angst, ich werde keiner Menschenseele etwas davon verraten. Versprochen. Aber wo hast du es gefunden? Und bist du dir sicher, dass es keine Fälschung ist? Wie bei Iolo?«

Viv schüttelte den Kopf und trank dann einen großen Schluck Kaffee. Iolo Morganwg, ein Waliser Keltologe Ende des achtzehnten/Anfang des neunzehnten Jahrhunderts, hatte eine ganze Reihe angeblich druidischer und keltischer Manuskripte gefälscht oder, wie einige meinten, geschaffen, die die akademische Welt viele Jahre zum Narren gehalten hatten. Dieses Gespräch mit Steve rührte viel zu sehr an Dinge, mit denen sie sich im Augenblick nicht auseinandersetzen wollte. »Entschuldige, Steve«, sagte sie mit einem Blick auf die Uhr. »Ich muss los, ich habe einen Termin.« Sie lächelte. »Aber wir unterhalten uns noch weiter darüber, ja? Und bitte, bitte sag kein Wort davon zu Hugh. Das ist für ihn überhaupt nicht von Interesse, und auch nichts, das für sein Buch auch nur entfernt von Bedeutung wäre. Ehrlich.« Sie zögerte. »Vielleicht miete ich mich wirklich bald bei deinen Eltern ein. Ich würde gern noch mal nach Ingleborough fahren. Die Atmosphäre hat mir gut gefallen.«

Als sie die Tür hinter ihm schloss, schaute sie auf die Visitenkarte, die er ihr gegeben hatte:

*Peggy und Gordon Steadman*
Winter Gill Farm
High Fell
Ingleborough
North Yorkshire

High Fell, Ingleborough. Der Name hallte ihr durch den Kopf. Plötzlich zitterte sie vor Aufregung.

## II

Dass Cartimandua überhaupt zu ihr gekommen war, lag daran, dass sie sich so viel und so intensiv mit ihr beschäftigt hatte. Davon war Viv überzeugt. Als wäre sie am anderen Ende der Telefonleitung. Begonnen hatte es, als Viv nach zwei Jahren umfassender Recherchen schließlich mit dem Schreiben begonnen hatte. Zwei Jahre, in denen sie römische Texte studiert und sich in die neuesten archäologischen, anthropologischen und soziologischen Forschungen vertieft hatte. Sie hatte mit Archäologen und Restauratoren gesprochen, mit forensischen Archäologen und Philologen. Sie hatte gelernt, Blut aus Steinen zu zapfen, wie sie es sich selbst gegenüber bezeichnete.

Und eines Tages, aus heiterem Himmel, als sie dasaß und auf ihren Bildschirm starrte, hatte sie die Stimme gehört. Zuerst nur undeutlich. Keine Worte. Nur ein merkwürdiger Hall tief in ihrem Kopf. Besorgt hatte sie sich gefragt, ob sie dabei sei, den Verstand zu verlieren. Daraufhin hatte sie zwei Tage freigenommen. Aber dann war es wieder passiert, und dieses Mal hatte sie ein Wort klar und deutlich verstanden.

*Vivienne.*

Eine ungewohnte, fremdländisch klingende Version ihres richtigen Vornamens, den sie selbst niemals verwendete.

Wann immer sie die Stimme hörte, konzentrierte sie sich noch mehr auf die Arbeit, wehrte sich dagegen, versuchte, sie zu ignorieren. Da setzte die Stimme woanders an: in ihren Träumen. Und dort war sie ihr hilflos ausgeliefert.

Viv wurde zunehmend verwirrt. Cartimandua trat als Mensch aus Fleisch und Blut aus dem Schatten der Archäologie. Sie hatte graugrüne Augen mit dunklen Flecken darin, rotblondes, langes, dichtes Haar, breite Wangenknochen und einen vollen Mund. Eine energische Persönlichkeit. Und sie war klug. Bisweilen amüsant, oft bekümmert. Und manchmal schwierig zu verstehen.

Es war so schwer gewesen, nicht auf sie einzugehen, sich an die Fakten zu halten. Die Fakten, die durch die wenigen römischen Historiker bekannt waren und durch Cartimanduas Platz in der Geschichte Britanniens im ersten nachchristlichen Jahrhundert.

Jedes Mal, wenn es passiert war, hatte sie sich mit Händen und Füßen dagegen gewehrt. Den Stift hingeworfen. Wieder ein ganzer Absatz, den sie streichen musste. Romantisches, erfundenes Zeug. Ihr Buch beruhte auf Tatsachen.

Einmal hatte sie sich mit einem Kollegen aus dem Institut für zeitgenössische Geschichte unterhalten, vorsichtig und beiläufig, um sich nicht zu verraten, und gemeint, dass man beim Schreiben einer Biografie seinem Subjekt bisweilen allzu nahe kommen könne.

»Oh mein Gott, das kenne ich!«, hatte er gesagt und laut gelacht. »Es ist gruselig. Man kommt der Person so nahe, dass man regelrecht in ihre Haut schlüpft. Du hast das Gefühl, du würdest sie besser kennen, als sie sich selbst gekannt hat. Mach dir deswegen keine Sorgen, altes Haus. Das Problem ist, wir lesen für unsere Arbeit einfach viel zu viele Briefe und Tagebücher.«

Viv war lachend davongegangen. Zu viele Briefe und Tagebücher?

Nein. Nicht in der Eisenzeit.

Gäbe es die doch nur.

Wenn Cartimandua Briefe und Tagebücher geschrieben hatte, dann waren sie längst zerfallen in den nordenglischen Mooren, in denen sie den Großteil ihres Lebens verbracht hatte. Und Historiker durften nicht wissen, welche Gefühle das Subjekt ihrer Biografie empfunden und wie sie gedacht hatten, wenn es keine schriftlichen Zeugnisse gab.

Hugh hatte recht. Vermutlich war sie letztlich doch eine Romanautorin. Jemand, die gute, überzeugende historische Romane schreiben konnte.

»Das bin ich aber nicht!«, platzte sie heraus, auch wenn nur die Zimmerpflanzen auf dem Fensterbrett sie hörten. »Ich bin Historikerin, verdammt! Ich habe mich fünfzehn Jahre mit keltischer Geschichte befasst. Deswegen ist mir das alles einfach zugeflogen. Und nicht wegen …« Sie hielt inne. »Nicht wegen ihr.«

Vivs Lektorin war begeistert gewesen. Ebenso wie die Korrektoren, die Werbeabteilung, die Vertreter. Bei einigen Passagen, die sie gestrichen hatte, hatte ihre Lektorin darauf bestanden, dass sie sie wieder einfügte – es seien die besten Stellen, die »fantasievollsten«. Und der erste Fachmann, der es las – Professor Hugh Graham –, hatte es natürlich sofort entdeckt: Zwischen den Zeilen war Cartimanduas Stimme zu hören. Doch sie sollte nicht zu hören sein.

Und jetzt hörte Viv sie wieder, eindringlicher als je zuvor. Das Buch war fertig. Die Stimme sollte verschwunden sein. Stattdessen war sie noch lauter, und jetzt gab es keinen Grund – keinen akademischen Grund – mehr, ihr nicht zuzuhören. Schließlich fehlten ihr noch so viele Stücke bei dem ganzen Rätsel, es gab so vieles, das sie noch wissen wollte.

Langsam ging sie ins Wohnzimmer zurück, das ihr nach Steves Besuch sehr leer erschien, und überließ sich ihren Gedanken. Woher kam die Stimme nur? Aus ihrer Einbildung? War sie denn eine Erinnerung? Oder ein Echo? Ein Geist? Warum hatte sie plötzlich das starke Gefühl, dass es neben den vielen anderen Gründen, der Stimme, die sich Cartimandua nannte, nicht zuzuhören, noch einen wirklich triftigen gab – nämlich den, dass sie gefährlich war?

Nachdenklich betrachtete Viv das Telefon. Vielleicht sollte sie mit Cathy darüber reden. Cathy würde wissen, was sie tun sollte. Schließlich war sie Psychologin, mithin die Expertin. Aber was, wenn Cathy sagte, die ganze Sache sei albern und möglicherweise gefährlich und sie solle damit aufhören?

Auf einmal ging ihr der Text der ersten Hörspielszene wieder durch den Kopf. Nachdem sie sie geschrieben hatte, war es ihr unmöglich gewesen, sie zu löschen. Der Großteil davon war zwar nicht ins Buch eingeflossen, aber die Worte waren noch da.

In ihrem Computer. In ihren Aufzeichnungen. In ihrem Kopf. Das waren die Stellen des Hörspiels, die Maddie Corston so gut gefallen hatten. Das waren die Worte, mit denen Cartimandua lebendig wurde.

## III

Solange sie zurückdenken konnte, hatte sie gewusst, dass sie eines Tages Königin sein würde. Das war kein Traum, auch nicht die Erinnerung an ein früheres Leben oder das Wissen um ein Schicksal, das als Folge ihrer Geburt oder der Umstände eintreten würde. Es war eine Gewissheit, ein Wissen, tief in ihrem Inneren verankert. Außerdem hatte die Göttin es ihr gesagt. Als sie die Stimme das erste Mal deutlich hörte, stand sie allein zwischen den Bäumen am Fluss in dem grünen Tal unterhalb ihres auf dem Berg gelegenen Zuhauses. Sie hatte ihr Pferd zum Grasen hergebracht und sah gedankenverloren in die glitzernde, rauschende Strömung des braunen Wassers, gebannt von den Strudeln der Fluten.

*Cartimandua.*

Die Stimme schien von den Steinen unter ihren Füßen widerzuhallen, von den Felsen abzuprallen, in den Blättern über ihr zu rauschen. *Cartimandua, Königin des Nordens.*

Ehrfürchtig sah sie sich um. In diesem Tal gab es viele Gottheiten. Es war geheiligtes Land, der Fluss war heilig, und eine Göttin hatte ihren Namen ausgesprochen. Eine Göttin, die Vivienne hieß. Sie wusste auch, wie diese Göttin aussah. Sie hatte ihre grünen Augen in den Reflexionen auf dem Wasser gesehen, hatte ihr Haar – rotbraun wie Eichenlaub im Herbst – in den Wasserpflanzen zwischen den Felsen fließen gesehen. Und genau dort hatte sie zum ersten Mal dem Ruf der Göttin, die sie Königin nannte, geantwortet.

Ihre Brüder hatten sie ausgelacht. Gutmütig wie sie waren, hatten sie ihren Traum unterstützt; außerdem liebten sie ihre kleine Schwester.

Jeden Tag übten sie mit ihr zu laufen, einen Speer zu werfen, ihr kleines, scharfes Schwert zu schwingen und zu reiten, als wäre sie eins mit dem Pferd. Ihre Brüder waren es auch, die ihr ihren Namen gegeben hatten – Cartimandua, was so viel wie »Geschmeidiges Pferd« bedeutete –, und sie neckten sie, wenn sie sich, nass bis auf die Haut vom Regen und Nebel der Pennine Hills, in denen sie zu Hause waren, über den Hals ihres Falben streckte, sodass ihr langes rotblondes Haar sich mit seiner Mähne verwob und sie über die von Heide bewachsenen Moore und Täler in den Wald hineingaloppierte. Es waren ihre Brüder und deren Freunde, die sie dazu überredeten, sich auf eine umgedrehte Kiste zu stellen und vor ihren Truppen eine Ansprache zu halten, den Kindern und jungen Männern und Frauen der Bergfestung auf dem Hochmoor im Norden, wo sie alle geboren waren, und die als Erstes jubelten, wenn sie ihr Gefolge für das nächste Abenteuer um sich scharte.

Das Weben machte ihr keinen Spaß.

Das Nähen auch nicht.

Und sie spielte auch nicht gern mit anderen Mädchen, außer mit denen, die ebenso wild waren wie sie und die davon träumten, mit den Männern in die Schlacht zu reiten.

Sie konnte tun und lassen, was sie wollte. Sie war der Augapfel ihres Vaters, des Stammeshäuptlings, der Liebling ihres Onkels, und wenn ihre Mutter sich wegen ihr die Haare raufte, dann war ihr das egal. Ungehindert streifte sie durchs Dorf, die Kleider mit Torf beschmutzt, die eingerissenen Fingernägel schwarz, das Haar wüst zerzaust. Bis zu dem Herbst des Jahres, in dem sie zwölf wurde. Dem Jahr, in dem sich ihr Leben für immer veränderte.

In der Nacht hatte ihre Hündin Catia geworfen. Die Hündin war zierlich und der Wurf groß. Bei der Geburt war Catias Unterleib fast zerrissen. Auf die sanfte, zupackende Art, mit der Carta allen Tieren begegnete, hatte sie alles getan, um der Hündin zu helfen, holte mit den Fingern den letzten Welpen auf die Welt, zerriss die Häute, die die Mutter selbst nicht mehr zerbeißen konnte, legte die Welpen an ihre Zitzen, auch wenn sie wusste, dass die Hündin im Sterben lag. Drei der Kleinen waren bereits tot. Bei Sonnenaufgang saß Carta mit Tränen in den Augen im Schutz der Hütte, die vor dem großen Rundhaus stand, die Hand auf Catias Kopf gelegt, als ein Schatten auf sie fiel. Sie sah auf. »Das überlebt sie nicht«, klagte sie. Sie bat nicht um Hilfe. Erwachsene um Hilfe zu bitten, kam ihr nicht in den Sinn. Schon damals nicht.

Es war ein Fremder, der da neben ihr stand. Ein großer, schlanker Mann, der wohl auf vierzig Sommer zurücksah, in ein Manteltuch aus grün und blau gefärbter Wolle gehüllt. Mit halbem Ohr hatte sie das Horn des Wächters gehört und wusste daher, dass sich jemand dem Tor der Siedlung näherte, aber sie hatte nicht darauf geachtet. Der Mann beugte sich über die Hündin, legte dann seinen Stecken und die Ledertasche beiseite, kniete sich neben sie und legte sanft eine Hand auf ihre Flanke.

»Sie kann noch gerettet werden«, sagte er mit tiefer Stimme. »Nimm die Welpen von ihr fort. Sie hat nicht die Kraft, sie zu säugen. Gibt es hier keine andere Hündin, die sie annehmen kann? Wenn nicht, drehe ich ihnen den Hals um.«

»Nein!« Mit zornblitzenden Augen versuchte Carta, den Mann wegzustoßen, um sich schützend zwischen ihn und die Hündin zu stellen. »Ich lasse nicht zu, dass die kleinen Hunde umgebracht werden. Die Mutter hat genug Milch. Die Welpen sollen säugen, bis sie stirbt. Dann füttere ich sie selbst mit Ziegenmilch. Und vielleicht überlebt sie ja doch.« Ihre Zuversicht geriet ins Wanken. »Ich werde die Göttin bitten, sie zu segnen.« Zweifelnd sah sie auf die Hündin, die mit geschlossenen Augen reglos dalag.

Der Mann musterte Cartas Gesicht, dann griff er nach ihrer Hand und untersuchte ihre kurzen, blutverkrusteten Finger. »Gehört sie dir?«

Carta nickte.

»Bist du bereit, sie zu pflegen? Und wenn es sein muss, auch die Welpen?«

Wieder nickte sie. Dann fuhr sie sich trotzig mit dem Handrücken über die Augen und setzte ein entschlossenes Gesicht auf.

»Dann versuchen wir, sie zu heilen. Aber da braucht die Göttin unsere Hilfe, mein Kind. Sonst nimmt sie die Hündin zu sich, wo sie in alle Ewigkeiten im Land des Sommers spielt. Willst du ihr helfen?« Er blickte zu Carta, die eifrig nickte. Aber dann verzog sie das Gesicht und neigte den Kopf, als versuche sie, sich einer verblassten Erinnerung zu entsinnen. Er betrachtete sie. »Was ist, mein Kind?«

Sie schüttelte den Kopf, als sei sie verärgert über etwas, was ihr nicht gelingen wollte, auch wenn er nicht wusste, was es sein mochte. »Die Göttin will Catia noch nicht.« Die Göttin, deren Stimme sie auf den Mooren im Wind hörte. Die Göttin, die aus dem Bach zu ihr gesprochen hatte. Vivienne.

Kurz begegnete er ihrem Blick, dann nickte er, offenbar befriedigt mit einem Entschluss, den er im Stillen gefasst hatte. »Hol einen Topf kochendes Wasser, und – warte!« Er hatte die Stimme kaum erhoben, doch sein Ton war so gebieterisch, dass Carta innehielt, obwohl sie gerade in die Küche laufen wollte. »Wasch dir die Hände, ehe du zurückkommst.«

Als sie zurückkehrte, hatte er aus seiner Tasche eine Vielzahl Päckchen mit getrockneten Kräutern und Moosen, kleine Glasphiolen und mehrere scharfe Messer und Skalpelle herausgenommen. »Du bist ein Heiler?« Ihre Augen weiteten sich vor Erleichterung. »Warum hast du das nicht gleich gesagt?« In den Händen hielt sie einen Krug mit heißem Wasser, das sie aus einem Kessel geschöpft hatte, der über einem Kochfeuer hing.

Er steckte Moos zwischen die Hinterläufe der Hündin.

»Ich bin gekommen, um Zwistigkeiten zu befrieden, mein Kind. Aber doch, ich bin auch ein Heiler. Komm, gieß das mit heißem Wasser auf und lass es ziehen, bis es abgekühlt ist.« Er reichte ihr ein kleines Holzgefäß voll Kräuter und getrockneter Beeren. »Und was immer du sagst, wir müssen ihr die Welpen wegnehmen. Sie rauben ihr alle Lebenskraft. Wenn sie später wieder gesund ist, geben wir sie ihr zurück.«

Cartas Augen waren vor Staunen kugelrund geworden. Er war also ein Druide. Unter dem dicken Manteltuch hatte sie seine Robe gar nicht gesehen. Ein Weiser, der gekommen war, um rechtliche Streitigkeiten zu schlichten, die in der riesigen Bergfestung ausgebrochen waren, der Siedlung innerhalb der Schutzwälle. Ihr Vater, der König der Setantier, hatte natürlich seine eigenen Druiden. Sie leiteten im Wald unten im Tal, unterhalb der Festung, eine Schule und ein Kolleg, und zwei der angesehensten Mitglieder dienten beim Stammesrat als seine Berater. Dieser Druide musste ein ganz besonderer Mann sein und sehr angesehen, dass er eigens gerufen worden war. Sie hatte etwas von Zwistigkeiten zwischen den Anhängern ihres Vaters gehört, doch der Grund war ihr gleichgültig. Sie nahm die Welpen von den Zitzen ihrer Mutter, und sie winselten und fiepten, bis Carta sie in ihre Armbeuge kuschelte. »Ich kann sie zur Hündin meines Bruders legen. Die ist so dumm, dass sie es gar nicht merken wird.«

»Dann geh.« Er lächelte. Sie hatte mit ihrer Bemerkung mehr offenbart, als sie glaubte. Dieses aufgeweckte, eigensinnige kleine Mädchen hatte anscheinend wenig Respekt vor seinem Bruder, dessen Hund sie derart abschätzig beschrieb. »Und dann komm zurück und sieh mir zu. Du hast starke, sanfte Hände. Du hast das Zeug zu einer Heilerin.«

Wie vermutet, schmiegten die Welpen sich sofort an ihre Adoptivmutter, ohne dass eine der beiden Seiten Überraschung oder Ablehnung zeigte. Carta blieb einen Moment im Schatten des Wolllagers stehen, um sich zu vergewissern, dass die etwas älteren Welpen ihre Ziehgeschwister nicht wegstupsten, aber sie winselten nur einmal kurz auf. Offenbar war genug Platz für alle da, und die neue Mutter leckte die Ziehkinder prüfend. Daraufhin ging Carta zwischen den Häusern zurück, vorbei an den Getreidespeichern, Scheunen, Lagerhäusern, Werkstätten und Stallungen, aus denen die Siedlung bestand. Als sie zu dem Fremden zurückkehrte, sah sie, dass sich viele Zuschauer respektvoll vor dem Haus ihres Vaters um den Gast und die Hündin versammelt hatten.

Ungeduldig zwängte sie sich durch die Menge, doch dann stieß sie auf ihren Vater, der den Gast soeben begrüßte. »Sei willkommen,

Freund. Verzeih, dass dieses Kind dich aufgehalten hat. Sie darf dich mit derartigen Lappalien nicht behelligen.« Ihr Vater war ein hochgewachsener, stattlicher und gut aussehender Mann, der im Stamm großes Ansehen genoss. Carta bemerkte, dass er seinen besten Umhang trug und sich den silbernen Reif seiner Königschaft aufs rote Haar gesetzt hatte.

Der Neuankömmling sah ihn an. »Das Leben eines Hundes ist keine Lappalie, Bellacos. Ganz im Gegenteil.« Er lächelte ernst. »Fragen des Rechts können warten. Jetzt sehen wir erst einmal, was wir für diesen Hund tun können, dann komme ich später zu deiner Feuerstelle.«

Nachdem Carta sich am Abend dieses Tages vergewissert hatte, dass Catia tief und fest auf der Decke auf ihrem eigenen Heidekrautbett schlief, und dass die Welpen sich an ihrer Adoptivmutter satt gesogen hatten, schlich sie in den Festsaal der Setantier. Er war einige Jahre zuvor neben dem Haus ihres Vaters errichtet worden und etwas größer als dieses; außerdem zogen sich hier nicht lauter kleine Kammern an den Außenwänden entlang, vielmehr bildete er einen einzigen Zeremonienraum, in dem Stammesversammlungen und Geselligkeiten abgehalten wurden und gemeinsame Mahlzeiten stattfanden. An den Wänden hingen bunt gewebte Decken, das Dach stützten kunstvoll geschnitzte Säulen, alles war in vielerlei Farben und Formen gestaltet, und jetzt brannten hier Dutzende von Lampen. Während die Einwohner der Siedlung hereinströmten, breitete sich der Rauch des Feuers, das in der Mitte des Saals brannte, über den Raum, und es duftete nach dem Essen, das auf großen, schweren Tabletts hereingetragen wurde. Carta kam gerade hinzu, als ihr Vater dem Gast ein Horn voll des besten Mets reichte. Sie zwängte sich auf die Bank zwischen die beiden Männer. Die Stimmen und das Gelächter der Menschen, die gekommen waren, um den Besucher zu sehen und das Abendessen mit ihm zu teilen, dröhnten in ihren Ohren. Im flackernden Licht der Lampen wurde Fleisch von den Feuergruben und aus den Öfen in den Küchen aufgetischt, es war auf Platten angerichtet und schwamm in fetter Blutsoße.

Dazu gab es Schüsseln mit Eintopf, Körbe voll Brot und große Stücke besten Käses. An der Wand saß Enocios, der Harfner, und spielte eine leise Musik, die im Lärmen um ihn herum fast unterging.

Bellacos und sein Gast waren ins Gespräch vertieft und merkten offenbar gar nicht, dass sich das kleine Mädchen auf die gepolsterte Bank zwischen sie gesetzt hatte, doch jetzt schaute der Gast zu ihr. Er legte das Messer neben sein Brett und wischte sich die Finger an einem Tuch ab, ehe er ihr das zerzauste Haar tätschelte und seine Hand auf ihrem Kopf liegen ließ. »Und deine Hündin schläft?«

Carta nickte. »Auf meinem Bett.«

Er schenkte ihr ein ernstes Lächeln. »Und wo wirst du schlafen, Kleine?«

»Irgendwo. Das ist mir egal.« Sofort meinte sie, sich verteidigen zu müssen. Ihr Vater hatte seine Aufmerksamkeit von ihr abgewandt und schaute sich um, offenbar suchte er in der Menge nach jemandem. Ihr Onkel saß dem Gast direkt gegenüber, also suchte er wohl nach ihrem ältesten Bruder Triganos. Sie verzog das Gesicht. Hoffentlich war Triganos wie immer irgendwo anders, trieb sich mit seinem Freund Venutius in den Stallungen oder im Waffensaal herum. Wenn die beiden herkämen, würde sie vertrieben werden und müsste sich zu den anderen Kindern setzen oder zu ihrer Mutter, die auf der anderen Seite des Feuers saß. Dann wäre sie vergessen. Sie war unter der warmen Hand des Fremden nicht zusammengezuckt. Normalerweise ließ sie sich von Unbekannten nur ungern berühren und suchte in solchen Fällen sofort das Weite, aber dieser Mann zog sie in seinen Bann. Und er hatte ihr Vertrauen ebenso mühelos gewonnen wie das ihrer Hündin.

»Und wie heißt du, mein Kind?« Seine Stimme war fest und melodiös. Er nahm die Hand fort, und einen Moment kam sie sich beraubt vor.

»Mein Geburtsname ist Áine. Strahlenglanz. Aber meine Brüder nennen mich ›Geschmeidiges Pferd.‹« Sie machte ein zufriedenes Gesicht. »Cartimandua.«

»Und? Passt dieser neue Name zu dir?« Er lächelte.

Ihr Vater antwortete an ihrer statt. »Nur allzu gut.« Er lachte dröhnend. »Carta ist ein Kind Eponas, daran besteht kein Zweifel.« Er legte ihr seinen muskulösen Arm um die knochige Schulter und drückte sie fest an sich.

»Und welche Pläne hat deine Mutter für dich?« Der Fremde betrachtete sie nachdenklich.

»Keine. Oder wenn doch, dann hat das nichts zu besagen.« Carta schaute zu ihm auf und fixierte ihn mit großen Augen, die bisweilen blaugrau waren, bisweilen auch grün wie die Bergseen. »Ich werde Königin sein.«

Ihr Vater lachte wieder, und die Umsitzenden, die den Wortwechsel verfolgt hatten, stimmten in sein Gelächter ein. Es war ein freundliches Lachen, alle mochten die kleine Tochter des Häuptlings und bewunderten sie wegen ihres Muts und ihrer wilden Schönheit.

Nur der Fremde lachte nicht. Er sah sie immer noch nachdenklich an. »Wer hat dir das gesagt, mein Kind? Deine Mutter?«

Sie schüttelte den Kopf.

»Wer dann?«

»Die Herrin.«

Sie sah, dass seine Pupillen sich weiteten, und hielt seinem Blick stand, auch wenn sie es einen Moment mit der Angst zu tun bekam. »Manchmal, wenn ich allein bin, spricht sie mit mir«, sagte sie trotzig. »Sie heißt Vivienne.«

Im Saal war es still geworden. Der Fremde nickte bedächtig. »Erinnere ich mich recht, Bellacos? Dieses Kind ist eine Tochter Brigantias. Durch dein Blut eine Tochter der Setantier, doch durch ihre Mutter auch eine der Trinovanten. Stimmt das?«

Cartas Vater war ernst geworden und warf einen Blick über den Kopf seiner Tochter hinweg zu seinem Besucher. »So ist es. Die Barden wissen uns zu berichten, dass die Mutter der Mutter ihrer Mutter die Tochter Mandubraccios' von den Trinovanten war. Nach seinem Tod brachte seine Frau, ebenfalls eine Fürstin Brigantias von den Corionototer, sie heim zu ihrem Volk hier im Norden. Sie waren unten im Süden nicht mehr sicher. Cassivellaunus' Erben verfolgten alle Abkömmlinge seines Bluts. Um sie zu vernichten.«

»Und die Linie deiner Mutter?«

»Die Tochter des Königs der Textoverden.«

»In dieser Kleinen vereinen sich also viele königliche Blutlinien. Weshalb du bei der Wahl zum nächsten Hochkönig der Briganten auch gute Chancen hast.« Der Druide strich sich übers Kinn. »Und sie hat keine Schwestern? Nur Brüder?« Als Bellacos nickte, schwieg er eine Weile nachdenklich, dann erhob er sich. »Jetzt ziehe ich mich zurück, um die Götter zu befragen. Ihr Schicksal steht geschrieben, Bellacos, und sie weiß es.«

Bellacos saß mit offenem Mund da. »Aber sie ist doch noch ein Kind.«

»Kinder wachsen heran, mein Freund.« Der Druide legte ihm eine Hand auf die Schulter. »Es könnte eine Zeit kommen, da es niemand anderen von königlichem Blut gibt, der dein Volk führt. Wenn du und deine Söhne und die Söhne deiner Brüder zu den Göttern gegangen sind, könnte sie die einzig noch Lebende der Familie sein.« In der darauf einsetzenden Stille hielten alle den Atem an. Der Druide prophezeite nicht nur Cartas Zukunft, sondern auch den Tod des Königs und seiner Söhne. Sein Blick ruhte gelassen auf dem Gesicht seines Gastgebers. Was immer die Götter bestimmten, würde geschehen, trotz aller Versuche, ihre Pläne zu hintertreiben. »Wenn es ihr Schicksal ist«, fuhr er in die Stille hinein fort, »wenn sie zur Königin ausersehen ist, muss sie auf ihr späteres Leben vorbereitet werden und darf nicht mehr wild mit den Pferden herumtollen.« Er legte Carta sacht den Zeigefinger auf die Stirn. »Ich werde heute Nacht für sie in die Zukunft sehen.

Morgen reden wir weiter.«

## IV

Hugh Graham saß an seinem heimischen Schreibtisch in dem neogotischen Haus aus grauem Stein, das hinter hohen Lorbeerhecken versteckt in dem hübschen Dorf Aberlady lag. Die Geschichte Venutius' hallte ihm durch den Kopf. Fluchend versuchte er, sie zu verbannen. Die vor ihm liegenden Aufzeichnungen handelten von der Eroberung Britanniens durch die Römer, von versprengten Legionen, vom Süden Englands. Er war noch nicht bei dem Teil seines Buches angelangt, in dem er sich mit den Briganten beschäftigen würde, von Venutius ganz zu schweigen. Inständig wünschte er sich, er hätte das Buch Viv gegenüber nicht erwähnt. Er hatte angedeutet, dass es sich um den Briganten-König drehen würde, aber das stimmte nicht. Sicher, Venutius würde eine Rolle spielen, ein wichtige sogar, aber keinesfalls die Hauptrolle. Warum also war er auf einmal von der Geschichte dieses Königs so besessen?

Erbost starrte er auf die Bücherstapel rings um sich. Zum dritten Mal hatte er sich jetzt hingesetzt. Davor war er rastlos auf und ab gegangen. Seit dem Gespräch mit Viv war er unfähig, sich auf irgendetwas zu konzentrieren. Verärgert verzog er das Gesicht. Er sollte an diesem Vormittag an der Uni sein. Für den Nachmittag waren zwei wichtige Besprechungen angesetzt gewesen, die er jetzt von seiner Sekretärin hatte verschieben lassen. Warum?

Warum war er gestern, nachdem Viv hinausgestürmt war, so überstürzt aufgebrochen? So überstürzt, dass er in dem Chaos auf seinem Schreibtisch nicht einmal nach der Fibel gesucht hatte, um sie sicher zu verwahren. Das beunruhigte ihn jetzt. Er ging geradezu sträflich nachlässig mit ihr um, ohne zu wissen warum. Ein Schauer lief ihm über den Rücken. Er hatte Viv aus einem sehr guten Grund verboten, sie zu berühren. Die Nadel fühlte sich an, als sei sie vergiftet. Als er sie sehr vorsichtig – weil er keine Schutzhandschuhe trug – mit den Fingerspitzen berührt hatte, hätte er das Kästchen, in dem sie lag, beinahe fallen lassen, so sehr hatte das eisige Gefühl von Unheil, das sie verströmte, ihn erschreckt.

Warum also hatte er das Schmuckstück trotzdem auf seinem Schreibtisch zurückgelassen? Weil er es, so widersinnig das klang, eine Weile im reinen, heißen Sonnenlicht liegen lassen wollte, wenn auch nur für einige Sekunden. Jetzt wurde ihm klar, wie irrational dieser Wunsch war.

Die Atmosphäre in seinem Büro war natürlich nur wegen Viv unerträglich gewesen, nicht wegen der Fibel. Die Wut, die sie zurückließ, war beinahe mit Händen zu greifen gewesen. Nach einem solchen Vorfall hätte sich kein Mensch auf die Arbeit konzentrieren können. Er seufzte und ärgerte sich noch mehr, weil er schon wieder an sie dachte und nicht an den Jahresbericht, den er eigentlich schreiben sollte. Er zwang sich, seine Aufmerksamkeit auf den Berg Unterlagen auf seinem Schreibtisch zu richten.

Die Prüfungen waren in diesem Jahr sehr gut gelaufen. Insgesamt würde es weniger Nachprüfungen geben, und überhaupt keine für den zweiten Jahrgang. Das hatte er vor allem Viv zu verdanken. Sie war eine gute Lehrerin, das musste er ihr lassen. Er runzelte die Stirn. Aber sie war auch eine enervierende Frau, die ihr Leben mit populärem Schmonzes – anders konnte man es nicht bezeichnen – vergeudete.

Er schob den Stuhl zurück und ging zum Fenster, um in den Garten hinauszuschauen. Ein regelrechter Dschungel. Alison hatte den Garten über alles geliebt; vielleicht war er für sie eine Art Kinderersatz gewesen, da sie nie welche bekommen hatten. Sie hatte einen grünen Daumen gehabt. Alles, was ihr unter die Finger kam, grünte, wuchs und gedieh. Als wäre all ihre Lebensenergie in die Pflanzen geflossen, und sie hätte keine zurückbehalten, um den Krebs zu bekämpfen, der sie in nur sieben Monaten dahingerafft hatte.

»Kümmre dich um meine Pflanzen, Hughie.« Nur ein oder zwei Tage vor ihrem Tod hatte sie das zu ihm gesagt und dabei seine Hand ergriffen. »Ich kenne dich doch. Du steckst den Kopf in deine Bücher und vergisst darüber die Pflanzen.«

Sie hatte ihn einfach zu gut gekannt.

Er räusperte sich laut und ging zum Schreibtisch zurück. Zuoberst lag dort der Brief, in dem es um Gelder für Forschungsprojekte an seinem Institut ging. Ärgerlich stellte er fest, dass Vivs Name noch dastand. Rasch nahm er einen Stift und strich ihn dreimal durch. Das Seltsame war, er konnte sich Vivs Kummer und Ärger so gut vorstellen, dass er sie fast leibhaftig vor sich stehen sah mit ihren zerzausten roten Haaren und den lebendigen Augen – eine Vision, die er allzu häufig hatte. In der Stille des Hauses glaubte er, Vivs Stimme zu hören, ihr Gelächter, ihren respektlosen Tonfall. Allein bei dem Gedanken an ihren Ärger erschien ihm das Haus weniger verlassen. Mit finsterem Gesicht strich er ihren Namen ein viertes Mal durch, bevor er den Brief auf die Unterlage warf.

Alison hatte Viv gemocht. »Sie ist als Historikerin eine Naturbegabung«, hatte sie gesagt. »Sie arbeitet aus dem Instinkt heraus. Weißt du, Frauen verlassen sich oft auf ihre Eingebungen, die sich am Ende als richtig erweisen.« Sie hätte Vivs Artikel in der *Sunday Times* großartig gefunden, genauso wie das Porträt über sie. Sie hätte jedes Wort verschlungen und dann Viv angerufen, um ihr stundenlang vorzuschwärmen.

Eines ihrer liebsten Ausflugsziele war der Berg Traprain Law gewesen mit seiner eisenzeitlichen Befestigung. Sie hatte es genossen, oben auf dem Gipfel zu stehen und den Blick schweifen zu lassen, oder auch weiter zu dem Gebirgszug Lammermuirs zu gehen oder hinunter zu den Eildon Hills, wo er ihre Asche verstreut hatte, die zauberhaften keltischen Hügel, wo der Wahrsager Thomas the Rymer im dreizehnten Jahrhundert der Feenkönigin begegnet war und wo König Arthur mit seinen Rittern schlief. Ärgerlich schüttelte er den Kopf. Kein Wunder, dass sie sich mit Viv so gut verstanden hatte. Beide hatten diese Mythen geliebt, die Legenden und das ganze Pseudokeltische, das auf seine Art ja ganz nett war, aber mit historischer Realität nicht das Geringste zu tun hatte. Er hatte sich große Mühe gegeben, Alison diese Flausen auszutreiben, hatte erklärt, dass die Bevölkerungsdichte in der Umgebung dieser großen Bergfestung sehr hoch gewesen war, den Luftaufnahmen und archäologischen Forschungen nach zu urteilen eher höher als heute. Eine Landschaft voller Gehöfte und Rundhäuser, Mauern und Pfade, und in der Mitte eine Siedlung, die wohl schon zweitausend Jahre vor der Eisenzeit existiert hatte. Ein realer, bevölkerter, geschäftiger Ort und kein dunstverhangenes, mystisches Feenland. Alison mochte es ja nicht gelungen sein, die Mythen durch die Realität zu ersetzen – aber Viv hätte es gelingen müssen. Gerade Viv müsste die Realität der Geschichtsschreibung begreifen können.

Er griff nach den Schlüsseln, vergaß Schreibtischarbeit und Jahresbericht und ging hinaus zum Wagen. Die frische Luft der Berge tat ihm immer gut. Dort konnte er den Kopf auslüften und sich auf den neuen, beharrlichen Hintergrund zum einsamen Lied der Lerche konzentrieren: auf die Stimme Venutius'.

## V

Cathy hatte Viv für den folgenden Sonntag zum Abendessen eingeladen. Pete Maxwell, ihr Freund, öffnete ihr die Tür. Er war groß, ausgesprochen hager, hatte dünnes Haar und den braunen Teint eines Menschen, der den Großteil seiner Zeit im Freien verbringt.

»Tut mir leid, ich bin etwas zu früh dran.« Viv reichte ihm die zwei Weinflaschen, die sie gerade im Spirituosenladen um die Ecke erstanden hatte, und gab ihm einen Kuss auf die Wange.

»Du bist hier jederzeit willkommen, Viv. Das weißt du doch.« Er warf einen nervösen Blick in den Hausflur. »Ich erwarte jeden Moment meine Ex mit meiner Tochter. Richtig entspannen kann ich mich erst, wenn sie wieder weg ist«, erklärte er ihr.

Viv grinste mitfühlend. Im Lauf der Jahre hatte sie von Cathy einiges über Petes Ehe erfahren. Der momentane Streitpunkt war Tasha, die gemeinsame Tochter. Bislang war alles glattgegangen – sie besuchte in Edinburgh die Schule und lebte bei ihrer Mutter am Stadtrand in Cramond. Die Ferien hatte sie zum Teil in Schweden, zum Teil in Schottland verbracht, aber jetzt wollte Greta, dass sie eine Schule in Schweden besuchte. Anfangs hatte Pete auf seine gutmütige Art nicht weiter darüber nachgedacht. Ein Problem? Welches Problem denn? Tasha wollte aber in Edinburgh bleiben und während der Schulzeit bei ihm und Cathy leben. Was theoretisch kein Problem darstellte, rein praktisch aber eines sein würde. Dafür würde Greta schon sorgen, wie Viv von Cathy gehört hatte.

»Cathy ist in der Küche und wartet schon auf dich.« Pete ging ihr den Flur entlang voraus.

Cathy schälte gerade Kartoffeln. »Hallo, Viv. Nimm dir doch ein Glas. Hat Pete dir schon erzählt, dass Tasha auch kommt?«

»Ja.« Viv schenkte sich ein Glas Wein ein, während Pete verschwand, um in seinem Arbeitszimmer einen Anruf entgegenzunehmen. »Lass mich das doch machen.« Viv setzte sich auf den Barhocker an der Arbeitsfläche.

Als Cathy ihr das Schälmesser reichte, schaute sie sie kurz an. »Du siehst ein bisschen blass aus um die Nase. Ist alles in Ordnung?«

»Doch, doch.« Viv bohrte energisch ein Auge aus einer Kartoffel. »Einigermaßen.« Sie grinste schief. »Vielleicht bin ich auch paranoid.« Sie trank einen großen Schluck Wein. »Ich glaube, ich werde heimgesucht.« Eigentlich hatte sie das gar nicht erwähnen wollen, die Worte kamen ihr über die Lippen, bevor ihr so recht klar war, was sie da sagte.

»Heimgesucht?« Cathy runzelte fragend die Stirn. »Von wem denn? Oder von was? Ich hoffe, du hast nichts gegen Würstchen mit Kartoffelpüree. Das ist das Einzige, von dem ich weiß, dass Tasha es mit Sicherheit isst.«

»Klingt super.« Viv grinste. »Du kennst mich doch, ich esse alles.« Sie nahm sich die nächste Kartoffel vor. »Ich glaube, von Cartimandua. Vom Buch.« Jetzt, wo sie das Thema einmal angesprochen hatte, wollte sie nicht mehr davon aufhören. »Wahrscheinlich leide ich an Entzugserscheinungen.«

Cathy schaute sie an und legte gleichzeitig die Würstchen in die Grillpfanne. »Das ist gut möglich. Und wie sehen die Symptome genau aus?«

Viv machte eine ausweichende Geste. »Die Unfähigkeit, mich von der Geschichte zu trennen.« Sie beschrieb die Situation bewusst vage.

»Vielleicht wäre es gut, wenn du nach dem Hörspiel gleich mit einem neuen Buch anfängst.« Cathy stellte den Grill an. »Beschäftige dich mit dem nächsten Kind.«

Viv musste schmunzeln. »Dachte ich mir's doch, dass es etwas mit einer Nabelschnur zu tun hat. Zu so einem Buch hat man ja irgendwie eine richtige Beziehung.«

»Doch, ja.« Cathy griff nach ihrem Glas und überlegte eine Weile. »Ja, das stimmt. Immerhin hast du mit dem Buch – wie lange gelebt? Zwei Jahre? Da ist es natürlich ein Schock, plötzlich nichts mehr damit zu tun zu haben. Ich wette, ein Teil von dir konnte es gar nicht erwarten, mit dem Buch fertig zu werden, und der andere Teil hat Panik davor gehabt. Oder besser gesagt, ich weiß, dass es dir so ergangen ist. Du hast es ja mehr oder minder gesagt.«

»Ach, wirklich?« Viv sah überrascht auf. »Na ja, es stimmt auch. Und ich wollte, dass Hugh mich unterstützt. Das hatte ich zumindest gehofft. Vermutlich habe ich geglaubt, mit dem Buch würde er mich als Autorität auf meinem Gebiet anerkennen.«

»Aber das Gegenteil ist passiert.« Cathy beobachtete sie über den Rand des Glases hinweg.

»Das glatte Gegenteil. Dumm von mir, aber jetzt, wo mein Ärger abgeklungen ist, bin ich richtig enttäuscht.«

Die Türglocke läutete. Wenige Sekunden später hörten sie Stimmen im Flur.

Amüsiert verfolgte Viv, wie eine große, blonde Frau in die Tür trat, gefolgt von ihrer Tochter, einem kleinen, schlanken Mädchen, das dieselben blonden Haare und zarten Gesichtszüge hatte wie seine Mutter. Pete hatte sich offenbar wieder verdrückt. »Cathy, du musst morgen nach der Schule mit Tasha zum Kieferorthopäden gehen, und dann braucht sie für den Sommer noch neue Sandalen. Ich werde vor den Ferien keine Zeit dafür haben, und dann fahren wir gleich nach Schweden, also wirst du das erledigen müssen. Ich habe die Marken, die infrage kommen, hier aufgeschrieben.« Sie legte einen Zettel auf die Arbeitsfläche.

»Greta, ich glaube, du kennst meine Freundin Viv noch gar nicht.« Cathy achtete gar nicht auf den Zettel.

Mit einem kurzen Blick auf Viv nickte Greta, lächelte aber nicht. »Ich muss jetzt gehen. Lass Tasha nicht so spät aufbleiben wie letztes Wochenende.« Da sie sehr betont und deutlich sprach, war ihr Akzent nur ganz leicht zu hören.

»Ich dachte, vielleicht möchtest du mit uns zu Abend essen, Greta.« Cathys Tonfall klang begeistert. Allzu begeistert. Viv unterdrückte ein Schmunzeln.

»Vielen Dank, nein.« Der Blick, mit dem Greta die Küche taxierte, sprach Bände: Dies war ein Hort der Völlerei und des Botulismus. Eine Sekunde später war sie fort, ohne ein Wort des Abschieds zu ihrer Tochter oder Pete, die beide im Flur herumstanden. Zurück blieb nur der leichte Hauch eines teuren Parfüms.

Sobald sich die Tür hinter ihr geschlossen hatte, brachen Cathy und Viv in haltloses Kichern aus. »Was hättest du gemacht, wenn sie Ja gesagt hätte?«, fragte Viv.

»Ich wäre auf der Stelle tot umgefallen.« Es kostete Cathy alle Mühe, sich zu beherrschen.

»Führt sie sich immer so auf?«

»Immer.«

»Unglaublich.« Viv trank noch einen Schluck. »Und wie ist die Tochter?« Erstaunlicherweise hatte sie Cathys Beinahe-Stieftochter und deren Mutter nie kennengelernt, allerdings tat ihre Freundin auch ihr Bestes, Petes Familie nicht mit ihrem Bekanntenkreis zu vermischen.

»Ich mag sie sehr gern, aber ich muss sagen, ab und zu kann sie eine Nervensäge sein.«

Wie Viv wenig später selbst erfahren musste.

»Ich bin Vegetarierin geworden! Wie kann man nur arme tote Tiere essen!« Nach einem Blick auf den Tisch und die Grillpfanne mit den brutzelnden Würstchen hatte Tashas Miene den Ausdruck äußerster Missbilligung angenommen, der genau dem ihrer Mutter vor wenigen Minuten entsprach.

»Kein Problem.« Cathy zeigte sich wenig beeindruckt. »Iss die Kartoffeln und das Gemüse, und auf dem Weg zum Kieferorthopäden kaufen wir morgen noch anderes Gemüse. Übrigens finde ich, dass du völlig recht hast, Tasha. Vegetarisch zu essen, ist viel gesünder.« Sie gab drei Würstchen auf Vivs Teller. »Nimm dir von der Zwiebelsoße, Viv. Nichts für dich, Tasha, tut mir leid. Die ist nicht vegetarisch.«

Das Mädchen starrte auf seinen Teller. »Mummy sagt, dass man von Kartoffeln dick wird«, sagte sie weinerlich.

»Da hat deine Mummy wohl recht.« Cathy zuckte mit den Schultern. »Also dann nur Erbsen, ja?«

Pete verfolgte die Szene schweigend. Viv glaubte, ein amüsiertes Funkeln in seinen Augen zu sehen. »Im Kühlschrank sind auch ein paar Tomaten, Tasha.«

»Dad! Du weißt doch, dass ich Tomaten hasse.« Das Mädchen war den Tränen nahe.

»Weißt du ...« Viv fand es an der Zeit, positiv einzugreifen. »Das sind doch Bio-Würstchen – oder, Cathy?«

Cathy nickte eifrig.

»Die kommen von glücklichen, gesunden Tieren. Es ist sehr wichtig, die biologisch-dynamische Landwirtschaft zu unterstützen, sonst werden die armen Tiere auf den herkömmlichen Bauernhöfen nur immer weiter gequält.«

Tasha runzelte die Stirn. »Aber meine Freundin Susie sagt ...«

»Viv unterrichtet an der Uni, Tasha«, warf Cathy ein. »Sie kennt sich mit solchen Sachen aus.«

»Iss ein Würstchen, Tasha, um der armen Tiere willen.« Viv sah kurz zu Cathy. »Und von der Soße darfst du auch was essen, aus demselben Grund.«

»Es wirft ja ein interessantes neues Licht auf die keltische Geschichte, dass du darüber zur Expertin für Biolebensmittel geworden bist.« Cathy grinste. »Aber die haben doch auch Menschen geopfert, oder? Waren sie Kannibalen? Aber immerhin wären die Opfer dann ja auch biologisch-dynamisch gewesen, also sollten ein paar Schweinswürstchen auch kein Problem sein.«

»Was?« Tasha warf ihr Besteck auf den Tisch.

»Das war ein Witz!« Cathy hob entschuldigend die Hände. »Reingefallen!«

»Igitt!« Tasha verzog das Gesicht. Als Cathy ihr den Teller vorsetzte, zögerte sie einen Moment. Viv beobachtete das kleine Mädchen amüsiert, um zu sehen, ob ihre Freundin die Situation noch weiter verschlimmert hatte, aber dem war nicht so. Tasha fiel ungerührt über das Essen her.

Einige Minuten aßen und tranken sie einvernehmlich. Dann bemerkte Viv, dass Tasha ihr ab und zu einen neugierigen Blick zuwarf. Sie dachte noch immer über das biologisch-dynamische Essen der Kelten nach und lächelte dem Kind zu, aber Tasha sah sie nur noch eindringlicher an, bis ihr schließlich unbehaglich wurde. »Was ist denn, Tasha? Habe ich ein Vogelnest im Haar?«, fragte sie schließlich.

Tasha runzelte die Stirn, auf einmal wirkte sie ängstlich. »Wer ist denn die Frau, die hinter dir steht?«

Viv erstarrte.

Cathy und Pete sahen in die Richtung, in die Tasha deutete.

»Was meinst du damit? Welche Frau denn?«, fragte Cathy verwundert.

Tasha sah sie verständnislos an. »Da! Direkt hinter ihr.«

Viv legte Messer und Gabel beiseite. Ein eiskalter Schauer lief ihr über den Rücken.

»Da steht doch niemand, Tasha. Sei nicht albern«, sagte Cathy streng.

»Doch!« Das Kind wirkte verstört. »Ich hab sie doch gesehen!«

»Jetzt iss weiter, Tasha«, mischte Pete sich ein. »Und hör auf mit deinen Fantasiegeschichten. Das ist nicht witzig.«

»Nein!« Viv beugte sich über den Tisch vor. »Sag, was hast du gesehen?« Sie legte Tasha eine Hand auf den Arm.

Tasha zog die Hand fort. »Nichts!« Sie war puterrot angelaufen.

»Bitte, Tasha«, flehte Viv inständig. »Sag's mir.«

»Ich hab nichts gesehen! Das war ein Spaß!« Tasha sprang auf und lief hinaus.

»Achte nicht auf sie, Viv«, sagte Pete. »Denk dir nichts dabei.«

»Nein.« Viv lächelte gequält.

»Sie wollte dich nur ärgern.«

»Wirklich?« Viv warf einen Blick zu Cathy. Dann sprang auch sie auf, lief ins Bad und knallte die Tür hinter sich ins Schloss. Ihr Herz klopfte zum Zerspringen, entsetzt starrte sie in den Spiegel.

## VI

»Der Hund wird doch nie mehr zu etwas taugen. Den sollte jemand erschlagen, das würde eine Menge Ärger ersparen!«

Aufgeschreckt durch die arrogante junge Stimme hinter ihr, drehte Carta sich um. Sie ging gerade mit Catia im warmen Sonnenschein langsam über die Einfriedung.

»Das geht dich gar nichts an, Venutius!« Vor Zorn stieg ihr die Röte ins Gesicht, als sie den Freund ihres Bruders am Rad eines Wagens lehnen sah, der neben der Küche stand. Er biss auf dem Ende eines Halms herum.

Er lachte. »Entschuldigung. Ich habe ganz vergessen, dass du ein neues Spiel spielst – Heilerin und nicht mehr Kriegerkönigin, oder? Deine Mutter freut sich bestimmt, dass ihre kleine Tochter endlich häuslich wird.«

Die höhnische Bemerkung verfehlte ihre Wirkung nicht. Wutentbrannt stürzte sich Carta auf den Jungen, der gut einen Kopf größer war als sie, vergaß darüber ganz ihre Hündin, die sich erschöpft hinlegte, und versuchte, ihm mit den Nägeln die Augen auszukratzen. Lachend und tänzelnd wich er vor ihr zurück und verspottete sie immer weiter, bis er mit zwei Fuhrmännern zusammenstieß, die aus dem Dunkel der Backstube herauskamen, um zwei weitere Säcke vom Wagen zu laden.

Einer packte Venutius an der Tunika. »Fürst oder nicht, junger Mann, pass auf, wohin du gehst, sonst beziehst du Dresche!«

Venutius' erstickte Flüche gingen in Cartas Jubelgelächter unter; jetzt war ihr Peiniger ihr hilflos ausgeliefert.

Doch bevor sie ihm mit ihren kleinen Fäusten zusetzen konnte, ließ die zornige Stimme ihrer Mutter, die in der Tür zum Haus hinter ihr stand, sie zusammenfahren.

»Cartimandua! Komm sofort her!«

Die zwei Fuhrmänner ließen den Jungen los und traten einen Schritt zurück, während Venutius sich aufrappelte und das Weite suchte.

Kurz überlegte Carta, ob sie ihm nachlaufen sollte, aber ein Blick auf die Miene der Königin hielt sie davon ab. Ergeben folgte sie ihrer Mutter ins Haus.

Fidelma betrachtete ihre Tochter und seufzte. Von ihren zwölf Kindern hatten nur vier das Säuglingsalter überlebt. Triganos, Fintan und Bran, die drei Jungen, und diese eine Tochter. Wieder einmal war ihre Kleidung zerrissen, ihr Gesicht verdreckt, ihr Haar völlig verfilzt, und ihre lebendigen grüngrauen Augen funkelten zornig.

»Ich möchte, dass du Venutius zu seinem Vater zurückschickst. Ich hasse ihn!«

Fidelma setzte sich auf einen Hocker ans Feuer und zog sich den Umhang um die Schultern. »Der König der Carvetier hat seinen Sohn zu uns geschickt, damit er lernt, ein Krieger und ein Fürst zu sein. Wir können ihn nicht zurückschicken«, sagte sie geduldig. »Du solltest wissen, dass seine Anwesenheit die Freundschaft zwischen unseren beiden Stämmen festigt.« Kaum zu glauben, dass in diesem Moment ihr Mann und der Gast, der Druide, immer noch über das Schicksal dieses Mädchens sprachen, als sei die Sache von höchster Bedeutung für den Stamm, und dass höchstwahrscheinlich sie und nicht Venutius weggeschickt würde. Meist blieb Fidelma bei allen wichtigen Zusammenkünften mit den Ratgebern an der Seite ihres Mannes, aber heute war sie frühzeitig gegangen, um zu sehen, was die fragliche junge Dame gerade mit ihrer Zeit anstellte. Mit einem gewissen Schuldgefühl dachte sie, dass Carta ihr allzu oft aus den Augen war und damit aus dem Sinn. »Hast du deine Pflichten für heute schon erfüllt, mein Kind?« Sie bemerkte, dass der Hund ihrer Tochter ins Haus gefolgt war und sich jetzt vertrauensvoll an ihre Beine schmiegte. Doch sie sagte nichts.

Carta machte eine wegwerfende Geste. »Mellia hat gesagt, dass sie sie für mich erledigt.«

Fidelma schluckte die zornige Antwort, die ihr auf der Zunge lag, hinunter. Ihre Tochter hatte nicht das mindeste Schuldgefühl, bei ihrer Pflichtvergessenheit ertappt zu werden. Irgendwie gelang ihr ein Lächeln. »Mellia ist wirklich viel zu nett zu dir, Carta. Du musst doch lernen, gut mit Nadel und Spindel umzugehen.« Sie sah quer durch den Raum zu Cartas Gefährtin, die Tochter eines von Bellacos' altgedienten Kriegern und fast ebenso alt wie Carta, die gerade hereingekommen war. Ordentlich, adrett, geschickt und willfährig, war sie das genaue Gegenteil ihrer Freundin. Obwohl sie, streng genommen, gar keine Freundin war. Fidelma wusste nur allzu gut, dass ihre Tochter sich viel lieber mit ihren Brüdern und deren Gefährten – mit Ausnahme von Venutius – herumtrieb als mit diesem sanften Mädchen. Sie fand sich mit Mellia ab, mehr nicht, und nutzte sie überdies aus. Bekümmert schüttelte Fidelma den Kopf. Insgeheim bewunderte sie Cartas Temperament und ihren Ehrgeiz, allerdings nicht ihre Aufsässigkeit. Als Bellacos' Tochter würde sie einen reichen und mächtigen Mann heiraten – höchstwahrscheinlich den Erben einer der benachbarten Stammeskönige –, aber dafür musste sie ein Mindestmaß an Bildung und Anstand besitzen.

Mit einem Blick auf das trotzige Gesicht ihrer Tochter lächelte Fidelma wehmütig. Ihr Ehemann würde den Segen der Götter und die Kraft und Entschlossenheit eines Bären brauchen, um Cartimandua zu bändigen – aber schließlich würden die Götter, deren Entscheidung die Stammesdruiden deuteten, ihren Ehemann bestimmen und ihr daher wohl einen schicken, der ihr gewachsen war!

## Kapitel 3

### I

»Viv! Lass mich rein. Was ist denn los?« Cathy hämmerte gegen die Badezimmertür.

Viv umklammerte den Rand des Waschbeckens, ihr Gesicht glänzte vor eiskaltem Schweiß. Sie kniff die Augen zusammen, beugte sich vor und versuchte, an ihrem eigenen blassen, angespannten Gesicht und dem zerzausten Haar vorbeizublicken. Was hatte Tasha gesehen? Sie hatte die Gestalt als eine Frau beschrieben, nicht als ein Kind oder das Mädchen, über das sie die ersten, später gestrichenen Kapitel geschrieben und das sie gerade in den verschwommenen Tiefen des Spiegels gesehen hatte. Nein, Tasha hatte den Schatten der Königin selbst gesehen. »Es gibt sie wirklich!«, wisperte Viv entsetzt. »Irgendwie ist sie meinen Träumen entkommen und jemand anderem erschienen. Ich habe sie erschaffen!«

Sie hatte das Gefühl, als würde ihr der Boden unter den Füßen weggezogen. Sie zitterte vor Kälte und Erschöpfung. Guter Gott, was war bloß mit ihr passiert? Sie stand hier, umgeben von den großen, gnadenlosen Spiegeln, in denen sich Cathys wunderschöne tropische Pflanzen reflektierten, aber sie war dort gewesen, an Cartas Seite. Sie hatte die schimpfenden Fuhrmänner gesehen, den ungewöhnlichen Moschusduft der Frau gerochen, die die Mutter des Kindes war, hatte Cartas schlammige Schuhe bemerkt und auch, wie ordentlich und fügsam Mellia im Vergleich zu ihr war.

Kaffeeduft trieb durch die Wohnung, während sie, vor Panik wie gelähmt, dastand und ihr eigenes Spiegelbild anstarrte. Erst als Cathy an der Klinke rüttelte und wieder ihren Namen rief, drehte sie sich langsam um und schloss die Tür auf.

»Was war denn los?« Cathy reichte ihr einen Becher mit schwarzem Kaffee. Tasha saß nebenan vor dem Fernseher.

Viv gab sich gleichmütig. »Tut mir leid. Müde und emotional ausgelaugt, so nennt man das wohl.« Sie sah auf ihre Hände, wollte den Blicken der anderen nicht begegnen.

»Tasha hat gar nichts gesehen«, sagte Cathy sanft und legte Viv eine Hand auf den Arm.

»Wirklich nicht?« Viv schaute auf. »Vielleicht nicht«, meinte sie leichthin. Wie konnte sie ihren Freunden erklären, was passiert war? Sie wusste es ja selbst nicht.

Erleichtert stimmte sie zu, als Pete ihr schließlich anbot, sie nach Hause zu fahren.

In ihrer Wohnung herrschte tiefe Stille. Viv blieb in der Wohnzimmertür stehen und sah sich unbehaglich um. Einige Schreibtischschubladen standen halb offen. So hatte sie sie bestimmt nicht zurückgelassen. Mit zitternden Händen öffnete sie die oberste Schublade und durchwühlte sie. Die Fibel. Wo hatte sie die Fibel hingelegt? Sie war nicht da. Entsetzt kippte sie den Inhalt ihrer Tasche auf den Teppich. Notizbücher, Stifte, Kamm, Kalender, Brieftasche, Geldbörse, Einkaufszettel, Quittungen, Autoschlüssel – aber kein Kästchen aus Acrylglas. Wo war es? Heftig schüttelte sie die Tasche aus. Sie war leer.

Mit wachsender Verzweiflung sah sie sich im Zimmer um. Sie konnte das Schmuckstück doch unmöglich verloren haben. Es war unersetzlich! Sie lief ins Schlafzimmer und durchsuchte auch dort alles, schaute unters Bett, hob die Tagesdecke an. Nichts. Auch nicht unter den Kissen, dem Nachttisch, den Regalen.

Sie hatte die Fibel in die Schreibtischschublade gelegt. Das wusste sie genau. »Vielleicht eine andere?« Jetzt führte sie schon Selbstgespräche – ein weiteres Anzeichen dafür, dass sie verrückt wurde. »Guter Gott, was habe ich bloß damit gemacht?« Sie kehrte ins Wohnzimmer zurück, zog alle Schubladen heraus und leerte sie auf dem Boden aus, verteilte dabei Zettel, Kugelschreiber und Bleistifte über den ganzen Teppich. Aber keine Spur von der Nadel.

Viv setzte sich aufs Sofa und ließ den Blick durch den Raum schweifen. Auf ihrem Schreibtisch lag der Entwurf zu ihrem Hörspiel, von Maddie Corston mit Unmengen roter Post-its versehen, und schien sie vorwurfsvoll anzuschauen. Und obenauf lag das Kästchen. Viv starrte es eine ganze Weile an, dann sprang sie auf und nahm es an sich.

Als sie den Deckel abhob, schien die emaillierte Fibel im Licht der Lampe zu leuchten. Das Schmuckstück in der Form eines Kranichkopfes mit einem eleganten langen Schnabel und anmutig gebogenem Hals war kunstvoll gearbeitet. Das Gold war graviert und zu eleganten Mustern geformt und mit roten und grünen Emaileinlagen durchsetzt. Eine ganze Weile betrachtete sie es, bevor sie fast widerwillig mit der Fingerspitze darüberfuhr. Das Gold beschlug beim Kontakt mit ihrer warmen Haut, schaudernd zog sie den Finger zurück. Die Fibel war eiskalt. Fast schuldbewusst sah Viv über die Schulter, als würde jemand sie aus der Ecke des Raums vorwurfsvoll ansehen. Sie hätte die Nadel nicht berühren dürfen.

Sie hätte sie gar nicht mitnehmen dürfen. Warum hatte sie es überhaupt getan? Hatte jemand anderes sie dazu gedrängt? Ihr die Hand geführt?

Draußen, vor den Fenstern, hatte sich die Nacht über die Stadt gelegt, allmählich wurde es auch dort still. In der Ferne hörte Viv einen Ruf, dann einen zweiten und laute Musik, als irgendwo am Lawnmarket eine Tür geöffnet und dann wieder geschlossen wurde.

Eine schemenhafte Frau, die im Licht am Schreibtisch stand, starrte die Nadel eindringlich an. Nur ihre Augen wirkten lebendig. Als Viv den Deckel des Kästchens sorgfältig wieder schloss, hob die Gestalt eine Hand, als wollte sie Viv davon abhalten, dann verschmolz sie langsam wieder mit der Dunkelheit.

# II

Die Pferde waren auf der anderen Seite der Einfriedung untergebracht. Sie tänzelten vor Ungeduld und warteten, dass Carta und Triganos endlich erschienen.

Im Schatten der hohen Mauer schlich eine Gestalt näher, überwand sie lautlos an der Stelle, wo sie eingefallen war, und ging auf die Pferde zu. Zuerst stellte eines die Ohren auf, dann auch die anderen, und Cartas kleines Pferd zog unruhig als seinem Strick und wich zurück, soweit das Seil es gestattete.

Der Junge sah sich verstohlen um und lief dann zwischen die Pferde. In der Hand hielt er etwas, was er nach Kräften zu verbergen suchte. Er tauchte unter dem Seil von Cartas Pferd hindurch und steckte ihm etwas unter die Satteldecke. Dann lief er kichernd davon.

Wenig später erschienen die Kinder des Königs. Triganos lachte. »Kommt! Wetten, dass ich schneller bin als ihr? Zum Wald und zurück, bevor die Sonne untergeht!« Er sprang auf sein Pferd, beugte sich vor, um die Zügel loszubinden, und fiel bereits in Galopp, noch ehe er das Tor erreicht hatte. Carta sprang nur wenige Momente nach ihm auf ihr Pferd, doch kaum saß sie auf, wieherte das Tier vor Schmerz und bäumte sich auf. Carta fiel im weiten Bogen zu Boden und blieb dort reglos liegen.

Venutius tauchte aus dem Schatten auf und half ihr, sich aufzurichten. »Hast du dir wehgetan? Ist dir etwas passiert?« Zuerst war seine Miene ausdruckslos, doch dann sah er sie freundlich, fast fürsorglich an. Zwei Männer, die ganz in der Nähe vor der Schmiede den Blasebalg betätigten, legten das Gerät beiseite und eilten Carta zu Hilfe, ebenso wie ihre Gefährtin Mairghread, ein groß gewachsenes Mädchen mit dunklem Haar und vorstehenden Zähnen. Erschüttert und in ihrem Stolz verletzt, stand Carta auf und schüttelte Venutius' Arm ab. »Mir fehlt nichts. Aber was ist mit Olwen?«

Schon stand Venutius neben dem Pferd, redete beschwichtigend auf es ein und klopfte ihm auf die zitternde Flanke. Den kleinen Stechpalmenzweig unter der Decke hatte er bereits weit fortgeschleudert.

Zu seiner Genugtuung wurde Carta zu ihrer Mutter gebracht, damit sie sich wieder ordentlich herrichten und sich beruhigen konnte und um getadelt zu werden, dass sie nicht überprüft hatte, ob die Satteldecke richtig befestigt war, dass sie sich dem Tier nicht ruhiger genähert hatte, dass sie nicht vorsichtiger aufgesessen war. Und lang bevor sie wieder nach draußen durfte, hatte Venutius sich auf sein eigenes Pferd geschwungen und war Triganos nachgeritten, gefolgt von einigen anderen Jungen. Carta musste schmollend zu Hause bleiben. Erst nach einer ganzen Weile gelang es ihr, dem wachsamen Auge ihrer Mutter zu entkommen. Sie lief sofort zu den Pferden und steckte Olwen Leckerbissen zu, dann machte sie sich daran, das Gelände abzusuchen.

Oben auf der Mauer stehend, konnte sie weit in die Ferne sehen, über den Wald hinaus zum Meer, in dem bald die Sonne blutrot versinken würde. Carta strich sich die Haare aus den Augen und lauschte lange Zeit nach der Stimme. Sie war nicht da. Nichts war zu hören als das leise Klagen des Windes. Sie sah zu, wie die Farben sich veränderten, zu einem üppigeren Rot und dann zu einem tiefen Gelbrot wurden, bis sie in die erste Dunkelheit übergingen. Über den Mooren hinter ihr lag schon die Nacht. Von Triganos und seinen Freunden war nichts zu sehen.

Hinter sich hörte sie Steine knirschen, und sie drehte sich um. Mellia stieg zu ihr herauf. Kurz schaute sie zur Sonne, dann zuckte sie mit den Achseln. »Bald ist es dunkel. Hast du sie gesehen?«

Carta schüttelte den Kopf.

»Glaubst du, sie bleiben die Nacht über draußen im Wald?«

»Ganz bestimmt.«

»Und du wolltest mit.«

»Natürlich.« Carta zog eine Schnute. »Jemand hat Stechpalmen unter meine Satteldecke gesteckt.«

Mellia riss die Augen auf. »Bist du dir sicher?«

»Ich habe sie gefunden. Und die Kratzer auf Olwens Rücken gesehen.«

»Wer würde denn so etwas tun?«

»Venutius. Er wollte nicht, dass ich mitkomme. Wenn ich dabei bin, passt Triganos auf mich auf und macht alles, was ich sage. Wenn ich nicht dabei bin, tun die Jungen, wozu sie Lust haben.« Sie machte eine vielsagende Geste.

Zweifelnd betrachtete Mellia das Profil ihrer Freundin. Sie kannte das entschlossene Gesicht. »Was hast du vor?«

»Ich weiß noch nicht genau, aber irgendetwas wird mir schon einfallen.«

Als die Jungen schließlich heimkamen, brachten sie erlegtes Wild mit. Sie hatten auf ihrem Ausflug sichtlich viel Spaß gehabt. Carta war nicht da, um sie zu begrüßen. Aus unerfindlichen Gründen hatte sie beschlossen, in der Sonne zu sitzen und zuzusehen, wie Mellia ihre zerrissene Kleidung flickte. Ein undankbares Unterfangen, aber offenbar machte das Mädchen es gern. Triganos schenkte seiner Schwester zum Trost, dass sie hatte zurückbleiben müssen, ein Paar weiche Lederschuhe, die er dem Schumacher neben dem Tor abgeschwatzt hatte. Sie nahm sie mit einem freundlichen Lächeln entgegen, was ihn Böses ahnen ließ.

Zwei Tage später wurde Venutius nach dem Abendessen speiübel. Er hockte hinter dem Festsaal und erbrach sich immer wieder in die Latrine. Als er einmal aufschaute und sich den Schweiß vom Gesicht wischte, sah er Carta in der Nähe stehen. Sie trug ihr schönstes Gewand und die neuen Schuhe. Und sie lächelte. »Armer Venutius … fehlt dir was?«

»Das siehst du doch.« Würgend beugte er sich wieder über die stinkende Erdgrube.

»Es ist niemand anderem schlecht geworden.« Sie trat nicht näher, rümpfte aber betont die Nase. »Wahrscheinlich bestrafen die Götter dich für etwas. Wofür wohl nur?«

»Ich habe keine Ahnung.« Er sah zu ihr hoch. »Ich hoffe bloß, dass du mich nicht vergiftet hast, du Luder!«

Carta sah ihn fragend an. »Warum sollte ich das denn tun?«

Er konnte ihr keine Antwort geben, weil er sich schon wieder übergeben musste. Als er sich schließlich aufrichten konnte, war sie bereits fort.

## III

»Pete hat dir nicht gesagt, dass ich angerufen habe, stimmt's?«

Mit einem Blick auf Cathys überraschtes Gesicht hatte Pat die Situation sofort erfasst. »Ich habe ihm ja auch wirklich nur kurz gesagt, dass ich gleich den nächsten Schnellzug nehme, aber dass er es so rasch vergisst, hätte ich nicht gedacht. Mist, das tut mir leid. Er sagte, ich könnte bei euch ein Plätzchen zum Schlafen bekommen. Ich war gerade bei Maddie. Na, macht nichts.« Sie hatte ihre große rote Leinentasche und ihre Computertasche am Boden abgestellt. »Ich kann bei Bekannten unten in Leith unterkommen. Wenn sie Platz haben, nehmen sie mich bestimmt auf.«

Cathy machte eine hilflose Geste. Das war typisch Pete. »Es ist ja nicht so, dass ich mich nicht freue, dich zu sehen, Pat.« Sie gab ihr einen Kuss. »Aber Tasha ist für ein paar Tage bei uns.«

»Dann ist alles klar. Ich erinnere mich nur allzu gut an das Teufelskind!« Pat lachte.

»Tasha verehrt dich, Pat, das weißt du doch.« Cathy klang nicht überzeugend. »Und natürlich haben wir Platz für dich.«

»Ein Bett, in dem ich bis mittags liegen kann, ohne dass schreiende Kinder oder Katzen auf meinem Bauch herumspringen?« Pat äugte über Cathys Schulter. »Kann ich reinkommen, oder ist das gerade Gefahrenzone?«

»Natürlich nicht.« Cathy schob sie ins Wohnzimmer. »Es wäre wunderbar, wenn du bei uns bleibst. Ehrlich gesagt wäre ich sauer, wenn du nicht bei uns wohnen würdest. Du bekommst die Kammer oben. Da steht zwar ein bisschen Gerümpel herum, aber es ist ruhig, und das Bett ist gut. Da oben bist du sicher! Komm, ich zeig's dir.«

Cathy organisierte das erste gemeinsame Treffen für den folgenden Tag, und als um ein Uhr der traditionelle Kanonenschuss durch die Stadt hallte, setzten sich die drei Frauen an einen Ecktisch in einem kleinen Restaurant in einer Seitengasse des Grassmarket. Viv kannte das Lokal recht gut und wusste, dass sie hier kaum einem anderen Institutsangehörigen begegnen würde.

Nachdem Cathy die Frauen einander vorgestellt hatte, erhob sie das Weinglas. »Also gut, Leute, trinken wir auf eure Zusammenarbeit, auf das Hörspiel und auf den Untergang reaktionärer Altherren-Akademiker!«

Viv grinste. »Ihr könnt euch gar nicht vorstellen, wie mich der Gedanke an dieses Treffen heute Morgen aufgebaut hat. Vor allem, nachdem ich mir meinen Kontoauszug angesehen habe. Das holt einen auf den Boden der Tatsachen zurück!« Sie trank einen großen Schluck Wein. Sie sah angestrengt und blass aus. Das abrupte Ende des Essens am Sonntagabend erwähnte sie nicht, ebenso wenig wie Cathy. »Hat Cathy Ihnen von meiner Zwangslage erzählt?«, fragte sie Pat. »Wenn mein Chef Hugh mich nicht zur Dozentin befördert, nachdem Hamish Macleod in den Ruhestand gegangen ist, und wenn es ihm gelingt, mir die Forschungsgelder zu streichen, werde ich mich ganz bald nach einem neuen einträglichen Job umsehen müssen.«

»Ist es kein einträglicher Job, eine erfolgreiche Biografie zu schreiben?«, fragte Pat neugierig. Sie lehnte sich in ihrem Stuhl zurück und betrachtete die Frau, die ihr gegenübersaß. Ihr Instinkt riet ihr, bei dieser offensichtlich hochintelligenten rothaarigen Frau ein wenig Vorsicht walten zu lassen.

»Wenn's ein Erfolg wird, dann könnte es ziemlich einträglich sein, doch.« Viv verzog das Gesicht. »Aber wenn die Kritiker das Buch verreißen und mein Exchef es ignoriert, dann eher nicht.«

»So weit ist es doch noch nicht, Viv«, warf Cathy beschwichtigend ein.

»Um ehrlich zu sein, das würde auch nicht schaden. Je kontroverser, desto besser.« Geistesabwesend ließ Pat sich vom Kellner eine Speisekarte reichen. Maddie hatte recht. Hinter Vivs leicht aggressivem Auftreten verbarg sich ein Gutteil Verletztheit und Verunsicherung. »Das ist publikumswirksam und so gesehen immer von Vorteil. Mehr Leute, die unser Stück hören wollen. Mehr Leser für Ihr Buch. Dagegen hätten Sie doch nichts einzuwenden, oder?«

Viv machte eine ausweichende Geste. »Um ehrlich zu sein, doch. Nicht die größere Leserzahl, aber die Kritik. Ich bin Wissenschaftlerin, und das ist mir wichtig. Verrisse würden meinem Ruf schaden.« Sie nahm ein Brötchen aus dem Brotkorb, zerkrümelte es und ordnete die Brösel zu einem Hügel auf ihrem Tischset an.

»Also, eins müssen Sie auf jeden Fall lernen, Viv«, sagte Pat mit Nachdruck. »In dem Geschäft braucht man ein dickes Fell. Und dass Sie das kriegen, dafür sorge ich!«

Cathy sah zwischen den beiden Frauen hin und her. »Wenn ich mal etwas sagen darf – ich glaube, ihr zwei seid ein gutes Gespann. Du hast das Wissen, Viv, und Pat hat in dem Bereich viel Erfahrung und schon etliche gute Drehbücher geschrieben. Also hör auf sie! Sie weiß, was sie macht. Und sie kann dir helfen.«

»Wann kommt Ihr Buch denn heraus, Viv?«, fragte Pat nach einer kurzen Pause.

»In knapp einem Monat. Am vierzehnten Juli.«

»Gut. Und für das Hörspiel gibt's einen Abgabetermin, oder? Also müssen wir es so schnell wie möglich fertig bekommen.«

Lächelnd begegnete Viv ihrem Blick und nickte entschlossen. »Ihr Name wird viel helfen. Von mir hat ja noch keiner was gehört.«

Einen Moment herrschte Stille.

»Ich dachte, Sie wären ein Fernsehstar?« Pat hob fragend die Augenbrauen.

»Nur im Spätprogramm.« Viv zuckte mit den Achseln. Pats Bemerkungen hatten sie verunsichert. Die Frau war zu weltgewandt, zu selbstbewusst, kannte sich zu gut mit den Produktionsdetails aus, ohne etwas vom Thema selbst zu verstehen. Sie fühlte sich bedroht und eingeengt. Aber sie musste sich darauf einlassen, sonst würde aus dem Hörspiel nie etwas werden.

Pat runzelte die Stirn. »Ich habe das Gefühl, dass Sie Ihr Licht unter den Scheffel stellen. Aber das macht nichts. Wenn Sie noch nicht berühmt sind, dann werden Sie es demnächst sein! Auf die eine oder andere Art. Geschichte ist momentan ausgesprochen schick. Vielleicht können wir mein Know-how einfließen lassen, damit das Hörspiel bei der breiten Öffentlichkeit ankommt, und gleichzeitig die wissenschaftliche Komponente Ihres Buchs beibehalten. Eine ziemliche Herausforderung!«

Viv lächelte bitter. »Meine integre wissenschaftliche Arbeit.« Mein Gott, auf was hatte sie sich da bloß eingelassen? »Vielleicht ist das der Pferdefuß. Vielleicht sollten Sie es erst mal lesen, bevor Sie das sagen. Es ist nämlich so.« Sie zögerte kurz. »Ich muss etwas gestehen. Einige meiner Quellen sind etwas suspekt.« Wieder machte sie eine kurze Pause. »Das ist der Grund, weshalb Hugh so abschätzig darüber redet. Und warum Maddie und ich so uneins sind. Das Buch liest sich vielleicht nicht ganz so akademisch fundiert, wie Sie erwarten, und aus genau dem Grund bin ich mit dem Hörspiel etwas auf Abwege geraten. Ich habe mich zwar sehr bemüht, die Sachen rauszuhalten, aber ganz ist es mir nicht gelungen.«

Pat sah sie verwundert an. »Sie meinen, es ist erfunden?«

»Nein, es ist nicht erfunden.« Wieder eine kurze Pause. »Oder vielleicht doch. Lesen Sie es, Pat. Bitte. Das Buch und meinen Versuch am Hörspiel. Dann reden wir weiter.«

# Kapitel 4

## I

»Du musst sie zurückgeben.« Ehrfürchtig starrte Cathy die Fibel an. »Überleg dir doch nur, wie wertvoll sie ist. Die Versicherung. Was, wenn du sie verlierst?«

Beide waren mit Viv in die Wohnung gekommen, damit sie Pat ein Vorabexemplar des Buchs signieren und ihr den Entwurf des Hörspiels geben konnte. Als Viv das Kästchen im Sonnenlicht hin und her wendete, sodass die Farben tanzten, griff Pat entzückt danach. Eine Weile sah sie das Schmuckstück nur an, doch dann nahm sie plötzlich den Deckel ab.

»Fassen Sie's nicht ...« Vivs Warnung kam zu spät. Die Fibel lag bereits in Pats Hand.

»Warum nicht?« Pat sah sie neugierig an.

»Eigentlich soll man Handschuhe tragen.« Viv zuckte innerlich zusammen. Das sagte ausgerechnet sie!

Pat betrachtete die Nadel eingehend und runzelte die Stirn. Mit einem Schaudern legte sie sie wieder ins Kästchen zurück. »Wissen Sie, die strahlt etwas Ungutes aus«, sagte sie. »Seltsam, wo sie doch so schön ist.« Mit einem unbehaglichen Grinsen reichte sie das Kästchen Viv. »Cathy hat recht, die sollten Sie wirklich dem ekelhaften Professor zurückgeben.«

Mittlerweile waren die beiden Frauen fort, die Fibel lag wieder in der Schublade, und Viv war allein.

Die Stimme war da, ganz schwach und wie aus weiter Ferne. »So fängt Wahnsinn an«, flüsterte sie leise.

Schizophrenie. Spiritismus. Nekromantie? Wider Willen ließ sie den Blick durch den Raum schweifen. War Carta da irgendwo im Schatten? Die Stimme hatte ihr alles eingegeben, wodurch das Buch lebendig geworden war. Das waren auch die Stellen, die sowohl ihrer Lektorin als auch Maddie am besten gefallen und von denen sie sich noch mehr gewünscht hatten. Lebendig wirkten sie, natürlich. Echt.

Allzu echt.

Plötzlich überkam sie das blanke Entsetzen. Sie stöhnte auf. »Carta?« Ihr Mund war trocken. »Bist du da?« Aber sie hörte nichts. Sie schaute in den Spiegel, der über dem Schreibtisch hing, sah jedoch nur ihr eigenes Gesicht darin.

Dann hörte sie sie, die Stimme aus der Vergangenheit. Sie hallte durch ihren Kopf.

*Vivienne?*

Sie konnte sie nicht ignorieren. Sie wollte wissen, was sie ihr zu sagen hatte. Was Cartimandua ihr zu sagen hatte. Es konnte doch nicht gefährlich sein, einfach zuzuhören? Nur einmal noch.

Der Pfad, der zur Höhle führte, war nass, die von Moos bewachsenen Kalksteinstufen rutschig. Carta ging sie langsam hinunter, ihr schwerer Wollrock war durchnässt vom Wasser, das von den überhängenden Farnen tropfte. Das Rauschen des Flusses war ohrenbetäubend. Hier, wo er über die Felsen stürzte, färbte sich die Gischt in allen Farben des Regenbogens, bevor das Wasser sich in den dunklen Teich am Fuß der Felsen ergoss. Sie kam oft hierher. Es war ein heiliger Ort, an dem die Göttin des Berges zu ihr sprach und zu dem sie ihre Hoffnungen und Ängste trug. Und ihre Träume.

Die Götter waren überall, aber an diesem dämmrigen Ort zwischen Erde und Wasser, der vor dem Himmel verborgen war, fühlte sie sich ihnen besonders nahe. So nahe, dass sie mit ihrem eigenen Schutzgeist reden konnte, mit Vivienne. Der Name erstaunte sie. Ninian war ein Name, den sie kannte, aber diese Tochter der Götter war ihr fremd. Vielleicht eine Göttin, die mit den römischen oder gallischen Händlern gekommen war, die ab und zu von der Küste den Fluss Humbre hinaufreisten, oder vielleicht war sie auch mit den Handelsschiffen aus dem Westen gekommen, aus Erin. Ihre Stimme erreichte Carta durch den Nebel hindurch, der die Welt der Geister von der Welt der Menschen trennte.

Sie zog den Umhang fester um die Schultern und tauchte unter den Vorhang von Farn und Gräsern in die Dunkelheit ein. Die Opfergaben, die sie beim letzten Mal vor der kleinen geschnitzten Figur zurückgelassen hatte, waren fort, die Lampe war schon vor Langem erloschen. Sie holte neue Opfergaben aus ihrer Tasche, um sie den Geistern darzubringen, die in der Höhle lebten. Ob sie nun Götter oder Elfen waren, Tiere oder Vögel, es gehörte sich, dass sie ihnen dankte, weil sie ihr gestatteten, diesen Ort zu betreten.

Das kleine Horn, sorgsam mit einem Wachsstöpsel verschlossen, enthielt Öl für die Lampe. Cartimandua entzündete trockenes Moos und hielt es an den Docht der Lampe, bis er brannte, dann setzte sie sich, schloss die Augen und wartete auf die reinen Gedanken, die ihr den Weg weisen konnten.

Das Rauschen des Wassers trat in den Hintergrund, die Stille um sie wurde tiefer. Schließlich begann sie zu sprechen. Es gab so vieles zu erzählen, und so viele Fragen, die sie der Göttin des Berges stellen wollte.

Endlich war die Entscheidung gefallen. Sie sollte als Pflegekind ins Haus des Königs der Votadiner geschickt werden. Das war durchaus üblich. Auch ihre Brüder würden ihr Zuhause verlassen, um bei anderen Familien oder Stämmen zu leben. Auf diese Art wurden Bündnisse geschlossen, entwickelten sich Kinderfreundschaften, die im Lauf der Zeit immer enger wurden, begannen Verbindungen zwischen jungen Frauen und Männern, die bisweilen in einer Ehe mündeten, wenn der Mann oder seine Eltern die Frau erwählten, die den Fortbestand der Dynastie sichern sollte. Carta war nicht unglücklich über ihr Fortgehen. Das gehörte zu ihrem Schicksal. Außerdem würden Gefährtinnen sie auf ihrem Weg nach Norden begleiten: Mellia und Mairghread, die Tochter der besten Freundin ihrer Mutter, die im selben Alter war wie sie, und dazu die zwei Sklavinnen Pacata und Éabha, die sich schon ihr ganzes Leben lang um sie kümmerten und mit denen sie eng befreundet war. Am schönsten aber war, dass auch ihr kleiner Bruder Bran zu der Gruppe gehörte, die mit Pferden und Wagen voll Habseligkeiten und Geschenken im Morgengrauen eines Frühlingstags die Bergfestung ihres Vaters verließ und sich in einer Prozession den Berg hinabwand, gesegnet und begleitet von dem Druiden Eochaid, der dereinst ihrer Hündin Catia das Leben gerettet hatte. Catia und ihre beiden Welpen, mittlerweile selbst ausgewachsene Hunde, folgten ihrem Pferd. Und hinter ihr standen ihre Mutter und ihr Vater und alle Bewohner der Siedlung, um ihr zum Abschied nachzuwinken. Ihre Mutter, die sonst so stark und entschlossen war, weinte leise. Sie hatte ihrer Tochter eine Kette aus heiligen Perlen um den Hals gelegt, die sie beschützen sollte. Ihr Vater hatte ihr einen Talisman überreicht. Nur ein Gedanke bedrückte sie, nämlich, dass Venutius zurückbleiben würde, um als Pflegesohn ihres Vaters zum Krieger ausgebildet zu werden, ohne dass sie ihn im Auge behalten konnte. Allerdings quälte der Gedanke sie nicht allzu lange. In den spannenden Tagen der Reise gab es zu viel, das sie davon ablenkte.

Der Frühling hatte die kargen Hügel und die kahlen Bäume in ein zartgrünes Gewand gehüllt. Zum beruhigenden Rhythmus der klappernden Wagen, der knarzenden Zügel, umgeben vom warmen, vertrauten Geruch der Rinder und Pferde, sah sie sich neugierig um und genoss die Aufregung des bevorstehenden Abenteuers.

Mellia, die neben ihr ritt, schluchzte verhalten. Verärgert warf Carta ihr einen Blick zu, ihre eigene Trauer war bereits vergessen. »Hör auf zu weinen, Mellia. Du siehst deine Mutter doch wieder. Schau nur, es ist ein wunderschöner Tag, an dem wir unsere Reise beginnen. Und denk nur, wohin wir fahren. Alles wird neu und wunderbar sein.« Erst jetzt wurde ihr bewusst, wie sehr sie sich freute, etwas Neues zu erleben, neue Gesichter und neue Orte zu sehen. Vielleicht würde sie bald dem Mann begegnen, den sie heiraten und mit dem sie Kinder haben würde. Bei dem Gedanken verzog sich ihr Gesicht vor Abscheu, vielleicht sogar vor Angst.

Als der Weg schließlich von den Hochmooren in die Ebene hinabführte, mündete er in die breitere Straße einer der Handelsrouten, die vom Süden durch das reiche Land der Briganten-Stämme heraufzog und nach Norden führte, zur weitläufigen Siedlung Dinas Dwr, Hauptstadt und Sitz des Hochkönigs. Von dort ging ihre Reise weiter über ein viel befahrenes Netz von Straßen und Wegen und Saumpfaden und, wenn es durch tief liegendes, sumpfiges Gelände ging, sorgsam errichteten und instand gehaltenen Bohlenpfaden. Sie kamen an Gehöften und Höfen vorbei, durchquerten Marktflecken, Dörfer und Handelsposten, Gemeinschaften von Werkstätten sowie Bergbaugegenden, wo aus der Erde Blei und Silber gewonnen wurden. Bisweilen durchquerten sie Wälder und offene Moore, dann wieder folgten sie den Klippen, die zu Cartas großer Freude das große Nördliche Meer säumten.

Sie wurden bereits erwartet. Kundschafter hatten ihre Gastgeber informiert, dass die Reisegruppe den breiten Fluss überquerte, der das Land der Briganten von dem der Votadiner trennte. Deren Abgesandte empfingen sie am jenseitigen Ufer. Carta musterte die Krieger kritisch. Die Männer auf ihren stämmigen Pferden schienen sich gut aufs Reiten zu verstehen. Die soliden Streitwagen der Krieger waren elegant geschmückt und wurden von schönen Pferden gezogen.

Der Anführer der Gruppe sprang aus seinem Wagen und trat vor, um die Gäste willkommen zu heißen. Um Carta willkommen zu heißen. Ohne auf ihre Begleiter zu achten, ging er direkt auf sie zu, ein Mädchen von erst zwölf Sommern, die Hände ausgestreckt, um ihre zu umfassen. »Sei gegrüßt! Ich bin Riach. Ich hoffe, die Reise war nicht zu lang und ermüdend?« Auch er war sehr jung. Nicht so jung wie sie, aber noch bartlos. Sein Lächeln in dem breiten, sonnengebräunten Gesicht war ansteckend, seine Augen von einem durchdringenden Blau, die spiralförmigen Tätowierungen auf seiner Stirn und den Schläfen meisterlich ausgeführt.

Aus dem Goldschmuck, den er um Hals und Arme trug, schloss sie, dass er ein Sohn oder Pflegesohn des königlichen Haushalts sein musste. Plötzlich wurde ihr bewusst, wie ungepflegt sie im Vergleich zu ihm aussah. Von der Reise war sie über und über mit Schlamm bespritzt, ihr ungekämmtes Haar zerzaust. Die Übernachtungen unterwegs auf Höfen und Befestigungen und die zwei Nächte, die sie auf den Mooren gelagert hatten, hatten ihr wenig Zeit gelassen, sich um ihr Aussehen zu kümmern. Sie hatte weder Kleidung noch Kämme ausgepackt und auch nicht den Spiegel, den die Sklavinnen ihrer Mutter zweifellos in ihr Bündel gesteckt hatten, aber bislang war es ihr gleichgültig gewesen, wie ihr Gesicht unter dem struppigen Haar aussah. Ebenso gleichgültig wie Schmuck, den sie bis auf den schlichten Silberreif um ihren Arm und die schützenden Bernsteinperlen um ihren Hals ungern trug. Sie zog die Stirn kraus. Einer Frau, die Königin sein würde, sollte es nicht gleichgültig sein.

Dem jungen Mann, in dessen Augen sie zwei Herzschläge lang blickte, bevor sie sich abwandte, würde es nicht gleichgültig sein.

Sie zog rasch die Hände zurück und lief mit purpurrotem Kopf zu dem Wagen, auf dem sie mit den anderen Frauen saß, wenn sie vom Reiten ermüdet war. Keine gerade herrschaftliche Art zu reisen. Alles andere als königlich. In dem Moment schwor sie insgeheim, dass sie nie wieder mit Sklaven reisen würde. Sie würde einen eigenen leichten Wagen verlangen, einen Streitwagen, und zwei Pferde, die ihn zogen. Und eines Tages würden diese Pferde die besten der ganzen britannischen Inseln sein.

Der Junge, der sie beobachtet hatte, lachte. Er sah ihr Unbehagen und ihr Schamgefühl, ahnte ihren Stolz; er glaubte sogar, ihre Gedanken lesen zu können. Und nichts an ihr missfiel ihm, im Gegenteil. Schon jetzt bewunderte er sie wegen ihres Muts und ihres Gesichts, das unter der Schmutzschicht sehr schön war und eines Tages noch schöner sein würde. Was ihm nur recht sein konnte, denn sein Vater hatte ihm erklärt, dass dieses Mädchen eines Tages seine Frau werden würde.

II

Mit einem Ruck tauchte Viv aus ihrer Träumerei auf. Das Herz klopfte ihr bis zum Hals, während sie sich verwirrt umsah. Sie spürte noch immer die Hitze und die Kälte, fühlte noch den Schlamm und Dreck, roch den harzigen Duft der Kiefernnadeln unter den Pferdehufen, den erdigen Dunst, der kalt über den Mooren lag, während die Ochsenkarren und Pferdewagen die Bohlenpfade entlang durch die Täler zwischen den vom Wind gepeitschten Bergrücken zogen, und einen kurzen Augenblick war sie sich bewusst, ebenso wie das Kind Carta, dass ihre Fingernägel dreckig waren und ihre Haut nach Pferden roch.

Die Details. Sie durfte die Details nicht vergessen. Vor Aufregung zitternd, öffnete sie die Schreibtischschublade und holte eine Packung Mikrokassetten heraus. Dann steckte sie eine in ihr Aufnahmegerät und stöpselte das Mikro ein, ehe sie nach etwas zu schreiben griff. Sie musste wieder zurück. Sofort.

Eine Woge der Angst überkam sie. Sie atmete tief durch. Jetzt würde es nicht mehr gefährlich sein, ganz bestimmt nicht. Jetzt, da Carta wusste, dass sie zuhörte.

»Also gut, Frau, dieses Mal bin ich gewappnet.« Sie setzte sich an den Schreibtisch, drückte die Aufnahmetaste und nahm den Kugelschreiber zur Hand.

Mit offenem Mund betrachtete Carta die Bergfestung, die zwischen den Bäumen vor ihr auftauchte. Selbst aus dieser Entfernung sah sie, dass sie mindestens die zweifache Größe von Dun Righ, ihrem Zuhause, hatte. Sie durchquerten wohlhabendes Bauernland, passierten Gehöfte in der Art, die sie unterwegs immer wieder gesehen hatten, doch die Festung war anders als alles, was sie je zuvor erblickt hatte: Überall auf der steilen Bergkuppe, die ehemals ein Vulkan gewesen war, drängten sich Gebäude, und beim Näherkommen bemerkte sie, wie gigantisch das Fort tatsächlich war mit dem dreifachen Schutzwall, der von spitz zulaufenden Palisaden gekrönt war, und den breiten Toren. Der junge Mann fuhr mittlerweile neben ihrem Wagen her. »Dun Pelder.« Lächelnd deutete er auf die Siedlung. »Festung der Speere. Wir sind gleich da.«

Der Weg führte zwischen zwei Torhäuschen durch den Wall und schlängelte sich dann steil bergauf zwischen riesigen Rundhäusern hindurch, die zum Teil auf Terrassen errichtet waren, andere Gebäude schmiegten sich an sie. Die Briganten wurden zum Gästehaus neben dem größten Rundhaus der ganzen Siedlung geführt, das eindeutig dem König gehörte. Lärmende Menschen umringten sie, und Carta konnte Holzrauch und Essensdüfte riechen. Plötzlich fühlte sie sich scheu und versuchte, sich im Kreis ihrer Begleiterinnen zu verstecken.

Riach sprang aus seinem Wagen und kam zu ihrem, verneigte sich und reichte Carta einen Arm, um ihr beim Aussteigen behilflich zu sein. »Du wirst dich sicher ausruhen und umziehen wollen«, sagte er und blickte sie ernst an. »Später wird mein Vater dich willkommen heißen, und heute Abend essen wir alle gemeinsam. Dir und deinem Bruder zu Ehren wird ein großes Fest gefeiert.« Er warf Bran ein Lächeln zu, der gerade zu ihnen ritt, und winkte ihn näher. Bran und seine Gefährten würden im Haus der Krieger untergebracht werden, wo die unverheirateten adeligen jungen Männer des Stammes und die Anführer von Kriegstruppen übernachteten.

Das Gästehaus war größer als der Festsaal ihres Vaters. Ehrfürchtig sah Carta sich um. In der Feuerstelle loderte ein gewaltiges Holzfeuer, der Raum wurde von Dutzenden Lampen erhellt. In der Mitte standen zahlreiche Bänke mit weichen Kissen, die kleinen Schlafkammern an den Wänden waren mit Kastenbetten ausgestattet, auf denen dicke Heidekrautmatten lagen, dazu Wolldecken und weiche Felle. Carta bestaunte alles mit aufgerissenen Augen, während Sklaven ihr Hab und Gut hereintrugen, bevor der Wagen mit den Geschenken ihres Vaters weiter bergauf zum Haus des Königs fuhr.

»Schau, Carta.« Mellia stand am Tisch in der größten der kleinen Bettkammern. Jetzt, da die lange Reise zu Ende war, hob sich ihre Laune sichtlich. »Das ist bestimmt dein Schlafplatz. Sieh nur, was sie alles für dich hergerichtet haben.« Ihre Stimme klang ehrfürchtig. In der Kammer gab es eine kunstvoll gearbeitete Waschschale aus Bronze, wunderschön geschnitzte Beinkämme, einen mit farbigen Emaileinlagen geschmückten Bronzespiegel. Und jetzt trugen Sklavinnen Krüge voll heißem Wasser herbei, das sie aus dem Kessel über der großen Feuerstelle schöpften.

Carta war so beeindruckt, dass es ihr die Sprache verschlug. Benommen ließ sie sich von Pacata und Éabha die schlammverkrusteten Kleider abstreifen und sich mit der süß duftenden Seifenwurzlauge waschen, die in einem Krug neben der Schale stand. Dann kleideten sie sie in ein sauberes Linnengewand und einen karierten wollenen Umhang, den sie rasch aus einem der Bündel zogen, und flochten ihr Glasperlen ins Haar. Dann streiften sie ihr ihre schönsten weichen Lederschuhe über und traten zurück, um ihr Werk zu bewundern. Carta sah nahezu präsentabel aus.

Lugaid, der König der Votadiner, war ein kleiner, gedrungener Mann von knapp vierzig Sommern. Sein langes, dunkles Haar, das mit Lauge gebleicht und gestärkt war, wurde im Nacken von einem Lederriemen zusammengefasst. Sein Gesicht trug die Narben eines längst vergangenen Kampfes, wodurch es den Anschein hatte, als höbe er ständig fragend eine Augenbraue, und es sprach für seine Stärke und seine edle Gesinnung, dass ihn diese Entstellung nicht von der heiligen Königschaft ausgeschlossen hatte. Er wirkte Furcht einflößend. Seine vier Frauen hatten ihm fünfzehn Kinder geboren. Riach war der jüngste von vier Söhnen seiner ältesten Gemahlin, seiner Lieblingsfrau Brigit.

Diese schloss Carta zur Begrüßung in die Arme. »Sei willkommen bei uns, neue Pflegetochter.« An ihren Armen klapperten Silberreifen, die das Licht der Flammen im großen Festsaal reflektierten.

Mit einem schüchternen Blick stellte Carta fest, dass es in dem

Saal eine gewaltige Empore gab, die mit Flechtwerk und Webvorhängen abgeschirmt war. Brigit folgte ihrem Blick.

»Das ist der Frauensaal. Nach dem Festmahl werden wir uns dorthin zurückziehen, aber jetzt wirst du erst einmal zwischen mir und Riach sitzen.« Brigit nahm sie an der Hand und führte sie zu einer Bank, wo sie sich zwischen den Kriegern und Adeligen und deren Frauen und den Dutzenden von Fremden niederließ, die sie verstohlen beäugten.

Irgendwo im Schatten begann ein Harfner zu spielen, dann wurden die Türen weit geöffnet, und gewaltige Tabletts voll Speisen wurden hereingetragen.

Carta hatte nicht erwartet, Unterricht zu bekommen. König Lugaid bestand darauf, dass seine Kinder, seine Pflegekinder und die Söhne und Töchter seiner Krieger, die es wünschten, die Sprache Roms zu sprechen und zu schreiben lernten.

»Warum?« Die Hände in die Hüften gestemmt, die kleinen Füßen fest auf den Boden gestellt, stand Cartimandua von den Briganten mit blitzenden Augen dem König der Votadiner gegenüber. Sie hatte keine Angst mehr vor ihm.

Er unterdrückte ein Lächeln. Er hatte die kleine Wildkatze, die er wegen seines Lieblingssohns ins Haus geholt hatte, ins Herz geschlossen.

»Weil es klug ist.« Er verschränkte die Arme und setzte sich auf die gepolsterte Bank. Sie war die Einzige, die seine Entscheidung hinterfragte. »Wir haben gute Handelsverbindungen zum Reich. Es ist eine Sprache, die in der Handelswelt immer häufiger gesprochen wird. Dein Urgroßvater hat doch Rom besucht, nicht wahr? Hat er seinen Barden nicht von den dortigen Wundern erzählt, damit alle davon erfahren können?«

Außerdem hatten seine Druiden ihm den Nutzen des Lateinischen erläutert. Rom war rastlos. Die Eroberungen und Handelsrouten des Reichs erstreckten sich immer weiter in die Richtung der untergehenden Sonne. Eines Tages würde der römische Adler wieder über die Meere fliegen, getrieben von Gier und Angriffslust, und dann würden diejenigen, die den Eindringling verstanden und seine Sprache beherrschten, im Vorteil sein.

Cartimandua hatte eine schnelle Auffassungsgabe. Sie lernte die Buchstaben zu lesen und in die Wachstafeln zu ritzen, diese dann zu glätten und wieder darüber zu schreiben. Sie lernte, mit flüssigem Ruß auf dünne Holzplättchen zu schreiben und zu zeichnen, und tauschte mit anderen Schülern Briefchen aus, sowohl in ihrer keltischen Muttersprache als auch in der Lingua Latina. Und sie lernte zu zählen und zu rechnen. Die Druidenlehrer des Kollegs an der Ostseite des Bergs waren sehr zufrieden mit ihr. Beim Unterricht der Barden lernte sie noch mehr Geschichten und Lieder, von denen sie bereits viele vom Feuer ihres Vaters kannte, und sie lernte, die Harfe zu spielen. Um sie wirklich gut zu spielen, fehlte ihr die Geduld, aber sie hatte eine schöne Stimme und sang ihren Gefährtinnen gern etwas vor, wenn die Frauen auf der Empore oder draußen in der Sonne, im Windschatten der großen Steinmauern, saßen und nähten. Sie selbst nahm nach wie vor keine Nadel in die Hand, sie beschäftigte sich lieber mit den Pferden.

Viv setzte sich auf. Unbewusst streckte sie die verkrampften Finger, aber die Geschichte raste dahin. Sie griff wieder nach ihrem Stift und schrieb weiter, Seite um Seite füllte sich mit ihren hastig hingekritzelten Notizen. Als die Türglocke klingelte und durch ihre stille Wohnung hallte, hörte sie es nicht.

Cartimandua war allgemein beliebt. Nur ein einziges Augenpaar beobachtete sie rachsüchtig aus dem Schatten, und als sie heranwuchs, wuchs auch der Groll in diesen Augen. Die Frau war vorsichtig, verbarg ihre Eifersucht und ihre Abneigung, doch als das Briganten-Mädchen sich zu einer schönen jungen Frau entwickelte, wurde aus der Missbilligung blanker Hass.

Zuerst waren es nur Kleinigkeiten. Eines Tages lag Cartas Lieblingsschüssel zerbrochen auf dem Boden. Dann verschwand eine

Kette aus Süßwasserperlen. Ihre besten Schuhe lagen in einer Latrinengrube hinter dem Haus; die glatte Oberfläche ihres kostbaren Spiegels war zerkratzt. Bekümmert sah sie in die Gesichter der Frauen, die sie umgaben, fragte sich, wer es gewesen sein mochte, war aber noch nicht so wütend, um sich dem König anzuvertrauen.

»Gib acht, Carta.« Mellia hatte ihr ihren eigenen kleinen Spiegel als Ersatz gebracht. »Jemand ist eifersüchtig auf dich.«

»Aber wer?« Carta setzte sich auf einen Hocker neben die Lampe. Das Licht flackerte, der Docht war zu lang, und sofort ging Mellia hinüber, um ihn zu beschneiden. Die Flamme reflektierte in ihrem blonden Haar.

Mellia zuckte mit den Schultern. »Keine der Frauen hier im Haus. Sie lieben dich alle.« Sie sprach leise und warf einen raschen Blick über die Schulter zur verhängten Tür, die in den mittleren Raum führte. Dort sang Pacata den anderen gerade etwas vor. Sie hatte eine reine, süße Stimme und wurde oft von anderen Pflichten entbunden, um den Frauen die wunderschönen, traurigen Lieder ihrer Heimat Erin vorzutragen.

»Ich habe doch nichts getan, um jemanden eifersüchtig zu machen.« Carta war ehrlich bekümmert.

Mellia setzte sich neben sie und kraulte Catia, die neben ihrer jungen Herrin lag, am Kopf. Ihre beiden Jungen waren fort. Eines hatte Carta schüchtern Riach geschenkt, das andere war mit ihrem Bruder Bran nach Dun Righ zurückgekehrt, als Verbindung zwischen den beiden Geschwistern, die sich tränenreich verabschiedet hatten.

In der Einsamkeit nach seiner Abreise hatte Carta sich immer häufiger an Mellia gewandt. Mittlerweile waren die beiden Mädchen gute Freundinnen geworden, die sich gegenseitig ihre Hoffnungen und Träume anvertrauten. »Du bist einfach zu hübsch!« Mellia lächelte. »Und du wirst Fürst Riach heiraten, das weiß doch jeder. Da sind die meisten Frauen eifersüchtig auf dich.«

»Das ist überhaupt nicht sicher, dass ich ihn heirate!«, widersprach Carta und errötete leicht. »Darüber wurde nie gesprochen.

Nicht offiziell.« Bei dem Gedanken wurde ihr ganz schwindlig, und sie wurde verlegen, ängstlich und aufgeregt zugleich. »Und wenn – wärst du eifersüchtig?«

»Nein. Ich würde mich für dich freuen. Wenn es das ist, was du willst.«

»Das sagst du, weil du in einen anderen Mann verliebt bist!« Carta hob die Augenbrauen. »Du kokettierst doch mit Conaire.«

Conaire hatte sie vom Haus ihres Vaters nach Dun Pelder begleitet. Der damals junge, unerfahrene Musiker lernte eifrig an der Bardenschule, die am Nordhang des Bergs zwischen den Werkstätten der Steinmetze und des Goldschmieds lag. Er hatte die siebenjährige Ausbildung schon fast zur Hälfte hinter sich gebracht und bereits eine Fülle von Liedern und Gedichten gelernt, und darüber hinaus war er ein anerkannter Kompositionsmeister.

Mellia wurde rot. »Das stimmt nicht!«

»Doch!«, zog Carta sie auf. »Und warum auch nicht? Er wird einmal ein sehr guter Barde sein, da wird er eine ganz besondere Frau brauchen.«

Mellia schaute zu Boden. »Er wird mich nicht wollen.«

Carta starrte sie an. »Warum in aller Welt denn nicht?«

»Ich bin nicht gut genug.«

Ausnahmsweise verschlug es Carta die Sprache. Eine Weile schaute sie ihre Freundin entgeistert an, dann schüttelte sie den Kopf. »Wie kannst du nur etwas so Dummes sagen! Du bist wirklich hübsch, viel hübscher als ich.« Sie musterte Mellia kritisch. »Dein Haar ist wunderschön, viel schöner als meins. Und deine Augen sind schöner. Außerdem kannst du nähen und solche Sachen.« Das sagte Carta aus tiefstem Herzen. Sie streichelte Catia, die ihr den Kopf vertrauensvoll ans Knie schmiegte, und drückte der Hündin einen Kuss auf die Stirn. »Von Catia abgesehen, bist du meine beste Freundin, Mellia. Ohne dich hätte ich es hier nie ausgehalten. Und ich möchte, dass du jemanden ganz Besonderen heiratest. Wenn Conaire mein Oberbarde wird, wird er mich auf allen Reisen begleiten, und das heißt, dass du dann auch mitkommst. So werden wir immer zusammen sein. Das würde mir gefallen.«

Ungesehen von den beiden Mädchen, huschte ein Schatten von der Tür fort. Während Pacatas reine Stimme zum Dach emporschwebte, schlich die Person, die dort gestanden hatte, hinter den Frauen, die am Feuer saßen und schweigend spannen und nähten, durch den mittleren Raum und verschwand in die Nacht.

Zwei Tage später fand Carta ihre geliebte Hündin Catia tot im Korridor zwischen dem Festsaal und der Küche liegen. Ums Maul klebte ihr schaumiges Erbrochenes, in der Nähe stand eine Schale mit den Überresten einer Fleischsoße.

Sie kniete sich auf die Steine neben die Hündin und legte ihr die Hand auf das kalte Fell. Tränen strömten ihr über die Wangen. Lange Zeit erlaubte sie niemandem, Catia zu berühren, so groß waren ihre Verzweiflung und ihre Trauer. Nicht einmal Mellia durfte ihr nahe kommen. Als sie sich schließlich doch erhob, ging sie geradewegs zu Lugaid, der mit seinen Druiden soeben eine Beratung abhielt.

»Du musst etwas unternehmen!« Ihre Augen glänzten noch tränennass, aber es gelang ihr, ihren Kummer zu unterdrücken und nur ihrem Zorn Ausdruck zu verleihen. »Jemand versucht, mich zu vertreiben. Eine Frau. Nur eine Frau greift zu Gift.« Sie sah von einem ernsten Gesicht zum anderen. Verstanden diese Männer sie? Kümmerte es sie überhaupt?

Truthac, einer der ältesten und geachtetsten Druiden in der Gemeinschaft, hob die Hand, um ihrer leidenschaftlichen Flut an Vorwürfen Einhalt zu gebieten. »Ich glaube, niemand würde dir widersprechen, Cartimandua. Aber du musst mit Einfühlung und Geschick vorgehen, um herauszufinden, wer dir das antut.«

»Und warum«, warf Vivios ein. »Hast du jemanden verärgert, mein Kind?«

Die Männer nahmen sie wirklich ernst. Sie brauchte sie nicht erst zu überzeugen.

»Nicht, dass ich wüsste. Die Menschen hier sind meine Freunde.«

Sie richtete ihre Worte an den König und sah ihm unverwandt ins Gesicht.

Sie hatte einen Verdacht. Den hatte sie schon eine ganze Weile, aber wie der Druide sagte, ohne Beweise konnte sie wenig ausrichten.

Truthac beobachtete sie eingehend, und sie schaute rasch beiseite. Er kann meine Gedanken lesen, wurde ihr bewusst. Er weiß, dass ich jemanden verdächtige.

Wie zur Bestätigung, lächelte er ernst. »Ein Verdacht allein genügt nicht, mein Kind. Du brauchst Beweise. Hast du die Götter befragt?«

Sie biss sich auf die Unterlippe. Die Götter waren Teil ihres Lebens, natürlich waren sie das, sie gehörten zum Leben aller Menschen hier, aber bei dieser Sache verließ sie sich lieber auf ihren eigenen Verstand.

Noch immer sah er sie an. Wie auch der König, der die Arme verschränkte und sich zurücklehnte. »Bring ein Opfer dar, Kind, und erforsche, was die Omen dir sagen«, riet Lugaid. »Und bitte jemanden, dir mit dem Leichnam der Hündin zum Tempel zu helfen. Sie war deine Freundin und Gefährtin. Es gehört sich, sie den Göttern darzubringen, damit sie ein neues Leben beginnen kann. Ist das nicht so, Truthac?«

Der Druide nickte. »Geh, mein Kind. Sei unerschütterlich in deinen Gebeten und deinen Taten, und vergiss nicht« – er hob die Hand, weil sie sich zum Gehen wenden wollte –, »Tränen sind die Opfer, die wir unseren verstorbenen Freunden darbringen, und das ist gut und recht so. Du darfst dich wegen deiner Tränen nie schämen. Aber Tränen trocknen und vergehen. Hier ist Gerechtigkeit vonnöten. Sei klug.«

Dun Pelder war ein heiliger Berg, es gab dort Tempel und Opfergruben und ein Heilzentrum, aber auch eine offene, von einer Eibenhecke abgeschirmte Fläche, wo unter einer uralten Eiche der heilige Teich lag, zu dem die Götter kamen.

Carta hüllte Catia selbst in ein weiches Tuch und bestreute sie mit Blüten. Dann trug ein Diener die tote Hündin zum Opferplatz, wo sie durch den tiefen Spalt der Anderswelt von Annwn übergeben wurde. Von dort würde Catia ihren Weg ins Land des ewigen Sommers finden. Nach dem Leichnam folgten die Leine und das Halsband, der Futternapf und Cartas schönster Kamm. Anschließend ging sie zum Heiligtum der Göttin.

Zu Hause hatte sie an der heiligen Quelle beim Wasserfall gebetet. Der Ort war ihr Nemeton, ihr ureigenes Heiligtum tief im Wald am Rand der Berge und den Göttern sehr nahe. Es kam ihr immer noch merkwürdig vor, hier in Dun Pelder inmitten der vielen Menschen nach der anderen Welt zu suchen. Allerdings gab es eine Reihe von Tempeln, die den Göttern der Votadiner geweiht waren. An diesem Tag begab sie sich zum Heiligtum Brigantias, der Göttin ihres Volkes und ihres Landes, die bei ihren Gastgebern als Brigit bekannt und nach der auch die Frau des Königs benannt war.

Lautlos trat sie in die Dunkelheit ein, setzte sich still hin und verfolgte, wie eine Druidin Kräuter in die heilige Flamme streute. Der Rauch des Eisenkrauts und des Wacholders ließ sie husten, und die Druidin warf ihr stirnrunzelnd einen Blick zu. Dort blieb sie lange Zeit sitzen, bis sie schließlich aufstand und in eine der zwei winzigen Schlafkammern schlüpfte, die vom Tempel abgingen. Hierher kamen die Menschen, um zu beten, um Heilung zu bitten und Lösungen für ihre Probleme zu finden. Sie legte sich auf die gepolsterte Bank, schloss die Augen und versuchte, den Kopf zu leeren auf die Art, die die Druiden sie gelehrt hatten. »Liebe Göttin, höre mich. Hilf mir.«

Nach einer Weile schlief sie ein. Die Göttin würde ihr in ihren Träumen Antwort geben.

## III

Mit einem Ruck setzte Viv sich auf. Sie hatte noch den Geruch des Kräuterrauchs in der Nase, in ihren Ohren hallte die zutiefst bedrückte junge Stimme.

Es war fast dunkel im Raum, und sie fror. Verwirrt starrte sie auf den Tisch vor sich, dann schaltete sie langsam die Tischlampe an, legte den Stift beiseite und schaute auf das Notizbuch. Sie stellte das Diktiergerät ab, spulte es ein Stück zurück und spielte es ab. Stille. Dann hörte sie ein leises Kratzen. Das Geräusch, das sie beim Schreiben gemacht hatte. »Mist.« Sie hatte so gehofft, dass sie laut beschreiben würde, was in ihrem Traum passierte.

In ihrer Trance.

Oder in ihrer Fantasie, der sie endlich freien Lauf ließ.

Oder was immer es sein mochte.

Es hatte nicht funktioniert. Sie spulte die Kassette ein ganzes Stück weiter zurück. Nach wie vor nur Stille, bis auf die Schreibgeräusche. Enttäuscht sah sie auf ihr Notizbuch, blätterte zum Anfang zurück und zog die Lampe näher, um zu lesen, was sie geschrieben hatte.

Frustriert schaute sie auf Passagen, die derart hingeschmiert waren, dass die Wörter zu langen, unentzifferbaren Zeilen verschmolzen. Sie waren für immer verloren. Doch an anderen Stellen, etwa dort, wo Carta still dalag und wartete, dass die Göttin mit ihr sprach, war die Schrift gut zu lesen:

*Carta, gib acht.*

Wer hatte das gesagt?

*Sie will dich töten. Sie will nicht, dass du heiratest. Sie will nicht, dass du Kinder bekommst. Sie will nicht, dass ihre eigene Nachkommenschaft verdrängt wird.*

Und wer war diese »sie«?

Medb mit den weißen Händen, die jüngste Frau des Königs.

»Oh mein Gott!« Viv biss sich auf die Lippe, völlig in die Geschichte vertieft. »Weiß sie das? Habe ich sie gewarnt?«

Es war natürlich egal. Es war völlig egal, was sie tat oder sagte. Sie konnte den Lauf der Geschichte nicht beeinflussen.

Oder doch?

# Kapitel 5

## I

Pat drehte sich im Bett um und warf einen Blick auf den kleinen Wecker, der neben der Lampe auf dem Tischchen am Bett stand. Zehn nach drei, und sie las immer noch. Mit einem Seufzen legte sie das Buch beiseite und setzte sich auf. Jetzt konnte sie auch nicht mehr aufhören. In ihrem königsblauen Pyjama schlich sie durch die stille Wohnung in die Küche, schaltete das Licht an, holte sich ein Glas und ging zur Spüle, um Wasser einlaufen zu lassen.

Medb.

Woher war der Name jetzt gekommen?

Er war beim Lesen aus ihrem Unterbewusstsein an die Oberfläche getrieben. Oder war sie eingedöst, ohne es zu merken, und hatte ihn geträumt?

»Pat? Ist alles in Ordnung?« Cathy erschien in der Tür, in ein dunkelrotes Nachthemd gekleidet.

»Ja, natürlich. Habe ich dich geweckt? Das tut mir leid.« Pat trank einen Schluck Wasser und lehnte sich an die Arbeitsfläche. »Ich habe Vivs Buch gelesen und gar nicht gemerkt, dass es schon so spät ist.«

»Ist es gut?« Cathy ging zum Kessel. »Ich habe noch gar nicht reingeschaut. Nein, ich war sowieso wach. Ich mache mir Sorgen wegen Tasha.«

Pat warf ihr über das Glas einen Blick zu. »Macht sie Schwierigkeiten? Ich dachte, du kommst gut mit ihr zurecht.«

»So ist es auch. Aber auf ihre Mutter bin ich nicht so scharf. Jedes Mal, wenn sie hier ist, veranstaltet sie ein Riesentheater. Und wenn sie Tasha das nächste Mal herbringt, hat Pete eine Besprechung, dann muss ich sie unterhalten.«

»Kannst du das Mädchen nicht einfach reinholen und ihr die Tür vor der Nase zuknallen?«

Cathy lachte heiser. »Das wäre zu schön! Nein, ich setze ihr Tee und Kuchen vor und bin ganz hausfraulich und versuche wie immer, sie bei ihrem eigenen Spiel auszustechen.«

»Das ist verrückt. Pete ist mit dir zusammen, weil er das hausfrauliche Getue nicht ausstehen konnte.«

»Ich weiß.« Cathy seufzte. »Ich mag ja eine Psychologin sein, Pat, aber ich bin genauso unsicher wie jede andere Frau.« Sie griff nach der Dose mit Teebeuteln. »Also, taugt Vivs Buch was?«

»Doch, es ist gut.« Müde rieb Pat sich die Augen. »Aber es ist seltsam – wie sie immer wieder betont, ist sie Wissenschaftlerin, aber sie hat recht, das Buch liest sich wirklich wie ein Roman. Fast lyrisch sogar. Selbst ich merke, dass da vieles steht, das sie unmöglich als historische Tatsache ausgeben kann. Vermutlich hat ihr Professor recht mit seinem Urteil. Handfeste Forschung ist das nicht. Kann es nicht sein. Ich verstehe ja nichts von dem Thema, aber ich hätte mir viele andere Informationen erwartet, Sozialgeschichte, Hintergründe zur Römerzeit, solche Sachen. Sachen, die sich in einem Doku-Drama schlecht erzählen lassen, weil es keine Bilder gibt, aber das Buch ...« Sie trank noch einen Schluck Wasser. »Es spielt keine Rolle, ganz im Gegenteil, von meiner Warte aus ist es großartig. Damit können wir viel anfangen!«

Cathy machte eine vage Geste. »Sie hat alte keltische Manuskripte und derlei übersetzt und Ogham-Inschriften gelesen, das ist eine uralte keltische Zeichenschrift, und sie hat die Hände über alte Steine gleiten lassen. So viel hat sie zumindest zugegeben. Es war ihr ausgesprochen peinlich!« Sie grinste. »Also, du meinst, man kann es lesen? Das ist doch das Wichtigste, oder?«

»Natürlich. Und es lässt sich sehr gut lesen. Großartiger Stoff für ein Hörspiel. Ich glaube, wir kommen ins Geschäft.« Pat wandte sich zur Tür. »Und jetzt gehe ich wieder ins Bett, um es zu Ende zu lesen. Bevor ich hierher gefahren bin, habe ich mich ja über Cartimandua kundig gemacht, und wenn ich mich recht erinnere, ist über ihr späteres Leben nichts bekannt. Ich bin gespannt, was Viv zu dem Thema zu sagen hat.«

Gar nichts, wie sich herausstellte. Viv beschrieb die letzte Auseinandersetzung zwischen den Truppen der Briganten und Rom, dann hörte die Geschichte abrupt auf.

Von der Königin der Briganten ist nichts weiter überliefert. Sie verschwindet aus der Geschichte ebenso abrupt, wenn auch weniger dramatisch, wie Königin Boudicca. Hat sie noch viele Jahre gelebt? Hat sie Erben hinterlassen? Hat sie ihren Mann je wiedergesehen? Wir wissen es nicht.

Pat klappte das Buch zu und ließ es aufs Bett fallen. Absurderweise fühlte sie sich betrogen. Die Geschichte war so aufregend gewesen, so mitreißend. Einfach fantastisch. Über das Ende musste doch mehr zu erzählen sein!

Aber selbst sie, die keine Historikerin war, wusste, dass es nichts mehr zu erzählen gab. In der Geschichtsschreibung ging es nicht um Happy Ends. Es ging überhaupt nicht um ein Ende. Es ging um Ereignisse und Zeitläufe, die in die Zukunft wiesen. Und Cartimandua war nicht mal eine bedeutende Schlüsselfigur der Geschichte. Sie gehörte zur prähistorischen Zeit, ihr Name war lediglich bekannt, weil römische Geschichtsschreiber sich für sie interessierten und alles aufschrieben, was sie über sie erfuhren oder vermuteten oder erfanden, bevor sie zum nächsten Thema übergingen.

Seufzend legte Pat das Buch auf das Tischchen und schaltete das Licht aus. Es würde ein brillantes Hörspiel werden.

## II

Sechzehn Meilen entfernt und zwei Stunden später wachte Hugh in Aberlady auf und starrte zur Decke empor. Draußen hatte der Morgenchor der Vögel seinen Höhepunkt erreicht, sodass Hugh ihr vielstimmiges Lied fast als misstönenden Lärm empfand, der durch das geöffnete Fenster in sein Schlafzimmer trieb.

Traurig schloss er wieder die Augen. Es war schon lange nicht mehr passiert, dass Alison ihn im Traum besucht hatte. »Hugh!« Ihre Stimme war so klar gewesen. »Hugh, pass auf!« Sie ließ seine Hand los und bewegte sich fort, auf den Horizont zu. Er wusste, was gleich passieren würde, und verzweifelt streckte er die Hand nach ihr aus. »Geh nicht. Bitte geh nicht.«

Sie wandte sich um. »Sprich mit Meryn, Hugh«, sagte sie leise. »Sprich mit Meryn.« Und dann war sie fort gewesen.

Während sein Wagen über den steil ansteigenden Weg auf das weiße Cottage zuholperte, grinste Hugh spöttisch. Wo sonst hätte sein guter Freund Meryn Jones, der alte Nomade, sich schließlich zur Ruhe gesetzt, wenn er für seine Nachforschungen in der Nähe der National Library of Scotland sein musste, als in diesem abgelegenen Tal in den Pentland Hills? Eine größere Nähe zur Stadt wäre sein Tod gewesen.

Die beiden Männer hatten sich vor über dreißig Jahren am Jesus College in Oxford kennengelernt, und zwar durch ihr gemeinsames Interesse für die Welt der Kelten, über die sie für ihre Diplomarbeit forschten, bevor sie dann sehr unterschiedliche Wege einschlugen: Hugh ging ans Trinity College in Dublin, Meryn in seine Heimat Wales, wo er sein Leben mit dem Studium des Druidentums verbrachte.

Hugh parkte vor dem Haus, stieg aus und nickte anerkennend, während er sich umsah. Zu dem Cottage, das sich an einen hohen Berg schmiegte und in Hörweite eines rauschenden Wildbachs lag, gehörte ein kleiner, von einer alten Steinmauer begrenzter Garten, in dem Gemüse, Blumen und Kräuter sich gegenseitig den Platz streitig machten. Wo immer Meryn lebte, pflanzte er unweigerlich Kräuter an, zum Heilen, für Zaubermittel und zum Weissagen.

Die beiden Männer gaben sich zur Begrüßung die Hand und gingen dann ins Haus. Als Hugh der Duft von Kaffee in die Nase stieg, grinste er. Mit den meisten Grillen seines Freundes konnte er Nachsicht üben, nicht aber mit Kräutertee zu allen Tages- und Nachtzeiten.

Meryn war Mitte fünfzig, groß gewachsen, sein dunkles Haar war an den Schläfen von grauen Strähnen durchzogen, doch durch seine aufrechte Haltung und seinen selbstbewussten Gang wirkte er noch genauso wie der junge Mann, der Oxford verlassen hatte, um in den Bergen von Wales zu leben, zu arbeiten und zu forschen.

Er führte Hugh ins Wohnzimmer, in dessen Mitte ein großer Arbeitstisch stand. Die Steinwände waren hinter den vielen Bücherregalen kaum auszumachen, auf den tiefen Fenstersimsen drängten sich Töpfe mit roten Geranien, und im Kamin brannte ein Feuer, obwohl es Juni war.

Meryn bedeutete seinem Gast, sich in einen der zwei tiefen Sessel zu setzen, und ging, um ihnen etwas zu trinken zu holen.

»Du siehst besorgt aus, mein Freund«, sagte Meryn, als er Hugh kurz darauf einen Becher reichte.

Hugh seufzte. Meryn hielt sich nie mit langen Vorreden auf, sondern kam umgehend zur Sache.

»Ich bin müde. Ich werde alt und griesgrämig.«

Meryn lächelte. »Griesgrämig bist du immer schon gewesen, Hugh. Und alt – du bist jünger als ich. Im besten Mannesalter! Das Objekt zahlreicher Fantasien wunderhübscher Studentinnen, wenn man den Gerüchten Glauben schenken kann.« Lächelnd schaute er zu seinem Besucher. Wie immer traf er mit seiner Einschätzung den Nagel auf den Kopf. »Vielleicht wäre es Zeit für ein Sabbatjahr?«

»In zwei Jahren.« Hugh schnupperte zufrieden an seinem Kaffee, bevor er davon trank. Neben Meryn dampfte in einem Becher etwas Grünes. Er hatte es nicht angerührt, wie Hugh bemerkte. »Ich habe von Alison geträumt«, fuhr er unvermittelt fort. »Ich dachte, ich würde langsam wieder für die Zukunft leben, wie einem ja empfohlen wird. Du weißt schon, mein Leben weiterleben.« Er zuckte mit den Achseln. »Und es wird auch leichter. Und jetzt plötzlich das.«

Meryn betrachtete sein Gesicht, ohne etwas zu sagen. Sein Schweigen veranlasste Hugh fortzufahren.

»Sie hat mir gesagt, ich soll mit dir reden.« Er lachte verlegen.

»Sie ist eine kluge Frau.«

Hugh nickte. *Ist,* nicht *war.* Das war typisch für Meryn. Er und Meryn hatten ihre Freundschaft nur dank Alison wiederbelebt. Sie hatte für Meryns Bücher geschwärmt und ihm geschrieben, ohne zu wissen, dass er und ihr Mann früher einmal gut befreundet gewesen waren. Ein Jahr vor ihrem Tod hatte sie ihn schließlich besucht, und als sie dann herausfand, wie gut die beiden Männer sich kannten, hatte sie darauf bestanden, dass Hugh wieder Kontakt zu ihm aufnahm. Sie waren zwar über die Jahre hinweg locker in Verbindung geblieben, doch da ihre Arbeitsweise sich sehr voneinander unterschied, hatten sie sich zunehmend entfremdet. Hughs wissenschaftliche Vorgehensweise, die auf empirischer Forschung beruhte, passte nicht zu Meryns spiritueller und psychologischer Denkweise. Sein Ansatz an das Druidentum beruhte nicht nur auf Forschung, sondern auch auf Gedächtnis und Meditation – auf praktischer Erfahrung –, und das war für Hugh nur schwer zu akzeptieren.

Mittlerweile leugnete Meryn nicht mehr, dass er ein Druide war. Ganz im Gegenteil, er bezeichnete sich als solchen. Mitglied einer Organisation, etwas Offizielles, war er nicht; für ihn war es ausschließlich eine erfüllende Philosophie, eine Art zu leben. Eine Glaubens- und Denkweise und eine Erinnerung. Für ihn ging das alles auf die ferne keltische Vergangenheit seiner Heimat und seiner Vorfahren zurück, aber auch auf seine eindeutig mediale Intuition. Jetzt saß er stirnrunzelnd da und betrachtete seinen Gast. Seine Intuition sagte ihm, dass etwas ganz und gar nicht stimmte.

Hugh setzte seinen Becher ab. Er empfand großen Respekt vor Meryns Wissen und Weisheit, wenn auch nicht vor seiner wissenschaftsfernen Vorgehensweise, und seit einiger Zeit betrachtete er seinen Freund auch als eine Art Mentor und Guru. Meryn besaß ein Wissen und eine Sicherheit, die ihm selbst fehlten, und darum beneidete er ihn.

Jetzt schließlich nahm Meryn seinen Becher in die Hand. »Du musst sie loslassen, Hugh.«

»Wen?« Fast schuldbewusst fuhr Hugh zusammen.

»Alison natürlich.« Meryn beobachtete ihn genau. »Was dachtest du, wen ich meine?«

Hugh schüttelte den Kopf, lehnte sich im Sessel zurück und holte tief Luft. Dann begann er, seine Geschichte zu erzählen, und fragte ohne Umschweife: »Hast du, als du am Institut warst, je Dr. Lloyd Rees kennengelernt?«

Meryn schüttelte den Kopf. »Jemand aus deiner Fangemeinde?«

Hugh lächelte gequält. »Früher hielt ich sie dafür.«

Nach kurzem Schweigen fragte Meryn: »Und was hat Dr. Lloyd Rees getan, um dich zu verärgern?«

»Sie hat ein ausgesprochen dummes Buch geschrieben. Sie hat sich lächerlich gemacht. Das wirft ein schlechtes Licht auf das ganze Institut, und sie ...« Er unterbrach sich. »Und dann hat sie noch eine Riesendummheit begangen, und ich weiß nicht, wie ich damit umgehen soll.«

»Was denn?«

»Sie hat etwas gestohlen, Meryn. Etwas, was von unschätzbarem Wert ist.« Hugh sah seinen Freund unverwandt an.

Sicher, er hatte nicht direkt gesehen, wie sie die Nadel nahm, aber als er das nächste Mal in seinem Büro war und in dem Chaos auf seinem Schreibtisch nach der Fibel suchte, war sie nicht da gewesen. Natürlich war es Viv, die sie genommen hatte. Wer sonst?

»Hast du sie gefragt?«

Hugh schüttelte den Kopf.

»Warum nicht?«

»Ich glaube, ich wollte mir die Auseinandersetzung ersparen.« Hugh machte eine hilflose Geste. Mit finsterem Gesicht stand er auf und ging rastlos hin und her.

Meryn beobachtete ihn nachdenklich und bemerkte, dass sein Freund mit jeder Sekunde erregter wurde.

»Ihr ist gar nicht klar, was sie damit angezettelt hat!«, brach es aus Hugh hervor. Er ließ sich wieder in den Sessel fallen, starrte in die Flammen und trommelte mit den Fingern auf seinen Oberschenkel.

»Was hat sie denn angezettelt?« Meryns Stimme war sehr leise.

»Einen Krieg.« Hugh klang fast geistesabwesend. »Sie hat einen Krieg angefangen. Die dumme Kuh!« Jetzt hatte sich seine Stimme verändert, war tiefer, heiser vor Zorn. »Dafür wird sie büßen!«

Meryn sah erstaunt auf. »Das sind starke Worte.« Sein Blick war weiterhin auf Hughs Gesicht gerichtet.

»Nicht stark genug!«

»Reden wir immer noch von Dr. Lloyd Rees?«

»Nein! Ich rede von Cartimandua!« Hugh hatte die Augen geschlossen, sein Mund war verzerrt.

Meryn runzelte die Stirn, alle seine Sinne waren angespannt. Nicht Cartimandua hatte den Krieg begonnen, sondern der Mann, dessen Aura durch das Zimmer strich, der Mann, dessen Zorn und Ungeduld in den Schatten widerhallte, der sich Hughs Stimme bediente, der Mann, den Hugh offenbar noch nicht gesehen hatte.

»Und was hat Dr. Lloyd Rees dir entwendet, Hugh?«, fragte er leise.

»Eine Fibel aus Gold.« Hugh hatte kurz gezögert, dann aber wieder mit seiner eigenen Stimme gesprochen. Die Schattengestalt war fort.

Meryn nickte ernst und entspannte sich. »Und weißt du, warum sie sie genommen hat? Vermutlich ist sie keine gewohnheitsmäßige Diebin.«

»Sie will sie in einer Fernsehsendung herzeigen. Als Teil der Werbung für ihr Buch.«

»Also hat sie sie nicht gestohlen? Sie wird sie dir zurückgeben?«

Hugh zuckte mit den Schultern. »Vermutlich schon.«

»Hat sie dich denn nicht gefragt, ob sie sie ausleihen könnte?«

»Doch. Ich habe mich geweigert.«

»Warum?«

»Weil …«, er schüttelte entschieden den Kopf. »Ich wollte einfach nicht, dass sie sie hat, Meryn!« Er zögerte kurz. »Frag mich nicht warum. Vielleicht wollte ich in dem Moment nicht hilfsbereit sein. Vielleicht war ich griesgrämig, wie du mich so nett bezeichnet hast. Oder vielleicht war ich wütend auf sie. Aber sie hätte sie nicht einfach nehmen dürfen.«

»Wenn sie's denn getan hat.«

»Wenn.« Hugh seufzte. »Ich hatte sie Hamish Macleod geborgt«, fuhr er dann zögernd fort. »Er konnte sich nicht überwinden, sie anzufassen. Er hat mir gesagt, dass er sie im Kästchen gelassen hat. Er hat auch niemand anderem erlaubt, sie anzufassen.« Er schaute auf und begegnete Meryns eindringlichem Blick. »Die Fibel hat etwas Merkwürdiges an sich.«

»Und du? Hast du sie berührt, Hugh?«

Hugh nickte.

»Was ist passiert?« Meryns Sorgenfalten wurden tiefer.

»Nichts. Außer …« Hugh machte eine vage Geste. »Sie hat sich merkwürdig angefühlt. Als hätte sie große Macht. Ich dachte, das wäre, weil ich weiß, wie alt und kostbar sie ist, aber …«

»Aber?«, fragte Meryn nach einem kurzem Moment des Schweigens.

Hugh schüttelte den Kopf. »Solche Antiquitäten regen die Fantasie unglaublich an, Meryn, und vielleicht nicht immer zum Besten.« Er brachte es einfach nicht über sich, das Wort »böse« auszusprechen. Sein Vater hatte es gefühlt, Wheeler womöglich auch. Er hatte sich immer gefragt, warum dieser sich so leichten Herzens von der Fibel getrennt hatte. Vielleicht empfand diese irrationale Angst ja jeder, der mit ihr zu tun hatte. Das würde vieles erklären.

Meryn nickte verständnisvoll. »Und was hat deine Fantasie dir gesagt, mein Freund?« Seine Augen blitzten ein wenig verschmitzt.

»Dass die Fibel mir einen unerfreulichen Einblick in den Kopf des Mannes offenbart, dem sie gehört hat.«

»Wer war das?«

»Venutius, König der Briganten.«

»Und du möchtest nicht, dass Dr. Lloyd Rees diese Einblicke auch bekommt?«

Hugh setzte bereits zur Antwort an, schwieg dann aber und zuckte mit den Schultern. »Ich wollte nicht, dass ihr etwas zustößt«, erklärte er schließlich.

»In welcher Hinsicht etwas zustößt?«

Hugh seufzte. »Nachdem sie das Zimmer verlassen hatte, ist etwas passiert. Es war plötzlich eiskalt, die Atmosphäre war ganz anders. Ich konnte nicht verstehen, weshalb. Ich dachte, das wäre ich. Der Streit mit ihr. Aber jetzt habe ich Angst, Meryn.« Er schaute auf. »Ich glaube, die Fibel ist gefährlich. Deswegen bin ich zu dir gekommen.«

## III

Nachdem Hugh gegangen war, blieb Meryn lange Zeit vor dem Feuer sitzen, schaute in die Glut und tastete sich in die Vergangenheit hinein. Hugh hatte ihm eine Postkarte mit einer Abbildung der Fibel gegeben. Darauf lag sie im Schaukasten des Museums auf einem schwarzen Samtsockel. Sie war wirklich erlesen und von einem Meister seines Fachs gearbeitet, das bewiesen die eleganten Goldspiralen und die schimmernden Farben der Emaileinlagen. Die Postkarte lag auf seinen Knien, während er die Dunkelheit hinter den glühenden Scheiten durchforschte. Der Handwerker, der die Fibel hergestellt hatte, war sicher sehr stolz darauf gewesen. Ein Schmuckstück, das eines Gottes würdig war. Aber es war keinem Gott dargebracht worden. Meryn runzelte die Stirn. Die Schattengestalt, die Hugh verfolgte, war nicht allein. Es trieben noch andere durch den Raum, und sie wurden einzig durch den Gedanken an dieses Schmuckstück aus der Anderswelt heraufbeschworen. Er fragte sich, wer die Aura der Fibel wohl noch gespürt hatte. Beim Gedanken an das Museum, in dem sie gelegen hatte und wo ihre bösartige Kälte durch den gläsernen Schaukasten von der Welt abgeschirmt war, schauderte ihn. Unter vier Augen hatten Konservatoren und Kuratoren ihm mehr als einmal gestanden, dass sie die Schwingungen wahrnahmen, die das eine oder andere Objekt ihrer Sammlung abgab. Wenn die Museumsbesucher fort waren und sie allein in der leeren Galerie oder der Werkstatt zurückblieben, spürten sie den Nachhall der Vergangenheit, der alles andere als verklungen war. Diese Fibel hatte vermutlich dieselbe Wirkung hervorgerufen.

Er hielt die Postkarte ins flackernde Licht der Flammen und studierte die Abbildung. Irgendwann war dieser Nadel eine Macht verliehen worden, die zumindest mittlerweile bösartig geworden war. Warum? Durch wen? Wie? Weshalb war diese Aura von Gefahr zurückgeblieben, um allen zu schaden, die sie berührten? Wieder schaute er ins Feuer. Graue Rauchzungen trieben ins Zimmer, und stirnrunzelnd kniff er die Augen zusammen. Er spürte Zwietracht, Liebe und Hass, Angst und Tragik, dann zerfiel das letzte glühende Scheit im Kamin zu Asche, und das Fenster zum Schatten der Vergangenheit war geschlossen.

## IV

»Ah ja, Dr. Lloyd Rees, Sie kommen also, um Ihre Kündigung einzureichen? Als populäre Schriftstellerin werden Sie ja sicher den Hungerlohn, den Sie bei uns verdienen, nicht mehr brauchen.« Hugh hatte soeben seinen Wagen in die Lücke geparkt, die er in der Nähe des George Square ergattert hatte, und steckte gerade seine Schlüssel in die Tasche, als plötzlich Viv vor ihm stand.

Sie spürte, wie ihr Gesicht vor Zorn über seine Bemerkung feuerrot wurde. Aber es gelang ihr, sich die bissige Bemerkung, die ihr auf der Zunge lag, zu verkneifen. Sie gönnte ihm nicht die Genugtuung, zu sehen, wie sie abermals die Beherrschung verlor. Sie zwang sich zu einem Lächeln. »Ich fürchte, Sie werden sich noch eine Weile mit mir abfinden müssen, Hugh. Irgendjemand muss ja versuchen, unsere Forschung aus dem Elfenbeinturm zu holen und sie der modernen Welt anzupassen.«

Verdammt! Warum hatte sie das gesagt? Wieso reizte sie ihn noch mehr?

Aber schließlich hatte er damit angefangen.

Sie drückte die Finger so fest um den Riemen der Tasche, die ihr um die Schulter hing, dass die Knöchel weiß wurden. Sei still, Viv. Halt den Mund und warte, bis er die Fibel erwähnt. Wusste er überhaupt, dass sie nicht mehr da war? Wenn nicht, dann würde er es bald genug herausfinden. Sobald er in sein Büro ging. Nervös biss sie sich auf die Lippe und sah zu, wie er seine schwere Aktentasche, die er auf dem Bürgersteig abgestellt hatte, aufhob.

Einen Moment standen sie beide wie erstarrt dort auf dem Gehweg, dann machte der Professor auf dem Absatz kehrt und marschierte ohne ein Wort davon, die schwere Tasche in der Hand. Er hatte die Fibel also nicht erwähnt. An der Abzweigung schlug er nicht die Richtung zum Institut ein, sondern ging mit schnellen Schritten auf den Platz zu. Vor Erleichterung musste Viv lächeln. Zumindest wollten sie nicht in dieselbe Richtung, aber allzu weit würde er mit der Aktentasche bestimmt nicht gehen.

Sie folgte ihm in sicherem Abstand und bog dann ab. Ihr Ziel war der kleine, von Büchern voll gestellte Raum im ersten Stock des Reihenhauses an der Westseite des Platzes, der ihr seit fünf Jahren als Büro diente.

Sie ging die Stufen hinauf und schaute zuerst ins Büro, wo die Sekretärin Heather James vor ihrem Computer saß, den Blick auf den Monitor gerichtet. Die Kaffeemaschine gurgelte leise. »Darf ich mir einen nehmen?« Viv stellte ihre Tasche auf den einzigen leeren Stuhl und nahm sich einen Becher vom Tablett. »Vermutlich haben Sie durchs Fenster alles gesehen?«

»Was gesehen?« Heathers große blaue Augen schienen hinter ihrer Brille noch größer zu werden, als sie kurz zu Viv schaute und sich dann wieder ihrem Brief zuwandte.

»Dass der Prof lieber zur Bibliothek geht, als mit mir hierher zu kommen.« Grinsend schenkte Viv sich einen Kaffee ein, dann merkte sie, dass ihr die Knie zitterten. Sie ließ sich neben ihre Tasche auf den Stuhl fallen und hielt sich an ihrem Becher fest.

Heather sah sie belustigt an. Ihr strikt platonischer Flirt mit ihrem allzu gut aussehenden Chef gehörte ebenso zu ihrem Büroalltag wie ihre Fähigkeit, seine notorische Launenhaftigkeit zu überspielen. »Lassen Sie sich nicht von ihm ärgern, Viv.« Ihre Finger tanzten über die Tastatur, ihre Augen waren wieder fest auf den Bildschirm gerichtet.

»Das ist schwer.«

»Aber nicht unmöglich. Wissen Sie, dafür ist er bekannt.«

»Wofür?«

»Dass er Leute schikaniert. Ich glaube, das heißt, dass er Sie mag.« Sie lachte hinter den Stapeln auf ihrem Schreibtisch auf. »Immer schön die Ruhe bewahren. Sonst haben Sie verloren.«

Viv atmete laut aus. »Was? Meinen Job?« Wenn Heather derart leichthin redete, hatte sie offenbar noch nichts von Vivs neuer Laufbahn als Diebin gehört.

»So schnell geht das nicht. Machen Sie diesen Sommer doch mal richtig Urlaub und vergessen Sie das Institut eine Weile.«

Die Idee klang verlockend. Oben in ihrem Büro sah Viv sich um. An allen Wänden standen Regale, aus denen Bücher hervorquollen, ein Schreibtisch, Stühle für die Studenten. Stapel von Papieren und Manuskripten und der Blick auf den George Square hinaus. Wie viele Tage und Monate hatte sie in diesem Zimmer mittlerweile verbracht? Aber so genau wollte sie das eigentlich gar nicht wissen. Allmählich kam es ihr vor wie eine Falle. Es roch verstaubt, deprimierend. Mit drei Schritten hatte sie das Fenster erreicht und schob es auf, die alten ausgefransten Schnüre des Seilzugs wurden mit jedem Öffnen und Schließen der Fenster noch brüchiger. Hugh war doch nicht zur Bibliothek gegangen, sondern saß auf dem Platz. Seine Aktentasche stand neben ihm auf der Parkbank, er saß vorgebeugt da, die Hände zwischen die Knie gesteckt, das Gesicht von tiefen

Falten durchzogen, und starrte auf seine Füße. Der leichte Schatten der Bäume spielte über sein Gesicht. Als jemand vorbeiging, schaute er kurz auf und sah dann wieder zu Boden. Sein ganzer Körper brachte nichts als Niedergeschlagenheit zum Ausdruck. Sie verzog das Gesicht. Mitleid mit ihm war das Letzte, was sie jetzt empfinden wollte.

Zweimal schaute sie noch zum Fenster hinaus, ohne dass er sich bewegt hätte. Gerade, als sie sich an ihren Schreibtisch setzen wollte, stand er schwerfällig auf und schritt langsam auf das Institut zu.

## V

Hugh stand in der Tür zu seinem Büro, den Schlüsselbund in der Hand, und betrachtete den Raum, als sehe er ihn zum ersten Mal. Es war sehr leise im Haus, die Tür zu Vivs Büro auf demselben Flur war geschlossen. Er trat ein, schloss die Tür hinter sich, stellte die schwere Tasche auf dem Boden ab und musterte die überquellenden Regale, die Bücher- und Unterlagenstapel auf dem Boden, die zerschlissenen Läufer, den unaufgeräumten Schreibtisch und die uralten Stühle, auf denen sich zum Teil ebenfalls Bücher stapelten.

Langsam ging er zu seinem Schreibtisch.

»Vergewissere dich noch einmal, dass die Fibel wirklich nicht da ist, Hugh«, hatte Meryn ihm geraten. »Fang mit den offensichtlichen Plätzen an. Stell absolut sicher, dass du sie nicht versteckt hast, dass sie nicht irgendwo hinuntergefallen ist. Und dann überleg dir, wie du vorgehen willst.«

Methodisch machte er sich ans Aufräumen, ordnete Akten und Briefe zu mehreren Stapeln, stellte Bücher ins Regal zurück, steckte Kappen auf die dazugehörigen Stifte und Füller und tat sie in den Becher, der eigens zu dem Zweck neben seinem Computer stand. Zweimal hielt er inne, sah sich um und lauschte. Das Zimmer war leer.

Er hatte nicht das Gefühl, dass irgendetwas oder irgendjemand hier war. Das seltsame Gefühl, dass jemand Viv beobachtete, als sie sein Büro mit der Fibel verließ, das Gefühl, von dem er Meryn erzählt hatte, war nicht mehr da. Während er die beiden Postablagen leerte und die Briefe, Berichte und Memos hineinschlichtete, die eigentlich dorthin gehörten, und allmählich Ordnung in das Chaos brachte, wuchs in ihm die Gewissheit, dass die Nadel verschwunden war.

Schließlich setzte er sich hin und bestaunte die leere Löschunterlage, die ordentlichen Postablagen, die systematisch aufgestapelten Aufzeichnungen, den aufgeräumten Schreibtisch, dann stützte er den Kopf auf die Hände.

»Möchtest du ihr kündigen? Die Polizei verständigen?«, hatte Meryn gefragt, bevor Hugh abgefahren war. Seine blauen Augen waren fest auf ihn gerichtet. »Wenn sie die Fibel wirklich gestohlen hat, hättest du das Recht dazu.«

Hugh seufzte entnervt. Was in aller Welt hatte sie dazu getrieben, die verdammte Fibel mitgehen zu lassen? Er sah sie wieder vor sich stehen, eine Vision in Rot, jeder Gedanke in ihren Augen deutlich zu lesen, während sie ihn anschaute. Wütend. Herausfordernd. Ängstlich. Empört und dann schuldbewusst. Noch bevor sie das blöde Ding überhaupt eingesteckt hatte. Schuldbewusst.

Schuldbewusst, weil sie der Anlass für diesen Krieg war.

Schuldbewusst, weil sie ihr Volk verraten hatte.

Stirnrunzelnd holte Hugh Luft und ballte die Hände auf der Löschunterlage vor sich zur Faust. Es war wieder geschehen. Einen erschreckenden Moment hatte er sie mit der Frau verwechselt, der die Fibel vor fast zweitausend Jahren gehört hatte.

»Sei vorsichtig, Hugh«, hatte Meryn leise gesagt, als sie gemeinsam vor dem Feuer im Cottage in den Pentland Hills saßen. »Pass auf, dass du dich nicht zu sehr mit Venutius identifizierst. Ich weiß noch nicht warum, aber irgendwie hatte er eine sehr enge Verbindung zu der Fibel.«

Hugh hatte gelacht.

## VI

Die Sonne war aus einer Bank milchigen Dunsts aufgestiegen. Darüber schwebten rosafarbene Wölkchen wie gesponnene Gaze in der blauen Himmelskuppel. Das Meer schlummerte noch, es hatte die Farbe gebrochenen Feuersteins bis auf den Pfad, den ein feuerroter Lichtstrahl zum Ufer hin schlug.

Den Zügel über den Arm gelegt, beobachtete Carta den Sonnenaufgang von oben auf der Klippe. In kurzer Zeit würde die Gaze zu zart sein, die Kraft der Sonne zu stark, und sie würde die Augen abwenden müssen. Das Symbol der Göttin des Feuers, die ihren Umhang an die goldenen Strahlen hängte und sie den ganzen Sommer hindurch nährte und wärmte, würde sie an ihre unerbittliche Macht erinnern.

Sie ließ den Zügel fallen und achtete gar nicht darauf, dass ihr Pferd sich einige Schritte entfernte und zu grasen begann. Als die rote Scheibe durch den Dunst brach, erhob sie die Arme zum Gruß.

Sie fühlte den warmen Kuss der Göttin auf ihrer Haut. Spürte, wie ihre Kraft das Land berührte. Als ihre zarten Finger die Flanke des Pferds erreichten, hob es den Kopf und begrüßte sie wiehernd, ehe es sich wieder dem Grasen zuwandte.

Der Tag ihrer Hochzeit rückte näher. Mittlerweile war Carta eine Frau; vor einigen Monden hatte ihre Blutung eingesetzt. Zu ihren Ehren waren in der Frauenhalle eine Feier und eine Segnung abgehalten worden. Die Druiden des Königs, der König und seine Söhne hatten sich beraten und dann ihrem Vater, der vor Kurzem zum Hochkönig der Briganten gewählt worden war, eine Nachricht geschickt. Ihre Mitgift musste besprochen und nach Dun Pelder gebracht werden, und ihr Vater und ihre Mutter würden kommen, um das Fest Beltane mit Geschenken zu feiern. Ihr Ehemann war erwählt worden, und sie war glücklich. Sehr glücklich.

Gäbe es da nicht eine dunkle Wolke wie diejenige, die jetzt über dem Meer lag und den großen Felsen verdeckte, weit draußen, wo immer mehr Sonnenfinger den Dunst durchbrachen. Eine Frau, die nicht wollte, dass sie heiratete. Die sie verflucht hatte.

Carta schauderte. Am vorigen Abend war es ihrem Barden Conaire zugefallen zu singen. Er war aufgestanden und hatte mit einer Verneigung vor dem König nach seiner kleinen Harfe gegriffen. Das Lied, das er vortrug, gehörte zu Cartas liebsten. Darin erzählte er, wie sie mit ihren drei Brüdern um die Wette über die Moore gelaufen war und sie geschlagen hatte. Er erzählte, wie gut sie ritt, wie sie mit ihrem Pferd verschmolz, wenn es durch die Nebel von Setantia galoppierte. Er erzählte, wie sie zu ihrem Namen gekommen war.

Die Männer und Frauen, die im überfüllten Saal rund um das Feuer hockten, warfen hin und wieder einen Blick zu Carta, die neben Riach saß. Mellia, die ebenfalls bei ihr war, himmelte derweil verstohlen den jungen Mann an. Die Bediensteten und Sklaven hatte die Teller und das Essen fortgeräumt, neue Scheite waren in die rote Glut geworfen worden, und Met und Wein wurde gereicht, während draußen der heftige Frühlingsregen die wachsenden Feldfrüchte der Gehöfte wässerte, die sich jenseits der Terrassen der Festung über die Ebene ausbreiteten, die Dächer der Rundhäuser durchnässte und Schlamm bis unter die Gauben spritzen ließ.

Carta schaute ein wenig verlegen auf ihren kleinen Trinkbecher, aber sie freute sich trotzdem über die bewundernden Blicke. Sie glühte vor Stolz.

Die Musik wurde langsamer, Conaire schlug mit den Fingern einen lauten Akkord.

*Carta kam an den Hof eines Königs,*
*Allüberall fand sie freundlich Aufnahme.*

Seine Stimme schallte bis zu den Dachsparren empor.

*Doch tief im Herzen des freundlichen Kreises*
*Lauert' ein Wurm, dem verhasst war ihr Name.*

Conaire machte eine dramatische Pause, in der sich erschrockene Stille über den großen Saal breitete. Die Worte des Barden deuteten an, dass der heilige Schwur der Gastfreundschaft verletzt worden war. Ein solcher Vorwurf war frevlerisch, doch der Vorwurf eines ausgebildeten Barden hatte den Segen der Götter, denn seine Worte entsprangen direkt ihrer Eingebung. Er musste gehört werden.

Der König erhob sich, noch tieferes Schweigen breitete sich aus. Carta spürte, dass ihre Wangen feuerrot waren. Sie wagte es nicht, zur Familie des Königs, ihrer Pflegefamilie, zu blicken. Mellia hielt die Luft an.

»Mein Freund, du sprichst einen ernsten Vorwurf aus.« Lugaids Stimme war ruhig. »Und dies geschieht an einem öffentlichen Ort.«

Conaire verneigte sich und setzte seine Harfe zu seinen Füßen ab. »Ich spreche die Wahrheit.« Seine Stimme war leise, aber doch für alle Anwesenden vernehmbar.

Endlich fand Carta den Mut aufzuschauen. Ihr Blick begegnete dem Medbs. Die jüngste Frau des Königs war kreidebleich, aber ihre Augen blitzten vor Hass und Zorn. Carta schaute fort. Sie zwang sich aufzustehen und sich der Menge im Saal zu stellen, die immer noch entsetzt schwieg. »Ich weiß nicht, was ich getan habe, um derartiges Missfallen zu erregen«, sagte sie, und ihre Stimme war klar und rein. »Aber ich bedaure es sehr. Ich hätte mir gewünscht, jeder Frau hier eine Schwester zu sein.«

Ein erschrockenes Geraune ging durch den Saal, Stimmengemurmel wurde laut. Mit ihren Worten hatte Carta den Vorwurf bestätigt und zudem zu verstehen gegeben, dass ihr Feind eine Frau war.

Truthac, der Druide des Königs, beugte sich vor und flüsterte ihm etwas ins Ohr. Lugaid nickte und setzte sich, während Truthac sich erhob und dann auf seinen Stab gestützt dastand. »Darüber müssen wir weiter sprechen. Aber jetzt möchte ich unseren Barden bitten, uns ein weiteres Lied zu singen, vielleicht eines über Cartas Familie und ihr Vermächtnis an Mut und Hingabe.« Ernst lächelnd schaute er über die Menge, sein Blick blieb vielleicht einen Moment länger auf dem Gesicht einer einzigen Person ruhen, doch er begegnete dort nur eisigem Trotz.

Carta setzte sich wieder auf ihren Platz, ganz in der Nähe der Frau, die ihre Feindin war. Das nervöse Klopfen ihres Herzens beruhigte sich ein wenig. Als Mellia aufstand und zu Conaire ging, um ihm schüchtern an die Schulter zu fassen, als wolle sie ihm Beistand leisten, sah Carta kurz zu ihrem Barden. Ihr war nicht klar gewesen, dass ihm bewusst war, was vor sich ging, aber die Götter hatten durch ihn gesprochen. Jetzt konnte sie nur abwarten, welchen Rat Truthac und Lugaid ihr geben würden, und in der Zwischenzeit würde sie zu ihren Göttinnen beten, ihr zu helfen.

»Starke Herrin der Sonne; sanfte Herrin des Mondes; ihr Hüterinnen dieses Ortes, ihr Geistwesen dieses Landes, beschützt mich. Beschützt mich vor ihrem Fluch, wendet ihn als Pfeil auf ihr Herz zurück. Sagt mir, was ich tun soll …«

»Viv? Schlafen Sie?«

Viv fuhr zusammen. Heather stand in der Tür, die Kaffeekanne in der Hand. »Ich dachte, vielleicht möchten Sie noch einen. Sie sind ja schon seit Ewigkeiten hier oben.«

Die Sonne war an ihrem Bürofenster vorbeigewandert, die Bank, auf der Hugh gesessen hatte, lag nun im tiefen Schatten.

Vor Schreck wie gelähmt, starrte Viv die Sekretärin einen Moment an, das Herz klopfte ihr bis zum Hals. Carta war verschwunden, auf einen Schlag mitten in ihrem Gebet, als wäre eine Tür zugefallen und hätte sie beide so abrupt getrennt, dass Viv den Verlust als körperlichen Schmerz empfand. Sie atmete tief durch, schaute zu Heather auf, und irgendwie gelang es ihr, sich auf die Gegenwart zu konzentrieren und den Traum zu verdrängen. Ihr erster klarer Gedanke galt ihrem Professor. »Ist Hugh da?«

»Ja. In seinem Büro. Er hat später einen Termin mit Hamish.«

»Dann sollte ich wohl nach Hause fahren.« Viv nahm ihren Becher und hielt ihn Heather hin. Ihre Hand zitterte. »Danke, nur eine halbe Tasse. Ich arbeite den Rest der Woche zu Hause, da kann ich ihm aus dem Weg gehen. Und wenn ich gebraucht werde, können Sie mich ja anrufen, oder?«

Die Vision war wie aus heiterem Himmel gekommen, ohne dass sie es gewollt hatte. Über eine Stunde hatte sie dort gesessen, in einer anderen Welt, und nichts um sich herum wahrgenommen, bis Heather sie ansprach. Langsam machte sie sich daran, Bücher und Aktenmappen in ihre Tasche zu stecken.

»Das sollte eigentlich kein Problem sein. Alle Prüfungen sind korrigiert, Nachfragen wird es kaum geben. Und zum Glück gibt es dieses Jahr keine Nachprüfungen.«

Als Heather gegangen war, hielt sie beim Zusammenpacken kurz inne und holte tief Luft. Sie durfte den Traum nicht vergessen. Irgendwie musste sie die Details festhalten, die Klänge und Gerüche im Festsaal, die ergreifende Schönheit des Lieds, die Hintergrundgeräusche und dann die vollkommene Stille, die Woge der Angst, die Carta packte, als sie der Prophezeiung lauschte. Irgendwie musste sie sobald wie möglich in diese Szene zurückkehren. Sobald sie in der Sicherheit ihrer eigenen vier Wände war.

Nachdem sie ihren Schreibtisch aufgeräumt hatte, machte sie sich auf den Weg. Einen Moment blieb sie horchend im Flur stehen. Die Tür zu Hughs Büro war geschlossen, im ganzen Gebäude herrschte Stille. Sie hielt die Luft an und schlich den Gang entlang; einmal knarzte der Boden unter ihren Füßen, und sie blieb entsetzt stehen. Das Letzte, was sie jetzt brauchte, war, auf Hugh zu stoßen und von ihm wegen der Cartimandua-Nadel angesprochen zu werden. Das würde nur zu einer neuerlichen Auseinandersetzung führen.

Heather hatte recht. Sie sollte richtig Urlaub machen.

Erleichtert zog sie die schwere Tür zum Institut hinter sich zu, sie war entkommen. Aber ein paar Schritte weiter ließ eine Stimme sie zusammenfahren.

»Hallo, Viv.«

Es war Steve Steadman. Sein Rucksack stand offen, so viele Bücher und Unterlagen hatte er hineingepackt. »Ich komme gerade aus der Bibliothek.«

»Wie man unschwer erkennen kann.« Sie blieb nicht stehen, also ging er mit ihr mit und passte sich mit seinen langen Beinen mühelos ihrem Tempo an. Er lächelte, sein freundliches Gesicht war entspannt und offen.

»Und wann willst du nach Yorkshire fahren?« Sie warf einen Blick zu ihm hinüber und genoss seine muntere, unkomplizierte Gesellschaft.

»Kommendes Wochenende.«

»Da freust du dich bestimmt schon drauf.« Wenn sie schon nicht stehen blieb, konnte sie wenigstens ein bisschen mit ihm plaudern. Aber sie wollte einfach so schnell wie möglich von Hugh und dem Büro fort.

»Stimmt.« Er nickte. »Wahrscheinlich bleibe ich ein paar Wochen da und helfe meinen Eltern auf der Farm. Wenn nötig, kann ich ja zwischendurch herfahren, um mir neue Bücher aus der Bibliothek zu holen. Und, sehen wir uns vielleicht da unten?« Er warf ihr sein übliches aufmunterndes Lächeln zu. »Es wäre toll, wenn du uns besuchen kämst.«

Viv zögerte. »Vielleicht schau ich wirklich mal vorbei. Es klingt sehr verlockend.« Verlockend und erschreckend. Cartas Zuhause zu sehen, die Umgebung ihrer frühen Kindheit. Was würde passieren, wenn sie wirklich nach Yorkshire fuhr? Sie mussten an der Ampel warten, ehe sie in die Forrest Road einbogen. Viv schaute kurz zu Steve und stellte fest, dass er sie eingehend betrachtete. Sofort wandte er den Blick ab, als fühlte er sich ertappt. Ob er wohl etwas Merkwürdiges an ihr feststellte?, fragte sie sich. Nahm er irgendwie die Aura der Vergangenheit wahr, die sie immer noch an sich haften fühlte? Hoffentlich nicht. Sie schauderte. Auf der Straße war viel Verkehr, einen Moment überlagerte der Lärm eines Lasters, der in einen höheren Gang schaltete, fast die leise Stimme, die ihr direkt ins Ohr sprach.

»Tja, Dr. Lloyd Rees, hat Mr. Steadman Ihnen gerade seine Meinung über Ihr Buch gesagt?«

Hugh Graham hatte sich ihnen unbemerkt von hinten genähert.

Mit wild klopfendem Herzen drehte Viv sich um. »In der Tat. Und es hat ihm gefallen.«

»Ach ja?« Hugh drehte sich zu ihrem Begleiter und beäugte ihn über den Rand seiner Brille hinweg. »Na, Ihnen fehlt noch die Erfahrung.« Er lächelte. »Ich hatte gehofft, Sie im Institut zu sehen, Dr. Lloyd Rees.« Er musterte ihr Gesicht. »Ich hätte mir gewünscht, unter vier Augen mit Ihnen zu sprechen.« Nach einem kurzen Blick auf Steve fuhr er fort: »Aber da Sie jetzt hier sind, sage ich's Ihnen gleich. Unter anderem habe ich den Stundenplan für das kommende Jahr aufgestellt. Vorausgesetzt, dass Sie dann noch bei uns sind.« Er schwieg für den Bruchteil einer Sekunde und fixierte sie. Einen Moment glaubte sie, etwas Zögerndes in seinen Augen zu erkennen, aber das verschwand so schnell, dass sie überzeugt war, sich getäuscht zu haben. Unbeirrt fuhr er fort: »Sie werden sich sicher freuen zu erfahren, dass Sie mehr Zeit haben werden, die Neuzugänge zu unterrichten. Ich denke, Ihre Art des Studiums wird sie faszinieren. Die höheren Jahrgänge, bei denen der Lehrstandard anspruchsvoller ist, wird Dr. Grant betreuen. Sie wissen ja, dass Dr. Macleod zum Ende dieses akademischen Jahres seine Kündigung eingereicht hat, um in den wohlverdienten Ruhestand zu treten, und ich habe beschlossen, Dr. Grant zum Dozenten zu befördern in Anerkennung seiner guten Arbeit und seiner Loyalität gegenüber dem Institut.« Er verstummte, als warte er auf Vivs Reaktion. Währenddessen schaltete die Ampel wieder um, Verkehr rauschte an ihnen vorbei. »Er hat zwar noch nicht so viel veröffentlicht wie Sie, aber seine Arbeit ist solide.«

Viv starrte ihn nur an. Halb war sie sich bewusst, dass Steve direkt neben ihr stand und ihren Ellbogen berührte, als wollte er sie seiner Unterstützung versichern. Einen Moment war sie zu sehr vor den Kopf gestoßen, um etwas zu erwidern. Schließlich stammelte sie: »Sie haben recht, Hugh, hier ist kaum der richtige Ort, um darüber zu sprechen.«

Er machte eine wegwerfende Geste. »Warum nicht? Es stört Sie doch sicher nicht, dass Mr. Steadman das jetzt gleich erfährt. Demnächst werden es sowieso alle wissen. Ich hatte Sie ja gewarnt. Ich habe die Situation überdacht und jetzt die richtige Entscheidung getroffen. Wir sind ein kleines Institut. Leider gibt es nur selten Möglichkeiten für eine Beförderung, und wenn sie sich dann einmal bietet, muss die Stelle an den überzeugendsten Kandidaten gehen. Den zuverlässigsten und ehrlichsten Kandidaten.«

»Ehrlich?« Viv spürte Steves Blick. Ihm war unwohl in seiner Haut, das war offenkundig.

»Ehrlich, Dr. Lloyd Rees.« Hugh schürzte die Lippen. »Wie Sie wohl wissen, fehlt aus meinem Büro etwas.« Die Ampel neben ihnen schaltete wieder auf Rot, Menschen strömten über die Straße.

»Ich habe keine Ahnung, wovon Sie sprechen.« Vivs Mund war trocken.

»Wirklich nicht?«

Schweigend sahen sie sich einen Moment an, Steves Hand noch immer an Vivs Ellbogen. Sie hielt die Luft an, wappnete sich für Hughs nächsten Schlag – für sein Lachen, mit dem er ihr sagte, er habe jetzt den perfekten Vorwand, sie zu feuern, ein Vorwand, den jedes Gericht der Welt anerkennen würde. Doch das kam nicht. Plötzlich wurde ihr bewusst, dass er sich nicht absolut sicher war. Er hatte keinen Beweis.

Er bedachte sie noch einmal mit einem langen, kalten Blick, dann verneigte er sich mit einem spöttischen Lächeln und ging davon, schritt rasch die Straße zu Greyfriars hinauf.

Steve schüttelte den Kopf. »Wovon redet er denn da? Und was denkt er sich dabei, dir das einfach hier, mitten auf der Straße, zu sagen?« Er war empört. »Das tut mir wirklich leid, Viv.«

»Dir auch?«, meinte Viv sarkastisch. »Denk dir nichts. Ich tu's auch nicht. Wenn er glaubt, er hätte mich jetzt gedemütigt, dann täuscht er sich.« Es gelang ihr, sich wieder auf Steves Gesicht zu konzentrieren. »Aber es tut mir wirklich leid, dass du das hast mitanhören müssen. Du merkst ja, der Professor ist momentan nicht besonders gut auf mich zu sprechen, und irgendwie steht er neben sich, findest du nicht auch?« Ihr wurde bewusst, dass sie am ganzen

Leib zitterte. »Aber das wird sich schon wieder einrenken. Wir haben einfach andere Ansätze, mehr nicht. Ein langer Sommerurlaub, dann ist alles vorbei und vergessen.« Das würde es natürlich nicht sein. Wie sollte es auch? Aber das brauchte Steve nicht zu wissen.

»Komm doch nach Ingleborough, Viv.« Steve drückte ihren Ellbogen freundschaftlich. »Da bist du weit weg von Hugh und kannst in die Fußstapfen von Cartimandua treten. Keine Lust?«

Sie schauderte wieder. »Ich geb dir Bescheid, Steve.« Sie gab ihm einen scherzhaften Klaps. »Bis bald!« Die Ampel schalteten gerade wieder auf Grün, und sie lief über die Straße, während er ihr nachschaute.

# Kapitel 6

## I

Viv fiel das Manuskript ihres Hörspiels, das zusammen mit dem Exemplar ihres Buchs auf Cathys Schreibtisch lag, sofort ins Auge. Sie ließ sich in einen Sessel vor dem Bücherregal fallen. Cathy und Pete bereiteten in der Küche das Abendessen zu, Tasha lungerte im Wohnzimmer vor dem Fernseher herum. Pat war ihr mit einer Flasche gekühltem Weißwein und zwei Gläsern ins Arbeitszimmer gefolgt. Den zweiten Sessel hatte Pablo besetzt, der sie hochmütig anstarrte. Also zog Pat nach kurzem Zögern einen kleinen Stuhl an den Schreibtisch.

»Das ist fantastisch!« Sie klopfte auf das Buch. »Einfach wunderbar. Es hat mir großen Spaß gemacht. Eine tolle Frau!«

Viv grinste verhalten. »Das stimmt.« Sie war gespannt, was Pat als Nächstes sagen würde.

»Und du hast dich mit dem Hörspiel auch ganz gut geschlagen.« Pat setzte eine grün gerandete Lesebrille auf und legte die Hand auf das Manuskript. »Um ehrlich zu sein, viel besser, als ich erwartet hatte.« Sie griff nach der Flasche und schenkte zwei Gläser ein, von denen sie eins über den Schreibtisch zu Viv schob. »Mir gefällt, wie du an die Sache rangehst. Die Dramatik. Die erzählerischen Zwischenspiele. Das funktioniert gut.«

»Da ist Maddie anderer Ansicht.« Viv trank einen großen Schluck Wein.

»Ich kann dir auch sagen warum.« Pat warf einen Blick zu ihr. »Oder stört dich das? Dafür bin ich eigentlich da.«

»Das ist schon in Ordnung.« Viv zuckte mit den Schultern. Es störte sie zwar schrecklich, aber ihr blieb keine andere Wahl.

»Du bist zu befangen. Im Buch warst du entspannt und selbstbewusst. Auf deinem eigenen Terrain, sozusagen. Deine Stimme und

Cartimanduas Stimme sind authentisch. Im Hörspiel fehlt diese Authentizität. Manchmal scheint sie zwar durch, fast zufällig, und die Stellen sind dann sehr lebendig. Wie die erste Szene. Die ist brillant. Aber dann hältst du dich wieder zurück, legst deiner Fantasie Zügel an. Ich glaube, den Ausdruck hast du selbst verwendet, und der Stil wird ...« Pat zögerte. »Pädagogisch. Vielleicht sogar pedantisch.« Sie tastete in ihrer Tasche nach ihren Zigaretten. »Glaubst du, Cathy würde es merken, wenn ich eine rauche?«

»Doch.« Viv grinste. »Ich glaube schon.«

»Du hast recht. Es ist so schwer, davon loszukommen.« Pat steckte die Zigarettenschachtel wieder in ihre Jackentasche und griff stattdessen nach ihrem Glas. »Kannst du nachvollziehen, was ich da sage?« Sie hob fragend die Augenbrauen.

Viv zuckte wieder mit den Schultern. »Ja, doch, irgendwie schon.«

Cartimanduas Stimme – nicht authentisch? Sie lächelte in sich hinein.

»Hast du was dagegen, wenn ich detaillierter werde?«, fuhr Pat fort. »Mach die Szenen kürzer, witziger. Realer. Die guten sind so gelungen, dass sich mir die Härchen im Nacken aufstellen. Deswegen sind die anderen so enttäuschend.« Sie schüttelte den Kopf. »Und die Stimme des Erzählers sollte weniger zögerlich sein. Vergiss nicht, das bist du. Egal, ob wir dich persönlich verwenden oder eine Schauspielerin. Du bist die Weltautorität für diese Frau. Das musst du überzeugend darstellen.«

Viv lachte laut auf. »Die Weltautorität?«

»Genau!« Pat setzte die Brille ab und sah sie ernst an. »Ich habe ein wirklich gutes Gefühl dabei. Es wird ein brillantes Hörspiel werden. Ich habe unten in Cornwall einen Freund, der uns die Musik dazu komponieren kann. Viele Hintergrundgeräusche. Keltische Sachen und so, du weißt schon. Die pentatonische Skala – nur die schwarzen Noten! Ganz geheimnisvoll und atmosphärisch. Vielleicht können wir die Musik sogar vor Ort aufnehmen, wo der

Wind im Mikrofon zu hören ist. Viv, das wird großartig.« Sie trank einen Schluck Wein und griff dann wieder nach ihrer Brille, schlug das Manuskript auf und fuhr mit dem Finger über den Text, als suchte sie nach einer Stelle, die sie vorlesen wollte. Dann überlegte sie es sich offenbar anders. »Was wir brauchen, ist eine neue Ausgangsidee.« Sie studierte Vivs Gesicht und zögerte. »Darf ich dich etwas fragen?«

»Was?«

»Wer ist Maeve?«

»Maeve?« Viv wiederholte den Namen entsetzt. »Warum?«

Maeve. Medb.

Medb mit den weißen Händen.

Sie kam in dem Hörspiel nicht vor, und auch nicht im Buch. Sie spielte in der Geschichtsschreibung keine Rolle.

Pat saß stirnrunzelnd da. »Der Name geht mir nicht mehr aus dem Kopf. Ich habe letzte Nacht von ihr geträumt, als wäre sie eine Figur in deinem Buch. Aber da kommt sie nicht vor, oder? Ich habe im Register nachgeschaut und konnte sie nicht finden.«

Viv schüttelte den Kopf. »Nein, sie kommt im Buch nicht vor.« Sie schluckte.

»Aber der Name sagt dir was, oder?« Pat sah sie erwartungsvoll an. Sie nahm ihr Glas und ging zum zweiten Sessel hinüber, der neben Vivs stand, und ließ sich, ohne den Kater zu stören, auf der Armlehne nieder. »Wer ist sie denn?«

Viv schüttelte den Kopf. »Ich glaube, sie war jemand, die Cartimandua als junges Mädchen kennengelernt hat. Eine Zeit, die ich im Buch nicht erwähnt habe, weil wir offiziell nichts darüber wissen.« Sie machte eine Pause, und dann stellte sie eine Frage, die sie sich einfach nicht verkneifen konnte. »Wie sah sie denn aus? In deinem Traum?«

Pat überlegte einen Moment. »Sie war jung. Wunderschön. Groß. Schlank. Auffallende Augen, sehr auffallende Augen. Ein helles Stahlblau. Ein hartes Gesicht.« Sie schüttelte den Kopf. »Ich glaube nicht, dass sie besonders nett war.«

Im Arbeitszimmer breitete sich Schweigen aus. Pat schwang ein Bein langsam vor und zurück, der Schuh baumelte von ihrem Fuß. Sie studierte Vivs Miene.

»Nein.« Viv klang bedrückt. »Sie war nicht besonders nett, aber ich kann dir nicht sagen, woher wir das wissen. Wir wissen nichts über Cartimanduas Leben, abgesehen von dem, was die römischen Historiker uns mitteilen. Aber außer Politik hat die eigentlich nichts interessiert.«

»Das machst du in deinem Buch ja auch ganz deutlich.«

Viv nickte.

»Und trotzdem hast du über sehr viel mehr geschrieben als nur über römische Politik.«

»Aus anderen Quellen extrapoliert«, sagte Viv, mehr zu sich selbst. »Zum Beispiel aus der Archäologie.«

»Und Maeves Name wird nirgends erwähnt.«

»Nein.«

»Aber sie spielt in der Geschichte doch eine Rolle, oder nicht? Warum hast du sie dann nicht erwähnt?«

Jetzt war es Viv, die nach der Flasche griff, sie beugte sich so heftig im Sessel vor, dass sie etwas Wein auf den Teppich verschüttete, während sie sich mit zitternder Hand nachschenkte. »Da habe ich einfach nur geraten. Vergiss sie. Sie gehört nicht zu dieser Geschichte.«

»Bist du dir sicher?« Pat sah sie stirnrunzelnd an. »Warum sollte ich sonst von ihr träumen?«

»Das weiß ich auch nicht.« Einen Moment lang trafen sich ihre Blicke, bis Pat mit einem Achselzucken das Thema wechselte. »Wie sollen wir denn mit der Arbeit vorgehen? Sollen wir uns jeden Tag zusammensetzen? Ich könnte morgens immer zu dir kommen, und wir schauen zu, wie viel wir schaffen, bevor du wegfahren musst. Wenn ich mich recht erinnere, gehst du doch bald auf Lesereise, oder?«

Viv nickte. »Ich muss etwa eine Woche lang das Buch vorstellen.«

»Gut. Na ja, dann versuchen wir, vorher so viel wie möglich fertig zu kriegen.« Pat zögerte und fuhr dann fort: »Mir ist gerade noch eine andere Idee gekommen. Vielleicht sollten wir das alles nicht im Studio aufnehmen, sondern zumindest einen Teil, wenn nicht gar alles, draußen. Mit Soundeffekten. Wie die Musik. Da würde ganz viel Atmosphäre rüberkommen. So etwas funktioniert im Radio sehr gut. Das haben wir vom Fernsehen gelernt. Wenn wir schneiden müssen, kann ich das schon mal auf meinem Laptop erledigen.«

»Das klingt großartig.« Viv nickte begeistert. Dann sah sie sich um, weil die Tür geöffnet wurde und Pete den Kopf hereinsteckte. »Mädels, das Abendessen ist fertig.«

Als sie aufstanden und ihm in die Küche folgten, setzte Pablo sich auf und streckte sich. Dann sprang er vom Sessel hinunter und stolzierte Richtung Küche. In der Tür blieb er stehen und warf einen Blick ins leere Zimmer zurück. Einen Moment zögerte er, die Augen weit aufgerissen, die Schwanzhaare vor Angst gesträubt. Dann ging er ihnen nach.

Kurz darauf saßen sie zu fünft um den Tisch, und das Essen war wieder kinderfreundlich. Fischküchlein aus einer Mischung von biologisch-dynamischem Wildlachs und einem nachhaltig gezüchteten weißen Fisch, dessen Namen Cathy vergessen hatte.

»Du kannst Viv und mir helfen, einen Namen für uns auszudenken, Tasha«, sagte Pat lächelnd. Allmählich schloss sie dieses frühreife, verwirrte Kind regelrecht ins Herz. »Maddie hat vorgeschlagen, dass wir eine Produktionsfirma gründen. Das könnte der Anfang einer ganz spannenden neuen Entwicklung in Vivs Karriere werden. Dir ist schon klar, Viv«, fügte sie begeistert hinzu, »wenn wir damit so erfolgreich sind, wie ich es glaube, können wir nach Cartimandua noch andere Sachen für den Hörfunk produzieren, andere historische Doku-Dramen. Der Erfolg wird uns Flügel verleihen, und dein Name wird mit einem bestimmten Produkt in Verbindung gebracht werden und nicht mehr mit einer Ära. Dann kannst du deinen Professor getrost vergessen.«

»Aber ich bin Keltologin.«

»Du bist eine talentierte Frau, die mehrere Eisen im Feuer hat«, widersprach Pat. Sie lehnte sich im Stuhl zurück, ihre Hände lagen flach auf dem Tisch neben ihrem Teller. Sie beäugte das Fischküchlein. Eigentlich hätte sie jetzt lieber eine Zigarette geraucht. Ihr gegenüber saß Kater Pablo auf der Arbeitsfläche und verfolgte alles aus undurchdringlichen grünen Augen. »Also, wie sollen wir uns denn nennen?«

Eine halbe Stunde später stritten sie immer noch über mögliche Namen. Etwas genervt stand Cathy auf und holte eine weitere Flasche Wein aus dem Kühlschrank. »Glaubt ihr, ihr werdet euch beim Manuskript einigen können, wenn ihr schon solche Schwierigkeiten habt, euch für einen Namen zu entscheiden?« Mit einem spöttischen Lächeln griff sie nach dem Korkenzieher.

»Schwestern. Das ist gut. Die irgendwas Schwestern. Oder die Schwestern von irgendwas«, fuhr Pat fort, ohne auf Cathy zu achten. Langsam ging auch ihr die Geduld aus. Sie drehten sich im Kreis.

»Das klingt zu feministisch.« Pete schüttelte den Kopf. Er nahm sich die letzten Erbsen.

»Also dann Töchter«, schlug Cathy vor und schenkte ihnen allen nach.

»Das klingt auf jeden Fall weniger aggressiv.« Pete nickte. Er wollte sich nicht weiter in die Diskussion einmischen.

»Töchter des Feuers«, sagte Viv aus einer Eingebung heraus. »Das trifft den Nagel auf den Kopf. Brigantia ist eine Göttin des Feuers, die Briganten sind das Volk des Feuers, und Cartimandua ist eine feurige Frau.« Ihr war bewusst, dass Pablo sie die ganze Zeit unverwandt anschaute.

»Und wir auch! Großartig!« Pat reckte triumphierend die Faust. »Super! Und wenn wir später andere Hörspiele schreiben, können wir uns auf tatkräftige Frauen spezialisieren. Maria Stuart. Elizabeth I. Mary Tudor. Eleonore von Aquitanien ...«

»Es brauchen ja nicht nur Königinnen zu sein«, warf Cathy ein.

»Jane Austen. Die Schwestern Brontë, George Eliot.« Die Aufregung war ansteckend. »Amelia Earhart, Mata Hari, Florence Nightingale.« Sie machte eine Pause. »Also, wie schon gesagt, du brauchst keine Angst zu haben, in die Schublade der Keltologin gesteckt zu werden, die sich allzu viel erlaubt hat, Viv!« Sie lachte. »Aber jetzt eins nach dem anderen. Vergesst nicht, ihr braucht einen Arbeitstitel für das Hörspiel.«

»Die vergessene Königin«, sagte Viv leise. »So habe ich es genannt. Immerhin ist sie den meisten völlig unbekannt.«

»Sehr gut.« Pat nickte. »Das weckt die Neugier. Ist aussagekräftig. Klingt spannend.« Sie erklärte ihnen nicht, dass der Titel vermutlich mehrmals geändert werden würde, bevor die Redakteure sich auf einen endgültigen einigten. »Also, dann stoßen wir darauf an. Auf die Töchter des Feuers: Viv, Pat und Cartimandua, die vergessene Königin.«

Tasha war sehr still. Sie hatte ihr Fischküchlein aufgegessen, die ausschließlich vegetarischen Erbsen und den Reis beiseitegeschoben. Die eigens für sie gekaufte Flasche Tomatensoße, die ihr persönliches Eigentum war, stand unberührt neben ihrem Teller. »Willst du auch auf uns anstoßen, Tasha?«, fragte Viv. Es bereitete ihr Unbehagen, dass das Kind sie so unverwandt anstarrte. Vor ihr stand ein Glas Orangensaft.

Tasha schüttelte den Kopf. »Sie ist wieder da«, sagte sie, und ihr Gesicht brachte nichts als Verwunderung zum Ausdruck. »Die Frau hinter dir.«

Viv erstarrte. Im Zimmer wurde es für einen Moment sehr still, alle sahen sie an.

»Tasha!«, rief Pete schließlich sehr streng. »Wir haben dir schon mal gesagt, dass du das lassen sollst.«

»Es stimmt aber!« Tasha stand auf. »Es stimmt aber!«, wiederholte sie weinend. »Schaut doch!« Sie deutete auf eine Stelle hinter Vivs Platz. »Könnt ihr sie denn nicht sehen? Pablo sieht sie auch. Schaut ihn doch an.« Der Kater war aufgestanden, machte einen Buckel und starrte mit gesträubtem Fell auf Viv.

Eine weitere Sekunde herrschte tiefstes Schweigen. Schließlich sagte Cathy: »Wir können niemanden sehen, Tasha. Pablo streckt sich nur ein bisschen.«

»Ich erfinde das aber nicht!«, schrie Tasha.

Pablo stieß ein gellendes Miauen aus, sprang von der Arbeitsfläche und floh zur Tür hinaus. Tasha brach in Tränen aus, und eine Sekunde später lief sie ihm nach.

»Wow!«

Pat atmete tief durch. »Macht sie das oft?« Sie warf einen Blick zu Viv, die leichenblass geworden war. Cartimandua war hier im Zimmer mit ihnen. Sie konnte sie fühlen.

»Als ich das letzte Mal hier war, hat sie dasselbe gesagt«, antwortete Viv zitternd.

»Und wie beim letzten Mal wissen wir, dass es Unsinn ist«, sagte Cathy mit Nachdruck. »Räumst du die Teller ab, Pete? Wir haben beim letzten Mal alle so geschockt reagiert, dass sie jetzt denkt, sie könnte es noch mal versuchen. Wir sollten sie einfach in Ruhe lassen und gar nicht auf sie achten.«

»Ich habe auch etwas gesehen«, sagte Pete.

Alle drei Frauen schauten ihn an. Viv wurde noch blasser. Bitte nicht.

»Einen Schatten, nur eine Sekunde, da direkt hinter Viv.«

»Also wirklich.« Cathy begann, selbst den Tisch abzuräumen. »Wirklich, Pete, wie wär's mit ein bisschen Realitätssinn!«

Er schüttelte den Kopf. »Natürlich, da muss mir das Licht einen Streich gespielt haben.« Er klang nicht überzeugt.

»Das stimmt.« Cathy war wütend.

Pete zuckte mit den Schultern. Er beobachtete Vivs Gesicht. »Ist alles in Ordnung? Entschuldige, ich wollte dir keine Angst einjagen.«

»Das hast du aber.« Viv stand auf. Plötzlich hatte sie das Gefühl, keine Luft mehr zu bekommen. »Ich muss dringend mal raus. Ich gehe zu Fuß nach Hause. Es tut mir leid. Alles in Ordnung.« Ohne auf die besorgten Fragen der anderen zu antworten, lief Viv die elegant geschwungene Steintreppe mit ihrem gusseisernen Geländer hinab, die durchs ganze Haus bis zum Dachgeschoss führte. Als sie das Foyer erreichte, warf sie einen Blick über die Schulter, ein kalter Schauder lief ihr über den Rücken. Die Tür zur Straße war geschlossen. Im Vestibül war es sehr still, düster und kalt, und es roch nach Kieferndesinfektionsmittel und schwach auch nach Zigarettenrauch. Hektisch fummelte sie mit dem Türöffner und trat dann auf die Straße hinaus. Das Licht im Treppenhaus schaltete sich automatisch aus, und sie stand in der Dunkelheit.

## II

Pat konnte nicht schlafen. In der kleinen Kammer, die Cathy ihr überlassen hatte, stand ein schmales Kiefernholzbett, und darauf lag eine mit Märchenprinzessinnen bedruckte Decke, die früher wohl einmal Tasha und ihren Freundinnen gefallen sollte. Auf der kleinen Kommode hatte sie ihren Laptop aufgebaut und ihre Notizbücher abgelegt. Als Kleiderschrank musste ihre geräumige rote Leinentasche herhalten, ihre wenige Kosmetik hatte sie auf dem Fensterbrett angeordnet, wo sie gerade gestanden und schuldbewusst eine Zigarette geraucht hatte. Sie ließ das Fenster offen stehen, während sie das Licht ausschaltete und ins Bett stieg, wo sie dalag und zur Decke starrte.

Der Schlaf wollte sich einfach nicht einstellen. Sie war angespannt und rastlos und ging im Kopf immer wieder die Szene am Küchentisch durch. Tasha und Pete hatten beide etwas gesehen, daran bestand kein Zweifel. Pete hatte das nicht nur gesagt, um seiner Tochter beizustehen. Sie sah Vivs leichenblasses Gesicht vor sich. Wie oft hatte sie gehört, dass jemand mit den Worten beschrieben wurde, er wäre gebannt wie ein Kaninchen im Angesicht der Schlange. Genauso hatte Viv ausgesehen. Fassungslos. Gefangen. Panisch.

Es war ihnen gar nicht recht gewesen, dass Viv allein nach Hause ging. Cathy machte sich Sorgen und war wütend auf Tasha und Pete.

Sie hatte das Gefühl, ihre Freundin in Schutz nehmen zu müssen. Nachdem Viv gegangen war, hatten Pete und sie sich gestritten, worauf Pat sie sich selbst überlassen und sich im Wohnzimmer zu Tasha aufs Sofa gesetzt hatte, um mit ihr fernzusehen. Die Nachrichten waren gerade zu Ende, es lief der Wetterbericht. Tasha drückte ein großes Kissen an sich, in ihren Augen standen Tränen. »Ich habe wirklich was gesehen.«

»Ich weiß.«

Pat hätte alles gegeben für eine Zigarette.

»Du glaubst mir nicht.«

»Das habe ich nicht gesagt. Ich persönlich habe nichts gesehen, Tasha«, sagte Pat vorsichtig. »Aber dein Dad hat gesagt, dass er auch etwas gesehen hat.« Beide schauten unverwandt auf den Bildschirm.

»Es war eine Frau.« Tasha drückte das Kissen noch fester an sich.

»Kannst du sie beschreiben?«

»Sie hat Viv angeguckt und versucht, sie auf sich aufmerksam zu machen. Sie hatte rötliche Haare.«

Also nicht Medb. Pat fühlte sich sehr erleichtert. Und es war auch kein Schatten gewesen.

Sie drehte sich im Bett um und knuffte das Kissen zurecht. Pete wollte sie am nächsten Morgen auf dem Weg zu einer Konferenz bei Viv absetzen, damit sie sich gemeinsam an die Arbeit machen konnten. Plötzlich graute ihr davor.

Irgendwo draußen bellte ein Hund, und sie merkte, dass sie sich noch mehr verspannte. Das Geräusch hallte gespenstisch durch die Straßen.

Etwas später wachte sie mit einem Ruck auf, sie hörte sich selbst laut schreien, und ihr Herz hämmerte wie wild. Mit angehaltenem Atem starrte sie im dunklen Zimmer umher und fragte sich, ob sie wohl die anderen geweckt hatte. Aus der restlichen Wohnung war nichts zu hören. Vielleicht hatte sie den Schrei nur im Traum ausgestoßen. Sie tastete nach ihrer Uhr. Ein Uhr. Sie hatte kaum eine halbe Stunde geschlafen.

Sie legte sich wieder aufs Kissen, ächzte und kniff die Augen zusammen, um sich zum Schlafen zu zwingen.

Medb.

Sie riss die Augen wieder auf.

Medb musste in dem Stück vorkommen. Sie war eine Schlüsselfigur. Medb, die nicht im Register stand. Die im Buch nicht vorkam. Die laut Viv überhaupt nicht existiert hatte. Viv hatte nur mit den Achseln gezuckt und dann zugegeben, dass sie den Namen schon einmal gehört hatte. Irgendwo. Pat sah wieder die hellen, klaren Augen vor sich und schauderte. Der unversöhnliche Hass der Frau war körperlich präsent, hier, in ihrem Zimmer, bei ihr.

# Kapitel 7

## I

*Vivienne! Hilf mir!*

Schluchzend schüttelte Viv den Kopf.

Es war ein stürmischer Tag, und der Wind heulte zwischen den Schornsteinen. Die frühe Morgensonne warf die langen Schatten der Kragsteine und Kamine über die tiefe Straßenschlucht, wo sich ganz unten die Gasse zwischen den hohen Häusern hindurchwand. Weit über sich konnte sie eine weiße Federwolke sehen, die vor dem leuchtenden Blau des Himmels trieb. In dem Moment flog eine Möwe, die Botin der Seegötter, auf ihrem Weg zum Forth am Fenster vorbei und legte die Flügel an. Was sie gehört hatte, war ihr durchdringender Schrei.

*Vivienne!*

*Ich brauche dich.*

*Hilf mir.*

*Herrin, ich bringe dir Geschenke!*

Abrupt wandte sie sich vom Fenster ab und ging zu ihrem Schreibtisch, um in das Notizbuch mit ihren Beschreibungen von Cartimanduas Welt zu schauen. Schilderungen aus irgendeinem Teil ihres Gehirns, der sich darauf versteifte, einen Roman zu schreiben, der ihre Glaubwürdigkeit als ernst zu nehmende Historikerin für immer zerstören würde.

Sie war am Abend zuvor schnell nach Hause gegangen, den Kopf gesenkt, die Hände in den Jackentaschen vergraben und entschlossen, nicht an Tashas Vision zu denken. Lieber nahm sie bewusst die Stadt um sich herum wahr. Nachts war es wunderschön hier, und dann liebte sie dieses Viertel. Das Gefühl von Verschwiegenheit, das die Dunkelheit über die eleganten Straßen und Gärten der

Neustadt breitete. Der Kontrast zwischen den hell erleuchteten Schaufenstern in der Princess Street und den Kolonnen von Bussen, die Richtung West End fuhren, mit der Dunkelheit der Gärten, der Schwärze über den Gleisen, die tief in einer Schlucht unterhalb des Schlosses verliefen. Und sie liebte den steilen Bergrücken jenseits der Gärten, auf dem die Altstadt thronte. Die gedrängte, atmosphärische Altstadt, in der sie lebte und wo die Schatten der Nacht das einundzwanzigste Jahrhundert verbargen, sodass Erinnerungen der Vergangenheit sich wie ein zarter, alles durchdringender Dunst auf die engen Sträßchen und dunklen Gässchen legen konnten.

*Vivienne, Herrin, höre mein Flehen!*

Carta weinte. Ihre Stimme hallte zwischen den Bäumen und Büschen, die den Teich oben am Berg umgaben.

*Herrin, ich brauche deine Hilfe. Wo bist du?*

Viv war noch schneller gegangen.

Töchter des Feuers. Das klang gut. Und dadurch wurde ihre Zusammenarbeit mit Pat offiziell. Damit hatten sie eine Basis geschaffen, sofern sie miteinander klarkommen würden. Sie hatten sich nicht auf Anhieb verstanden, so viel stand fest. Aber Viv hoffte, dass sie sich gegenseitig genügend respektieren konnten aufgrund der Erfahrung, die jede von ihnen mitbrachte.

Sie hatte die Biegung des Mound erreicht, als sie hinter sich Schritte hörte. Leise. Eilig. Ängstlich drehte sie sich um, aber da war niemand. Die Straße war leer. Unter ihr breitete sich die Stadt wie ein Flickenteppich von Licht und Dunkel aus.

Cartimandua.

Oder Maeve.

Medb.

Medb mit den weißen Händen.

Woher kannte Pat den Namen? Viv fuhr ein Schauder über den Rücken, und sie wünschte, sie hätte Petes Angebot, sie nach Hause zu fahren, angenommen.

Medb und Cartimandua. Wen oder was hatten Tasha und Pablo und dann auch Pete gesehen, der gute alte unerschütterliche, nüchterne Pete, als sie sie über den Küchentisch hinweg angestarrt hatten? Irgendetwas mussten sie ja gesehen haben. Und was immer sie hinterher gesagt haben mochten über die allzu lebhafte Fantasie des Kindes und die verrückte Katze und das Spiel des Lichts, tief im Inneren wussten sie alle, dass sich die beiden nicht getäuscht hatten.

## II

»Mellia?« Carta trat aus ihrer Schlafkammer und sah sich im Wohnraum um. Er war leer. Das Feuer brannte ruhig vor sich hin, aus dem Wasserkessel, der auf Ketten darüber hing, stieg Dampf auf. Die Frauen gingen alle draußen in der Sonne ihrer Arbeit nach. »Mellia?«, rief sie wieder. »Ich möchte, dass du mich zu Conaire begleitest wegen der Lieder heute Abend.« Das würde Mellia gefallen. Carta lächelte glücklich. Sie hatte nichts dagegen, ein bisschen Heiratsvermittlerin zu spielen. Sie wollte Mellia ins Gespräch bringen und dann so tun, als erinnere sie sich plötzlich an ein dringendes Treffen mit ihrem zukünftigen Ehemann, um die zwei allein zu lassen. Sie ging nach draußen, blieb in der warmen Sonne stehen und sah sich um. Mellia musste irgendwo in der Nähe sein. Sie blieb immer in Hörweite für den Fall, dass Carta sie brauchte. »Mellia?« Sie überquerte die gepflasterte Straße und ging zwischen zwei Häusern hindurch auf die breite Grasterrasse ganz oben auf dem Schutzwall, der hier von den Klippen gebildet wurde. Von dort erstreckte sich ein Panorama von Wäldern und Bergen bis hin zum westlichen Horizont. Unter ihr flog eine Amsel aus ihrem Versteck, stieß einen schrillen Warnruf aus, und sie trat vor und sah nach unten.

Am Fuß der steilen Steinstufen, die in den Fels gehauen waren, lag auf einem Berg von Geröll ein Mensch. Entsetzt starrte Carta nach unten. Der grüne Karoumhang war im Sturz halb abgerissen worden und hing jetzt über einem Stechginsterbusch. Es war genau der Umhang, den sie Mellia nur vor wenigen Tagen geschenkt hatte. Mellia, die ihr wie eine Schwester war.

»Mellia?« Ihr heiseres Flüstern war kaum zu hören. Einen Moment stand sie wie erstarrt da, dann stürmte sie die lange Treppe hinunter. »Mellia? Mellia? Hast du dir wehgetan?«

Mellias Augen waren noch offen. In der Hand hielt sie ein Knäuel roher Wolle, ihre Spindel lag zerbrochen unter ihr.

»Mellia?« Ungläubig berührte Carta das Gesicht der jungen Frau. »Mellia, sag doch was.« Panik drohte ihr die Kehle zuzuschnüren. »Mellia, wach auf!«

Aber die Haut des Mädchens war kalt. Ihr Kopf war in einem merkwürdigen Winkel verdreht, ihr Hals war gebrochen.

Lange Zeit kniete Carta neben ihr, hielt Mellias kalte Hand in der ihren und versuchte, die erstarrenden Finger durch schiere Willenskraft zu wärmen. Tränen strömten ihr über die Wangen. Niemand kam. Die geschäftige Siedlung oben auf dem Berg ging ihrem Alltag nach und wusste nichts von der Tragödie, die sich hier unten abgespielt hatte.

Es dauerte sehr lange, bis jemand oben an der Treppe erschien. Es war Éabha. Sie blieb einen Moment stehen und rief: »Mellia, wo bist du? Bist du hier draußen?« Dann schaute sie zum Fuß der Stufen.

»Sie ist gestolpert, Kind.« Truthac wurde sofort gerufen. Sanft half er Carta aufzustehen. »Schau, ihre Schuhriemen sind offen. Sie hat sich beim Gehen zu sehr aufs Spinnen konzentriert.«

»Das stimmt nicht.« Carta konnte ihre Tränen nicht zurückdrängen, als Mairghread, die von Éabhas Schreien herbeigerufen worden war, sie in den Arm nahm. »Sie ist umgebracht worden. Jemand hat sie gestoßen.« Dessen war sie sich im tiefsten Inneren gewiss.

Truthac musterte ihr Gesicht. Er widersprach ihr nicht, er befragte sie auch nicht näher. Sie spürte, wie sein Geist nach dem ihren tastete. Forschend, um Wahrheit bemüht.

Er nickte. Er glaubte ihr, wie er ihr immer schon geglaubt hatte. »Ich werde die Götter befragen. Und das musst du auch, Kind. Sie wachen über dich, Carta. Wenn du ihnen Fragen stellst, geben sie dir Antwort.« Auf sein Geheiß hin wurde Mellias Leichnam fortgetragen.

Traurig löste Carta sich aus Mairghreads Umarmung und bückte sich nach der zerbrochenen Spindel. »Ich werde meine Göttin befragen«, murmelte sie. »Sie sieht alles. Sie wird wissen, was ich tun soll.« Allmählich trockneten die Tränen auf ihren Wangen, und Zorn stieg in ihr auf. Sie wusste, wer die Schuldige war. Ob mit eigener Hand oder durch jemand anderen oder durch Zauber oder einen Fluch, der bewirkte, dass sich die Riemen um Mellias Knöchel gelöst hatten. Auf welche Weise auch immer Mellias Tod herbeigeführt worden war, Carta schwor, dass sie die Wahrheit herausfinden würde. Das war das Einzige, worauf es jetzt ankam. Das hatten die Druiden sie gelehrt. Wahrheit und Gerechtigkeit und schließlich Vergeltung. Das Trauern hatte noch Zeit.

Sie sah sich um. Truthac war fort. Verzweifelt rang sie um Fassung. Sie schickte die Frauen fort, die zunächst ein wenig zögerten, dann aber zum Haus zurückkehrten und unterwegs die Neugierigen verscheuchten. Jetzt war Carta wieder allein, bis auf das Augenpaar, das sie beständig aus den dunklen Ecken der Siedlung beobachtete. Neidische, gehässige Augen, die ihr überallhin folgten. Augen, in denen Macht und Hass lagen. Schaudernd drehte Carta sich um und ging zum Heiligtum. »Was soll ich tun, Herrin? Der König wird mir nie glauben. Wie kann ich beweisen, was sie getan hat?« Als Opfergaben hatte sie der Göttin Milch und einen Topf Bienenhonig mitgebracht.

Als sie aufschaute, blickten ihre Augen direkt in Vivs. Sie war hier im Raum, und doch auch wieder nicht. Gemeinsam waren sie an einem dunklen Ort, der nach kaltem Stein roch. Viv hörte Wasser plätschern und irgendwo in der Ferne zarte, leise Flötentöne. Sie hielt die Luft an, versuchte sich zu konzentrieren, hatte Angst zu blinzeln für den Fall, dass die junge Frau dann verschwinden würde.

Aber nichts, was sie tat, konnte sie festhalten. Carta verblasste, löste sich auf. Innerhalb weniger Sekunden war sie verschwunden.

Viv fröstelte heftig. Trotz der Frühlingssonne war der Wind in Dun Pelder kalt gewesen. Das plätschernde Wasser barg Erinnerungen an das Wintereis in sich. Sie ging zum Fenster und schaute zu den Geranien ihrer Nachbarin hinüber. Langsam wurde ihr ein wenig wärmer. Sie spürte die nassen Tränen auf ihren eigenen Wangen und den abgrundtiefen Kummer, Cartas Kummer, am eigenen Leib, ebenso wie ihre Verzweiflung. Sie stützte sich mit den Ellbogen auf das Fenstersims und atmete den vertrauten warmen Geruch der Steine ein. Weit unter sich hörte sie den frühmorgendlichen Verkehr, der den Lawnmarket entlangfuhr. In der Ferne hupte jemand empört. Von jenseits der Gasse drang aus einem offenen Fenster Kindergeschrei. Weit über ihr lachte eine Möwe laut und heiser. Das Geräusch wurde übertönt, als jemand das Radio anstellte, und Popmusik durch die Gasse hallte. Seufzend wandte sie sich ins Zimmer zurück.

## III

Pat setzte sich in den Schaukelstuhl, lehnte sich zurück und schlug die Beine übereinander. Dann musterte sie Vivs Gesicht. »Geht es dir jetzt wieder besser?«

Viv nickte. »Haben Tasha oder Pete noch irgendwas darüber gesagt?«

Pat schüttelte den Kopf. »Zumindest nicht mir gegenüber. Ich glaube nicht, dass Tasha das alles erfunden hat.«

»Nein.«

Einen Moment herrschte Stille, die schließlich von Pat gebrochen wurde. »Ich habe vergangene Nacht wieder von Medb geträumt«, sagte sie.

Viv wurde blass. »Aber wie ist das möglich? Du weißt doch gar nichts von Medb«, flüsterte sie.

»Offenbar doch.« Pat suchte in ihrer Tasche nach ihren Zigaretten, dann überlegte sie es sich anders. »Also, wie gehört sie denn in das Ganze?«

»Überhaupt nicht.« Viv stand auf. »Das habe ich dir doch gesagt. Sie hat in dem Hörspiel nichts zu suchen.«

»Bist du dir sicher?« Pat zog die Stirn kraus. »Wer zum Teufel ist sie denn überhaupt?«

»Sie ist ...« Seufzend unterbrach Viv sich. »Ich weiß es nicht, das ist es ja. Vielleicht habe ich auch von ihr geträumt, aber wer immer oder was immer sie war, Pat, sie hat in dem Hörspiel nichts zu suchen. In der ganzen Geschichte nicht. Wir schreiben ein Doku-Drama, da steht das Dokumentarische im Vordergrund. Ein paar Sachen können wir ja mutmaßen ...«, sie musste innerlich schmunzeln, »... aber größtenteils müssen wir uns auf die Tatsachen beschränken. Nichts Erfundenes, und für Randfiguren und Nebenhandlungen ist kein Platz. Das hat Maddie klipp und klar gesagt – und du selbst auch.«

»Also gut.« Pat klang nicht überzeugt, aber sie widersprach nicht. »Na, dann fangen wir doch mal an.« Sie suchte in ihrer Tasche nach ihrem Notizbuch.

Medb. Der Name schien in der Luft zwischen ihnen zu hängen.

»Wie schon gesagt, deine erste Szene ist sehr gut«, sagte Pat nachdenklich. »Aber ich glaube, wir brauchen einen längeren erzählenden Text, um das Thema einzuführen, bevor wir zu sehr in die Handlung eintauchen. Um sie sozusagen zu verankern.«

*Vivienne.*

Viv verspannte sich.

*Vivienne, sag mir, was ich tun soll.*

Pat blätterte in den ersten Seiten des Manuskripts, offenbar hörte sie nichts Ungewöhnliches. »Hier, von dieser Stelle an brauchen wir die Stimme des Erzählers.« Sie markierte die Seite und hielt sie Viv hin. Viv reagierte nicht.

»Viv?« Pat sah sie an.

»Hast du das gehört?«

»Was?«

Pat legte das Manuskript auf die Knie.

»Die Stimme.« Viv schloss die Augen und wiegte den Kopf langsam hin und her. »Nein, natürlich hast du sie nicht gehört. Die war in meinem Kopf. Tut mir leid.«

Pat betrachtete sie genauer. »Was für eine Stimme denn?«

»Ich weiß es nicht. Ich kann es nicht beschreiben. Eine Frau. Nein, es war nichts. Wahrscheinlich eine Möwe. Die hört man hier oben ziemlich oft.«

»Dann war sie nicht in deinem Kopf.«

Viv hielt ihrem Blick stand. »Nein.« Was sie am liebsten geschrien hätte, war: »Es war nicht Medb!«

Es war nicht sie. Es war Carta. Sie braucht mich.

Sie lächelte verzagt. »Es tut mir leid, was immer das gestern Abend war, hat mir doch ein bisschen zu schaffen gemacht. Ich habe nicht besonders gut geschlafen.«

»Möchtest du, dass wir damit erst morgen ...« Pat deutete auf den Papierstapel auf ihrem Schoß.

»Nein, nein, ich möchte es so schnell wie möglich fertig kriegen.« Viv seufzte.

Denk an das Stück.

Erwecke Cartimanduas Stimme zum Leben. Lass sie für sich selbst sprechen.

Fakten.

Nicht Fiktion.

Konzentrier dich. Denk dran, was Pat gesagt hat. Sie holte von ihrem Schreibtisch etwas zu schreiben, setzte sich wieder auf ihren Stuhl und begann, auf dem Papier zu kritzeln.

Als Pat gegen fünf Uhr ging, hatte Viv rasende Kopfschmerzen.

»Morgen um die gleiche Zeit?« Pat schlang sich ihre Tasche über die Schulter.

Viv nickte. Jetzt wollte sie nichts als allein sein.

Sie drückte die Tür hinter Pat ins Schloss, atmete tief durch, machte die Augen zu und presste die Finger gegen ihre pochenden Schläfen. Das Telefon klingelte, und sie hörte zu, während der Anrufbeantworter ansprang. »Viv? Hier ist Steve. Ich wollte nur wissen, ob bei dir alles in Ordnung ist. Ruf mich doch an, wenn du Lust hast.« Er wartete ein Weilchen, um ihr die Möglichkeit zu geben, doch noch abzuheben, dann legte er auf.

Sie rührte sich nicht.

Im Zimmer war es sehr still.

*Vivienne.*

Carta war da. Sie wartete.

*Vivienne.*

*Ich habe dir Opfergaben gebracht. Hilf mir, Vivienne. Sag mir, was ich tun soll.*

Viv brauchte nur zu fragen, was passiert war, und die Geschichte würde sich vor ihr ausbreiten; Ereignisse, die der Geschichtsschreibung unbekannt waren. Ereignisse, von denen sie schon sehr viel mehr wusste als jeder andere lebende Mensch.

Oder sehr viel mehr erahnte.

Oder sich vorstellte.

Fiktion.

Keine Fakten.

Es können keine Fakten sein.

Sie schlang die Arme um sich und schauderte heftig. Schieb sie fort, Viv. Das solltest du tun. Du bist krank. Du hörst Stimmen. Du bist verrückt.

*Vivienne, empfange meine Gaben.*

*Ich habe dir Milch und Honig gebracht. Hilf mir!*

»Geh weg«, rief Viv laut. »Bitte geh weg. Lass mich in Ruhe!«

Sie ging im Zimmer auf und ab.

Aber sie wollte doch so gern wissen, was passierte. Unbedingt. Sollte ihr das wirklich schaden? Solange sie nicht den Bezug zur Wirklichkeit verlor. Solange sie wusste, dass es ein Tagtraum war.

Fiktion.

Keine Fakten.

## IV

Carta stand da und schaute ins Grab hinab. Tränen strömten ihr über die Wangen. Wie sollte sie ohne ihre Freundin weiterleben? Wie konnte sie mit der Schuld leben, dass Mellia nur ihretwegen umgebracht worden war? Sie hatte sich noch nie so einsam gefühlt.

Als Cartas Freundin bekam Mellia ein feierliches Begräbnis und wurde mit ihrer zerbrochenen Spindel, ihrem Kamm und Spiegel beigesetzt, ihrer Lieblingskette, ihren Armreifen und einem Krug Met. Sie wurde begleitet von Gebeten und Anrufungen an die Götter, sie möchten sie zum Land der ewigen Jugend führen.

Jetzt war es vorüber. Als alle in einem letzten Moment des Schweigens nach den vielen Lobpreisungen am Rand des Grabes standen, suchte Carta den Blick der Frau, die sie über die frisch aufgehäufte Erde hinweg betrachtete. Medb mit den weißen Händen lächelte.

In ihrer Schlafkammer, einer von vielen, die im Haus der Frauen vom Hauptraum mit Zwischenwänden aus Flechtwerk abgetrennt waren, errichtete Carta ein neues kleines Heiligtum. Sie besaß nicht sonderlich viel. Außer dem Bettkasten, der mit süß duftendem, fest gepacktem Heidekraut gefüllt war und auf dem Linnentücher und weiche, wunderschön gegerbte Pelzdecken lagen, gab es zwei Truhen, die ihr persönliches Hab und Gut enthielten, ihren Schmuck und ihre Kleider, die sorgsam mit getrocknetem Wermut und Myrrhe und Bergthymian verwahrt wurden, um Motten und Mehltau zu vertreiben. Ihre Umhänge und Manteltücher hingen an Haken an der Wand. Ihr Kamm und ihr Spiegel lagen auf einem kleinen Tisch neben der Lampe, in deren Schein sie zu Bett ging. Jetzt stellte sie auf eine der Truhen eine aus Stechpalmenholz geschnitzte Figur der Göttin, eine Silberschale, in die sie ihre Opfergaben gelegt hatte, und das Bündel kleiner geschnitzter Ogham-Stäbchen, die sie zur Weissagung benützte, wenn es keine Flammen gab, keine

Wolken und keine Vögel, mithilfe derer sie die Omen deuten konnte.

Ihre Druidenlehrer waren sehr gründlich gewesen. Carta konnte gut lesen, konnte lateinisch sprechen und schreiben und auch griechisch relativ flüssig schreiben und dazu die keltische Sprache ihres eigenen Volkes, und zwar in beiden Alphabeten. Sie konnte Gedichte rezitieren und singen, sie verstand etwas von der Magie der Druiden, studierte die Heilkunst, die Weissagung und das Gesetz.

»Du bist eine von uns, Cartimandua«, hatte Truthac gesagt. »Durch Geburt und Herkunft gehörst du zum königlichen Haushalt. Ein Abkömmling der Krieger, eine Tochter von Königen und Königinnen und von der Linie der Druiden. Du bist dreifach gesegnet. Dein Schicksal steht in den Sternen geschrieben, die du später studieren wirst, und in den Felsen und den Wassern, die dieses Land umgeben. Du bist eine Tochter Brigantias. Eine Tochter des Feuers. Bei deiner Geburt waren die Omen günstig, und die Prophezeiungen sagen dir jetzt eine große Zukunft und Ruhm für alle Zeiten voraus.« Er legte ihr eine kühle Hand auf den Kopf. »Du wirst mich überstrahlen, Kind. Wenn mein Name vergessen sein wird, wird deiner in den Versen der Barden weiterleben. Es ist nicht an mir, dir zu sagen, wie du dich für den Tod deiner Freundin rächen sollst. Befrage die Stäbe, und durch sie befrage deine Götter. Hör auf das, was sie dir sagen. Vergewissere dich, dass du die Wahrheit kennst. Vergiss nicht: Eine einmal ausgeführte Tat kann nicht mehr ungeschehen gemacht werden.«

Er erhob sich vom Schemel, auf dem er gesessen hatte, zögerte einen Moment, stützte sich auf seinen Stab und sah sie an. Als er den Verlust und den Kummer in ihren Augen sah, nickte er weise. »Du bist kein Kind mehr, Carta. Du bist jetzt eine Frau. Die aufgehende Sonne liegt hinter dir, die untergehende Sonne liegt viele Monde vor dir. Du wirst Mut brauchen, um dem Weg zu folgen, den du als rechten erachtest. Doch du hast Mut.« Wieder nickte er ernst. »Du hast mehr Mut als jeder andere meiner Schüler, Cartimandua. Du brauchst nur aus ihm zu schöpfen.« Verblüfft sah sie ihm nach. Er hatte den König unterrichtet und die Söhne des Königs. Er war der erfahrenste Lehrer an der Druidenschule. Er prüfte Barden und Seher und Druiden auf ihrer langen Reise zur Weisheit. Und dennoch hielt er sie für mutig. Sie erinnerte sich an die Tränen, die sie vergossen hatte, und ihr Gesicht brannte vor Scham. Er wusste nicht, wie verängstigt und zornig und einsam sie gewesen war und im Dunkel der Nacht immer noch sein konnte.

Und das durfte er auch nie erfahren. Niemand durfte es erfahren.

Außer vielleicht die Göttin, die alles wusste und die ihr Mut geben würde.

Carta stand noch einen Augenblick gedankenversunken vor dem Heiligtum, das sie errichtet hatte. Manchmal war sie überzeugt, dass die Herrin sie hörte und ihr helfen würde. Dann wieder kam es ihr vor, als wäre niemand da.

Es war spät. Viv saß an ihrem Schreibtisch und schrieb ununterbrochen, während langsam die Sonne nach Westen wanderte und schließlich unter den Horizont sank. Draußen wurde es dunkel, der Lärm in der Straße wurde immer lauter und legte sich dann allmählich, als die Leute nach Hause gingen. Viv ließ den Bleistift fallen und streckte die verkrampften Finger. Irgendwo weit unter ihrem Fenster schrie ein Betrunkener Obszönitäten durch die enge Gasse, während er gegen eine Hauswand urinierte. Hinter ihm johlte eine Gruppe junger Menschen fröhlich angeheitert auf dem Heimweg von der Kneipe. Jemand warf eine Flasche in die Gosse. Viv hörte nichts. Sie beobachtete Carta. Die ihrerseits Medb mit den weißen Händen beobachtete.

Medb war angespannt. Anfangs war es ihr sehr leicht gefallen, das neue Pflegekind des Königs zu ärgern. Sie war von Natur aus gehässig und reizbar und voller Groll und hatte seit dem Tag, an dem sie, die Tochter eines der besten Krieger des Königs, in Dun Pelder angekommen war, jemanden gesucht, den sie quälen konnte. Zuerst war man davon ausgegangen, dass sie Riach heiraten würde, den Sohn des Königs. Dann hatte der König selbst sie gewählt. Es war eine große Ehre.

Aber es war nicht das, was sie wollte.

Niemand würde sie zu einer Heirat zwingen, das verstieß gegen das Gesetz. Aber wer würde sich weigern, einen König zu heiraten? Die Verträge waren aufgesetzt, ihre Mitgift lagerte in dem Haus, das der König ihr geschenkt hatte, und bis auf die Tatsache, dass aus der Verbindung noch keine Kinder hervorgegangen waren, war sie in gewisser Hinsicht ganz zufrieden. Bis ihr bewusst wurde, dass Riach eine andere Frau heiraten sollte.

Die älteste Gemahlin des Königs hatte Medb schon lange durchschaut. Zuerst war sie ein wenig unglücklich gewesen, dass er eine jüngere Frau um sich haben wollte, aber dann hatte sie sich mit pragmatischer Würde in die Situation gefügt. Sie hatte ihre beiden Söhne und ihre zwei Töchter, die ihr Freude bereiteten, sie genoss die Achtung ihres Ehemannes, der zudem sehr großzügig zu ihr war. Sie konnte sich damit abfinden, dass er nicht mehr häufig in ihr Bett kam, aber sie war nicht bereit, das gehässige Wesen der jungen Frau hinzunehmen und die Art, wie sie die Sklaven und Bediensteten und die anderen Frauen im Haushalt behandelte. Von Medbs neuestem Feldzug wusste sie allerdings nichts. Dafür war Medb zu klug.

Den Hund zu töten, war einfach gewesen. Sie hatte gelben Eisenhut in ein Stück frisches Wildbret gesteckt und zusammen mit einem Rest Soße, den sie in den Küchen gefunden hatte, in seine Schüssel gegeben. Die Hündin hatte alles ohne zu zögern verschlungen. Fast bekümmerte es sie zu sehen, wie sehr die Hündin litt. Aber das machte Cartas Schmerz mehr als wett. Medb war überrascht, wie befriedigt sie sich danach fühlte.

Mellia zu töten, hatte sie gar nicht geplant, da war sie einer Eingebung des Moments gefolgt. Sie war gerade auf dem gepflasterten Pfad ums Haus gegangen und hatte gesehen, wie die junge Frau dort oben auf der Terrasse stand, über die Felder hinausschaute und leise vor sich hin sang, während sie die Wollfäden zwischen ihren Fingern zwirbelte. Mellia hatte sich ein wenig umgedreht und gelächelt. Doch das Lächeln war ihr auf den Lippen erstorben, als sie Medbs Gesicht sah und in deren Blick las, welches Schicksal sie erwartete.

Jetzt musste Medb darauf achten, wie sie Carta begegnete. Die Leute waren misstrauisch geworden, dafür hatte schon der Barde gesorgt. Und Carta selbst war argwöhnisch. Medb bemerkte, auf welche Art die junge Frau sie anschaute. Nun sah sie in ihren Augen Misstrauen und zornige Entschlossenheit, wo früher nichts als offene Freundlichkeit gestanden hatte, und zum ersten Mal empfand sie Angst. Aber ihr Hass und ihre Eifersucht wurden nicht geringer – im Gegenteil, sie wuchsen noch, als sie sah, wie die Familie ihres Mannes, des Königs Lugaid, die sie stützen und lieben sollte, sich stattdessen dieser jungen Frau zuwandte und sie über den Tod einer bloßen Bediensteten und eines Hundes hinwegtröstete. Als Monde verstrichen und zu Jahren wurden, und sie immer noch nicht guter Hoffnung war, kamen dem König Bedenken. Doch schließlich tätschelte er ihr achselzuckend den Bauch und versicherte ihr, dass sein Same sehr bald in ihr Wurzeln schlagen werde. Mehr Trost gab er ihr nicht. Er hatte bereits mehrere Söhne und Töchter. Für ihn war es gleichgültig, ob er noch mehr hatte. Er bemerkte nicht den Schmerz, der in ihr wuchs, und ihre Einsamkeit. Und er sah auch nicht, wie ihr Neid auf Carta immer größer wurde.

Verbittert suchte sie Aoife auf, die Zauberin, und verlangte von ihr ein Bleitäfelchen, auf dem ein Zauberspruch geschrieben stand. »Ich werde den Namen der Empfängerin selbst darauf schreiben.«

Aoife fühlte sich gekränkt. »Der Zauber wird nicht wirken, wenn nicht ich ihn zu Ende führe, Herrin.«

»Der Zauber wird wirken.« Medb fixierte sie mit kalten Augen. »Oder er wendet sich gegen dich. Und da es der Fluch der Unfruchtbarkeit ist, solltest du dafür sorgen, dass sich seine Macht auf die richtige Person richtet.« Sie schaute angelegentlich auf Aoifes Bauch, der unter ihrem Gewand sichtbar gerundet war.

Vor Angst wurde die Seherin kreidebleich, während sie der eisige Blick der anderen Frau traf. »Ich habe den Eindruck, dass du meine Kenntnisse gar nicht benötigst«, stammelte sie.

»Vielleicht nicht, aber ich habe mich für diesen Weg entschieden.« Medb streckte die Hand nach dem Amulett aus. Was sie andeutete, war unmissverständlich. Wenn der Zauber nicht wirkte, würde Aoife schuld daran sein. Wenn er wirkte und böse Konsequenzen zur Folge hatte, würde die Zauberin ebenfalls die Schuld tragen müssen.

Aoife ging direkt zu Truthac. Nachdenklich hörte er ihr zu. »Du hast recht getan, mir das zu sagen. Es ist das Recht eines jeden Mannes und einer jeden Frau, einen Feind zu verfluchen. Wenn es denn einen Feind gibt und einen guten Grund dafür. Aber derlei nur aus Trotz oder Eifersucht heraus zu tun, ist eine andere Sache. War das Amulett mit Macht geladen?«

Aoife nickte bekümmert. »Sie hat mich dazu gezwungen.«

»Aber kann es denn wirken, wenn nicht der Name der Person, die verflucht werden soll, darauf geschrieben steht? Das ist die Frage.« Der alte Mann seufzte. »Selbst jetzt noch zweifle ich bisweilen an der Logik der Götter. Lassen sie sich so leicht umstimmen? Sind sie so bestechlich?« Er warf Aoife ein wehmütiges Lächeln zu und bemerkte, dass sie die Hand schützend auf ihren Bauch gelegt hatte. »Jetzt segnen wir dieses Kind und bitten darum, dass ihm nichts zustößt. Das ist ein guter Anfang. Und dann befragen wir die Götter zu der anderen Sache.« Er wusste, wen Medbs Fluch treffen sollte, und er ahnte, dass Aoife es ebenso wusste.

Viv regte sich unbehaglich. Draußen schrie eine Möwe im dunkelblauen Nachthimmel. Das Geräusch hallte ihr durch den Kopf.

Möwen schreien nachts nicht.

Oder doch?

Carta, pass auf. Die Omen sind nicht gut.

Eine Jagdgruppe war zurückgekommen und brachte erlegtes Wild für das Beltane-Fest zurück, auf den Weidegründen wurden Rinder zusammengetrieben, um geschlachtet zu werden. Der Wohlstand eines Königs wurde nach der Anzahl seiner Rinder gemessen, die regelmäßig durch Überfälle auf benachbarte Stämme vergrößert wurde, und König Lugaid war ausgesprochen wohlhabend.

In Dun Pelder wuchs die Aufregung. Wagen voll Lebensmittel und anderer Waren ächzten und knarzten auf ihrem Weg über die holprigen Straßen zur Siedlung. Eine Gruppe gallischer Händler lieferte Wein, eine weitere brachte Ballen bunter Seiden von den östlichsten Gebieten des römischen Reiches, und sie alle schlossen sich den Gruppen an, die auf den Feldern am Fuß des Berges lagerten.

Carta war regelrecht schlecht vor Aufregung. Ihre Eltern, die im Jahr zuvor als Hochkönig und Hochkönigin von ganz Brigantia bestätigt worden waren, sollten jeden Tag eintreffen, und dazu zwei ihrer Brüder: Triganos, der älteste, und Bran, der jüngste, der sie vor einigen Jahren nach Dun Pelder begleitet hatte. Zu ihrem Gefolge würden auch Priester und Druiden der Briganten gehören, die die Trauung vornehmen würden.

Um sich von ihrer Aufregung abzulenken, beobachtete sie die Burschen, die in den Stallungen ihre Pferde versorgten, bis Riach zu ihr kam. Er schoss aus dem Schatten auf sie zu und nahm ihre Hand.

»In letzter Zeit sehe ich dich kaum noch.«

Sie zuckte mit den Schultern. Plötzlich war sie befangen. »Du hast es nur nicht genug versucht. Ich sitze oft zu den Füßen deines Vaters. Ich reite mit deiner Mutter und deinen Schwestern aus.«

»Und ich war mit der Jagdgruppe in den Bergen.« Er grinste. »Also war ich gar nicht hier. Aber jetzt. Deine Eltern sind schon ganz in der Nähe. Wir haben Nachricht erhalten. Ihr Gepäcktross wurde auf der Straße gesehen.«

Carta zitterte vor Aufregung. »Und morgen bei Sonnenuntergang beginnt das Fest.«

»Und am Tag darauf ist unsere Hochzeit.« Er griff in den Lederbeutel, der ihm vom Gürtel hing. »Ich habe ein Geschenk für dich. Es ist etwas ganz Besonderes. Wir haben so selten Gelegenheit, allein zu sein. Soll ich es dir jetzt geben? Nein, nicht hier.« Was immer es war, er steckte es in den Beutel zurück. »Komm mit.« Er packte sie am Handgelenk und zog sie von den Pferden fort über den geschäftigen, schlammigen Hof auf den Weg. So liefen sie zwischen den Häusern hindurch über den Kampfplatz der Krieger, kletterten die Schutzwälle hinunter durch die offenen Tore und stürmten schließlich, kichernd wie Kinder, zwischen den Torhäusern hindurch auf die Wiesen und Felder. Riach führte sie über eine Böschung in einen Obstgarten. Sie waren umgeben von den süß duftenden Blüten der Apfelbäume und den zartweißen Blütendolden des Weißdorns mit ihrem moschusartigen Geruch. Die Büsche und Bäume warfen einen leichten Schatten aufs Gras. »Hier.« Als sie unter den Bäumen standen, reichte er ihr ein kleines Bündel, das in blaues Linnen gewickelt war.

Sie blickte zu seinem Gesicht auf. Er war aufgeregt, seine Augen funkelten, als er ihr das Bündel in die Hand drückte.

Langsam, um ihre Vorfreude möglichst lange auszukosten, faltete sie den Stoff auseinander, spürte das Gewicht des Geschenks. Es war eine Goldkette, und daran hing ein winziges emailliertes goldenes Pferd. Vor Freude schnappte sie nach Luft. »Es ist wunderschön.«

»Mein Hochzeitsgeschenk. Komm, ich lege es dir an.« Er hängte ihr die Kette um den Hals und glättete dann ihr Haar. »Ein schimmerndes Pferd. Nach deinem Namen. Ich habe es eigens vom besten Goldschmied meines Vaters machen lassen.«

Sie konnte sich denken, wer das war. Der alte Mann, der in der Nähe der Eisenschmiede lebte. Sie hatte sich die Werkstätten oben am Berg angesehen, die alle als kleine Familienunternehmen betrieben wurden. Unten, zwischen den Gehöften, gab es noch mehr: Töpfer, Geschirrmacher, Drechsler, Steinmetze, Schmuckhersteller, Weber, drei Waffenbauer und Schwertschmiede, aber die besten hatten sich dort oben auf dem Gipfel von Dun Pelder niedergelassen, in der Nähe des Königs.

Sie sah zu ihm auf. »Du bist so großzügig.« Ihre Scheu war verflogen. Sie schlang ihm die Arme um den Nacken, und ihre Lippen berührten die seinen.

Die stürmische, impulsive Geste verlor alles Kindliche, als seine Arme sie umfingen. Es waren die Arme eines Mannes, der seine Frau an sich drückt. Der Kuss wurde inniger. Carta schloss die Augen, als ihre Körper sich aneinanderschmiegten, und sie spürte, wie er ihr die Tunika abstreifte und seine Lippen ihren Mund verließen, um über den Hals in die Kuhle ihrer Schulter zu wandern und dann weiter zu ihren Brüsten.

Er nahm sich nur einen Moment Zeit, seinen Umhang abzuwerfen und aufs Gras unter den Bäumen zu breiten. Dann zog er sie mit sich zu Boden, und sie lagen sich in den Armen, erforschten den Körper des anderen, berührten und küssten sich am Hals, auf der Brust, den Schultern, bis er schließlich ihre Beine mit dem Knie auseinanderschob, und dann stöhnte er vor Überraschung und Lust, als sie ihn mit einem glücklichen Aufschrei mit ihren Oberschenkeln umschlang und ihn in sich zog.

Eine lange Weile nahmen sie nichts von der Welt um sich herum wahr. Falls jemand über die Böschung in den Obstgarten schaute, dann lächelte er nachsichtig und ging weiter seiner Wege. Es war Frühjahr. Das Blut pulsierte. Was sollten ein Mann und eine Frau sonst tun, wenn sich die Gelegenheit dazu bot, unter der jetzt wieder wärmenden Sonne?

Nur ein Lebewesen sah sie und blieb, um sie zu beobachten. Eine Rabenkrähe schwankte in den Apfelzweigen über ihnen in der sanften Brise, fixierte sie mit einem mürrischen Auge und hielt sonderbarerweise still.

»Passt auf den Vogel auf!« Viv mühte sich verzweifelt, laut zu sprechen. »Seht ihr denn nicht, dass er ein Spion ist? Ach bitte, seid vorsichtig!«

Ihre eigene Stimme im stillen Raum riss sie aus ihrem Traum. Ihr wurde bewusst, dass sie an ihrem Schreibtisch saß und vor Kälte und Erschöpfung zitterte. Carta und Riach waren fort. Es war halb vier Uhr morgens.

# Kapitel 8

## I

Als Hugh früh am nächsten Vormittag ins Institut kam, steckte er kurz den Kopf in Heathers Büro. Von ihr war nichts zu sehen, der Computer war ausgeschaltet, die Kaffeemaschine kalt. Enttäuscht verzog er das Gesicht. Das Herumflachsen mit ihr heiterte ihn immer auf, aber natürlich, heute war ja Samstag. Vermutlich hatte er das ganze Institut für sich. Nachdenklich stieg er die Treppe hinauf und ging den schmalen, dunklen Gang mit den knarzenden Dielen entlang, vorbei an den drei geschlossenen Türen, auf denen Namensschilder standen: Dr. Hamish Macleod, Miss Mhairi Mackenzie und Dr. Viv Lloyd Rees. Vor Vivs Tür blieb er stehen und lauschte. Es war nichts zu hören. Zögernd drehte er am Türknauf. Die Tür war zugesperrt. Einen Augenblick blieb er gedankenverloren stehen, dann machte er kehrt und ging rasch wieder hinunter in Heathers Büro. Dort hinter dem ausladenden Fensterblatt, das den ganzen Raum zu überwuchern drohte, war ein kleines Schränkchen, in dem Nachschlüssel zu allen Räumen des Instituts hingen. Er nahm den Schlüssel zu Vivs Büro vom Haken und ging wieder zur Treppe zurück.

Ihr Zimmer war ungewöhnlich aufgeräumt. Auf dem Schreibtisch lagen keine Bücher und Papierstapel, das Regal war ordentlich eingeräumt, die Stühle standen in Reih und Glied an der Wand. Sie hatte den Großteil ihrer Akten, ihre Kästen mit alten Disketten, ihre CDs, ihre Notizbücher und Briefe mitgenommen. Hier war nichts mehr von ihr. Das Zimmer kam ihm verlassen vor. Er ging zu ihrem Schreibtisch und setzte sich auf ihren Stuhl. Einen Moment rührte er sich nicht, starrte nur vor sich hin. Dann beugte er sich langsam vor und öffnete methodisch eine Schublade nach der anderen.

Er wusste nicht, wonach er suchte. Natürlich würde die Fibel nicht da sein, aber irgendwie konnte er nicht anders, er musste einfach suchen. Als er den Inhalt der Schubladen betrachtete, die Notizblätter und Umschläge, die alten Stifte und Kugelschreiber, die Schreibblöcke, die Stapel alter Unterlagen und Briefe, zwei unbenutzte Geburtstagskarten, die noch in der Cellophanhülle steckten, merkte er, dass er versuchte, sich ihrer Gegenwart zu versichern. Aber da war nichts. Abrupt drückte er die Schubladen wieder zu, verließ das Zimmer und verschloss es hinter sich. Dann ging er direkt in sein eigenes Büro, setzte sich an seinen Schreibtisch und hieb mit der Faust auf das Holz.

»Du dumme, dumme Frau! Warum, in Gottes Namen, hast du das gemacht?«

Es kam keine Antwort.

Er zog das Telefon zu sich, nahm den Hörer ab und wählte eine Nummer. »Meryn? Ich habe überall geschaut. Die Fibel ist nicht da. Ich habe Viv Lloyd Rees mehr oder minder direkt beschuldigt, aber sie hat so getan, als wüsste sie nicht, wovon ich rede! Ich konnte mich nicht dazu überwinden, eindeutiger zu werden. Nicht von Angesicht zu Angesicht. Wenn sie sie wirklich genommen hat, dann weiß ich nicht, was ich von ihr halten soll.«

»Warum wartest du nicht und lässt ihr die Chance, dir die Fibel nach der Sendung zurückzugeben?« Die Stimme am anderen Ende der Leitung klang leicht amüsiert. »Versteif dich nicht drauf, Hugh.«

»Aber die Versicherung ...«

»Dazu wird es doch bestimmt nicht kommen. Vertrau ihr.«

»Und was, wenn sie die Nadel angefasst hat? Was, wenn sie verflucht ist?« Er konnte gar nicht glauben, was er da soeben gesagt hatte, aber das Gefühl von Kälte, von Unheil, schien ihm noch an den Fingerspitzen zu haften. Er schauderte.

Meryn schienen seine Worte nicht zu verwundern. »Wenn sie sie berührt hat, dann ist es schon zu spät.«

Hugh schwieg einen Moment. »Du hast gesagt, die Verbindung

mit Venutius sei real, Meryn.« Er ballte die Faust, stellte die Frage wider Willen. »Woher weißt du das?«

Am anderen Ende der Leitung herrschte kurzes Schweigen. »Wenn ich es dir sagen würde, würdest du es mir doch nicht glauben, Hugh, oder?«

»Versuch's doch mal.« Hughs Stimme war spöttisch.

»Also gut.« Wieder schwieg Meryn kurz, dann sagte er: »Als du mich besuchen kamst, habe ich es sehr stark gespürt. Als du davon sprachst, war in deinem aurischen Feld eine Schwingung. Ich spürte sie als einen beobachtenden Geist.«

»Ich hätte die Frage nicht stellen dürfen!« Hugh schaute zur Decke und schüttelte den Kopf.

»Nein.« Ein leises Lachen. »Aber du solltest vorsichtig sein, Hugh. Glaub mir zumindest das. Sprich nicht über die Fibel. Denk nicht an sie. Wenn es geht, denk auch nicht an Venutius.«

»Aber ich schreibe ein Buch über ihn, Meryn!«

»Lass die Finger davon, zumindest vorläufig.« Jetzt klang Meryn nicht im Mindesten amüsiert. »Konzentrier dich auf andere Aspekte des Buches. Du hast mir erzählt, dass du über die Römer schreiben willst. Denk ein bisschen über sie nach. Ich meine es ernst, Hugh. Richte im Augenblick keinen einzigen Gedanken auf ihn.«

»Das ist lachhaft! Du weißt, dass das nicht geht. Er ist die Hauptperson im ganzen ...« Hugh verstummte. An der Tür hatte es leise geklopft. Dann wurde sie geöffnet, und Steve steckte den Kopf herein. »Verzeihung, Professor ...«

»Meryn, ich muss aufhören. Ich ruf dich später zurück.« Hugh legte auf und runzelte die Stirn. »Ja? Was machen Sie denn hier?«

»Wenn Sie kurz Zeit hätten ...?« Steve trat näher. »Sie haben mir freundlicherweise angeboten, mir einige Ihrer Aufzeichnungen über die Stämme im Norden zu borgen. Ich möchte demnächst für ein paar Wochen nach Hause fahren, und es wäre toll, wenn ich sie mitnehmen könnte.« Er betrachtete den Professor nachdenklich. »Ich habe gehört, dass Sie ein neues Buch über das Thema begonnen haben. Ich freue mich jetzt schon darauf, es zu lesen.«

Venutius.

Hugh schien es, als hinge der Name in der Luft zwischen ihnen. Er sah zu dem groß gewachsenen jungen Mann auf, der in einem gestreiften Hemd und verblichenen Jeans lässig vor ihm stand. Hugh lächelte befangen. Beim bloßen Anblick von Steve kam er sich alt vor. Kein Wunder, dass Viv sich in seiner Gesellschaft wohlfühlte. »Ich würde ja gern wissen, woher Sie das gehört haben. Na, auch egal. Es wird eine ganze Weile dauern, bis es fertig ist. Ich habe noch etliches daran zu arbeiten, aber natürlich können Sie die Vorlesungsaufzeichnungen haben.« Er stand auf, blätterte in einem Kasten, der auf dem Bücherregal stand, und zog schließlich einen Packen A4-Blätter hervor. »Bitte bringen Sie sie zurück, wenn Sie damit fertig sind. Ich könnte Ihnen auch ein paar Bücher borgen, aber die sind bei mir zu Hause. Sie müssten sie von dort abholen.«

Als Steve die Tür hinter sich schloss, blieb Hugh stirnrunzelnd stehen und lauschte den Schritten des jungen Mannes, der den Flur entlang und dann die Treppe hinunterging.

In der darauf einsetzenden Stille betrachtete Hugh sein Büro. Er spürte ein Kribbeln im Nacken, und er hatte das unbehagliche Gefühl, dass eine Präsenz mit ihm hier im Raum war. Sorgsam schaute er in alle Ecken. Da war niemand. Nichts. Natürlich war da nichts. Nur der Nachhall von Meryns Stimme mit seinem üblichen abergläubischen Mumpitz. Kurz überlegte er, ihn zurückzurufen. Er hätte ihn fragen sollen, warum er ihm geraten hatte, so wenig wie möglich an Venutius zu denken. Er starrte auf seine Hand, die Hand, die die Fibel berührt hatte, und streckte die Finger durch. Dann ging er mit einem Schulterzucken an seinen Schreibtisch zurück. Die ganze Sache war blanker Unsinn. Das einzige Problem bestand darin, wie er mit Viv Lloyd Rees verfahren sollte. Vielleicht würde er wenigstens in dieser Hinsicht Meryns Rat befolgen und einfach gar nichts unternehmen.

## II

»Ich kann heute unmöglich arbeiten!« Viv sah Pat niedergeschlagen an. Die Klingel hatte sie um halb zehn Uhr morgens aus einem tiefen Schlaf der Erschöpfung gerissen. Sie fuhr sich durch die Haare, sodass sie ihr wild vom Kopf abstanden, und war sich bewusst, dass Pat in der zartblauen Bluse und der cremefarbenen Hose ausgeruht und wach aussah, während sie selbst nichts als ein zerknittertes Hemdchen trug. Ihr üblicher Schlafanzug. Beine und Füße waren bloß.

»Ich könnte uns einen Kaffee machen, während du unter die Dusche springst«, sagte Pat mit hochgezogener Augenbraue. »Bitte verlang nicht von mir, dass ich die ganzen Stufen wieder nach unten gehe. Welcher Teufel hat dich da geritten, dir im sechsten Stock ohne Lift eine Wohnung zu kaufen?« Sie stellte ihre Tasche ab und schob sich an Viv vorbei ins Wohnzimmer.

»Weil sie mir gefällt«, gab Viv zurück.

»Und es ist auch wunderschön hier. Du hast schon recht«, sagte Pat rasch. »Aber die Treppen machen mir zu schaffen. Ich bin einfach nicht fit. Liegt vermutlich am Rauchen.« Sie wechselte das Thema. »Ich habe gestern Abend noch etwas an unserem Stück gearbeitet. Ich kann's gar nicht erwarten, dir die Seiten zu zeigen.«

Unter der Dusche ließ Viv sich lange Zeit warmes Wasser über den Kopf, das Gesicht und den verspannten Körper laufen. Langsam kehrte die Geschichte der vergangenen Nacht zu ihr zurück. Das junge Liebespaar im Obstgarten unter den blühenden Apfelbäumen. Cartas ekstatische Leidenschaft. Der Klang ihres Lachens. Die Hitze ihrer jungen Körper. Sie schloss die Augen und merkte, dass sie lächelte, während sie ihren eigenen Körper unter dem Wasserstrahl mit einem Schwamm abrieb. Dann fiel ihr wieder der Vogel ein, der in den Ästen über ihnen saß. Medbs Bote, Medbs Spion. Abrupt öffnete sie die Augen und drehte das Wasser ab. Woher wusste sie, dass der Vogel ein Spion war? Irgendwie musste sie Pat loswerden und zu Cartas Leben zurückkehren. Und mehr über Medb erfahren.

Pat wartete mit einem Becher schwarzen Kaffee auf sie. Viv nahm einen Schluck und hörte ihr zu, wie sie aus den Seiten auf ihrem Schoß vorlas. Es war gut. Flüssig. Flott geschrieben.

»Dieser Abschnitt ist reine Schilderung«, sagte Pat mit einem Blick zu ihr. »Und ich finde, den solltest du sprechen. Du würdest das sehr gut machen …«

»Pat«, unterbrach Viv sie, »es tut mir wirklich leid, aber ich bin nicht in der richtigen Stimmung.«

»Es hilft nichts, Viv. Wir haben einen Abgabetermin«, widersprach Pat fest. »Es tut mir auch leid, aber wir müssen dranbleiben.«

»Nein.« Viv erhob sich. »Nein, Pat, es geht nicht. Bitte, gib mir ein bisschen Zeit. Wir machen morgen weiter, versprochen.« Sie stellte den Becher ab. »Ich muss jetzt dringend etwas anderes erledigen. Etwas sehr Wichtiges.«

Pat beäugte sie über den Rand ihrer Brille. »Du siehst wirklich schrecklich aus.«

Viv verzog das Gesicht. »Das glaube ich gern.« Sie holte tief Luft. »Es tut mir wirklich sehr leid.« Ihr Ton wurde verbindlicher. »Ich hätte dich anrufen sollen, aber ich habe verschlafen. Ich bin erst in den frühen Morgenstunden ins Bett gekommen und habe schreckliche Kopfschmerzen. Heute würde ich überhaupt nichts Vernünftiges zustande bringen.« Sie wollte nur, dass Pat verschwand.

Sie musste wissen, wie es weiterging.

Sie musste Carta vor dem Vogel warnen.

»Also gut.« Pat sah zwar nicht sehr glücklich aus, aber sie stand auf. »Aber bitte, beim nächsten Mal ruf mich wirklich an. Heute hat Pete mich nicht hergefahren, ich musste allein herkommen.« Sie sammelte ihre Blätter ein und steckte sie in die Tasche. »Ich bin hier in Edinburgh, um dir einen Gefallen zu tun«, sagte sie scharf, als sie die Wohnungstür öffnete. »Das könntest du dir vielleicht auch mal überlegen.«

»Ein Gefallen, der dir sehr gut bezahlt wird!«, schoss Viv zurück. »Mist!«, murmelte sie, als die Tür ins Schloss fiel und sie Pat auf ihren hohen Absätzen die Treppe hinuntergehen hörte. Kurz überlegte sie sich, die Tür zu öffnen und ihr nachzurufen, sie solle doch zurückkommen. Aber nur einen Moment.

Wenige Sekunden später war Pat vergessen.

## III

»Sie hat mich verflucht! Schau!« Mit zitternden Händen hielt Carta das Amulett in die Luft. Sie hatte es auf ihrem Kissen gefunden. »Sie hat mich unfruchtbar gemacht!«

Gelassen nahm Truthac es ihr ab. »Das ist ein böses Werk, meine Tochter. Eine ernste Sache. Aber ein Fluch kann unwirksam gemacht werden. Die Frau, die dir das aufs Bett gelegt hat, ist keine mächtige Seherin, genauso wenig wie die Person, die dieses Amulett gefertigt hat.«

»Du weißt davon?« Carta starrte ihn durch ihre Tränen hindurch an. »Du weißt, von wem es stammt?«

»Ich weiß es.« Er seufzte. »Die Zauberin kam zu mir und fragte mich um Rat, nachdem es ihr abgekauft worden war. Es war nicht gewidmet und hat keine Macht. Du brauchst nichts zu fürchten.«

»Also weißt du auch, wer es gekauft hat?«

»Genau wie du, mein Kind. Du hast die innere Kraft und das Wissen, dich gegen ihre Gehässigkeit zu wehren.«

»Vielleicht.« Sie klang unsicher. »Aber was ist mit Mellia? Sie ist gestorben.«

»Durch einen Unfall.«

»Nein. Sie wurde ermordet. Das haben die Götter mir gesagt.« In Cartas Augen funkelte der Zorn. »Genauso wie meine Catia. Sollen sie etwa ungesühnt bleiben? Soll Conaire seine Rache verwehrt bleiben?«

Ihre Stimme wurde leidenschaftlich. »Er hat sich beim Fest gegen diese böse Frau ausgesprochen. Er hat Mellia auch geliebt. Du bist ein großer Richter. Du musst ihnen Gerechtigkeit verschaffen!«

»Und das werde ich auch.« Er überlegte. Aufruhr zu Beltane, wenn Hunderte von Gästen in die Festung drängten, und die umliegenden Siedlungen vor fröhlichen Besuchern überquollen, wäre nicht günstig. »Es wird zur rechten Zeit geschehen, Carta. Zu Elembivios, wenn ich Gericht halte, trägst du mir deine Anschuldigung und deine Beweise vor, und zu Edrinios, in der Gerichtszeit, werde ich mein Urteil fällen.« Er sah, wie sie die Schultern hängen ließ. »Das sind nur drei Monate, Tochter Brigantias, und dann wird der Gerechtigkeit Genüge getan.«

Medb verbarg sich im Hintergrund und beobachtete die Tanzenden.

Riach und Cartimandua hielten sich an der Hand. Sie hatten vor der ganzen Welt ihr Gelübde abgelegt. Geschenke waren ausgetauscht worden, Cartas Mitgift war sicher in den Lagerhäusern der Votadiner verstaut, und das drei Tage währende Fest hatte begonnen. Auf ihrem Hochzeitsbett lagen seidene Laken, die vom Osten auf den Handelsrouten durch Galatien nach Gallien gebracht worden waren, und weiche braune Bärenfelle aus den Wäldern der Kaledonier im Norden. An den Armen trug sie Reifen aus Gold und Silber, um ihren Hals hing das emaillierte Pferd an seiner Goldkette.

Lugaid hatte ihnen zur Hochzeit ein eigenes Haus geschenkt, klein, hübsch und mit neuem Strohdach. Dort konnten sie, solange die anderen Mitglieder des Haushalts, die Bediensteten und Sklaven und Gefährten, draußen am Gemeinschaftsfeuer saßen, allein sein.

Nachts liebten sie sich, manchmal auf ihrem Heidekrautbett im neuen Haus, manchmal, in Riachs Umhang gehüllt, draußen auf den Heuwiesen oder in den Obstgärten. Dann sahen sie hinauf zur

Sarn Gwydion, der großen Ansammlung von Sternen, die späteren Dichtern als Milchstraße bekannt sein würde. Oder sie tanzten bis spät in die Nacht mit ihren Freunden zu Weisen von Pfeifen und Lyra und Harfe, saßen mit anderen zusammen und lauschten den Liedern der Barden und den Geschichtenerzählern und ihren Schilderungen aus alter Zeit. Nur Carta bemerkte die stille Traurigkeit in Conaires Augen und die sehnsüchtigen Klänge seiner Musik. Und sie schwor sich, ihm seinen Verlust zu vergelten.

Währenddessen kam Medb immer näher. Ihre Augen verengten sich. In ihrem Herzen nährte sie neidischen Zorn.

In der zweiten Woche der Festlichkeiten, als die Bauern langsam wieder zu ihren Äckern zurückkehrten, als die Jäger ihre Speere und Pfeile schärften und die Krieger sich zusammensetzten, um neue Raubzüge zu planen, nahm Carta traurig Abschied von ihren Eltern, ihren Brüdern und den Freunden, die sie zu Ehren ihrer Hochzeit begleitet hatten. Sie sah ihnen nach, als sie davonritten, dann beschloss sie zu handeln. Ihr Mann wusste nichts von der rachsüchtigen Wut seiner Stiefmutter, er hatte nur Augen für seine Frau. Truthac hatte immer noch nichts gesagt. Wenn etwas geschehen sollte, so musste sie es selbst in die Hand nehmen. Mellia und Catia mussten gerächt werden. Der Barde, dessen Herzen gebrochen war, musste seine Vergeltung bekommen. Sie musste ihr eigenes Leben schützen und das Leben ihrer zukünftigen Kinder. Selbst wenn sie in Riachs Armen lag, spürte sie die Gefahr immer näher kommen. Irgendwie musste sie sich davon befreien.

An der Haustür drückte jemand immer und immer wieder auf ihre Klingel. Viv reagierte nicht. In ihrem Traum gab es keine Tür. Es gab keine anderen Geräusche als das Lodern der Flammen in der Feuergrube und das Brodeln des Wassers, das im Kessel darüber kochte, während Carta tief in Gedanken versunken allein in ihrem neuen Zuhause saß.

Die ersten reisenden Händler des neuen Jahres waren aus Gallien eingetroffen. Der Stamm hatte sich mittlerweile an derartige Gäste gewöhnt. In den Küstenstädten gehörten Händler aus dem Römischen Reich zum Alltag, aber so weit im Norden war ihre Anwesenheit eher ungewöhnlich. König Lugaid hieß sie herzlich willkommen und unterhielt sich mit ihnen bis spät in die Nacht, versprach ihnen kostbare Waren, Wolfshunde und Sklaven aus Erin, Silber, Gold und Blei, Häute und Waffen im Austausch für ihren Wein und ihr Olivenöl, schöne Töpferwaren, erlesene Stoffe, exotische Kräuter und Gewürze.

Während Carta ihnen zuhörte, entstand in ihrem Kopf allmählich ein Plan. Um ihn durchzuführen, brauchte sie drei Briganten. Männer, die reich belohnt und dann in den Dienst ihres Vaters nach Dun Righ geschickt werden würden. Von einem dieser Männer glaubte Carta, dass er ebenso in Mellia verliebt gewesen war wie Conaire. Er erwartete von seiner jungen Herrin, dass sie den Tod ihrer Freundin rächte. Die anderen würden ihrem Befehl folgen, ohne weitere Fragen zu stellen. Niemand würde je herausfinden, was aus Medb mit den weißen Händen geworden war.

Zwei Tage, nachdem die gallischen Händler wieder zur Küste aufgebrochen waren, wo sie sich einschiffen und dann der britannischen Küste folgen würden, bis sie Gallien erreichten, fuhr Medb mit zwei Sklavinnen nach Süden, um die Bergfestung ihrer Freundin Étain zu besuchen. Die kleine Gruppe reiste in einem prächtig geschmückten Wagen in Begleitung von drei Reitern. Welche Gefahren sollten hier, im Land der Verbündeten des Königs, schon auf sie lauern?

Mit gezückten Waffen fielen die Briganten über sie her. Die Reiter starben beim erbitterten Kampf, die Gemahlin ihres Königs zu beschützen. Die drei Frauen wurden gefasst, die Pferde und der Wagen als Beute mitgenommen. Die Toten wurden begraben, den Göttern im Sumpf als Opfergabe dargebracht, sodass keine Spuren zurückblieben.

Sklavinnen erzielten einen hohen Preis, Händler bezahlten viel

Gold für sie. Keiner glaubte einer Frau, die an Hals und Händen gefesselt war, wenn sie schrie, der König der Votadiner werde sie großzügig entlohnen, wenn sie freigesetzt würde. Warum auch? Derartiges behaupteten die meisten Sklaven.

In Dun Pelder tanzte Carta im Kreis ihrer Frauen um das Feuer und fragte sich wie auch die anderen, was wohl Medb mit den weißen Händen zugestoßen sein mochte.

Erst sehr viel später wagte sie zu hoffen, dass Mellia und Catia nun in Frieden ruhen konnten. Dass sie gerächt waren und sie selbst außer Gefahr.

Stirnrunzelnd schaute Viv auf den Bildschirm. Seite 143. Sie sah die Zahl unten am Bildschirm ganz deutlich. 143 Seiten! Ihre Arme waren verkrampft, ihre steifen Finger schmerzten. Ungläubig speicherte sie den Text und schob ihren Stuhl zurück. Draußen war es schon wieder dunkel.

## IV

»Wie viele Patienten kommen hierher und erzählen dir, dass sie dabei sind, den Verstand zu verlieren?« Viv ließ sich in den Stuhl in Cathys Arbeitszimmer fallen.

»Rund sechzig Prozent.«

»Mehr nicht?«, sagte Viv und verstummte.

»Viv, wenn dich etwas bedrückt, was immer es sein mag, erzähl mir davon. Alles wird unter uns bleiben, das verspreche ich dir.«

»Und was, wenn ich dir erzähle, dass ich gestern Abend am Computer gesessen und einhundertdreiundvierzig Seiten getippt habe, ohne es zu merken? Das hat mehrere Stunden gedauert.«

Cathy nahm ihre Brille ab. »Hast du gelesen, was du da geschrieben hast?«

»Nicht alles, aber es ist kein Unsinn, wenn du das wissen willst.«

»Darf ich fragen, worum es geht?«

»Cartimandua.«

»Viv, das hatten wir doch schon mal! Du hast gerade ein Buch über sie abgeschlossen. Sie geht dir aus allen möglichen Gründen noch im Kopf um. Das ist ganz normal.«

»Jetzt geht es aber um ihr Leben, bevor das Buch einsetzt. Der Teil ihres Lebens, von dem niemand etwas weiß.«

Fiktion.

Das Wort lag Viv auf der Zunge, aber sie sprach es nicht aus. Es stimmte nicht. »Ich meine es ernst, Cathy. Ich kann nicht aufhören. Sie spricht zu mir.«

Cathy nickte. »Ich kann mir gut vorstellen, dass es dir so vorkommt. Dein Gehirn schlägt Kapriolen. Die Erschöpfung von der Arbeit an dem Buch und dann der Streit mit Professor Graham haben vermutlich dieselben Reflexe ausgelöst, die uns Albträume bereiten und uns schlafwandeln lassen. Das und dazu deine sehr reale Enttäuschung, feststellen zu müssen, dass du von vielen Aspekten ihres Lebens nie etwas Genaueres wissen wirst.«

Viv lehnte sich im Stuhl zurück. »Wahrscheinlich. Aber es ist so lebendig!«

»Das sind viele Träume ja auch.«

Viv zögerte. »Also glaubst du nicht, dass sie wirklich mit mir kommuniziert?«

»Nein.« Cathy schüttelte den Kopf.

»Oder dass Tasha und Pete sie neulich tatsächlich gesehen haben?«

»Nein.«

»Aber du leugnest nicht, dass es möglicherweise eine Art Kommunikation zwischen den Lebenden und den Toten gibt?«

Cathy überlegte. »Du meinst so etwas wie Spiritualismus? Im Großen und Ganzen glaube ich, dass das alles Erfindung ist.« Sie schwieg kurz. »Ich sage nicht, dass ich nicht an das eine oder andere Paranormale glaube. Aber ich glaube nicht, dass irgendeine keltische Frau mit Tätowierungen dich heimsucht. Das bestimmt nicht.«

»Also hat Tasha dir erzählt, wie sie aussieht.«

Cathy nickte.

»Das war Cartimandua.«

»Das glaube ich nicht. Schau mal.« Cathy beugte sich vor. »Du möchtest eine Geschichte erzählen. Du arbeitest an einem Hörspiel. Also liefert dein Gehirn dir die Geschichte. So einfach ist das. Es ist doch egal, woher sie kommt. Wir wissen ja sowieso nicht, wie Kreativität eigentlich funktioniert. Es ist eine großartige Geschichte. Jetzt hast du einfach ein oder zwei Szenen mehr, die du in das Hörspiel einbauen kannst: ihre Kindheit und ihre Hochzeit. Wen interessiert's, ob es sich um Fakten oder Fiktion handelt?«

»Mich interessiert's.« Viv klang resigniert. »Mich interessiert's sogar sehr. Ich bin Wissenschaftlerin.«

Hinter ihnen war ein leises Geräusch zu hören. Die Tür öffnete sich einen Spalt, und Pablo strich ins Zimmer. Er setzte sich auf den Boden und beobachtete sie beide genau, bevor er sich das Gesicht zu putzen begann.

»Du kommst bei dieser Sache mit rationalen, wissenschaftlichen Überlegungen nicht weiter, und ich glaube, genau das ist die Wurzel des Problems«, fuhr Cathy fort. »Dein Gehirn bietet dir ein Ventil. Benutz es doch einfach. Erzähl Pat, was passiert. Lass dir beim Schreiben von ihr helfen.«

»Um damit Hugh Graham noch mehr Munition gegen mich zu liefern?«

Eine Weile herrschte Stille. »Warum ist es dir so wichtig, was er von dir denkt?«

»Weil er mein Professor ist. Der Leiter des Instituts.«

»Und?«

»Was meinst du mit ›und‹?«

»Warum darf eine Wissenschaftlerin kein dramatisch aufgepepptes Stück schreiben? Ich sage ja nicht, dass dein Buch auf einer solchen Quelle beruht ...« Cathy unterbrach sich. »Oder doch?«

Viv schüttelte den Kopf. »Nein! Natürlich nicht! Zumindest ...« Verzweifelt sah sie zu Cathy. »Ich bin mir nicht sicher. Ich bin so durcheinander.«

Cathy hob aufmunternd die Augenbrauen. »Dann hast du, wenn du mich fragst, nichts zu verlieren. Benütze deine Träume und deine kreativen Visionen. Mach daraus ein Doku-Drama. So nennt man es doch, oder?« Sie grinste. »Sieh es als eine Art Katharsis, um Cartimandua loszuwerden.«

»Katharsis, na ja.« Bekümmert schüttelte Viv den Kopf. »Für mich ist das eher beruflicher Selbstmord.«

»Warum?« Cathy sah sie verständnislos an. »Ich begreife nicht, was daran so schlimm sein soll. Du bist eine Wissenschaftlerin, die einen Roman schreibt. Das ist schon öfter vorgekommen.«

»Nein, Cathy, ich schreibe keinen Roman. Ich darf keine wilden Spekulationen anstellen.«

»Wer sagt das?«

»Das gehört zu den Regeln.«

Pablo hatte aufgehört, sich zu putzen, und beobachtete Viv eingehend. Keine der beiden Frauen achtete auf ihn.

»Aber in deinem Buch ist doch sowieso alles reine Mutmaßung, wenn ich das mal so sagen darf«, warf Cathy ein. »Weil es in prähistorischer Zeit spielt. Und all deine Quellen sind fragwürdig, weil sie von den Römern stammen! Das hast du mir doch selbst erzählt. Wieso soll das dann erlaubt sein?«

»Das ist eben so.«

»Na ja, jetzt hast du ja Pat, die dir hilft, die Wissenschaftlerin bei der Stange zu halten. Arbeite mit ihr zusammen, Viv. Weißt du, es hat sie gestern wirklich gekränkt, als du sie hinauskomplimentiert hast. Und dann heute Morgen. Jetzt droht sie damit, nach London zurückzufahren.«

»Vielleicht wäre das auch das Beste.« Viv wurde immer erregter.

Hinter ihnen stand Pablo auf. Er starrte sie mit aufgerissenen Augen an, die Ohren lagen dicht an seinem Kopf an. Dann sprang er auf und floh zur Tür hinaus. Aber auch das bemerkte keine von ihnen.

»Das ist nicht dein Ernst«, sagte Cathy.

»Doch, sie mischt sich zu viel ein.«

»Dafür ist sie ja auch da.« Cathy runzelte die Stirn. »Sei vernünftig, verärgere sie nicht. Hör auf sie.«

»Und was, wenn sie mich einfach ärgert?« Zum Beispiel damit, dass sie immer wieder von Medb spricht. Woher war der Name nur gekommen? Sie erschauderte.

»Das wird sie nicht. Oder wenn doch, dann nicht mit Absicht. Du brauchst sie ...«

Irgendwo in der Wohnung knallte eine Tür. Cathy lehnte sich in ihrem Stuhl zurück und seufzte erleichtert auf. »Das müssen Pete und Tasha sein«, sagte sie leise. »Bleib hier. Ich sage ihnen nur eben, dass wir hier ...«

Bevor sie aufstehen konnte, wurde die Tür aufgerissen, und Tasha stand vor ihnen, ein maliziöses Grinsen im Gesicht. »Das habe ich mir doch gedacht. Du versteckst dich! Mum ist hier. Willst du nicht mir ihr reden?«

Cathy lachte gequält. »Tasha, wir sind mitten in einer Besprechung. Ich habe dich schon mehrmals gebeten, nicht einfach in mein Arbeitszimmer zu platzen. Ich hätte einen Klienten hier haben können.«

»Hast du aber nicht«, gab Tasha zurück.

Cathy stöhnte. »Trotzdem, wir sind in einer Besprechung. Wenn wir fertig sind, kommen Viv und ich und begrüßen euch, ja?«

Tasha sah gleichzeitig fragend und selbstgerecht drein. Es war eine mimische Meisterleistung, die Viv zu der Überzeugung gelangen ließ, dass das Mädchen es auf der Bühne weit bringen würde.

»Soll ich jetzt kapitulieren?« Als sich die Tür hinter Tasha schloss, grinste Cathy gequält. »Sollte ich wohl.«

Greta begrüßte Viv und Cathy mit einem aufgesetzten Lächeln. »Es tut mir wirklich sehr leid, dass ich nicht bleiben kann. Ich habe einen Termin.«

»Das macht nichts.« Tasha lächelte. »Wir wollen doch sowieso mit Viv über ihr Gespenst reden, oder, Cathy?« Sie streckte die Hand nach der Handtasche ihrer Mutter aus. »Mum, bitte, du hast mir versprochen, mir noch ein bisschen Taschengeld zu geben.«

»Gespenst?« Greta zog die Stirn kraus. »Welches Gespenst denn?«

»Nichts, Greta.« Cathy funkelte Tasha wütend an. »Ein Scherz, weiter nichts.«

»Da bin ich ja froh.« Greta wandte sich an ihre Tochter. »Leg meine Tasche wieder hin!« Ihr Ton war gebieterisch.

Viv ballte die Hände zur Faust. Cartimandua war sehr wohl ein Geist, kein Traum, kein Trugbild ihrer Fantasie, keine körperlose Erinnerung. Sie war ein Geist und sie hatte sich in diesem Raum gezeigt.

»Ich habe Angst vor Gespenstern!«, fuhr Tasha mit einem Blick zu ihrem Vater fort, als Cathy seufzte.

Pete schürzte die Lippen.

Greta starrte ihre Tochter an und fragte dann Pete: »Was ist denn das für Unsinn?«

»Ein Scherz, Greta, wie Cathy schon sagte. Achte nicht darauf.« Pete warf Tasha einen tadelnden Blick zu.

»Also, ich habe keine Zeit für Scherze. Ich muss jetzt gehen«, erwiderte Greta. »Tasha!« Die schrille Stimme ließ das Mädchen schuldbewusst zusammenfahren. Ihre Hand steckte im Geldbeutel ihrer Mutter.

»So etwas lernt sie hier also?« Greta nahm die Tasche an sich. Der Vorwurf war ausschließlich an Cathy gerichtet.

»Ganz bestimmt nicht.«

Tasha zog ein finsteres Gesicht. »Cathy hat sich vor dir versteckt, Mum. In ihrem Arbeitszimmer. Sie hat gewusst, dass du kommst, und hat sich versteckt! Sie wollte nicht, dass du was von dem Gespenst hörst. Es war bei ihnen im Zimmer. Es folgt Viv überallhin.«

Einen Moment herrschte absolute Stille. Auf einmal war es in der Küche sehr kalt geworden. Viv sah von einem Gesicht zum anderen, Tashas selbstgerechte Miene, Gretas verächtlich geschürzte Lippen, Petes Stirnrunzeln, Cathys Erstaunen.

»Ich glaube, ich sollte jetzt gehen.« Viv versuchte zu lächeln, doch es gelang ihr nicht.

»Nein, warte. Unsere Besprechung ...« Cathy wollte sie zurückhalten.

»... war super. Du hast mir viel zum Nachdenken gegeben.« Viv machte eine hilflose Geste. »Sag Pat, es tut mir leid. Ich rufe sie an.«

Draußen vor der Tür blieb sie stehen, das Herz schlug ihr bis zum Hals.

Carta hatte direkt neben ihr gestanden. Tasha hatte nicht gelogen, dieses Mal hatte sie die schemenhafte Gestalt selbst gesehen.

## V

Viv ließ die Wohnungstür hinter sich ins Schloss fallen und zwang sich durchzuatmen. Dann setzte sie sich in den Schaukelstuhl, schloss die Augen und wippte hin und her. Cathy hatte recht. Ihr Gehirn erfand eine Geschichte, die ihr Verstand verworfen hatte. Da waren keine finsteren Mächte im Spiel. Tasha versuchte nur, Aufmerksamkeit zu erregen.

Sie holte noch einmal tief Luft und öffnete die Augen. In der Wohnung war es ungewöhnlich still und kalt. Nervös sah sie sich um. Erst mehrere Sekunden später bemerkte sie, dass ihr Computer angeschaltet war. Sie runzelte die Stirn. Sie hatte ihn doch bestimmt heruntergefahren, bevor sie gegangen war. Widerwillig stand sie auf und setzte sich vor den Bildschirm. Der Anrufbeantworter, der neben der Tastatur stand, blinkte. Sie achtete nicht darauf.

Carta war schwanger. Ihre Freude und Aufregung waren grenzenlos. Immer wieder stand sie da und legte sich sacht die Hände auf den Bauch. Von dem Leben, das in ihr heranwuchs, war bislang noch nichts zu sehen. Und zumindest für den Augenblick war Medb vergessen.

Riachs Aufregung war ebenso groß wie ihre. Er schenkte ihr einen kunstvoll geschnitzten und geschmückten Wagen und dazu zwei Pferde, um ihn zu ziehen. »Damit du nicht mehr reiten musst, wenn das Kind größer wird.« Er legte ihr eine Hand auf den Bauch. »Eine ruhige Fahrt für meinen Sohn!«

Der junge Wagenlenker hieß Fergal. Er war der Sohn eines Kriegers und einer von Riachs ältesten Gefährten. Es war eine Ehre, zu ihrem Wagenlenker und Leibwächter bestimmt zu werden.

Sie ritt noch jeden Tag, aber der Gedanke, einen eigenen Streitwagen zu haben, beglückte sie und sie plante Ausflüge zu den Bergfestungen und Höfen der Frauen, die sie bei den Beltane- und Lughnasadh-Festen kennengelernt hatte. Fergal fuhr sie quer durchs ganze Land der Votadiner. Er war ein ernsthafter junger Mann, groß und gut gebaut, mit blondem, gewelltem Haar und blauen Augen. Wäre er seiner Neigung gefolgt, wäre er lieber Barde geworden und später vielleicht Druide, aber sein Vater hatte darauf bestanden, dass er im Dienst des Königs Waffen trug, und so hatte der gutmütige, freundliche Fergal seine Träume aufgegeben. Die junge Gemahlin des Fürsten übers Land zu fahren, war ein wunderbarer Kompromiss. Auf den Ausflügen, auf die er sie begleitete, hörte er den Barden zu und lernte ihre Lieder. Neben seinem Schwert und den Speeren lag im Streitwagen auch seine Lyra.

Cartas Kind bewegte sich das erste Mal zur Zeit der Tag- und Nachtgleiche im Herbst. Heftige Stürme brausten vom Westen über das Land und rissen die Blätter von den Bäumen. Die *cailleach,* die Herrin der Winterstürme, war früh gekommen. Es war die Zeit zu jagen und Raubzüge zu unternehmen, um die Herden, die zum Schlachten von den Weiden hereingetrieben worden waren, wieder aufzustocken. Der Überfluss des einen ist der Hunger des anderen. So war es nun einmal. Nichts, auch viel Getreide nicht, füllte den Bauch auf dieselbe Art wie Rind und Hammel oder Wildbret, das in Salz eingelegt und für die langen Wintermonate aufbewahrt wurde.

»Möchtest du sie nicht begleiten, Fergal?« Carta hatte den jungen Mann beobachtet, als Riach seine Männer um sich sammelte. Seit Tagen schärften und polierten sie ihre Waffen, schmiedeten Pläne, warteten auf die Rückkehr der Kundschafter, die berichteten, wann die Herden der Nachbarstämme von den Weiden getrieben wurden. Reiche Beute, dazu die Möglichkeit, Sklaven zu erbeuten und Gefangene zu machen, die gegen Lösegeld freigelassen wurden.

»Ich bleibe lieber bei dir, Herrin.« Fergal lächelte wehmütig. »Ich habe meine Befehle. Der König und Riach haben gesprochen.«

»Armer Fergal.« Carta schüttelte den Kopf. »Nur Frauen um sich zu haben, ist kein großes Vergnügen. Eine Frau zu sein, ist aber auch keine Freude.« Auf ihren Lippen lag dasselbe wehmütige Lächeln wie auf seinen. Ihr war unwohl gewesen, sie hatte sich in ihrem eigenen Körper unbehaglich gefühlt, und sie hasste es, zu Hause bleiben zu müssen. »Aber wenn dieses Kind erst einmal geboren ist, dann gehen du und ich mit den Männern zusammen auf den nächsten Überfall.« Ihre blitzenden Augen verrieten, dass es die wilde Carta noch immer gab. »Sollen sich doch meine Frauen um den Säugling kümmern.«

Da lachten sie beide, und er ging, die Pferde zu versorgen, die die Aufregung der anderen Tiere bemerkten und erwarteten, mit ihnen im Galopp davonzujagen.

Carta trat aus dem Wind und Regen in das kleine Rundhaus zurück, das jetzt ihr Zuhause war, und schaute in die Flammen. Sie tanzten und loderten in der Zugluft. Riach hatte sich am Abend zuvor von ihr verabschiedet, hatte sie zärtlich in seinen Umhang gehüllt und sie in den Armen gehalten. »Pass auf unseren Sohn auf, Carta«, flüsterte er. »Und auf dich. Ihr seid meine beiden Kostbarkeiten, mehr brauche ich nicht.«

Lachend schmiegte sie sich an seine Brust. »Du musst deine Männer und das Gefolge deines Vaters ernähren. Das ist der Grund. Tausend hungrige Mäuler.« Sie küsste ihn auf die Lippen. »Und du musst mich mit Stolz erfüllen. Mein Mann muss der größte Krieger aller Zeiten sein.«

Er lachte laut auf. »Das werde ich mir merken. Mein Barde begleitet mich, um später von meinen Taten künden zu können. Und wenn wir zurückkehren, wird er dem ganzen Hof von meinem Mut und meinen Kämpfen berichten!«

»Und ich werde mir alles ganz genau anhören, wenn wir zusammen am Winterfeuer sitzen.« Sie wickelte das feine Linnen seiner Tunika, die er unter dem Umhang trug, um ihre Finger. »Und werde sie selbst deinem Sohn vorsingen, während er darauf wartet, zur Welt zu kommen.«

Sie hatte ihnen nachgesehen, wie sie davonritten. Neben ihr hatte ihre Gefährtin Mairghread gestanden. Es war ein Trost gewesen, sie bei sich zu haben, während die Pferde, die Wagen und die großen Wolfshunde aus Erin, die den Männern bellend folgten, in die Ferne entschwunden waren. Dann hatte sie gemerkt, dass sie vor banger Vorahnung zitterte.

Und sie schauderte auch jetzt wieder, als sie ins Feuer starrte. Mairghread, die wie immer ihre Stimmung deuten konnte, hatte die anderen Frauen gebeten, sich außer Hörweite zu setzen, damit ihre Herrin mit ihren Gedanken allein bleiben konnte. Da saß sie nun, verlor sich in ihren Träumen, betrachtete die Flammenzungen, die die glühenden Scheite umspielten, wispernd ihre Botschaft verkündeten und im duftenden Rauch tanzende Muster bildeten.

Gefahr.

Ihre Hand wanderte unwillkürlich zu ihrem Bauch, wo ihr Kind, Riachs Kind, in der Dunkelheit unter ihrem Herzen lag. Dort war es sicher. Die Flammen zischten, ein Scheit zerbarst krachend. Plötzlich drehte sich ihr der Kopf, sie fiel auf das Feuer zu.

Sie spürte einen Arm um sich, dann einen zweiten. »Komm, Herrin. Lass dich von mir zu Bett bringen.« Es war Mairghread. »Ich habe gesehen, wie dir schwindelig wurde. Leg dich hin und ruh dich aus.« Zwei weitere Frauen tauchten von der anderen Seite des Raumes auf, wo sie, geschützt vor dem Wind, zusammengesessen und geplaudert hatten. Sie führten sie zu ihrer Schlafkammer und zogen die Flechtwerkwände um sie.

»Mein Kind …«

»Deinem Kind geht es gut. Was dir gerade passiert ist, kommt bei vielen Frauen vor. Das ist ganz normal. Dein Kind ist gierig. Es zehrt von innen an deiner Kraft. Das zeigt, dass es schon groß und stark ist.«

Mairghread lächelte aufmunternd und legte Carta eine kühle Hand auf die Stirn. »Ich bringe dir einen Kamillenaufguss, und dann musst du eine Weile schlafen. Danach geht es dir besser, du wirst sehen.«

Mairghread ging zu ihrem Kräuterschrank in ihrer eigenen Schlafkammer. Auf den Regalen hinter der Tür bewahrte sie Bündel getrockneter Kräuter auf, die sie im Frühjahr und Sommer gesammelt hatte. Jedes Bündel war fein säuberlich mit einem Holzplättchen versehen, in das sie ein Symbol geritzt hatte. Mairghread war zwar keine zehn Sommer älter als Carta, aber schon zweimal verheiratet und zweimal verwitwet und hatte nie Kinder bekommen. So hatte sie beschlossen, kein drittes Mal zu heiraten, sondern vielmehr bei den Druiden die Heilkunst zu erlernen und sich um ihre junge Herrin und Gefährtin zu kümmern. Ihr war bewusst, welche Lücke Mellias Tod in Cartas Leben gerissen hatte, und sie wünschte, sie könnte sie füllen. Mit einigen Kamillenblüten in der Hand ging sie zum Kessel, um sie mit kochendem Wasser zu überbrühen. Stirnrunzelnd wartete sie, während die Kräuter im Krug zogen, die Augen auf die tanzenden Flammen gerichtet. Was hatte Carta gesehen?

Als Medb mit den weißen Händen verschwunden war, hatten sich alle Bewohner der Festung an der Suche nach ihr beteiligt. Männer wurden im ganzen Land ausgeschickt, Boten forschten überall in Brigantia nach ihr, aber auch in den Ländern der Selgoven und der Novanten, der Veniconen und sogar noch weiter im Norden, bei den Pikten. Die Seher befragten die Augurien, um zu erfahren, ob sie vielleicht Wölfen oder Bären zum Opfer gefallen war, und die Barden dichteten Zauberballaden, um sie nach Hause zu geleiten, sollte sie von den Göttern geraubt worden sein. Aber sie blieb spurlos verschwunden. Es war, als hätte es sie und ihre beiden Gefährtinnen nie gegeben. Nur zwei Menschen ahnten die Wahrheit: Truthac, Erzdruide der Votadiner, und Brigit, die älteste Gemahlin des Königs. Beide sahen, dass Carta mit erstaunter, unschuldiger Besorgnis auf das Verschwinden der jungen Frau reagierte, und wurden nachdenklich. Und beide behielten ihre Vermutungen für sich.

Als die Nachricht von Cartas Schwäche den Erzdruiden erreichte, suchte er sie sofort auf. Sie lag in warme Felle gehüllt auf dem Bett, das Kohlenbecken neben ihr glühte heiß, vermochte aber die Kälte in ihren Knochen nicht zu vertreiben.

»Der Fluch wirkt.« Ihre Lippen waren weiß. In der kleinen Kammer war außer ihnen niemand; die anderen Frauen saßen hinter den Flechtwerkwänden am großen Feuer und unterhielten sich leise. Einige spannen im Licht der Flammen, andere lauschten nur der zarten Stimme der Bardin, die ihnen eine Geschichte erzählte und sie gelegentlich mit einigen Akkorden auf der kleinen Harfe, die auf dem Tisch neben ihr lag, begleitete. Auf Cartas Bitte hin hatte Mairghread sich zu ihnen gesellt, damit sie allein mit Truthac reden konnte.

»Der Fluch hat mich zur Unfruchtbarkeit verdammt. Ich spüre, wie er in meinen Leib kriecht.«

Der Erzdruide lehnte seinen Stab gegen die Wand, setzte sich neben das Bett und nahm ihre Hand. Sie war eiskalt und klamm. Er runzelte die Stirn. »Mairghread sagte, sie glaubte, du hättest etwas in den Flammen gesehen.«

»So ist es. Ich habe Blut gesehen.« Carta holte tief Luft und versuchte damit, ihrer Panik Herr zu werden.

»Aber aus deinem Leib ist kein Blut ausgetreten. Das Kind ist wohlauf?« Seine Augen waren unverwandt auf ihr Gesicht gerichtet. Sie fühlte sich an jenen anderen Druiden erinnert, der vor vielen Sommern das Leben ihrer Hündin gerettet hatte. Er hatte dieselbe ruhige Gewissheit ausgestrahlt, hatte dieselbe Fähigkeit zu beschwichtigen besessen. Sie nickte.

»Dann erlaube deinen Frauen, sich um dich zu kümmern. Ruh dich aus. Eine Weile solltest du nicht ausreiten und nicht im Wagen fahren, und befrage das Orakel nicht selbst.« Er lächelte ernst. »Ich weiß aus Erfahrung, dass es für Frauen in deinem Zustand ganz normal ist, Schwierigkeiten zu sehen, wo es keine gibt.«

»Und der Fluch?«

»Das Fluch-Amulett war nicht mit Macht geladen. Es kann nicht wirken.«

Carta biss sich auf die Lippe. »Aber wenn ...« Sie zögerte.

»An ein ›Wenn‹ darfst du nicht denken.« Streng legte er ihr eine Hand auf den Arm. »Vergiss es, ebenso wie die Person, die sich diesen Fluch ausgedacht hat.« Er blickte ihr in die Augen. »Die Götter kennen die Wahrheit, Carta. Sie wissen, wer aufrichtig ist und wer bestraft werden muss.« Eine Weile herrschte Schweigen. Er sah, dass sich ihre Pupillen vor Angst zusammenzogen. Dann wandte sie den Kopf ab.

»Meine Göttin weiß, was in meinem Herzen passiert ist«, sagte sie leise. »Und was mit Medb passiert ist. Sie ist nicht tot. Ihr ist nichts zugestoßen.«

Der alte Mann runzelte die Stirn, sagte aber nichts. Langsam erhob er sich, raffte seine Robe um sich und griff nach seinem Stab. »Ruh dich jetzt aus, Kind, und vergiss Medb. Und bete, dass dein Kind gesund bleibt.«

Carta sah ihm nach, als er zwischen den Flechtwerkwänden verschwand. Dann rollte sie sich im Bett zusammen und zog die Decken über den Kopf.

In der Nacht kehrte die Vision in ihren Träumen wieder. Drei Raben saßen in einem vom Wind gepeitschten Baum und spähten auf einen blutüberströmten Leichnam, Wind und Regen tosten durch die schmale Schlucht. »Wer ist es? Wer ist tot?« Ihre Schreie weckte die anderen Frauen, sie kamen angelaufen und vertrieben die Dunkelheit mit ihren Lampen. Das große Feuer war vor dem Zubettgehen sorgsam mit einer Torfschicht bedeckt worden, damit es am Morgen sofort wieder angefacht werden konnte. Jemand holte einen Schürhaken, und wenig später brannte es wieder lichterloh und wärmte sie.

»Jemand ist gestorben!«, schrie Carta. Sie packte Mairghreads Hand.

»Niemand ist gestorben, Carta!« Die junge Frau versuchte, sie zu trösten. »Niemandem ist etwas passiert. Schau, dein Kleiner stößt.

Du hast ihn aufgeweckt.« Alle konnten die Bewegungen unter ihrem Nachtgewand sehen.

Aber Carta hatte recht. Zwei Tage später kehrten die Überreste der Jagdgruppe zurück. Riachs Leichnam lag in dem Wagen, in dem er so stolz von Dun Pelder fortgeritten war. Vier der jungen Männer, die ihn begleitet hatten, waren mit ihm gestorben, die anderen schwer verwundet.

Alle waren so mit Cartas heranwachsendem Kind beschäftigt gewesen, dass sie nicht an die Jagdgruppe gedacht hatten, die so zuversichtlich in die Berge im Westen geritten war, zum Land der benachbarten Selgoven, ein bevorzugtes Ziel für herbstliche Raubzüge. Mit einer Nachricht von den Jägern hatte man erst viel später gerechnet. Ihre Rückkehr erfüllte alle mit Entsetzen.

Mairghread versuchte, Carta das Schlimmste zu ersparen. »Schau nicht hin«, sagte sie. »Bleib hier am Feuer. Du willst ihn nicht sehen.«

Carta stieß sie beiseite. Sie hielt sich sehr aufrecht, hüllte sich zum Schutz vor dem eisigen Wind in einen dicken Umhang, ging zum Wagen und schaute hinein. Eine kurze Weile bewahrte sie die Fassung. Er sah aus wie immer. So ernsthaft, so lebensfroh, so stark. Die Arme, die sie umfangen hatten, die Lippen, die jeden Zoll ihres Körpers geküsst hatten, waren unverletzt. Die schrecklichen Wunden, die ihn das Leben gekostet hatten, waren unter der Felldecke verborgen.

»Er hat ehrenhaft gekämpft. Es sind wir, die Überlebenden, die entehrt sind.« Riachs Wagenlenker, an dessen Schulter eine Wunde klaffte, die ihm den Arm beinahe vom Rumpf abtrennte, wischte zärtlich den Schlamm vom Gesicht des Fürsten. »Wir waren machtlos gegen sie, Herrin. Es waren zwei Dutzend Männer, sie tauchten ganz plötzlich aus den Wolken und dem Nebel auf, ohne jede Vorwarnung. Wir haben keine Omen gesehen.« Tränen der Scham brannten ihm in den Augen. Zumindest hatten sie ihm seinen Kopf gelassen. Zwei seiner Gefährten war dieses Glück nicht vergönnt gewesen.

Carta biss sich auf die Lippe. »Ich habe Omen gesehen und nichts unternommen.« Sie kniete sich neben ihren Mann und küsste ihm die kalte, blutige Stirn. Erst in dem Moment begann sie zu weinen, Tränen strömten ihr über die Wangen. Schluchzend umklammerte sie seinen Körper und weinte, als würde ihr Herz zerbrechen.

Als sie sich schließlich aufrichtete, standen der König und Brigit neben ihr. Lugaid schaute auf seinen Sohn hinab und weinte ebenfalls. Hinter ihm drängten Männer und Frauen aus ihren Häusern, die Nachricht verbreitete sich rasch. Sie bildeten eine Gasse, um Carta durchzulassen, die sich mit blassem Gesicht abwandte. Aber sie ging nicht zum Rundhaus zurück, sondern zu dem Heiligtum, an dem sie ihrer Göttin Opfergaben dargebracht hatte.

»Ich habe dich üppig beschert. Ich habe dich angefleht, ihn zu beschützen!« Ihre Stimme stieg zu einem gequälten Kreischen an, als sie in der Dunkelheit mit der Holzstatue sprach. Nur einige Lampen brannten schwach. »Du hast es mir versprochen. Du hast mir versprochen, über mich und die Meinen zu wachen. Du bist zu mir gekommen und hast es mir versprochen. Warum hast du ihn sterben lassen? Warum?«

Plötzlich fasste sie sich mit der Hand an den Bauch und stieß einen spitzen Schmerzensschrei aus. »Mein Kind!« Sie fiel auf die Knie. »Liebe Herrin, verzeih mir. Hilf mir!«

Niemand war ihr gefolgt. Aus Respekt waren alle zurückgeblieben. Als Blut in ihren Rock sickerte, schrie Carta vor Zorn und Angst und Verzweiflung, ganz allein bis auf die Frau, die aus zweitausend Jahren Entfernung hilflos zusah.

## VI

Viv hatte gar nicht gemerkt, dass sie nach dem Hörer gegriffen hatte. Als sie ihn ans Ohr hielt, sah sie vor sich noch das rauchige Heiligtum, in ihren Ohren gellten Cartas Schreie.

»Viv? Hier ist Steve. Viv, bist du dran? Viv, ist etwas nicht in Ordnung?« Die Stimme am anderen Ende der Leitung hallte ungehört in die Vergangenheit.

Etwas nicht in Ordnung? Natürlich war etwas nicht in Ordnung. Nichts war in Ordnung. Plötzlich weinte sie. Ein herzzerreißendes Schluchzen, das sie nicht zurückhalten konnte.

»Viv, hier ist Steve. Warte. Ich komme zu dir!«

Dann klingelte es an der Tür. Die Szene im Tempel zog sich in den Schatten zurück.

»Viv, lass mich rein!« Sie hörte die Stimme, hörte panisches Klopfen an der Tür.

Gequält hievte sie sich aus dem Stuhl.

»Steve.« Sie merkte, dass er sie verwundert ansah, sobald sie die Tür aufriss, und erst da überlegte sie sich, wie wenig manierlich sie wohl aussah. Sie war blass und erschöpft, ihre Schminke war verlaufen, das Haar stand ihr wild vom Kopf ab, ihre Kleider waren zerknittert.

»Fehlt dir etwas? Viv, was ist denn los?« Er nahm sie an den Händen und zog sie beschützend an sich. Dabei warf er einen prüfenden Blick ins Wohnzimmer. »Hast du Besuch?«

»Nein. Doch.« Oh mein Gott, sie hätte die Tür nicht öffnen dürfen. Peinlich berührt schob sie ihn von sich fort. »Es tut mir leid, Steve. Du hättest nicht zu kommen brauchen.«

»Natürlich musste ich kommen. Dich bedrückt doch was. Du klangst so verängstigt.« Er trat an ihr vorbei ins Zimmer und sah sich um. »Was ist passiert? Hat es was mit Hugh zu tun?«

»Hugh?« Sie starrte ihn an. »Nein, das hat mit Hugh nichts zu tun.« Jetzt weinte sie wieder. Sie war verwirrt und durcheinander. Sie schüttelte den Kopf und deutete hilflos auf den flackernden Bildschirm, der auf ihrem Schreibtisch stand.

Verwundert schaute er in die Richtung, in die sie zeigte. »Was ist denn? Funktioniert dein Computer nicht?«

»Schau mal drauf.«

Er zog die Stirn kraus. »Ich kann nur einen Text sehen.«

»Lies ihn.« Sie holte tief Luft, rang immer noch nach Fassung, während Steve sich an den Schreibtisch setzte. Doch noch bevor er die ersten Worte lesen konnte, begann sie zu reden und konnte gar nicht mehr aufhören, so sehr drängte es sie, die Geschichte zu erzählen.

»Sie ist wie aus dem Nichts aufgetaucht!« Vivs Hände zitterten. »Sobald ich heimkam, war sie in meinem Kopf. Das ist wie automatisches Schreiben, Steve. Mein Gott, was soll ich bloß machen?« Sie ließ sich aufs Sofa fallen und fuhr sich mit den Händen übers Gesicht.

Steve gab keine Antwort. Nach einem besorgten Blick auf sie wandte er sich wieder dem Bildschirm zu und war sofort gebannt von dem Text, der dort stand. »Du hast es auf jeden Fall sehr schnell geschrieben«, bemerkte er vorsichtig. Fragend schaute er zu ihr. »Es liest sich atemlos.« Im Text wimmelte es vor kleinen roten Unterringelungen, die Rechtschreibfehler kennzeichneten.

Dann schwieg er wieder und las weiter, während Viv aufstand und rastlos hinter ihm auf und ab ging. Als er schließlich alles gelesen hatte, drehte er sich zu ihr um. »Das ist ja unglaublich. So lebendig!« Er zögerte. »Du schreibst einen Roman?« Er betrachtete ihr Gesicht.

»Nein!« Sie blieb hinter ihm stehen. »Das ist kein Roman, Steve. Das ist wirklich passiert!«

»Was meinst du damit – wirklich passiert?«

»Es ist wahr!« Jetzt schluchzte sie wieder.

Er sah sie verwirrt an. »Es ist unglaublich. Und beängstigend.«

»Und überzeugend.«

»Es klingt auf jeden Fall sehr überzeugend.« Er klang skeptisch. »Aber das ist doch ein Roman, den du da schreibst.«

»Nein! Nein! Ich habe dir doch gesagt, das ist alles wahr. Das musst du mir glauben. Ich hab's nicht erfunden.«

Einen Moment schwieg er. »Ich verstehe dich nicht ganz. Ich weiß nicht, was ich denken soll. Wie kann das wahr sein?« Er musterte sie eingehend. »Viv, beruhige dich doch ein bisschen. Erzähl mir mal, was genau passiert ist.« Er wirkte aufrichtig besorgt.

»Sie ist hier, in meinem Kopf. Ich kann sie nicht dazu bringen aufzuhören! Und ich will auch nicht, dass sie aufhört!«

»Von wem sprichst du denn überhaupt?« Steve stand auf und nahm Viv in die Arme. Sie kam ihm so verletzlich vor, ganz anders als sonst.

»Cartimandua. Das habe ich dir doch gesagt.«

Einen Moment war er sprachlos. »Du willst mir doch nicht etwa erzählen, dass sie dir das alles diktiert?«

»Aber das habe ich doch gerade gesagt!« Sie versuchte, ihr Zittern zu unterdrücken. »Es überwältigt mich einfach. Ich kann mich nicht dagegen wehren. Sie ist da. Die ganze Zeit. Gerade außer Sichtweite. Nein, nicht außer Sichtweite. Tasha hat sie gesehen, und Pete auch.« Abermals unterdrückte sie ein Schluchzen.

»Wer sind Tasha und Pete?«, fragte Steve ungläubig.

»Freunde von mir. Sie haben sie gesehen. Oh mein Gott, was soll ich bloß machen?«

»Du musst dich beruhigen.«

»Du darfst aber niemandem etwas davon sagen, Steve. Versprich's mir. Ich hätte dir das gar nicht erzählen dürfen. Das darf niemand erfahren. Vor allem nicht Hugh …«

»Ich werde kein Sterbenswörtchen sagen.« Er schaute wieder auf den Bildschirm. »Das kann nicht wahr sein, Viv.«

»Ist es aber.« Ihr Mund war trocken, die Lippen wund, so sehr hatte sie darauf herumgebissen. Sie ließ sich aufs Sofa fallen. »Sie verfolgt mich, Steve.«

Er setzte sich neben sie, nahm ihr das Taschentuch aus der Hand und trocknete damit ihre Wangen, dann legte er zögernd einen Arm um sie. Eine Weile blieben sie reglos so sitzen.

»Jetzt mache ich uns erst mal einen Kaffee«, sagte er schließlich. »Ich weiß, wo alles steht.«

Als er ins Wohnzimmer zurückkam, saß sie noch immer auf dem Sofa, aber sie machte einen ruhigeren Eindruck. »Steve, es tut mir leid.« Bekümmert sah sie zu ihm hoch. »Ich hätte dich nicht in die Sache reinziehen sollen. Du hast einfach im falschen Moment angerufen.«

»Ich bin aber froh, dass ich angerufen habe.« Er reichte ihr einen Becher. »Schau, du weißt doch selbst, dass das nicht real ist, Viv. Das brauche ich dir doch gar nicht eigens zu sagen. Es kann nicht real sein. Du wirst nicht verfolgt. Das muss eine Art kreativer Bewusstseinsstrom sein, der irgendwo aus deinen Tiefen kommt.«

Sie schüttelte den Kopf. Mein Gott, er klang genau wie Cathy, fand für alles eine rationale Erklärung.

»Viv, es ist …«, setzte er an. Dann unterbrach er sich. Er fand nicht die richtigen Worte. »Es ist verblüffend, aber es ist nicht die Wahrheit.«

»Doch!«, erwiderte sie aufgebracht.

Er seufzte. »Was immer es ist, du musst damit aufhören.«

»Ich kann aber nicht!« Ihre Stimme war nicht mehr als ein Flüstern.

Lange Zeit herrschte Stille, in der sie beide den Bildschirm in der Ecke betrachteten. Schließlich stand Viv seufzend auf, stellte ihn aus und ließ sich wieder aufs Sofa fallen. »Ich werde verrückt.«

»Nein.« Er wandte sich zu ihr. »Du bist begabt. Gesegnet. Vielleicht obsessiv und überaus kreativ, du wehrst dich gegen die engen Begrenzungen deines, unseres erwählten Berufs. Aber verrückt – nein.«

»Na, noch nicht.« Sie lächelte gezwungen.

»Du bist erschöpft, Viv.« Nachdenklich griff er nach seinem Becher. »Was du meines Erachtens am dringendsten brauchst, ist etwas Ruhe.« Er zögerte. »Es sei denn … träumst du auch von ihr?«

Sie zuckte mit den Schultern. Das Blitzen von Feuer und Flammen. Die donnernden Hufe. Die Schreie, das Schwerterklirren – gehörten die zu ihrem Wachtraum oder zu einem Albtraum?

»Soll ich hierbleiben?« Er beobachtete sie besorgt. »Ich kann auf dem Sofa schlafen. Ich finde, du solltest jetzt nicht allein sein.«

»Nein, Steve, danke.« Sie schüttelte den Kopf. »Das ist lieb von dir, aber ich komme gut zurecht.«

»Bist du sicher?« Er zögerte. »Ich finde, du solltest nicht damit weitermachen. Nicht, wenn es dir so zusetzt.«

»Mir bleibt nichts anderes übrig. Sie drängt sich in mein Bewusstsein. Ich bilde mir das nicht ein.« Ihre Stimme war flehentlich. »Außerdem möchte ich damit weitermachen«, gestand sie zögernd.

Er griff nach ihrer Hand. »Ich glaube, das könnte gefährlich werden.« Er sah sie ernst an. »Ehrlich. Ob es aus deinem Inneren kommt oder von irgendeinem Geist, einem Gespenst – es kann nicht gut sein, wenn es dich so beschäftigt. Ich wünschte, meine Mutter wäre hier. Sie weiß mehr über solche Sachen als ich. Sie würde dir glauben.«

Viv lächelte matt. »Dann freue ich mich darauf, deine Mutter eines Tages kennenzulernen.«

»Das musst du auch.« Er schwieg kurz. »Bist du dir sicher, dass ich nicht bleiben soll?«

»Ja, es geht mir gut. Aber es war wirklich sehr nett von dir zu kommen, Steve.« Sie zögerte. »Dir ist schon klar, dass das unter uns bleiben muss, oder?«

»Niemand wird davon erfahren. Auf jeden Fall nicht von mir.« Ihm kam ein Gedanke. »Die zusätzlichen Fakten in deinem Buch – kommen die auch daher?«

»Ich wollte sie nicht reinbringen. Ich habe versucht, nicht zuzuhören. Ich habe sie weggeschoben.« Sie schluckte und schaute dann auf ihre Hände. »Ich glaube, ich möchte jetzt, dass du gehst, Steve.«

Unglücklich stand er auf und ging zur Tür. »Ruf mich an, wenn du mich brauchst. Jederzeit.« Besorgt fuhr er fort: »Ich lasse dich sehr ungern allein ...«

»Mach dir keine Sorgen. Danke, dass du gekommen bist, Steve.«

Sie schloss die Tür hinter ihm und lehnte sich mit einem tiefen Seufzer dagegen. Mist. Sie würde es ihm nicht verdenken, wenn er schnurstracks zu Hugh lief.

# Kapitel 9

## I

Am nächsten Morgen um halb neun rief Steve wieder an. Viv stand mit einem gequälten Gesichtsausdruck neben dem Telefon und hörte zu, während er auf Band sprach. Sie hob nicht ab.

Sie musste dringend aus der Wohnung. Sie musste sich von dem Stimmengewirr, das um sie herumwirbelte, ablenken. Sie hatte nicht geschlafen, sondern die ganze Nacht am Computer gesessen, und fühlte sich jetzt völlig erschlagen.

Traprain. Carta wollte, dass sie zum Traprain fuhr. Um neun Uhr saß sie im Wagen und fuhr auf der A1 nach Osten zum Parkplatz am Fuß des Traprain Law. Hier hatte Carta während ihrer Zeit bei den Votadinern gelebt, hier hatte sie ihre erste Liebe kennengelernt und geheiratet, hier war sie während ihrer Schwangerschaft erkrankt. Als Viv den Wagen abgestellt hatte, sah sie den steilen, grasbewachsenen Berg hinauf, der abrupt aus der Ebene aufstieg. Langsam öffnete sie die Fahrertür.

Sie stieg über den Zauntritt und ging den steilen Pfad hinauf. So verwaist der Ort jetzt auch sein mochte, der Blick war immer noch überwältigend. Sie konnte meilenweit sehen. Im Osten schimmerte das Meer, ein leuchtendes, fast violettes Blau, in der Ferne ragte der smaragdgrün gekrönte Bass-Felsen auf. Sie fröstelte. Es war zwar warm, doch ein kalter Wind pfiff durchs Gras und heulte in ihren Ohren, als sie langsam über die Terrassen ging, auf denen einst eine große Siedlung gestanden hatte.

Gelbe Blüten des Fingerkrauts wogten zu ihren Füßen, die Böschungen waren mit Löwenzahn überwuchert. Hoch oben am Himmel trillerte eine Lerche. Viv blieb stehen und lauschte. Die Atmosphäre veränderte sich, etwas Unbestimmtes lag in der Luft.

Schaudernd steckte sie die Hände zum Schutz vor dem eisigen Wind in die Jackentaschen und versuchte, sich an die Tatsachen zu halten. Dieser Berg, dessen Frieden mittlerweile an einem Ende von einem Steinbruch gestört wurde, hatte früher einmal eine geschäftige Stadt beherbergt. Dutzende, vielleicht sogar Hunderte von Häusern hatten sich oben auf diesem hohen, fast surreal anmutenden Vulkanberg zusammengedrängt. Damals hatte er Dun Pelder geheißen. Sein heutiger Name Traprain stammte, so glaubte man zumindest, vom keltischen oder walisischen Tra Pren ab, was so viel wie »Holzstadt« bedeutete, nach den Palisaden, die die mächtigen Schutzwälle gekrönt hatten und bereits aus vielen Meilen Entfernung zu sehen gewesen waren. Im Lauf der Jahrhunderte hatten in der Siedlung, die rund um den Berg entstanden war, Tausende von Menschen gelebt. Könige und Königinnen, Druiden, Barden und Seher und die gebildete Adelsschicht, die zusammen mit den Kriegern, den Bauern und den Bediensteten und Sklaven die Gesellschaft der britannischen Inseln vor zweitausend Jahren gebildet hatten. Die Zeitgenossen Boudiccas. Die Zeitgenossen der Römer, gegen die sie sich zur Wehr gesetzt hatte. Die Zeitgenossen Cartimanduas, der Königin des Nordens.

*Vivienne!*

Das Dröhnen in ihren Ohren wurde immer lauter, und sie sah sich im Kreis um, bis sie schließlich die steil abfallende Klippe hinunterschaute, über die Mellia in den Tod gestürzt war. Tränen stiegen ihr in die Augen. Die Erinnerungen, die sie hier umgaben, waren zu heftig, zu gewaltsam, und sie war ganz allein. Warum in aller Welt war sie bloß hergekommen? Rasch machte sie kehrt und ging über das Plateau zum Pfad, über den sie den Berg hinunterstieg. Einmal blieb sie stehen und atmete den Duft des wilden Thymians und der süßen Gräser und den kaum wahrnehmbaren Geruch von Schafskot ein. Sie empfand die Stille, die hier im Windschatten herrschte, als enorme Erleichterung. Sie konnte wieder die Lerche hören und in der Ferne den Ruf eines Bussards, der über den Wiesen und Äckern unter ihr seine Kreise zog. Hier roch die Luft nach dem Holzrauch eines Farmhauses, das in einer Talsenke stand, und dem süßen Duft des Ginsters, der an den Böschungen wuchs.

Sie setzte sich auf einen geschützten Rain der alten Terrassen, die unter dem Gras gerade noch auszumachen waren, und schloss die Augen.

Sie hatten Carta zu Bett gebracht und die Druidenpriesterin Gruoch holen lassen, die am Kolleg als Heilerin für Frauenbeschwerden wirkte. Mit ihrer Tasche voll Kräuterbündel eilte sie direkt an Cartas Bett und bat die Frauen, die besorgt im Zimmer standen, zu gehen.

Ihre Hände auf Cartas Bauch waren sanft und erfahren, ihre Stimme beruhigend. Sie runzelte die Stirn, als sie spürte, wie sich die Muskeln unter ihren Fingern zusammenzogen. »Dein Kind fühlt sich nicht wohl.« Sie schob die blutigen Röcke beiseite und runzelte wieder die Stirn. »Und du blutest immer noch. Wir müssen zur gesegneten Göttin um Beistand beten. Bleib ruhig liegen. Ich gebe dir etwas, was dir hilft.« Sie deckte Carta wieder zu und griff nach ihrer Tasche, ließ warmen Wein bringen, in dem sie die Kräuter ziehen lassen konnte, und lächelte der verängstigten jungen Frau zu. »Hab keine Angst. Wenn es diesem Kind bestimmt ist, zur Welt zu kommen, wird es geboren werden. Wenn keine Seele bereit ist, wiedergeboren zu werden, dann sei es so. Es wird andere geben.« Sie packte etwas getrocknetes Moos in ein Stück Linnen, um daraus ein Polster herzustellen, das sie unter die Hüften der jungen Frau schob, Mairghread brachte einen Kelch Wein und stellte ihn leise neben der Lampe ab.

»Aber es ist Riachs Kind.« Tränen rannen Carta über die Wangen.

»Vielleicht braucht Riach ihn in Tir n'an Og«, sagte Gruoch beschwichtigend. »Wenn dem so ist, dann musst du ihm erlauben, seinen Sohn zu sich zu holen.« Sie seufzte. Sie sah für dieses Kind keine Zukunft. Selbst wenn die Schmerzen aufhörten, glaubte sie nicht, dass es ausgetragen würde. Wie alle anderen am Druidenkolleg wusste auch sie, dass Cartimanduas Schoß verflucht worden war. Nach Riachs Beisetzung hatte Truthac seine älteren Kollegen und Kolleginnen zu einer Besprechung zusammengerufen, eine Zeremonie, an der Carta wegen ihrer Schwäche nicht teilnehmen konnte, und hatte sie gewarnt. Da hatte er ihnen auch gesagt, welche Zukunft er für diese junge Frau vorhersah. Er hatte ihre Witwenschaft vorhergesehen, und er hatte vorhergesehen, was als Nächstes passieren würde.

»Nein!« Viv war nicht bewusst, dass sie laut sprach. Erschreckt blieben zwei Wanderer stehen und schauten vom Pfad zu ihr hinüber. Sie schien gedankenverloren in die Ferne zu starren. Die beiden warfen sich einen Blick zu und gingen schnell weiter.

Die Schmerzen und Blutungen hörten auf. Noch ehe Carta wieder ganz bei Kräften war, verließ sie das Bett, um der Göttin zu opfern. Unter den Amuletten und Zaubern, die der Holzschnitzer anbot, suchte sie die winzige Figur eines Säuglings aus und übergab sie zusammen mit ihrer liebsten Goldspange dem heiligen Teich, damit die Gaben ihre Gebete und Bitten in die von Farnen umrankten Tiefen des klaren braunen Wassers trugen.

»Ich bete für dich«, murmelte Viv. Wie Gruoch wusste auch sie, dass es vergeblich war. Wenn Cartimandua dem Sohn des Königs der Votadiner ein Kind geschenkt hätte, hätte die Geschichte zweifellos davon erfahren. Nur hundert Meter von der Stelle, wo Cartas Ehebett in dem Rundhaus fast in der Mitte der Siedlung am Berg gestanden hatte, und mit Blick auf den weit tiefer liegenden Ort von Riachs Begräbnisfeuer, wo sich jetzt Felder erstreckten, umschlang Viv nachdenklich ihre Knie und schaute zur Nordsee, ohne irgendetwas wahrzunehmen.

Zwei Tage später um Mitternacht, als sich der Mond von Samonios, der Zeit des Samenfalls, nach Dumannios, der tiefsten Tiefe des Winters, bewegte, setzten die Schmerzen wieder ein. Und als die kalte Wintersonne über den Horizont stieg, wurde Riachs winziger

Sohn geboren. Er tat keinen einzigen Atemzug. Sein kleiner Leichnam wurde in weiche Pelze gehüllt, mit kostbaren Perlen geschmückt und zusammen mit einem kleinen geschnitzten Bären und dem glänzenden Pferdeanhänger seiner Mutter der Opfergrube übergeben, die ihn in die nächste Welt bringen würde, wo sein Vater ihn in die Arme schließen und ihn zum westlichen Ufer tragen würde.

Carta vergoss während der Zeremonie keine Träne. Als dann unter ihrer Linnentunika aus ihren Brüsten kostbare, unnütze Milch austrat, ging sie allein zum Heiligtum.

»Warum? Ich habe dir Opfergaben dargebracht. Ich habe dir Gebete dargebracht. Ich habe dir meinen Mann gegeben! Warum hast du mir auch noch meinen Sohn genommen?« Ihr gequälter Schrei hallte durch die Siedlung, und die Männer und Frauen zogen sich zurück, achteten den Wunsch der jungen Frau, allein zu sein. »Ich sehe doch, dass du mich beobachtest, dass du mir zuhörst. Warum? Warum, wenn du doch nichts tust, um mir zu helfen?«

Langsam nahm Viv das blasse, tränenüberströmte Gesicht wahr, das von wilden, ungekämmten Haaren gerahmt wurde und aus dem zornig aufgerissene Augen sie anfunkelten.

Sie erwachte mit einem Ruck und richtete sich auf die Knie auf.

Sie war allein. Der Abhang, über den sich in ihrer Trance Terrassen voller Häuser gezogen hatten und auf denen Menschen geschäftig herumeilten, war jetzt leer. In ihrer Vision war nur ein Ort unbevölkert gewesen. Der heilige Ort, wo die Opfergrube gewesen war, der heilige Teich und der Tempel, der ihn bewachte. Viv sah sich um und zitterte noch immer bei dem Gedanken an die graublauen Augen, die sie so eindringlich fixiert hatten.

Langsam stand sie auf, und sofort zerzauste der Wind ihr das Haar. Rund um sie herum war es still bis auf das Lied der Lerche in der Ferne und den Warnruf eines Brachvogels aus den Feldern irgendwo weit unter ihr. Sie stieg wieder höher und entdeckte ganz oben den Teich. Klein und belanglos wirkte er, seine Bedeutung war lange vergessen. Überwältigt vom Bedürfnis, selbst ein Opfer darzubringen in Gedenken an den kleinen Jungen, fand sie in ihren Taschen eine Münze. Sie warf einen Blick auf das Wasser und dann wieder auf das Geld in ihrer Hand. Sie schüttelte den Kopf. Carta hatte immer Gold dargebracht. Diese Münze erschien ihr zu billig, entsprach so gar nicht den Erinnerungen dieses Ortes. Und so bückte sie sich und pflückte stattdessen eine vollkommene weiße Steinbrechblüte und ließ sie ins Wasser fallen. Sie trieb in die Mitte des Tümpels und kam in der Sonne zu stehen.

»Es tut mir leid.« Die Worte hallten ihr durch den Kopf. »Es tut mir so leid. Ich konnte ihn nicht retten.«

Wenn Gruoch es gekonnt hätte, hätte sie ihn gerettet. Sie war so ruhig gewesen, so zuversichtlich. Eine in der Heilkunst ausgebildete Druidin.

Lange Zeit blieb Viv mit gesenktem Kopf am Teich stehen, ehe sie schließlich kehrtmachte und zum Pfad zurückging. Sie zitterte heftig. Sie musste sich zusammenreißen, musste an die Details denken, nicht an die Gefühle. Sie war Historikerin. Sie hatte einer Heilerin bei der Arbeit zugesehen. Sie musste versuchen, sich an die Einzelheiten von Gruochs Vorgehen zu erinnern. Vielleicht war das etwas, was sie überprüfen konnte. Was hatte die Frau verwendet? Rotwein. Der damals vermutlich aus Gallien importiert worden war, obwohl die Römer, nachdem sie den Süden Britanniens einmal erobert hatten, auch dort Wein anbauten. Ein Burgunder oder ein Bordeaux vielleicht. Sie lächelte wehmütig. Mit dem übergoss Gruoch die Kräuter, um daraus einen stärkenden Wein zu machen. Welche Kräuter waren es gewesen? Sie wiederholte die Namen still vor sich hin, versuchte, sich die unbekannten Begriffe einzuprägen, die die Frau geflüstert hatte, als sie sie in den Wein gegeben hatte. Am Ende, kurz bevor das Baby geboren wurde, hatte Gruoch ihr wilde Himbeeren verabreicht und Weide. Aber auch andere Sachen: Mehlbeeren und Hagebutten etwa. Sie suchte in ihrer Jackentasche nach einem Zettel. Hatten die Kräuter irgendetwas genutzt? Hatte Gruoch, die würdevolle, gelassene Gruoch, gewusst, was sie tat? Hatte Carta überlebt?

Natürlich hatte sie überlebt. Da war sich die Geschichtsschreibung einig.

Über dem Meer war es mittlerweile diesig geworden. Wieder spürte Viv den Wind auf ihrer Haut, aber jetzt war er noch kühler und roch nach Salz.

Sie blieb stehen und schaute sich um. Kein Mensch war zu sehen. Hier oben auf dem großen Berg Traprain gab es nichts als flüchtige Erinnerungen, die entschwanden, sobald sie auftauchten, und von neuen Göttern und von der Zeit fortgetragen wurden.

## II

»Ich hab's dir doch gesagt!« Pat schaute ärgerlich über den Schreibtisch hinweg zu Maddie Corston. »Immer noch keine Reaktion. Nur der Anrufbeantworter.«

Seufzend lehnte Maddie sich in ihrem Stuhl zurück. Sie war zierlich und von Natur aus blond und hatte durchdringend blaue Augen. Sie trug eine weite Hose und ein leuchtend blaues T-Shirt, unter dem sich die große Wölbung ihres Bauchs abzeichnete. Das Kind würde wohl ziemlich bald zur Welt kommen.

»Du sagst, ihr habt euch gut verstanden?« Maddie nahm den Aktenordner vom Schreibtisch und starrte ihn an.

»Das dachte ich zumindest.« Pat zuckte mit den Achseln. »Eigentlich denke ich es immer noch.«

»Der Text ist ja sehr gut. Er ist sehr viel besser geworden.« Maddie klopfte mit einem leuchtend rot lackierten Fingernagel auf den Ordner.

»Es ist ein gutes Buch. Die Arbeit daran macht mir Spaß.« Pat beobachtete Maddies Gesicht eingehend. »Weißt du, wenn nötig, könnte ich es auch allein machen«, sagte sie vorsichtig. Der Gedanke war ihr schon vor einiger Zeit gekommen, zuerst nur zögerlich, dann immer drängender, beflügelt von Medb, der fremden

Gestalt in ihren Träumen, die sich als genau die richtige stärkere, dramatischere Figur herausstellen könnte, die das Hörspiel brauchte.

Maddie runzelte die Stirn. »Ich glaube nicht, dass Viv damit einverstanden wäre.«

»Das würde sie entlasten. Sie fühlt sich überfordert.« Pat beugte sich vor. »Weißt du was, wenn wir auch weiterhin nicht vorankommen, schlage ich es ihr mal vor.« Sie wandte den Blick von Maddie zum Fenster, zwang sich zu entspannen, redete sich ein, es sei ihr gleichgültig, wie die Sache ausging. Sie sah zu den Säulen des Monuments oben auf dem Calton Hill in der Ferne hinüber und atmete tief durch. Du darfst nicht zu eifrig wirken. Sei ganz locker. Ihr war selbst nicht ganz klar, weshalb es ihr plötzlich so wichtig erschien, die Verantwortung zu übernehmen, aber so war es.

»Du sagst hier, du hättest ein paar Ideen, wie der Rest der Geschichte dramatischer werden könnte«, fuhr Maddie wie aufs Stichwort fort. Sie blätterte das Manuskript durch. »Das ist sehr gut. Und da wir das Hörspiel in der Programmplanung etwas nach hinten verschoben haben, bleibt uns auch mehr Zeit. Das sollte Viv die Möglichkeit geben, ein bisschen zur Ruhe zu kommen. Ich möchte, dass sie dabei mitmacht, Pat. Das ist ihre Geschichte«, fügte sie mit Nachdruck hinzu und warf ihr dabei einen Blick zu. Ihr schwante, dass Pat etwas im Schilde führte.

Pat nickte. Es war, als säße Medb mit im Raum. »Das kannst du ruhig mir überlassen. Ich arbeite noch ein bisschen daran und spreche mit Viv, dann melde ich mich wieder bei dir.«

Als sie auf der Straße stand, hängte sie sich ihre Tasche über die Schulter und ging schnell zur Princess Street hinauf. Dabei fischte sie ihr Handy aus der Jackentasche und rief noch mal bei Viv an. Sie hatte schon mehrere Nachrichten hinterlassen, zu denen alle Medb sie getrieben hatte, aber bislang hatte Viv nicht zurückgerufen. »Sollen wir uns treffen? Ich habe gerade mit Maddie gesprochen. Gute Nachrichten. Es gefällt ihr, was wir bislang geschafft haben. Sie hat ein paar gute Vorschläge gemacht. Eine etwas andere Gewichtung der Figuren, solche Sachen.« Sollte Viv doch glauben, dass die Veränderungen auf Maddies Anregung zurückgingen. Pat lächelte zufrieden. Das würde Medb gefallen. »Wir sollten uns wirklich bald wieder zusammensetzen. Ruf doch mal an.«

Sie legte auf und steckte das Handy in die Tasche. Dann sah sie ein Taxi. Wenn sie jetzt zum Abercromby Place zurückfuhr, würde Cathy vielleicht noch nicht zurück sein, und sie könnte den Rest des Tages an ihren neuen Ideen arbeiten.

Am selben Abend rief Viv zurück. »Tut mir leid, Pat. Ich war unterwegs. Wann sollen wir uns denn treffen?« Sie klang munter. Normal.

Sie verabredeten sich für den folgenden Vormittag.

»Geht's ihr gut?« Cathy hatte das Ende des Gesprächs mitangehört, als sie die Wohnung betrat.

»Sehr gut.«

»Du bist ja fleißig gewesen.«

Pat hatte im Wohnzimmer an ihrem Laptop gesessen, auf dem Tisch neben ihr lag *Cartimandua, Königin des Nordens,* der Boden war mit Blättern übersät. »Ich muss immer noch viel umschreiben.« Sie streckte die Arme und gähnte. »Maddie ist nicht ganz glücklich mit dem, was Viv abgeliefert hat. Ich weiß noch nicht genau, wie wir damit umgehen sollen.« Sie zögerte, plötzlich wurde ihr bewusst, was sie da gesagt hatte. Es stimmte nicht. Sie atmete tief durch. »Wir wollen den Blickwinkel ein wenig verändern. Ein paar andere, interessantere Figuren einführen. Und die Römer.« Das zumindest entsprach der Wahrheit. Oder würde der Wahrheit entsprechen, sobald sie Viv davon überzeugt hatte. Sie durchsuchte ihre geräumige Tasche nach einem Stift und ihrem abgenutzten, überfüllten Notizbuch. »Zum einen kommen viel zu viele unverständliche keltische Namen vor. Wir brauchen Figuren mit kurzen, einprägsamen Namen.«

Medb.

Maeve.

»Ich habe Maddie davon überzeugt, dass die Römer mehr Sexappeal haben. Das ganze Leder.«

Cathy schüttelte in gespielter Verblüffung den Kopf. »Das ist doch Radio, Pat, nicht Fernsehen.«

»Leder knarzt. Und Römer marschieren. Im Radio ist die Geräuschkulisse besonders wichtig.« Pat lachte.

»Mir gegenüber hat Viv die Römer überhaupt nicht erwähnt«, sagte Cathy. Sie hatte einen flachen Karton und eine Flasche Wein in der Hand. Am Nachmittag hatten die beiden kurz miteinander telefoniert, und als sich herausstellte, dass weder Pete noch Tasha zu Hause sein würden, hatten sie beschlossen, einen häuslichen Frauenabend zu machen. »Bist du dir sicher, dass sie wichtig sind?«

»Natürlich. Du hast wohl ihr Buch noch immer nicht gelesen, was? Die Römer haben England 43 nach Christus erobert, das heißt, zu Cartimanduas Lebzeiten.« Pat schaute kurz in ihre Aufzeichnungen. »Und ich werde dafür sorgen, dass in dem Hörspiel ein paar sexy römische Generäle vorkommen. Unter einem Römer können die Zuhörer sich was vorstellen. Denk an Filme wie *Ben Hur* und *Gladiator.*«

Cathy verzog das Gesicht. »Dir schwebt also Herzschmerz und Gewalt vor?«

Pat nickte. »Mengenweise. Das bietet sich bei der Geschichte förmlich an.«

»Die arme Viv. Ich bin mir nicht sicher, ob ihr das auch vorschwebt.«

»Das kommt schon noch. Überlass das nur mir.« Sie ordnete ihre Notizblätter, schloss das Notizbuch und den Laptop. Zeit, das Thema zu wechseln. »Ist das unsere Pizza?«

Cathy nickte, stellte den Karton auf den Tisch und holte zwei Gläser. »Ich hebe mir ihr Buch für die Sommerferien auf«, sagte sie und setzte sich neben Pat. »Aber Maddie hat doch nicht vorgeschlagen, dass Viv das ganze Projekt an dich abgibt?«, fragte sie, während sie den Karton öffnete. Sie reichte Pat einen Teller und eine Papierserviette.

Achselzuckend nahm Pat ein Stück Pizza. »Ich glaube, insgeheim hätte sie das ganz gern.« Auf jeden Fall hätte Medb es ganz gern. Pat runzelte die Stirn. Allmählich begann sie das Ganze selbst zu glauben. »Es könnte natürlich heikel werden, Viv zu überzeugen, das Projekt an mich zu übergeben, aber bestimmt wäre ihr das immer noch lieber, als das Hörspiel sausen zu lassen. Ihr Name würde natürlich immer noch genannt werden.« Geschickt hantierte sie mit dem Stück Pizza, von dem Käsefäden herabtropften.

Stirnrunzelnd nahm Cathy sich ebenfalls ein Stück. »Ich glaube nicht, dass das in ihrem Sinn wäre.«

Pat zuckte mit den Achseln. »Ich fühl morgen mal bei ihr vor.«

»Mach's taktvoll.«

»Natürlich.«

Später stand Pat in ihrem Zimmer am offenen Fenster, die Hand mit der Zigarette lag auf dem Sims. Sie sah dem Rauchkringel nach, der in die Nacht hinauszog, und dachte über das Hörspiel nach.

Alles, was sie an diesem Nachmittag geschrieben hatte, handelte von Medb. Medb war die Schlüsselfigur, ein starker, entschlossener Freigeist. Ein interessantes Gegenstück zu Cartimandua. Eine gute Figur, um die dramatische Spannung aufzubauen. Eine zweite Heldin. Laut Viv eine fiktive Heldin, aber trotzdem ein wichtiger Teil der Geschichte. Sie biss sich auf die Lippe. Sie zwang Vivs Geschichte einen Nebenplot auf, der im Buch nicht vorkam, aber genau dafür war sie schließlich dazugeholt worden: um Viv zu helfen. Sie wusste, was man brauchte, um einen Spannungsbogen aufzubauen.

Seufzend nahm sie einen letzten Zug von der Zigarette, drückte sie dann auf dem Fenstersims aus und warf sie hinaus. Dann schaltete sie das Licht aus und blieb einen Moment in der Dunkelheit stehen, betrachtete die blasse Silhouette des offenen Fensters. Und da merkte sie, dass neben ihr ein Gesicht aufgetaucht war, merkwürdig starre Augen, eine transparente Gestalt, die zwischen ihr und dem Tisch stand. Keuchend vor Angst schaltete sie wieder das Licht an, doch niemand war zu sehen.

Sie setzte sich aufs Bett, das Herz klopfte ihr zum Zerspringen. Wie viel hatten sie getrunken? Sie atmete tief durch und legte sich ins Bett, ließ aber das Licht brennen und hielt die Augen starr auf die Stelle neben dem Tisch gerichtet, wo sich für den Bruchteil einer Sekunde die Gestalt gezeigt hatte.

Medb.

Die neue Heldin des Hörspiels.

## III

»Weißt du, was mit Medb passiert ist, nachdem Cartimandua sie entführen ließ?« Leichenblass, mit rot geränderten Augen, drängte Pat sich an Viv vorbei und ließ sich aufs Sofa fallen.

Viv lief es eiskalt über den Rücken. »Woher weißt du denn, dass Cartimandua sie hat entführen lassen?« Ihre Augen wanderten zu ihrem Schreibtisch, auf dem der Stapel bedruckter Seiten immer höher wurde.

»Ich weiß alles! Carta hat sich für so schlau gehalten! Aus den Augen, aus dem Sinn! Sie als Sklavin zu verkaufen – eine wunderbare, eine gemeine Rache. Hat sie danach auch nur einen Gedanken an sie verschwendet? Das möchte ich bezweifeln!«

Einen Moment verschlug es Viv die Sprache. Das war ja genau wie in ihren eigenen Albträumen. Aber sie hatte mit Pat nie darüber gesprochen. Sie schluckte schwer. »Pat, woher weißt du das alles?«

»Rat mal!«, sagte Pat höhnisch. »Das hat sie mir vergangene Nacht erzählt.«

»Medb?« Viv konnte sich kaum überwinden, den Namen auszusprechen.

»Ja, Medb. Medb, die in Ketten fortgeschleppt wurde. An einen Händler verkauft wurde, der sie und ihre beiden Gefährtinnen in den Laderaum seines Schiffes warf und mit ihnen nach Gallien segelte.« Schaudernd hielt Pat inne.

Viv starrte sie mit blankem Entsetzen an. Das konnte gar nicht sein. Pat wusste nichts davon. Sie setzte sich auf die Kante des Schaukelstuhls. »Und, was ist dann passiert?«

»Was passiert ist?« Pat spuckte die Wörter förmlich aus. »Ich kann dir erzählen, was dann passiert ist. Sie haben sie vergewaltigt!«

Viv gab keine Antwort. »Das hat sie dir erzählt?«, flüsterte sie schließlich.

»Ja, das hat sie mir erzählt. Das wurde mit Sklavinnen damals gemeinhin so gemacht. Mit jungen, schönen Sklavinnen.« Pat brach in Tränen aus.

Viv starrte sie schockiert an. »Und du hast von ihr geträumt?«

Pat nickte.

»Guter Gott, Pat, was passiert bloß mit uns?« Viv klang verzweifelt. Zitternd schlang sie die Arme um sich. »Sie leben durch uns weiter.«

Pat holte tief Luft. »Willst du nicht wissen, wie's weitergegangen ist?« Zitternd suchte sie in ihrer Tasche nach Zigaretten. »Oder belegt Carta dich so mit Beschlag, dass dich was anderes überhaupt nicht mehr interessiert?«

»Sie hat versucht, Carta zu vernichten«, sagte Viv bitter. »Sie hat ihre Freundin umgebracht, ihre geliebte Hündin. Unseres Wissens war es ihre Schuld, dass Riach gestorben ist, und vergiss nicht, Medb hat ihr Baby verflucht.«

»Und sie hat gute Gründe dafür gehabt!« Pat knipste ihr Feuerzeug an, aber es wollte nicht brennen.

»Welche Gründe denn? Hat Carta ihr je Schaden zugefügt?«, fuhr Viv empört auf. »Verdammt, sie hat ihr überhaupt nichts getan. Und sie wusste auch nicht, was mit ihr passieren würde. Sie wollte Medb einfach nicht mehr um sich haben. Sie sollte irgendwohin verschwinden, wo sie niemandem mehr schaden konnte. Über die Folgen hat sie nie nachgedacht.« Jetzt erst bemerkte sie, dass Pat sich eine Zigarette anzünden wollte. »Mir wär's lieber, wenn du nicht rauchen würdest«, sagte sie widerwillig und fuhr sich mit den Händen übers Gesicht.

»Dann hast du Pech gehabt.« Endlich brannte das Feuerzeug. Pat zündete die Zigarette an und knallte es auf den Tisch. »Ich finde, du solltest mir zuhören, verdammt noch mal. Hören, was du – was sie – getan hat!«

»Rühr mich nicht an!« Medbs Stimme war schrill. »Ich bin die Frau eines Königs!«

»Ja, Schöne, das hast du schon mal gesagt!« Die beiden Männer hatten heftig getrunken, bevor sie den Laderaum betraten und Medb aufs Deck schleppten. Das große Segel über ihnen ächzte und bauschte sich im Wind, eisige Gischt wurde aufs Deck geschleudert und durchnässte sie alle, während die Männer sie vom Niedergang fortzogen. Ihre beiden Gefährtinnen waren schon früher fortgeholt worden. Seitdem hatte sie sie nicht mehr gesehen. Panisch versuchte sie, sich aus dem Griff der beiden zu befreien. »Deine Freundinnen haben sich nicht so gewehrt!« Der jüngere Mann lachte.

»Die sind auch Sklavinnen!«, fuhr Medb auf.

»Und das bist du jetzt auch, Schöne, für den Fall, dass du das noch nicht bemerkt haben solltest!« Der Kräftigere der beiden schnippte mit einem schmutzverkrusteten Finger gegen die Kette, mit denen ihre Handgelenke gefesselt waren.

Mit einem lauten Aufklatschen stürzte das Schiff in ein tiefes Wellental, und der Mann stolperte auf sie zu, riss sie beim Fallen mit sich und landete direkt auf ihr. Lachend zerrte er an ihren Kleidern, riss den Ausschnitt ihres Gewandes auf, zog an ihrem Rock.

Medb schrie, stieß verzweifelt mit den Beinen aus und wand sich unter ihm. Der jüngere Mann johlte zustimmend. »Nur zu, du Wildkatze! Wenn du ihn kastrierst, bleibt für mich umso mehr übrig!«

Als eine weitere Welle gegen den Bug prallte, taumelte er vorwärts. Der Mast knarzte, das große braune Segel begann zu klatschen.

Der kräftigere Mann packte Medb an den Handgelenken und hielt ihr die Arme über den Kopf. »Wenn du mir noch einen solchen Tritt versetzt, Schöne, schlag ich dir dein hübsches Gesicht zu Brei.«

Sein Freund drehte sich um und übergab sich durch das Speigatt. Dann wischte er sich den Mund am Unterarm ab und drehte sich wieder um. »Untersteh dich, ihr Gesicht anzurühren. Vergiss nicht, für die wollen wir viel Geld kriegen.«

»Und wir werden auch viel Geld kriegen!« Sein Gefährte drang mit roher Gewalt in Medb ein. »Je mehr Übung sie hat, desto besser wird sie. Stimmt's nicht, Schöne? Käufer mögen es nicht, wenn ihre Ware zu heikel ist!«

Als die beiden Männer schließlich von Medb abließen und sie allein auf den rutschigen Deckplanken zurückblieb, war sie nur noch halb bei Sinnen. Sie weinte nicht. Mit trockenen Augen lag sie im Brackwasser, das durch das Schlingern des Schiffs immer wieder über ihren geschundenen Körper gespült wurde. Das Wetter wurde beständig schlechter. Der Regen peitschte gegen das Segel und prasselte auf ihr Gesicht, spülte den Gestank von Schweiß und Alkohol und Erbrochenem fort, kühlte die schmerzenden Wunden unter den Eisenketten. Ächzend drehte sie sich auf die Seite und zog die Beine an, um dem Wind und Regen möglichst wenig Angriffsfläche zu bieten. Die Männer waren fort. Sie hörte nichts als das Rauschen der Wellen und den Wind in der Takelage. Sie schloss die Augen und suchte tief in sich nach einer Energiequelle. Sie wusste, wie es dazu gekommen war, dass sie hier lag. Sie hatte einen ihrer Häscher erkannt. Ein Briganten-Krieger, der Cartimandua diente. Als er sie dem wartenden Sklavenhändler übergeben hatte, hatte er ihr lange ins Gesicht gestarrt, um sicherzustellen, dass sie wusste, auf wessen Befehl hin dies geschah.

Wenn irgendetwas ihr die Kraft geben konnte, dieses Martyrium zu überstehen, dann ihre geballte Wut auf Cartimandua und ihr Wunsch, lange genug zu leben, um sich an ihr zu rächen.

»Herrin?«

Eine Stimme riss sie in die Wirklichkeit zurück. »Herrin, ist alles in Ordnung?«

Sibáel, Medbs Dienerin und Gefährtin, taumelte aus dem Schutz der Kajütentür über das Deck auf sie zu. Langsam tastete sie sich vor, um nicht das Gleichgewicht zu verlieren, und fiel schließlich neben Medb auf die Knie. Von ihren Haaren tropfte Seewasser, ihre Kleider waren durchnässt, Tränen strömten ihr übers Gesicht. Ihr Kleid war ebenfalls zerrissen, das Gesicht von blauen Flecken entstellt, zwischen ihren Brüsten am aufgerissenen Ausschnitt ihrer Tunika war eine böse Bisswunde zu sehen. »Was soll bloß aus uns werden?«

Um sie herum ging die Besatzung im Sturm ihrer Arbeit nach, als wären die Frauen gar nicht da, zogen Taue ein, schwangen die große Ruderpinne von rechts nach links, als der Wind das Schiff erfasste und es zu kentern drohte.

Schwach richtete Medb sich auf die Knie auf. »Wo ist Anu? Fehlt ihr etwas?«

Sibáel schüttelte den Kopf. »Sie ist im Laderaum. Sie haben mich geschickt, um dich zu holen. Der Sturm wird immer schlimmer.« Ihre Worte gingen im Schluchzen beinahe unter. »Wir werden sterben!«

»Nicht, wenn sie für uns Geld bekommen!« Medbs Stimme war barsch. Sie hob ihre gefesselten Hände zum Gesicht und schob sich das nasse Haar aus den Augen.

Aneinander Halt suchend, stolperten die beiden Frauen übers Deck und die Stufen hinab, die zum Laderaum führten, wo Anu allein in der Dunkelheit kauerte.

Heftig zitternd ließ Medb sich neben sie fallen, froh, dem Wind entkommen zu sein. »Wo sind die Männer?«

»Dort hinten.« Anu deutete mit dem Kopf auf die Türen hinter ihr. »In der Hauptkajüte, wo es warm und trocken ist.« Auch sie weinte. »Sie haben gesagt, wir würden vor Einbruch der Dunkelheit Land sichten.«

»Welches Land?« Mit klappernden Zähnen zog Medb ein Stück

Jute zu sich und versuchte, sich damit zuzudecken. Die Kajüte stand voller Säcke, Fässer und Kisten, es roch sauer und modrig.

»Gallien.« Anu schluchzte. »Und dort werden sie uns wie Ware verkaufen!« Sie stieß einen elenden Schrei aus. »Der Mann ...«, jammerte sie. »Der Mann, der mich vergewaltigt hat, hat gesagt, wir würden von einem reichen Mann gekauft werden. Sie werden uns anständig herrichten und uns trockene Kleider geben, damit sie einen besseren Preis für uns bekommen.«

»Ah ja.« Medb ballte die Hände zur Faust. »Bis dahin müssen wir so gut wie möglich mitspielen.« Sie holte tief Luft. »Und dann werde ich dafür sorgen, dass die Person, der wir das zu verdanken haben, teuer dafür bezahlen muss! Das könnt ihr mir glauben!«

Nachdem Pat geendet hatte, herrschte lange Zeit Stille.

Viv sah sie entsetzt an. »Das ist ja grauenvoll«, sagte sie schließlich mit heiserer Stimme.

Pat drückte ihre Zigarette auf der Untertasse aus, die auf dem Kaffeetisch stand, und griff wieder nach der Schachtel. Ihre Hände zitterten. »Das müssen wir ins Stück aufnehmen.«

Viv schüttelte den Kopf. »Das geht nicht.«

»Du machst wohl Witze! Natürlich geht das. Es ist wesentlich für die Geschichte. In dramatischer Hinsicht ist es Dynamit.«

»Für die Geschichtsschreibung spielt es keine Rolle.« Erschöpft stand Viv auf und öffnete das Fenster. »Pat, wir schreiben ein Doku-Drama über Cartimandua. Wir müssen uns, zumindest als Ausgangspunkt, an die Tatsachen halten!« Sie wandte sich um und schüttelte wieder den Kopf. »Ich weiß, dass wir mehr Dramatik brauchen, aber das ist in diesem Zusammenhang einfach nicht relevant, wo immer es herkommen mag.«

»Nicht relevant!«, wiederholte Pat fassungslos. »Cartimandua hat ihr dieses Schicksal eingebrockt!«

»Sie hat es verdient, Pat. Schau doch, was sie getan hat. Mord. Grausamer, bewusster Mord.«

»Das ist überhaupt nicht sicher!« Pat schüttelte wütend den Kopf. »Warum sollte sie jemanden ermordet haben?«

»Weiß der Teufel! Sie war eine rachsüchtige, neidische Frau.«

»Viv, du bist verrückt! Schau dir doch die Tatsachen an!« Pat brach ab, weil das Telefon klingelte.

Mit einem zornigen Blick zu Pat nahm Viv den Hörer ab.

»Wir müssen uns unterhalten.« Es war Hugh. »Es gibt ein paar Dinge, die wir besprechen müssen«, sagte er ohne jedes Wort der Begrüßung. »Kommen Sie heute ins Institut?«

Viv stöhnte innerlich und schloss die Augen. »Das geht leider nicht. Ich habe im Augenblick eine Besprechung.« Die Bilder von Medb gingen ihr nicht aus dem Kopf.

»Eine Besprechung, die wichtiger ist als ein Gespräch über die Cartimandua-Nadel?« Die Stimme, die ihr ans Ohr drang, war unerbittlich.

Sie zitterte. Das jetzt auch noch! Es war ihr einfach zu viel. Zumindest momentan. »Hugh, natürlich müssen wir uns darüber unterhalten«, brachte sie schließlich hervor. »Aber nicht heute. Ich rufe Sie an. Versprochen.«

»Ich weiß nicht, ob mir das genügt.«

»Das muss Ihnen genügen. Hugh, ich habe Besuch. Wir können jetzt nicht darüber reden.« Sie legte den Hörer weg und drehte sich wieder zu Pat um. »Das war der Prof. Der Letzte, von dem ich jetzt hören wollte ...« Sie hielt inne. »Pat? Ist alles in Ordnung?«

Pat saß da, die Zigarette zwischen den Fingern, und starrte in die Luft. Der zornige Ausdruck auf ihrem Gesicht war verschwunden. Es hatte den Anschein, als habe sie nichts von dem gehört, was Viv gesagt hatte.

»Pat?«

Viv ging zu ihr und berührte sie an der Schulter. »Was ist denn? Du bist meilenweit weg.«

Einen Moment sagte Pat nichts, dann schüttelte sie den Kopf. »Ich weiß nicht, was mit mir los ist.« Sie seufzte. »Wahrscheinlich bin ich nur müde.« Sie holte das Manuskript und ihre Ausgabe von

*Die Königin des Nordens* aus ihrer Tasche. »Wo waren wir stehen geblieben?«

Viv runzelte die Stirn. »Wir hatten noch gar nicht richtig angefangen«, antwortete sie vorsichtig. »Wir haben nur mit ein paar Ideen herumgespielt.«

»Ich kann dir eine ganze Menge zeigen«, sagte Pat. »Maddie hat es schon gesehen. Es gefällt ihr.« Sie drückte die zweite Zigarette aus und nahm die Kappe von ihrem Füller. »Jetzt schauen wir doch mal, ob wir die ersten Szenen gut hingekriegt haben, ja?«

Es war, als wäre Medbs Name nie gefallen.

# Kapitel 10

## I

*Hugh. Bitte!*

Alison drehte sich um und sah zu ihm, die Augen voller Mitleid. Der Wind bauschte ihr Haar zu einem Heiligenschein um ihren Kopf, wie sie da oben auf dem Traprain Law stand und über die Felder und Wiesen hinweg zum Meer schaute.

*Bitte. Sei vorsichtig!*

Sie streckte die Hände nach ihm aus, und er trat einen Schritt vor, um sie zu ergreifen, aber sie verblasste bereits, trieb von ihm fort.

Verzweifelt ging er auf sie zu, aber sie verschwand. Nichts würde sie hier bei ihm halten. Innerhalb einer Sekunde war sie fort, und er blieb allein zurück.

Und da hörte er sie. Die Kriegstrompete, die über den Berg hallte. Er drehte sich um, lauschte angestrengt. »Alison? Wo bist du?« Seine Stimme war dünn und schwach und hallte wie aus weiter Ferne, und wie zur Antwort erklang wieder die Carnyx, die Kriegstrompete der Kelten. Sie war jetzt näher. Vor Schreck fuhr er aus dem Schlaf.

Er lag da und starrte zur Decke, während die ersten Strahlen der Morgensonne durch die Vorhänge fielen. Am Tag zuvor hatte er das Geräusch zweimal gehört. Einmal, als er mit einer Zeitung unter dem Arm die Straße entlanggegangen war. Der Klang war wunderschön, wild und herrisch. Und dann ein zweites Mal im Garten, als er hinausging, um die Rosen zu betrachten, nachdem er mit Viv telefoniert hatte. Auch da hatte er Angst empfunden. Ihm war nicht klar, woher er wusste, was es war. Er hatte eine Carnyx zwar einmal im Museum gesehen, aber noch nie im Leben eine gehört. Sie bestand aus einem schmalen, langen Bronzerohr, das in einen Eberkopf mit aufgerichtetem Kamm mündete. Das Maul hatte ein Gelenk, sodass es beweglich war, und darüber feurig rot emaillierte Augen. Der Trompetenbläser hielt das Instrument nach oben gerichtet, sodass der Wildschweinkopf hoch über den Kriegern aufragte, wenn sein gespenstischer Klang über das Waffengeklirr hinwegschallte. Er erinnerte sich, irgendwo gelesen zu haben, dass es als eines der lautesten, komplexesten und Furcht einflößendsten Instrumente galt, die je gebaut worden waren. Das Geräusch jetzt klang bedrohlich und nicht von dieser Welt. Und jedes Mal kam es näher.

Er stand auf und zog die Vorhänge zurück, um in den hinteren Garten zu blicken. Zwei Amseln hüpften über das Gras. Bis auf die Vögel war es ganz still, da war nichts Bedrohliches. Er ging ins Bad und stellte sich unter die Dusche.

Während er wartete, dass das Wasser im Kessel kochte, rief er wieder bei Viv an. Als sich sofort ihr Anrufbeantworter anschaltete, knallte er verärgert den Hörer auf, ohne eine Nachricht zu hinterlassen. Auf seinem Schreibtisch lag der Brief des Museums. Darin standen lauter Phrasen wie: »Wenn Sie es für möglich erachteten ...«, und »Die Fibel würde natürlich einen Ehrenplatz in der neuen Ausstellung bekommen ...«, und »Wir waren Ihnen stets überaus dankbar, dass Sie in Ihrer Großzügigkeit die Fibel unserer Obhut überlassen haben ...«.

Das heißt, sie zwangen ihn zu handeln. Jetzt musste er das Schmuckstück zurückfordern. Er seufzte. Wann wollte Viv es im Fernsehen zeigen? Welches Datum hatte sie genannt? Die Geschichtssendung auf Channel 4 fand immer an einem Mittwoch statt, und ihr Buch würde bald erscheinen, also wahrscheinlich kommende Woche. Stirnrunzelnd griff er wieder nach dem Hörer. Dieses Mal wählte er Steve Steadmans Nummer.

Um halb elf war Steve bei ihm. »Es ist wirklich schrecklich nett von Ihnen, mir die ganzen Sachen zu leihen, Professor.« Der junge Mann schaute auf den Stapel von Notizen und Büchern, der auf

Hughs Schreibtisch lag. Er ließ sich nicht anmerken, dass es ihn verblüfft hatte, als Hugh anrief und fast herrisch verlangte, er solle die Unterlagen sofort bei ihm in Aberlady abholen. »Wahrscheinlich fahre ich am Wochenende nach Hause, dann kann ich alles mitnehmen.«

Hugh betrachtete ihn nachdenklich.

»Haben Sie in den letzten Tagen etwas von Dr. Lloyd Rees gehört?«

Steve verspannte sich ein wenig. »Ja, ich habe sie gesehen«, antwortete er vorsichtig.

»Und welchen Eindruck hat sie auf Sie gemacht?«

Steve zögerte. »Ein bisschen gestresst.«

Hugh entging nicht Steves Zurückhaltung. »Sicher, sie ist gekränkt, weil sie die Dozentenstelle nicht bekommen hat. Aber es gibt gute Gründe für meine Entscheidung.« Sorgfältig begann er, die Ärmel aufzukrempeln. »Möchten Sie eine Tasse Kaffee? Kaffee ist eine meiner Spezialitäten, aber Sie müssen mir versprechen, das Heather nicht zu sagen. Sie glaubt, ich könnte nicht einmal ihre Maschine anstellen, dabei bekomme ich jede Dose auf!« Er ging zur Küche, griff nach dem Kessel und sah dabei zum Fenster hinaus. Vor dem Haus stand Steves alter blauer Peugeot 205 GTi.

Hugh holte zwei Becher aus dem Schrank, dann wandte er sich wieder an seinen Gast. »Möchten Sie im nächsten Jahr für mich ein paar Stunden halten?«

Steve sah ihn ungläubig an.

»Ich vermute, Sie können das Geld ganz gut gebrauchen«, fuhr Hugh fort. »Und das wäre auch eine Hilfe für Viv. Die vielen Stunden, die ich ihr zugeteilt habe, könnten sie vielleicht überfordern.« Er griff nach dem Kaffeebehälter, schraubte den Deckel ab und roch vorsichtig am Inhalt. »Überlegen Sie's sich doch mal. Und vielleicht ein oder zwei Tutorenkurse die Woche?«

»Das ist sehr großzügig von Ihnen, Professor.« Steve runzelte die Stirn. »Aber ich möchte vorher mit Viv darüber sprechen. Ich möchte ihr nicht zu nahe treten.« Seine Stimme war fest.

»Natürlich.« Hugh gelang ein freundliches Lächeln. »Sie sehen sie ziemlich oft, stimmt's?« Er machte eine Pause und hob fragend die Augenbrauen. »Wahrscheinlich ist sie eine gute Freundin von Ihnen.« Wieder schwieg er eine Weile. Steve gab immer noch keine Antwort, also fuhr er fort: »Na ja, also wenn Sie sie sehen, könnten Sie sie daran erinnern, dass ich die Nadel brauche? Das Museum will sie zurück haben.«

»Die Nadel?« Steve blickte ihn verständnislos an.

»Sie hat sich ein wertvolles Stück aus meinem Arbeitszimmer geborgt«, sagte Hugh bedächtig. »Ich habe versucht, sie deswegen anzurufen, aber ohne Erfolg. Offenbar hat sie ständig ihren Anrufbeantworter eingeschaltet.« Er blickte Steve unverwandt in die Augen. »Sie muss sie mir bald zurückgeben, sonst sehe ich mich gezwungen, die Polizei zu informieren.«

Steve schaute ihn entsetzt an. »Wollen Sie damit sagen, dass sie etwas gestohlen hat?«

»Ich sage, dass sie sie ohne Erlaubnis geborgt hat. Gestohlen ist die Nadel nur, wenn sie sie nicht zurückgibt.«

»Sie würde nie im Leben etwas stehlen, Professor, das müssen Sie doch wissen«, erwiderte Steve hitzig. »Das muss ein Missverständnis sein. So etwas würde sie nie machen.«

»So gut kennen Sie sie also?« Hugh kniff die Augen zusammen.

»Doch, ganz gut«, gab Steve zurück.

Hugh nickte. »Ich hoffe, dass Sie recht haben. Wenn Sie sie daran erinnern, kommt sicher alles wieder ins Lot.« Er goss Wasser auf das Kaffeepulver in den Bechern, kippte etwas Milch hinein und schob einen zu Steve hinüber. »Wissen Sie, ich mag Viv eigentlich sehr gern«, fügte er hinzu. »Es wäre mir sehr unangenehm, wenn wir auf Dauer über Kreuz wären.«

Steve lächelte ein wenig spöttisch. »Sie spricht auch sehr gut von Ihnen.«

Hugh sah überrascht auf. »Ach ja?« Er lachte. »Es werden bestimmt wieder bessere Zeiten kommen. Wissen Sie, mir fehlt die Freundschaft mit ihr.« Entschlossen stellte er seinen Becher ab.

»Also gut, jetzt helfe ich Ihnen, die ganzen Unterlagen ins Auto zu bringen.«

Während sie die Bücher in den Kofferraum schichteten, schaute Hugh abrupt auf. Er hatte es wieder gehört. Den wilden Ruf der Kriegstrompete, der in der warmen Brise widerhallte. Ein Schauer lief ihm über den Rücken. »Haben Sie das gehört?«

Steve schloss den Kofferraum. »Was?« Er lauschte. »Ich habe nichts gehört, bis auf die Vögel. Sie haben einen wunderschönen Garten, Professor.« Er ging zur Fahrertür und streckte lächelnd die Hand aus. »Noch mal vielen Dank für die Aufzeichnungen und die Bücher. Das ist wirklich sehr nett von Ihnen.«

Hugh ergriff seine Hand. »Es ist mir ein Vergnügen. Lassen Sie es mich wissen, wenn ich Ihnen sonst noch behilflich sein kann.« Er erstarrte und lauschte wieder. »Sind Sie sicher, dass Sie nichts hören?«

Verwundert zögerte Steve beim Einsteigen ins Auto. »Was denn?«

»Ein Horn.« Hugh drehte sich um und sah die Zufahrt hinunter. »Eine Kriegstrompete.« Er wandte sich wieder Steve zu, und als er dessen Gesichtsausdruck bemerkte, lachte er laut auf. »Wahrscheinlich die Kinder nebenan. Oder Tinnitus? Denken Sie sich nichts, offenbar setzt bei mir schon die Senilität ein!« Er lachte wieder. »Gute Fahrt.«

Er sah dem Peugeot nach, als er zum Tor hinausfuhr, dann blieb er mehrere Minuten allein auf dem Kies stehen und hörte den Vögeln zu. Schließlich kehrte er ins Haus zurück.

## II

»Ich hab's doch gewusst!« Viv funkelte Steve wütend an.

»Ich hab dir doch gesagt, dass du ihm nichts davon erzählen sollst!«

Er war früh am nächsten Tag bei ihr erschienen, und sobald er Hugh erwähnte, ging sie in die Luft. »Das hätte ich mir ja denken können, dass du ihm alles brühwarm berichtest!«

»He, jetzt aber mal halblang!« Steve folgte ihr ins Wohnzimmer. »Zu deiner Information – von dem, was du mir gezeigt hast, habe ich kein Wort gesagt. Und jetzt hör mir doch bitte einfach mal zu, bevor du explodierst!« Geduldig erzählte er ihr alles, was Hugh gesagt hatte. Als er die Fibel erwähnte, fuhr sie wieder auf. »Ach, darum geht's also! Er lässt dich für ihn die Drecksarbeit machen. Und wahrscheinlich glaubst du ihm auch noch, dass ich sie gestohlen habe!« Sie marschierte mit geschürzten Lippen auf und ab.

Steve saß am Rand der Couch. »Ich habe keine Ahnung, was du getan hast«, antwortete er ruhig. »Wenn du sie nicht genommen hast, solltest du es ihm vielleicht sagen, denn dann war es jemand anderes!«

»Aber ich habe sie doch genommen!« Viv wirbelte herum. »Ich habe ihn gefragt, ob er sie mir borgen würde. Hat er dir das gesagt? Für eine Fernsehsendung. Nächste Woche auf Channel 4.«

Abrupt setzte sie sich hin und schlug die Hände vors Gesicht. »Weiß der Teufel, was mich dazu getrieben hat, Steve. Ich habe ihn gefragt, und er hat Nein gesagt, und da war ich so wütend! Ich habe gar nicht darüber nachgedacht. Er hat mir den Rücken zugekehrt, als wollte er mich förmlich auffordern, sie zu nehmen ...«

»Und warum gibst du sie ihm nicht einfach zurück?«

»Weil ...« Sie schwieg eine Weile. »Weil ich dann zugeben müsste, dass ich sie genommen habe. Weil ich mich dafür entschuldigen müsste. Weil ich sie brauche!« Wütend schüttelte sie den Kopf. »Ich hab das alles schrecklich vermasselt, Steve. Und jetzt weiß ich nicht mehr, was ich machen soll.«

»Kann ich sie mal sehen?« Er sah sehr ernst drein, weshalb sie sich gleich noch mieser fühlte. Als hätten sich durch ihr Geständnis ihre Rollen vertauscht, und jetzt sei er der Ältere, der Lehrer, der Hüter moralischer Aufrichtigkeit, und sie diejenige, die vom Weg abgekommen war.

Sie zog die unterste Schublade des Schreibtischs auf. Das Kästchen lag ganz hinten unter einem Stapel Papier. Sie reichte es ihm.

Er betrachtete die Fibel sehr lang durch das Acrylglas, ohne den Deckel zu öffnen. »Die ist ja wunderschön«, sagte er schließlich.

»Und von unschätzbarem Wert.«

»Kommt sie in deinen Recherchen vor?« Er deutete zu ihrem Schreibtisch.

Sie schüttelte den Kopf. »Bislang nicht. Ich habe keine Ahnung, ob sie wirklich Cartimandua gehört hat, aber so heißt sie auf jeden Fall. Die Cartimandua-Nadel.« Sie warf einen Blick zu ihm. »Du meinst also, ich soll sie Hugh zurückgeben.«

»Ich glaube, sonst gibt es wirklich großen Ärger.« Er nahm den Deckel ab und hielt das Kästchen hoch, um die Fibel noch näher zu betrachten.

»Die Fernsehsendung findet demnächst statt. So lange würde ich sie eigentlich gern behalten.«

»Und dann wirst du vor Millionen von Zuschauern zugeben, dass du sie hast? Dass du sie genommen hast?«

»Glaubst du, er will mich ins Gefängnis schicken?« Sie starrte ihn an. »Dann hätte er all seine Probleme gelöst. Was meinst du, wie lange sie mir aufbrummen würden? Fünf Jahre?«

»Viv!«

Sie schüttelte den Kopf. »Ich gebe sie nicht zurück, Steve!« Sie streckte die Hand nach dem Kästchen aus.

Er bewegte die Finger, als wollte er das kalte Email berühren.

Sie erstarrte. »Fass sie nicht an!«, sagte sie scharf.

»Entschuldigung.« Sorgsam setzte er den Deckel wieder auf und reichte ihr das Kästchen zurück. »Ich fahre am Wochenende nach Hause«, sagte er mit einem Blick zu ihr. »Möchtest du mitkommen?« Sie stand neben dem Schreibtisch, das Kästchen in der Hand. »Ein kleiner Kurzurlaub. Damit du von Hugh wegkommst. Dann hast du Zeit, dir das alles noch mal durch den Kopf gehen zu lassen.«

Sie schaute auf die Fibel. »Meinst du, er würde wirklich die Polizei einschalten?«

In dem Moment wurde die Wohnungstür aufgeschoben, und Pat erschien, außer Atem vom Treppensteigen. »Was höre ich da von der Polizei?« Sie unterbrach sich. »Entschuldigung. Die Tür war offen – störe ich?« Sie stellte ihre Tasche auf dem Boden ab. »Was ist denn das?« Sie hatte das Gold im Sonnenlicht, das durch das geöffnete Fenster hereinströmte, glitzern sehen.

»Die Fibel.« Viv wandte sich ab und steckte das Kästchen wieder in die Schublade. »Ich habe sie gerade Steve gezeigt.«

Pat runzelte die Stirn. »Hoffentlich haben Sie sie nicht angefasst.«

Er grinste. »Keine Sorge, das habe ich nicht.«

»Gut.« Sie machte eine vage Geste. »Sie besitzt eine Macht, die ausgesprochen gefährlich ist!«

»Wirklich?« Sein Grinsen wurde noch breiter. »Dann bin ich ja froh, dass ich mich nicht versucht gefühlt habe.« Er schaute zu Viv, bevor er zur Tür ging. »Sagst du mir Bescheid?«

Sie nickte. »Ich ruf dich heute Abend an, ja?«

»Wer war denn das?« Als die Tür sich hinter Steve schloss, packte Pat ihre Tasche aus.

»Einer meiner höheren Semester.«

»Wow! Ich dachte, all deine Studenten wären pickelgesichtige Pubertierende. Der ist ja erwachsen. Und sieht richtig gut aus.«

Viv lächelte. »Das werde ich ihm sagen.« Sie zögerte. »Warum hast du ihm erzählt, dass die Fibel gefährlich ist?«

Pat zuckte mit den Schultern. »Das ist mir gerade in den Sinn gekommen«, antwortete sie nachdenklich. »Oder vielleicht war es Intuition. Oder gesunder Menschenverstand.«

Viv betrachtete sie kurz, ohne etwas zu sagen. Dann wandte sie ihre Aufmerksamkeit auf Pats Manuskript. »Hast du noch mehr geträumt?« Sie warf ihr einen skeptischen Blick zu.

Zu ihrer Erleichterung schüttelte Pat den Kopf. »Aber ich habe die nächste Szene geschrieben. Lies sie doch mal kurz durch, dann können wir weitermachen.« Sie reichte ihr ein paar Seiten.

Viv nahm sie entgegen. »Allmählich bekomme ich den Eindruck, dass du das ganze Stück ohne mich schreibst«, sagte sie, während sie das erste Blatt überflog.

»Überhaupt nicht. Wir haben das alles besprochen. Einiges davon beruht auf dem, was du in deinem ersten Entwurf geschrieben hast. Ich formuliere es nur ein bisschen um.« Pat setzte sich, ohne ihrem Blick zu begegnen. »Also«, fuhr sie fort, als Viv zur zweiten Seite blätterte. »Bist du mit diesem jungen Mann zugange?«

Viv schaute nicht auf. »Sei nicht albern.« Sie verzog das Gesicht. »Pat, was du hier geschrieben hast, ist überhaupt nicht abgesprochen.«

»Aber es ist viel besser, findest du nicht?«

»Nein, das finde ich überhaupt nicht. Du hast über Medb geschrieben.«

»Darüber haben wir doch geredet, Viv. Sie ist als Figur viel zu interessant, als dass wir auf sie verzichten könnten.« Pat seufzte. »Ich habe das auch alles mit Maddie durchgesprochen. Das habe ich dir doch gesagt.«

Viv schüttelte den Kopf. »Nein, so geht das nicht. Pat, wir schreiben ein Doku-Drama, da ist kein Platz für solche Geschichten. Es mag ja alles ganz spannend sein, und ich bin mir sicher, in einem Thriller würde es wunderbar ankommen. Aber wir schreiben keinen Thriller. Wir müssen uns im Rahmen der bekannten Tatsachen bewegen.« Sie lächelte verhalten. »Tut mir leid, so geht es nicht. Komm, lass uns doch überlegen, wie wir diese Szene umschreiben können, ohne dass Medb vorkommt. Wir waren uns doch einig. Wir haben für Cartas frühes Leben rund fünf Minuten Zeit. Die eigentliche Geschichte fängt erst kurz vor ihrer Hochzeit an.«

Ihrer zweiten Hochzeit.

Pat erhob sich. »Das hat alles keinen Sinn.« Medb musste in dem Stück vorkommen. Um Medb ging das Stück.

Viv hatte einen Bleistift zur Hand genommen und strich ganze Absätze des Manuskriptes durch. Erschrocken schaute sie auf. »Was meinst du damit?«

»Ich bin nach Edinburgh gekommen, um dir zu helfen, weil ich weiß, was ein gutes Hörspiel ausmacht. Wenn du nichts auf meinen Rat gibst, kann ich genauso gut nach London zurückfahren.«

»Das ist doch dumm. Ich weiß deine Ratschläge sehr wohl zu schätzen.« Viv seufzte. »Du hast in der ersten Szene wirklich ein paar großartige Sachen geschrieben.«

»Und in dieser Szene auch. Was hast du bloß gegen Medb? Du kannst nur den Gedanken nicht ertragen, dass die Leute erfahren könnten, was wirklich passiert ist. Darum geht's dir doch.«

»Pat! Immer mit der Ruhe!«

»Ich habe dir doch gesagt, dass Maddie damit einverstanden ist. Und sie möchte, dass das Hörspiel bald fertig ist, bevor sie in Mutterschaftsurlaub geht. Wenn du ständig Probleme machst, wird die ganze Sache abgeblasen. Ich finde, du solltest das Schreiben mir überlassen, Viv. Dafür bin ich hier. Freu dich, dass das Projekt in guten Händen ist.« Pat erhob sich und sammelte ihre Blätter ein. »Also, ich lass dich jetzt in Ruhe darüber nachdenken. In der Laune, in der du bist, ist es sowieso sinnlos, mit dir zu reden.« Sie ging zur Tür und blieb dann stehen. »Ruf mich an, wenn du die nächsten Kapitel lesen willst, ja? Mir ist klar, wie schwer es für dich ist. Aber wenn du mal darüber nachgedacht hast, wirst du bestimmt einsehen, dass es das Beste ist. Das heißt, wenn du willst, dass das Hörspiel überhaupt gesendet wird.«

Nachdem Pat gegangen war, saß Viv zwei Minuten lang da und starrte zur Tür, verblüfft von Pats abruptem Abgang. Dann schaute sie wieder auf das Manuskript und las die Szene noch einmal sorgfältig. Sie handelte ausschließlich von Medb.

## III

Anu wurde gleich am Hafen verkauft. Die Frauen waren noch verdreckt, von ihrer Kleidung tropfte Seewasser, sie kauerten in einem elenden Grüppchen gefesselt am Boden, während die Fracht entladen wurde, als zwei Männer sich näherten und über sie sprachen, als wären sie Zuchtstuten. Trotzig begegnete Medb dem Blick des größeren der beiden Herren, als wollte sie ihn herausfordern, noch näher zu treten. Das tat er auch, musterte sie eingehend und unterhielt sich dabei leise mit seinem Begleiter. Dann gingen sie fort, um mit dem Schiffsbesitzer zu reden. »Ich nehme die kleine Blonde«, sagte er so laut, dass sie ihn hören konnten. »Die beiden anderen sehen aus, als könnten sie Ärger machen. Bring sie nächste Woche zum Sklavenmarkt.«

Damit war der Handel perfekt. Sie nahmen Anu die Ketten ab und schleppten sie fort. Sie sahen sie nie wieder.

Medb und Sibáel bekamen trockene Kleider und einen Kamm, um sich das Haar zu glätten, dann kaufte ein römischer Beamte sie als Bedienstete für sein Haus, das zwei Tagesmärsche landeinwärts lag. Er hatte insgesamt zwanzig Sklaven, fünfzehn arbeiteten auf dem Hof, der zu seiner Villa gehörte, und fünf im Haushalt. Sibáel und Medb waren als Dienerinnen seiner Frau Lucilla bestimmt, einer strengen Frau mit kalten, grauen Augen und breiten Wangenknochen, die die Sprache Armoricas sprach und deshalb ein wenig mit ihnen reden konnte. Medb ließ sich nie anmerken, dass sie Lateinisch verstand. »Benehmt euch gut und arbeitet hart, dann werdet ihr feststellen, dass ich eine gerechte Herrin bin«, sagte Lucilla am ersten Tag zu ihnen. »Ihr bekommt saubere Kleidung und ein gutes Bett und anständiges Essen. Wenn ich weiß, dass ich euch vertrauen kann, lasse ich euch die Ketten abnehmen. Mit Ketten könnt ihr nicht arbeiten. Meine anderen Diener werden euch sagen, dass sie hier ein gutes Leben führen. Missbraucht mein Vertrauen nicht.«

Und in der Tat, wenige Tage später entfernte ein Schmied ihnen die Ketten, dann wurden ihnen ihre Aufgaben zugeteilt. Sibáel musste in der Wäscherei arbeiten, während Medb bei Tisch bedienen sollte. »Du hast etwas Kultiviertes an dir«, sagte ihre neue Herrin. »Wahrscheinlich hast du in einem wohlhabenden Haushalt gearbeitet. Sehr gut. Du kannst den anderen noch etwas beibringen.«

Medb lächelte und nickte und schwieg. Wer sie tatsächlich war, würde sie ihrer Herrin zu gegebener Zeit sagen.

Die Frau war in der Tat gerecht. Sie belohnte harte Arbeit mit Lob und kleinen Geschenken, die den Dienern das Leben erleichterten. Sie war bei allen Bediensteten sehr beliebt, den freien und den unfreien, und wie Medb später feststellte, auch bei ihren Freunden und Familienmitgliedern. Doch die Sklaven wurden nachts eingeschlossen, und bewaffnete Wachposten patrouillierten um das Haus und das Gelände. Eine Flucht würde nicht so leicht sein, wie Medb es sich vorgestellt hatte. Selbst wenn sie es schaffte, aus der Villa zu entkommen, musste sie immer noch das Meer überqueren, um wieder nach Hause zu gelangen. Sie biss die Zähne zusammen, lächelte und arbeitete und verdiente sich Lucillas Vertrauen. Nachts lag sie wach und schmiedete Pläne. Nie kam ihr der Gedanke, dass sie sich ihr Unglück vielleicht selbst zuzuschreiben hatte. In ihren Träumen sah sie immer nur das Gesicht Cartimanduas, der Frau, der sie die ganze Schuld an ihrem Elend gab. Die Frau, die sie, wenn sie einmal frei war, mit eigenen Händen töten würde.

Seufzend schaute Viv auf und warf die Blätter auf den Tisch. Wie war Pat bloß auf die Ideen verfallen? Sie hatten nichts mit der Geschichte zu tun. Reine Erfindung. Medb war am Tag ihrer Entführung aus Cartas Leben verschwunden. Bedeutung hatte sie danach nur noch gehabt wegen des vielen Unheils, das zum Tod von Riach und dann von Cartas Kind geführt hatte. Und das war doch sicher vorbei. Sie ging zu ihrem Computer, und nach kurzem Zögern setzte sie sich davor und ließ ihn hochfahren. Es gab nur eine Möglichkeit herauszufinden, was dann passiert war.

## IV

»Aber hier ist mein Zuhause!« Carta schaute König Lugaid fassungslos an. »Du kannst mich nicht einfach wegschicken!«

»Ich möchte es auch nicht, Kind.« Lugaid hatte dieses Mädchen, die Witwe seines Sohnes, schon lange ins Herz geschlossen.

Im ersten Moment hatte er überlegt, sie einem seiner anderen Söhne zur Gemahlin zu geben. Dann hatte er kurz daran gedacht, sie selbst zu heiraten. Seit Medb mit den weißen Händen fort war, war sein Bett oft kalt. Seine älteste Frau war ihm eine gute Freundin und Begleiterin, auf seine Art liebte er sie, und sie verstand es auch noch, ihm Vergnügen zu bereiten, aber wie lange noch? Kinder konnte sie keine mehr bekommen, dafür war sie zu alt. Ihre Schönheit und ihren Charme würde sie dank Zauberei und Gebeten an die Göttinnen zweifellos noch eine Weile bewahren, aber eines Tages würde er aufwachen und eine alte Frau neben sich liegen sehen.

Doch der Erzdruide riet ihm davon ab. »Cartas Schicksal liegt bei ihrem eigenen Volk, Lugaid. Das lese ich bereits seit einiger Zeit in den Omen. Sie studiert bei mir und besucht auch Gruochs und Vivios' Unterricht am Kolleg. Sie ist begabt und lernt sehr schnell.«

»Du siehst sie also als Druidin?«

»Sie gehört bereits zum Kreis der Druiden, mein Freund, und ich bin mir sicher, wenn sie die vorgeschriebene Anzahl von Sommern studiert, wird sie eine ausgewiesene Druidin sein. Aber nein, das ist nicht die Zukunft, die ich für sie vorhersehe. Der Verlust ihres Kindes hat ihr große Kraft verliehen. Ihre Seele ist stark. Ich möchte sie zu ihrem Vater zurückschicken, und zwar in Begleitung Gruochs. Dann kann sie bei Artgenos an der Druidenschule weiterstudieren. Sie muss noch vieles lernen, aber es wird bald eine Zeit kommen, in der ihr Volk einen Herrscher von großer Kraft und Weisheit braucht.«

»Sie werden Carta wählen?« Lugaid klang ungläubig. »Aber sie hat doch Brüder. Ihre Mutter hat Brüder. Meines Wissens gibt es im königlichen Haushalt mehrere Krieger, die vor ihr infrage kommen. Fast jeder würde vor ihr infrage kommen. Sie ist eine Frau. Und noch ein Kind!«

Truthac lächelte. »Ja?« Er verschränkte die Arme unter seinem dicken Umhang. Draußen fiel aus schiefergrauem Himmel der Schnee. »Wenn sie von den Göttern erwählt ist, dann wird sie vom

Volk erwählt werden. Ja, von den Männern und Frauen ihres Stammes.« Er zuckte mit den Achseln. »Ich habe sie nach Kräften darauf vorbereitet. Jetzt muss sie in ihr eigenes Land zurückkehren.«

»Aber ihre Mitgift ...«

»Wird mit ihr zurückkehren, und dazu die Hälfte von Riachs Besitztümern. So schreibt das Gesetz es vor.« Truthac lächelte, als er die Miene des Königs sah. »So entsteht ein festes Bündnis zwischen den Votadinern und den Briganten, mein Freund. Die Omen lassen darauf schließen, dass derartige Verbindungen in der Zukunft gepflegt und weiter verstärkt werden müssen.«

## V

Als das Telefon klingelte, zuckte Viv zusammen. »Verdammt!« Sie fuhr sich mit den Händen durchs Haar. Warum musste sie gerade jetzt unterbrochen werden, wo Carta nach Brigantia zurückkehren sollte?

Sie nahm den Hörer ab, noch bevor sie in die Wirklichkeit zurückgekehrt war.

»Hallo, Viv. Hier ist Steve.« Eine Pause. »Du wolltest mich doch anrufen. Tut mir leid, störe ich dich gerade?«

Sie holte tief Luft. »Entschuldige, Steve. Ich war in Gedanken versunken.« Sie warf einen Blick auf die Armbanduhr. Wieder einmal war ein ganzer Tag vergangen.

»Du wolltest mir sagen, ob du übers Wochenende mit mir nach Yorkshire fahren möchtest.«

Nach Brigantia.

In Cartas Heimat.

»Ja, gern.« Auf ihre Antwort folgte ein langes Schweigen. »Hast du mich gehört, Steve? Ich habe gesagt, ja, schrecklich gern.« Fort von Pat, fort von Hugh. Die perfekte Lösung.

»Wunderbar!« Die Erleichterung in seiner Stimme war so groß, dass sie beinahe lachen musste.

»Unter einer Bedingung«, fuhr sie fort. »Wir fahren in meinem Auto. Ich brauche meine Unabhängigkeit. Und ich kann nur ein paar Tage bleiben – ich habe hier einfach zu viel zu tun. Geht das?«

»Natürlich.« Er grinste. Ob sein alter Peugeot die ganze Strecke bis nach Hause schaffte, war immer ein Vabanquespiel. Und irgendeiner seiner Freunde würde sich bestimmt freuen, ihm den Wagen nach Yorkshire zu bringen. Sie vereinbarten, am nächsten Morgen loszufahren, und lächelnd legte Viv auf. Sie würde etwa zur selben Jahreszeit in Ingleborough eintreffen wie Carta.

»Was hast du gesagt, seit wann deine Familie hier lebt?«

Auf Steves Anweisungen hin war sie auf immer schmalere Landstraßen abgebogen, bis sie schließlich durch ein Tor fuhren und eine steile, ausgefahrene Auffahrt hinauf auf ein graues Steinhaus zu, das von Trockensteinmauern umgeben war und im Schutz alter Obstbäume stand. Es schmiegte sich in ein wunderschönes Tal auf dem Moor am Abhang des großen Berges, auf dem Ingleborough lag.

Er zuckte mit den Schultern. »An der Grenze von Lancashire und Yorkshire schon seit Generationen.« Auf der Fahrt von Edinburgh nach Süden und Westen bis ins tiefste North Yorkshire war er immer stiller geworden.

»Also seit Hunderten von Jahren?« Sie stellte den Motor ab und lehnte sich seufzend zurück. Es war eine lange Fahrt gewesen. Die Stille um sie herum wurde nur vom Lied einer Lerche hoch oben im leuchtend blauen Himmel gestört.

Er nickte. »Da musst du meinen Vater fragen. Wenn ich mich recht erinnere, mehrere Jahrhunderte. Vielleicht Tausende.« Er lachte, dann wurde er wieder ernst. »Mum nimmt die alten Götter sehr ernst. Zu ernst, denke ich manchmal. Sei vorsichtig mit dem, was du sagst, ja?«

Sie musterte sein Profil. »Was meinst du damit, dass sie sie zu ernst nimmt?«

Achselzuckend schaute er auf das Panorama, das sich vor ihnen ausbreitete. »Sie glaubt immer noch an sie, Viv. Dad nicht. Das führt manchmal zu Spannungen.«

»Das kann ich mir vorstellen.« Sie fasste an den Türgriff. »Keine Sorge, ich werde ihr nicht widersprechen! Das ist doch wunderbar. Ein Zugehörigkeitsgefühl.« Sie öffnete die Fahrertür. »Zu wissen, dass deine Familie seit Tausenden von Jahren in dieser Gegend lebt – das ist doch fantastisch!«

»Aber wahrscheinlich nicht recht viel länger, leider.«

»Warum nicht? Willst du nicht hierbleiben?«

Er machte eine ausweichende Geste. »Ich bin kein Bauer. Ebenso wenig wie mein Bruder und meine Schwester. Wir haben die Nase voll.«

»Das ist traurig.«

Wenn er darauf eine Antwort gab, dann ging sie unter, als er ihr zum Kofferraum folgte, um seine Tasche loszubinden, die auf dem Gepäckträger befestigt war.

Er ging ihr zum Haus voraus und führte sie durch die Tür, einen mit blank gescheuerten Steinplatten ausgelegten Flur entlang, zu einem lang gezogenen Wohnzimmer mit niedriger Decke. Es war hübsch eingerichtet, neueste Zeitschriften lagen herum, und es gab ein kleines Fernsehgerät mit Video- und DVD-Rekorder, die, wie Viv vermutete, ausschließlich zum Nutzen der Pensionsgäste hier standen. So schön das leise brennende Kaminfeuer war, dies war kein Raum, in dem eine Familie lebte. Dann wäre es niemals so ordentlich. Noch während sie dastand und sich umsah, erschien Steves Mutter und nahm ihren Sohn in die Arme. Dann wandte sie sich zu Viv und hieß sie mit einem Lächeln willkommen.

Peggy Steadman war der Inbegriff einer Bauersfrau mit rosigen Wangen, blassblauen Augen und aschblondem Haar. Sie hatte etwas Übergewicht und trug eine blaue Baumwollhose und einen grauen Pullover mit V-Ausschnitt. »Steve hat uns so viel von Ihnen erzählt!«, sagte sie, als sie den beiden in den Flur vorausging.

Steve wurde verlegen. »Mum!«

»Warum denn nicht?« Peggy klang empört. »Kommen Sie mit.« Sie wandte sich an Viv. »Ich zeige Ihnen Ihr Zimmer, dann können Sie sich häuslich einrichten.«

Sie stiegen eine breite Steintreppe und dann eine zweite, schmalere Treppenflucht hinauf. »Übers Wochenende haben Sie dieses Stockwerk ganz für sich. Es gibt hier zwar drei Doppelzimmer, aber momentan haben wir keine anderen Gäste, also können Sie wählen, welches Sie möchten«, sagte Peggy über die Schulter, als Viv ihr nach oben folgte. Vom Treppensteigen ging ihr der Atem ein wenig schwer. Steve hatte die restlichen Taschen teils aus dem Kofferraum, teils vom Gepäckträger hereingetragen und war irgendwo im hinteren Teil des Hauses verschwunden.

Hinter der ersten Tür, die Peggy öffnete, lag ein helles, nach Süden gehendes Zimmer mit Blick auf den Garten. Dort standen zwei Einzelbetten und die üblichen Annehmlichkeiten, darunter auch ein Fernseher. »Dieses …« Viv wäre durchaus zufrieden gewesen, dieses Zimmer zu nehmen, aber Peggy war bereits weitergegangen. »Dieses geht nach Norden, aber von hier können Sie den Berg sehen.« Das Zimmer war dunkler als das erste, aber durch die uralten steingemauerten Fenster sah man über den Garten hinweg das Tal hinauf bis nach Ingleborough. Viv schauderte. »Es ist sehr schön.«

Peggy beobachtete sie prüfend, dann nickte sie. »Na, überlegen Sie in Ruhe, welches Sie wollen, und machen Sie's sich bequem. Wenn Sie der Familienanschluss nicht stört, folgen Sie einfach dem Lärm in die Küche und trinken mit uns eine Tasse Tee, bevor Sie die Gegend erkunden.«

Langsam ging Viv zum Fenster. Sie kniete sich auf den Boden, stützte die Ellbogen auf das steinerne Sims und starrte nach draußen. Hoch oben rasten Wolken, getrieben vom Westwind, vorüber und warfen riesige Schattenfelder auf das weiche Grün des steilen, zerklüfteten Berges, der oben zum Plateau abgeflacht war. Dort oben standen keine Rundhäuser, keine hohen Mauern, und es führte kein ausgetretener Pfad den Abhang hinauf, zumindest, soweit sie es von hier aus erkennen konnte. Aber trotzdem hatte sie das Gefühl, heimgekehrt zu sein.

Erschrocken schüttelte Viv den Kopf. Jetzt war nicht die Zeit dafür. Sie ging in den Flur zurück, schleppte ihre Reisetasche zusammen mit der Tasche, die ihren Laptop und die Notizbücher enthielt, ins Zimmer. Dann machte sie sich auf die Suche nach der Küche. Auf dem langen, sauber geschrubbten Tisch standen eine Teekanne, Tassen, ein Teller mit Keksen und ein riesiger Schokoladenkuchen. Steve saß schon dort, und Viv setzte sich auf einen Stuhl neben ihn. »Es ist himmlisch. Ich freue mich sehr, hier zu sein.«

Er lächelte, als seine Mutter Viv eine Tasse Tee einschenkte. »Es wird für dich auf jeden Fall sehr interessant sein, auf den Berg zu steigen. Zu sehen, wo früher die Festung gestanden hat. Eine Gespensterjagd!«

»Steve.« Die Stimme seiner Mutter war scharf. »Red nicht von solchen Sachen. Du verschreckst Viv noch.«

»Nein, im Gegenteil, das interessiert mich sehr.« Viv nahm einen Keks. »Steve hat mir erzählt, dass Sie immer wieder Geräusche hören. Darüber würde ich gern mehr erfahren.«

Peggy warf ihr aus Augen, die sehr an die ihres Sohnes erinnerten, einen prüfenden Blick zu und setzte sich dann ihr gegenüber an den Tisch. »Dieses Haus ist sehr alt, mindestens sechshundert Jahre, wenn nicht älter. Vermutlich hat Steve Ihnen das schon erzählt. Natürlich hört man hier Geräusche. Knarrendes Holz, Deckenbalken, die nachts ächzen. Man gewöhnt sich daran. Und der Wind. Stürmisch, wie die Gäste immer sagen. Immer der Wind. Aber manchmal ...«, sie zögerte, »... doch, manchmal hören Leute auch andere Dinge.«

»Hier im Haus?«

Peggy nickte.

»Und auf dem Berg?«

»Aber ja, dort vor allem. Es ist ziemlich weit zur Festung. Kletterer und Wanderer gehen dorthin. Aber wenn man allein ist, kommen die Erinnerungen.«

»Erinnerungen?« Viv zog die Stirn kraus. »Das ist in dem Zusammenhang ein seltsames Wort.«

Peggy nickte. »Warum sehen Sie es sich nicht einfach selbst an? Nach der langen Fahrt können Sie es sicher nicht erwarten rauszukommen. Es ist ziemlich weit, aber wenn Sie möchten, können Sie's vor dem Abendessen noch gut schaffen. Steve kann Ihnen den Weg zeigen. Womöglich hören Sie auch nichts, aber vielleicht passiert etwas. Sie haben doch keine Angst?« Sie begegnete Vivs Blick für einen Moment, und Viv glaubte, dort etwas wie eine Herausforderung zu sehen.

»Ich weiß nicht genau. Ich glaube eher nicht«, erwiderte Viv nachdenklich. »Ich hoffe nicht. Woher soll man das wissen, bis es einem passiert?«

Steve ging schweigend neben ihr her auf dem Weg, der über ein schmales Feld, durch ein Gatter in der Trockensteinmauer und über ein weiteres gepflügtes Feld führte, bis sie auf den Abhang gelangten. Die im Westen stehende Sonne warf lange Schatten, als sie den Aufstieg begannen.

»Es tut mir leid, wenn Mum ein bisschen barsch war«, sagte er nach einem Moment. »So ist sie einfach.«

Viv warf einen Blick zu ihm. »Sie gefällt mir.«

»Dann ist es ja gut.« Sein Gesicht wurde weicher. »Wenn es um die alten Geschichten und Legenden geht, kann sie sehr ungehalten werden. Manche Gäste machen sich nämlich darüber lustig.«

»Ich nicht, Steve.« Viv hob die Augenbrauen. »So gut solltest du mich eigentlich kennen.« Sie wechselte das Thema. »Hast du eine Ahnung, wie dieser Ort hieß, bevor er Ingleborough genannt wurde? Wird in den Legenden etwas von einem alten Namen erwähnt?«

Er zuckte mit den Schultern. »Meines Wissens nicht«, sagte er langsam.

»Für mein Buch habe ich lange über Namen recherchiert«, sagte sie nachdenklich. »Bevor meine zweite Quelle einsetzte.« Sie schaute kurz zu ihm. »Der Name Ingleborough ist natürlich nicht keltisch. Er ist altenglisch. Die Festung des englischen Mannes, etwas in der Art. Carta – Cartimandua«, verbesserte sie sich rasch, »nannte ihn Dun Righ.«

Steve grinste. »Die Burg des Königs. Das passt. Da drüben liegt Pen-y-gehnt«, er wies ihr mit der Hand die Richtung, »der Nachbarberg. Der Name ist eindeutig keltisch.«

Schließlich nickte Viv, denn sie bemerkte, dass Steve auf eine Reaktion wartete. »Die Namen der meisten alten Bergfestungen sind in Vergessenheit geraten oder sie wurden so stark verändert, dass man sie nicht wiedererkennt, obwohl wir anhand der Ableitungen einige erraten können. Und wenn wir die Komposita betrachten – britannische oder brythonische Vorsilben mit späteren englischen Endungen. In Fragen der Philologie hat Mhairi mir sehr geholfen. Und dass die Römer oft einfach eine lateinische Endung an den einheimischen Namen gehängt haben, macht die Sache auch etwas leichter. York war für die Römer zum Beispiel Eburacum. Das geht vermutlich auf so etwas wie Eborios zurück.«

»Dann könnte das Rigodunum gewesen sein. Die Burgfestung des Königs«, warf Steve ein.

Viv nickte. »Einige Leute sind tatsächlich der Meinung, dass das Ingleborough ist.«

Sie war außer Atem, denn der Weg war steil und stellenweise sehr uneben. Als sie höher kamen, waren hier und da Stufen in die Felsen gehauen, um den Aufstieg zu erleichtern.

»Was willst du denn jetzt mit der Fibel machen?«, fragte Steve plötzlich. Er blieb stehen und wartete, dass sie ihn einholte.

»Nichts.«

»Ist das klug?«

»Keine Ahnung.« Sie gab sich gelassen. »Solange Hugh mich nicht erreicht, kann er sowieso nichts unternehmen. Du hast ihm doch nicht gesagt, wohin wir fahren, oder?«

»Keine Sorge.« Er schaute kurz zu ihr. »Hast du sie mitgebracht?«

Sie schüttelte den Kopf. »Die Sendung ist ja schon bald. Danach kann er sie gern zurückhaben.«

»Und was, wenn dich vor dem Fernsehstudio die Polizei empfängt?«

Sie sah ihn erschrocken an. »Du glaubst doch nicht, dass er wirklich so weit gehen würde, oder?«

»Eher nicht, aber unser Professor ist ein sehr eigenwilliger Mensch. Ich würde mich nicht unbedingt darauf verlassen.«

Sie verzog das Gesicht. Jetzt wollte sie nicht über Hugh und die Fibel nachdenken. »Es ist so wunderschön hier, Steve. Weißt du eigentlich, welches Glück du hast, hier zu leben?«

Unter ihnen breiteten sich Bauernland, Moore und Wälder aus, dahinter erstreckte sich das Panorama von Heidekraut bewachsenen Berghängen und der mit Wolken getüpfelte Himmel. Einige Minuten standen sie schweigend da und nahmen alles in sich auf.

»Möchtest du den Rest des Weges lieber allein gehen?«, fragte Steve. »Ich weiß doch, dass du eine ganz besondere Beziehung zu diesem Ort hast.«

Viv warf ihm einen Blick zu. »Und du hast bestimmt nichts dagegen?«

Er schüttelte den Kopf. »Ich kann gut hier auf dich warten. Geh du nach oben und lass alles auf dich wirken. Und wenn du genug gesehen hast, komm wieder runter.«

Lächelnd berührte sie seine Hand. »Danke.« Einen Moment begegneten sich ihre Blicke. Dann wandte er sich ab.

Sie sah ihm nach, wie er sich auf den Rückweg machte, manchmal ging er, dann wieder hüpfte er über das weiche Gras, bis er ein kleines Wiesenstück erreichte, ganz in der Nähe eines großen Wollgrasbüschels. Von dort winkte er ihr zu, legte sich auf den Rücken und verschränkte die Arme über den Augen.

Entschlossen drehte sie sich um und ging allein auf den Gipfel zu.

# Kapitel 11

## I

Cathy legte den Hörer auf. Jetzt rief sie Viv schon zum dritten Mal an. Jedes Mal hatte sie eine Nachricht auf ihrem Anrufbeantworter hinterlassen und auch auf der Mobilbox, wenn sie eingeschaltet war. Cathy zog die Stirn kraus. Allmählich machte sie sich wirklich Sorgen.

Sie hatte mit einigen Kollegen über Viv gesprochen, natürlich ohne Namen zu nennen, und sie hatten sich darüber unterhalten, was diese Erfahrung bedeuten könnte. »Nein, sie ist nicht auf Drogen. Auf keinen Fall.« Die Vermutung war als Erstes geäußert worden. Viv war sich der Stimmen sehr bewusst. Wer immer es war, nahm nicht ihre Persönlichkeit an und sagte ihr auch nicht, sie solle dies oder jenes tun. Sie war nicht schizophren und auch nicht von Teufeln besessen, ob nun eingebildeten oder realen, sodass die Kirche Beistand leisten müsste. Im Gegenteil, die ganze Erfahrung war offenbar rein deskriptiv, als würde sie sich in eine Geschichte einklinken.

Vielleicht handelte es sich um Erinnerungen aus einem früheren Leben? Diese These war ernsthaft erörtert worden. Selbst in der orthodoxen Psychologie gab es heute einige Vertreter, die bereit waren, diese Möglichkeit in Betracht zu ziehen, oder die zumindest anerkannten, dass das dazugehörige lebendige Rollenspiel einen therapeutischen Effekt haben konnte. Aber auch diese Theorie passte nicht so recht. Viv wurde nicht zu Cartimandua oder sonst einer anderen Person. Sie war eine bloße Zuschauerin, die die Geschichte zu Papier brachte. Die sie nach rund zweitausend Jahren schließlich und endlich in allen Details erzählte.

Sie war eine Göttin. Das hatte Viv doch gesagt, als sie sich beim letzten Mal am Telefon darüber unterhalten hatten?

Cartimandua habe direkt zu ihr gesprochen. »Cathy, sie sieht mich. Ich bin mir sicher, sie sieht mich ebenso deutlich, wie ich sie sehe. Nicht immer. Meistens hat sie anderes zu tun. Sie ist in ihrer eigenen Welt. Aber dann hält sie inne. Sie geht zum Heiligtum. Sie öffnet sich für andere Welten. Durch Beten – Meditation –, ich weiß nicht wie. Aber es ist eine direkte Leitung, die in meinem Kopf endet!«

»Und sprichst du auch zu ihr?« Cathy hatte das sehr leise gefragt, die Stirn vor Konzentration gerunzelt.

Viv zögerte. »Manchmal. Ich kann einfach nicht anders. Ich sollte ihr einen Rat geben, ihr helfen. Schließlich weiß ich doch genau, was passiert.«

»Und kann sie dich hören?«

Wieder zögerte Viv kurz. »Ich weiß es nicht. Ich kann es nicht festhalten. Sobald ich mich einmischen will, verliere ich den Kontakt.«

Das war das letzte Mal, dass sie miteinander gesprochen hatten. Jedes Mal, wenn Cathy ihr vorschlug, mit Pat darüber zu reden, ging Viv auf Distanz, wirkte misstrauisch. Und jetzt war sie auf keinem ihrer beiden Telefone zu erreichen.

Am anderen Ende der Wohnung knallte eine Tür, und sie hörte Stimmen. Petes tieferes Brummen, dann ein warmer Mezzosopran. Verdammt, Greta war immer noch hier. Seufzend ging Cathy zur Tür ihres Arbeitszimmers. Zeit, ihren Platz zu behaupten.

Pat saß allein im Wohnzimmer an ihrem Laptop. Cathy setzte sich ihr gegenüber. »Waren das Pete und Greta?«

Pat machte eine vage Geste. »Ehrlich gesagt, habe ich nicht so genau hingehört.«

Cathy nickte. Das war gut nachvollziehbar. »Ich habe noch einmal versucht, Viv zu erreichen«, sagte sie. »Ich habe ihr sogar eine E-Mail geschrieben. Sie reagiert einfach nicht.«

Pat speicherte ihr Dokument. »Mach dir keine Sorgen, sie taucht schon wieder auf.«

»Aber triffst du dich nicht jeden Tag mit ihr?«

»Momentan nicht. Es gibt genug, an dem ich auch ohne sie arbeiten kann«, antwortete Pat ausweichend. Sie blickte auf. »Maddie ist ganz froh, wenn ich den Großteil übernehme. Das habe ich dir ja schon gesagt. Ich zeige es Viv, aber sie hat offenbar das Interesse verloren.«

Verwundert sah Cathy sie an. »Seltsam, das kann ich mir eigentlich gar nicht vorstellen.« Sie schwieg und überlegte, welche Gründe ihre Freundin haben könnte, so urplötzlich abzutauchen. »Hat sie dir gesagt, dass sie wegfahren wollte oder so?«

»Nein.«

»Und bei Maddie hat sie sich auch nicht gemeldet?«

»Weshalb sollte sie denn?« Pat klang empört. »Maddie hat mir das Projekt übergeben.« Sie stand auf und nahm ihren Laptop. »Den bringe ich mal nach oben in Sicherheit, solange du dich um deine Familie kümmerst.« Jetzt waren wieder Stimmen zu hören. Pete und Greta standen in der Küche und stritten sich.

Abrupt blieb Pat auf halbem Weg zur Tür stehen. »Sie wird doch nicht krank geworden sein, oder?« Sie warf einen Blick zu Cathy. »Oder hat sie einen Unfall gehabt oder so etwas? Gibt es jemanden, der das wissen könnte? Jemanden an der Uni?«

»Da ist sie im Augenblick nicht allzu wohlgelitten«, sagte Cathy langsam. »Aber wahrscheinlich sollte die Sekretärin wissen, wenn sie weggefahren ist. Aber wieso verschwindet sie einfach so, obwohl ihr zusammen an dem Projekt arbeitet?«

»Beim letzten Mal war sie ziemlich angespannt.« Pat schüttelte den Kopf. »Und wie gesagt, ich glaube, ihr ist klar, dass ich auch ohne sie gut vorankomme.«

»Vorankommen ohne wen?« Die Tür ging auf, und Tasha hüpfte in den Raum; die letzte Bemerkung hatte sie gerade noch gehört.

»Viv, wenn's dich was angeht, Fräulein Naseweis!«, sagte Pat nachsichtig. Geistesabwesend griff sie nach ihrer Zigarettenschachtel.

»Wahrscheinlich hat Professor Graham sie umgebracht«, meinte Tasha. »Hat sie nicht gesagt, dass er das gern tun würde?«

»So ungefähr.« Cathy verkniff sich ein Lächeln.

»Na, und jetzt will Mum Dad umbringen«, fuhr Tasha fort. »Hört ihr sie nicht? Dad hat vergessen, was zu besorgen, obwohl er's versprochen hat, und jetzt ist sie fuchsteufelswild.«

»Oh mein Gott!« Cathy erhob sich. Es war zu spät. Greta stand bereits in der Tür. Was immer sie hatte sagen wollen, erstarb ihr auf den Lippen, sobald sie die Zigarette in Pats Hand sah. »Ich hoffe, Sie haben nicht die Absicht, mein Kind dieser entsetzlichen Sucht auszusetzen. Ich gestatte niemandem, in ihrer Gegenwart zu rauchen.«

Pat schaute auf die Zigarette. Der Mund stand ihr offen, und einen Augenblick schien sie sprachlos.

»Ich habe Pat erlaubt, hier zu rauchen, Greta«, log Cathy, während Tasha sich aufs Sofa fallen ließ und ein Kissen über den Kopf zog. »Das ist meine Wohnung. Ich habe weder dich noch Tasha heute Vormittag hier erwartet.« Sie schürzte die Lippen. »Vielleicht möchtet ihr beide wieder zu Pete in die Küche gehen?«

Greta warf Pat einen Blick zu, in dem nichts als Verachtung lag, und ging dann wieder in den Flur hinaus.

Pat sah ihr nach. »Wow!«, flüsterte sie. »Der arme Pete. Warum in drei Gottes Namen hat er sie je geheiratet?«

»Wegen ihrer Beine«, antwortete Cathy spöttisch. »Das behauptet er zumindest. Entschuldige mich bitte einen Moment.« Sie ging zur Tür.

Pat drückte ihre Zigarette im Aschenbecher aus. »Irgendwie lohnt sich das jetzt gar nicht mehr.«

»Nicht einmal als Akt gesunder Aufsässigkeit?« Cathy grinste sie über die Schulter hinweg an.

»Wie du mir immer wieder sagst, ist gesund in diesem Zusammenhang vermutlich nicht ganz das richtige Wort.« Pat lachte heiser.

Sie wartete, bis Cathy verschwunden war, dann folgte sie ihr mit einem Lächeln in den Flur.

Oben in ihrem Zimmer wartete bereits Medb auf sie.

## 11

Viv stand allein oben auf dem Berg und blickte zum östlichen Horizont. Vor ihr zogen sich im Dunst Bergkämme bis in die Ferne hin, hinter ihr verschwand die Sonne im diesigen Licht. Nur das Rauschen des Windes war zu hören, bis ein hoch über ihr kreisender Bussard einen klagenden Schrei ausstieß.

Sie schauderte und wünschte sich, Steve wäre bei ihr.

Das Areal der ehemaligen Bergfestung, umgeben von einem eingefallenen, rund eine Meile langen Steinwall, war ungefähr halb so groß wie das auf dem Traprain. Das wusste sie aus ihren Aufzeichnungen, aber die Landschaft war völlig anders. Um Traprain erstreckte sich flaches Ackerland, in der Ferne lag das Meer. Hier war nichts zu sehen als einsame, hügelige Moore. Das Meer lag irgendwo weit im Westen, aber im Dunst konnte sie es nicht ausmachen. Allerdings hatte es auch hier, ebenso wie in Traprain, aus Steinen gemauerte Rundhäuser gegeben und eine florierende Gesellschaft. Handwerker und Bergarbeiter in den Bleiminen, aber auch Krieger und Druiden. Irgendein Wanderer, der wohl noch nie vom Bewahren archäologischer Spuren gehört hatte, hatte einige Steine dieser Häuser zu einem kreuzförmigen Unterstand aufgeschichtet, sodass man im Windschatten sitzen konnte. Andere Steine waren zu Haufen aufgeschichtet worden. Abgesehen davon, stand hier oben nur eine trigonometrische Messsäule. Plötzlich befiel sie ein Gefühl überwältigender Einsamkeit.

Jetzt wurde sie sich auch des eisigen Windes bewusst. Schaudernd warf sie einen Blick auf die Uhr. Es war schon spät, und sie wurden auf der Farm zurückerwartet. Hatte sie wirklich gehofft, hier mit Carta in Kontakt zu kommen? Einfach so? Als könnte sie einen Schalter anknipsen oder zum Hörer greifen?

Sie zögerte. Als eine kalte Windbö ihr das Haar zerzauste, machte sie kehrt und ging den steilen Pfad zurück zu der Stelle, wo Steve auf sie wartete.

Als sie schließlich zum Haus zurückkamen, war auch Gordon Steadman heimgekehrt. Er war ein gebeugter, drahtiger Mann Ende sechzig mit sich lichtendem grauem Haar und einem wettergegerbten Gesicht, eine ältere, vom Leben gezeichnetere Version seines Sohnes. Nun wurde Viv klar, dass Steve das Nesthäkchen war; sein Bruder und seine Schwester waren zehn und zwölf Jahre älter als er. Als sie in die Küche kamen, wusch sich Gordon gerade die Hände, seine zwei Collies lagen neben der Kommode auf dem Boden. Sie wedelten freundlich mit dem Schwanz, verhielten sich aber ruhig, als Gordon Viv herzlich begrüßte und sie zu ihrem Platz am Tisch führte. Während sich alle Peggys Fleischpastete und Gemüse schmecken ließen, unterhielt sie sich mit ihm und stellte fest, dass dieses Haus und dieses Tal sein ganzes Leben ausmachten.

Mit einem Achselzucken antwortete er auf Vivs Frage, wie lang seine Familie bereits in diesem Haus lebte. »Seit es Aufzeichnungen gibt, und davor auch schon.« Er lächelte nachdenklich. »Seit Anbeginn der Zeit, denke ich mal.«

Viv spürte, wie sich eine Gänsehaut auf ihren Armen bildete. »Das muss ein unglaubliches Gefühl sein. Meine Eltern haben nirgends länger als zehn Jahre gelebt, und ich glaube, meine Großeltern auch nicht.«

»Aber Sie haben einen walisischen Namen.«

Viv nickte. »Wir kommen aus Nord-Wales und sind sehr stolz darauf. Aber jetzt leben meine Eltern in Australien. Die Wurzeln werden gekappt, wie ja heute bei den meisten Familien.«

»Heute ist vieles nicht mehr ideal.« Gordon Steadman schürzte die Lippen. »Ich habe zugesehen, wie sie mein Vieh abgeschlachtet haben, das seit Hunderten von Jahren auf diesem Land gezüchtet wurde. Tot. Einfach so. Auf den Befehl eines Idioten hin, der irgendwo weit weg in London an einem Schreibtisch sitzt. Ich darf nicht mehr selbst wissen, ob mein eigenes Vieh gesund ist oder nicht. Uns wird gesagt, wir müssen uns an die Vorstellung gewöhnen, dass wir uns mit nichts mehr auskennen.«

Einen Moment herrschte Stille. Peinlich berührt schaute Viv auf ihren Teller. Sie konnte sich überhaupt nicht vorstellen, wie es gewesen sein musste, als hier die Maul- und Klauenseuche grassierte, und wie es Menschen wie den Steadmans gelungen war, das zu überstehen. Aus dem Augenwinkel sah sie, dass Peggy kurz die Hand ihres Mannes berührte. Er zog sie rasch zurück, und Viv sah, dass ein Anflug von Zorn über Peggys Gesicht huschte.

Hastig stand Steve auf, um die Teller fortzuräumen. »Erzähl Viv doch von den Geistern, Mum. Sie interessiert sich wirklich dafür.«

Ein guter Einstieg, um das Thema zu wechseln. Peggy wandte sich an Viv. »Hier im Haus oder oben auf der Festung?«

Viv zuckte mit den Schultern. »Beides. Am liebsten Geister aus der Eisenzeit, denn das ist die Zeit, über die ich forsche.«

Peggy lachte freudlos, dann erhob sie sich und holte aus dem Kühlschrank eine Schüssel Obstsalat. »Normalerweise sind die Leute nicht so wählerisch. Meistens hören wir einfach nur Geräusche. Leute, die in der Ferne schreien. Schwerterklirren. Das wird vom Wind hergeweht.«

»Das ist alles nur Einbildung!«, widersprach Gordon scharf.

Viv sah zu ihm. »Ich könnte mir vorstellen, dass es im Winter hier etwas unheimlich ist.« Draußen fielen die letzten Strahlen der untergehenden Sonne auf die kargen Berge.

»Nicht nur im Winter«, antwortete Steve unbefangen. Er verteilte die Schälchen, die seine Mutter gerade gefüllt hatte. »Du würdest dich wundern, wie unheimlich es wird, wenn nachts der Nebel über den Bergen aufsteigt. Wenn wir im Obstgarten Awd Goggy hören, das Ungeheuer.« Er grinste zu Peggy hinüber. »Oder den Werwolf in den Bergen.«

»Viv ist bestimmt nicht hergekommen, um Gespenster und böse Geister zu sehen, Steve«, sagte sein Vater streng. »Sie ist eine ernsthafte Historikerin.«

»Das stimmt.« Viv versuchte vergebens, der Verlockung der ihr angebotenen Sahne zu widerstehen. »Aber ich interessiere mich auch für Geister und Gespenster. Für alle Arten von Phänomenen.

Wer weiß, inwieweit solche Dinge uns bei unserer Forschung helfen könnten, wenn wir nur wüssten, wie wir sie interpretieren oder verifizieren müssen.« Sie warf einen Blick zu Steve. Die Spannung zwischen seinen Eltern war ihr unangenehm. Aber Steve widmete sich seinem Obstsalat.

Peggy nickte ernst. »Ja, doch, das stimmt. Das sage ich auch immer wieder zu Steve. Die Welt ist nicht nur schwarz und weiß. Es gibt Millionen von Tönen dazwischen.«

Viv lächelte. Steve hatte recht. Seine Mutter würde sie verstehen. Aber Gordon nicht. Er schaute nicht von seinem Schälchen auf und beteiligte sich bis zum Ende des Essens nicht mehr am Gespräch.

Als der Tisch abgeräumt war, bemerkte Viv, dass auf dem Regal zwischen den vielfach benutzten Kochbüchern ein Buch über Heilkräuter stand.

»Das ist auch etwas, womit ich mich beschäftige«, sagte sie. »Ich würde gern herausfinden, welche Heilmittel damals verwendet wurden, um eine Fehlgeburt zu verhindern.«

»Ach, da kann Mum dir sicher weiterhelfen«, meinte Steve mit einem Lächeln. Er legte seiner Mutter einen Arm um die Schultern und drückte sie. »Sie ist quasi die Dorfhebamme.«

»Wirklich?«, fragte Viv erstaunt.

»Nein, überhaupt nicht«, sagte Peggy bestimmt. »Ich helfe nur manchmal, wenn die Hebamme oder der Arzt nicht rechtzeitig herkommen können. Mehr nicht. Im Winter sind die Höfe hier oben manchmal von der Außenwelt abgeschnitten.« Sie warf einen Blick zu ihrem Mann. Bisweilen waren die Höfe auch auf Anordnung der Regierung von der Außenwelt abgeschnitten gewesen. Gordon war vom Tisch aufgestanden und schlüpfte gerade in seine Jacke, die beiden Hunde wuselten schwanzwedelnd um ihn herum. Er hatte seine Frau offenbar nicht gehört. »Kommen Sie mit.« Sie fasste Viv am Arm. »Wir sehen mal nach. Steve, begleite doch deinen Vater.«

Peggy sah den beiden Männern nach, wie sie die Küche verließen, dann ging sie mit Viv den Flur entlang in ein kleines Zimmer, in dem an allen Wänden Regale standen. Auf einigen waren Bücher aufgereiht, auf anderen Glasgefäße und Flaschen. In einer Ecke gab es einen alten Schreibtisch, in einer anderen ein Sofa, über das eine bunte Decke geworfen war. »Meine Kräuterkammer.« Peggy bedeutete ihr einzutreten und schloss die Tür hinter ihr. »Als ich in dieses Haus kam, war dies das Zimmer meiner Schwiegermutter. Sie hat mir alles beigebracht, was sie über Kräuter wusste. Setzen Sie sich doch, meine Liebe.« Sie lächelte. »Das ist ein Zimmer nur für Frauen. Steve und Gordon dürfen es nicht betreten.«

Viv ließ sich auf die hohe Couch nieder und saß dann wie ein Kind mit baumelnden Beinen da. »Es riecht wunderbar.«

Peggy lächelte. »Das sind die Kräuter. Früher habe ich die Heilmittel in der Küche hergestellt, aber seitdem ich Pensionsgäste habe, muss ich ein bisschen vorsichtig sein. Mir ist es lieber, wenn niemand davon weiß.«

»Vorschriften?«, fragte Viv verständnisvoll.

Nach kurzem Zögern nickte Peggy. »Ja, Vorschriften. Der arme Gordon. Bitte verzeihen Sie seinen Ausbruch beim Abendessen.«

»Das muss damals wirklich entsetzlich gewesen sein. Er hat Glück, Sie zu haben.«

»Dafür sind Frauen wohl da.« Peggy biss sich auf die Lippen. »So, und jetzt sehen wir mal nach wegen Ihrer Fehlgeburten.«

»Vielleicht sollte ich Ihnen erst einmal erzählen, was ich glaube, was sie verwendet haben. Wir reden von der Eisenzeit. Die Frau, bei der die Fehlgeburt verhindert werden sollte, war wohl im fünften oder sechsten Monat. Ich habe mir die Namen notiert und von unserer Expertin für die keltische Sprache nachschlagen lassen, und sie hat mir ein paar Namen aufgeschrieben, wie sie wohl auf Gälisch hießen. *Copan an druichd,* was meines Wissens Perlkraut oder auch Frauenmantel ist; *muca faileag,* die bei uns Hagebutten heißen; *sgiteach,* also Mehlbeeren, die Früchte des Weißdorns; *preas subh chraobh,* Himbeeren, und *seilleach,* also Weide.«

Peggy nickte. »Etwas anderes hätte ich auch nicht verordnet. Das sind drei traditionelle Heilmittel. Himbeerblätter, und nicht Himbeeren, dazu Weidenrinde, die ist der Ursprung von Aspirin, als Schmerzmittel.«

»Hätten sie geholfen?«

Peggy zuckte mit den Schultern. »Das hängt vom Grund für die Fehlgeburt ab. Wenn die Frau schon Krämpfe hat und zu viel Blut verliert, ist es nahezu unmöglich, die Fehlgeburt zu verhindern, selbst heute noch. Ruhe. Beruhigungsmittel. Etwas, um die Krämpfe zu lindern und die Gebärmutter zu entspannen. Mehr kann man in solchen Fällen nicht tun. Mehlbeeren sind gut, sehr entspannend. Frauenmantel hilft nicht, um eine Fehlgeburt zu verhindern, aber wenn sie bereits eingesetzt hat, ist er ein gutes Schmerzmittel, und dasselbe gilt für Himbeerblätter. Die werden heute noch als Heilmittel verwendet. Rosen sind auch gut für Unterleibsgeschichten. Es klingt, als hätte Ihre Kräuterfrau aus der Eisenzeit sehr genau gewusst, was sie tat.«

»Ja, das stimmt wohl.« Einen Moment hing Viv ihren Gedanken nach.

»Haben Sie archäologische Hinweise auf diese Heilmittel gefunden?« Peggy verschränkte die Arme und lehnte sich an den Schreibtisch. »Beim Krankenhaus, das sie oben in Soutra ausgraben, haben sie ein paar verblüffende Entdeckungen gemacht. Steve hat mir davon erzählt.«

»Das ist ein Ort aus dem Mittelalter.« Viv runzelte die Stirn. »Bei mir geht es um eine frühere Zeit. Eine viel frühere.«

»Sie haben auch römische Heilmittel gefunden«, erzählte Peggy. »Gefäße, in denen noch Spuren von Salbe sind. Solche Sachen. Oder nicht?«

Viv nickte. »Bei mir sind das nur Mutmaßungen«, sagte sie langsam. »Um ganz ehrlich zu sein, ich ...« Sie zögerte. »Ich habe es, na ja, geträumt.«

»Was heißt ›na ja‹?«

»Davon erzähle ich Ihnen ein anderes Mal.« Viv erhob sich.

»Also gut.« Peggy betrachtete ihr Gesicht. Ihr Blick war nicht mehr freundlich, sondern unbehaglich durchdringend. »Ich hoffe,

Sie fühlen sich hier wohl bei uns, meine Liebe. Fragen Sie mich, wenn Sie etwas brauchen, und fühlen Sie sich ganz wie zu Hause.« Als sie zur Küche zurückkehrten, blieb Peggy am Fuß der Treppe stehen. »Gehen Sie doch bitte nicht allein zur Festung hinauf. Das Gelände dort oben ist sehr unwegsam. Man kann leicht stürzen und sich noch leichter verirren.« Sie zögerte kurz, als wollte sie noch etwas anfügen, ging dann aber schweigend in die Küche weiter.

## III

Es war ein strahlender Sommertag. Ein Tag, an dem man sich freute, am Leben zu sein, aber Hugh war dank Viv ganz krank vor Sorgen. Jemand grüßte ihn im Vorbeigehen. Er hatte denjenigen nicht erkannt, hatte ihn nicht einmal wahrgenommen. Er blieb stehen und drehte sich suchend um. Aber unter den Leuten um sich herum kam ihm keiner bekannt vor.

Bei Viv hatte sich niemand gemeldet, weder am Telefon noch bei ihr in der Wohnung, als er, nachdem er die Tausende von Stufen hinaufgestiegen war, an der Tür geläutet hatte. Stirnrunzelnd ging er jetzt die High Street hinunter, vorbei an der Kirche St. Giles mit ihrem wunderschön durchbrochenen Turm, am Parlament und dem Heart of Midlothian, wo früher einmal das Gefängnis gestanden hatte, und wich den Touristen aus, ohne sie wirklich wahrzunehmen.

Plötzlich fasste er einen Entschluss, machte kehrt und ging ins Institut. Zu seiner Überraschung war Heather dort, obwohl es Samstag war. Er begrüßte sie mit einem Lächeln und ging dann in sein Büro hinauf, schloss die Tür sorgsam hinter sich ab und sah sich misstrauisch um. Jemand war hier gewesen. Das spürte er sofort. Er ging zu seinem Schreibtisch und betrachtete ihn genau. Seitdem er aufgeräumt hatte, merkte er, ob etwas angerührt worden war. Aber alles war genau so, wie er es hinterlassen hatte. Es herrschte peinlichste Ordnung. Er zog die oberen Schubladen auf.

Soweit er feststellen konnte, war nichts verstellt worden. Er richtete sich auf und sah sich wieder im Zimmer um, dann schüttelte er den Kopf, ging zur Tür, riss sie auf und marschierte zum oberen Treppenabsatz.

»Heather?«, rief er.

Ihr Gesicht erschien in der Tür ihres Büros, verwundert sah sie zu ihm hinauf.

»Ist jemand in meinem Zimmer gewesen?«

»Nein, Professor. Niemand.« Sie trat in den Flur hinaus. »Fehlt etwas?«

Er schüttelte den Kopf. »Nein, alles in Ordnung.« Er drehte sich um und sah, dass Mhairi Mackenzie in der Tür ihres Büros stand und ihn anstarrte. Sie war eine hübsche Frau mit mausgrauen Haaren, die sich selbst in seinen freundlicheren Momenten vor Hugh fürchtete. »Stimmt etwas nicht, Professor?«, fragte sie verschreckt.

Wieder schüttelte er den Kopf. »Entschuldigung, mir war nicht klar, dass noch jemand hier ist. Mhairi, haben Sie jemanden mein Zimmer betreten sehen?«

»Nein. Ich hätte es ja gehört, wenn jemand den Flur entlanggegangen wäre. Hier war's den ganzen Tag still wie in einem Grab.«

»Sehr passend!« Die schneidende Bemerkung des Professors ließ Mhairi zusammenzucken. Er marschierte in sein Büro zurück. Sie sah ihm einen Augenblick nach und zog sich dann in ihr eigenes Zimmer zurück.

Nervös schaute Hugh sich wieder in seinem Büro um. Er spürte doch, dass jemand hier war, aber er konnte niemanden sehen. Er wagte es nicht, sich zu bewegen. Verstohlen betrachtete er noch einmal alles ganz genau. Hier gab es kein Versteck. Neben den Aktenschränken? Hinter der Tür? Unter dem Schreibtisch? Jeder Zentimeter war voll gestellt mit Büchern, Kartons, Akten, Stühlen. Am altmodischen Kleiderständer mit den ausladend geschwungenen Haken hing nur ein alter Schal, den einer seiner Studenten dort vergessen und nie mehr abgeholt hatte.

Widerwillig setzte er sich an seinen Schreibtisch, dann umklammerte er ihn mit weißen Fingern. Und in dem Moment hörte er es wieder. Den fernen Trompetenschall und dazu das Geräusch von Pferdehufen. Guter Gott, er war drauf und dran, den Verstand zu verlieren!

Er sprang aus dem Stuhl hoch, schob panisch das Fenster auf und beugte sich weit hinaus. Während er langsam und tief durchatmete, trocknete allmählich der Schweiß auf seinem Gesicht. Dann drehte er sich wieder um, knallte das Fenster zu und wurde von einer Woge des Zorns überrascht.

Vor Entsetzen verlor er beinahe den Halt. Was zum Teufel war bloß in ihn gefahren? Er ließ sich in seinen Stuhl fallen und spürte, dass ihm wieder Schweiß auf die Stirn trat. Das war nur wegen der gestohlenen Fibel. Und das war Vivs Schuld. Na, er hatte ihr ja die Wahl gelassen. Wenn er jetzt die Polizei verständigte, hatte sie sich das selbst zuzuschreiben. Ohne noch länger nachzudenken, griff er zum Hörer.

# Kapitel 12

## I

Hoch oben am Himmel trillerte eine Lerche, die Strahlen der Morgensonne fielen auf die weichen Grasbüschel. Viv war sehr früh aufgewacht und saß jetzt, in eine Jacke gehüllt, mit verschränkten Beinen im Windschatten einer Steinmauer, ihr Notizbuch auf dem Schoß. Sie schrieb sehr schnell. In ihrem Kopf war es ebenfalls Ende Juni. Der sanfte, warme Westwind trug in sich den Duft des Sommers von vor zweitausend Jahren.

Carta blickte zu den hohen Klippen empor, die diese Seite Dun Righs schützten, und zu den Steinwällen mit den Wachhäuschen, von denen sie das nördliche sehen konnte; die beiden anderen waren außer Sicht auf der anderen Seite des Plateaus auf dem hohen Berg, auf dem sie geboren war. Sie horchte auf den widerhallenden Hornruf, der ihre Ankunft ankündigte. Hinter ihr schlängelten sich über eine Meile hinweg die Karren und Streitwagen der Männer und Frauen, die sie und ihre Besitztümer begleiteten. Sie umklammerte das Geländer und verspannte sich ein wenig, als ihr Wagen, gelenkt von Fergal, über die steile, steinige Straße holperte, die sich den Abhang hinaufwand.

Körperlich hatte sie sich von der Fehlgeburt rasch erholt, und soweit die Menschen in ihrer Umgebung es feststellen konnten, hatte sie den Verlust überwunden. Dass sie immer noch mit bitterem Zorn und tiefem Kummer um Riach trauerte, ahnten wohl nur vier Menschen, Mairghread und Gruoch, die sie beide freiwillig in das Königreich ihres Vaters begleiteten, ihr Barde Conaire und Fergal, mit dem sie während ihrer Genesung sehr viel Zeit in ihrem Wagen verbracht hatte. Sie war gut sechs Jahre fort gewesen, und die junge Frau, die nun in die Bergfestung der Setantier zurückkehrte, war sehr viel gebildeter, selbstsicherer und nachdenklicher als das ungestüme Mädchen, das den Ort mit zwölf Sommern verlassen hatte.

Als sie vor dem großen Rundhaus ihres Vaters aus dem Wagen stieg, erwartete er sie mit ausgebreiteten Armen, Fidelma an seiner Seite. Seine Umarmung war herzlich, aber schwach, und sie sah sofort, dass ihm etwas fehlte. Er war nicht mehr der starke, lebensfrohe Mann, der an ihrer Hochzeit teilgenommen hatte. Sein Gesicht war hager, sein Haar ergraut, die Arme unter den goldenen Reifen kraftlos.

Nachdem Carta ihre Mutter zur Begrüßung geküsst hatte, sah sie mit Überraschung, dass diese sofort ins Haus der Frauen zurückkehrte. Ihren Platz an der Seite des Königs nahmen zwei große, gut aussehende Krieger ein, deren Lebenskraft und Männlichkeit seine Schwäche nur noch hervorhoben. Sobald sie ins Haus gingen, nahm einer von ihnen, Cartas ältester Bruder Triganos, unauffällig den Arm seines Vaters, und, dort angekommen, half er ihm, sich zu setzen. Der zweite Mann folgte ihnen dicht auf. Carta missbilligte die Anwesenheit des Fremden, der ihre Mutter bei diesem Wiedersehen verdrängt hatte. Sie musterte ihn forschend, begegnete seinem Blick mit kalten Augen und erschrak, als sie in ihm Venutius erkannte. Der Junge, der sie als Kind gequält hatte, war nun offenbar Häuptling und König ihrer nächsten Nachbarn, der Carvetier. Er war im besten Mannesalter. Sein Gesicht war mittlerweile mit blauen Spiralwirbeln tätowiert, aber seine Augen hatten noch dieselbe intensiv goldbraune Farbe, und sie blickten auch immer noch so hart, abschätzig und missbilligend drein wie damals. Während ihr Bruder und ihr Vater lächelten, las sie in seinen Augen nichts als Feindseligkeit und Trotz.

Entschlossen wandte sie sich von ihm ab und sah sich im dunklen Rundhaus um, in das immer mehr Menschen drängten. Offenbar war er nicht der Einzige, der Missbilligung empfand. Statt der uneingeschränkten herzlichen Begrüßung, die sie erwartet hatte, war die Stimmung in der ganzen Siedlung angespannt. Jetzt erhob sich Triganos, um sie förmlich willkommen zu heißen, und es war

Triganos' Barde, der zum Klang seiner Silberglocken, dem Symbol seines Amtes, die Worte des Lobs und der Freude und des Willkommens sprach, dass sie unter das Dach ihres Vaters zurückgekehrt war. Ihr Vater sagte nichts, ebenso wenig wie Venutius.

Während des anschließenden Festes, inmitten des lauten Treibens und der Musik, beobachtete sie ihren Vater eingehend. Er aß so gut wie nichts. Ihre Mutter gesellte sich nicht zu ihnen. Erst am nächsten Tag hatte Carta Gelegenheit, unter vier Augen mit Triganos zu sprechen. »Was ist mit ihm passiert? Warum war Mutter nicht auf dem Fest? Warum freut sich niemand, dass ich wieder hier bin?«

Ihr Bruder betrachtete sie traurig. »Wir freuen uns sehr, dass du wieder hier bist, Carta. Das musst du mir glauben. Aber Vaters Gesundheit lässt nach. Vor etwa vier Monden hatte er ein böses Fieber, von dem er nicht richtig genesen ist. Obendrein wurde er, als wir vor vierzehn Tagen auf der Jagd waren, von einem Eber angegriffen. Nicht schlimm, er wurde nicht ernstlich verletzt, aber er hat eine Narbe davongetragen. Wir haben alle gehofft, dass er sich davon erholen und weiterhin unser König sein würde, aber so wird es leider nicht sein. Die Ältesten der Setantier und der Briganten sind der Ansicht, dass wir einen neuen König wählen müssen. Es ist an der Zeit. Mutter ist anderer Meinung. Sie ist verärgert. Das ist der Grund, weshalb sie nicht beim Fest dabei war. Diese ganzen Sorgen haben uns davon abgehalten, dich so willkommen zu heißen, wie es sich gehört hätte. Es tut mir leid.«

Carta ließ sich auf einer Bank nieder. »Armer Vater.«

»Er genießt bei seinen Männern keinen Respekt mehr, Carta. Er kann sie nicht mehr führen. Es ist Zeit, dass er zurücktritt und sein Alter genießt.« Er machte eine vage Geste. »Sprich mit ihm. Er wird dir sagen, dass er sich nicht gegen diese Entscheidung wehrt. Er will zu Samhain zurücktreten. Sollte es nötig sein, wird bis dahin sein erwählter Nachfolger die Männer führen.«

»Und wer ist sein erwählter Nachfolger?« Carta hob fragend die Augenbrauen.

»Das werde mit großer Wahrscheinlichkeit ich sein. Niemand anderes ist im Gespräch.« Ihr Bruder grinste. Er war groß und kräftig, sah gut aus, war nicht entstellt, genau der Mann, den die Götter erwählen würden. Und das Volk.

»Dann wird dein Traum ja wahr.« Sie lächelte wehmütig. »Und was ist mit Fintan? Mit Bran und Oisín? Sind sie auch dieser Meinung?« Ihre Brüder und die Söhne der Schwester ihres Vaters waren alle von königlichem Geblüt, alle waren denkbare Kandidaten. Die Setantier würden sich wünschen, vom besten Mann des Stammes geführt zu werden, aber dass er Anführer des gesamten Bündnisses werden sollte? Das war eine andere Sache. »Und was ist mit den Häuptlingen der anderen Stämme?«, fragte sie leise. »Sie werden auch ein Wort mitreden wollen. Schließlich muss der Anführer der Briganten nicht notwendigerweise ein Setantier sein.« Sie sah ihn neugierig an.

»Nein, aber es hilft.« Er grinste.

»Und was ist mit Venutius? Warum ist er nicht bei seinem Volk?« Sie tat ihr Bestes, nicht misstrauisch zu klingen.

Der junge Mann sah sie überrascht an. »Du erinnerst dich also an ihn?«

»Natürlich erinnere ich mich an ihn!«, erwiderte sie hitzig. »Wie könnte ich ihn vergessen haben! Warum ist er hier?«

Triganos zuckte mit den Achseln. »Er kommt von Zeit zu Zeit zu Besuch. Vielleicht ist er gekommen, um dich zu begrüßen.«

Carta lachte verächtlich. »Das halte ich für unwahrscheinlich. Vielleicht hat er einen anderen Grund. Vielleicht will er Hochkönig werden.«

Triganos schüttelte den Kopf. »Er weiß, dass ich Anspruch auf das Amt habe.«

Carta wiegte zweifelnd den Kopf. Vielleicht hatte er recht. Ihr eigener Kindertraum, Königin zu werden, war mit Riach gestorben. Wäre er als Nachfolger seines Vaters zum Anführer der Votadiner erwählt worden, dann wäre sie seine älteste Frau gewesen, seine einzige Frau – das hatte er ihr geschworen – und seine Königin. Aber dazu würde es jetzt nicht kommen. Sie verschränkte die Arme und wandte sich von ihrem Bruder ab. »Und was soll aus mir werden?« Es gefiel ihr gar nicht, diese Frage zu stellen. Das zeugte von Schwäche. Ihre Stimme klang in ihren eigenen Ohren jämmerlich, fast flehend.

Triganos starrte sie überrascht an, als läge die Antwort zu dieser Frage auf der Hand. »Es ist meine Aufgabe, dir einen neuen Mann zu suchen, Schwester.« Er nahm sie in die Arme. »Ich werde jemand ganz Besonderen für dich finden. Einen kraftvollen Häuptling. Vielleicht sogar einen König. Wir stellen eine Liste mit Namen zusammen, und du kannst wählen. Du weißt, ich würde dich nie zwingen, jemanden zu heiraten, den du nicht haben willst.«

»Das würdest du in der Tat nicht wagen!« Sie klang schärfer als beabsichtigt. »Das wäre gegen das Gesetz.« Sie entzog sich seiner Umarmung und trat in die Tür. Zu dieser Tageszeit war das Haus des Königs dunkel und leer. Die Sonne war gewandert, keine wärmenden Strahlen fielen mehr auf die nach Süden ausgerichtete Tür. Lediglich das Feuer, das schwach in der Mitte des Raumes glomm, erhellte den Raum ein wenig. In der Siedlung war es ruhig. Nur aus der Schmiede drang bisweilen ein Hämmern und aus dem Haus des Steinmetzes gegenüber das regelmäßige harte Geräusch, wenn die Meißel auf dem Fels auftrafen. Einige Frauen saßen mit ihren Handmühlen draußen in der Sonne, andere spannen oder nähten, und dabei unterhielten sie sich und sangen. Die meisten Männer gingen weit außerhalb des Ortes ihrer Arbeit nach, waren auf den Feldern oder mit den Sklaven in den Bleiminen oder bei den Rindern und Schafen auf den umliegenden Mooren. Die Krieger übten ihre Geschicklichkeit im Umgang mit Schwert, Pfeil und Bogen und Schleuder. Die Männer und Frauen von Cartimanduas Gefolge hatten sich verteilt; einige waren in den Pferdestallungen untergebracht, andere im Haus der Männer und wieder andere im Quartier der Bediensteten.

Carta wohnte nicht im Haus ihres Vaters. Ihr war eines der größten Gästehäuser geschenkt worden. Dort sollte sie es sich zusammen mit Mairghread und Gruoch und ihren engsten Gefährtinnen behaglich einrichten. An der Rundmauer des Hauses lagen die kleinen privaten Kammern, ganz ähnlich wie in Dun Pelder, doch im Vergleich dazu war die Siedlung ihres Vaters schäbig. Hier und dort fielen Hauswände ein, an den Strohdächern hatten sich Vögel gütlich getan, der große Schutzwall zerfiel. Als sie ihre Umgebung betrachtete, sank ihr das Herz. Mehrere Hühner scharrten in der Erde. Daneben schlief ein Hund in der Sonne, ohne auf sie zu achten. Bei dem Anblick verzog Carta schmerzlich das Gesicht. Der Hund erinnerte sie an Catia. Kurz krampfte sich ihr Herz zusammen in Erinnerung an ihre treue Hündin, die ihr eine so gute Freundin gewesen war. Seitdem hatte kein anderes Tier diesen Platz mehr eingenommen. Sie liebte all ihre Hunde und Pferde gleichermaßen, aber jetzt war kein Hund ständig um sie, der ihr zu Füßen saß und auf ihrer Türschwelle schlief. Sie hatte sich mit Riachs Hunden zufriedengegeben, und die waren in Dun Pelder geblieben.

»Was ist passiert, Triganos?« Sie wandte sich wieder ihrem Bruder zu. »Vater mag ja krank sein, aber er ist der Hochkönig der Briganten. Er besitzt viele Rinder und viel Gold. Es gibt ein Dutzend Bergfestungen, unter denen er wählen konnte, warum also bleibt er hier?« Dies war der Ort, den sie geliebt hatte, das Zuhause ihrer ureigenen Göttin, doch die mangelnde Instandhaltung und eine gewisse Vernachlässigung waren nicht zu übersehen.

»Wir sind nur noch diesen Sommer hier.« Triganos schüttelte den Kopf. »Vater hat angeordnet, dass auf der anderen Seite der Berge in Dinas Dwr eine neue, große Siedlung gebaut wird. Die Dächer und Wände werden gerade erneuert und der Ort zu einem Handelszentrum erweitert. Dorthin ziehen wir, bevor der nächste Winter einsetzt.« Er wirkte ein wenig unsicher, er hatte seine Heimat nie zuvor mit nüchternen Augen betrachtet. Solange er hier zu essen bekam und ein Dach über dem Kopf hatte, war er zufrieden.

Carta sah ihn entgeistert an. »Und in der Zwischenzeit darf die große Siedlung des Königs der Setantier, Dun Righ auf Peny Righ, dem Berg des Königs, zu einer Ansammlung von Bauernkaten verkommen!« Sie verzog das Gesicht. »Willst du damit sagen, Vater hat gestattet, dass hier alles so verfällt?«

Mürrisch zuckte Triganos mit den Schultern. »Es ist nicht seine Schuld. Die Kühe haben dieses Jahr nicht gut gekalbt. Die Götter haben nicht über uns gewacht, und Vater hat ihre Gunst verloren.«

»Dann ist es seine Schuld.« Sie schürzte die Lippen. »Und es ist deine Aufgabe, ihre Gunst zurückzugewinnen«, fügte sie hinzu. Sie spürte, wie ihre frühere Ungeduld mit ihrem Bruder wiederkehrte. Seine Trägheit, sein Hochmut waren ihm immer noch zu eigen.

»Das werde ich auch.« Ärgerlich sah er sie an. »Ich warte auf den Rat der Druiden. Ich habe gefragt, welche Opfer die Götter verlangen, und in der Zwischenzeit schmiede ich eigene Pläne.« Er zog sie von der Tür fort und senkte die Stimme. »Ich plane einen Überfall auf die Länder der Parisier. Sie haben sehr viel Vieh. Ein paar Tiere werden ihnen nicht fehlen.«

»Aber das sind unsere Verbündete, Triganos!« Carta war entsetzt. »Sie gehören zum Bündnis der Briganten, oder so war es zumindest unter Vaters Herrschaft. Du wirst keinen Erfolg haben, wenn du unsere engsten Freunde verärgerst. Das wäre dumm. Und diese Überfälle wegen Rindern sind sinnlos. Wenn wir neues Vieh brauchen, ist es doch viel besser, es einzutauschen.«

»Unsinn!«, widersprach er abschätzig. »Ihnen wird ein kleines Handgemenge genauso viel Spaß machen wie uns. Nichts bringt das Blut besser in Wallung als eine Schlacht oder zwei!« Er bemerkte nicht, wie taktlos seine Bemerkung war, und er sah auch nicht den Schmerz im Gesicht seiner Schwester, als wie zur Bestätigung eine Gruppe junger Männer auf dem Weg zum Kampfplatz an der Tür vorbeiging. Ihre munteren Rufe schallten in den stillen Raum hinein.

»Und was ist mit dem Handel? Wie steht es damit?«, fragte Carta unverblümt. »Die Briganten haben doch die Kontrolle über die Routen, auf denen Gold und Sklaven und Hunde aus Erin in unsere Häfen gelangen. Wir bauen in den Bergen Blei ab und produzieren auf unseren Feldern Getreide. Wir sollten reich sein!«

»Wir sind reich.« Triganos tat sein Bestes, die Vorwürfe seiner Schwester zu entkräften. »Vater hat die ganzen Arbeiten in Dinas Dwr veranlasst, und auch hier wird etwas gebaut. Das ist teuer, und die Häuptlinge wehren sich, wenn sie zu viele Abgaben bezahlen müssen. Wenn sie nicht willig sind, ist es schwer, die Steuern bei ihnen einzutreiben.« Er ging zur Tür. »Lass es gut sein, Carta. Es genügt, dass du zu Hause bist, stifte keinen Unfrieden. Es hat schon alles seine Ordnung. Komm, du hast noch gar nicht meine Frau Essylt kennengelernt. Es ist Zeit, dass du sie begrüßt.«

Schweren Herzens folgte sie ihm. Natürlich war er verheiratet. Wie sollte es anders sein? Nur hatte ihr niemand davon erzählt. Als sie den Raum betraten, wo Essylt mit einem Säugling an der Brust am Feuer saß, überflutete sie wieder eine Woge der Einsamkeit. Essylt war einige Sommer jünger als Carta, helles, fast weißes Haar hing ihr in dicken Zöpfen über den Rücken, und ihre kornblumenblauen Augen lächelten, als sie Carta willkommen hieß. »Sei gegrüßt, Schwester. Ich habe mich so darauf gefreut, dich kennenzulernen.« Ihre Stimme war sanft und scheu. »Komm, gib deinem Neffen einen Kuss.« Sie nahm das Kind von der Brust und hielt es Carta entgegen.

Carta zögerte. Der Anblick des Kindes versetzte ihr einen quälenden Stich. Überwältigt von ihrem Verlust und ihrer Sehnsucht, konnte sie sich einen Moment nicht bewegen.

»Carta?« Triganos konnte den Grund für ihre Zurückhaltung nicht begreifen. »Nimm ihn doch«, forderte er sie voll Stolz auf. »Ist er nicht ein Prachtkerl? Das ist Finn, mein ältester Sohn!« Er drückte seiner Frau einen Kuss auf den Scheitel, und sie sah liebevoll zu ihm auf.

Carta zwang sich zu lächeln. Irgendwie gelang es ihr, die Arme auszustrecken und das Kind zu halten, es an sich zu drücken. Sie guckte in das kleine Gesichtchen mit dem blonden Haarflaum, sah die kleinen Hände, die wild umherwedelten, die milchigen Schaumblasen um seinen Mund. Der Kleine fixierte sie ernst und verzog dann die Lippen zu einem Lächeln.

Zärtlich küsste sie seine Stirn und drängte ihre Tränen zurück. »Er ist wunderschön. Möge der Segen der Göttin ihn begleiten.« Ihre Stimme war heiser.

»Triganos!« Fidelma trat ein. »Wolltest du mir nicht Bescheid geben, sobald Cartimandua hier ist?« Sie erfasste die Situation auf den ersten Blick. Der Säugling kehrte in die Arme seiner Mutter zurück, Triganos wurde fortgeschickt, und Fidelma führte ihre Tochter zu einer Nische, wo sie unter vier Augen reden konnten, während Essylt sich mit mütterlicher Liebe wieder ihrem Kind zuwandte.

Bis sie dem forschenden Blick ihrer Mutter begegnete, hatte Carta ihre Tränen getrocknet und ihre Fassung wiedergewonnen.

»Mit der Zeit wird es besser werden, Kind.« Die ältere Frau ließ sich nicht täuschen. »Du wirst andere eigene Kinder bekommen. Auch ich habe Kinder verloren. So ist es nun mal. Aber zum Trost habe ich dich und deine Brüder.« Mit einem leicht spöttischen Blick sah sie Triganos nach, ein Lächeln umspielte dabei für einen Moment ihre Lippen. »Lass dir Zeit, bis du wieder heiratest, Carta«, fügte sie verständnisvoll hinzu. »Warte, bis du den Richtigen getroffen hast.«

Carta nahm ihre Hand. »Der Richtige ist gestorben, Mutter. Niemand kann ihn ersetzen.«

»Aber du wirst wieder heiraten.« Es war keine Frage.

»Natürlich. Später.« Carta verzog das Gesicht. »Wenn ich einen geeigneten Mann kennenlerne.«

Fidelma lachte in sich hinein. Carta war in der Tat erwachsen geworden. Sie fragte sich, ob irgendein Mann, den ihre Tochter heiratete, ein allzu geruhsames Leben führen würde. Aber sie würde in mehr als einer Hinsicht eine gute Partie sein.

»Warum warst du gestern nicht auf dem Fest, Mutter?« Carta betrachtete ihr Gesicht. Selbst im schwachen Licht konnte sie die Sorgenfalten sehen. »Ich wollte bei Essylt bleiben.« Fidelma kniff trotzig die Lippen zusammen. »Es waren auch ohne mich genügend Leute da.«

»Du billigst es nicht, dass Triganos Vaters Platz einnehmen will?«

Fidelma zuckte mit den Schultern. »Die Entscheidung liegt nicht bei mir. Wenn seine Ratgeber unter den Druiden es für richtig halten, dann muss es so sein.« Sie hielt kurz inne. »Dein Vater ist müde«, räumte sie ein. »Vielleicht ist es an der Zeit, dass er zurücktritt. Aber ist Triganos der Richtige, um ihm nachzufolgen?«

Carta runzelte die Stirn. »Triganos ist dein Sohn!«

»Und ich betrachte ihn auch mit dem Stolz einer Mutter. Aber ich kann die Situation auch nüchtern beurteilen.« Fidelma seufzte. »Ich sehe seine Schwächen ebenso wie seine Stärken.«

»Ihm fehlt nur Erfahrung, Mutter«, verteidigte ihn Carta.

Fidelma nickte.

»Du möchtest doch nicht, dass Venutius Vaters Nachfolge als Hochkönig antritt?«, fragte Carta misstrauisch.

»Nein.«

»Dann unterstütz Triganos, Mutter. Gib ihm von deiner Kraft und deiner Erfahrung.« Carta lächelte. »Von dir nimmt er sie an!«

Fidelma lachte leise auf. »Ich werde es versuchen, mein Herz. Doch, das werde ich versuchen.«

Als Carta später vor den Schutzwall der Siedlung trat, blickte sie zum westlichen Meer hinüber. An klaren Tagen konnte man über das glitzernde Wasser hinweg bis zur Insel Manannan sehen, die auf halbem Wege nach Erin lag. Heute war es diesig, zarte Wolken verhüllten die fernen Berge. Ihr wurde bewusst, dass ihr die klare, helle Sicht auf das kalte Nordmeer fehlte mit seinen großen, von Tölpeln bevölkerten Felsen. Die Frische, die beständig und doch immer anders war. Sie war in ihrer sanften, vom Regen gesegneten Heimat zur Fremden geworden.

Unter ihr, in einer Mulde im Moor am Rand des Waldes, lag das Druidenkolleg, eines der angesehensten der ganzen britannischen Inseln. Gruoch hatte versprochen, solange wie nötig bei Carta zu bleiben, aber es zog sie ins Gästehaus des Kollegs. »Es ist wichtig, dass ich meine Kollegen hier kennenlerne und meine Studien fortsetze.« Sie hatte sanft eine Hand auf Cartas Arm gelegt. »Und das musst du auch, wenn sich dein Schicksal erfüllen soll.« Die beiden jungen Frauen hatten sich einen Moment in die Augen geblickt.

»Und was ist mein Schicksal?«, flüsterte Carta. »Wann werde ich wieder heiraten? Und wen? Werde ich eines Tages ein anderes Kind bekommen? Ich habe die Götter angefleht, es mir zu sagen, aber sie schweigen. Wird Medbs Fluch immer währen?« Tränen traten ihr in die Augen.

Gruoch machte eine ausweichende Geste. »Das kann ich nicht wissen, Carta. Das erfährst du nur von den Göttern. Befrage die Omen. Deine Lehrer sagen, dass du eine begabte Seherin bist. Jetzt ist die richtige Zeit, deine Gaben einzusetzen. Befrage die Zeichen. Erfahre, was von dir verlangt wird.«

Zu ihren Göttern zu beten, war für Carta so selbstverständlich, wie Atem zu schöpfen. Sie befragte sie, wütete gegen sie, flehte sie an, brachte ihnen Opfer dar. Ihre Stimmen waren überall. Im Wind in den Bäumen, im Lied der Vögel, im Rauschen des Wassers, das in den breiten Flüssen dahinströmte, im Tosen des Wasserfalls und im Echo der Berge. Während sie jetzt über den steilen Hang ging und dabei den Schlucklöchern auswich, die in die hallenden Höhlen führten, die nur die Götter zu betreten wagten, blieb sie stehen und lauschte. Der Westwind wisperte durch das weiche Gras, als sie gedankenversunken dastand, die Kapuze ihres Umhangs über den Kopf gezogen. Sie war allein. Hier würde niemand sie belästigen, und auf diesen Bergen, die ihre Heimat waren, gab es keine Gefahr von Fremden, und doch sprachen die Stimmen zu ihr von Gefahr.

*Vivienne?*

Sie sprach den Namen laut aus.

*Vivienne? Erzähl mir von der Zukunft. Sag mir, wo mein Schicksal liegt!*

Es kam keine Antwort.

Während sie dort stand, flog eine Schar kleiner Vögel aus den Ginsterbüschen vor ihr auf. Es war ihr zur zweiten Natur geworden, sie zu beobachten, ihrem Gezwitscher zu lauschen, auf die Richtung zu achten, in die sie flogen, auf die Botschaften zu achten, die sie ihr mitteilten. Einen Herzschlag später sah sie, wie die Vögel plötzlich kehrtmachten und in die Büsche zurückflatterten, und da fiel auch schon ein Schatten auf das Gras zu ihren Füßen. Sie blickte unter ihrer Kapuze hervor in den Himmel und sah hoch über sich die wachsame Silhouette eines Seeadlers. Dann hörte sie seinen Schrei.

Sie spürte, wie sich ihre Nackenhaare aufstellten. Was das Gras flüsterte, entsprach der Wahrheit. Irgendwo in der Zukunft lauerte Gefahr, nicht sofort, nicht nahe, doch irgendwo dort in den Schatten war sie und wartete.

## II

Mit einem Ruck wachte Viv auf. Sie saß im Windschatten einer Mauer, ihr Blick war auf die Berge und Felder im Westen gerichtet. Mittlerweile stand die Sonne hoch am Himmel, und es wurde zunehmend wärmer. Plötzlich spannte sie sich an und lauschte. In der Ferne war Pferdegetrappel zu hören. Einen Moment blieb sie reglos sitzen, dann stand sie langsam auf und drehte sich um, beschattete die Augen vor der Sonne, während sie zum eingestürzten Schutzwall schaute und jenseits davon in den Dunst. Das Geräusch kam näher. Mehrere Pferde im schnellen Galopp. Jetzt hörte sie auch das Klirren von Zaumzeug, das Klacken von Hufen auf Steinen, aber sie konnte nichts sehen. Hoch über ihr zog ein Bussard im Aufwind seine Kreise, sie hörte seine klagenden Schreie, die über die Berge hallten. Das Getrappel wurde noch lauter. Es war direkt um sie. Dann war es vorüber, verhallte allmählich, nur das Knirschen der Steine war noch zu hören, kurz darauf erstarb es völlig. Erschüttert sah sie sich um. Nichts und niemand war zu sehen. Wenn Reiter auf dem Pfad in ihrer Nähe vorübergeritten waren, dann mussten sie unsichtbar gewesen sein.

Als Viv schließlich zur Farm zurückkehrte, erschöpft von ihrer zweiten langen Wanderung innerhalb von zwei Tagen, fand sie

Peggy allein in der Küche. Die Männer waren offenbar schon am frühen Morgen zum Heuen aufs Feld gegangen. »Die beiden müssen bald nach Ihnen aufgebrochen sein.« Peggy stellte eine Kanne mit Kaffee und etwas Toast vor sie. »Sind Sie sicher, dass Sie nicht etwas Herzhafteres zum Frühstück möchten, meine Liebe?«

Viv schüttelte den Kopf. Auf dem langen Weg vom Gipfel herab hatte sich ihre Angst ein wenig gelegt, aber sie war noch immer aufgewühlt. Nach kurzem Zögern erzählte sie Peggy, was passiert war. »Es war, als wären sie direkt an mir vorbeigeritten. Der Boden hat regelrecht gezittert.«

Peggy nickte und setzte sich Viv gegenüber an den Tisch. »Im Lauf der Jahre haben so viele Leute davon erzählt, dass ich mich daran gewöhnt habe.«

»Ist das eine Art geologische Täuschung? Ein Echo von Reitern, die meilenweit entfernt sind, das durch die Höhlen und Schlucklöcher übertragen wird und dort oben aus dem Boden kommt?« Bei Peggys nüchterner Reaktion entspannte sich Viv etwas und plötzlich fühlte sie sich am Verhungern. Sie griff nach dem Glas selbst gemachter Marmelade.

Peggy schüttelte den Kopf. »Nein, nichts dergleichen. Ein paarmal waren Leute hier, um Untersuchungen durchzuführen. Einmal ist sogar das Lokalfernsehen gekommen. Es sind galoppierende Pferde, da sind sich alle einig. Man hört das Leder knarren, die Pferde schnauben. Sie haben versucht, die Geräusche aufzunehmen, aber auf den Bändern war nichts zu hören.«

Viv hielt kurz mit dem Essen inne und betrachtete das Gesicht ihrer Gastgeberin. »Sie glauben doch nicht, dass es Gespenster sind?«

Peggy zuckte unbekümmert mit den Achseln. »Ich habe keine Meinung dazu. Es ist eben so. Hier in der Gegend passieren viele merkwürdige Dinge. Deswegen ist die Region so besonders. Das Land ist voller Leben, voller Erinnerungen an die Vergangenheit und, wer weiß, vielleicht auch an Echos der Zukunft.« Sie schenkte Viv Kaffee nach. »Steve hat mir gesagt, dass Sie in Ihrem Buch über die Festung schreiben.«

Viv nickte. »Darf ich Ihnen etwas dazu erzählen? Etwas, was mit mir passiert?« Sie zögerte und sah beklommen zu Peggy. Steve hatte gesagt, dass seine Mutter sie verstehen würde. »Ich habe ein bisschen Angst, darüber zu reden, weil ich manchmal denke, ich werde verrückt.« Sie verstummte kurz, dann fuhr sie fort: »Meine beste Freundin ist Psychologin. Ich habe ihr davon erzählt, und sie hat mich beruhigt und gemeint, ich sei lediglich zu sehr vom Thema meines Buchs vereinnahmt, eben ganz die Psychologin, aber ...« Sie zögerte wieder. »Na ja, ich glaube, Sie wissen, wovon ich rede.«

Peggy hörte schweigend zu, als Viv die ganze Geschichte vor ihr ausbreitete, unterbrach sie nur einmal, um ans Telefon zu gehen, und einmal, um neuen Kaffee zu machen. Bis auf Vivs Stimme und das Ticken der alten Uhr auf dem Regal über dem Herd war es still in der Küche. Als Viv geendet hatte, saß sie da, ihren leeren Becher in der Hand, und starrte vor sich hin.

Schließlich schaute Peggy auf. »Ich glaube nicht, dass Ihre Freundin recht hat«, sagte sie langsam. »Als Psychologin sucht sie natürlich nach gängigen Lösungen für Ihr Problem. Das ist nicht unbedingt hilfreich. Sagen Sie – macht Ihnen das alles eher Angst, oder interessiert es Sie?«

Viv zuckte mit den Achseln. »Beides.«

Peggy nickte. »Ich glaube, Sie sollten entscheiden, welches Gefühl stärker ist. Wenn es Sie eher ängstigt, müssen Sie sofort damit aufhören. Vergessen Sie es. Wehren Sie sich dagegen, und dann dürfen Sie sich nie wieder darauf einlassen.« Sie sah Viv fest in die Augen. »Wenn Sie nicht damit aufhören wollen, dann müssen Sie ein paar Regeln aufstellen. Was immer – wer immer – sie ist, sie ist in Ihrem Kopf, aber das darf sie nur zu Ihren Bedingungen.«

»Ihrer Meinung nach ist sie also real. Glauben Sie, dass ich besessen bin?«

»Nein, das glaube ich nicht. Aber es könnte sein, dass Sie benutzt werden, und ich vermute, dass das zumindest anfangs auf Ihr Betreiben hin geschah. Sie haben einen Kontakt hergestellt, aber der sollte nur dann bestehen, wann Sie es wollen.«

Peggy stand auf und lehnte sich an den Herd. »Ich bin keine kluge Psychologin wie Ihre Freundin und ich gehe nicht in die Kirche.« Sie hielt kurz inne und musterte Vivs Gesicht. »Ich rede frei von der Leber weg. Solche Sachen passieren. Da draußen«, sie deutete zur Decke, »sind Menschen aus anderen Zeiten, vielleicht auch aus anderen Dimensionen, wer weiß schon, woher sie kommen, aber sie haben Geschichten, die sie erzählen möchten. Wir können sie willkommen heißen und ihnen zuhören, wir können sie aber auch wegschicken. Das liegt ganz bei uns. Das geht nur uns und sie was an. Aber es ist ganz natürlich. Sie brauchen keine Angst davor zu haben. Aber Sie müssen stark sein.«

»Sie sagen also, dass es normal ist.«

»Es wäre normal, wenn die Menschen sich dem öffnen könnten.«

Viv stützte ihr Kinn auf die Hände.

Peggy schob den Kessel auf die Kochplatte. »Sie haben gesagt, dass diese Carta Ihnen Dinge erzählt, die Sie vorher nicht wussten. Die niemand weiß?«

Viv nickte. »Es könnte reiner Unsinn sein.«

»Das ist möglich. Oder es könnte die Wahrheit sein. Machen Sie sich keine Gedanken darüber. Hören Sie ihr doch einfach zu.« Sie lächelte. »Das ist es doch, was Sie möchten, oder?«

Viv nickte.

»Also, dann schreiben Sie weiterhin auf, was sie Ihnen erzählt. Sie sind eine Autorin, das sagt Steve jedenfalls, also schreiben Sie. Und erst, wenn Sie alles aufgeschrieben haben und die Geschichte zu Ende ist, brauchen Sie zu entscheiden, was Sie damit anfangen. Ich vermute, dass sie verschwinden wird, sobald sie Ihnen alles erzählt hat.«

Viv grinste. »Ich wusste doch, dass es richtig war, mit Ihnen zu reden. Vielen Dank. Bei Ihnen klingt alles ganz einfach.«

»Es ist ganz einfach.« Peggy ging zum Kühlschrank und holte ein großes Stück Käse heraus. »So, und jetzt mache ich für die beiden

Männer ein paar Sandwiches. Und wenn Sie Lust haben, können Sie mit mir aufs Feld kommen, und auf dem Rückweg zeige ich Ihnen die Druidenquelle.«

Drei Kalksteinstufen führten zu der Quelle, die ganz in der Nähe der Wiesen in einer tiefen Talsohle lag. Als Peggy mit ihr darauf zuging, spürte Viv, wie sich ihr die Kehle zuschnürte. Dieser Ort, der Verlauf des Wildbachs, die Konturen der Berge hatten etwas, was ihr vertraut vorkam, als sie sich einen Weg durch die mit Flechten bewachsenen Bäume und das hüfthohe samende Gras bahnten, immer tiefer in die aufeinandergetürmten Kalksteinfelsen hinein, die das Ende der Schlucht bildeten.

Peggy trat vom Pfad zurück und bedeutete Viv vorzugehen. »Da unten ist nur Platz für einen. Passen Sie auf, die Stufen sind ziemlich rutschig.«

Rund um die Quelle war es kalt und feucht, es roch nach moosbewachsenen Felsen und Wasser. Das Rauschen des Wildbachs hinter ihr dröhnte ihr in den Ohren. Vorsichtig trat sie aus dem Sonnenlicht und befand sich sofort in einer anderen Welt. An einem Schwellenort, den die Kelten so verehrten, weder das eine noch das andere, weder Licht noch Dunkel, weder nass noch trocken, weder im Freien noch umschlossen. Das Tor zur Unterwelt. Jemand hatte einen kleinen Kerzenständer auf ein Felssims gestellt, daneben lagen einige verwelkte Blumen.

Es war gerade genug Platz, um sich unter die niedrige Felsdecke zu setzen und am Rand des Steinbeckens zu sitzen, wo das Wasser in der Dunkelheit stand, ohne etwas zu reflektieren. Vorsichtig steckte sie ihre Finger in den Teich. Die glatte Oberfläche bewegte sich, und eine Sekunde lang sah sie die Spiegelung ihres eigenen Gesichts. Dann war sie wieder fort.

Es war natürlich reiner Zufall, dass dieser Ort sie an Cartas heilige Quelle erinnerte. Vermutlich sahen sie alle mehr oder minder gleich aus. Viv kannte solche Plätze aus Cornwall, geheime, verborgene Orte, in deren Nähe oft ein Baum stand, der mit Schleifen und Bändern geschmückt war. Diese wurden von Menschen hinterlassen als Fürbitte oder Versprechen, als Opfergabe oder Dank an wen oder was auch immer die Quelle beschützte, sei es einer der alten keltischen Götter, ein christlicher Heiliger oder die Muttergottes.

Sie lächelte spöttisch über ihren abergläubischen Wunsch, selbst eine Opfergabe hier beim dunklen Wasser zurückzulassen.

*Vivienne.*

Die Stimme war kaum mehr als ein Flüstern des Bachs. Schaudernd stand Viv auf. Das war alles nur Einbildung.

Sie drehte sich zum Sonnenlicht um, schaute hoch und sah, dass Peggy in der Nähe des Eingangs auf einem Felsen saß, den Rücken zur Quelle gewandt, und das rauschende Wasser des Bachs betrachtete. Zögernd warf sie einen Blick zurück, dann suchte sie in ihrer Tasche nach etwas, was sie den Göttern darbringen konnte. Sie beförderte eine süß duftende Lavendelblüte zutage, die sie von einem Strauch neben Peggys Küchentür gepflückt hatte. Es war eine schöne Opfergabe, und sie legte sie neben die Blumen und die Kerze. Einen Augenblick stellte sie sich vor, dass der süße Duft stark genug war, um die ganze Schlucht zu erfüllen.

Als sie wieder hinaufstieg, stand Peggy auf und kam zu ihr. »Es ist wunderschön, nicht?« Sie musterte Vivs Gesicht aus ihren blauen Augen, die bis in ihre Seele zu blicken schienen.

Viv nickte. »Ein ganz besonderer Ort.«

»Manchmal komme ich hierher und zünde eine Kerze an.« Peggy schaute fort. »Der Ort verfügt über große Macht und Heilkraft.«

»Kennen viele Leute ihn?« Viv streifte ihre Sandalen ab und stellte die Füße auf das weiche Moos am Rand des Wasserfalls.

»Die Leute aus der Gegend. Soweit ich weiß, steht er in keinem Reiseführer. Sobald Orte wie dieser allzu bekannt werden, verlieren sie ihre besondere Aura.« Sie schaute zu Viv, die wieder die fast unbehagliche Intensität von Peggys Blick spürte. »Können Sie ihn für sich behalten?«

»Natürlich.«

»Es ist nur so, heutzutage hat nicht jeder gebührend Achtung vor solchen Orten, und selbst die, die sie respektieren, benehmen sich nicht immer entsprechend. Das ist traurig, aber wahr.«

»Ich werde niemandem davon erzählen.« Viv schwieg eine Weile. »Warum nennen Sie sie die Druidenquelle?«

Peggy zuckte mit den Schultern. »Sie hat schon immer so geheißen. Die Kelten haben das Wasser verehrt, genauso wie die Sonne und den Mond, die Sterne, die Felsen, die Bäume, die Erde unter ihren Füßen. Das alles war ihnen heilig. Die Quelle liegt so nahe bei der Bergfestung, da müssen die Leute sie gekannt haben, aber einfache Menschen hatten sicher Angst herzukommen, also muss es ein Heiligtum der Druiden gewesen sein.« Sie lachte fröhlich. Dann warf sie einen Blick zu Viv. »Haben Sie da unten etwas gespürt? Vielleicht ein Gefühl von Heiligkeit?«

Viv nickte. Sie schaute auf den glitzernden Bach, der zu ihren Füßen über die Steine plätscherte. Das Wasser schimmerte rötlich. »Es ist seltsam. Ich habe das Gefühl, als ...« Sie schüttelte den Kopf. »Ich habe das Gefühl, als hätte ich sie schon mal gesehen, aber ich vermute, dass alle heiligen Quellen ähnlich sind und sich auch ähnlich anfühlen?« Sie warf Peggy einen fragenden Blick zu.

»Wahrscheinlich schon. Oder Sie haben sie durch die Augen einer anderen Person gesehen. Wenn das der Fall ist, machen Sie sich keine Sorgen. Nehmen Sie es einfach an. Als Geschenk.« Sie legte Viv eine Hand auf die Schulter. »Die Menschen, die in der alten Welt lebten, hatten Achtung vor dem Leben. Sie dankten einem Baum, bevor sie ihn fällten. Ihnen war bewusst, dass ein Tier sterben musste, damit sie zu essen hatten, aber sie dankten ihm für sein Opfer. Im Gegensatz zu unserer egoistischen Denkweise verfügten sie über geistige Großzügigkeit. Ich stelle mir gern vor, dass es so etwas hier immer noch gibt.« Sie verstummte. Eine Weile saßen sie schweigend da und hörten dem Plätschern zu, bis Peggy sich schließlich erhob. »Heute Abend kommt ein neuer Gast, und ich muss alles für sie herrichten. Sie hat eine Woche Malurlaub gebucht.« Sie zögerte. »Bleiben Sie noch ein bisschen hier und sehen Sie, was passiert. Wer weiß, vielleicht gibt die Göttin Ihnen ihren Segen.«

Viv blieb lange Zeit dort sitzen und lauschte auf das Wasser. Das Geräusch füllte die ganze Schlucht, wirbelte in das Schweigen hinein, übertönte jedes andere Geräusch. Sie wusste nicht genau, wann Steve kam, aber nach einer Weile war er da, saß auf einem Felsen ein paar Meter von ihr entfernt und beobachtete sie. Als sie ihn schließlich bemerkte, lächelte er. »Interessante Träume?« Er musste die Stimme heben, um über das Wasser gehört zu werden.

Sie schüttelte den Kopf. »Das ist ein wunderschöner Ort.«

Er nickte. »Ein ganz besonderer.«

»Deine Mutter ist eine großartige Frau.«

»Es freut mich, dass du das sagst.« Er stand auf und streckte ihr die Hand hin. »Komm, wir müssen zurück, sonst bekommst du kein Mittagessen. Dad kann eine Weile allein Heu ernten.«

Schweigend gingen sie nebeneinander zurück. Als die Farm in einer Senke im Berg hoch über ihnen in Sichtweite kam, nahm Viv seine Hand. »Es gefällt mir so gut hier. Ich wünschte, ich könnte länger bleiben.«

Lächelnd drückte er ihre Finger. »Ich auch. Wann musst du denn fahren?«

»Morgen nach dem Mittagessen. Also sollte ich jede Minute auskosten. Was, meinst du, soll ich mir als Nächstes ansehen?«

»Die Wasserfälle. Da gehen wir heute Nachmittag hin.«

Ihr wurde bewusst, dass er immer noch ihre Hand hielt. Sacht entzog sie sie ihm. »Darauf freue ich mich.«

Es war eine atemberaubende Wanderung. Sie stiegen durch Wälder und Felsen den Flusslauf hinauf, der von den Mooren hoch über ihnen durch Schluchten und Täler herabstürzte. Bisweilen erreichten sie einen Aussichtspunkt, von dem aus das Wasser besonders dramatisch aussah. An einer dieser Stellen blieb Viv stehen, schaute in das schäumende Wasser hinunter und spürte den Boden unter ihren Füßen zittern. Vor ihr schritt Steve den Pfad weiter hinauf, duckte sich unter Eschen und Haselnusssträucher und hohe Eibenbüsche. Als er eine Biegung erreichte, wo der Pfad eine Felsnase umrundete, blieb er kurz stehen und sah zurück. Dann ging er weiter und war außer Sichtweite verschwunden.

Das Wasser toste ihr in den Ohren, fiel in rauschenden Kaskaden herab, die von den Mineralien der Hochmoore rötlich-braun gefärbt waren, donnerte an ihr vorbei, das Sonnenlicht fing sich in der Strömung und spiegelte sich in ihren Augen wider. Überwältigt von der Schönheit und der Kraft dieses Ortes, blieb sie einige Minuten stehen, bis ihr allmählich bewusst wurde, dass das Abbild eines Gesichts sie aus der Gischt heraus ansah. Nicht Carta. Diese Augen waren hell, das Haar die Farbe von Mondlicht, der Blick unerbittlich und feindselig. Viv spürte die Macht des forschenden Geistes, der auf der Suche war.

Medb.

Sie trat einen Schritt zurück und spürte die kalte Gischt auf ihrer Haut. Die Eindringlichkeit hatte etwas Gewalttätiges an sich, die Drohung war unmissverständlich. Hier war Böses. Hass. Neid.

Sie ging über den nassen Fels zum Pfad zurück, schob sich an den herabhängenden Farnen und Moosen vorbei und rutschte in den von der Gischt gebildeten Wasserlachen aus, während sie Steve im Laufschritt einzuholen versuchte. Einmal blieb sie kurz stehen und warf einen Blick zurück. Da war nichts als ein glitzernder Wasservorhang. Dort, wo sie gestanden hatte, waren jetzt zwei Menschen in roten Regenjacken, die den Wasserfall fotografierten. Das Gesicht war verschwunden.

Steve wartete am nächsten Aussichtspunkt auf sie. »Es ist überwältigend, oder? Es hat dieses Jahr sehr viel geregnet, deswegen sind die Fälle besonders spektakulär. Ich liebe diesen Ort schon seit meiner Kindheit.«

Sie nickte und versuchte, wieder zu Atem zu kommen.

»Man spürt richtig, wie die Gewalt des Wassers den Boden erzittern lässt.« Er lachte. »Das ist ein heiliger Ort! Und das spürt man ja auch. Hier haben vermutlich die Druiden Riten abgehalten. Hier kann man mit den Göttern sprechen. Manchmal habe ich das Gefühl, dass er einen in sich hineinsaugt. Es kommt mir so vor, als könnte ich ins Wasser hinausfliegen und gleichzeitig zum Himmel emporschweben!« Er hob die Arme.

»Pass auf, Steve!« Erschreckt packte Viv ihn am Ärmel. »Geh nicht so nahe an den Rand!«

Er lachte. »Keine Sorge, mir geschieht schon nichts. Siehst du die Regenbogen im Sonnenlicht? Burgen und Schutzwälle und Gestalten, die im Wasser tanzen. Najaden. Undinen. Wassergeister. Göttinnen!«

Aber kein Gesicht. Viv starrte in die Gischt. Das blasse, gehässige Antlitz Medbs mit den weißen Händen war fort.

»Bitte, Steve! Komm wieder her!«

Er trat ein Stück zurück und drehte sich, immer noch lachend, zu ihr um, und einen Moment sahen sie sich in die Augen. Sie merkte, dass sie noch seinen Arm festhielt, und spürte die Wärme seiner Haut unter der Baumwolle, die klamm war von der Gischt. »Ich mag es nicht, wenn du so nahe am Rand stehst. Da bekomme ich Höhenangst.« Sie ließ ihn los und lachte unbeholfen.

»Tut mir leid, ich wollte dir keine Angst einjagen.« Seine Fingerspitzen berührten ihre. Eine federleichte Berührung, fast zufällig. »Komm, schauen wir, wer als Erster oben ist!«

## Kapitel 13

### I

Viv kam am nächsten Abend mitten im Stoßverkehr nach Hause. Der Großteil der Autos fuhr zwar in die andere Richtung, aber trotzdem musste sie im Schneckentempo durch die Vororte kriechen, und es war schon nach sieben, als sie schließlich erschlagen die ausgetretenen Steinstufen zu ihrer Wohnungstür hinaufging, ihre schwere Reisetasche in der Hand.

Sie hatte gar nicht von der Winter Gill Farm abfahren wollen. Es war zauberhaft dort, freundlich. Ein zweites Zuhause. Doch die Ankunft der Fremden am Abend zuvor und das Wissen, dass sie in Edinburgh so viel zu tun hatte, hatten sie in ihrer Entscheidung bestärkt. Außerdem fiel es ihr schwer, mit ihren Gefühlen klarzukommen. Es war überwältigend, an dem Ort zu sein, an dem Carta gelebt hatte. An dem Ort, der in ihren Träumen so häufig vorkam, mehr noch als Traprain. Ein Ort mit dem Zauber der Druiden, der keltischen Mystik. Ein Ort, an dem die Vergangenheit noch immer den nebelverhangenen Klippen und Flüssen anhaftete. Es war zu intensiv, zu unmittelbar, zu nahe an Carta.

Außerdem gab es einige Fakten, die sie überprüfen wollte.

»Besuchen Sie uns doch wieder, sobald Ihr Buch fertig ist«, hatte Peggy gesagt, als sie sie zum Abschied umarmte. »Sie sind jetzt eine Freundin der Familie, meine Liebe. Ich wäre Ihnen sehr böse, wenn Sie nicht kämen!« Sie blickte Viv kurz in die Augen, dann lächelte sie. »Steve werden Sie auch fehlen. Er freut sich, wenn er etwas Gesellschaft hat. Also, kommen Sie bald zurück.«

Viv nahm sich nicht die Zeit, ihre Tasche auszupacken. Sie stellte sie auf dem Boden ab und ging direkt zum Computer.

Steve und Peggy waren vergessen. Ingleborough, Dun Righ, Dinas Dwr. Das wollte sie nachschlagen. Die möglichen Orte, an denen die Sitze der Königsfamilie gewesen waren. Hatten sie an einem Ort gelebt und die anderen besucht, oder war der Hof umhergezogen? Entschieden sie sich für einen Ort und blieben dort, weil es bequem war und er ihnen gefiel, oder zogen sie wie die Könige des Mittelalters von einer Residenz zur anderen, um ihre Entourage von Kriegern und den ganzen Haushalt, der sie begleitete, zu ernähren? In ihrem Buch hatte sie mögliche Orte als Hauptsitze der Briganten genannt: Stanwick St. John, Barwick in Elmet, Aldbrough. Welcher war der richtige? Womöglich alle? Wie viel war eigentlich über Ingleborough bekannt? Jetzt, da sie dort gewesen war, musste sie das sofort herausfinden.

Während der Computer hochfuhr, schaute sie ihre Notizkästen durch, obwohl sie ziemlich sicher war, dass sie dort nichts Brauchbares finden würde. Diese Informationen würde sie nur auf den neuesten archäologischen Websites bekommen. Die Ergebnisse von Ausgrabungen, die möglicherweise durchgeführt worden waren, seitdem sie ihre Recherchen abgeschlossen hatte. Sie stand auf, schaute kurz auf den Bildschirm und ging dann in die Küche. Einen Moment später kehrte sie mit einem Glas Apfelsaft in der Hand zurück und spürte sofort die ungeduldige Spannung im Raum. Vor Angst schnürte sich ihr die Kehle zu.

Peggy hatte gesagt, sie dürfe nicht zögerlich sein, müsse lernen, die Situation zu kontrollieren. Entschlossen setzte sie sich an den Computer. Was sie momentan wollte, waren archäologische Fakten. Einen Schatz. Die Überreste eines Hauses, das zwischen anderen stand, das groß genug war, um als Palast zu dienen. Schmuck. Ein Grab wie diejenigen in Wetwang, im Osten von Yorkshire. Waren in Wetwang auch die Könige der Briganten beigesetzt worden oder nur die der Parisier? In diesen Gräbern mit Grabbeigaben wie Streitwagen, Pferden und Hunden waren eindeutig hochstehende Persönlichkeiten bestattet worden. In einem von ihnen lag eine Frau. War das möglicherweise das Grab Cartimanduas? Nein, falsche Zeit.

Ungeduldig betätigte sie die Maus. Abfallgruben. Immer interessant, auch wenn es sich nicht immer um Abfallgruben im eigentlichen Sinn handelte. Einige waren Vorratskammern gewesen, ein sicherer, kühler Platz, um Dinge außerhalb des Hauses aufzubewahren, häufig an den Stellen, wo Lehm abgebaut worden war, um die Flechtwerkwände zu füllen. Allerdings würde das in diesen Bergsiedlungen eher nicht der Fall gewesen sein. Andere waren eindeutig Opfergruben. Aber nicht Opfer in dem Sinn, dass Lebewesen getötet wurden, indem sie in ein Loch geworfen wurden. Vielmehr waren es ganz besondere, heilige Orte, in die geliebte Tiere und besondere Opfergaben gelegt wurden, selbst der Leichnam eines Babys, sodass es näher bei den Göttern sein könnte, ein Ort, um die Reise nach Tir n'an Og anzutreten, das Land der ewigen Jugend.

Der Computer reagierte nicht. Plötzlich wurde der Bildschirm schwarz. Entgeistert starrte sie ihn an. Verdammter Mist! Was war mit dem Ding bloß los? Aber so sehr sie auch fluchte und flehte, er ging nicht wieder an. Sie sah sich im Zimmer um, und Angst packte sie. Sie war da. Irgendwo. Wartete im Schatten. Viv sprang auf, schnappte sich die Schlüssel zum Institut und verließ die Wohnung.

Es war ein wunderschöner warmer Abend, an dem viele Leute durch die Stadt schlenderten. Sie ging die High Street hinunter und roch die verlockenden Düfte der Restaurants und Kneipen. Knoblauch und Pasta. Das war eindeutig ein Italiener. Schales Bier – der Geruch kam aus einer von einem Dutzend dunkler Türen, die in dicht gedrängte Kneipen führten. Wein. Helle Szenebars, nicht minder gepackt voll. Fleisch und Nudeln aus dem Wok. Ein Chinese. Curry. Ein Inder. Aus der Ferne hörte sie das Gewummere von Musik, das aus einem geöffneten Fenster drang, und von der Princess Street herauf ertönte der unvermeidliche gespenstische Klang der Dudelsackpfeifen.

Das Institut war verwaist. Das Fenster in ihrem Büro war geschlossen, es roch nach alten Büchern, der Bildschirm ihres Computers war staubig. Sie setzte sich davor und schaltete ihn an.

Wenige Minuten später hatte sie sich zu den Seiten mit den neuesten archäologischen Funden vorgeklickt und ging zu den Seiten über die Eisenzeit. Dort fand sie sehr viele Informationen. Jedes Jahr schien das Wissen exponentiell zu wachsen, und es wurde immer schwieriger, mit den neuesten Forschungen Schritt zu halten. Sie beugte sich vor, las den Text am Bildschirm und ging völlig darin auf, bis das Geräusch einer ins Schloss fallenden Tür sie aus ihren Gedanken riss. Stirnrunzelnd sah sie auf, erst jetzt wurde ihr bewusst, wie still es gewesen war, während sie die eng beschriebenen Seiten auf dem Bildschirm gelesen hatte. Seufzend rieb sie sich die Augen und warf einen Blick auf ihre Uhr. Fast zehn. Dann hörte sie es wieder. Ein Geräusch direkt vor ihrer Tür, das Knarren einer Bodendiele. Angespannt lauschte sie, plötzlich war sie nervös. Gerade wollte sie aufstehen und nachsehen, als die Tür aufging und Hugh vor ihr stand. Er trug ein kariertes Hemd mit offenem Kragen, unter dem Arm hatte er einen Stapel Aktenordner. Er betrachtete sie aus zornigen Augen.

Einen Moment starrte sie ihn erstaunt an, spürte nur, welche Präsenz er ausstrahlte; sie füllte den ganzen Raum. In diesem Moment betrachtete sie ihn wie einen Fremden, und da wurde ihr bewusst, wie gut er aussah und wie unglaublich attraktiv er war. Seine Worte holten sie allerdings auf den Boden der Tatsachen zurück. »Was genau tun Sie denn hier zu dieser nachtschlafenden Zeit?«

»Ich arbeite.« Sie hörte selbst, wie trotzig ihre Stimme klang.

»Ach ja?« Er betrat den Raum. »Versuchen Sie vielleicht, mich mit Ihrem Eifer zu beeindrucken, Dr. Lloyd Rees?«

»Im Gegenteil. Ich habe mein Bestes getan, Sie nichts davon wissen zu lassen.« Viv widerstand dem Drang aufzustehen, um ihm auf Augenhöhe zu begegnen. Irgendwie gelang es ihr, sich lässig in ihren Stuhl zu lümmeln. Er sollte nicht merken, wie sehr sein unerwartetes Erscheinen sie durcheinanderbrachte. »Und übrigens, darf ich Sie noch einmal fragen, woher diese plötzliche Förmlichkeit kommt, *Professor?*« Letzteres betonte sie ironisch. »Wenn ich mich recht entsinne, hieß ich in den Tagen, bevor ich das Buch schrieb, Viv.«

»Ach ja?«

Sie war nicht sicher, wie sie seinen Ton deuten sollte. War er ausweichend oder sarkastisch? Auf jeden Fall sollte er verletzend klingen, davon war sie überzeugt.

»Wie ich sehe, machen Sie sich über die Eisenzeit kundig.« Zu spät merkte sie, dass er an ihr vorbei auf den Bildschirm schaute. »Überprüfen Sie Ihre Fakten? Ein bisschen spät, würde ich meinen. Ihr Buch ist doch sicher schon fertig?«

»Natürlich forsche ich weiter.« Es gelang ihr, überzeugend leichthin zu antworten. »Im Gegensatz zu manchen anderen möchte ich mich über die neuesten Entdeckungen und Theorien auf dem Laufenden halten.«

»Und seien wir doch mal ehrlich, jetzt, wo ein Fachmann Ihre Tatsachen hinterfragt, sind Sie sich selbst nicht mehr so sicher.« Sein zunächst verstohlenes Lächeln wurde breiter, als er einen Anflug von Unsicherheit in ihrer Miene bemerkte.

Sie seufzte. Das war das Letzte, was sie jetzt brauchte. Sie war müde, und nun, da er sie in ihrer Konzentration gestört hatte, wollte sie nur noch nach Hause. Andererseits ließ ihr Stolz nicht zu, ihn glauben zu lassen, er habe sie vertrieben. »Es ist doch sehr spät für Sie, um noch zu arbeiten, Hugh.« Ganz offensichtlich irritierte es ihn, wenn sie ihn so unvermittelt mit Vornamen anredete und in einem sanften Ton sprach. »Sie sehen sehr müde aus. Sie sollten etwas besser auf sich aufpassen.«

»Danke für Ihre Fürsorge.« Seine Stimme wurde kälter. »Aber ich kann Ihnen versichern, dass dazu keinerlei Anlass besteht.« Er zögerte den Bruchteil einer Sekunde. »Wie es heißt, trägt die Cartimandua-Nadel einen Fluch. Wussten Sie das?« Er blickte ihr kurz in die Augen.

Viv sah ihn herausfordernd an. »Ich bin überrascht, dass ausgerechnet Sie an einen Fluch glauben, Hugh«, sagte sie. Dann zwang sie sich zu einem Lächeln. »Das ist doch gar nicht Ihr Ding.«

Er starrte sie mit unbehaglicher Intensität an, ohne sich zu bewegen.

»Ich werde noch ein Weilchen hier sein«, fuhr sie schließlich fort. »Vielleicht sollte ich mich wieder an die Arbeit machen.« Sie kehrte ihm den Rücken zu und rief eine neue Website auf, bevor er die andere noch genauer in Augenschein nehmen konnte. »Übrigens«, fuhr sie fort, »haben Sie die Polizei eingeschaltet? Wegen der Fibel?« Es gelang ihr, beiläufig zu klingen.

Sie schaute über die Schulter zu ihm und hielt gespannt die Luft an, während sie auf seine Antwort wartete. Mehrere Sekunden verstrichen. Dann lachte er leise auf. »Das wird sich noch herausstellen, liebe Viv, nicht wahr?«

Eine Weile rührte er sich nicht, schließlich hörte sie, wie er ihr Zimmer verließ, ohne die Tür zu schließen, dann knarrten die Dielen. Er ging also den Flur entlang zu seinem eigenen Büro. Einen Moment später hörte sie seine Tür zufallen. Sie stand auf, schloss ihre eigene und lehnte sich schwer atmend dagegen. Verdammt! Musste das ausgerechnet jetzt sein!

Sie setzte sich wieder an ihren Schreibtisch. Er hatte nicht mit der Polizei gesprochen, da war sie sich ziemlich sicher. Sonst hätten sie sie an der Tür abgefangen. Oder doch nicht? Sie starrte auf den Bildschirm. Und jetzt würde sie schon aus Prinzip länger hierbleiben müssen als er, dabei wollte sie eigentlich nur noch das, was sie gefunden hatte, ausdrucken und dann nach Hause fahren, um ein langes, heißes Bad zu nehmen.

Doch offenbar gab er sich geschlagen. Keine zehn Minuten später hörte sie, dass seine Tür sich öffnete und er die Treppe hinunterging. Sie wartete, dass die Haustür geschlossen wurde, dann schlich sie zum Fenster und spähte nach draußen. Er marschierte die Straße entlang, suchte in seiner Tasche nach den Autoschlüsseln. Dann verschwand er um die Ecke.

Also fuhr auch sie ihren Computer herunter, suchte noch einige Bücher zusammen und ging dann ebenfalls. Kaum öffnete sie ihre Bürotür, musste sie feststellen, dass er alle Lichter im Haus ausgeschaltet hatte. Wie boshaft wollte er noch werden?

Als sie auf der Straße stand, merkte sie, dass es in der Zwischenzeit zu regnen begonnen hatte. Die Menschen hatten sich in ihre Häuser zurückgezogen, und in den Straßen roch es wunderbar frisch. Der Staub war fortgewaschen, der Verkehr hatte nachgelassen, von den Gärten und Plätzen und dem erloschenen Vulkan Arthur's Seat jenseits davon, dessen kantige Konturen in der Dunkelheit aufragten, trieb der Duft von Gras und Laub und Blumen herüber.

Sie schlang sich ihre schwere Tasche voller Bücher über die Schulter und schritt schnell aus, wartete automatisch an der Ampel, obwohl kein Verkehr war, dann ging sie weiter.

*Vivienne.*

Die Stimme in ihrem Kopf war deutlich zu hören und klang etwas kläglich.

*Vivienne?*

Abrupt blieb Viv stehen, das Herz klopfte ihr bis zum Hals. Woran hatte sie gerade gedacht? Nicht an Carta. Nicht an Ingleborough.

*Vivienne!*

Sie fasste sich an die Stirn. Jetzt saß sie doch nicht an ihrem Schreibtisch und bat die Stimme zu sich! Jetzt saß sie nicht innerhalb der eingefallenen Steinmauern der Bergfestung und brütete über die Vergangenheit. Sie ging die Straße entlang und dachte an etwas völlig anderes.

*Vivienne.*

»Hör auf! Geh weg!« Erschrocken merkte sie, dass sie laut gesprochen hatte. Sie blieb stehen, schob den Riemen ihrer Tasche höher, sah sich um und fragte sich, ob jemand sich dort im Schatten versteckte und ihr einen Streich spielen wollte. Niemand nannte sie Vivienne. Niemals. Niemand außer einer Königin der Eisenzeit!

Sie atmete tief durch und ging schnell weiter, den Kopf gegen den Nieselregen gesenkt. Sie war so in Gedanken verloren, dass sie kaum bemerkte, wie belebt die Straße hier noch war; sie bemerkte auch nicht die Gruppe junger Männer, die vor einer Kneipe herumhing.

Allerdings hörte sie ihr Johlen. Einer von ihnen stieß eine leere Bierdose in die Gosse. Die Luft roch nach schalem Bier und dem scharfen Gestank von Erbrochenem. Normalerweise wäre sie auf die andere Straßenseite gegangen oder abgebogen, um ihnen auszuweichen. Aber sie ging geradeaus weiter, und als sie näher kam, verstummte die Gruppe.

»Heilige Scheiße!« Der Ausruf klang beinah ehrfürchtig. Alle starrten sie an. Dann wichen sie zurück, und Viv ging vorbei, scheinbar ohne sie zu beachten. »He verdammt, habt ihr das gesehen?«

Viv schauderte. Sie ging weiter, wusste plötzlich, was passiert war, und fragte sich, von Grauen gepackt, was oder wen sie zu sehen geglaubt hatten.

## II

Peggy saß still in der Dunkelheit der Höhle bei der heiligen Quelle, bis sie schließlich nach den Zündhölzern griff und vor der Statue der Göttin eine Kerze entzündete. Draußen hämmerte Regen auf das Laub, prasselte auf den Pfad nieder, fiel plätschernd in den tosenden Fluss, ging in das beständige Donnern des Wasserfalls ein, und hier, in der Höhle, das leise, regelmäßige Platschen der Tropfen. Das Wasser, das ihr so viel Kraft und Beistand gab. Im Vergleich zur Wärme im Wald draußen kam es ihr hier sehr kalt und klamm vor, aber die gischtnassen Farne und Moose ließen das Kerzenlicht in einem samtigen Grün erstrahlen.

»Liebe Frau, erhöre mich«, flüsterte sie und ging ganz in ihrem Gebet auf. »Sag mir, dass sie eine von uns ist. Ich spüre es in allem, was sie sagt und tut, doch noch ist sie unerfahren, versteht nicht, kennt unsere Gebräuche nicht. Ich kann sie lehren, liebe Frau, wenn du das wünschst. Mein Sohn kann sie zu dir führen. Sie ist gut für ihn und er für sie.« Stirnrunzelnd unterbrach sie sich. Viv war seine Lehrerin. Konnte es da Schwierigkeiten geben? Andererseits hatte sie gesehen, wie sehr er sich zu ihr hingezogen fühlte und sie sich zu ihm. »So sehr viel älter als er ist sie nicht«, fuhr sie im Flüsterton fort, »doch durch ihr Alter besitzt sie Weisheit und Verständnis. Ich spüre die Möglichkeiten, die in ihr liegen, liebe Frau. Königin Cartimandua war eine von uns. Sie hat sie bereits als Erwählte ausgezeichnet. Ich will mich ihr nicht widersetzen.«

In der Höhle wurde es sehr ruhig. Das Geräusch des Wassers trat in den Hintergrund, zurück blieb eine schwere, atmende Stille. Die Kerze brannte ohne zu flackern, und schließlich sah Peggy in der Tiefe des dunklen Quellwassers ein Lichtfünkchen. Das war das Zeichen, auf das sie gewartet hatte.

## III

Hugh fuhr direkt nach Hause. Er parkte den Wagen in der Zufahrt und blieb einen Moment sitzen, bis sein Blick auf das Haus durch die Regentropfen auf der Windschutzscheibe verschwamm und schließlich völlig ausgelöscht wurde. Dann stieg er seufzend aus, packte seine Aktentasche, verschloss den Wagen und eilte zur Tür.

Als er durch das dunkle Haus ging, stellte er überall das Licht an und wünschte sich, er hätte nicht einfach alle Lampen im Institut ausgeschaltet. Das war kleinlich. Er holte ein Glas und schenkte sich einen kräftigen Schluck Whisky ein. Er sah Viv vor sich, wie sie an ihrem Computer saß und sich schuldbewusst umdrehte, als er ihr Büro betrat. Dass sie da war, hatte er gewusst, sobald er das Institut betrat, selbst wenn er nicht das erleuchtete Fenster in ihrem Büro gesehen hätte. Und zwar wegen ihres Parfüms, nie sehr stark, oft kaum wahrzunehmen, aber trotzdem unverkennbar. Nicht blumig, eher etwas würzig und geheimnisvoll. Er trank einen Schluck Whisky, öffnete die Terrassentür, schaute in den Garten hinaus und ließ die warme, feuchte Luft ins Haus. Hier draußen klang der Regen schwerer, er platschte auf die ledrigen Blätter der Magnolie, tropfte aus der kaputten Dachrinne und plätscherte über die Terrasse. Wie dumm sie war. Was er von Viv und ihrer seichten, populistischen Geschichtsfarce hielt, würde ihr klar werden, wenn sie feststellte, dass er ihr Buch nicht rezensierte. Wieder seufzte er. So viel Talent, und sie vergeudete es nur. Leichtgewichte wie sie waren an seinem Institut fehl am Platz. Sie würde die Botschaft schon noch verstehen: dass es für alle Beteiligten besser wäre, wenn sie ging.

Er trank noch einen Schluck und ging dann in den Flur zurück, um die Post aufzuheben, die dort am Boden lag. Darunter war ein kleines Päckchen. Er riss es auf, zog das Buch neugierig heraus und prustete vor Empörung: ein weiteres Exemplar von *Cartimandua, Königin des Nordens.* Warum, zum Teufel, hatten sie ihm noch eins geschickt? Erbost schüttelte er das Buch, und ein Brief fiel heraus.

*Lieber Hugh,*
*hätten Sie vielleicht Interesse, etwas über das beiliegende Buch zu sagen, damit wir Ihre persönliche Empfehlung zu Vivs großartigem Buch abdrucken können …*

Seufzend warf er den Brief auf den Tisch. Was war bloß mit diesen Leuten los? Konnten die keine Absage akzeptieren? Er hatte doch klipp und klar gesagt, dass er das Buch nicht rezensieren wollte – nicht, nachdem er den trivialen Artikel gelesen hatte, den sie für das Magazin der *Sunday Times* geschrieben hatte. Verdammt, als Nächstes würde die *Sunday Times* höchstselbst ihn bitten, es zu rezensieren, und er würde noch ein Exemplar bekommen!

Er ging in sein Arbeitszimmer, schaltete das Licht an, schlug das Buch auf und las den Klappentext.

In ihrem spannenden und sorgsam recherchierten Bericht über das Leben und die Zeit Cartimanduas, der Königin des Nordens, erweckt Dr. Lloyd Rees die faszinierende und geheimnisvolle Epoche der eisenzeitlichen Kelten zum Leben. Sie schildert den Vormarsch der römischen Heere und beschreibt den Anfang vom Ende der britannischen Kultur durch die allmächtigen Eroberer ...

Wütend ließ Hugh sich in seinen Sessel fallen. Er schlug den hinteren Klappentext auf, und da war eine Farbaufnahme von Viv, sie lächelte, hatte die grünen Augen vor der Sonne ein wenig zusammengekniffen, hinter ihrer linken Schulter die in Sonnenlicht getauchten Blätter eines blühenden Strauchs. Sie sah unschlüssig aus, etwas unsicher. Und mit Recht. Er betrachtete es einen Moment, dann seufzte er. Eigentlich war es ein sehr gutes Bild. Es brachte ihren Charme und ihre Energie zum Ausdruck, unterstrich aber auch ihren sogenannten akademischen Hintergrund. Langsam blätterte er das Buch durch. Die Mühe hatte er sich beim ersten Mal, bevor er das Exemplar Steve weitergereicht hatte, nicht gemacht. Es gab viele Abbildungen, gut gedruckte Farbtafeln, die er kritisch studierte. Das Übliche: Wagengräber, goldene Halsreifen, wunderschönes Pferdegeschirr, Schwertscheiden, Schilde. Er schnaubte verächtlich. Was hatte das mit Cartimandua zu tun? Offenbar hatte Viv nichts Besseres gefunden. Die Cartimandua-Nadel hatte sie nicht verwendet. Dabei hätte gerade sie in dieses Buch gehört. Wieder schnaubte er abschätzig. Er schlug eine Seite auf, betrachtete sie und merkte nach einigen Minuten, dass er sich in die Geschichte vertieft hatte. Viv konnte gut schreiben, flüssig und eingängig. Als ihr Lehrer hatte er das natürlich schon vor Jahren erkannt, also warum, warum nur, hatte sie diesen idiotischen Weg eingeschlagen? Sein Auge blieb bei einem Satz hängen.

Mit größter Wahrscheinlichkeit verbrachte Cartimandua die prägenden Jahre ihrer Kindheit und Jugend am Hof eines Nachbarstammes, wo sie als Pflegekind aufgenommen wurde. Das könnte bei den Parisiern gewesen sein, vielleicht auch den Votadinern.

Unsinn! Reine Mutmaßungen! Genau die Art fantastischer, »intuitiver« Mumpitz, die er erwartet hatte. Die schlimmste Sorte schlecht recherchierter Tatsachenberichte! Damit hatte sie ihren Ruf als Historikerin verspielt, und den seinen obendrein.

> So könnten Werkzeuge, die bei Ausgrabungen auf dem Traprain Law gefunden wurden, uns zu der Vermutung Anlass geben …

Vermutung!

Er verzog das Gesicht. Plötzlich fragte er sich, was sie wohl über Venutius zu sagen hatte. Er blätterte weiter, bis er das entsprechende Kapitel gefunden hatte, und begann wieder zu lesen.

Zwanzig Minuten später knallte er das Buch zu und stand auf. Venutius war natürlich der Bösewicht der Geschichte. Es war eine unausgegorene, einseitige, prorömische Zusammenstellung von Halbwahrheiten und Mutmaßungen. Durch die geöffnete Terrassentür fuhr ein Windstoß herein, die Vorhänge bauschten sich.

Dieses Mal war das Geräusch des Horns sehr nahe. Wie gelähmt starrte er in die Dunkelheit hinaus.

Venutius.

Der Name kam aus dem Garten zu ihm. Venutius, der Anerkennung verlangte. Venutius, der auf die Wahrheit beharrte. Venutius, der in dem Buch, das auf dem Tisch lag, verleumdet wurde.

## IV

Viv schleppte sich zu ihrer Wohnungstür hoch, schloss auf und schaltete überall das Licht an. Sobald sie ihre Büchertasche neben dem Schreibtisch abgestellt hatte, ging sie zum Spiegel und starrte hinein. Vor Angst hatte sie einen trockenen Mund, ihre Hände zitterten, aber das Gesicht, das sie aus dem Spiegel ansah, war ihr eigenes: ihr zerzaustes Haar, ihre müden Augen.

Mit einem Seufzer der Erleichterung drehte sie sich um, dann hielt sie inne und warf einen Blick zurück. War das neben ihrer Schulter ein Schatten? Eine andere Frau, die sie ansah? Die Frau, die Tasha und Pete gesehen hatten? Und die Gruppe Jugendlicher vor der Kneipe?

Da war nichts, niemand.

Sie holte tief Luft und ging in die Küche, um sich ein Glas Wein einzuschenken. Ihr Anrufbeantworter blinkte. Zwölf Anrufe.

»Viv, wo bist du?« »Viv, wir müssen uns dringend unterhalten. Wo bist du?« »Viv, ist bei dir alles in Ordnung?« »Viv, bitte ruf doch an. Dein Handy ist ausgeschaltet.« Es waren mehrere Nachrichten von Pat, eine von Maddie, zwei von ihrer Lektorin, eine von Sandy, der Pressereferentin, die ihre Lesereise organisierte, alle anderen waren von Cathy. Bestimmt hatte sie auch E-Mails bekommen, sie hatte sie seit Tagen nicht mehr abgerufen. Viv seufzte. Auf der Winter Gill Farm hatte es keinen Internetzugang gegeben, und sie hatte die ganze Zeit ihr Handy nicht eingeschaltet. Seltsamerweise war sie gar nicht auf die Idee gekommen, es wieder anzustellen, als sie in die Zivilisation zurückkehrte. Na ja, jetzt war es zu spät, um noch jemanden zurückzurufen. Die würden sich bis morgen gedulden müssen.

Das Glas in der Hand, ging sie zum Fenster und schaute auf die dunklen Dächer hinaus, bis sie die Enge des Raumes als klaustrophobisch empfand und es öffnete. Dann lauschte sie dem leisen Plätschern des Regens auf die Dachschindeln und wünschte sich plötzlich und wider besseren Wissen, eine der Nachrichten auf dem Anrufbeantworter wäre von Alison gewesen. Sie erinnerte sich daran, wie sie sich früher ihrer Freundin anvertraut hatte, auf ihre Unterstützung und ihren Zuspruch gebaut hatte.

*Vivienne.*

Viv fuhr zusammen. Die Stimme war wie ein Schlag innen in ihrem Kopf, irgendwo zwischen den Augen.

*Vivienne.*

Sie trank zwei Schluck Wein auf einmal, drehte den Kopf hin und her, als wäre ihr Nacken steif. Geh weg!

*Vivienne.*

Er hieß Diarmaid. Ein Krieger adeliger Herkunft, der häufig an Triganos' Seite kämpfte. Ein paarmal, während Carta müßig am Rand des Kampfplatzes saß und den Männern bei ihren Scheingefechten zusah, wanderte ihr Blick zu ihm. Er setzte sein Schwert mit einer geschmeidigen, katzenhaften Anmut ein, seine Muskeln spielten im Sonnenlicht, wenn die Klinge durch die Luft sauste, seine hochmütige Miene und das leise Lächeln, wenn er das Schwert in die Luft schleuderte und geschickt wieder auffing, um es in die Scheide zu stoßen. Wenn er mit den anderen vom Platz lief und in ihr lautes Gelächter einstimmte, sah sie fort. Doch in ihrem tiefsten Inneren spürte sie eine große Sehnsucht. Sie war einsam. Zwei Jahre waren seit dem Tod Riachs und ihres Kindes vergangen. Für ihren Verstand war es keine lange Zeit der Trauer, aber ihr Körper sehnte sich nach dem Trost einer Umarmung, nach der Erregung einer Berührung. Mehrere Tage lang beobachtete sie Diarmaid heimlich, überließ sich ihren Fantasien, sprach ihn aber nie an, ließ sich ihr Interesse äußerlich nicht anmerken, aber er wusste Bescheid. Bisweilen begegneten sich ihre Blicke, und ein Funke flog zwischen ihnen hin und her.

Sie war gerade in den Stallungen, fuhr mit der Hand den Vorderlauf der Lieblingsstute ihrer Mutter hinab, spürte die Hitze und Anspannung in der Fessel des Tieres, sprach beruhigend auf es ein und flüsterte heilende Zauberworte, als sie merkte, dass jemand hinter ihr stand.

Abrupt richtete sie sich auf und drehte sich um, nur um in Diarmaids Gesicht zu blicken. »Herrin, du sprichst nie zu mir.« Seine Stimme war tief und melodiös. »Aber ich weiß, dass du es gern möchtest.«

Sie spürte, dass sie bis an die Haarwurzeln errötete.

»Kennst du dich mit Pferden aus, Diarmaid?« Die Stute stupste sie sacht an, ärgerlich über die Störung.

Er lächelte, und plötzlich wirkte sein Gesicht jungenhaft und offen. »Nur, wie man sie reitet. Die Expertin bist du.«

Einige Augenblicke bewegte sich keiner von ihnen, dann beugte er sich vor und küsste sie sanft auf die Lippen. »Wenn ich dir in irgendeiner anderen Hinsicht zu Diensten sein kann, brauchst du es mich nur wissen zu lassen«, flüsterte er.

Unwillentlich hatte sie die Hand auf seine Brust gelegt, überwältigt von der Macht ihres Verlangens nach ihm und der Sehnsucht, dass er sie in die Arme schloss, als die Stute schrill wieherte und sie am anderen Ende der Stallung einen Eimer klappern hörten. Diarmaid wich zurück, ein Pferdebursche tauchte auf.

»Ich werde es mir überlegen.« Sacht berührte sie seine Lippen. Dann wandte sie sich wieder der Stute zu. Als sie sich das nächste Mal umschaute, war er fort.

Als ungebundene und freie Frau hatte sie das Recht, jeden Mann, der ihr gefiel, zum Geliebten zu nehmen. Als sie in der Abenddämmerung in ihrer Schlafkammer auf und ab ging, biss sie sich auf die Lippen, gequält von Unentschlossenheit. Was würde Triganos sagen, wenn sie seinen Gefolgsmann in ihr Bett nahm? Kümmerte es sie überhaupt, was er sagen würde? Sie wünschte sich keinen neuen Ehemann, und ihr Bruder hatte ihr die Liste von Namen, die er ihr so vollmundig versprochen hatte, nie vorgelegt. Also warum nicht? Niemandes Ehre würde verletzt werden. Hin und her gerissen zwischen ihrer leidenschaftlichen Sehnsucht nach dem Mann, dessen Lippen sie noch auf ihrem Mund spürte, und ihrem gesunden Menschenverstand, zog der Menschenverstand den Kürzeren.

Sie wartete, bis Mairghread das Feuer in ihrer Kammer abgedeckt und ihr eine gute Nacht gewünscht hatte, dann warf sie sich einen Umhang über die Schultern und verließ leise das Haus. Die jungen Männer saßen am Feuer am Rand des Kampfplatzes, tranken und scherzten, bis einer nach dem anderen sich in seinen Umhang hüllte und sich, den Rücken zum Feuer gekehrt, zum Schlafen hinlegte. Sie beobachtete alle aus dem Schatten, das Gesicht unter der Kapuze fast verborgen, betrachtete die dunklen Gestalten, bis sie ihn entdeckte. Ihr Körper reagierte umgehend und prickelte vor Vorfreude, eine Aufregung, die im Hals begann und bis zum Bauch hinabflatterte. Lautlos trat sie näher. Die Männer saßen mit dem Rücken zu ihr, niemand konnte sie sehen. Lächelnd hob sie einen Kiesel auf und warf ihn auf Diarmaid. Das Geschick hatte sie als Kind erworben und nie verlernt: Sie traf ihn direkt am unteren Rücken. Suchend drehte er sich um und zog die Stirn kraus. Sie konnte sein Gesicht im Licht der Flammen deutlich sehen, doch er sah sie nicht und wandte sich achselzuckend wieder den anderen zu. Leise lachend warf sie ein zweites, etwas größeres Steinchen. Das landete an seinem Nacken. Er fasste sich an den Kopf und sprang auf. Die Männer schauten ihn kurz verwundert an, dann setzten sie ihre Unterhaltung fort. Carta winkte, und dieses Mal sah er sie, sah, wie sie den Umhang fester um sich zog und auf die Stallungen zulief.

In der Kammer, in der das Zaumzeug aufbewahrt wurde, holte er sie ein, schloss sie in die Arme, drückte seinen Mund auf ihren, während er nach der Fibel tastete, mit der ihr Umhang befestigt war. Keuchend vor Lust und Erregung zog sie ihn näher, die Kapuze glitt ihr vom Kopf, sie nahm seine Hände und legte sie auf ihre Brüste. Da öffnete sich knarrend die Tür, und eine Laterne erhellte die Dunkelheit. »Das habe ich mir doch gedacht.« Im ersten Moment erkannte sie die barsche Stimme nicht. Erstarrt standen sie beide da und sahen in das flackernde Licht, konnten aber das Gesicht des Mannes, der die Laterne hielt, nicht ausmachen.

»Raus hier, Diarmaid! Untersteh dich, dich mit der Tochter des Königs einzulassen! Männer haben schon für geringere Verfehlungen mit dem Leben bezahlt.«

Jetzt erkannte sie die Stimme. Es war Venutius.

Sie zog den Umhang fester um sich, strich sich das Haar aus den Augen und trat in den Lichtkreis. »Wie kannst du es wagen! Was geht dich das an?«

Er lächelte. Jetzt, da er die Laterne gesenkt hatte und das Licht auf sein Kinn fiel, konnte sie sein Gesicht deutlich sehen. »Es geht mich sehr wohl etwas an. Wenn dein Bruder einen Ehemann für dich sucht, wird er nur schwerlich einen finden, wenn bekannt ist, dass du deine Gunst wahllos an jeden verschenkt hast.«

Diarmaid trat mit gezücktem Dolch vor.

»Nein!« Carta packte ihn an Arm. »Verschwinde, Venutius! Das musst du schon mir überlassen, wie ich auf meinen Ruf achte!«, herrschte sie ihn an. Ihre Augen blitzten. »Wenn ich heirate, dann zu meinen Bedingungen und nicht zu denen meines Bruders.«

»Zu meinen Bedingungen, wenn ich dein Ehemann werde!«, schleuderte Venutius ihr ins Gesicht.

Sie lachte. »Da mach dir keine Sorgen. Ich würde lieber sterben, als mich in dein Bett zu legen!« Sie drehte sich zur Tür um. »Komm, Diarmaid, dieses Gespräch ödet mich an!« Sie lief ein paar Schritte das lange Gestell entlang, an dem das Zaumzeug hing, dann blieb sie stehen und fragte: »Wie kommst du auf den Gedanken, dass ich dich jemals als Ehemann in Erwägung ziehen könnte, Venutius?«

Er lachte heiser. »Weil dein Bruder möchte, dass du einen König heiratest, Carta. Und von denen gibt es nicht allzu viele!«

Am nächsten Morgen war Diarmaid aus Dun Righ verschwunden. Als sie Triganos nach ihm fragte, sah ihr Bruder sie nachdenklich an und erklärte dann, er sei auf eine Mission nach Süden geschickt worden, ins Land der Cantiacer, und würde einige Monate fortbleiben.

Venutius ritt an dem Nachmittag nach Norden, doch zuvor verabschiedete er sich höflich von ihr. Mit einer Verneigung nahm er ihre Hand und hob sie an seine Lippen. Als er sich wieder aufrichtete, lag in seinen Augen ein triumphales Lächeln.

Ihr Bruder war schwach. Es dauerte eine Weile, ehe es ihr bewusst wurde, aber nachdem sie es einmal erkannt hatte, sah sie überall Beweise dafür. Als er mit allgemeiner Zustimmung schließlich zum Nachfolger ihres Vaters gewählt worden war, besaß er alles, was einen erfolgreichen Führer auszeichnete. Doch er nahm ungern den Rat seiner Druiden und Krieger an, bisweilen war sein Urteilsvermögen schlecht. Einige Männer überhäufte er mit Wohlstand, um sie als Verbündete zu gewinnen, obwohl sie bereits voll und ganz zu ihm und seiner Sache standen, während er andere, die er hätte umwerben sollen, ignorierte, oder, schlimmer noch, beleidigte. Er nahm mit Begeisterung an Festivitäten und Scheinkämpfen teil, aber er gab nichts auf den Rat der Ältesten. Als die Monde verstrichen, nahm immer häufiger Carta an diesen Zusammenkünften unter der großen Eiche im Wald oder im Saal der Häuptlinge teil und sah es allmählich als ihr Recht an, einen Platz zwischen Artgenos, dem Erzdruiden Brigantias, und Brochan, dem König der Parisier, einzunehmen. Zumindest war Triganos ihrem Rat gefolgt und hatte ihre engsten Verbündeten nicht angegriffen, auch wenn er nun behauptete, es sei nie ernstlich seine Absicht gewesen. Carta verbannte alle Gedanken an einen Ehemann, an Kinder, an einen Geliebten, und hörte schweigend den Gesprächen der Männer zu, ohne sich bewusst zu machen, dass sie bei einigen Treffen die einzige Frau war und bei anderen die jüngste. Meist waren die Frauen, die dem König und seinen Kriegern Empfehlungen aussprachen, alt und weise und erfahren in Fragen der Politik und des Krieges.

Ihr Vater war bei solchen Treffen ebenfalls zugegen, um Rat zu erteilen. Er hatte sein Amt als Hochkönig mit Erleichterung abgegeben und versuchte nun nicht mehr, seine körperlichen Gebrechen zu verbergen. Man hörte ihm mit Respekt vor seiner Erfahrung und seinem Wissen um die Gesetze zu, das jetzt, da er vierzig Sommer zählte, fast ebenso groß war wie das des Druiden, der neben ihm saß.

Ob diese Zusammenkünfte nun im Freien oder in einem geschlossenen Raum stattfanden, stets brannte ein Feuer von Wacholder- und Ebereschenholz, das von den Sehern gesegnet worden war, damit der duftende Rauch der heiligen Bäume Klugheit und Umsicht verbreiten möge. Hinter ihnen spielten abwechselnd die besten Harfner des Landes Melodien, die die Weisheit der Götter in ihre Überlegungen einfließen lassen sollten.

Carta sprach nur selten. Ein- oder zweimal fragte Artgenos sie nach ihrer Meinung, und alle Anwesenden hörten ihren Ausführungen ehrerbietig zu. Einmal fragte Venutius, der gerade nach Dun Righ gekommen war und an dem Platz saß, den eigentlich ihr Bruder einnehmen sollte, sie nach ihrer Ansicht über den König der Votadiner. Als er sie ansprach, erstarrte sie und forschte in seinem Gesicht nach Anzeichen, ob er diese Frage spöttisch meinte und sie damit bloßstellen wollte, aber er lauschte ihrer Antwort ebenso achtungsvoll wie alle anderen. Und wie die anderen Männer, allesamt erfahrene Krieger, zollte auch Venutius ihr den Respekt, der ihr zustand, sofern ihre Antworten überlegt waren. Zumindest momentan.

Diese Versammlungen waren völlig anders als die geselligen Zusammenkünfte im Festsaal, wo die Männer, bereits trunken von Met, Bier oder gallischem Wein, debattierten, sich stritten und bisweilen mit laut erhobener Stimme und gerötetem Gesicht auf wackligen Beinen aufstanden und nach ihren Waffen griffen, sodass das Gespräch zu einer Rauferei ausartete. Carta liebte solche Abende. Die Diskussionen faszinierten sie. Bei ihren Studien als Seherin machte sie große Fortschritte, verstand es immer besser, die Augurien zu deuten, die Omen zu befragen, die Wahrsagungen zu interpretieren, und sie hatte es gelernt, selbst zu prophezeien. Aber dies war eine andere Art Unterricht. Hier wurden Pläne geschmiedet, hier bildeten sich Führerpersönlichkeiten heraus; die Verbindung von Erfahrung, von der sie selbst bislang wenig besaß, mit Intuition, gesundem Menschenverstand und dem Wissen um die möglichen Gegner, seien es nun benachbarte Stämme oder die Götter des Windes und des Sturms, die Bewegungen der Sonne, des Mondes und der Sterne, Hungersnöte oder Überfluss. Eines der wichtigsten Themen bei diesen Gesprächen war der Handel. Die Handelsrouten, die das Land der Briganten durchquerten, hatten dem Volk Reichtum gebracht und waren überlebenswichtig wegen des Imports von Zinn, das im eigenen Land nicht abgebaut wurde. Das jetzt bestehende Bündnis zu begründen, hatte lange Zeit in Anspruch genommen. Es bestand aus einem lockeren Zusammenschluss größerer und kleinerer Stämme unter einem Hochkönig, dessen Ziel es war, so weit wie möglich Frieden unter den Mitgliedern zu wahren. Das war nicht einfach innerhalb einer Gesellschaft, deren Vorliebe für das Kämpfen legendär war, doch auch ein Ziel, das die Druidenratgeber der Häuptlinge und Könige befürworteten.

Bisweilen lud Artgenos Carta zu sich in sein Haus innerhalb der Mauern des Kollegs am Fuß des Berges ein, wo er ihr weitere Zusammenhänge erörterte, sie darin bestärkte, ihrer eigenen Meinung zu vertrauen und den Mut zu haben, sie freimütig zu äußern. Sie fragte sich nie, warum gerade ihr diese Aufmerksamkeit zuteil wurde, ahnte nie, dass sie mehr Intelligenz und Wissen besaß als die Männer in ihrer Umgebung. Doch diese brummten verwundert in ihre Schnurrbärte wegen der großen, schlanken jungen Frau, die an ihren Gesprächen teilnahm, bisweilen an der Seite ihres Bruders, aber häufiger ohne ihn.

»Warum kommst du nicht zu der Zusammenkunft?« Am zweiten Tag von Beltane sprach sie ihn direkt darauf an, während er, die Hand am Zaum seines Pferdes, im Freien stand. Die Schar seiner erwählten Gefährten saß bereits zu Pferd und rief ihm zu, er solle auch aufsitzen und nicht mit seiner Schwester herumstehen und über das Spinnen sprechen. Keiner der anderen Anführer war zugegen.

Er beruhigte sein erregtes Pferd. »Solche Treffen langweilen mich. Ich bin ein Mann der Tat, Carta, nicht des Wortes.« Munter schwang er sich in den Sattel seines kleinen stämmigen Lieblingspferdes. Seine Füße berührten beinahe den Boden, aber das Tier war stark und im Moorgelände beweglich wie eine Ziege. »Geh du hin und sprich für mich, Schwester. Ich vertraue dir, die besten Entscheidungen zu treffen.«

Und damit war er fort, und seine Männer mit ihm. Ihre Rufe und aufgeregten Schreie hallten über die Berge, ihre Pferde galoppierten davon, Hunde sprangen kläffend um sie herum. Dann verschwanden sie durch das östliche Tor im Schutzwall, den Berg hinab auf den Wald zu, und Carta blieb allein zurück. Allmählich erstarb ihr Lärmen.

Bestürzt sah sie ihm nach. Seit Tagen trafen Männer und Frauen aus allen Ecken Brigantias in Dun Righ ein. Vollgepackte Gespanne, Streitwagen, Ochsenkarren, beladen mit Geschenken und Handelswaren, Pferde, Hunde, Bedienstete und Sklaven hatten sich in den wunderschönen letzten hellen Tage von Giamonios, in der Zeit des zunehmenden Mondes, auf den Weg gemacht, um rechtzeitig zum Beltane-Fest einzutreffen. Die Siedlung füllte sich mit Marktständen, mit Zelten und Planen, um die vielen Neuankömmlinge zu beherbergen, behelfsmäßige Spielfelder wurden von Steinen geräumt, Pflöcke für Hunderte von Pferden wurden in den Boden gerammt. Junge Männer wetteiferten mit Schwert und Speer, mit Pfeil und Bogen. Es herrschte Trubel und Geschäftigkeit, und alle Augen des nördlichen Bündnisses lagen auf ihnen. Alle waren sie gekommen: neben dem ganzen Stamm der Setantier auch Vertreter der Corionototer, der Parisier, der Lopocaren, der Textoverdien, der Carvetier und selbst der Cornovier vom Grenzgebiet im Südwesten und noch andere mehr. Zu diesem Fest fanden sich weit mehr Menschen als üblich ein, denn die Druiden hatten die Botschaft ausgegeben, dass dieses Mal eine ganz besondere Frage auf dem Plan stand: die wachsende Bedrohung durch Rom. Und Triganos, Hochkönig der Briganten, hielt es nicht für nötig, an der Zusammenkunft teilzunehmen.

Seufzend drehte sie sich um und ging auf das große Rundhaus zu, in dem die Versammlungen abgehalten werden sollten; das Wetter war zu schlecht, als dass sie am traditionellen Ort unter den drei Eichen am Fuß des Berges stattfinden konnten. Während Carta sich zwischen die Anführer der Stämme setzte, spürte sie viele Blicke auf sich ruhen. Die meisten kannten sie, doch einige hatten sie am Vorabend beim Fest zum ersten Mal gesehen. Allenthalben hieß es, dass die Schwester des Anführers der Briganten nicht zu unterschätzen sei. Die Männer betrachteten sie mit unverhohlener Neugier. Sie war ebenso groß wie ihr Bruder, hatte breite Schultern und war doch schlank, ihr Haar hatte die Farbe von sonnengetrockneter Gerste, ihre Augen waren bisweilen leuchtend grün, dann wieder grau wie die frühmorgendliche See. Eine ansehnliche Frau, noch jung, bereits Witwe, doch bislang ohne neuen Ehemann. Auch zahlreiche Männer befanden sich unter ihnen, die sie mit dem geübten Auge eines Kupplers betrachteten, der eine Gemahlin für einen Sohn oder gar für sich selbst suchte.

Für die Zusammenkunft hatte sie ihre Kleidung sorgsam ausgewählt. Schließlich war ihr klar geworden, dass es anderen nicht gleichgültig war, was sie trug, selbst wenn es sie selbst nicht bekümmerte. Sie hatte ein neues, fast weißes Wollgewand angezogen, darüber eine Tunika aus weichstem Rehleder und dazu ihren besten Umhang, den sie an den Schultern mit Gold befestigte. Um die Arme trug sie Goldreifen und um den Hals ein schweres geflochtenes Goldband. Zuerst sagte sie nichts. Sie nahm den Sitz ihres Bruders ein, den Platz des Hochkönigs, schnappte ihn Venutius direkt vor der Nase weg, der sich soeben dort niederlassen wollte; dann überließ sie diesen Platz ihrem Vater und setzte sich zu dessen Linken. Er war es, der sich erhob, um die Gäste zu begrüßen. Mit finsterem Gesicht suchte Venutius sich einen anderen Sitzplatz, weiter vom Mittelpunkt des Kreises entfernt. Carta achtete nicht auf ihn. Sie sah in die Gesichter der Menschen, die sich hier am Feuer eingefunden hatten. Sie war nicht die einzige Frau, doch ihre Mutter fehlte, wie inzwischen meist. Mehrere Männer hatten ihre Ehefrauen mitgebracht, nicht nur zu den Festivitäten und den Spielen, sondern auch zu dieser Zusammenkunft, aus Achtung vor ihrer Meinung, oder, wie Carta mit einem amüsierten Lächeln dachte, weil sie zu große Angst hatten, sie zu Hause zu lassen. Schließlich fiel ihr Blick doch auf Venutius, und sie stellte fest, dass er sie ebenfalls neugierig betrachtete. Ihm war nicht entgangen, dass ein leichtes Lächeln um ihre Augen spielte, und das hatte seine Aufmerksamkeit erregt. Eine Weile musterten sie sich gegenseitig. Dann sah Carta fort. Sie achtete darauf, durch ihr Mienenspiel nichts zu verraten. Er war durchaus gut aussehend, dieser König aus dem Nordwesten ihrer Länder, der als Junge ihr eingeschworener Feind gewesen war, und er besaß große Macht. Artgenos hatte ihr unter vier Augen bereits gesagt, dass er ehrgeizig sei, sie hatte bemerkt, wie gern er Triganos' Platz auf dem Thron eingenommen hätte und wie eifrig er sich in ihre Angelegenheiten mischte. Ihre Augen wurden schmal. Falls die Liste möglicher Ehemänner tatsächlich je aufgestellt werden sollte, würde sie darauf bestehen, dass sein Name nicht dazugehörte.

Nachdenklich lehnte sie sich zurück und richtete ihre ganze Aufmerksamkeit auf die Diskussionen, die um sie herum bereits in Gang waren, hörte zu, als Brochan von den Parisiern sich erhob und, Stillschweigen gebietend, die Hand erhob.

»Ich habe von meiner Schwester, die mit dem König der Cantiacer verheiratet ist, erfahren, dass sich an der Küste Galliens römische Armeen sammeln. Sie planen eine weitere Invasion unserer Inseln.«

Einen Moment herrschte betroffenes Schweigen. Dann sprachen alle durcheinander.

»Wartet.« Die Stimme war laut und gebot Stille. Stirnrunzelnd versuchte Carta zu entdecken, wer da sprach. »Meine Freunde, Julius Cäsar wollte vor gut achtzig Sommern diese Inseln erobern. Er ist mit eingezogenem Schwanz nach Hause gekehrt. Wenn sie es nochmals versuchen, jagen wir sie wieder fort.«

»Die Römer mögen von unseren Küsten abgezogen sein, doch sie haben uns genau beobachtet.« Artgenos erhob sich steif. Sofort verstummten die anderen respektvoll. »Die Auskünfte der Druiden bestätigen, was Brochan sagt. Eine Armee wird aufgestellt, um uns zu erobern. Zwei Legionen, das habe ich zumindest gehört, und dazu eine große Zahl Hilfstruppen.« Er verstummte und blickte sich um. Blankes Entsetzen lag auf den Gesichtern, die ihn ansahen, alle lauschten ihm angespannt. »Es liegt in der Natur der Römer, ihr Reich zu vergrößern«, fuhr er fort. »Ihre Götter, so hören wir, haben ihnen versichert, dass ihre Eroberungen sich bis an die Enden der Welt erstrecken werden. Ihnen sei gegeben, was sie in ihrer Sprache ein *Imperium sine fine* nennen, und sie sind der Ansicht, die ganze Welt solle von Rom beherrscht werden. Und nun wollen sie unsere Meeresgötter herausfordern. Seit dem Tod von Cunobelinus von den Catuvellaunen haben sich die Machtverhältnisse bei den südlichen Stämmen dieser Inseln verändert. Erinnert euch, vor drei Jahren drohte Kaiser Gaius uns anzugreifen. Auch er sammelte seine Truppen an den Küsten Galliens. Dann änderte er seine Meinung. Er ist nicht auf unsere Inseln übergesetzt. Nun, unter Claudius, sieht es anders aus. Er braucht Erfolge, um seine Gegner in Rom zu beschwichtigen.«

Schweigen breitete sich über die Versammelten.

»Werden die Cantiacer kämpfen?«, fragte schließlich eine Stimme aus dem Hintergrund.

»Zweifellos, und auch die Söhne von Cunobelinus. Ebenso wie unsere Götter des Windes und des Sturms und des Meeres, die die römischen Eindringlinge schon früher in Angst und Schrecken versetzt und sie zurückgetrieben haben.«

Gemurmel ging durch die Reihen, und Artgenos hob die Hand. »Jedes Königreich in diesem Land muss Kriegstruppen bereitstellen und, sollte es nötig werden, auch Steuern. Wir werden genau beobachten, wie sich die Dinge entwickeln. Wir haben überall im Reich Druidenspione, und ich lasse meine besten Seher die Omen und Vorzeichen studieren, damit wir sofort reagieren können, noch ehe die Römer selbst wissen, was sie tun werden. Meine Freunde, unser Bündnis bildet das größte Königreich auf dieser Insel. Unsere Entscheidungen werden den Verlauf jeder Invasion bestimmen. Wenn die Römer dieses Mal kommen, so bin ich überzeugt, werden sie bleiben. Zweimal sind sie bereits gescheitert. Ein drittes Scheitern wird es nicht geben. Doch wir dürfen ihnen nicht gestatten, hier Fuß zu fassen.«

Als sich die Versammlung auflöste, bedeutete Artgenos Carta zurückzubleiben. Gemeinsam sahen sie den ältesten Mitgliedern nach, die sich in kleinen Grüppchen entfernten und dabei heftig debattierten.

»Sie machen sich Sorgen.« Carta schüttelte bedächtig den Kopf. Sie standen direkt vor der Tür des Versammlungshauses, durch den breiten Vorsprung des mit Heidekraut gedeckten Daches vom Regen geschützt. Dunkle Wolken legten sich in die Falten der Berge, und Carta atmete die weiche Luft, erfrischend nach der rauchigen Hitze im Raum, tief ein.

»Komm mit mir zum Kolleg.« Artgenos schritt ihr voraus und zog beim Gehen seine Kapuze über den Kopf. Außer Hörweite aller, die noch vor dem Haus herumstanden, wartete er, während sie sich fester in ihren mit Pelz besetzten Umhang hüllte. »Wo war dein Bruder, Carta?« Er verschränkte die Arme und sah ihr direkt ins Gesicht.

Ruhig begegnete sie seinem Blick, spürte die Weisheit und die Kraft, die in den tiefblauen Augen des alten Mannes lagen. »Er ist mit ein paar Freunden auf die Jagd gegangen.«

Er seufzte bekümmert. »Obwohl ich ihm sagte, wie wichtig dieses Gespräch ist! Wir müssen uns auf eine Vorgehensweise einigen. Wenn Rom auf diesen Inseln einmarschiert, wird jeder Stamm Entscheidungen treffen müssen. Die Römer sind organisiert, für sie ist der Krieg ein ernsthaftes Unterfangen. Er darf für unsere Männer keine Kurzweil mehr sein.« Er schüttelte den Kopf. »Die Druiden werden den Widerstand von unserem Zentrum auf der heiligen Insel Môn koordinieren, aber wenn mächtige Männer wie dein Bruder die Omen missachten und die Bedrohung als belanglos ansehen, sind wir zum Scheitern verurteilt.«

»Artgenos, auf dich wird er hören.«

»Glaubst du?« Er runzelte die Stirn. »Ich hoffe es. Unter uns gesagt, die langfristigen Omen sind besorgniserregend. Wir müssen Stellung beziehen. Sicher, das muss im Süden geschehen, aber wir müssen die dortigen Stämme unterstützen. Wir müssen Entscheidungen treffen.«

»Entscheidungen sind nichts für Triganos.« Carta zuckte mit den Achseln. »Es macht ihm Spaß, Taktiken für eine Jagd zu planen, denn er kennt das Verhalten von Hirschen und Rehen. Er versteht es, einem Wolf oder Bären nachzupirschen. Aber der Römer ist für ihn ein seltenes Wesen, auf das er keinerlei Gedanken zu verschwenden braucht. Sie treiben mit uns Handel, sie kommen zu Besuch.

Ihre Armee kam vor drei oder vier Lebenszeiten an unsere Küsten und verschwand wieder spurlos. Er glaubt nicht, dass der Kaiser sich noch einmal mit den britannischen Inseln abgeben wird. Er glaubt, dass wir ihm nichts bedeuten.«

»Da täuscht er sich, Carta. Wir sind reich. Unsere Stämme verkaufen Weizen, Silber, Sklaven, Gold, Hunde, Blei, Zinn, Perlen an das Reich. Der Kaiser wirft ein begehrliches Auge auf unseren Wohlstand.« Artgenos runzelte die Stirn. »Und wenn er dieses Mal seine Aufmerksamkeit auf uns lenkt, wird er sich von nichts aufhalten lassen. Er behauptet, dass seine Götter ihm jedes Land und jedes Meer geschenkt haben, das er erobern kann. Für ihn bedeutet Widerstand bestenfalls eine Unannehmlichkeit, schlimmstenfalls eine Herausforderung. Wir sind nicht mehr als Fliegen für ihn, die er mit einer Handbewegung verscheuchen kann.« Er überlegte eine Weile. »Vor allem aber mag er die Druiden nicht«, fügte er nachdenklich hinzu. »Ich habe mit erfahrenen Druiden aus Gallien gesprochen, die die römischen Beamten gut kennen. Der Kaiser sieht uns als die größte Gefahr. Ohne unsere Ratschläge und unseren Einfluss hätten die Könige und Stammesfürsten weder das Wissen noch den Zusammenhalt, sich ihm entgegenzustellen.«

Carta ging ein paar Schritte zur Seite und sah über das nebelverhangene Moorland hinaus. Der Wind bauschte ihren Umhang.

Irgendwo in Gallien war Medb, wenn sie noch am Leben war. Carta verzog unwillkürlich das Gesicht. Sie war nicht tot. Sie hatte doch gespürt, wie die Gedanken der Frau die geheimen Wege der Götter zu erforschen suchten, wie sie ihre Rache plante. Ihr Zorn war weißglühend. Schaudernd verbot Carta sich, diese Überlegung weiter zu verfolgen. Jetzt war nicht der geeignete Zeitpunkt, an Medb zu denken.

»Artgenos, mein Bruder kümmert sich nicht um Politik. Das muss dir klar gewesen sein, als du ihn zur Wahl aufstelltest. Doch wenn die Zeit kommt, wird er tapfer kämpfen und seine Männer mit großem Mut in die Schlacht führen. Im Augenblick lebt er allerdings für die Jagd und für die Ausbildung seiner Krieger und die Raubzüge auf Vieh und Sklaven. Das ist das Geschäft von Königen.« Sie schauderte, nicht nur wegen des Wetters, sondern auch wegen ihrer Erinnerungen an Riachs Tod, die sie stets begleiteten.

Artgenos schnaufte verächtlich. »In vieler Hinsicht ist er noch ein Kind. Das habe ich immer schon gewusst. Als er mit den Kindern der anderen Häuptlinge zur Schule ging, hinkte er ihnen allen weit hinterher.« Er betrachtete sie, wie sie halb von ihm abgewandt dastand, der Wind wehte ihr Haar in den Pelzbesatz ihrer Kapuze. Sie hatte im Unterricht alle anderen Kinder übertroffen, und unter der Aufsicht von Truthac hatte sie ihre Ausbildung in Dun Pelder fortgesetzt. Die beiden Männer waren stets in engem Kontakt geblieben, denn sie wussten, dass ihnen in dieser Welt, in der normalerweise Männer den Weg wiesen, eine junge Frau mit einer außergewöhnlichen Bestimmung anvertraut worden war.

Einmal im Jahr versammelten sich die ältesten Druiden aller Stämme auf der Insel Môn. Worüber sie dort sprachen, seien es politische oder spirituelle Themen, war ein streng gehütetes Geheimnis, die Ergebnisse wurden nie aufgeschrieben oder offenbart, doch zweimal hatte Cartimandua von den Briganten ganz oben auf der Liste der zu erörternden Fragen gestanden.

»Triganos wird ein guter Kriegsherr sein.« Sie drehte sich um und sah ihm ins Gesicht. Ihr Blick hatte schon immer etwas erschreckend Eindringliches, als könnte sie seine Gedanken lesen, auch wenn sie sich in seinem Kopf noch kaum geformt hatten. »Überzeuge ihn davon, dass die Legionäre würdige Gegner sind, eine Beute, die zu jagen sich lohnt, dass ihre Köpfe wertvolle Trophäen sind, dann kämpft er bis zum letzten Blutstropfen. Mit einem solchen Ziel vor Augen wird er seine Männer zum Sieg führen. Er wird sich als würdig erweisen, Artgenos.«

»Das bezweifle ich nicht«, sagte Artgenos ruhig. »Aber wird er dann auch fähig sein, mit dem Kaiser zu verhandeln? Wird er auf die Beute verzichten und sich zu Gesprächen niedersetzen, während der Duft des bratenden Fleisches von der Siegesfeier zu ihm herüberweht?«

Ohne Antwort wandte sie sich wieder ab, und er nickte düster. »Er wird sich verändern müssen, Carta, und zwar sehr, wenn er sich als würdiger Anführer erweisen soll. Im Augenblick ist er lediglich ein Kämpfer unter vielen.«

# Kapitel 14

## I

»Viv!«

Das Klappern kam vom Briefschlitz an der Wohnungstür.

»Viv! Mach auf! Ich weiß, dass du da bist.«

Stöhnend setzte Viv sich auf. Der Traum war verschwunden, die Vergangenheit ausgelöscht wie eine Zeichnung im Sand, die von einer Meereswelle fortgespült wurde.

»Moment.« Mühsam gelang es ihr zu antworten. »Ich komme schon.«

»Verdammt noch mal, Viv! Wo bist du gewesen? Was ist passiert?«

Cathy trat an ihr vorbei ins Zimmer und starrte auf die Tasche, die noch genau dort stand, wo Viv sie am Abend zuvor abgestellt hatte. »Ich war drauf und dran, die Polizei anzurufen!«

»Warum denn?« Viv setzte sich aufs Sofa und fuhr sich durchs Haar. Ihre Augen wirkten glasig, als sie Cathy zögernd von der Winter Gill Farm und ihrer spätabendlichen Begegnung mit Hugh erzählte. »Und letzte Nacht ...« Endlich hielt sie kurz inne. »Ich habe wieder von Carta geträumt. Ich muss von ihr geträumt haben. Obwohl ich es nicht wollte. Obwohl ich Nein sagte.« Plötzlich standen ihr Tränen in den Augen. »Es tut mir wirklich leid. Ich bin einfach so müde. Die Rückfahrt war anstrengend, und dann das Zusammentreffen mit Hugh ...«

»Und dann ist Carta im Traum zu dir gekommen, obwohl du Nein gesagt hast«, wiederholte Cathy nachdenklich.

»Peggy von der Farm sagte, dass ich die Regeln aufstellen muss. Dass ich bestimme, wann ich mit ihr rede. Aber sie ist einfach gekommen.«

»Viv, du musst damit aufhören.« Cathy zog die Stirn kraus. »Die ganze Sache gerät außer Kontrolle.«

»Ich weiß.«

»Peggy von der Farm, wer immer das ist, hat recht. Es ist deine Entscheidung. Aber wenn du nicht die Kraft hast, deine Fantasie in den Griff zu bekommen und dieses Wesen – was immer es oder sie ist, das du in deinem Kopf erschaffen hast –, dann musst du damit aufhören. Sonst macht es dich fertig.«

»Nicht nur in meinem Kopf. Vergiss das nicht, Cathy. Tasha hat sie gesehen, und Pete auch. Und wenn mich nicht alles täuscht, hast du gesagt, dass es nicht gefährlich ist. Du hast gesagt, es fiele mir nur schwer, mich wieder in die Realität einzuklinken, seit das Buch abgeschlossen ist«, gab Viv zurück. »Außerdem spielt das keine Rolle. Ich will damit weitermachen.« Sie suchte in ihrer Jackentasche nach einem Taschentuch. »Cathy, ich muss damit weitermachen. Ich will wissen, was passiert. Es ist sehr wichtig. Ich finde Dinge heraus, von denen niemand etwas weiß. Keine Menschenseele. Vergangene Nacht ist so viel passiert. Ich dachte, es wäre alles fort, so wie ein Traum fort ist, wenn man aufwacht und zu schnell an etwas anderes denkt, aber es kommt zurück. Und es ist ganz, ganz wichtig.«

Cathy seufzte. »Wirst du dir denn wenigstens von Pat helfen lassen? Du darfst nicht den Boden unter den Füßen verlieren. Wenn du mit ihr redest, kann sie alles in die richtige Perspektive rücken.«

Viv schüttelte den Kopf. »Nein. Pat versteht es nicht.«

»Doch, Viv, sie versteht es schon.« Cathy sah besorgt drein.

Viv runzelte die Stirn. »Nein, sie versteht nichts. Sie blickt bei der ganzen Sache überhaupt nicht durch. Die letzten Seiten, die sie mir gezeigt hat, haben überhaupt nichts mit meinem Buch zu tun. Es ist eine tolle Szene, sicher, aber sie tut nichts zur Sache. Weißt du, Cathy, je mehr ich darüber nachdenke, desto mehr bekomme ich das Gefühl, dass ich an diesem Hörspiel gar nicht weiterarbeiten will. Zumindest nicht momentan. Ich möchte ein neues Buch schreiben.«

Cathy holte tief Luft. »Pat und Maddie wären nicht gerade glücklich darüber, Viv.« Sie zögerte. »Und Pat zu vertrösten, wäre sehr schwer, jetzt, wo sie sich so auf das Hörspiel eingelassen hat.«

»Da hat sie Pech gehabt.« Viv schüttelte den Kopf. »Es ist mein Buch. Meine Geschichte. Wenn ich Nein sage, dann war's das. Kein Hörspiel. Keinerlei Nebenrechte. Nichts.«

Cathy betrachtete sie nachdenklich. »Hast du mit Maddie darüber gesprochen?«

Viv verneinte. »Ich weiß, wir stehen unter Zeitdruck. Und sie werden ihre Vorauszahlung zurückhaben wollen, aber ich kann nicht anders. Ich glaube, Carta will das Hörspiel nicht.«

»Viv.« Besorgt stand Cathy auf.

»Nein. Weißt du, diese Geschichte ist das Tollste, was mir je passiert ist. Mir ist vergönnt, etwas wirklich Unglaubliches mitzuerleben.« Energisch legte Viv beide Hände auf den Tisch. »Da darf nichts dazwischenkommen.«

Fiktion?

Fakten.

»Ich werde Maddie anrufen. Sie wird mich bestimmt verstehen.«

»Und was ist mit Pat?«

»Sie wird es auch verstehen müssen. Sie liegt sowieso völlig daneben und will nur über Medb schreiben.«

»Wer ist denn Medb?« Cathy sah verständnislos drein.

»Medb?« Wieder schüttelte Viv den Kopf. »Medb ist niemand. Sie existiert überhaupt nicht!«

## II

Stille lag über den Bergen. Auf den Feldern war kein Mensch zu sehen, der Traktor und die Ballenpresse standen wieder in der Scheune hinter dem Farmhaus. Das Murmeln des Wassers und das Rauschen des Windes drangen beruhigend an Steves Ohren und wiegten ihn fast in den Schlaf. Von dort, wo er saß, im Schutz der Trockensteinmauer und der Talsohle, konnte er den Gipfel nicht sehen. Er war in einer kleinen, eigenen Welt, in der alles passieren konnte.

Es überraschte ihn, dass seine Mutter Viv die Quelle gezeigt hatte. Eigentlich war die Höhle ihr ganz persönlicher Ort, den niemand anderes betreten durfte. Sicher, sein Vater wusste davon, aber er sprach ungern darüber und interessierte sich offenbar auch nicht für die weniger zugänglichen Winkel auf seinem Grundstück, außer für die Stellen, die früher seinen Schafen hätten gefährlich werden können. Jetzt standen die Gatter offen, hier und da war der Stacheldraht gerissen. Das Gras der Felder wurde jetzt wegen des Heus gemäht und nicht als Silage verwendet. Zumindest ein Vorteil. Das war ökologischer. Mit einem wohligen Seufzen drehte er sein Gesicht in die Sonne, sah, dass seine Kerze noch dort unten im Dämmerlicht brannte und dass seine Opfergaben an die Göttin ungestört dort liegen würden, bis er oder seine Mutter sie ersetzten. Blumen, Samen, Getreidekörner, Rosinen. Diese verschwanden meist sehr schnell, wurden von den kleinen hungrigen Bewohnern dieses Ortes verzehrt, aber so sollte es auch sein. Das war die Absicht dahinter – dem Heiligtum und seinen Bewohnern etwas zu schenken.

Aber Viv – warum hatte seine Mutter sie hergebracht? Dieser Ort war Menschen vorbehalten, die daran glaubten. Hieß das, dass sie auch eine Anhängerin der alten Religion war?

Er lächelte. Wer hätte das gedacht? Kein Wunder, dass Hugh Graham sich mit ihr überworfen hatte. Er war einer von der alten Schule. Regelrecht defensiv, wenn es um sein Fach ging, das unbedingt streng wissenschaftlich bleiben musste. Auf keinen Fall wollte er zu viel »fühlen«, damit es ihm nicht zu nahe kam. Orte wie dieser konnten einem viel zu nahe kommen.

Langsam stand er auf. Bei ihm war ihr Geheimnis sicher. Aber er bedauerte es, dass sie schon wieder hatte fahren müssen. Er hatte gehofft, dass sie hierbleiben und auf dem Hof schreiben würde, dass die Farm eine Basis für ihre Forschung sein könnte. Er warf einen Blick zurück zu der Stelle, wo der Wildbach aus dem Schatten in die Sonne stürzte. Sie hatte versprochen, dass sie gleich nach der Lesereise wiederkommen würde.

## III

Hugh saß auf der Terrasse hinter dem Haus, auf dem gusseisernen Tisch neben ihm stand ein Glas Weißwein, auf der Armlehne lag ein Notizbuch, auf seinen Knien Vivs Buch.

Er fühlte sich hin und her gerissen zwischen momentanem Wohlbehagen – das Buch und der Wein – und Verärgerung über ihren flüssigen, fast allzu glatten Stil. Sie war gar zu selbstbewusst, gar zu schlau. Hätte sie sich an die alten Theorien über die Kelten gehalten, hätte er tolerant-herablassend darauf reagieren können. Viele Leute vertraten noch die Immigrationstheorie und glaubten, die ursprünglichen Britannier seien ein ziemlich primitives Völkchen gewesen, das von den weit überlegenen Römern erst zivilisiert werden musste. Viv aber widersprach dieser Vorstellung nicht nur, was ja noch in Ordnung gewesen wäre, sie deutete sogar an, dass die Kelten den Römern weit überlegen waren! Irgendwo stellte sie sogar die Vermutung an, sie seien Pythagoräer gewesen, lange bevor Pythagoras überhaupt gelebt hatte; dass Pythagoras seinen Lehrsatz von seinem keltischen Sklaven, vermutlich einem Druiden, übernommen hatte und nicht umgekehrt, und dass Pythagoras womöglich sogar nach Westen gereist war, um von den Druiden in Gallien oder gar sonst wo zu lernen! Was für eine Farce! New-Age-Quatsch.

Aber ihre Theorie über ein europaweites Druidennetzwerk von Spionen gefiel ihm gut. Sicher, das hatte Cäsar schon in *De bello Gallico* angedeutet. Viv müsste nur lernen, ihre Ideen deutlich als solche darzustellen, eben als Theorien, und nicht anzudeuten, dass es sich dabei um historische Tatsachen handelt, von denen alte Dummköpfe wie er nichts verstünden. Nicht, dass sie ihn namentlich erwähnt hätte. Kein einziges Mal. Seufzend legte er das Buch beiseite und trank einen Schluck Wein. Trotz seiner mangelnden Pflege war der Garten wunderschön und stand jetzt in voller Blüte, überall zwitscherten Vögel, Bienengesumm erfüllte die Luft. Einen Moment schloss er die Augen und freute sich an dem frischen Geschmack des kalten Weins. Als er sie wieder öffnete, stand keine zwei Meter von ihm entfernt eine Frau auf der Terrasse. Vor Überraschung schrie er auf, das Glas fiel ihm aus der Hand und zerschellte auf den Pflastersteinen, das Buch glitt von der Armlehne. Im nächsten Augenblick war sie verschwunden.

»Guter Gott!« Er stand auf und sah sich hektisch um. »Wo sind Sie? Hallo!« Sie hatte ihn beobachtet. Aus nächster Nähe. Ein Hippie. Verfilzte Haare, zerschlissene, seltsame Kleidung und Augen von einem leuchtenden Blaugrün. »Jetzt kommen Sie schon raus! Ich weiß doch, dass Sie hier sind!« Aber ganz sicher war er sich dabei nicht. Wohin sollte sie denn verschwunden sein? Versteckt haben konnte sie sich höchstens in den Lorbeerbüschen am anderen Ende des Gartens, und so schnell konnte sie sich gar nicht bewegt haben. Oder doch? Er marschierte über den Rasen und machte sich daran, den Garten nach ihr abzusuchen. Aber da war niemand.

In der Ferne hörte er den Klang der Kriegstrompete. Das Geräusch ließ ihm das Blut in den Adern gefrieren.

## IV

»Hinterfrage meine Entscheidungen nicht!« Triganos' Gesicht war wutverzerrt. »Ich bin der König der Briganten. Was ich entscheide, ist Gesetz!«

»Gesetz ist, was deine Druiden entscheiden, Bruder!«, widersprach Carta lautstark. Sie hatte die Hände in die Hüften gestemmt, und ihre Augen blitzten nicht minder zornig als seine. »Ihre Entscheidungen stehen über deinen. Sie sind deine Ratgeber, und ihr Rat ist weise. Wenn du ihn nicht annimmst, wird es zu deinem

Schaden sein. Und zu dem unseres Volks. Die Menschen verlassen sich darauf, dass du sie führst – weise führst!«

Dun Righ war mittlerweile vergrößert, renoviert und verstärkt worden. Dort, wo keine Klippen Eindringlinge abhielten, waren die Schutzwälle gewaltig ausgebaut worden, die darüber aufragenden Mauern und Palisaden waren äußerst stabil. Sie umgaben eine geschäftige Siedlung, die aus Rundhäusern bestand, Werkstätten, den größeren Häusern des Königs und dem Versammlungshaus, dem Festsaal und dem Haus der Krieger, in dem die jungen Männer lebten. Eben davor standen jetzt Carta und ihr Bruder. Hinter ihnen wartete in finsterem Schweigen eine Gruppe Krieger, bewaffnet mit Pfeilen, Speeren und Schilden, während ihre Pferde vor leichte Streitwagen gespannt wurden, die auf dem Kampfplatz bereitstanden.

Dies war nur eine von einer ganzen Reihe zunehmend heftiger und stets öffentlicher Auseinandersetzungen zwischen den beiden Geschwistern. Dieses Mal ging es um seinen Entschluss, einen Kriegstrupp nach Süden zu führen, um den dortigen Stämmen gegen die Römer zu helfen. Und auch dieses Mal ergriff Venutius für ihn Partei.

Die Meinungen waren geteilt. Die Gespräche zwischen den untergeordneten Stammeskönigen, ihren Ratgebern und den erfahrensten Kriegern waren bei den Versammlungen unter den mächtigen Eichen im Wald hin und her gegangen. Die römischen Legionen waren an der Südküste angelandet, und nun stellte sich die Frage: Sollten sie nach Süden ziehen und kämpfen oder sollten sie abwarten? Wenn die Legionen die Cantiacer und die Catuvellaunen besiegten, würden sie dann weiter nach Norden marschieren oder würden sie sich mit den reichen Ländern und dem Wohlstand der weniger aufsässigen südlichen Königreiche zufriedengeben?

»Sie werden keine Ruhe geben, bis sie nicht die ganzen britannischen Inseln erobert haben!« Ihr Bruder war außer sich vor Ungeduld. »Wie kannst du nur so dumm sein, etwas anderes zu glauben? Sie haben das Meer überquert! Die letzte Schutzsperre, die uns von

Gallien trennt. Die Götter haben sie nicht aufgehalten, und wenn wir nicht kämpfen, wird nichts sie von unserem Land fernhalten.«

»Es gibt sehr viel, das sie von unserem Land fernhält.« Seine Schwester widersprach ihm, ehe jemand anderes zu einer Antwort ansetzen konnte. »Die Stämme des Südens und der Mitte und schließlich unsere Berge. Wir sind Briganten, die Krieger der Berge. Sie werden uns nicht besiegen, es sei denn ...« Sie hob eine Hand, da er tief Luft holte, um sie niederzuschreien, »... es sei denn, wir verlassen die Berge und gehen zu ihnen. Ihre Armeen kämpfen am besten in der Ebene.«

»Woher weißt du das?« Seine Augen blickten kalt und zornig.

»Ich habe sie gesehen.« Sie hielt seinem Blick trotzig stand. »Ich habe sie im Wasser der heiligen Quelle gesehen, mit ihren Rüstungen und Schilden und den großen Adlern. Tausende von ihnen, in Quadraten über das Land aufgestellt.«

Er schluckte seine Antwort hinunter. Zu oft vergaß er, dass seine Schwester eine Seherin war, zur Druidin ausgebildet wurde und darüber hinaus eine Fürstin seines eigenen Blutes war. Visionen wie den ihren konnte man nicht widersprechen. »Trotzdem«, fuhr er unwillig fort, »man kann sie aufhalten. Wir können sie nach Rom zurückjagen. Das haben wir schon einmal getan.«

»Er hat recht, Cartimandua.« Venutius stand in ihrer Nähe und betrachtete sie mit einem verächtlichen Blick. »Meiner Ansicht nach ist das doch offensichtlich. Wenn sich alle Stämme zusammenschließen, können wir sie besiegen und nach Gallien zurückdrängen.«

»Damit sie mit noch mehr Legionen und noch größerer Kampfeslust zurückkommen?«, fuhr Carta ihn an. Sein herablassender Tonfall machte sie rasend. »Du verstehst diese Menschen nicht.«

»Aber du schon, kleine Schwester?«, warf ihr Bruder mit einem spöttischen Grinsen ein. »Du willst von Krieg nichts wissen, weil du deinen Mann bei einem kleinen Scharmützel verloren hast, und deswegen bist du feige geworden. Du verstehst überhaupt nichts von der Sache!«

Einen Moment herrschte absolute Stille. Carta sah, dass Venutius' Blick auf ihr ruhte und er grinsend abwartete, wie sie auf Triganos' verletzende Bemerkung reagieren würde. Doch sie atmete nur tief durch und ging auf seinen Hohn gar nicht ein. »Ich verstehe sehr wohl etwas vom Krieg, Bruder, weil ich auf die Druiden höre, die im ganzen Land Kollegien unterhalten, weil ich auf Lugaid von den Votadinern gehört habe und weil ich auf die Götter höre. Sie schicken uns Warnungen, und die missachten wir zu unserem eigenen Schaden.«

»Einige Druiden sprechen sich durchaus dafür aus, dass wir kämpfen«, wandte Venutius sofort ein. »Die Meinungen unserer Berater sind in dieser Frage geteilt.« Er sah zu Triganos und hob die Augenbrauen. »Mein Freund, ich verstehe nicht, warum du dir die Widerworte deiner Schwester bieten lässt. Du tätest gut daran, sie wieder zu den Frauen ans Feuer zu schicken. Es steht ihr eher zu Gesicht, über ihr Verlangen nach fleischigen Schenkeln zu plaudern, als über die politischen Gegebenheiten zu sprechen.«

Carta ballte die Fäuste. »Er lässt es sich von mir bieten, Venutius, weil er weiß, dass ich ihm gute Ratschläge erteile«, stieß sie hervor.

»Das glaube ich nicht«, schoss Venutius zurück. »Vielmehr ist er in Gefahr, unter der Fuchtel seiner kleinen Schwester zu stehen. Sag ihr das, Triganos.«

Triganos zuckte mit den Schultern und blickte zwischen seiner Schwester und seinem Freund hin und her. »Sie versteht schon etwas von diesen Dingen, Venutius«, räumte er ein. »In dieser Frage gibt es wirklich zwei Meinungen.«

»Das heißt, während die Druiden zaudern, warten wir untätig ab, bis wir besiegt werden?« Mittlerweile war Venutius außer sich vor Ungeduld und schritt rastlos auf und ab.

»Und die Götter? Zaudern die ebenfalls?« Carta war nicht minder erregt.

»Meiner Ansicht nach sind sich die Götter nie einig.« Venutius warf ihr einen finsteren Blick zu. »Schließlich behaupten die Römer, dass ihre Götter ihnen die ganze Welt geschenkt haben. Kämpfen ihre Götter gegen unsere? Kämpfen sie gegen die Götter Griechenlands und Ägyptens und Libyens? Gegen die Götter von Skandia? Von Indien und Cathay? Gegen die Götter jenseits der Meere hinter Erin? Oder gegen diesen neuen Gott, von dem die Druiden uns berichten, der sich den römischen Göttern in Palästina widersetzt? Das glaube ich nicht! Teilen sie die Welt zwischen sich auf und überlassen es uns Sterblichen nur, die Grenzen zu ziehen? Natürlich nicht. Sie überlassen alles uns!«

Carta zögerte. Venutius wusste eindeutig besser Bescheid, als sie angenommen hatte, und weitaus besser als ihr Bruder. Sie warf ihm einen abschätzenden Blick zu. »Unsere Götter, die Götter von Brigantia, erwarten von uns, dass wir das Land schützen, das sie uns gegeben haben«, sagte sie nachdenklich. »Aber sie erwarten von uns nicht, dass wir ohne nachzudenken in den Krieg ziehen.«

»Gut gesprochen.« Ohne dass sie es bemerkt hatten, hatte Artgenos sich zu ihnen gesellt. Jetzt stand er auf seinen Stab gestützt da. »Wer sich hitzköpfig verhält, läuft Gefahr, grundlos das Leben seiner besten Männer aufs Spiel zu setzen. Seid klug. Überstürzt nichts unüberlegt ...«

Viv fuhr zusammen, und die Szene verschwand, weil in ihrem Kopf plötzlich die Logik eingesetzt hatte. Schuld daran war die Aufzählung der ganzen Namen. Die bekannte Welt. Skandinavien. Ultima Thule. Ägypten. Libyen. Palästina. China. Westlich von Erin – das konnte doch unmöglich Amerika sein? Aber wer weiß, vielleicht hatten die Kelten sogar Australien entdeckt und den ewigen Schnee der Antarktis. Schließlich waren sie ausgewiesene Astronomen, die in der ganzen Welt hohes Ansehen genossen. Sie verstanden sich auf Navigation. Sie wussten, dass die Welt eine Kugel war. Vergiss die Vorstellung, dass sie primitive Inselbewohner waren! Genau die Art Geschichte, die Hugh mit Zähnen und Klauen verteidigte. Primitive Kelten gegen fortschrittliche Römer. Nein,

nein und nochmals nein. Da würde sie der gängigen Lehre aufsitzen. Sie lächelte grimmig.

In der Ecke des Zimmers stand Carta und wartete. Ein Schatten. Eine Gedankenform. Ein Geist. Sie gewann immer mehr an Kraft und verlor dabei zunehmend die Geduld.

## V

»Ich glaube, du solltest verstärkt Vermittlungsarbeit leisten. Viv ist drauf und dran, das Hörspiel hinzuschmeißen.« Cathy sah zu Pat, die im Wohnzimmer an ihrem Laptop saß. In Vivs Buch, das auf dem Sofatisch lag, waren Dutzende von Seiten mit roten Post-its eingemerkt, und der Boden zu ihren Füßen war mit Blättern übersät, die an vielen Stellen gelb oder pink markiert waren.

Pat schaute über den Rand der Brille, die ihr auf die Nasenspitze gerutscht war, auf. »Irgendwie habe ich fast damit gerechnet. Das macht die Sache für mich viel leichter.«

»Nein. Du verstehst mich nicht richtig. Sie will, dass das Hörspiel überhaupt abgeblasen wird.«

Pat schüttelte den Kopf. Sie war schon wieder am Tippen, ihre Finger flogen über die Tastatur. »Das darf sie gar nicht.«

»Es ist ihr Buch.«

»Nicht, wenn ich das Hörspiel zu Ende schreibe. Wir können den Vertrag ändern. Oder ihren Namen ganz weglassen.« Pat hielt beim Tippen inne, schaute konzentriert auf den Bildschirm und löschte einige Wörter. Dann sah sie auf. »Ich ruf sie mal an.«

»Ich glaube, das wäre eine gute Idee.« Cathy setzte sich. »Du kannst doch nicht einfach ihr Projekt abstauben, Pat.«

»Warum nicht?« Pat setzte die Brille ab und streckte sich. »Ohne mich ist sie doch bloß auf der Stelle getreten. Ich werde ein paar Leute zum Vorsprechen bitten, damit wir endlich weiterkommen. Vivs ewige Trancen und Träume und die ständigen Streitereien und Auseinandersetzungen haben uns völlig von dem abgelenkt, worum's eigentlich geht. Töchter des Feuers will sich doch einen Namen für fantastische Doku-Dramen machen, für effiziente Produktionen und Zuverlässigkeit.« Sie schaute auf. »Darf ich noch mal deinen Drucker benützen, Cathy? Dann kann ich dir die neuen Szenen zeigen. Ich glaube, wenn sie die gelesen hat, wird sie ihre Meinung ändern.«

Insgeheim bezweifelte Cathy das. Sie sah sie skeptisch an. »Das ist ja eine ganze Menge.«

»Stimmt.« Pat blickte zu dem Stapel bedruckter Seiten, der auf einer Ecke des Tisches lag. »Da werden wir einiges kürzen müssen. Und wahrscheinlich noch Veränderungen vornehmen. Mach dir keine Sorgen. Ich werde das mit Viv schon wieder hinbiegen. Es gibt auch einiges, was sie tun kann. Am liebsten wäre mir, wenn sie die Erzählerin selbst sprechen würde. Ich bin gespannt, wie sie morgen im Fernsehen rüberkommt.«

Dann sah sie sich um. »Wo ist eigentlich das mediale Wunderkind?«

Cathy grinste finster. »Bereitet sich hoffentlich auf den Urlaub in Schweden vor.«

»Komm schon, sie wird dir fehlen.«

»Wahrscheinlich.«

»Pete wird sie bestimmt fehlen.«

Cathy nickte.

»Glaubst du, dass sie wirklich Vivs Alter Ego gesehen hat?« Pat schloss den Laptop und lehnte sich zurück.

Cathy zuckte mit den Achseln. »Natürlich nicht. Sie ist ziemlich schlau. Sie merkt, was um sie herum vorgeht, und dann bauscht sie es auf.«

»Aber ihre Beschreibung ...«

»Sie hat Fantasie.«

Pat wurde nachdenklich. Sie hatte nicht lange nachhaken müssen, damit Cathy ihr erzählte, wie sehr Viv in dieser merkwürdigen Welt aufging, die sie um sich herum erfand. Sie sah zu Cathy. »Weißt du, ich träume auch von diesem ganzen Zeug.«

Cathy starrte sie entgeistert an. »Also, Pat, bitte.«

Pat überhörte ihren vorwurfsvollen Ton. »Die Frage ist«, sie verschränkte die Arme, »muss ich mir deswegen Sorgen machen?«

Cathy fuhr sich nachdenklich durch die Haare. »Ich finde, ihr braucht beide etwas mehr Bewegung an der frischen Luft!«

»Du hältst also nichts von der Obsessionstheorie?«

Cathy musterte sie. »Nein, davon halte ich überhaupt nichts. Und ich glaube auch nicht, dass es Reinkarnation ist.«

»Und du glaubst, dass Viv nur einfach nicht von dem Thema loskommt.«

»Es fällt ihr schwer, sich von ihrem Buch zu ...«

»Ja, das hast du schon mal gesagt. Und welche Ausrede habe ich?«

»Du glaubst, dass du eine Geschichte gefunden hast, die noch besser ist als Vivs.« Cathy grinste.

»Warum träume ich sie dann und schreibe sie nicht bloß auf?«

»Vielleicht, weil du ein schlechtes Gewissen hast. Du versuchst, Viv zu übergehen und ihr das Stück wegzunehmen.« Cathy erhob sich. »Darüber kannst du ja mal nachdenken.«

Pat grinste freudlos. Vielleicht hatte Cathy wirklich recht.

Kurze Zeit, nachdem man ihr die Ketten abgenommen hatte und sie tagsüber ungehindert durch die Villa gehen konnte, stahl Medb aus der Kleiderkammer eine lange Haarnadel. Der Wachposten, der vor der Tür zu den Sklavenräumen schlief, starb, noch ehe er richtig wach war. Mehrere Sekunden sah Medb auf ihn hinab und überlegte, ob sie Lucilla suchen und ihr dasselbe antun sollte. In der Villa war es dunkel, nur hier und da erhellten Öllampen die Flure. Die Wachposten waren träge. Vermutlich würde es ganz leicht sein. Aber es war ein unnötiges Risiko. Wenn jemand sie nachts durch die Villa streifen sah, würde sie ausgepeitscht und wieder gefesselt werden, und sobald sie den toten Wachposten gefunden hatten, würde sie sterben müssen. Deswegen sollte sie die Gunst des Augenblicks nutzen und sofort fliehen. Auf Zehenspitzen schlich sie über die Mosaikböden zur Küche. Dort gab sie einen Vorrat von Brot, Käse und kaltem Fleisch in einen Linnenbeutel und steckte ihn in eine Tasche, die an einem Haken hing. Dann öffnete sie lautlos die Tür und ging in die Sommernacht hinaus, durch den Garten zur Mauer, wo sie den Riegel der Pforte aufschob. Vor Morgengrauen hatte sie die Felder überquert und bereits den Wald erreicht. Sie hatte Sibáel bewusst nicht mitgenommen. Die würde sie nur behindern, und sie hätte Gewissensbisse gehabt, den Wachposten zu ermorden. Medb konnte gut für sich selbst sorgen.

Sie kam langsam voran, denn sie war nur nachts im Licht der Sterne und der schmalen Mondsichel unterwegs. Tagsüber versteckte sie sich und hielt sich von Straßen und Siedlungen fern. Sie streckte ihre Essensvorräte mit Vogeleiern und gestohlener Milch, manchmal auch mit Fischen, die sie mit ihren sanften Händen in den Bächen bezauberte, an denen sie ihren Durst stillte. Und die ganze Zeit ging sie immer weiter nach Nordwesten auf die Küste zu.

In den ersten Tagen glaubte sie ein- oder zweimal, in der Ferne Hundegebell zu hören. Jedes Mal watete sie dann eine Weile im Fluss stromabwärts, damit sich ihre Fährte im Wasser verlor. Danach hörte sie nichts mehr.

Einmal blickte sie forschend in einen dunklen Tümpel des Flusses und sah, wie Carta Dun Pelder verließ. Von einem Säugling war nichts zu sehen. Konzentriert schaute sie in das bräunliche Wasser und versuchte, die verschwommene Vision festzuhalten. Da waren Pferde und Wagen und viele Menschen, die sie begleiteten. In welchem würden die Ammen reisen? Wenn überhaupt Ammen dabei waren.

Dann lächelte sie. Ihr Fluch hatte gewirkt. Das Kind war tot. Sie beugte sich noch näher übers Wasser, kniff die Augen zusammen, eine Haarsträhne löste sich und trieb wie helle Schlingpflanzen in der Strömung. Wohin reiste Cartimandua denn nun mit so vielen Begleitern? Sie versuchte zu sehen, ob sie irgendwelche markanten Punkte erkennen konnte, doch die Frau ritt in einer wässrigen Welt von Schatten und Spiegelungen. Es war egal. Zuerst musste sie ein Meer überqueren, ehe sie sich Gedanken zu machen brauchte, wo sie Cartimandua finden würde.

Nachdenklich ließ sie die Vision los und bewegte sich vom Ufer fort. Die Sonne ging auf, während sie in den Wald zurückkehrte und weißer Dunst sich über den Fluss legte.

# Kapitel 15

## I

Nach dem Sonnenlicht kam es ihr an der heiligen Quelle sehr dunkel vor, und es war still bis auf das Tropfen des Wassers. Carta beugte sich über die Wasseroberfläche und brachte der Göttin Gaben dar.

*Vivienne?*

Sie flüsterte den Namen in die grünen Tiefen.

*Vivienne, wo bist du?*

Sie bekam keine Antwort. Draußen fuhr eine Brise durch die Bäume in der Bergmulde über dem Wildbach und ließ die Blätter rauschen. Sie hörte das Geräusch über das tropfende Wasser hinweg und runzelte die Stirn. Der Berg sprach zu ihr.

*Vivienne?*

Weit weg, in einer anderen Zeit, mühte sich Viv zu sprechen, aber kein Wort wollte ihr über die Lippen kommen.

Triganos, Bran und Venutius waren am Morgen mit ihren Gefährten und einer Schar Krieger in die Moore geritten und hatten die Siedlung mehr oder weniger unbewacht zurückgelassen. Sie hatten Carta nicht aufgefordert mitzukommen. Als sie ihnen nachsah, überwältigte sie ohne jede Vorwarnung ein Gefühl von Kummer und Einsamkeit. Hier gehörte sie nirgendwo dazu. Bei den Gesprächen unter den heiligen Eichen achteten nur Artgenos und die anderen Druiden auf ihre Meinung. Die übrigen Männer folgten dem Beispiel von Triganos und Venutius und missbilligten, dass sie an diesen Zusammenkünften überhaupt teilnahm, stritten mit ihr oder zogen sie beständig auf. Weisheit und Erfahrung besaßen nur alte Frauen, aber sie war noch jung. Und wenn sie sich ans Feuer der Frauen setzte, begegnete man ihr mit Misstrauen und Zurückhaltung. Sie passte weder zu den jungen Mädchen noch zu den Frauen, die Männer und Kinder hatten, über die sie sich unterhalten konnten. So ritt sie immer häufiger allein durch die Wälder oder fuhr, mit Fergal an den Zügeln, in ihrem Streitwagen übers Land.

In ihren Träumen sah sie Riach. Überwältigt von Liebe und Trauer, streckte sie die Arme nach ihm aus, flehte ihn an, zu ihr zu kommen, und lächelnd bewegte er sich auf sie zu, doch wenn sie dann zu ihm in seine Arme laufen wollte, war er fort, zog sich in den Dunst zurück, und sie blieb allein zurück und weinte still in ihr Kissen.

»Riach!« Sie rief seinen Namen in den Wind. »Riach! Warte doch!«

In diesen Träumen sah sie nie ihr Kind.

*Vivienne! Hilf mir. Wurde mein Sohn wiedergeboren? Ist er bei seinem Vater? Sag mir, wo er ist!*

Aber die Göttin schwieg. Carta beugte sich wieder über die Quelle, ihre Tränen fielen wie Regentropfen auf das Wasser, dann wurden auch sie fortgespült.

Und dann sah sie in den Tiefen des Tümpels unter den Felsen nahe am Ufer das Gesicht, die hellen, harten Augen, das lange blonde Haar, das zwischen den Farnen trieb.

Medb mit den weißen Händen hatte sie gefunden.

## II

»Verdammt!« Die Szene war weg. Das Tropfen des Wassers in der Quelle verebbte.

Medb.

Medb war da. Sie spionierte Carta nach, und Carta hatte Angst!

Viv drehte sich der Kopf, sie war völlig ausgelaugt. So gern sie auch zu der Szene zurückkehren wollte, es ging nicht; so sehr Carta in ihren Kopf einzudringen versuchte, sie war zu müde, um weiterzumachen.

Steifbeinig tapste sie in die Küche und öffnete die Schränke und den Kühlschrank. Sie wusste nicht einmal, wann sie das letzte Mal Einkaufen gewesen war. Schnell ging sie ins Wohnzimmer zurück und griff nach ihrem Geldbeutel und den Schlüsseln.

Als sie eine halbe Stunde später auf dem Boden saß, ihre Mahlzeit auf dem Sofatisch vor sich, überflog sie ihre Notizen. Trotz ihren Äußerungen gegenüber Cathy dachte sie sehr wohl noch an das Hörspiel. Und an Medb. Vielleicht hatte Pat recht, vielleicht war für Medb doch Platz, sie könnte die Spannung in der Geschichte steigern und das Hörspiel noch interessanter machen. Sie häufte Reis und indisches Hühnchen auf die Gabel und blätterte eifrig ihre Aufzeichnungen durch. Mit vollem Magen fühlte sie sich gleich viel besser, konzentrierter. Es gab so viel zu tun. Sie wollte den Entwurf des Hörspiels noch einmal durchlesen und dabei Passagen heraussuchen, über die sie am nächsten Tag im Fernsehen sprechen konnte. Und sie musste überlegen, an welchem Punkt sie die Fibel präsentieren wollte. Nachdem sie aufgegessen hatte, schrieb sie eifrig weiter.

Es war sehr spät, als sie schließlich den Stift beiseitelegte und gähnend die Arme streckte. Sie stand auf und trug ihren Teller in die Küche, warf die leeren Essensbehälter in den Müll, schaltete das Licht aus und ging ins Bad. Sie war völlig erschöpft, körperlich und emotional, und wollte nur noch schlafen. Aber zuerst ließ sie Wasser in die Wanne laufen und suchte nach einem Badezusatz. Nachdem sie die Hähne schließlich zugedreht hatte, zog sie sich langsam aus und wollte gerade in die Wanne steigen, als sie sich überlegte, beim Baden etwas Musik zu hören.

Im Wohnzimmer war es dunkel, das Fenster hatte sie an diesem warmen Abend offen gelassen. Von draußen drangen nur bisweilen Geräusche herein, manchmal ratterte ein Auto über das Steinpflaster der High Street, dann verebbte der Lärm wieder. Sie griff nach dem tragbaren CD-Spieler und wollte gerade wieder ins Bad zurückgehen, als sie aus dem Augenwinkel eine Bewegung in der Tür zum Flur wahrnahm, und plötzlich wurde ihr mit Unbehagen bewusst, dass sie völlig nackt war.

»Wer ist da?« Sie drückte den CD-Spieler an die Brust. Um diese Jahreszeit glühte der Nachthimmel ein wenig, und das schwache Licht wurde in die engen Gassen der Altstadt reflektiert, sodass es im Zimmer nicht völlig dunkel war. Sie hielt die Luft an. Jetzt herrschte absolute Stille um sie herum, aber es war eine merkwürdige Stille. Dicht, undurchdringlich, klamm. Das Einzige, was sie hören konnte, war ihr eigener Herzschlag.

»Wer ist da?«, wiederholte sie zaghaft.

Der schwarze Spalt der halb geöffneten Tür, die in den Flur hinausführte, hatte sich nicht verändert. Vorsichtig schlich sie zum Schaukelstuhl, stellte den CD-Spieler ab, griff nach dem Pullover, der über dem Stuhl lag, und zog ihn rasch an. Dann schaltete sie das Licht ein. Im grellen Schein der drei Lampen war das Zimmer leer. Das hatte sie im tiefsten Inneren, jenseits ihrer irrationalen Panik, auch gewusst. Sie ging auf die Tür zu und hielt dann inne. Aus dem Flur trieb frische, feuchte Luft zu ihr. Sie streckte die Hand aus, um auch dort Licht zu machen, plötzlich besorgt, dass die Wohnungstür offen stehen könnte, doch sie war nach wie vor abgesperrt, und schon war der frische Duft, kaum hatte sie ihn wahrgenommen, wieder verschwunden.

Sie schauderte. Es war der Duft der Täler und Moore von Yorkshire gewesen.

»Carta?« Ihr Flüstern war zögerlich, im Grunde wollte sie keine Antwort bekommen. »Carta? Bist du das?« Carta war wütend und ungeduldig. Sie wollte, dass Viv weitermachte.

Aber das Tor, das kurze Zeit zwischen Cartas und Vivs Welt offen gestanden hatte, war geschlossen. Die frische Luft der Berge von Brigantia war wieder in der Vergangenheit gefangen, und sie blieb zurück in einer leeren Wohnung und dem leichten Geruch nach dem Currygericht, das sie wenige Stunden zuvor gegessen hatte.

## III

Mit finsterem Gesicht wandte Hugh sich vom regennassen Garten ab und ging zum Schreibtisch zurück. Er warf einen Blick auf den Ausdruck seiner Rezension, die neben der Tastatur lag, und las sie noch einmal durch, während er einen Becher schwarzen Kaffee trank. Vivs Buch war bestenfalls eine muntere, abenteuerliche Reise durch ein historisches Thema. Seine Meinung hatte sich nicht geändert, auch nicht, nachdem er das Buch von der ersten bis zur letzten Seite gelesen hatte. Er setzte sich und schaute auf den Bildschirm. Das Buch war in jedem Fall eine Katastrophe und keine Publikation, die er mit seinem oder dem Namen des Instituts in Verbindung gebracht haben wollte.

Das Buch selbst lag auf einer Ecke seines Schreibtischs. Wie Pat hatte er sein Exemplar mit zahllosen Post-its versehen, doch in seinem Fall markierte jeder Zettel eine Ungenauigkeit oder Vermutung, eine Stelle, die eine Beleidigung der historischen Wahrheit darstellte. Nur gut, dass sie ihm dieses zweite Exemplar geschickt hatten, nachdem er das erste Steve gegeben hatte. Sonst hätte er es nie gelesen und der Aufforderung der *Daily Post,* das Buch zu besprechen, nicht nachkommen können. Und er hatte es richtig rezensiert, mit ausführlichen, vernichtenden Zitaten, insbesondere bezüglich der Farce, die Viv in ihrer Geschichte aus der Rolle Venutius' gemacht hatte. Venutius, der einer der größten Anführer dieser Zeit gewesen war, größer noch als Caratacus.

Na ja, sie konnte ihm nicht vorwerfen, ihr keine Chance gelassen zu haben. Sie hätte das Buch zurückziehen, es einstampfen lassen können. Was immer man mit überflüssigen Büchern eben tat. Er hatte sie gewarnt, er hatte sie angefleht, aber sie hatte darauf bestanden, es zu veröffentlichen. Was immer jetzt passieren mochte, es war ihre eigene Schuld. Er griff nach der Maus und rief sein E-Mail-Programm noch einmal auf. Ein Klick, und die Rezension war verschickt.

Er runzelte die Stirn. An dem Tag, an dem sie erschien, würde Viv Lloyd Rees dem öffentlichen Gespött preisgegeben sein. Das wurde ihm auf einmal bewusst. Wollte er das wirklich?

Einen Moment starrte er auf den Bildschirm. »Ihre E-Mail wurde versandt«, stand da. Noch konnte er es sich anders überlegen. Er konnte die Rezension zurückziehen. Die arme Viv. Alison hätte ihn für diese Kritik gehasst. Aber wenn Alison noch lebte, hätte er sie vermutlich nie geschrieben. Als Alison noch lebte, war er abgeklärter und toleranter gewesen. Wenn er es sich jetzt so überlegte, war er damals wohl einfach ein freundlicherer Mensch gewesen. Aber schließlich hatte er die Rezension nicht verfasst, um seine Freundlichkeit unter Beweis zu stellen. Er hatte sie verfasst, um die Integrität seines Instituts zu verteidigen und die Integrität all dessen, an das er bei seiner Forschung glaubte. Langfristig war es nur zu Vivs Bestem. Eines Tages würde sie ihm sogar dankbar dafür sein. Er schlug das Buch auf und betrachtete das Foto von ihr auf der Innenklappe. Kurz überlegte er sich, sie anzurufen und vorzuwarnen. Er griff nach dem Hörer, hielt dann aber inne. Heute Abend trat sie im Fernsehen auf, um über das verdammte Buch zu reden, und vermutlich würde sie der ganzen Welt die geklaute Fibel unter die Nase halten. Danach würde es für ihn noch wichtiger sein, sich von ihr zu distanzieren.

Er stand auf und schaute wieder in den nassen Garten hinaus. Er hatte die Polizei nicht eingeschaltet. Natürlich nicht. Noch nicht. Das konnte er ihr nicht antun.

Die Fibel Cartimanduas.

Nein. Die Fibel Venutius'.

Verstört verzog er das Gesicht. Woher war dieser Gedanke jetzt gekommen?

Eine Woge irrationaler Angst durchflutete ihn, und er wusste, dass er gleich den durchdringenden Ton der Carnyx hören würde, noch bevor sie über den Garten schallte und das Rauschen des Regens übertönte.

## IV

»Ich bleib auch nicht lange!« Als Viv ihr die Tür öffnete, hob Pat munter eine Papiertüte hoch. »Ein Friedensangebot. Donuts! Darf ich reinkommen?« Sie schüttelte die regennassen Haare.

Viv trat beiseite und ging ihr ins Wohnzimmer voraus. Sie hatte wie eine Tote geschlafen, noch immer in ihrem Pullover, und war mit Kopfschmerzen aufgewacht, die auch unter der Dusche nicht weggegangen waren.

»Ich war wirklich etwas zu heftig«, sagte Pat, während sie ihr ins Wohnzimmer folgte. »Ich geb's ja zu. Die Geschichte hat mich so gepackt, dass ich alles andere niedergebügelt habe. Das ist ein Fehler von mir, das weiß ich. Meine Schuld!« Sie legte ihre Aktentasche aufs Sofa und ließ sich daneben fallen. »Können wir noch mal von vorn anfangen?«

Viv musterte schweigend ihr Gesicht, bevor sie sich auf den Schaukelstuhl setzte. »Ohne Medb?«

Pat setzte zu einer Erwiderung an, neigte aber nur den Kopf und zögerte kurz. »Weniger Medb?«, sagte sie dann.

»Keine Medb. Für Medb ist kein Platz. Schlicht und ergreifend kein Platz!« Cartimandua hatte sich entschieden gegen sie ausgesprochen.

Pat atmete hörbar aus. »Vielleicht hast du recht.« Sie klang nicht überzeugt. »Also, und wie geht's jetzt weiter?« Sie machte keine Anstalten, ihre Aktentasche zu öffnen.

Viv zuckte mit den Schultern. »Ich bin heute Abend in der Fernsehsendung. Bis die vorbei ist, kann ich nicht richtig denken.«

»Live?«

Viv verzog das Gesicht. »Live.«

»Aber bei solchen Sachen bist du doch sehr gut. Nach allem, was ich gehört habe, bist du ein Naturtalent.«

»Na, ich weiß nicht. Ich bin nervös.«

Pat schüttelte den Kopf. »Das ist ein gutes Zeichen. Du machst es bestimmt großartig.« Sie erhob sich. »Also gut, dann morgen? Wir stellen ein paar Szenen mit dem Erzähltext zusammen und sehen mal, wie sich das anhört.«

Sie ließ Viv beide Donuts da.

Spätabends im Fernsehstudio saß Viv dem Moderator Selwyn Briggs gegenüber. Das Acrylglas-Kästchen hatte sie zwischen ihr Glas Wasser und die kleine Blumenvase gestellt, die auf dem niedrigen Tisch zwischen ihnen stand.

Selwyn hatte graue Haare, ein etwas verlebtes Gesicht und eine exzentrische Vorliebe für grellfarbene Hemden. Er beäugte die Fibel. »Wann werden Sie sie zeigen?«

»Ungefähr zur Halbzeit?« Sie zuckte mit den Achseln. Hinter ihnen wurden die Scheinwerfer und die Kameras aufgebaut, Kabel schlängelten sich über den Boden. Ein Techniker überprüfte das kleine Mikrofon, das man ihr an die Bluse gesteckt hatte. »Wenn Sie nichts dagegen haben, komme ich darauf zu sprechen, wenn ich davon erzähle, wie Cartimandua tatsächlich gelebt hat.«

»Sehr schön.« Er grinste sie aufmunternd an. »Vergessen Sie nicht, Sie haben insgesamt nur zehn Minuten. Gehen Sie nicht zu sehr ins Detail, halten Sie sich lieber ans Allgemeine.«

Die Uhr, die an der Studiowand hing, bewegte sich langsam auf die volle Stunde zu. Als Viv die Erkennungsmelodie der Sendung hörte, spürte sie, wie trocken ihr Mund war. Selwyn lächelte ihr zu, er hatte seine professionelle Miene aufgesetzt. Seine Einleitung war wie immer perfekt.

»Unsere heutige Sendung kommt aus Edinburgh, und wir stellen Ihnen drei Historiker vor, die Ihnen von ihrer Arbeit berichten. Unser erster Gast ist Dr. Viv Lloyd Rees, Keltologin an der Universität Edinburgh. Guten Abend, Viv.« Sein Lächeln wurde noch breiter. »Ihr neues Buch *Cartimandua, Königin des Nordens* wird in den nächsten Tagen im Buchhandel erscheinen. Können Sie uns kurz erzählen, worum es da geht?«

Die Kamera zoomte näher, bis ihr Gesicht den Bildschirm füllte.

Viv lächelte den Moderator an, und ihre Nervosität verflog. Sie machte ein, zwei nette Scherze, flirtete mit dem Objektiv. Sie war ein Naturtalent, entspannt, charismatisch. Die ersten Minuten vergingen wie im Flug. Schließlich griff sie nach dem Kästchen. »Selwyn, ich habe etwas mitgebracht, das die Zuschauer interessieren könnte.« Sie nahm den Deckel ab und legte das Schmuckstück auf ihre Handfläche. »Diese Nadel – in Fachkreisen nennt man sie eine Fibel, eine Sicherheitsnadel, wenn Sie so wollen – wurde in Stanwick in Yorkshire gefunden, wo sich eine der größten Siedlungen der Briganten befand. Viele Keltologen glauben, dass dort ihre Hauptstadt war. Soweit man weiß, hieß der Ort in keltischer Zeit Dinas Dwr, was so viel bedeutet wie die Burg am Wasser. Heute ist der Fluss winzig, im Grunde nur noch ein Bach, ein Zufluss des Tees, aber früher war er sehr viel breiter. Wie Sie sehen, ist es ein wunderschönes Stück aus Gold mit exquisiten Emaileinlagen.« Sie hielt die Hand direkt in die Kamera, damit das Licht auf der Fibel reflektierte. Selbst hier in der Hitze des Studios war das Metall kalt. »Natürlich sollte sie jetzt eigentlich im Museum liegen«, sie machte eine kurze Pause und hob die Augenbrauen, »und nach dieser Sendung wird sie auch sofort dorthin zurückkehren, aber ihr Besitzer, Professor Hugh Graham, hat sie mir für diesen Abend freundlicherweise überlassen.« Sie blickte in die Kamera, die ihr am nächsten war, und lächelte zuvorkommend. »Es ist natürlich unmöglich zu wissen, ob sie tatsächlich Cartimandua gehörte, aber so heißt sie heute. Die Cartimandua-Nadel.«

Selwyn beugte sich vor. »Der Handwerker war eindeutig sehr geschickt.« Er streckte die Hand aus, und widerwillig reichte sie ihm die Fibel.

»In der Tat. Die Kelten waren ein vielseitig begabtes, kunstsinniges Volk.«

Selwyn nickte bedächtig und betrachtete das Schmuckstück einige Sekunden, dann gab er es ihr rasch zurück. Ihr entging nicht, dass er sich heimlich die Handfläche an seiner Hose abwischte, während er sie wieder anlächelte. Also spürte er es auch. »Sie müssen große Überzeugungskraft besitzen, Viv. Normalerweise darf niemand etwas aus einem Museum ausleihen. Professor Graham muss Ihnen sehr gewogen sein und Ihnen großes Vertrauen entgegenbringen.« Er grinste breit.

Erschreckt begegnete Viv seinem Blick. »Er hat mein Buch in der Tat mit großem Interesse verfolgt«, sagte sie ausweichend. Selwyn wusste also Bescheid.

»Und zweifellos hat er Sie auch sehr unterstützt?«

»Er hat mich auf die ihm eigene unnachahmliche Art unterstützt«, antwortete Viv trocken. »Professor Graham und ich gehen bei der Forschungsarbeit sehr unterschiedlich vor. Meiner Ansicht nach ergänzen sich unsere beiden Herangehensweisen großartig.« Sie lächelte entwaffnend. Hatte er von dem Streit gehört oder stocherte er nur nach etwas Sensationellem? Sie legte die Fibel auf den Tisch. »Wahrscheinlich hat er einen gepanzerten Wagen geschickt, um die Nadel gleich vom Studio abzuholen«, fuhr sie fort und zuckte amüsiert mit den Schultern.

Selwyn lachte. »Ich bin überzeugt, dass er Ihnen vertraut, Viv«, sagte er. »Und was hält die Zukunft für Sie bereit?« Gekonnt wechselte er das Thema. »Ein neues Buch?«

»Ja, in der Tat.« Sie blickte direkt in die Kamera. »Ich forsche natürlich weiter und mache spannende Entdeckungen und ich sitze auch schon am nächsten Buch. Außerdem arbeite ich an einem Hörspiel, einem Doku-Drama über Cartimandua.«

»Also können wir gespannt sein?«

Viv lächelte. »Hoffentlich.«

Es entstand eine Pause. Der Aufnahmeleiter warf ihr ein anerkennendes Lächeln zu und setzte den Kopfhörer ab. Zeit für eine Unterbrechung. Selwyn lehnte sich grinsend in seinem Stuhl zurück. »Sehr gut. Danke, Viv.« Er machte eine winzig kleine Pause. »Sie leben wohl gern gefährlich!« Er hob die Augenbrauen. »Hugh hat wegen der Nadel bei mir angerufen.«

Sie wartete, bis ihr das Mikrofon abgenommen wurde, dann stand sie auf. »Danke, dass Sie seinen Zorn nicht vor all den Zuschauern erörtert haben.«

»Zorn würde ich es nicht nennen.« Selwyn reichte ihr zum Abschied die Hand. »Eher beruflicher Neid? Passen Sie auf!«

Der nächste Gast – eine Fernsehmoderatorin aus Glasgow, deren neue Serie über Rettungsgrabungen in zwei Wochen beginnen sollte – wartete auf den Stuhl. Viv nahm die Fibel, legte sie in das Kästchen zurück und ging an den Kameras vorbei von der Tonbühne zu dem Aufenthaltsraum, in dem sie ihre Jacke abgelegt hatte. Was hatte er gemeint, als er »Passen Sie auf« gesagt hatte? Schaudernd schloss sie den Reißverschluss der Innentasche ihres großen Beutels und hängte ihn sich über die Schulter.

Es war fast Mitternacht. Die Studios waren alle dunkel. Niemand saß am Empfang, die Flure waren verwaist. An diesem Abend war nur das eine Studio besetzt. Draußen angekommen, blieb sie stehen und sah sich um. Fast erwartete sie, tatsächlich von jemandem in Empfang genommen zu werden, aber es war niemand da. Kein gepanzerter Wagen, keine Polizei. Auch keine Schläger. Bei dem Gedanken musste sie schmunzeln. Keine Menschenseele.

Auch der Parkplatz war praktisch verwaist, der regennasse Teer zwischen den ordentlichen Kirschbaumzeilen glänzte im Licht der Sicherheitslampen wie eine Spiegelfläche. Sie fischte den Autoschlüssel aus der Jackentasche und ging auf ihren Mazda zu, der am äußersten Rand des Parkplatzes stand, denn als sie vor zwei Stunden angekommen war, war er fast voll besetzt gewesen. Abrupt blieb sie stehen und lauschte auf den Regen, der auf eine Hecke aus Lorbeerbüschen in der Nähe prasselte. Neben ihrem Wagen stand jemand. Beklommen sah sie sich um. Das war Carta. Sie war sich sicher. Angst schnürte ihr die Kehle zu. Sie warf einen Blick zurück zum Studio. Die Tür war hinter ihr ins Schloss gefallen. Sie war ganz allein hier draußen.

*Vivienne!*

Die Stimme drang über das Rauschen des Regens hinweg zu ihr.

*Vivienne, komm zurück!*

Das war die Stimme ihrer Erzählerin. Die Stimme des Gespensts. Ihr Nacken begann zu kribbeln. Von Angst gepackt, lief sie zum

Gebäude zurück, rannte durch Pfützen, die ihre Schuhe durchnässten. Panisch hämmerte sie gegen die verschlossene Tür. Sie sah sich um, der Parkplatz war verwaist. Nichts und niemand war zu sehen. »Bitte, lassen Sie mich rein!« Verzweifelt suchte sie nach einer Klingel, doch es gab keine. Wieder hämmerte sie mit der Faust gegen die Glastür. Keine Reaktion. Mit einem gequälten Aufschrei drehte sie sich um. Ihr Auto stand ganz allein im Regen unter den Scheinwerfern.

Sie holte tief Luft. Wohl oder übel musste sie wegfahren. So schnell sie konnte, lief sie über den Parkplatz zur Sicherheit ihres kleinen Wagens.

Zuerst wollte es ihr nicht gelingen, den Schlüssel ins Schloss zu stecken. Erneut überkam sie Panik. Mit zitternden Händen und nassen Fingern stocherte sie am Schloss herum, bis der Schlüssel endlich hineinglitt und sich umdrehen ließ. Sie riss die Tür auf, sprang hinein und knallte sie rasch wieder zu. Erst dann atmete sie tief durch, wischte sich den Regen aus den Augen und schaute sich um. Der Parkplatz war leer. Auch im Schatten stand keine Menschenseele.

## V

Sie war höchst sehenswert gewesen, das musste er ihr lassen. Hugh ging zum Sideboard, um sich Whisky nachzuschenken, der Fernseher lief im Hintergrund weiter. Sie war entspannt gewesen, attraktiv. Charismatisch war wohl das richtige Wort. Begeistert über das blöde Buch, und leider Gottes auch schon dabei, das nächste zu schreiben. Er trank einen Schluck. Der alte Schwerenöter Selwyn war in Bezug auf die Fibel viel zu taktvoll gewesen. Da hatte er die Gelegenheit gehabt, sie in aller Öffentlichkeit bloßzustellen, und dann hatte er nur einen Scherz daraus gemacht. Hugh ging zum Fenster. Er hatte die Vorhänge noch nicht zugezogen, die Welt draußen war schwarz und nass. Er hörte den

Regen auf das Glas platschen, auch über die Fernsehwerbung hinweg. Der Wind hatte einige verblühte Rosenblüten abgerissen und gegen die Scheiben geweht, die Lärchen hinten im Garten bogen sich im Sturm. Schaudernd schloss er die Vorhänge und drehte sich wieder zum Fernseher, wo Selwyn bereits wohlwollend seinen nächsten Gast anlächelte.

Es war schon nach Mitternacht, als Hugh den Apparat schließlich ausschaltete. Er stellte sein Glas auf das Sideboard, überlegte sich, ob er sich noch einen genehmigen sollte, und merkte dann, dass er ohnehin schon etwas wacklig auf den Beinen stand. Zu viel Whisky war dem schnellen Einschlafen abträglich. Wenn er nicht aufpasste, verfiel er in diesen unangenehmen Dämmerzustand, wo sich der Raum zu drehen begann, und das schlechte Gewissen ihn überkam. Früher hatte er dem Alkohol nie so zugesprochen. Er mochte es gar nicht, betrunken zu sein. Entschlossen stellte er das Glas ab, ging aus dem Zimmer und schaltete gerade die Lichter aus, als Autoscheinwerfer durch das Flurfenster hereinschienen und der knirschende Kies in der Einfahrt zu hören war. Dann knallte eine Wagentür. Wenige Sekunden später klingelte es.

Auf der Schwelle stand Viv, das Haar tropfnass vom Regen, ihre Jacke durchnässt. Darunter trug sie die cremefarbene Hose und die rostrote Bluse, die er soeben im Fernsehen gesehen hatte, und dazu sexy spitze Schuhe.

Wortlos trat er zur Seite und ließ sie herein. Es war das erste Mal seit Alisons Tod, dass sie zu ihm nach Hause kam.

»Bitte schön.« Viv wühlte in ihrer Tasche, während sie im Flur standen. »Wie versprochen, bringe ich sie zurück. In tadellosem Zustand. Vielen herzlichen Dank!« Sie lächelte ein wenig. »Haben Sie die Sendung gesehen?«

»Ja.« Widerwillig erwiderte er ihr Lächeln. Wenn sie in diesem dunklen, einsamen Haus auftauchte, war es, als würde plötzlich die Sonne aufgehen. Vielleicht ein nicht ganz passender Vergleich in Anbetracht ihrer durchnässten Kleidung, aber dennoch ... »Sie waren sehr gut, das muss ich zugeben.«

»Aber hoffnungslos ungenau und eine Schande fürs Institut?« Sie lächelte immer noch, wenn auch schwach. Ihr Gesicht wirkte blass und angestrengt.

Er zuckte mit den Achseln. »Etwas allzu Kontroverses ist mir nicht aufgefallen.«

Mittlerweile hatte sie das Kästchen gefunden und reichte es ihm. Er reagierte gar nicht darauf, sondern ging in die Küche. »Kommen Sie doch rein. Draußen ist es ja scheußlich. Sie hätten übrigens nicht sofort herzukommen brauchen.« Er schaltete das Licht an, und kalte Helligkeit durchflutete den Raum. Das Fenster über der Spüle gab den Blick auf den schwarzen, nassen Vorgarten und die Zufahrt frei. Er füllte den Kessel, ohne die Jalousie herunterzulassen.

Viv folgte ihm und stellte das Kästchen bedächtig in die Mitte des leeren Tisches. Nach den schrecklichen Minuten auf dem Parkplatz war sie immer noch verängstigt. »Das heißt, Sie wollen nicht die Polizei rufen.«

»Solange es keine Kopie ist.« Mit einem grimmigen Lachen setzte er den Kessel auf.

Sie sah ihn überrascht an. »Auf die Idee bin ich gar nicht gekommen.«

»Dann belassen wir es mal dabei.« Er schaute hoch. »Haben Sie sie angefasst? Aber natürlich, ich hab's ja gesehen. Und außerdem kann man der Versuchung gar nicht widerstehen, oder?« Er seufzte. »Ich bringe sie so bald wie möglich zum Museum zurück. Die brauchen sie für eine Sonderausstellung.«

Viv runzelte die Stirn. »Eigentlich ist es schade, sie für alle Ewigkeiten hinter Glas wegzusperren. Im Grunde ist sie ja etwas sehr Persönliches. Jemand muss sie mal sehr geliebt und bewundert haben.« Zweifelnd schaute sie zu der Fibel im Kästchen und dann zu ihm. »Wenn man sie in der Hand hält«, sie zögerte kurz, »hat man fast das Gefühl, dass die letzte Person, die sie trug, einen beobachtet.«

Er schauderte.

Venutius.

Der Name hing in der Luft zwischen ihnen. Venutius. Nicht Cartimandua.

»Sie glauben doch nicht tatsächlich, dass sie verflucht ist, oder?«, fragte sie leise.

Er zuckte mit den Achseln. »Wie Sie schon sagten, wenn man sie in der Hand hält …« Er brach ab, sein Blick schweifte von ihrem Gesicht zum Fenster, und in seinen Augen lag eindeutig Angst. »Haben Sie das gehört?«

»Draußen ist es sehr windig.« Sie hörte lediglich die Geräusche des Wasserkessels.

»Die Carnyx.« Seine Stimme war nicht mehr als ein Flüstern.

Entsetzt starrte Viv ihn an. Es bestand kein Zweifel, auch er hatte Angst.

»Hören Sie sie denn nicht?« Er hielt sich die Ohren zu.

Viv folgte seinem Blick. Das Einzige, was sie im Fenster sah, war die Spiegelung dieses kahlen Raums, in dem peinliche Ordnung herrschte. Keine Teller standen herum, keine Lebensmittel. Die Arbeitsflächen, der Tisch, der Herd, die Spüle, alles war sauber und aufgeräumt. Nur der Kessel, aus dem mittlerweile Dampf aufstieg, und die beiden Menschen, die sich über den Tisch hinweg ansahen und jetzt beide wieder zum Fenster schauten. Einen Moment spürte sie ihre frühere Zuneigung zu ihm und empfand Mitleid wegen seiner Einsamkeit, dann aber wich dieses Gefühl großem Unbehagen. Seine Angst war ansteckend.

»Die Fibel hat ihm gehört, nicht ihr«, sagte er schließlich. »Das ist ungewöhnlich, denn der Kranich war eher ein Vogel der Frauen.«

»Hugh …«

»Er ist wütend. Hören Sie ihn? Er will sie zurückhaben. Sie ist der Schlüssel zu allem, zu Liebe und Hass und Rache! Er schreit seinen Zorn und seine Empörung heraus, über das Tosen des Windes und den peitschenden Regen hinweg!«

Sie trat einen Schritt vom Tisch zurück. »Hugh, haben Sie getrunken?«

Aber natürlich hatte er getrunken. Das hatte sie gleich gerochen, als er die Tür öffnete. Aber nicht über die Maßen, betrunken war er nicht.

Er reagierte gar nicht auf ihre Frage, sondern ging zum Tisch und nahm die Fibel aus dem Kästchen. »Sie ist wunderschön. Eine Kostbarkeit. Ein Vogel der Unterwelt.« Er lächelte düster.

»Und ein Vogel, der in Kriegszeiten Glück bringt, ein Diener der Kriegsgötter und fast zweitausend Jahre alt«, ergänzte sie aus Angst, er könnte die Fibel vielleicht zerstören wollen.

»Er ist dort draußen im Garten«, sagte Hugh ganz leise. »Er wartet auf mich.«

»Wer?« Sie fühlte einen Kloß im Hals.

»Venutius. Das habe ich Ihnen doch schon gesagt.«

»Unsinn.« Jetzt bekam sie es wirklich mit der Angst zu tun. Das war ihr Ding. Vielleicht auch Pats, aber nicht Hugh Grahams. Nie im Leben. Er musste doch sehr viel mehr getrunken haben, als sie geglaubt hatte. »Soll ich uns einen Kaffee machen?« Mit einem raschen Blick zu ihm öffnete sie die Schranktüren, suchte nach Bechern, Kaffeepulver und Milch. Der Kühlschrank war nahezu leer, nur ein halber Laib Brot, etwas Marmelade und eine Milchflasche, die etwa viertel voll war, waren zu sehen. Vorsichtig schnupperte sie daran und erinnerte sich traurig an Alison und ihre Leidenschaft fürs Kochen. Damals war die Küche immer warm und chaotisch gewesen, überall hatten Lebensmittel herumgestanden. Es war eine Erleichterung, den kochenden Kessel abzuschalten und zuzusehen, wie der Dampf sich verflüchtigte. Durch die plötzliche Stille wirkten der Wind und der Regen noch viel lauter.

»Hören Sie es?« Hugh stand am Fenster, die Fibel noch immer in der Hand. Sein Gesicht war kreidebleich.

»Ich kann den Sturm hören.« Sie grinste. »Hier.« Sie reichte ihm den Becher mit Kaffee. »Trinken Sie, solange er heiß ist.«

Er starrte durchs Fenster, an dem der Regen herabströmte, die Hände um das Schmuckstück gelegt, als hielte er einen wirklichen Vogel, der jeden Moment die Flügel ausbreiten und in die Nacht hinausfliegen könnte.

»Da ist es wieder. Hören Sie doch!« Aber sie hörte nur die Angst in seiner Stimme. »Er will die Fibel!«

»Hugh, seien Sie nicht albern.« Sie ging zu ihm. »Jetzt kommen Sie, trinken Sie Ihren Kaffee, und dann schließen Sie sie irgendwo weg.« Mittlerweile war sein Gesicht grau geworden, und er zitterte am ganzen Leib.

»Hugh? Was ist denn?« Sie berührte ihn am Arm. Und dann hörte sie es auch. Weit weg, jenseits des Klatschens des Regens, ein tiefer, ätherischer Ton, der in der Ferne hallte. »Was ist das?«, flüsterte sie. Aber sie hatte es schon einmal gehört, in Ingleborough, und dann wieder in ihrer kleinen Wohnung über den Dächern von Edinburgh. Der hochmütige, dumpfe Ruf der Carnyx.

»Er ist da draußen.« Hugh starrte noch immer unverwandt zum Fenster hinaus.

Viv stellte den Becher ab und legte ihm einen Arm um die Schultern. »Kommen Sie. Das ist nur der Wind und sonst nichts.«

Da drehte er sich zu ihr, und sie sah die Angst und Verzweiflung in seinem Gesicht.

»Da draußen ist niemand.« Sacht zog sie ihn vom Fenster fort. Zuerst wehrte er sich, dann gab er plötzlich nach, schlang die Arme um sie und vergrub das Gesicht in ihren Haaren, atmete den Geruch von Regen und Shampoo und den süßen, leicht moschusartigen Duft ihrer Haut ein. »Oh mein Gott, Viv. Was passiert bloß mit mir?«

Sie rührte sich nicht. Seine Arme waren kraftvoll, gaben Sicherheit. Einige Sekunden lang lehnte sie sich an ihn, überwältigt von ihrem Verlangen und ihrer Einsamkeit, und sie erinnerte sich, wie sehr sie ihn geliebt, wie sie sich nach ihm gesehnt hatte – nach dem Ehemann ihrer Freundin. Wie sehr es sie gequält hatte zu tun, als empfinde sie lediglich freundschaftliche Gefühle für ihn. Wie sehr seine Feindseligkeit nach Alisons Tod sie verletzt hatte. Sanft schob sie ihn von sich. »Hugh? Kommen Sie, gehen Sie weg vom Fenster. Da draußen sind zu viele Augen. Warten Sie, ich lasse rasch die Jalousie herunter.«

Er blieb still stehen, starrte immer noch in die Ferne und lauschte angestrengt. »Da ist es wieder. Hören Sie es?« Es war ein bloßes Flüstern.

Sie nickte finster.

»Er will die Fibel. Nehmen Sie sie. Er darf sie nicht bekommen.« Er drückte ihr das Schmuckstück in die Hand. »Nehmen Sie sie, nehmen Sie sie weg. Und gehen Sie. Schnell. Er ist hinter mir her! Ihnen tut er nichts!« Unvermittelt schob er sie zur Tür.

»Warum will er sie denn?«, fragte sie.

»Sie gehört zu seiner Geschichte. Wer weiß. Jetzt gehen Sie einfach und nehmen Sie sie mit.«

»Hugh!« Seine Panik war ansteckend. Sie lief ihm in den Flur voraus, packte ihre Tasche, steckte die Fibel, ohne das Kästchen, in die Jackentasche und suchte gleichzeitig nach den Autoschlüsseln.

»Hugh, ich will aber nicht nach draußen! Ich kann Sie doch nicht so allein hierlassen!« Sie war außer sich vor Angst. »Kommen Sie mit. Wir fahren zusammen nach Edinburgh. Sie dürfen nicht allein hierbleiben.«

»Ich muss aber. Verstehen Sie denn nicht? Er macht mich wütend, damit er von meiner Wut zehren kann. Ich habe Angst, zu was er mich treiben könnte! Gehen Sie, schnell!«

Aus irgendeinem Grund stand die Tür offen, und schon war sie draußen und lief über den Kies. Aufgelöst sprang sie in den Wagen, und zum zweiten Mal an diesem Abend fummelte sie mit dem Schlüssel, bis er endlich im Zündschloss steckte und sie ihn umdrehen konnte und der Motor aufheulte. Hugh hatte die Haustür hinter sich zugeworfen. Als sie den Wagen wendete und der Kies unter den Reifen aufflog, lag das Haus bereits in völliger Dunkelheit da.

Sie fuhr zum Tor hinaus auf die Straße und dann eine ganze Meile, bevor sie schließlich am Straßenrand anhielt. Ihr Herz klopfte zum Zerspringen, ihr Atem ging schnell, als sie die Türverriegelung betätigte und in ihrer Tasche nach dem Handy suchte. Sie wählte Hughs Nummer und ließ es eine ganze Weile klingeln, bevor sie auflegte und das Handy auf den Beifahrersitz fallen ließ. Sie warf einen Blick in den Rückspiegel. Es war kein Verkehr, der Regen trommelte aufs Autodach, hämmerte gegen die Windschutzscheibe und lief in Strömen über das Glas. Sie konnte ihn doch nicht einfach dort allein im Haus lassen. Er war betrunken und hatte Todesangst. Sie hätte darauf bestehen sollen, dass er mitkam. Guter Gott, was sollte sie bloß machen? Sie sah wieder nach vorn ins Licht ihrer Scheinwerfer. Sie musste zurückfahren. Zitternd ließ sie die Kupplung kommen und fuhr wieder an, jetzt etwas langsamer, um einen Platz zum Wenden zu finden. Sie musste ein ganzes Stück fahren, bevor sie rückwärts in eine Parkbucht fahren konnte. Dort blieb sie kurz stehen, um noch einmal bei Hugh anzurufen. Wieder hob er nicht ab.

Mit aufgeblendeten Scheinwerfern bog sie in Hughs Zufahrt ab. Im Haus war es dunkel. Im ersten Gang fuhr sie langsam direkt vor die Tür. Sie legte die Fibel ins Handschuhfach und drückte auf die Hupe. Nichts rührte sich. Eine ganze Minute lang sah sie sich um und versuchte, den Mut zu finden auszusteigen, betrachtete die vom Regen zu Boden gedrückten Blumenbeete, die schemenhaften Bäume, den dunklen Rasen. Da war nichts und niemand zu sehen. Sie holte tief Luft, riss die Tür auf, sprang hinaus und lief zur Haustür. »Hugh!« Mit der einen Hand drückte sie auf die Klingel, mit der anderen hämmerte sie gegen die Tür. »Hugh! Ich bin's, Viv. Kommen Sie mit. Sie können nicht allein hierbleiben.« Sie bückte sich und rief durch den Briefschlitz ins Haus. »Hugh! Hören Sie mich?«

Sie bekam keine Antwort.

Schluchzend kehrte sie zum Auto zurück und schloss sich ein. Sie war völlig durchnässt, sie fror und hatte schreckliche Angst. Wieder versuchte sie, ihn anzurufen. Wieder keine Antwort.

Natürlich ging er nicht ans Telefon. Vermutlich war er ins Bett gegangen, um seinen Rausch auszuschlafen. Er hatte weder das Telefon noch die Türglocke gehört. Sie lehnte sich im Sitz zurück und zwang sich, langsam ein- und auszuatmen, um ihrer Panik

Herr zu werden. Sollte sie die Polizei holen? Aber was sollte sie ihnen sagen? Ein Betrunkener, der glaubte, ein Krieger der Eisenzeit sei hinter ihm her? Wohl eher nicht. Sie konnte nur nach Hause fahren und ihn am Morgen wieder anrufen. Langsam wendete sie und fuhr zum zweiten Mal an diesem Abend zum Tor hinaus.

# Kapitel 16

## I

»Bruder, ich habe deinen Tod gesehen!« Wütend hielt Carta Triganos an den Unterarmen fest. »Kannst du nicht auf mich hören und meine Warnung ernst nehmen?«

Sie hatte ihn von der Siedlung fortgezogen, durch das Tor im Schutzwall den Pfad hinab ins Freie, wo niemand sie hören konnte. In der Nähe stürzte das rötliche Wasser eines Wildbachs tosend über den Rand der Felsen, sodass sie kaum zu hören war. »Ich habe dich gesehen mit Blut auf dem Rücken. Ich habe dich stürzen sehen, ein Schwert zwischen den Schultern!«

Er starrte sie an. Unter der Sonnenbräune und den symmetrischen Tätowierungen war sein Gesicht blass vor Entsetzen. »Das glaube ich nicht.«

»Warum nicht? Wann habe ich je gelogen?« Sie funkelte ihn aus weit aufgerissenen Augen an. »Hör doch.« Sie deutete panisch auf den Wasserfall. »Hörst du es denn nicht? Sogar das Wasser trauert. Geh nicht, Triganos. Du hast eine Wahl. Ein solches Opfer werden die Götter nicht verlangen. Dieses Land kann auch auf andere Weise beschützt werden.« Mittlerweile standen sie so nahe am tosenden Wasser, dass die Tropfen ihre Wimpern und ihr Haar benetzten.

»Das kann es nicht!«, brüllte er über das Rauschen hinweg. »Die Römer siegen mit der bloßen Macht des Schwertes. Sie haben den Süden dieser Inseln erobert, als würde ihr Eisen durch Butter schneiden. Ein Stamm nach dem anderen ist versklavt worden. Allein ist keiner stark genug, sich ihnen zu widersetzen. Nur erfahrene Krieger können sie zurückdrängen, Männer wie die meinen, die sie ins Meer jagen!«

Seine trotzigen Worte waren nichts als gespielte Tapferkeit. Sobald ihm als Kind bewusst geworden war, dass seine Schwester hellseherische Fähigkeiten besaß, hatte sie ihm Angst gemacht. Für sie war es etwas ganz Natürliches, ein Teil ihrer selbst, ein Teil ihrer Macht und der Faszination, die von ihr ausging. Und eine tödliche Waffe, wenn sie ihren Willen durchsetzen wollte. Jetzt war sie eine ausgebildete Seherin und wahrlich Furcht einflößend. Er war fest entschlossen, sich seine Angst nicht anmerken zu lassen. Er trat einen Schritt zurück und sah mit Erleichterung, dass sie nur noch traurig den Kopf schüttelte. Sie folgte ihm den schlammigen Pfad hinab, der hier am Flusslauf langführte und stellenweise fast senkrecht in die tiefe Schlucht abfiel.

»Du bist dumm, Bruder. Dumm und töricht. Du kannst die Römer nicht mit ein paar Hundert Mann besiegen. Nicht einmal mit einigen Tausend. Sie haben jetzt vier Legionen auf britischem Boden«, rief sie ihm nach. »Hör doch auf mich! Artgenos' Kundschafter haben berichtet, dass sie zwanzigtausend Mann unter ihrem Befehl haben und noch einmal so viele Hilfstruppen.«

Triganos runzelte die Stirn und blieb stehen, bis sie ihn auf dem rutschigen Pfad eingeholt hatte. »So viele?«

»Hast du denn bei den Ratsbesprechungen nicht zugehört?« Sie war wütend. »Aber natürlich nicht. Meistens warst du nicht einmal dabei. Aber dein Freund Venutius hat sehr wohl zugehört. Er weiß, wie ernst die Lage ist. Warum im Namen aller Götter hält er dich nicht von diesem Wahnsinn ab?«

»Alle Catuvellaunen und die Trinovanten haben sich erhoben ...«

»Rom hat die Cantiacer und die Catuvellaunen besiegt, Bruder. Die Legionäre sind über Tausende, vielleicht sogar Hunderttausende von Männern und Frauen hinwegmarschiert, als wäre das Land völlig schutzlos.« Carta schüttelte wieder den Kopf. Er wollte nicht auf sie hören. Sie sah, wie sich bereits der Schatten des Todes um seine Schultern legte. »Spricht sich denn Venutius für diesen törichten Zug nach Süden aus?«, fragte sie scharf. Widerwillig musste sie zugeben, dass Venutius im Gegensatz zu ihrem ältesten Bruder ein echter Anführer war und als König der Carvetier bei seinen Stammesleuten großes Ansehen genoss. Er war hinterhältig, aber auch stark und unversöhnlich, kampferprobter als Triganos, und er hatte zugehört. Die ganze Zeit. Sie runzelte die Stirn. Glaubte Venutius tatsächlich, es sei ihr nicht aufgefallen, dass er Triganos in letzter Zeit immer wieder ermuntert hatte, mit seinen Gefährten auf die Jagd zu gehen, während er selbst in der Siedlung zurückblieb? Er hatte zweifellos das Zeug zu einem herausragenden Befehlshaber, das musste sie ihm lassen. Er achtete auf das, was die Druiden sagten, die jeden Tag neue Nachrichten aus dem Süden überbrachten, und er hörte auf den Rat der weisen Ältesten. Er war klug und ehrgeizig, und sie traute ihm nicht weiter, als sie einen Berg hätte werfen können.

»Aber ja, er wird mitkommen.« Triganos funkelte sie herausfordernd an. »Natürlich, du wirst schon sehen. Mach du dich wieder an deine Frauenarbeit, Carta, und überlass es uns Männern, euch zu beschützen.« Markig klopfte er sich auf die Brust und grinste breit. »Beim ersten Schneefall sind diese Eindringlinge wieder in Gallien und verkriechen sich in ihren vornehmen Villen!«

Da ließ sie ihn gehen, sah ihm bekümmert nach, als er den Berg hinauf außer Sichtweite verschwand. Sie wandte sich zum Wasser hinab. Eine andere Opfergabe als den Goldreifen um ihren Arm konnte sie der Göttin nicht darbringen. Einen Moment blieb sie auf den gischtnassen Kalksteinfelsen stehen und schaute aufs tosende Wasser, wie kochende Milch sah es aus, und verräterische rote Schlieren wirbelten darin. Die Vorboten von Blut.

»Liebe Göttin, beschütze ihn. Schütze uns vor diesen Wilden«, rief sie. Sie streifte den Armreif ab und hielt ihn einen Moment hoch über den Abgrund. Das Donnern des Wassers ließ den Boden unter ihren Füßen erzittern. »Wenn es dein Wunsch ist, dann beschütze dieses Land und sein Volk und leite mich, damit ich, wenn es sein muss, sie an meines Bruders statt regieren kann.«

Und nicht Venutius, ergänzte sie im Stillen. Die Göttin verstand ihre Gedanken, auch wenn sie sie nicht laut aussprach.

Der Goldreif flog im hohen Bogen empor, fing kurz das Licht eines Sonnenstrahls ein und fiel dann in das gierige Wasser. Eine Weile starrte sie in das brodelnde Becken unter den Felsen, gefangen vom Wirbeln und Tosen des Wassers, ehe sie sich schließlich umdrehte und langsam den steilen Hang hinaufstieg. Der Armreif tauchte nicht wieder auf. Die Göttin hatte ihre Gabe angenommen.

Zwei Tage später ritt Triganos an der Spitze einer Kriegerschar hinaus. Dreihundert Männer und Frauen zu Pferd, einhundertzweiundzwanzig Streitwagen, jeder besetzt mit einem Lenker und einem Krieger in voller Bewaffnung, und dazu mehrere Hundert Ausgehobene. Wie er vorhergesagt hatte, begleiteten ihn Venutius von den Carvetiern und Brochan von den Parisiern mit jeweils knapp Tausend Männern und Frauen. Es war ein beeindruckender Anblick. Auf dem Weg nach Süden würden sich ihnen aus den Festungen und Siedlungen entlang der Route noch mehr anschließen, und wenn sie dann schließlich die Trisantona, die spätere Menschen als Fluss Trent kennen würden, erreichten, würde die Armee mehr als Zehntausend Menschen zählen. Das war der Plan.

Die ganze Siedlung versammelte sich, um ihrem Auszug beizuwohnen. Unter Tränen und doch jubelnd winkten die zurückbleibenden Frauen und Kinder, die alten Männer und die Lahmen, bis sie außer Sichtweite waren. Dann kehrten sie langsam zu ihrem Alltagsgeschäft zurück. Seufzend blieb Carta in der Tür zum leeren, stillen Festsaal stehen. Sie wusste, dass sie ihren Bruder nicht wiedersehen würde. Hinter ihr hörte sie leise Schritte, das getrocknete Heidekraut auf dem Boden raschelte. Ihr Vater stellte sich neben sie und legte ihr einen Arm um die Schultern. »Dein Bruder ist sehr tapfer«, sagte er leise.

Sie nickte.

»Ich habe beschlossen …« Seine Stimme war heiser. Er räusperte sich und setzte noch einmal an. »Auf Artgenos' Rat hin habe ich deinen Vetter Oisín gebeten, den Stamm zu führen, solange Triganos und Fintan und Bran fort sind. Wir brauchen als Ersatz für Triganos einen entscheidungsstarken Mann.«

»Wie bitte?« Ungläubig sah Carta ihren Vater an. »Das kannst du nicht tun! Ich werde unser Volk führen …«

»Nein, Carta, noch nicht.« Er seufzte. »Mein Herz, deinem Ehrgeiz zum Trotz, du bist noch nicht bereit. Vielleicht wirst du nie bereit sein. Wer weiß. Bevor du daran denken kannst, uns zu führen, wirst du wieder heiraten müssen, und Oisín ist ein guter, bedächtiger Mann.«

»Er ist verletzt!«

»Deswegen kann er auch nicht an der Seite deines Bruders kämpfen. Aber seine Verletzungen beeinträchtigen ihn nicht. Sie sind verheilt.«

»Sie hindern ihn daran, ein König zu sein!« Sie ballte die Fäuste. »Der König muss makellos sein, sonst segnen die Götter ihn nicht …« Sie brach ab, zu spät bemerkte sie das wehmütige Lächeln ihres Vaters.

»Wie ich zu meinem Schaden erfahren habe, Tochter. Vergiss nicht, ich habe den Thron verloren, weil ich verletzt wurde.« Er zuckte mit den Achseln. »Da es keinen Rat gibt, der ihn wählt, wird Oisín nicht unser König sein. Er ist nur zwischenzeitlich unser Anführer.«

»Und wird er mir, wie mein Bruder, sagen, dass ich mich zu Essylt setzen und Frauenarbeiten erledigen soll?« Sie stieß die Worte zwischen zusammengepressten Zähnen hervor. »Unsere Männer verachten Rom und reden davon, die römischen Legionen zu verjagen, aber wenn es um die Behandlung von Frauen geht, sind sie schnell bei der Hand, sich die Römer zum Vorbild zu nehmen, und schicken sie wie Sklavinnen in ihr Bett und die Küche!« Ihr Gesicht war rot vor Zorn. »Ich jedenfalls werde nicht bleiben, um von ihm beherrscht zu werden!«

»Ich bin mir sicher, dass er nie im Leben auf den Gedanken käme!« Ihr Vater lachte. »Ich glaube nicht, dass er den Mut dazu hätte.«

Aber sie lief bereits zum Festsaal hinaus und zu ihrem Haus. Im Regen glänzte das Heidekrautdach nass, der Rauch wurde niedergedrückt, innen war es feucht und dunkel, denn es brannten keine Lampen. Ihre Frauen waren noch nicht zur Feuerstelle zurückgekehrt. Das störte sie nicht, sie wollte ohnehin nicht bleiben. Sie verstaute ihre Habseligkeiten in einem Lederbeutel, warf sich ihren dicksten Biberpelzumhang um die Schultern und war schon wieder aus dem Haus, noch ehe ihr Vater zu seiner Feuerstelle zurückgekehrt war. Bekümmert sah er ihr von der Schwelle aus nach, wie sie durch die Siedlung lief, sodass die Pfützen aufspritzten, und auf die großen Tore zuging, die noch immer offen standen. Dann war sie zwischen den Schutzwällen verschwunden. Ihr Ziel war das Druidenkolleg im Tal. Es war überflüssig, ihr jemanden nachzuschicken, um sicherzustellen, dass ihr unterwegs nichts zustieß. Artgenos hatte ihm gesagt, was seine Tochter tun würde. Bellacos lachte leise. Seine Tochter mochte halsstarrig und entschlossen sein, aber sie war auch berechenbar. Nun gut. Ohne sie würde es Oisín leichter fallen, sich um die zurückgebliebenen Männer, Frauen und Kinder zu kümmern und ihnen zu helfen, sich ohne die jungen Krieger, die ihnen sonst zur Hand gingen und sie beschützten, auf den Winter vorzubereiten.

Carta ging nicht direkt zum Druidenkolleg unterhalb des Wasserfalls, sondern suchte zuvor die verborgene Höhle der Göttin auf.

Jeder Teil dieses Berges war heilig; jeder Baum, jeder Stein hatte seinen lebenden Geist. Alle Winkel des Landes waren gesegnet und lebendig, wurden von den Göttern und Göttinnen des Ortes, der Elemente und der Jahreszeiten behütet und beschützt, doch an einigen Orten war man diesen geheimen Welten sehr viel näher als an anderen. Kraftorte, die an den sie beschützenden Felsen der Vorfahren zu erkennen waren, am heiligen Erdwall, an den Höhlen in der Erde. Und dieser Ort gehörte auch dazu, bewacht von einem zornigen Geist, der nachts, wenn die Stürme über die Gipfel fegten und die Wasser in den Flüssen und Bächen anschwollen, heulend seine Wut hinausbrüllte. Doch sie hatte sich schon immer allein hierher gewagt. Zunächst im Dunkeln, später mit einer Fackel, die sie mit

Eisen und Zunder entfachte, und die Schönheit und Pracht vom Zuhause der Göttin hatten ihr fast den Atem geraubt. Ein niedriger Tunnel, dessen Eingang zwischen Ginster und Weißdorn versteckt war – beides Büsche, die der Göttin heilig waren –, führte weit in den Berg hinein und öffnete sich tief im Bauch des Berges unvermittelt zu einer riesigen Höhle. Als sie die brennende Fackel hoch über den Kopf hielt, sah sie gigantische Stalaktiten und Stalagmiten, Felsmuster, dunkles, stilles Wasser, und überall spürte sie die Schwingungen größerer, verborgener Flüsse, die irgendwo unter ihren Füßen verliefen.

Auf einer Wand entdeckte sie Zeichnungen von Lebewesen, die der Göttin zugeeignet waren: Bären, Rehe, Auerochsen, und in einer Ecke fand sie deren Gebeine.

Sie opferte Gold und Silber, Speisen und Wein und ließ ihre Gaben dort am Eingang zum Zuhause der Göttin zurück. Dann löschte sie die Fackel und setzte sich in der Dunkelheit nieder, um in sich zu gehen und zu beten.

»Liebe Göttin, großer Geist der Berge und unseres Landes, Brigantia, unsere Königin, komm zu mir. Gib mir Rat. Verleih mir das Wissen und die Kraft, die ich brauche, um mein Volk zu regieren.« Sie wartete in der Dunkelheit, bemerkte ein seltsames Glühen, das aus dem Felsen und vom Wasser selbst zu kommen schien. Diese Prüfung würde sie stark machen. Und danach würde sie die Magd der Göttin heraufbeschwören, die Frau, die ihr zwischen den Felsen, aus der heiligen Quelle und aus dem Herzen des Landes zuhörte und mit ihr sprach. *Vivienne.*

»Oh mein Gott!« Hatte sie das gewollt? Hatte sie Carta in den frühen Morgenstunden bewusst herbeigerufen, oder hatte Carta sich in ihre Wohnung gestohlen? Mit steifen Knochen stieg Viv aus dem Bett, warf einen Blick auf die Uhr und stellte entsetzt fest, dass es schon Mittag war.

Hugh! Sie musste mit Hugh reden! Sie wählte seine Nummer, aber das Telefon am anderen Ende der Leitung klingelte in einem fort, ohne dass jemand abhob. Keine Antwort. Kein Anrufbeantworter. Nur das Klingeln. Schließlich legte sie auf und rief im Institut an. »Heather? Ist Hugh da?«

Das war er nicht.

Die Cartimandua-Nadel lag auf ihrem Schreibtisch, ohne Kästchen. Das war noch bei Hugh. Fast angewidert sah sie sie mehrere Sekunden an, bis sie sie schließlich sorgsam in Papiertaschentücher wickelte und wieder in der Schublade verstaute, in der sie die letzten Tage gelegen hatte. Dann machte sie sich auf den Weg zu ihrem Wagen.

Bei Hugh war niemand zu Hause. Beklommen schlich sie zum Küchenfenster und spähte hinein. Die beiden Kaffeebecher standen noch auf dem Tisch, wo sie sie vor rund zwölf Stunden abgestellt hatte, und daneben das leere Acrylglas-Kästchen. Sie ging hinters Haus und sah, dass die Vorhänge zum Wohnzimmer geöffnet waren. Sie schaute hinein. Auch da war niemand. Sie versuchte, die Terrassentür aufzudrücken, doch die war von innen abgeschlossen. Erst dann kam sie auf die Idee, in der Garage nachzusehen. Sein Auto stand nicht da. Erleichtert kehrte sie zu ihrem Wagen vor dem Haus zurück. Auch im ersten Stock waren alle Vorhänge offen. Wenn er noch in der Nacht weggefahren wäre, hätte er sie sicher zugezogen gelassen, das heißt, er war erst an diesem Morgen aufgebrochen, wohin auch immer, und hoffentlich in einem weitaus nüchternen Zustand als am Abend zuvor.

Sie blieb ein Weilchen stehen und lauschte. Hatten sie in der Nacht wirklich eine Trompete gehört? Höchst unwahrscheinlich. Hatte er sie wirklich in die Arme genommen und für den Bruchteil einer Sekunde an sich gedrückt? Sie lächelte wehmütig. Auch das entsprang vermutlich nur ihrer Fantasie. Sie stöberte im Handschuhfach und fand einen Notizblock, aus dem sie eine Seite riss. Darauf schrieb sie eine kurze Nachricht: »Hab vorbeigeschaut, um zu sehen, ob bei Ihnen alles in Ordnung ist. Rufen Sie mich doch bitte wegen der Nadel an. Viv.« Sie warf den Zettel durch den Briefschlitz, sah sich noch einmal kurz um und stieg dann wieder in ihren Wagen.

## 11

Hugh stand oben auf dem Traprain Law und sah zum Meer hinaus. Die Wolken hingen sehr tief, Regen strömte ihm in den Nacken, prasselte auf das Gras und verwandelte den Pfad in zähen Morast. Der Parkplatz war völlig leer gewesen, keine Menschenseele war unterwegs. Ihm dröhnte der Kopf, seine Augen waren rot gerändert, und sein Mund fühlte sich an wie Schmirgelpapier. Mehrere Minuten blieb er so stehen, ohne den kalten Regen zu bemerken, der ihm übers Gesicht rann. Schließlich setzte er sich in Bewegung und ging langsam über das weiche Gras zum Teich.

Hier, so hatte zumindest Viv am Vorabend im Fernsehen behauptet, hatte Cartimandua ihren Votadiner-Fürsten kennengelernt und geheiratet. Er lächelte finster. Hier hatte sie ihre Fähigkeiten erlernt. Hier, in diesem kleinen, schlammigen Tümpel, hatte sie in die Augen ihrer Göttin geblickt.

Er lachte. Ein heiseres Geräusch über das Plätschern der Tropfen, die ins Wasser fielen. Ein Geräusch, das nicht seine eigene Stimme war. Die Stimme Venutius'. Diese dumme Frau. Glaubte sie wirklich, sie könnte sich unter Männern wie ihm als Königin und Kriegerin behaupten?

Er fischte eine Münze aus der Tasche und warf sie achtlos ins Wasser. Eine Gabe für die Götter. Ihre Götter. Seinen Göttern würde er etwas weitaus Kostbareres als Opfer darbieten. Blut.

Erst mehrere Minuten später wandte er sich ab und machte sich auf den Rückweg zum östlichen Berghang. Als er dieses Mal den Ruf der Carnyx hörte, lächelte er. Seine Männer hatten ihn gefunden. Er war bereit, sich ihnen anzuschließen.

## III

Sobald Pat die Tür öffnete, wusste sie, dass etwas nicht stimmte. Sie ließ ihre Tasche auf den Boden fallen und lauschte angestrengt. In der Wohnung herrschte eine seltsame Atmosphäre, als wären Dutzende von Menschen anwesend. Oder seien gerade gegangen.

»Viv? Bist du da?« Sie ging ins Wohnzimmer.

Viv stand neben dem Schreibtisch.

»Alles in Ordnung?« Besorgt blieb Pat in der Tür stehen.

Viv antwortete nicht.

»Viv? Hörst du mich?«

Wieder keine Antwort.

Langsam trat Pat in den Raum und berührte Viv an der Schulter. »Was ist los?«

»Kannst du sie sehen?«, fragte Viv heiser.

»Wen sehen?« Pat schaute sich im Zimmer um und spürte, wie sich ihr die Nackenhaare aufstellten.

»Da.« Viv schien wie gelähmt, deutete nur mit einer kleinen Kopfbewegung zum Fenster.

»Ich kann niemanden sehen.« Wieder blickte Pat sich um. Aber sie spürte etwas. Die angespannte, wirbelnde Wut, den Zorn. Und dann war es vorbei. Das Zimmer war leer.

Mit einem kleinen Aufschrei schlug Viv die Hände vors Gesicht. »Verdammt!«

»Es ist alles in Ordnung.« Pats Atem ging keuchend. »Sie ist weg. Es ist weg. Ach, Viv, was war es denn?«

Aber sie wusste es bereits. Es war Cartimandua gewesen, die Königin des Nordens.

Die beiden Frauen setzten sich nebeneinander aufs Sofa. Viv zitterte am ganzen Leib.

»Nachdem du angerufen hast, um zu sagen, dass du kommst, wollte ich uns etwas zum Abendessen kochen. Dann bin ich hier rein, um Musik anzustellen, und plötzlich war sie in meinem Kopf.«

Viv war den Tränen nahe, sie konnte kaum sprechen. »Ich wollte es nicht. Ich bin so müde. Ich kann einfach nicht mehr, aber sie wollte unbedingt reden – und sie war wütend. Ich weiß nicht, warum. Als würde sie mir die Schuld an etwas geben.« Jetzt sprudelten die Worte nur so aus ihr heraus. »Vielleicht höre ich nicht genau genug hin, aber ich bin so müde von diesem ewigen Schreiben, und wenn ich dann endlich schlafe, kommt sie in meinen Träumen zu mir.«

Schaudernd sah Pat sich wieder um. »Ich dachte, du würdest das bewusst herbeiführen«, sagte sie zögernd. »Dass es etwas ist, was von dir ausgeht.«

»Das war es anfangs ja auch.« Erregt fuhr Viv sich durch die Haare. »Aber jetzt hat sie die Kontrolle übernommen.« So war es seit ihrer Rückkehr aus Aberlady. Carta war wütend, ließ sich nicht aufhalten, ließ sich nicht beruhigen.

»Und du kannst dich nicht einfach zurückziehen?«

»Nein.«

Pat schüttelte hilflos den Kopf. »Und was willst du jetzt machen? Soll ich Cathy anrufen?«

»Was soll Cathy groß tun? Sie hat mir doch schon gesagt, dass mir nichts fehlt! Sie glaubt, es ist reine Fantasie. Sie glaubt, wenn ich nur wollte, könnte ich's abschalten.«

Pat schnitt eine Grimasse. »Weißt du was, lass uns was trinken. Dann geht's dir besser. Ich habe eine Flasche Wein mitgebracht.« Sie zögerte. »Bist du sicher, dass du es nicht abschalten kannst?«

»Es geht nicht. Aber ich will's auch gar nicht.« Müde stand Viv auf. »Das ist es ja – ich will alles erfahren. Ich will unbedingt wissen, was passiert ist. Ich möchte nur einfach nicht, dass es ununterbrochen stattfindet. Ich möchte die Zeiten selbst bestimmen.«

Pat holte aus der Küche zwei Gläser und einen Korkenzieher. Als sie die Flasche öffnete, warf sie einen Blick zu Viv. »Ich habe dich gestern Abend im Fernsehen gesehen. Du warst super.«

»Danke.«

»Das hat mich nur in meiner Überzeugung bestärkt, dass du die Erzählerstimme im Hörspiel selbst sprechen solltest. Du bist ein Naturtalent.« Sie reichte Viv ein Glas. »Ich habe noch ein paar neue dramatische Szenen geschrieben, die kannst du lesen, wenn's dir ein bisschen besser geht. Aber ich finde, wir sollten bald ein Stück von der einleitenden Erzählung aufnehmen, um herauszufinden, wie es klingt.«

»Aufnehmen? Wir?«

»Warum nicht?«

»Und wie finden wir die Leute für die anderen Rollen?« Zitternd setzte Viv sich wieder aufs Sofa und trank einen großen Schluck Wein.

»Wir lassen sie vorsprechen.« Pat lächelte. Sie würde zwar heftig lavieren müssen, bis Viv ihr die Kontrolle über das Manuskript überließ, aber dieses Angebot müsste sie beschwichtigen. Sollte sie doch die Historikerin spielen, die Rolle, in der sie sich eigentlich sehen wollte. Das würde sie von ihren schrecklichen Visionen ablenken. Und Platz für Medb schaffen.

Viv wachte abrupt auf und sah sich ängstlich um.

Nachdem Pat schließlich gegangen war, hatte sie eine ganze Weile in der Badewanne gelegen und versucht, sich zu beruhigen, aber das hatte nicht funktioniert. Die beharrliche Stimme in ihrem Kopf, ihre Sorgen um Hugh, der wachsende Verdacht, dass Pat etwas im Schilde führte, ihre Erschöpfung und Rastlosigkeit hatten dazu beigetragen, dass sie unruhig geschlafen hatte.

Eine Weile lag sie still da und versuchte, sich an ihren Traum zu erinnern. Es war nicht um Cartimandua und die Menschen von Dun Righ gegangen, sondern um Andrew Brennan, den Mann, den sie in Dublin zurückgelassen hatte. In ihrem Traum hatte er sie umarmt, ihr Gesicht gebieterisch zu seinem emporgehoben und sie lange und leidenschaftlich auf den Mund geküsst. Sie spürte, dass ihr die Sehnsucht fast körperlich Schmerzen bereitete. Was Unsinn war. Andrew gehörte definitiv der Vergangenheit an. Aber sie ahnte, was der Auslöser für diesen Traum gewesen war: Hughs Umarmung. Da hatte ihr Körper seine Einsamkeit gespürt. Das Wissen, dass sie, nachdem sie Irland verlassen hatte und nach Edinburgh zurückgezogen war, sich hoffnungslos in einen verheirateten Mann verliebt hatte. In der Dunkelheit verzog sie das Gesicht. Hugh. Verwitwet, seit Alisons Tod eigentlich ungebunden, aber jetzt ihr Erzfeind. Ihr zweifellos attraktiver Erzfeind, den nicht Liebe in ihre Arme getrieben hatte, sondern ein Phantomkönig der Eisenzeit.

Erst sehr viel später döste sie wieder ein, und plötzlich war sie wieder hellwach, alle Sinne angespannt. Dieses Mal war es kein Traum gewesen, der sie geweckt hatte. Sie horchte. Nichts. In der Wohnung war es still. Leise setzte sie sich auf, warf die Decke zurück und stand auf. Ohne Licht zu machen, schlich sie zur Tür und öffnete sie. Im Flur war es dunkel, ebenso wie im Wohnzimmer. Sie konnte die Umrisse des Türstocks deutlich ausmachen. Auf Zehenspitzen schlich sie näher. In der vagen Dunkelheit stand eine Gestalt neben ihrem Schreibtisch.

»Pat? Bist du das? Was machst du denn hier?«

Sie tastete nach dem Lichtschalter, und als die Lampe anging, sah sie kurz eine Frau neben dem Schreibtisch stehen, die sich über die Schublade beugte, in der die Fibel lag. Es war nicht Pat. Diese Frau hatte langes, rotblondes Haar, dicke Kleiderschichten am Leib, erschreckte, aggressive graugrüne Augen. Zwei Sekunden lang erwiderte sie Vivs Blick, dann war sie fort.

»Oh mein Gott!« Viv umklammerte die Türklinke, die Beine wollten unter ihr nachgeben. Mehrere Augenblicke lang konnte sie sich nicht bewegen, überwältigt von grenzenloser Angst. Endlich riss sie sich zusammen und betrat den Raum. Da war nichts. Keine Spur. Kein Geruch. Nichts, das ihre Vision bestätigen könnte.

»Das war bloß Einbildung«, flüsterte sie zu sich selbst. »Oder ein Traum.«

Oder Realität.

Es war Cartimandua.

## IV

Einige Nachrichten werden von berittenen Boten überbracht. Andere werden wie flaumige Distelsamen vom Wind herbeigetrieben. Carta hatte im selben Moment, in dem ihr Bruder starb, Bescheid gewusst. Sie wusste es noch vor ihm. Sie wusste, dass er nicht einmal ehrenhaft in einer Schlacht fiel. Es gab ein Scharmützel mit einem römischen Vorposten. Sein Pferd war gestrauchelt, und während es stürzte, hatte einer der Männer sein Schwert wie einen Speer mit solcher Macht geschleudert, dass es seine Wirbelsäule durchbohrte. Wenige Minuten später war er tot. An dem Tag starben noch vierzehn weitere seiner Männer. Das genügte. Die anderen ergriffen die Flucht.

Die Stammesleute hatten sich in Isurios getrennt und den Weg in zwei Kriegstruppen fortgesetzt. Triganos und Fintan waren der Hauptstraße durch das flache Land im Osten gefolgt, dem vielfach benutzten Handelsweg durch das Land der Corieltauver. Venutius hatte seine Krieger weiter nach Westen geführt und sich vorsichtig dem in römischer Hand befindlichen Südosten genähert, durch die Länder der Cornovier und der Dobunner.

Carta nahm Essylt an der Hand und führte sie von der Feuerstelle fort. Ihr jüngstes Kind schlief in seiner Wiege, die anderen Frauen saßen herum, webten und sangen ihm Lieder. »Schwester, ich muss dich auf eine schlechte Nachricht vorbereiten«, sagte sie sanft. »Triganos ist tot.«

Essylt starrte sie aus riesigen Augen an, aus ihrem Gesicht wich jegliche Farbe. »Nein«, begehrte sie auf, ohne Cartas Worte auch nur eine Sekunde infrage zu stellen.

»Es tut mir so leid.« Tränen standen Carta in den Augen. »Ich wollte, dass du vorbereitet bist, wenn die Boten eintreffen.«

Essylt bezweifelte ihre Aussage nicht und gab sich auch keinen Hoffnungen hin. Mehrere Minuten saß sie nur da und starrte mit eingefallenen Schultern in die Luft. Tränen strömten ihr übers Gesicht, während Carta ihre Hand hielt. Allmählich bemerkten die anderen Frauen, dass etwas Schreckliches vorgefallen sein musste, und traten hinzu. Die Zeichen waren für alle sichtbar gewesen. Nur zwei Tag zuvor hatte der Rabe des Todes auf dem Dach des Königshauses gesessen, zwei von ihnen hatten ihn bemerkt. Eine andere hatte aus Versehen ihre Fibel fallen lassen und sich, als sie sie aufhob, in den Finger gestochen. Sie hatte geglaubt, das Omen gelte ihr selbst. Als die Klagelaute durch die Siedlung hallten, suchte Carta das Haus ihres Vaters auf. Die schwierigste Aufgabe für sie war, ihm und Fidelma zu sagen, was die beiden vermutlich ohnehin schon wussten. Als die Boten schließlich in Dun Righ eintrafen, war bereits der ganze Ort in Trauer.

Carta brachte den Göttern Opfergaben dar, damit sie Triganos' Seele sicher in das Land der ewigen Jugend geleiteten, und schwor, dass sie ihm gehörig die Meinung sagen würde, wenn sie sich im nächsten Leben begegneten. Zu weinen erlaubte sie sich nur spätabends in der Stille ihrer Schlafkammer. Sie weinte um den hübschen, sorglosen Jungen, der ihr beigebracht hatte, wie man ritt, auf Bäume kletterte und mit einem Schwert umging. Sie weinte um den liebevollen Bruder, der ihr den Namen »Geschmeidiges Pferd« gegeben und mit ihr gelacht hatte, als zu ihrer beiden Freude zuerst die Familie und dann der ganze Stamm diesen Namen übernahm. Um ihn konnte sie weinen und gegen die Götter wüten, die ihn in so jungen Jahren zu sich geholt hatten ebenso wie Riach. Aber über den eigensinnigen, unbesonnenen Krieger, der König geworden war, dem diese Ehre jedoch kaum mehr bedeutete als seine erste Tätowierung, und über seine vertanen Möglichkeiten empfand sie nichts als Zorn.

Im Verlauf der nächsten Wochen kehrten die Überlebenden Setantier-Krieger langsam nach Norden zurück. Brochan und seine Parisier waren offenbar weiter nach Süden gezogen, um ihrem Schicksal mit den Eindringlingen zu begegnen. Von Venutius und seinem Heer kamen keine Nachricht.

Da der Hochkönig nun tot war, blieb Oisín keine andere Wahl, als zu verkünden, dass ein anderer die Führerschaft übernehmen müsse, und das Wort ging aus, jeder Bewerber um den Titel solle sich vor dem nächsten Vollmond melden. Bran war zurückgekehrt, doch er war bei dem Überfall, der seinem Bruder das Leben gekostet hatte, verletzt worden; nun war er geschwächt und unsicher auf den Beinen. Er wollte sich nicht bewerben. Fintan war noch nicht heimgekehrt, doch es waren Nachrichten eingetroffen, dass er am Leben war. Brochan schickte Boten mit der Versicherung, dass er keinen Anspruch auf das Amt erheben wolle. Von Venutius war noch immer nichts zu hören.

Carta ging und suchte Artgenos auf. »Ich möchte mich zur Wahl stellen. Ich kann die Briganten regieren. Ich bin bereit.« Sie fixierte ihn mit ruhigem Blick. »Du kannst nicht leugnen, dass ich das weit besser könnte als Triganos.«

Artgenos nickte weise. »Das zu leugnen wäre schwer, mein Kind.«

»Und besser als alle anderen, die sich um den Titel bewerben.«

»Auch das mag wahr sein.«

»Dann soll es so sein!« Ihre Augen blitzten triumphierend.

»Ich glaube, die Zeit ist gekommen, dass du deinen Anspruch anmelden kannst, Cartimandua.« Der alte Mann nickte bedächtig. »Doch die Entscheidung liegt beim Volk. Das Volk muss dich wählen.«

»Es wird mich wählen!«

»Dann bete zur Göttin um ihren Beistand.« Nachdenklich fuhr er sich über das Kinn. »Ist schon Nachricht von Venutius eingetroffen?«

Sie zog die Stirn kraus. »Meines Wissens nicht. Warum?«

»Weil ich erwartet hätte, dass er seinen Anspruch anmeldet. Sicher ist dir bekannt, dass er Hochkönig werden möchte. Vielleicht sollten wir warten, bis er zurückkehrt.«

»Nein!« Carta hieb mit der Faust auf den Tisch. »Wenn er nicht kommt, dann hat er seine Gelegenheit verpasst. Er wird ohnehin nicht gewinnen. Das Volk wird den Nachfolger aus den Reihen der Setantier wählen.«

»Nicht unbedingt.« Artgenos wiegte den Kopf. »Venutius' Erfahrung, sein Alter und seine Stärke sind ihm von Vorteil, Kind. Glaubst du, du könntest ihn für dich gewinnen?« Seine alten Augen funkelten.

In der Nacht ging Carta zur heiligen Quelle. Oben am Himmel schwamm der Mond durch ein Meer aus Wolken, in vier Tagen würde er voll sein. Sie brachte Opfergaben und ihre Wahrsagestäbchen mit. Wenn das Wasser ihr nicht sagen wollte, was sie zu wissen begehrte, vielleicht würden ihr dann die Eibenholzstäbchen weiterhelfen.

»Wo ist Venutius? Muss ich ihn fürchten?« Sie hauchte die Worte in das kühle, dunkle Wasser, nahm das Flackern der Kerze hinter ihr wahr. Ihr Atem stockte, ihr Herz schlug unregelmäßig, als sie in die Tiefen spähte. Das Wasser glühte im Schein der Kerze, doch die Göttin schwieg. Sie biss sich auf die Lippe. Dann holte sie das Bündel Stäbchen mit den geheimen Inschriften aus der Tasche, die sie um die Taille geschlungen hatte, und drückte sie an ihre Brust. »Sagt mir die Wahrheit«, flüsterte sie. »Muss ich Venutius fürchten?«

Als die Stäbchen auf den Stein neben ihr fielen, hielt sie mit geschlossenen Augen die Luft an. Schließlich öffnete sie sie und las die Prophezeiung der Bäume: »Ja«, stieß sie leise hervor. Ja, sie musste ihn fürchten.

»Und möchte er Hochkönig werden?« Sie sammelte die Stäbchen ein und warf sie erneut auf den Boden.

»Ja.«

Lange Zeit blieb sie dort am Wasser sitzen, ehe sie schließlich die Stäbchen in ihre Tasche steckte, sich vor der Göttin verneigte und langsam den Pfad hinauf zum Tor im Schutzwall ging.

In der Nacht kam er zu ihr in ihren Träumen. Mit seinem kräftigen, anziehenden Gesicht, dem muskulösen Körper, den harten, dunklen Augen trat er in ihre Schlafkammer, die Arme verschränkt, um den Hals einen goldenen Reif, einen Umhang aus Bärenfell um die Schultern. Einen Moment beobachtete er sie schweigend, dann richtete er einen Finger auf sie. »Wage nicht, meinen Thron zu stehlen!« Seine Stimme hallte mit dem Donner über die Berge.

Mit einem Ruck wachte sie auf und sah in die Dunkelheit des Daches empor. In der Ferne grollte der Donner wieder, und sie hörte den prasselnden Regen. Venutius hatte den Donnergott Taranis um Beistand gebeten.

Am Tag des Vollmonds erhoben sich vor der Ratsversammlung der Druiden, der Krieger und Fürsten des Bündnisses nur drei Männer, um ihren durch ihre Geburt begründeten Anspruch auf den Titel des Hochkönigs von Brigantia anzumelden: zwei von ihnen Söhne der Setantier, einer ein junger König der Textoverden, ein Verwandter Fidelmas. Und eine Frau. Cartimandua. Von Venutius war noch immer keine Nachricht eingetroffen.

Carta hatte mit der Trauer um ihren Bruder abgeschlossen. Seine Seele war weitergezogen. Nun war sie an der Reihe. Ihr Ehrgeiz, den sie so lange hatte zügeln müssen, brannte lichterloh, genährt durch die Gewissheit, dass sie die beste Bewerberin war und dass die Götter ihren Erfolg mit einem Lächeln begrüßten. Sie trug ein dunkelrotes Gewand, dazu einen goldenen Kopfreif und Armspangen und fixierte die älteren Männer und Frauen der Stämme mit einem so entschlossenen Blick, dass diese innerlich erschauderten. Die beiden Setantier verzichteten nahezu sofort und ohne jeden Einwand auf ihren Anspruch, Fidelmas Verwandter gab lächelnd auf, verneigte sich und schwor, ihr bis in den Tod zu folgen. Dennoch war das Ergebnis sehr knapp. Ohne Unterstützung durch Artgenos, ihren Vater und ihre Mutter wäre sie nicht gewählt worden. Ihr Vater erhob sich und beteuerte, dass sie bereit sei, und Artgenos bat die Götter um ein Zeichen, wenn Cartimandua nicht würdig sei, Königin zu werden. In der Stille, die auf diese Aufforderung hin einsetzte, wartete sie mit den Hunderten anderer angespannt auf ein Zeichen des Donnergottes, aber es kam keines. Und es war auch Artgenos, der, nachdem die Wahl unter den Ästen der mächtigen Eiche vorüber war und die versammelten Stämme Cartimanduas Namen zum Himmel emporgerufen hatten, den großen Regenbogen sah, der sich über den Wald zog und die kahlen Berggipfel billigend küsste.

Als sich Carta in der Nacht in ihrer Schlafkammer auf die Zeremonie vorbereitete, bei der sie vor die Götter treten und ihre Hochzeit mit dem Land ihrer Väter und Mütter bestätigt werden würde, lächelte sie sich in dem polierten Bronzespiegel zu. Im Kerzenlicht sah sie ihr Spiegelbild. Da waren keine Schatten, keine schwarze Aura. Kein Zeichen von Venutius. Endlich waren die Götter und Göttinnen ihr geneigt.

Sie hatte sich gerade von Mairghread zum Schutz vor der nächtlichen Kälte den Umhang um die Schultern befestigen lassen, als Artgenos angekündigt wurde. Trotz seiner gut siebzig Sommer stand er noch so aufrecht und sicher vor ihr wie damals in ihrer Kindheit. Er entließ ihre Frauen mit einem Fingerschnippen. »Nun, jetzt hat sich dein Traum erfüllt, Carta.«

»In der Tat.« Sie schob die Reifen den Unterarm hinauf und machte sich daran, aus einem Kästchen Ringe zu wählen. In ihrem Bauch kribbelte ein nervöses Flattern, das sie entschlossen unterdrückte.

»Ich vertraue darauf, dass dir bewusst ist, welche Last du dir heute aufgebürdet hast. Wenn du oben auf dem heiligen Felsen in die Fußabdrücke der Göttin trittst und auf dem Stein der Inthronisierung sitzt, übernimmst du die Verantwortung für Tausende von Menschen.« Sein Ton war sehr streng.

»Glaubst du, dass Triganos dies je bewusst war, als er dort oben stand?« Sie beobachtete sein Gesicht eingehend im flackernden Licht der Kerzen. Nun, da die Zeit gekommen war, war ihr Mund trocken vor Angst.

»Nein, das glaube ich nicht. Ich hätte ihn auch nicht zum König wählen lassen. Aber die Göttin glaubte nicht, dass du zu der Zeit schon bereit warst, Carta. Triganos kam auf den Thron, um ihn für dich zu bewahren. Und er ist gestorben, um Platz für dich zu machen, Carta, also danke ihm in deinen Gebeten für sein Opfer. Es ist eine schwere Last, die du nun übernimmst, und du bist jung. Du hast die Ausbildung zur Druidin nicht abgeschlossen, und das wirst du nun auch nicht mehr. Aber du darfst nie vergessen, was du gelernt hast. Du bist dem Blut nach eine Druidin, und unser Wissen und unsere Kraft stehen dir immer zur Verfügung.« Er hielt kurz inne. »Du hast neue Aufgaben übernommen, Carta«, fuhr er nachdenklich fort, »und es sind Aufgaben, die du ohne Hilfe nicht erfüllen kannst. Du musst wieder heiraten, und zwar bald.«

»Um Königin zu sein, brauche ich keinen Ehemann.« Trotzig hob sie das Kinn.

»Theoretisch vielleicht nicht. Aber in Zeiten wie diesen werden nicht alle Krieger bereitwillig einer Frau folgen. Der Himmel im Süden ist rot vor Blut. Die Augurien künden von nichts anderem als Unheil. Das Bündnis der Briganten ist groß und könnte leicht zerfallen. Sei gewarnt. Denk darüber nach und bete zur Göttin Brigantia. Ich glaube, sie hat deinen Partner bereits erwählt.«

Carta lächelte argwöhnisch. »Wirklich?« Sie hatte diesen alten Mann, der sie so umsichtig durch ihre Kindheit und durch die vergangenen Jahre begleitet hatte, sehr ins Herz geschlossen. »Und die Göttin hat dir zweifellos auch anvertraut, wer dieser Mann ist?«

Artgenos Gesicht blieb ausdruckslos. »Das mag gut sein, aber es ist wichtig, dass du sie selbst befragst.«

»Erst, nachdem ich morgen inthronisiert und von allen Göttern des Stammes gesegnet worden bin.« Ihre Miene war entschlossen. »Wenn ich dann einen Mann nehme, bin ich Königin, und er wird mich als solche anerkennen müssen. Sonst gibt es keine Hochzeit.«

Seine Augen verengten sich, als er ihr entschlossenes Gesicht musterte, aber er sagte nichts. Die Götter würden entscheiden, ob und wie sie herrschen sollte, und nur die Götter.

Plötzlich erfüllten ihn düstere Vorahnungen.

# Kapitel 17

## I

Hugh blieb auf der Zufahrt lange in seinem Wagen sitzen und starrte auf sein Haus, ohne es wahrzunehmen. Mit zitternden Händen umklammerte er das Lenkrad, sein Gesicht war schweißnass, sein Körper eiskalt. Er wusste nicht genau, wie er es geschafft hatte, nach Hause zu fahren.

Er erinnerte sich, dass er den Berg hinuntergegangen war oder eher gelaufen und geschlittert. Er erinnerte sich an Gesichter, an den Lärm schreiender Männer, den Klang von Hörnern und darüber das tiefe Dröhnen der Carnyx. Irgendwie hatte er sich in den Wagen geworfen und die Türen verriegelt. Hatte er wirklich Gesichter gesehen, die sich über die Windschutzscheibe beugten, die ihn anschrien, und Fäuste, die gegen die Scheibe hämmerten? Er wusste es nicht genau. In seinem Kopf war so ein großer Druck gewesen. Der Zorn, der Hochmut, die Gewissheiten.

Er musste ewig dort gesessen und um seinen Verstand gerungen haben, Schweiß war ihm übers Gesicht gelaufen, sein Körper wurde immer wieder von Krämpfen geschüttelt. Er hätte vielleicht den ganzen Tag dort gesessen, wäre nicht ein anderes Auto auf den Parkplatz gefahren. Es war neben ihm zum Stehen gekommen, alle vier Türen gingen auf, und Menschen und Hunde sprangen heraus. Sie unterhielten sich lachend, und einer von ihnen blieb neben Hughs Fahrertür stehen und bückte sich, um den Schnürsenkel zuzubinden. Als er sich aufrichtete und seinen Begleitern folgte, warf er einen Blick zu Hugh und rief ihm ein paar freundliche Worte zu. Im Handumdrehen waren die Quälgeister verschwunden. Die Welt war wieder normal.

Danach hatte er die aufsteigende Übelkeit so gut wie möglich unterdrückt und war vom Parkplatz auf die Straße und weiter nach Hause gefahren, doch es dauerte eine ganze Weile, ehe er die Kraft fand, auszusteigen und zur Haustür zu wanken. Erst nach langem Suchen förderte er seine Schlüssel zutage, öffnete die Tür und warf sie hinter sich zu, dann blieb er mit panisch klopfendem Herzen stehen und wartete, bis er sich ein wenig beruhigt hatte und sich in sein Arbeitszimmer vorwagte. Er ließ sich auf den Stuhl am Schreibtisch fallen und griff nach dem Hörer. Vivs Zettel, der im Flur auf dem Boden lag, hatte er gar nicht gesehen. Zitternd wählte er eine Nummer. »Meryn? Ich brauche dich. Kannst du kommen?«

Er trank schon einen Becher schwarzen Kaffee, als das Telefon klingelte. »Meryn? Wo bist du?« Seine Stimme war etwas ruhiger, und seine Hände zitterten nicht mehr.

»Tut mir leid, alter Knabe, da ist jetzt wohl der Falsche am Apparat.« Roland McCafferty, der Feuilleton-Redakteur der *Daily Post,* klang verwundert. »Ich wollte einfach mal bei Ihnen anrufen und hören, wie's geht.« Er war die Leutseligkeit in Person.

»Gut.« Hugh atmete tief durch und versuchte, in die Normalität zurückzufinden. Er riss sich zusammen, und dann fiel ihm die Rezension ein, die er am Tag zuvor geschrieben hatte. Es kam ihm wie eine Ewigkeit vor. Normalerweise wurde der Eingang eines Beitrags per E-Mail bestätigt. Er und Roland trafen sich bisweilen zum Mittagessen, abgesehen davon kannten sie sich kaum. »Ist mit der Kritik etwas nicht in Ordnung?« Er war momentan nicht in der Stimmung, darüber zu sprechen. Jetzt zitterte seine Hand auch wieder.

»Nein, gar nicht, alter Knabe. Wie immer sehr freimütig.« Er zögerte den Bruchteil einer Sekunde. »Sie haben sie bewusst als öffentliche Hinrichtung angelegt?«

Hugh zögerte. »Das finde ich doch gelinde übertrieben formuliert, Roland.«

»Dann möchten Sie also keine Änderungen vornehmen?«

»Nein. Das Buch ist ein einziger Irrtum. Das muss mal deutlich gesagt werden. Zum Besten der Autorin selbst.«

Einen Moment herrschte Stille. Dann sagte Roland: »Also gut, in Ordnung. Ich dachte, Sie möchten vielleicht wissen, dass sie nächste Woche erscheint, gleichzeitig mit der Buchveröffentlichung. Medienwirksam.« Er lachte. »Gut gemacht, alter Knabe.«

Als Roland am anderen Ende der Leitung den Hörer auflegte, grinste er kopfschüttelnd in sich hinein. Was in aller Welt konnte die arme Frau nur verbrochen haben, um Hugh derart zu verärgern?

Hugh saß gedankenverloren an seinem Schreibtisch. War er zu heftig gewesen? Wenn, dann hatte Viv es verdient. Aus ihr wäre eine herausragende Historikerin geworden, wenn sie sich nur etwas mehr diszipliniert hätte. Die könnte sie immer noch werden. Vielleicht war diese Kritik genau das, was sie brauchte, um ihrer Fantasie Zügel anzulegen.

Seufzend fuhr er sich durchs dichte Haar. Der Klang von Rolands Stimme hatte ihn ein wenig in die Realität zurückgebracht. Die Echos waren fort. Auf einmal konnte er wieder klar denken. Er holte tief Luft und straffte die Schultern. Irgendwie musste er sich mit Viv auseinandersetzen, musste wieder mit ihr reden und erklären, was er überhaupt vorhatte.

Aber was hatte er denn vor?

Er schüttelte den Kopf. Er wollte ihr helfen. Er wollte sie ermutigen. Verdammt, er wollte sie in den Arm nehmen.

Eine Weile überließ er sich seinen Gedanken, erinnerte sich daran, wie sie sich angefühlt hatte, wie sie klang, erinnerte sich an den zarten Regengeruch in den Haaren, als er sie umarmte, dann verspannte er sich plötzlich, wirbelte zum Fenster herum, alle Sinne hellwach. Viv war vergessen, Adrenalin schoss ihm durch die Adern. Venutius war wieder da!

Er starrte noch immer wie gelähmt zum Fenster, als wenige Sekunden später in die Stille des Hauses hinein die Türglocke ertönte.

»Meryn!« Fassungslos sah er seinen Besucher an. »Wie in aller Welt bist du so schnell hergekommen?« Er packte ihn am Arm, zog ihn ins Haus, schloss die Tür und führte ihn in sein Arbeitszimmer, und in dem Moment brach die Sonne durch die Wolken und strömte zu den Fenstern herein. »Venutius!« Er konnte sich kaum überwinden, den Namen auszusprechen. »Er ist hier. Er ist mir gefolgt!«

Meryn setzte sich in den Ledersessel, der vor dem Bücherregal stand, und streckte die langen Beine aus. Er trug ein dunkelblau und grün kariertes Hemd, dessen Ärmel bis zu den Ellbogen hochgekrempelt waren, und eine ausgebleichte Jeans. Nachdenklich lehnte er sich zurück und betrachtete Hugh. Um seinen Hals hing an einem Lederband ein silberner Talisman. Als er sich bewegte, reflektierte er kurz die Sonne. »Erzähl doch mal, was passiert ist.«

Als Hugh schließlich das Ende seiner zunehmend erregten Schilderung erreichte, schritt er rastlos im Zimmer auf und ab, die Fäuste geballt, sein Gesicht hager und abgekämpft.

»Und wo ist die Fibel jetzt?«, fragte Meryn nach kurzem Schweigen ruhig. Hugh sollte nicht merken, wie erschüttert er war.

Hugh zuckte mit den Schultern. »Ich habe ihr gesagt, sie soll sie wieder mitnehmen.« Er merkte, wie ihm die Röte ins Gesicht stieg, als er an gestern Nacht dachte, an das Gefühl ihres warmen Körpers in seinen Armen.

»Womit jetzt vielleicht sie anstatt deiner in Gefahr ist«, sagte Meryn.

Abrupt ließ Hugh sich auf einen Sessel fallen. »Auf die Idee bin ich gar nicht gekommen. Guter Gott, das wollte ich nicht ...« Er hielt kurz inne. »Ich weiß noch, du hast gesagt, dass jeder, der sie anfasst, von ihrer – wie hast du es genannt? – paranormalen Energie berührt werden könnte. Aber sie hat sie schon seit Wochen, und ihr ist nichts passiert ...«

»Soweit du weißt.«

»Soweit ich weiß, ja. Aber sie kann ihr nichts getan haben, das hätte sie mir gesagt.«

»Wirklich?« Meryn lächelte ein wenig spöttisch. »In meinen Ohren klingt es nicht so, als würdet ihr beide im Moment besonders viel miteinander reden.«

Hugh gab keine Antwort.

»Hast du seitdem schon mit ihr gesprochen?«, fragte Meryn nach.

Hugh schüttelte den Kopf.

»Dann musst du sie irgendwie kontaktieren und herausfinden, ob bei ihr alles in Ordnung ist«, sagte Meryn mit Nachdruck. »Aber zuerst müssen wir dich wieder ins Lot bringen.« Er stand auf. »Dafür muss ich aus dem Auto meine Quacksalbertasche holen.« Er grinste vergnügt, entschlossen, Hugh seine Angst nicht sehen zu lassen. »Ich geh mal davon aus, dass du die Sache mir überlässt, Hugh, oder? Keine Einwände, keine zynische Belustigung? Dir ist schon klar, dass das sehr ernst ist, oder, mein Freund?«

»Sonst hätte ich dich nicht angerufen«, antwortete Hugh bedächtig. »Ich gestehe meine Niederlage ein. Es gibt mehr Dinge zwischen Himmel und Erde und so weiter. Ich habe Angst.«

Er ging mit Meryn in den Flur hinaus und sah ihm besorgt zu, als er die Haustür öffnete. Sonnenlicht strömte herein, und Meryn bückte sich nach dem Zettel, der auf dem Fußabstreifer lag. Er warf einen kurzen Blick darauf. »Na, zumindest auf eine unserer Fragen haben wir schon Antwort«, sagte er leise. »›Hab vorbeigeschaut, um zu sehen, ob bei Ihnen alles in Ordnung ist. Rufen Sie mich doch bitte wegen der Nadel an. Viv‹«, las er laut vor.

»Sie muss hier gewesen sein, als ich oben auf dem Traprain Law war«, sagte Hugh beschämt. »Ich habe den Zettel gar nicht gesehen.« Er streckte die Hand danach aus, und Meryn reichte ihm das Blatt, dann ging er zu seinem alten grünen MG und holte eine verbeulte Ledertasche heraus.

Hugh steckte sich Vivs Nachricht in die Tasche und brachte ein dünnes Lächeln zustande. »Lauter fauler Zauber?«

»Jede Menge.« Meryn nickte nachsichtig.

»Soll ich dir sagen, was Venutius vermutlich getan hätte, wenn er an deiner Stelle wäre und in seinem eigenen Zuhause bedroht würde?«, fuhr er gesprächig fort, als er im Arbeitszimmer die Tasche absetzte und öffnete. »Er hätte rund um den Garten einen Kreis aus

Schädeln angeordnet, mit dem Gesicht nach außen, um den Feind zu vertreiben.«

Hugh wurde blass. »Ein Geisterwall«, brachte er schwach hervor. »Die Archäologen haben in Stanwick Überreste davon gefunden. Seine letzte Bastion gegen die Römer. Ich hatte gehofft, unsere Techniken könnten mittlerweile etwas zivilisierter geworden sein. Bitte sag mir, dass du keinen Sack voll Schädeln dabeihast.«

Meryn lächelte. »Sprich nicht so hochtrabend von Zivilisation, Hugh. Wir sind diejenigen, die unkultiviert sind. In den letzten Jahrhunderten haben wir bei unserer wilden Jagd nach dem, was wir für rational und wissenschaftlich halten, einen Großteil des jahrtausendealten Wissens verloren, das aber unverzichtbar ist, wenn wir als Menschen überleben wollen. Wenn Venutius sehen könnte, woran wir heute glauben, würde er uns für naive Kleinkinder halten. Vermutlich sieht er es sogar«, fügte er mit einem schalkhaften Lächeln hinzu.

»Du sagst zwar ›wir‹, aber du schließt dich doch aus dieser Verallgemeinerung aus«, warf Hugh leise ein. »Du meinst doch wohl eher mich.«

Meryn machte eine ausweichende Geste. »Es ist nicht deine Schuld. Das liegt an unserer Kultur. Vergiss nicht, die Welt, in der er lebte, war eine animistische, belebte Welt von Verbindungen und Verknüpfungen, zu der zahllose Ebenen von Geistern und Göttern und Vorfahren gehörten, von Menschen, die gestorben, und Menschen, die noch ungeboren waren, und sie alle konnte er zu Hilfe rufen.« Nebenbei packte er mehrere Beutel und Kistchen aus. »Um ihn zu bekämpfen, müssen wir Techniken verwenden, die er versteht und die auch funktionieren.«

»Das heißt, er ist ein Geist?« Hugh setzte sich und fuhr sich müde übers Gesicht.

Meryn ordnete seine Utensilien auf dem Schreibtisch an. »Die Kelten glaubten an die Unsterblichkeit der Seele, an ihre Reinkarnation und Seelenwanderung. Das ist das, was die irischen Kelten *tuirigin* nannten, das heißt, sie glaubten, dass man praktisch als alles Beliebige wieder auf die Welt kommen konnte, bis die Erfahrung der Seele abgeschlossen war. Als Mensch, sicher, aber auch als Tier oder als Vogel. Es gibt ein wunderschönes Gedicht in der irischen Tradition, das ›Lied von Amergin‹ heißt. Darin erinnert sich der Erzähler an seine Existenz als Lachs, als Bulle, als Wind, als Welle. Oder Taliesin aus Wales – er erinnert sich daran, dass er ein Spaten gewesen war und ein Feuereisen! Aber auch ein Hirsch, ein Hengst und ein Hahn. ›Ich war tot. Ich war lebendig.‹«

»Ich kenne die keltische Literatur.« Hugh schnitt ein finsteres Gesicht.

»Natürlich. Dann weißt du auch, dass Venutius tausendmal, in welcher Form auch immer, zurückgekehrt sein mag. Seine Seele lebt nach wie vor und wird immer leben. Ich vermute, dass sie momentan zwischen zwei Existenzen schwebt. Sie pendelt zwischen dieser und der anderen Welt und sie interessiert sich sehr für dich und deine Ansichten darüber, was in dem Leben passierte, das er im ersten Jahrhundert nach Christus führte.«

»Wir nennen es heute ›nach unserer Zeitrechnung‹«, widersprach Hugh leise.

»Aber warum denn? Politisch korrekter Mumpitz.« Meryn grinste. »Im Kalender unserer westlichen Welt beginnt die Zeitrechnung mit der Geburt Christi. Warum sollten wir so tun, als wäre dem anders?« Er richtete sich auf und sah zu Hugh. »Nein, sag's mir nicht. Das ist sowieso willkürlich. So, und jetzt zeige ich dir, was ich hier habe.«

Er wartete, bis Hugh sich aus seinem Stuhl hochgehievt hatte und zu ihm an den Schreibtisch kam. »Das ist die Schutzausrüstung eines Druiden«, sagte er lächelnd. »Zum Glück musst du nicht daran glauben. Worauf es ankommt, ist, dass Venutius daran glaubt.«

Hugh verfolgte, wie Meryn einen Beutel mit weißen Steinchen hervorholte, ein Gefäß mit zerstoßenen Kräutern, ein Rauchfass und Holzkohle, eine kleine Bronzeschüssel, mehrere Päckchen, eine Flasche mit Quellwasser und andere Dinge, die er nicht identifizieren konnte. Er brachte ein schiefes Grinsen zustande. »Von wegen fauler Zauber. Das ist ja Hokuspokus!«

Meryn lachte laut auf. »Das stimmt, es ist sogar noch kraftvoller. Ich werde jetzt dein Haus schützen. Wie mit dem Kreis aus Schädeln, aber vielleicht etwas hygienischer; eine Art, gegen die die Europäische Union weniger Einwände erheben sollte. Ich werde dich beschützen, und dann schicke ich dich ins Bett, denn, um ehrlich zu sein, du siehst halb tot aus. Ich werde dafür sorgen, dass du keine Träume hast und dass du nicht angegriffen wirst, damit du dich mal anständig ausschlafen kannst, und währenddessen werde ich eine Strategie entwerfen.«

»Muss ich dabei persönlich anwesend sein?« Hugh grinste halbherzig. Die Sache war für ihn alles andere als einfach. In der Vergangenheit waren ihre Gespräche immer in scherzhaften Spott übergegangen, wenn sie auf Themen zu sprechen kamen, für die Hugh jedes Verständnis fehlte. Das freundliche Ausweichen war stets Alison zu verdanken gewesen. Sie hatte es geschickt verstanden, ihm über derartige heikle Klippen hinwegzuhelfen. Und jetzt hatte er Meryn hergebeten, damit er genau die Sachen machte, über die er sich früher so sehr amüsiert hatte. Ihm wurde zunehmend unwohl.

Nach einem Blick auf ihn nickte Meryn zögernd. Zu viel Skepsis wäre kontraproduktiv. »Vermutlich nicht. Geh nach oben und stell dich unter die Dusche, und dann schlaf ein paar Stunden. Überlass das hier unten nur mir.«

Dagegen hatte Hugh nichts einzuwenden. Als er die Treppe hinaufging, merkte er erst, wie erschöpft er tatsächlich war. Er verbot sich jeden Gedanken an das, was jetzt in seinem Arbeitszimmer passierte, ging ins Schlafzimmer und warf sich aufs Bett. Er bedachte nicht, dass Meryn bislang lediglich Zeit gefunden hatte, seine Tasche auszupacken, und dass Venutius vielleicht schon auf ihn warten könnte.

## II

Triganos und seine Brüder zu überlisten, war ein Leichtes gewesen. Mit einer handverlesenen Schar von Gefolgsleuten hatte Venutius sich von seiner Armee getrennt und war quer durchs Land geritten, stets im Schutz der dichten Wälder das breite Flusstal entlang, wo es keine Siedlungen gab, bis sie auf Triganos' Lager stießen. Es war ein Kinderspiel, ihn von seinen Leuten fortzulocken. Eine heimliche, von Hand überreichte Aufforderung zum Zweikampf, zu dem er nur seine Brüder mitnehmen dürfe. Der Narr willigte sofort ein. Venutius selbst stieß seinem Freund das Schwert in den Rücken. Er würde es ihm in einem anderen Leben vergelten. Er empfand es nicht als Ehrlosigkeit, sondern tat es, um das große Bündnis der Briganten vor der Vernichtung zu bewahren. Die Söhne Bellacos' und Fidelmas waren nicht die geeigneten Männer, in diesen schweren Zeiten den Mantel des Hochkönigs zu tragen. Triganos' Ära als Herrscher aller Stämme war ein einziges Unglück gewesen. Und mit seinem und dem Tod seiner beiden Brüder gab es niemanden mehr, der Anspruch auf den Thron des Hochkönigs erheben konnte.

Nachdem die Morde vollbracht waren, schlüpften er und seine Gefährten davon. Die gestohlenen römischen Breitschwerter, die sie am Kampfplatz zurückließen, genügten, um die Schuld anderen zuzuweisen. Außerdem würde ihn sowieso niemand verdächtigen. Er überließ es Triganos' Begleitern, den Leichnam ihres Königs zu finden, und verschwand in der Nacht. Zurück blieben sechs Leichen – die drei Brüder und ihre drei Wagenlenker. Wie immer hatte Triganos die Herausforderung voller Übermut angenommen und dabei die Situation falsch eingeschätzt. Dass zwei von Bellacos' Söhnen bei dem Überfall gar nicht ums Leben gekommen waren, ahnte Venutius nicht. Aber es hätte ihn ohnehin nicht gestört. Sie würden die Gesichter ihrer Angreifer nicht erkennen, denn sie waren mit Wolfsköpfen maskiert gewesen, zudem würden sie wegen ihrer

Wunden und Narben sowie der Scham über den Tod ihres Bruders nicht als würdig erachtet werden, das Amt des Hochkönigs zu übernehmen.

So kehrte Venutius zu seinem Heer zurück und wartete auf Nachricht über den Mord. Es dauerte vier Tage, bis sie eintraf, und in diesen vier Tagen verging er fast vor Ungeduld und Zorn. Sobald die Botschaft verkündet wurde, beauftragte er in gespieltem Entsetzen und Zorn seine zwei erfahrensten Krieger, seine Truppen nach Süden zu führen, damit sie sich mit Brochan und dessen Männern zusammenschlossen und zur römischen Front weitermarschierten. Er selbst wollte mit zwei Gefährten den langen Ritt nach Norden, nach Dun Righ, unternehmen. Dort würde er sich zum Hochkönig ausrufen lassen.

Auf ihrem Weg durch das Gebiet der Corieltauver folgten sie Kammwegen und Forststraßen, vermieden Dörfer und Höfe, wo neugierige Fremde sie aufhalten konnten, und ritten nach Norden, so schnell ihre Pferde sie trugen. Der drei Viertel volle Mond leuchtete ihnen den Weg. Vor dem Morgengrauen schlugen sie ein Lager auf, aßen, ließen ihre Pferde rasten und schliefen abwechselnd, dann ritten sie weiter.

Sie näherten sich wieder der Trisantona, trabten unter den Bäumen eines mächtigen Waldes einzeln hintereinander her, als sie ohne jede Vorwarnung überfallen wurden. Sie waren nicht nur erschöpft, sondern ihren Angreifern zahlenmäßig auch weit unterlegen, und so wurden sie überwältigt, ehe sie begriffen, was tatsächlich geschah. Als es vorüber war, lagen sie wie tot am Boden, aller Waffen, Kleidung und Pferde beraubt.

Als Venutius wieder zu sich kam, war es dunkel. Er lag in einem kleinen Zimmer auf einem Bett, auf einem Tisch brannte ein Binsenlicht. Ächzend fasste er sich an den Kopf, und sofort trat jemand zu ihm. Kurz legte sich eine kühle Hand auf seine Stirn. Er zwang sich, die Augen zu öffnen, und sah einen jungen Mann in der weißen Robe eines Druiden an seiner Bettstatt stehen.

»Erhol dich, Herr. Du bist sehr krank gewesen.« Die Stimme war sanft.

»Wo bin ich?« Sein Mund war trocken, fühlte sich an, als sei er mit Asche ausgespült worden.

»Du bist in unserem Tempel des Heilens, mein Freund. Wir haben dich bewusstlos auf dem Weg gefunden. Man hatte dir alles genommen, sogar die Kleider.« Der junge Mann warf einen prüfenden Blick auf ihn. »Leider muss ich dir sagen, dass deine beiden Begleiter tot sind, mein Freund«, fuhr er sacht fort. »Als wir dich fanden, hatten ihre Seelen bereits die Reise ins Land der ewigen Jugend angetreten.«

Venutius lag da und sah zur Decke empor. Stirnrunzelnd versuchte er, einen Gedanken zu fassen, sich zu erinnern. Doch in seinem Kopf herrschte völlige Leere. Er überließ sich der fürsorglichen Betreuung der Druiden, die ihm zu essen und zu trinken und ein schlichtes Wollgewand gaben und ihm ein heilendes Amulett um den Hals legten. Erst am dritten Tag kehrte sein Gedächtnis zurück. Trotz seiner schmerzenden Verletzungen begab er sich in die Kammer des Oberdruiden, der den Tempelkomplex leitete, und teilte seinem Gastgeber mit, dass er den König der Carvetier gepflegt habe. Der alte Druide verneigte sich mit einem Lächeln. »Herr, es ist unsere heilige Pflicht, uns aller anzunehmen, die hierher kommen, ohne nach ihrem Namen und ihrer Herkunft zu fragen. Doch es tut mir leid, dass du von denen, die dir im Wald auflauerten, so übel behandelt wurdest. Leider treiben sich heutzutage allzu viele Strauchdiebe herum.« Er zuckte mit den Achseln.

Venutius nickte beifällig. »Mein Freund, ich werde deine Gastfreundschaft noch mehr in Anspruch nehmen müssen. Ich bitte dich um die Leihgabe eines Pferdes und eines Schwertes, damit ich meinen Weg nach Norden fortsetzen kann. Ich muss Dun Righ im Land der Setantier erreichen, bevor die Nachricht vom Tod des Hochkönigs dort eintrifft.

Er wurde vor einigen Tagen von römischen Kriegsbanden ermordet.«

Der Druide hob die Augenbrauen. »Die traurige Nachricht habe ich bereits erfahren, Herr. Ich fürchte, du wirst zu spät kommen, um dem Volk der Briganten die Botschaft zu überbringen. Sie haben sie vor vielen Wochen erhalten und haben bereits einen neuen Führer gewählt.«

Venutius starrte ihn aus kreidebleichem Gesicht an. »Das ist nicht möglich. Dafür hatten sie gar keine Zeit!«

»Triganos ist vor zwei Monden gestorben, Herr.«

»Vor zwei Monden?«, wiederholte Venutius ungläubig. »Ich bin zwei Monde krank gewesen?«

Der Druide nickte.

»Und wer ...« Venutius konnte sich kaum überwinden, die Frage zu stellen. »Wer wurde zu seinem Nachfolger gewählt?«

»Seine Schwester, Königin Cartimandua. Meines Wissens soll die feierliche Zeremonie beim nächsten Vollmond, in zwei Tagen, stattfinden.«

Venutius sank auf einen Schemel und legte den Kopf in die Hände. Plötzlich drehte sich der ganze Raum, das Blut rauschte ihm in den Ohren. Geistesabwesend nahm er die ihm gereichte Metflasche und leerte sie auf einen Zug. Feurige Süße strömte ihm durch die Kehle. »Zu spät!«, flüsterte er.

»Wenn du schnell reitest, kannst du noch rechtzeitig eintreffen, um an ihrer Krönung teilzunehmen«, sagte der alte Mann freundlich. »Nur weiß ich nicht, ob das in deinem Zustand ratsam ist.«

»Es geht mir gut.« Venutius sprach durch zusammengepresste Zähne. »Mein Freund, gib mir ein Pferd und einen Führer. Ich werde es dir vergelten, darauf hast du mein Wort.«

Wenig später verließ er den Tempel. Wenn er Dun Righ erreichte, bevor sie auf den Thron gesetzt wurde, dann würde er die Krönung verhindern, bei den Göttern!

»Die Krönung verhindern!« Laut stöhnend warf Hugh den Kopf auf dem Kissen hin und her, seine Finger kneteten die Decke. »Sie darf nicht stattfinden! Sie muss verhindert werden!«

»Hugh?« Meryn steckte den Kopf zur Tür seines Schlafzimmers herein. »Hugh, fehlt dir was?«

Doch mit einem Blick auf seinen Freund wusste er, dass er zu spät gekommen war. Venutius war bereits im Haus. Jetzt würde sich kein Schutzwall mehr ziehen lassen.

Es war schon sehr lange her, seit er sich das letzte Mal in eine schamanische Trance versetzt hatte, um Geistern in ihrer eigenen Welt zu begegnen, und es war ein gefährliches Unterfangen, aber was blieb ihm anderes übrig? Nach einem weiteren Blick auf den Mann, der im Bett wild um sich schlug, lief Meryn die Treppe hinunter zu seinem Wagen. Mit seinem Druidenumhang um die Schultern und dem Schutzamulett um den Hals, setzte er sich mit seiner Felltrommel im Schneidersitz auf den Boden in Hughs Schlafzimmer und fing leise an, einen Rhythmus zu schlagen. Vermutlich ging es nicht nur darum, seinen Freund zu retten, sondern auch die Frau, in deren Besitz sich Cartimanduas Fibel momentan befand. Während die langsamen, rhythmischen Schläge der Trommel die Schatten zum Vibrieren brachten, hörte er aus der dunstigen Ferne, die sich um das Haus legte, zur Antwort den tiefen, dröhnenden Ton der Carnyx.

## III

Cathy war bereits zu Bett gegangen. Hier im Wohnzimmer waren die Vorhänge nicht zugezogen, denn die Fenster standen offen und ließen die laue Nachtluft herein. Im Licht der einen Lampe auf dem Sofatisch sah der Raum behaglich und einladend aus. Friedlich. Pat holte die Seiten, die sie zu Viv mitgenommen, ihr aber nicht gezeigt hatte, aus der Aktentasche. Die Seiten über Medb. Der Text würde natürlich redigiert und gekürzt werden müssen, das war ihr klar. Es fehlte die Zeit, um in aller Ausführlichkeit von Medbs Wanderung durch Frankreich – Gallien, verbesserte sie sich – zu erzählen, ebenso war kein Platz für ihre langwierige Suche im Hafen nach einem Schiff, das sie nach Britannien mitnehmen würde, ihre inbrünstigen Versprechungen gegenüber dem Schiffseigner, ihr Gang mit ihm zum Markt, wo er sie mit neuen Schuhen und einem warmen Umhang ausstattete, die Überfahrt, auf der sie zu seekrank war, um ihren Teil des Handels zu erfüllen, und dann, nachdem sie den Schiffseigner kurz abgefertigt hatte, ihre Weiterreise nach Norden, immer auf der Hut vor römischen Legionären und einheimischen Siedlungen, die sie mit der Gerissenheit eines Fuchses zu vermeiden wusste. Sie befand sich im Land der Corieltauver und trug das weiße Wollgewand und den Schleier einer Druidin, als sie vom Tod Triganos' hörte. Und sie war immer noch dort, als sie erfuhr, wer zu seinem Nachfolger gewählt worden war.

Mit einem zufriedenen Seufzen warf Pat das Manuskript auf den Tisch. Es war gut, spannend. Mitreißend. Sie stand auf, schlenderte in die Küche und durchsuchte den Kühlschrank, bis sie eine halb volle Flasche Weißwein fand. Sie schenkte sich ein Glas ein und kehrte ins Wohnzimmer zurück.

Neben dem Tisch stand Medb. Mit einem Aufschrei ließ Pat das Glas fallen, wie erstarrt von den klaren, hellen Augen. Das Glas rollte unbeschädigt über den Teppich und blieb in einer Weinlache liegen.

»Was willst du?« Pats Stimme war ein heiseres Krächzen.

Die Gestalt reagierte nicht.

»Ich erzähle doch deine Geschichte.« Pat zitterte am ganzen Leib. »Bitte geh weg.«

Die Gestalt bewegte sich nicht. Sie wirkte überaus körperhaft. Pat konnte jede Einzelheit ihres Gesichts ausmachen: Ihr blondes Haar war unter dem gewebten Schleier mit dem bestickten Saum zu Zöpfen geflochten, ihr hartes Gesicht weder geschminkt noch tätowiert, Kummerfalten zogen sich von den Mundwinkeln nach unten. Ihre Augen waren fast farblos, wie das Wasser eines Bergbaches, und ihr Blick schien sich in Pats Seele zu bohren.

»Bitte geh«, wiederholte Pat schwach. »Ich habe doch alles getan, was du willst. Ich habe deine Geschichte aufgeschrieben.«

Hinter ihr ging im Flur das Licht an. »Pat? Bist du das?«, ertönte Cathys Stimme von der Treppe.

Die Gestalt verschwand.

Pat schloss die Augen, und als Cathy das Zimmer betrat, holte sie keuchend Luft.

»Pat, was ist denn ...« Cathy bemerkte das Glas, das auf dem Teppich lag. »Bist du betrunken?«

Pat deutete zum Tisch. »Da! Medb! Sie war da.«

Cathy runzelte die Stirn. »Ach, Pat, was soll denn das?« Sie hob das Glas auf und stellte es auf den Sofatisch. »Ich hole einen Lappen, um den Wein aufzuwischen. Geh doch ins Bett und schlaf dich ordentlich aus.«

Mit finsterem Gesicht nahm Pat das Manuskript an sich und ging zur Treppe. »Es tut mir leid, aber ich habe sie wirklich gesehen. Und ich habe keinen Tropfen getrunken. Dazu bin ich gar nicht gekommen!«

Als sie dann im Bett lag, starrte sie an die Decke, da sie Angst davor hatte, die Augen zu schließen. Medb trieb sich im Zimmer herum, sie konnte sie spüren. Sie hatte einen trockenen Mund, ihre Augen brannten vor Müdigkeit. Unter der Decke ballte sie die Hände und wagte kaum, Luft zu holen. Als ihr schließlich doch die Augenlider zufielen, wusste sie, dass Medb schon in ihrem Kopf war.

*Cartimandua muss sterben.*

War das ein Befehl? Eine Feststellung? Sie wusste es nicht. Aber die Stimme, die in ihrem Kopf hallte, war zornig, bitter, gehässig in ihrer Beharrlichkeit. Und als sie langsam Pats ganzes Sein erfüllte, wusste sie, dass sie sich nicht mehr dagegen wehren konnte. Sie fiel in einen immer tieferen Schlaf und überließ sich der Dunkelheit.

## IV

Allmählich drang ein unvertrautes, leises Trommeln in Hughs Bewusstsein vor. Es kam ganz aus seiner Nähe. Er runzelte die Stirn. Es war nicht unangenehm, seltsam beruhigend sogar, denn es holte ihn aus der grauen Stille des Schlafes ins Tageslicht zurück. Das

Trommeln wurde immer lauter, beharrlicher, es forderte ihn auf, die Augen zu öffnen.

Stöhnend streckte er sich und setzte sich auf. Das Trommeln verstummte.

»Und? Wie geht es dir?« Meryn saß in einer Ecke des Raums auf dem Boden.

Hugh starrte ihn verdattert an. »Wie bitte?«

»Wir haben eine Reise unternommen.« Meryn stellte die Trommel neben sich ab. »Eine sehr interessante Reise. Zum Brigantia deiner Albträume.«

Hugh schluckte schwer, schwang die Beine über die Bettkante und stöhnte wieder. »Was ist passiert?«

Meryn erhob sich und betrachtete ihn nachdenklich. »Ich bin dir in deine Träume gefolgt, um es mit Venutius aufzunehmen, wenn er mich denn ließe.« Jetzt runzelte Meryn die Stirn.

Hugh sah ihn fragend an. »Und?« Er konnte seine Skepsis nicht verhehlen.

Meryn schüttelte den Kopf. Er war auf Zorn und Hohn gestoßen.

»Das heißt, er wird mich weiter verfolgen?« Hugh konnte auch seine Angst nicht ganz verbergen. »Aber warum denn?« Einen Moment sagte Meryn nichts. Sein Blick in die wirbelnden fernen Zeiten, die Hugh umgaben, war erschreckend und verwirrend gewesen. Die Vergangenheit war wiedererweckt worden, und wie ein schlummernder Riese, der mit Tritten und Schlägen aus dem Schlaf gerissen wurde, gewann sie mit jeder Sekunde an Kraft und Schwung.

Venutius war vernünftigen Argumenten nicht zugänglich, ebenso wenig wie die beiden Frauen, deren Schatten ihn umwoben.

»Hugh, bitte hör mir genau zu.« Meryn sprach langsam und bedächtig, ohne seinen Freund aus den Augen zu lassen. »Momentan ist Venutius fort, aber er ist gefährlich. Ich glaube, er stellt für dich und jeden, der mit dieser Fibel zu tun hat, eine wirkliche Bedrohung dar. Du musst sie zurückholen. Solange sie bei Viv ist, ist sie in Gefahr.«

»Gefahr?« Hugh starrte ihn an. »Was für eine Gefahr denn?«

Schweigend dachte Meryn eine Weile nach. »Eine Gefahr besteht in Besessenheit, aber es könnte auch jemand körperlich zu Schaden kommen.«

Hugh wurde blass. »Und dann? Was mache ich dann damit?«

»Meines Erachtens wäre es das Beste, wenn du sie dem Museum zurückgibst. Da hat sie ja lange gelegen, ohne irgendwelche Störungen zu verursachen. Vielleicht ist sie dort sicher.«

Oder vielleicht auch nicht. War die Fibel der Katalysator, der diesen zornigen Mann aus dem Schlaf der Zeiten erweckt hatte? Und wenn ja, warum wollte er sie so dringend zurückhaben? Meryn seufzte. »Hugh, ruf Viv an. Sie soll sie dir geben, und dann bring sie zu mir.«

Sein Haus war sicher. Dort war Venutius nicht willkommen. Und vielleicht würde es Meryn gelingen, es in seinen eigenen vier Wänden mit ihm aufzunehmen.

## V

»Pat!« Viv fasste sie am Arm und zog sie in die Wohnung. Es war kurz nach neun Uhr morgens, und Pat keuchte vom Treppensteigen. Ihr Gesicht war blass, und sie sah mitgenommen aus. »Die Fibel ist weg. Sie ist gestohlen worden!«

Pat stellte ihre Tasche ab und versuchte, wieder zu Atem zu kommen. »Was meinst du damit, die Fibel ist gestohlen worden?«

»Sie ist weg. Schau!« Viv deutete auf den Schreibtisch. Die Schublade, in der sie die Nadel aufbewahrt hatte, lag am Boden, der Inhalt rings umher verstreut. »Nach der Fernsehsendung wollte ich sie Hugh zurückbringen. Er hat mir gesagt, ich soll sie behalten, bis er sie dem Museum zurückgeben kann, und dann habe ich sie wieder in die Schublade gelegt.«

Pat ließ sich auf den Schaukelstuhl fallen. »Guter Gott! Hat jemand bei dir eingebrochen? Hast du die Polizei benachrichtigt?«

Viv schüttelte den Kopf. »Es war Carta.«

»Wie bitte?« Pat erstarrte.

»Carta war gestern Abend wieder hier. Sie hat da gestanden ...« Sie deutete zum Schreibtisch.

Die beiden Frauen schauten zu der Stelle und sahen sich dann beklommen an. »Mir ist gestern Abend auch etwas passiert«, sagte Pat leise. »Als ich nach Hause gekommen bin. Medb war da.« Schaudernd sah sie wieder zu Viv. »Was passiert denn bloß mit uns?«

Viv setzte sich aufs Sofa. »Ich weiß nicht, was ich tun soll. Ich habe die Fibel wieder mitgenommen, weil Hugh glaubt, dass er auch verfolgt wird – von Venutius.«

»Hast du Hugh gesagt, dass sie nicht mehr da ist?« Pat sah zu der Schublade, die am Boden lag.

Viv schüttelte den Kopf.

»Glaubst du, dass jetzt alles aufhören wird, nachdem Carta sie genommen hat?«

Viv zuckte mit den Schultern. »Sie ist ein Vermögen wert. Sie kann nicht einfach verschwinden. Wer würde uns überhaupt glauben?«

»Hugh schon.« Pat sah sie hoffnungsvoll an. »Oder nicht?«

»Ich weiß nicht. Ich habe versucht, ihn anzurufen, aber er ist nicht da.«

Einen Moment blieben sie schweigend sitzen, dann stand Viv auf und machte sich daran, die Gegenstände einzusammeln, die rund um die Schublade verstreut auf dem Boden lagen. Schließlich hob sie die Schublade wieder an ihren Platz.

»Und was ist mit Fingerabdrücken?«, fragte Pat. »Ob es wohl etwas ausmacht, dass du sie angefasst hast?«

»Fingerabdrücke!«, wiederholte Viv abschätzig. »Glaubst du wirklich, dass ein Geist Fingerabdrücke hinterlässt? Gestern Abend war niemand hier. Die Tür war zugesperrt ...« Abrupt unterbrach sie sich. Schon einmal hatte sich die Tür nachts unvermittelt geöffnet, als sie sie für verschlossen gehalten hatte. Sie schüttelte den Kopf. »Außerdem habe ich sie da stehen sehen.«

Pat sprang auf. »Ich halte das nicht mehr aus. Ich will nichts wie raus.« Sie drehte sich zur Tür. »Kommst du mit? Lass uns doch Frühstücken gehen, und dann machen wir einen Spaziergang oder so. Irgendwas, um aus der Wohnung rauszukommen.«

Als sie die Steinstufen zur Haustür hinunterstiegen, hörte keine von ihnen, wie das Glas zersplitterte, und keine von ihnen spürte die Woge von Qual und Zorn, die hinter ihnen explodierte.

## VI

Sie gingen den Traprain hinauf.

»Verdammt!« Pats Kopf war knallrot. »Erinnere mich doch bitte daran, mit dem Rauchen aufzuhören. Willst du mir wirklich sagen, dass diese Menschen hier oben gelebt haben?«

Viv lachte. »Denk nur an den fantastischen Blick, den du von oben haben wirst. Es lohnt sich, versprochen. Die Kelten haben traditionell in möglichst großer Höhe gelebt. Manche Leute glauben auch, dass Brigantia genau das bedeutet – das Volk der hohen Orte.«

»Mist!« Momentan war Pat die landschaftliche Schönheit völlig gleichgültig. Sie blieb stehen, um zu Atem zu kommen. »Aber hör mal, wir sind hier doch nicht in Brigantia, oder?«

»Hier ist das Land der Votadiner. Ihre Nachbarn im Norden und, zumindest in meinem Buch, ihre Verbündeten.«

»Aber dein Professor ist da anderer Meinung, oder?«

»Nein. Aber er findet, dass wir alle Vermutungen vermeiden sollten.«

»Aber deiner Ansicht nach ist es keine Vermutung.«

»Genau. Ich bin mir sicher.«

»Das genügt uns vollauf.« Pat lachte. »Also gut, wer ist als Erste oben?«

Der Ausflug tat ihnen beiden gut, und kurz vor vier Uhr kehrten sie müde nach Hause zurück.

»Und jetzt?« Pat wartete, während Viv die Schlüssel hervorkramte. »Ein Ausflug ins richtige Brigantia?«

»Warum nicht?« Viv stieß die Haustür auf, und sie betraten das kalte Treppenhaus.

Pat runzelte die Stirn. Sie spürte es schon jetzt – die merkwürdige drückende Schwere, die bereits am Vormittag auf der Wohnung gelastet hatte. Sie stiegen die Stufen hinauf, dann wartete sie wieder, während Viv den Schlüssel ins Schloss steckte. Als sie die Tür öffnete, stieß sie einen spitzen Schrei aus. »Es riecht ja sehr merkwürdig hier ...« Sie unterbrach sich mit einem kleinen, angsterfüllten Aufschrei. »Der Spiegel! Oh mein Gott, der Spiegel!«

»Viv, was ist denn passiert?« Pat wollte ebenfalls die Wohnung betreten, doch dann fiel die Tür vor ihrer Nase ins Schloss.

»Viv, lass mich rein!« Sie hämmerte mit den Fäusten gegen die Tür. »Was ist denn? Oh mein Gott! Viv, mach auf!« Sie bückte sich und schaute durch den Briefschlitz in die Wohnung, doch sie nahm nur einen starken Geruch nach abgestandener Feuchtigkeit und eisige Kälte wahr. Und es herrschte absolute Stille. Von Viv war nichts zu sehen oder zu hören. Verzweifelt hämmerte Pat wieder gegen die Tür, bis sie sich schließlich mit einem frustrierten Seufzen auf die oberste Stufe setzte und in ihrer Tasche nach dem Handy kramte.

## VII

Die Zeremonie begann vor Sonnenaufgang. Mit bloßen Füßen, in schlichtes, ungebleichtes Linnen gekleidet, wurde Cartimandua von ihren Druiden, Barden und Sehern in einer Prozession zu dem Ort auf dem Berg geführt, den die Götter für ihre Vereinigung mit der Göttin der Erde bestimmt hatten. Wie die Barden zu berichten wussten, waren diese Zeremonien in früheren Zeiten sehr ausgedehnt und geheim gewesen, doch jetzt wurde Cartimandua in einer Feier vor den versammelten Stämmen an die Stelle gehoben, an der ihr Fuß in die Fußabdrücke der Göttin passte, und dann auf den Stein, auf dem die Göttin saß und der alles Wissen der Erde und der Sonne, des Mondes und der Sterne barg.

Artgenos stand, in seine erlesensten Gewänder gekleidet, vor ihr und richtete sich an die versammelten Menschen. »Cartimandua wurde vor euch an diesen Ort gebracht, um den Mantel des Hochkönigs zu übernehmen, den vor ihr ihr Bruder und davor ihr Vater trugen. Sie wurde gewählt von den Druiden, die mit unseren Göttern beratschlagten, und von den Kriegern, die ihr folgen werden. Bevor ich sie mit dem Diadem der Götter kröne – möchte einer der Anwesenden die Rechtmäßigkeit ihres Anspruchs anzweifeln?«

Der Erzdruide der Briganten schwieg. Stille legte sich über die Hunderte von Männern und Frauen, die sich um den Felsen drängten. Jedes Augenpaar war auf Cartimandua gerichtet. Sie hielt die Luft an. Niemand erhob die Stimme. Wenn jemand den Titel für sich beanspruchen wollte, dann war jetzt der Zeitpunkt dafür. Andere könnten ihr Vorrecht anmelden. Ein Mann könnte erklären, er verstünde es besser, Männer in eine Schlacht führen. Dann stieß in der Ferne ein kreisender Adler einen schrillen Schrei aus. Alle schnappten erschrocken nach Luft. War das eine Botschaft der Götter? Unterstützte der Adler ihre Königin oder schrie er vor Verzweiflung? Alle Blicke wanderten zu Artgenos, der seine Augen mit der Hand beschattete und den großen Raubvogel verfolgte, dessen goldene Federn das Licht der noch nicht aufgegangenen Sonne einfingen, während der Horizont im Osten mit jedem Moment heller wurde.

Carta schluckte und fröstelte ein wenig in der Kühle des frühen Morgens. Ihre bloßen Füße waren auf dem Fels zu Eis geworden. Es schien eine Ewigkeit, bis Artgenos sich wieder an die Versammelten wandte. »Die Götter haben gesprochen«, rief er. »Sie bestätigen ihre Wahl. Cartimandua ist die Hochkönigin von Brigantia.«

Unter dem Jubel der Menge griff er nach dem goldenen Diadem, und als die Sonne glühend den Horizont erklomm, setzte er es ihr auf den Scheitel. Und als die Sonne über den Berggipfel stieg, salbte er sie mit gesegnetem Wasser und heiligem Öl. Er reichte ihr einen Stab aus heiligem Holz und eine Kugel aus Bergkristall. Dann forderte er sie auf, aufzustehen und ihm die geheiligten Worte der Stämme nachzusprechen.

Nachdem sie ihren Eid geleistet, der Erzähler die Genealogie des Stammes rezitiert und drei Barden und drei Harfner ihr Lob gesungen hatten, nachdem die Versammelten Lieder des Preisens und der Freude intoniert hatten, führte Cartimandua die Prozession in den Wald zurück, wo sie unter der großen Ratseiche ihren erhöhten Sitz einnahm. Und dort, im sicheren Kreis ihres Stammes, befahl sie, dass der erste der drei Tage währenden Feste und Feiern beginnen möge.

Conaire hatte ihr Lob gesungen, bis er heiser war, und war dann in der Menge verschwunden, um seinen Becher mit Met nachzufüllen. Als er sich durch die Menschenmenge einen Weg zu ihr zurückbahnte, war sein Gesicht leichenblass. »Ich habe gerade mit einem Vorreiter gesprochen. Meine Königin, Brochan kommt an der Spitze einer großen Armee.«

Carta begegnete seinem Blick. »Glaubst du, er kommt, um meine Wahl anzufechten?« Sie warf einen Blick zu Artgenos, der ein Stück von ihr entfernt saß. Der alte Mann bemerkte ihre Miene, erhob sich müde und trat näher. Als er die Nachricht hörte, runzelte er die Stirn. »Er kommt zu spät, um nach dem Gesetz Einspruch zu erheben, aber das bedeutet nicht, dass er nicht gewaltsam gegen deine Wahl vorgehen könnte.« Er schüttelte den Kopf. »Ich habe in den Sternen kein Anzeichen von Widerstand gesehen, und auch nicht in den Augurien, die ich gestern Abend gedeutet habe.«

»Dann gibt es auch keinen.« Carta erhob sich, trat vor und hob Stille gebietend die Arme. Sie spürte das Gewicht der schweren Goldreifen, die ihr den Arm hinaufglitten, während langsam die Gespräche, das Gelächter und das Singen erstarben. »Mein Volk«, rief sie, während sie vor ihnen stand, eine eindrucksvolle Gestalt in ihrem weißen Gewand, der weißen Tunika, dem goldenen Diadem und den schweren Halsreifen. »Wie es scheint, sind unsere Nachbarn, der König der Parisier und der König der Carvetier, auf dem Weg zu uns mit ihren Truppen, die sie in den Kampf gegen Rom geführt haben. Wir müssen uns auf ihre Ankunft vorbereiten und sie willkommen heißen.«

Während sie sich wieder setzte, stieg ringsum lauter Jubel auf. Sie lächelte Artgenos zu. »Zumindest sind sie auf Gäste vorbereitet«, sagte sie. »Ich kann mir nicht vorstellen, dass Brochan sich gegen mich stellen würde. Er würde nie, in einem Dutzend Leben nicht, seinen Anspruch als Hochkönig anmelden.«

Artgenos zuckte mit den Achseln. Die Entscheidung war gefällt. Cartas Schicksal war besiegelt. Jetzt musste er es den Göttern überlassen.

Carta hatte Brochans Reaktion richtig eingeschätzt. Noch während das riesige Heer auf den Abhängen vor den Mauern sein Lager aufschlug, kam er zu ihr, kniete vor ihr nieder und sicherte ihr seine Achtung und seine Unterstützung zu. Er brachte ihr auch Nachricht von ihren abwesenden Brüdern. Fintan litt noch schwer an seinen Wunden und wurde in einem Heiltempel weit im Süden gepflegt, doch er schickte ihr seinen Segen. Bran war weitaus schlimmer verletzt, er war noch nicht aus der Bewusstlosigkeit erwacht, doch sein Atem ging regelmäßig.

»Und Venutius?« Carta hatte unter den vielen Männern in Brochans Gefolge Ausschau gehalten, ihn aber nicht entdeckt. »Ist er nicht bei dir?«

Brochan sah sie erstaunt an. »Ich bin davon ausgegangen, dass Venutius bereits hier ist, meine Königin. Er ritt vierzehn Tage vor uns nach Norden, um an deiner Seite zu sein.« Unvermittelt wandte er den Blick ab, und sie deutete seine Verlegenheit richtig.

»Er ist aufgebrochen, um seinen Anspruch als Hochkönig anzumelden?«

Brochan gab sich ausweichend. »Wer weiß, wozu er sich entschlossen hat. Vielleicht hat er seine Meinung geändert. Vielleicht ist er nach Caer Lugus zurückgeritten.« Er warf einen Blick über die Schulter. »Meine Königin, in meiner Armee finden sich viele seiner Männer. Er hat sie meinem Befehl unterstellt.«

Carta lächelte. »Dann möge dein Befehl jetzt lauten, dass sowohl all deine Männer als auch seine an unserem Fest teilnehmen.«

Nachts lag sie lange auf ihrer einsamen Bettstatt wach und ließ die Ereignisse des Tages noch einmal an sich vorüberziehen. Trotz all der Pracht und Herrlichkeit, der Aufregung und Schönheit des Tages und der Feierlichkeiten hatte die Sonne einen dunklen Schatten geworfen: Venutius hatte gefehlt. Seine Gegenwart hätte seine Billigung bedeutet, seine Zustimmung, seinen Segen. Sie dachte an die Zeremonie zurück und hörte wieder den Schrei des Adlers über ihr, als die Sonne aufging. Hatte Artgenos sich getäuscht? War Venutius ins Land der Carvetier heimgekehrt, um den großen Gott Lugh, den Beschützer seines Stammes, den Gott des Sieges und des Lichts, gegen sie zu beschwören?

Da sie nicht schlafen konnte, stand sie auf, legte sich den Umhang um die Schultern und ging in den großen Raum hinaus. Er war verwaist. Ihre Wachposten standen vor der Tür, ihre Frauen schliefen in ihren eigenen Kammern. Sie ging zum Feuer und stocherte im Torf, bis eine Flamme aufloderte, und im flackernden Licht setzte sie sich und holte aus ihrem Beutel das Bündel Eibenholzstäbe, mit denen sie wahrsagte. Sie sprach ein Gebet über sie, ließ sie auf den Boden fallen und beugte sich vor, um ihre Botschaft zu lesen.

Im Muster der Stäbe war eine Schwärze, die sie nicht deuten konnte, obwohl es deutlich besagte, dass Venutius nicht in Caer Lugus war. Verwundert mischte sie die Stäbe erneut und ließ sie wieder auf den Boden fallen. Er war nach Dinas Dwr gegangen. Warum? Und wer war die Frau bei ihm? Ein Angstschauder fuhr ihr über den Rücken, als aus dem Schatten hinter ihr eine Gestalt erschien. »Meine Königin?« Es war Mairghread. »Du brauchst deinen Schlaf. Der morgige Tag wird lang.« Sie schaute auf das Muster der Stäbe, die zu Cartas Füßen am Boden lagen. »Siehst du Segen für die Zukunft?«

Carta sammelte sie ein und steckte sie in das Linnensäckchen zurück. »Ich sehe vieles, Mairghread.« Lächelnd erhob sie sich. »Könntest du bitte das Feuer wieder bedecken, während ich zu Bett gehe? Ich muss zu Sonnenaufgang erwachen.«

Das laute Zwitschern einer Amsel weckte sie, und einen Moment blieb sie still liegen und lauschte auf ihre Botschaft. Die Pforten zu den anderen Welten standen offen. Die Siedlung schlief noch im kalten Licht der Morgendämmerung, als Carta zum Heiligtum zwischen den Felsen ging und sich vor dem steinernen Kopf der Göttin niederkniete. Sie brachte ihre Opfergaben dar, dann beugte sie sich vor und blickte in die Tiefen des eiskalten Wassers. Dort war das Bild sehr klar: Venutius lag auf einem Bett aus Fellen, in seinem Arm hielt er eine Frau, deren blondes Haar sich über das Kissen breitete. Auch wenn die eiskalten Augen geschlossen waren, erkannte Carta das Gesicht. Die Frau in seinem Arm war Medb mit den weißen Händen.

# Kapitel 18

## I

Es dauerte eine halbe Stunde, bis Pete und Cathy ankamen, die längsten dreißig Minuten in Pats ganzem Leben. Immer wieder stand sie auf, klopfte an die Tür und rief, doch sie erhielt keine Antwort, kein Zeichen, dass Viv überhaupt in der Wohnung war. Als die beiden schließlich eintrafen, war Pat ein einziges Nervenbündel. »Ich wusste nicht, was ich tun sollte. Vielleicht hätte ich die Polizei holen sollen.«

»Hast du keinen Schlüssel?« Pete hämmerte gegen die Tür.

Pat schüttelte den Kopf. »Es ist Cartimandua«, sagte sie leise.

»Jetzt hör doch auf, Pat!« Cathy sah sie streng an.

Pete schnaubte. »Hier ist wohl ein bisschen Realitätssinn gefragt.«

»Nein, Pete. Sie ist wütend. Sie will die Fibel. Viv glaubt, dass sie sie genommen hat, aber …« Pat machte eine hilflose Geste.

Cathy und Pete starrten sie eine ganze Weile schweigend an, dann wechselten sie einen Blick.

»Was immer da vor sich geht, wir müssen in die Wohnung«, sagte Cathy schließlich.

»Kannst du nicht die Tür eintreten?« Verzweifelt sah Pat zu Pete.

Er grinste betreten. »Das ist eine alte Eichentür, kein neumodisches Sperrholz.« Er fuhr mit den Fingern darüber. »Gibt es einen anderen Weg in die Wohnung? Durchs Fenster zum Beispiel? Wenn tatsächlich Einbrecher drin sein sollten, wie wären sie dann reingekommen?«

Pat schüttelte den Kopf. »Es gibt zwar jede Menge kleine Fenster, die in alle Richtungen gehen, manche auch aufs Dach, aber es ist viel zu hoch.«

»Dann müssen wir wohl die Polizei holen.« Pete sah zwischen den beiden Frauen hin und her. »Sonst fällt mir auch nichts ein.« Er ging ein letztes Mal zur Tür, drückte mit vollem Gewicht dagegen, und sie flog auf, sodass er in den Flur taumelte.

»Viv!« Cathy drängte sich an ihm vorbei, noch während er sich wieder fing. »Viv, ist alles in Ordnung?«

Sie bekam keine Antwort.

»Warte! Lass mich vorgehen.« Pete hielt sie am Arm zurück.

Viv saß im Schaukelstuhl, den Blick auf die gegenüberliegende Wand gerichtet, ein leises Lächeln auf den Lippen. Sie war allein, doch der Spiegel, der über ihrem Schreibtisch gehangen hatte, lag in tausend Scherben am Boden.

»Viv? Alles in Ordnung mit dir?« Cathy ging vor ihr in die Hocke. »Hast du uns denn nicht klopfen gehört?«

Viv reagierte nicht, schaukelte nur immer weiter sacht hin und her.

»Viv, hörst du mich?« Cathy erhob ein wenig die Stimme. Pete hatte kurz die Wohnung durchsucht, und nachdem er festgestellt hatte, dass niemand anderes da war, überprüfte er jetzt die Tür.

»Viv!« Cathy sprach im lauten Befehlston. »Wach auf! Hörst du mich? Jetzt!« Sie schnippte vor Vivs Nase mit den Fingern. Einen Moment passierte nichts, dann setzte Viv sich erschrocken auf, und ihre Augen richteten sich langsam auf Cathys Gesicht, ohne dass sie im ersten Moment irgendetwas wahrzunehmen schien.

»Cathy? Was machst du denn hier?«, fragte sie schließlich stockend. Sie sah völlig verwirrt aus.

»Pat hat uns geholt, weil sie nicht reinkommen konnte.«

»Was ist denn mit dem Spiegel passiert?« Entsetzt starrte sie auf die Scherben.

Pete trat zu ihr. »Keine Sorge, wir räumen alles auf.«

»Das war Carta.« Viv umklammerte die Stuhllehne. »Sie war wütend, weil wir weggegangen sind.«

»Ich bin mir sicher, dass es eine rationale Erklärung dafür gibt, Viv«, meinte Pete ruhig. »Wahrscheinlich ist der Draht gerissen.«

»Der Spiegel war an die Wand gedübelt, Pete.« Viv versuchte, ein Lächeln zustande zu bringen. »Nein, es war Carta. Das weiß ich.«

»Immer mal langsam, Viv.« Cathy zog den Schreibtischstuhl über die Spiegelscherben zu ihr und setzte sich. »Was ist denn wirklich passiert?«

»Passiert?« Viv war immer noch verwirrt.

»Die Tür war verschlossen. Wir konnten nicht rein.«

»Ach.« Vivs Verwirrung war überzeugend. »Bin ich eingeschlafen?«

»Du warst in einer Art Trance.«

Viv schüttelte den Kopf. »Nein, daran würde ich mich erinnern. Ich erinnere mich immer daran, damit ich alles aufschreiben kann.«

»Und du erinnerst dich an nichts?«

»Nein.«

»Dass du Pat die Tür vor der Nase zugeknallt hast?«

»Das stimmt nicht. Das würde ich nie tun.«

»Na ja, irgendjemand hat es getan.«

»Dann war es die Zugluft.«

»Das glaube ich nicht. Wenn es die Zugluft war, warum hast du ihr dann nicht wieder aufgemacht?«

Einen Moment herrschte Stille. Viv schüttelte den Kopf. »Sie muss wieder hier gewesen sein. Wie schon so oft. Cartimandua.«

»Nein, Viv. Das warst du.« Cathy bedachte sie mit einem strengen Blick. »Ich glaube, du willst nicht, dass Pat hier ist, weil sie sich zwischen dich und deine Obsession stellt. Ich glaube, du hast sie absichtlich ausgesperrt.«

»Nein.«

»Doch. Das mag dir vielleicht nicht klar sein, und es ist gut möglich, dass du dich wirklich nicht daran erinnerst, aber ich glaube, genau das ist passiert. Und als du dann merktest, dass wir die Polizei holen wollten, hast du sie wieder aufgesperrt.«

»Cathy, das ist verrückt. Das habe ich ganz bestimmt nicht getan.«

»Bist du dir sicher?« Cathy sah sie unverwandt an.

»Natürlich bin ich mir sicher.« Viv schaute auf ihre Hände. »Wenn ich so was getan hätte, würde ich mich daran erinnern.«

»Wirklich?« Cathy lächelte beruhigend. »Nicht unbedingt. Und nein, ich glaube nicht, dass du verrückt bist. Ganz und gar nicht. Du bist überarbeitet und sehr müde. Vielleicht sollten wir gehen, damit du dich mal richtig ausschlafen kannst.«

»Ich will aber nicht, dass ihr geht!«, rief Viv. »Bitte! Ich will, dass ihr hierbleibt. Wenn ich allein bin, habe ich Angst.« Sie verstummte und sah sich gequält im Raum um.

Stille setzte ein. Niemand bewegte sich. Viv zerzupfte nervös ein Papiertaschentuch.

Schließlich setzte Pete sich aufs Sofa. »Möchtest du vielleicht zu uns kommen, Viv?«, schlug er sanft vor. »Wir haben genug Platz. Du hast recht, du solltest nicht allein hierbleiben.«

Viv schüttelte den Kopf und sah zu ihm. »Mit dieser Wohnung ist alles in Ordnung. Verdammt! Und mit mir ist auch alles in Ordnung!«

»Es hat auch niemand das Gegenteil behauptet«, erwiderte Cathy. »Herzchen, du brauchst nur ein bisschen Schlaf, sonst nichts.«

Viv schüttelte den Kopf. »Ich habe geschlafen, ich bin nicht müde.«

»Ich glaube, Viv hat recht. Es war wirklich Carta«, sagte Pat schließlich. Sie setzte sich neben Pete. »Ich habe mindestens eine halbe Stunde da draußen auf den Stufen gesessen. Und in der Zeit war sie hier bei dir. Du bist so darin aufgegangen, dass du mein Klopfen nicht gehört hast. Ich glaube nicht, dass du mich ausgesperrt hast. Ich glaube, das war sie. Und ich glaube, sie hat die Tür erst aufgemacht, als du ihr nicht mehr zugehört hast, weil du einfach zu müde warst. Bist du sicher, dass du nichts aufgeschrieben hast?«

Wieder schüttelte Viv den Kopf und sah sich hilflos um. »Ich habe doch gar kein Notizbuch ...« Die lagen alle noch in einem Stapel auf ihrem Schreibtisch neben dem Computer, der nicht angestellt war.

»Aber du möchtest es aufschreiben, bevor du alles vergisst.«

»Ich hab's aber schon vergessen.« Bedrückt blickte Viv auf ihre Hände, die sie zwischen die Knie gepresst hatte. Sie war den Tränen nahe.

»Du sagst also, dass Carta – wer immer oder was immer sie ist – fähig ist, Türen zu öffnen und zu schließen?«, fragte Pete etwas spöttisch.

Alle drei Frauen schauten zu ihm. Pat schauderte unwillkürlich. »Auch zu so etwas ist sie fähig.« Sie deutete auf die Scherben. »Ziemlich erschreckend.« Stirnrunzelnd beugte sie sich vor. Dort, inmitten der Scherben, lag die Fibel. Sie hob sie auf und reichte sie Viv. »Sie hat sie zurückgebracht. Warum? Was will sie uns damit sagen?«

Schweigend starrte Viv das Schmuckstück an. Die Atmosphäre im Raum hatte sich verändert, war angespannt und dunkel, als hätte sich eine Sturmwolke über das Zimmer gelegt, während sie alle auf die Nadel in Vivs Hand sahen. Einen Moment waren alle vier wie gebannt.

»Sie wird jedes Mal realer und stärker«, sagte Viv leise. »Und das Schreckliche ist, ich will gar nicht, dass es aufhört. Was auch immer geschieht, ich will nicht, dass die Geschichte aufhört.«

»Das muss sie aber«, widersprach Cathy energisch. »Das ist jetzt weit genug gegangen.«

Matt schüttelte Viv den Kopf. »Im Gegenteil, es ist noch nicht weit genug gegangen.«

»Viv, Cathy hat recht. Allmählich wird es gefährlich«, warf Pat ein. »Das musst du begreifen. Schau doch nur, zu was sie fähig ist!«

»Wenn es wirklich sie ist«, sagte Pete zweifelnd. »Da sind wir uns noch nicht einig, oder? Nicht mit absoluter Sicherheit.«

»Ich glaube, das spielt auch keine Rolle. Wir gehen einfach davon aus, dass das, was hier vor sich geht, Viv nicht guttut«, sagte

Cathy mit Nachdruck. »Du darfst nicht allein hierbleiben. Du musst zu uns mitkommen.«

Viv schüttelte den Kopf. »Ist dir das denn immer noch nicht klar, Cathy? Es ist egal, wo ich bin. Wenn ich zu euch komme, wird sie mir folgen. Zeit und Raum haben für sie überhaupt keine Bedeutung. Guter Gott, sie ist tot!«

## II

Medb hatte Venutius in den Wolken gesehen, im Wasser des Flusses und im Flug der Vögel. Venutius, der ihr Verbündeter sein würde und Cartimandua ebenso hasste wie sie. Es war nicht schwer, ihn zu finden. Sie folgte der Richtung des Windes und den Geschichten der Waldarbeiter, die sie auf dem Weg nach Brigantia traf. Zuerst glaubte sie, sie wiesen ihr den Weg nach Dun Righ, wo Cartimandua zur Hochkönigin gewählt worden war, doch die Götter gingen weitaus geschickter vor. Der Held aus ihren Träumen war verwundet, in seinem geschwächten Zustand konnte er nur langsam reisen. Zuerst war er den Straßen nach Nordosten gefolgt, nach Dun Righ, wo die Krönung stattfinden sollte, dann aber hatte er die direkte Route verlassen und war den geheimen Pfaden zur Heimat des Nordwindes gefolgt. Als er schließlich in Dinas Dwr eintraf, war er wieder er selbst und wurde als König der Carvetier gefeiert und willkommen geheißen von allen, die in der Siedlung zurückgeblieben waren. Dort blieb er einige Tage, bis er wieder ganz bei Kräften war. Viele seiner Krieger und ihre Frauen waren zu den Feierlichkeiten nach Dun Righ gezogen.

Medb kam zu Fuß in Dinas Dwr an, spätabends, als gerade die Tore geschlossen werden sollten. Eine große, wunderschöne Frau in der weißen Robe und dem Schleier einer Priesterin des Waldes. Auf ihre Bitte hin wurde sie zum Gästehaus geführt, wo Venutius auf sein Abendmahl wartete. Er schaute auf, sah das schöne Gesicht, das blonde, seidige Haar, die klaren Augen, und erhob sich, um sie zu begrüßen.

Wenige Augenblicke später war er ihr verfallen. Sie aßen gemeinsam, und später lagen sie gemeinsam auf den weichen Fellen, mit denen die Bettstatt in der Kammer bereitet worden war. Ihr Körper war ebenso schön wie ihr Gesicht, eine geschmeidige, bezaubernde Frau, die aus dem Dunkel der Wälder aufgetaucht war. Venutius fragte nicht, woher sie kam. Es genügte, dass sie eine Priesterin war, eine Druidin, die der Göttin des Waldes diente.

»Großer König, warum hast du nicht deinen Anspruch auf den Mantel des Hochkönigs von Brigantia angemeldet, gegen Cartimandua?«, flüsterte sie, als sie in seinen Armen lag. »Sie hätten doch zweifellos dich gewählt.«

Er legte sich auf den Rücken und sah zur Decke hinauf. »Davon war ich auch ausgegangen. Aber die Götter müssen einen anderen Entschluss gefasst haben. Warum hätten sie sonst den Überfall auf dem Weg nach Dun Righ zugelassen? Warum hätten sie mich sonst mit Narben versehen?« Die Wunde, die die Wegelagerer ihm an der Brust zugefügt hatten, war noch nicht richtig verheilt. Das war der Grund, warum er nicht zur Krönung geritten war. Niemand würde einen Verwundeten wählen, der sich kaum im Sattel halten konnte.

Lächelnd zeichnete sie mit den Fingern die rote, wulstige Narbe nach. »Ich glaube, dagegen können wir etwas unternehmen«, sagte sie leise. »Eine Weile wird Cartimandua noch in Dun Righ bleiben. Sie wird auf dich warten.« Sanft fuhr sie mit der Zunge über die Wunde, und er schauderte vor Verlangen. »Und dann wirst du gegen sie Anspruch auf den Thron erheben.« Sie sah ihn aus zusammengekniffenen Augen an. »Ich habe die Zukunft gesehen, König Venutius. Ich habe dich als Hochkönig von ganz Brigantia gesehen. Und du wirst es sein, der Cartimandua zu Fall bringt, du allein.«

III

»Ich habe sie überredet, ohne mich nach Hause zu fahren«, sagte Pat und schloss die Wohnungstür. »Ich habe darüber nachgedacht, was passiert ist. Die beiden verstehen es nicht.«

Viv runzelte die Stirn. »Gerade von Cathy hätte ich erwartet, dass sie mir glaubt.« Die beiden waren noch geblieben, um die Scherben fortzuräumen, und hatten sich dann auf den Heimweg gemacht.

»Sie ist eine Naturwissenschaftlerin, Viv. Sie wird nie im Leben zugeben, dass irgendetwas an dieser Sache Realität sein könnte.« Pat schaute zur Fibel, die mittlerweile auf dem Tisch am Fenster lag. »Was willst du jetzt mit ihr machen?«

»Ich möchte sie Hugh zurückgeben, aber er geht nicht ans Telefon.«

»Gib sie Hugh nicht!«

»Warum nicht?«

»Das darfst du nicht.« Pat warf ihr einen Blick zu. »Viv, ich glaube, ihm ist nicht klar, wie mächtig Venutius wirklich ist.« Sie betrachtete die Nadel aus zusammengekniffenen Augen. »Dabei kann man sie spüren.« Sie hielt eine Hand über die Fibel.

Stirnrunzelnd beobachtete Viv sie und schluckte nervös. »Fass sie nicht an, Pat.«

»Das habe ich auch nicht vor.« Pat hatte den Blick immer noch auf die Nadel gerichtet. »Weißt du, was wir damit machen? Wir bringen sie nach Stanwick.«

»Was?« Viv schaute sie fassungslos an.

»Du hast mich schon richtig verstanden. Da ist sie doch gefunden worden, oder nicht? Wir verstecken sie wieder dort.«

»Das ist verrückt. Sie ist unheimlich wertvoll ...«

»Und sie hat zweitausend Jahre sicher dort gelegen, oder vielleicht nicht?« Pat sah sie entschlossen an. »Das ist die perfekte Lösung.«

»Und was, wenn jemand sie findet?«

»Wir verstecken sie so, dass niemand sie finden kann. Dann wird Cartimandua aufhören, dich zu belästigen. Und Hugh auch.« Sie lächelte.

Abrupt setzte Viv sich auf. »Die Idee ist vielleicht gar nicht so dumm.«

»Im Gegenteil, sie ist klug.« Pat klang sehr überzeugend. »Und dann kannst du mich auch gleich mit den Wundern von Brigantia vertraut machen. Fahren wir doch übers Wochenende dorthin.«

# Kapitel 19

## I

»Aber hier ist es ja fast eben! Ich dachte, alle Festungen würden so spektakulär wie Traprain auf dem Berg liegen.« Irgendwie fühlte Pat sich betrogen, als sie sich umsah, während Viv an den Straßenrand fuhr. Sie befanden sich im fruchtbaren Bauernland am Rand eines kleinen Dorfes in Yorkshire. Ganz in der Nähe, halb von einer Hecke verborgen, waren ein Gatter und eine Böschung zu sehen, und darüber erhob sich der grasbewachsene Hügel, über den, wie sie dem Wegweiser entnahmen, der Pfad zu den Befestigungen von Stanwick verlief.

Einen Augenblick schauten sie auf das Schild und ließen die Ausmaße des Ausgrabungsgebiets auf sich wirken. Der Weg rund um die Mauern hatte eine Länge von etwa sechs Meilen. Die ursprüngliche Siedlung hatte sich zu einer riesigen Stadt von ungefähr zweihundertfünfzig Hektar entwickelt.

»Aber während der Zeit, von der wir reden, das heißt, zu Anfang von Cartas Herrschaft, war der Ort noch relativ klein«, sagte Viv nachdenklich. »Sie oder jemand anderes hat ihn später ausgebaut. Trotzdem dürfen wir die Bevölkerungszahl zu ihren Lebzeiten nicht unterschätzen. Wir reden hier nicht von ein paar versprengten Seelen, die sich in den Wäldern versteckten.«

»Aber trotzdem haben die Römer sie besiegt.« Pat runzelte die Stirn. »Warum? Und wie?«

Sie öffneten das Gatter und stiegen über die Stufen auf den Erdwall.

»Genau darum geht es in unserem Hörspiel«, antwortete Viv. »Warum die Römer gesiegt haben, obwohl sie weit in der Unterzahl waren.«

Die Erdwälle der Festung waren mit Sträuchern, Brombeeren und Brennnesseln überwuchert. Viv fröstelte. Sie konnte Carta spüren. Fast vermeinte sie, die Schatten der längst verschwundenen Briganten zwischen den Bäumen huschen zu sehen. Nach einer Nacht der Ruhe war Carta zurückgekommen.

»Alles in Ordnung?« Pat war ihre Befangenheit nicht entgangen.

Viv nickte. Die Fibel, in mehrere Lagen Schaumstoff und Klarsichtfolie gewickelt, steckte in einer kleinen, luftdichten Plastikdose in ihrer Tasche. »Ich bin mir immer noch nicht sicher, ob wir das wirklich machen sollen.«

»Doch. Es ist genau das Richtige.« Pat lächelte zuversichtlich. »Komm, lass uns einen Platz suchen, wo wir sie verstecken können.« Sie duckten sich unter Ästen hindurch und bahnten sich einen Weg den Wall hinauf, dem sie dann folgten, bis sie zu einer gerodeten Stelle kamen. »Wow.« Pat kletterte den Wall hinunter, rutschte durch Brennnesseln und Sauerampfer, bis sie wieder unten im Graben stand. »Schau dir das mal an. Ist das original?« Irgendwann war die Senke sorgsam ausgehoben worden, und es war unverkennbar, dass einst Bauwerke hier gestanden hatten. Oben auf dem Wall waren noch Überreste einer alten Mauer zu sehen.

Viv folgte ihr in den Graben. »Ich glaube, dieses Stück hat Wheeler wiederaufgebaut«, sagte sie und sah sich um. »Aber hier gibt es bestimmt einige Stellen, wo wir sie verstecken können.«

»Unter den Steinen oder sogar in der Mauer. Ob die Steine wohl locker sind?« Pat versuchte, den Wall bis zur Mauer hinaufzuklettern, verlor den Halt und rutschte auf Händen und Knien ein Stück ab. »Hier! Schau mal, Viv. Diese Steine sitzen nicht fest.« Sie zog vorsichtig an einem, und mehrere Felsbrocken rollten ihr vor die Füße.

»Ich weiß nicht, ist das nicht ein bisschen offensichtlich? Was, wenn jemand sie hier findet? Was, wenn jemand mit einem Detektor herkommt?«

»Es wird doch niemand versuchen, in einer Mauer etwas aufzuspüren«, antwortete Pat und betrachtete die Stelle genau. »Vor allem, wenn sie wissen, dass hier schon mal gegraben wurde. Da gibt es doch nichts mehr zu finden.« Sie tastete sich an den Steinen vorwärts. »Weißt du, wo sie wirklich gefunden wurde?«

Viv schüttelte den Kopf. Sie ging am ebenen Grund des ausgehobenen Grabens entlang. Carta war neben ihr. Sie spürte sie. Sie spürte Angst und Zorn.

»Ich glaube, sie will nicht, dass ich sie hier lasse«, rief sie. »Ich kann sie fühlen.«

Pat blieb stehen, schloss die Augen und atmete tief durch. Medb wollte es aber. Medb wollte, dass die Fibel genau dorthin gelegt wurde, wo sie gefunden worden war. Medb hatte sie und Viv hergeführt, weil ...

»Ich habe ein Geschenk für meinen König.« Medb schmiegte sich in seine Arme, während sie auf dem Schutzwall standen und nach Norden zum Wald schauten. Überall war die Mauer eingefallen. Sie konnten sehen, wo Bellacos' Arbeiter mit dem Bau der neuen Verteidigungsanlage begonnen hatten, aber dann hatten sie die Arbeit eingestellt, nur wenige Stufen waren in den Wall gehauen, die Mauer war lediglich einige Steinziegel hoch.

Venutius lächelte sie an. »Wirklich?« Er drückte ihr einen Kuss auf den Scheitel. »Mir scheint, du hast mir bereits mehr als genug geschenkt, kleine Medb. Meine Gesundheit, meine Kraft, und durch deine Zauberkünste eine Narbe, die sich zurückbildet. Was könnte ich mir von dir noch wünschen?«

»Das.« Sie zog aus einer Falte ihres Gewandes ein kleines Päckchen. Das Schmuckstück, das darin lag, hatte sie von dem Goldschmied gekauft, der an der westlichen Mauer der Siedlung lebte. Ein außerordentlich fähiger Handwerker, der sich erst im Vorjahr in Dinas Dwr niedergelassen und nur sehr widerwillig eines seiner schönsten Stücke verkauft hatte. Hinterher wusste er nicht genau, wie die Frau ihn dazu überredet hatte.

Venutius packte die Nadel aus und hob staunend die Augenbrauen, als der wunderschöne, juwelenbedeckte Vogel im Sonnenlicht glitzerte. »Die ist wunderschön.«

»Steck sie an deine Tunika.« Sie befestigte die Fibel an seinem Gewand. »Das ist eine Zauberfibel. Sie bringt dir Glück und Gesundheit und Kraft, wann immer du sie brauchst.« Den Zauber hatte sie dieses Mal selbst gesprochen. Mittlerweile brauchte sie niemanden mehr, der für sie einen Gegenstand mit einem Segen oder Fluch belegte.

Er lachte. »Ich bin wirklich gesegnet. Danke.«

»Und du wirst sie auf ewig behalten.«

»Ich werde sie auf ewig behalten.« Er zog sie an sich und gab ihr einen Kuss. Er hatte bereits ein Krönungsgeschenk an Cartimandua geschickt, aber davon wusste Medb nichts. Es war eine Geste der Höflichkeit, die die neue Hochkönigin verunsichern würde.

»Pat? Alles in Ordnung?«

Viv sah besorgt zu Pat hinauf, die reglos neben der Mauer stand.

»Alles in Ordnung, bestens.« Pat drehte sich um. Ihr Gesicht war blass, Schweiß stand ihr auf der Stirn. »Schau mal, hier. Ein Kaninchenloch, hier am Fuß der Mauer. Das führt weit in die Erde hinein. Wir können sie da reinstecken und die Öffnung mit kleinen Steinen verschließen. Was meinst du?«

»Großartig.«

Nach wenigen Minuten waren sie fertig, dann kletterten sie wieder auf den Wall hinauf und schauten nach unten. Von dort oben war nichts von ihrem Versteck zu erkennen.

»Ob wir sie wohl je wiederfinden werden?« Pat lachte. Sie wusste, dass sie sie wiederfinden würde. Dafür würde schon Medb sorgen.

Viv nickte. »Ich habe mir die Stelle genau gemerkt. Keine Angst.«

»Gut. Sollen wir noch ein bisschen spazieren gehen? Wie lang ist dieser Weg denn?«

»Sechs Meilen. So stand es zumindest auf dem Schild.«

»Oh.« Pats Begeisterung legte sich schlagartig. »Okay, das schaffen wir schon.«

Sie ging einige Schritte voraus. Als sie sich kurz darauf zu Viv umdrehte, war sie wieder ganz sie selbst. »Also gut, ich gebe auf.

Weißt du, was ich jetzt gern machen würde? Ich habe mein Aufnahmegerät dabei. Ich finde, wir sollten hier ein Stück vom Dialog probieren. Vor Ort.«

Viv sah sie zweifelnd an. »Wird das nicht merkwürdig klingen?«

»Nein! Ganz im Gegenteil. Es klingt wie draußen im Freien und verleiht dem Ganzen Atmosphäre. Und es ist der richtige Ort. Vielleicht klappt es ja auch nicht, aber ich finde, wir sollten es wenigstens versuchen.« Sie ging zu einem umgestürzten Baum, setzte sich auf den Stamm und suchte in ihrer Tasche nach dem Rekorder. Ihre Hände zitterten. Sie spürte, dass Medb sie beide beobachtete. »Dann bekommen wir eine Vorstellung davon, wie es klingen würde. Der Wind in den Bäumen, die Atmosphäre draußen im Freien. Solche Sachen.«

»Wer soll denn sprechen?« Viv setzte sich neben sie.

»Wir beide.«

»Hast du das Manuskript dabei?«

Pat nickte. »Hier. Du fängst an. Ein Stück von Cartimandua, oder vielleicht den wunderschönen Text, den du eingangs für den Erzähler geschrieben hast.«

Pat schaltete das Gerät an und hielt es Viv vor den Mund.

## II

Drei Tage lang erwähnte Artgenos das Thema Heirat nicht mehr, doch Carta wusste, dass er die Sache nicht auf sich beruhen lassen würde. Und so nahm sie, während sie auf ihrem erhöhten Sitz inmitten ihrer Krieger saß, die Könige der versammelten Stämme in Augenschein.

Letztlich gab es nur zwei Männer, die sie ernsthaft in Erwägung ziehen konnte. Brochan von den Parisiern. Eine nützliche Verbindung, was durchaus klug wäre, obwohl er älter war, als sie es sich gewünscht hätte. Ein gut aussehender Mann, zweimal verwitwet, durchsetzungsfähig, von seinen Kriegern geachtet, ein weiser Mann, der mit Stärke und Diplomatie an ihrer Seite herrschen würde. Und Artios von den Gabrantovicen, der jetzt neben ihr saß, aufmerksam, anziehend, geschmückt mit Tätowierungen und Juwelen. Ein Mann, über dessen Tür ein Dutzend Trophäenköpfe hingen. Ein kämpferischer, dem Leben zugewandter Mann, der eine wunderschöne Singstimme und eine Reihe von Gespielinnen hatte, aber noch keine Gemahlin.

Eigentlich gab es noch einen dritten: Venutius von den Carvetiern. Doch selbst wenn er da wäre, würde sie ihn nicht in Betracht ziehen. Er war kein Mann, der sich neben einer Frau, die als rechtmäßige Königin galt, ruhig verhalten würde, selbst wenn sie sich überwinden könnte, ihn sich als Ehemann vorzustellen. Zuerst hatte sie sich gefragt, ob er nicht doch zur Krönung gekommen war. Sicher, inmitten der Hunderte von Gästen konnte sie leicht ein Gesicht übersehen haben, doch als König und Verbündeter hätte er bei diesem Anlass dabei sein sollen, hätte sie wie Brochan und Artios mit der Hand unter ihrem Ellbogen zur Sonne emporheben sollen. Er war nicht erschienen. Eine bewusste Beleidigung.

Beim großen Festgelage war es Artios, der an ihrer Seite saß und den Kriegeranteil des Fleisches nahm. Entsetztes Schweigen legte sich über die Runde. Dieser Anteil stand doch der Königin zu!

Artios stand auf, in seinen Händen hielt er das saftige Fleischstück. Er hob es empor, als wollte er es den Göttern des Feuers darbringen, dann drehte er sich um und präsentierte es ihr. Mit seinem juwelenbesetzten Dolch schnitt er ein zartes Stück ab und hielt es ihr hin. »Königin des Sonnenlichts und des Mondes, Tochter des Feuers, Herrin der Sterne, dieses Stück steht dem Recht und dem Vermächtnis nach dir zu.«

Lächelnd nahm sie es entgegen und stellte zu ihrem Entzücken fest, dass ein wunderschön gearbeiteter Goldring mit einer kleinen Silbernadel an das Fleisch gesteckt war. Das verflochtene Edelmetall stellte einen Pferdekopf dar, dessen fließende Mähne sich zum Kreis um ihren Finger schloss. Einen Moment zögerte sie, dachte an ein anderes Pferde-Schmuckstück, einen anderen Mann, aber sie verbot sich die Erinnerung. Riach und ihr kleiner Sohn lebten in einer anderen Welt.

»Ein geschmeidiges Pferd für eine noch geschmeidigere goldene Königin.« Er verneigte sich und sie lachte, und die Männer in ihrer Umgebung johlten billigend.

Und schon näherte sich Conaire, strich mit den Fingern über die Saiten seiner Harfe und dichtete eine Strophe, um diese Szene in einem Lied zu verewigen.

Brochan wollte sich von seinem Rivalen nicht ausstechen lassen und trat nun ebenfalls vor. Von einem Diener, der hinten im Raum stand, ließ er zwei junge Wolfshunde hereinführen. Jedes Tier hatte ein mit Juwelen besetztes Halsband und eine aus weichem Leder geflochtene Leine. »Ein Geschenk, wie es unserer großen Königin geziemt«, sagte er mit einer Verbeugung, ergriff die Leinen und reichte sie ihr. »Sie wurden von meinem besten Hundehalter ausgebildet und werden dir mit ihrem Leben dienen, edle Herrin. Ebenso wie ich.« Er begegnete ihrem Blick, und zum ersten Mal bemerkte sie, dass seine Augen die Farbe von Topas hatten.

Diese Könige würden sie also vor aller Welt umwerben, und ebenso öffentlich würde sie zwischen ihnen eine Wahl treffen müssen.

Artgenos saß im Schatten und verfolgte alles, die Arme unter seinem Umhang verschränkt. Als er ihren Blick auf sich spürte, sah er hoch, verzog aber keine Miene.

Conaire baute seine Geschichte weiter aus, arbeitete die Hunde ein, und jetzt warteten alle darauf, dass Cartimandua ihnen einen Namen gab, damit er sein Lied fortsetzen konnte. Sie runzelte die Stirn. Seine Finger lagen über den Saiten. Stille breitete sich im großen Festsaal aus. Sie musste sich rasch etwas einfallen lassen, und die Namen mussten scharfsinnig, geistreich und ausdrucksvoll sein. Sie erhob sich, die weichen Lederleinen in der Hand, und nahm von ihrem Teller zwei Fleischstückchen. Speichel troff den beiden großen Hunden aus dem Maul, als sie die Leckerbissen bemerkten.

»Diese großen Tiere werden mich gut beschützen. Ich danke dir, Brochan. Und da sie bei mir sein werden, wenn ich mich morgens erhebe und wenn ich mich nachts zur Ruhe lege, nenne ich sie Sonne ...« – sie wandte sich zu dem größeren, dunkleren Hund – »und Mond.« Sie deutete auf die kleinere, hellere Hündin.

Beifälliger Jubel erhob sich im Saal, die Hunde verschlangen die Fleischbissen und schleckten sich das Maul ab, und Conaire strich mit den Fingern ein wildes Arpeggio und setzte sein Lied fort.

Von Venutius war nichts zu sehen. Als ein Mann nach dem anderen vortrat, ihr seine Treue schwor und ihr Gaben überreichte und der Nachmittag in den Abend überging, wurde ihr klar, dass er nicht kommen würde. Sie runzelte die Stirn. War er nicht bereit, ihr als Hochkönigin von ganz Brigantia Treue zu schwören? Hielt er sie nicht eines Geschenks für würdig? Nicht des Umwerbens?

Sie lehnte sich auf ihrem erhöhten Sitz zurück und bedeutete den Bediensteten, das Essen fortzutragen. Mittlerweile war ein zweiter Barde vorgetreten, ein Mann aus dem Land der Silurer. Er war klein gewachsen, und eines seiner Beine war krumm, doch er trug eine juwelenbesetzte Fibel an der Schulter und eine goldene Kette um den Hals. Sein silberner Stab war kunstvoll gearbeitet, der Klang der winzigen Glöckchen überaus lieblich. Er musste ein sehr wohlhabender Mann sein, dieser Barde. Und sobald er zu singen begann, erkannte sie auch den Grund dafür. Er hatte die Stimme eines Gottes. Als er die erste Strophe seines Liedes beendet hatte, herrschte vollkommene Stille im Saal, und jedes Augenpaar ruhte auf ihm. Er sang weiter, erzählte eine wilde Geschichte von Mut und Macht, von Verlust und Trauer, trug sein Publikum mit sich in die Höhen der Erregung und in die Tiefen der Verzweiflung. Erst als er geendet hatte und seine Harfe beiseitelegte, löste sich der Bann, und der Saal brach in stürmischen Beifall aus.

Carta winkte ihn zu sich und bedeutete einem Sklaven, ihm als besten Unterhalter die übliche Belohnung zu geben. »Ein Beutel voll Gold, Barde. Die Auszeichnung gebührt heute dir, daran kann kein Zweifel bestehen.«

Kniend nahm er den kleinen Beutel in Empfang.

»Darf ich fragen, woher du kommst?« Ihr gefiel sein wettergegerbtes, dunkles Gesicht, in dem leuchtend blaue Augen funkelten.

»Aus Caer Isca, große Königin.«

»Und an wessen Hof dienst du?« Es erstaunte sie, dass ein derart erlesener Sänger ein Wanderbarde sein sollte.

»Ich gehöre dir, Herrin.« Er lächelte sie an, und seine Mundwinkel zuckten ein wenig keck. »Ich glaube, ich bin ein Geschenk.«

Einen Moment war sie sprachlos. »Dann bist du also kein Freier? Ich habe dich nicht für einen Sklaven gehalten.«

»Doch, Herrin, ich bin ein Freier. Aus eigenem, freiem Willen gehe ich auf Wunsch eines großen Königs zu einer großen Königin.«

»Venutius.« Sie flüsterte den Namen, ohne es zu merken, und erst, als er nickte, lächelte sie. Also hatte er sie doch nicht vergessen.

Als sie sich nachts auf ihr Heidekrautbett legte und die Decken und Felle über sich zog, dachte sie wieder an Venutius. Die Gesichter der Männer, die an dem Festgelage teilgenommen hatten, zogen an ihr vorüber, und sie überlegte, wie es wäre, wenn sie neben ihr auf der Bettstatt lägen, wenn ihr Körper sich an ihren schmiegte, wenn ihre Männlichkeit Verlangen in ihr weckte, und bei jedem sagte ihr Körper ihr, dass keiner sie so zufriedenstellen, sie so erregen und lieben würde wie Riach. Aber Riach war ein Junge gewesen und sie noch ein Mädchen. Er war ein Freund gewesen, ein Gefährte und ein Verbündeter gegen die Welt. Dies waren Männer, die eine Frau umwarben.

Venutius' Gesicht war das letzte, das sie sich zu betrachten gestattete. Der letzte Körper, den sie sich vorzustellen erlaubte. Das Bild gefiel ihr nicht. Schaudernd schob sie den Gedanken fort, drehte sich um, drückte sich tief ins Kissen und wartete, dass der Schlaf ihre Erschöpfung und ihre Einsamkeit auslöschte, während draußen der Regen einsetzte.

## III

»Viv!« Pats Hand auf ihrer Schulter riss Viv in die Realität zurück. »Entschuldigung, aber es regnet.«

Viv schloss die Augen, ihr Herz schlug schnell und unregelmäßig, während sie versuchte, den Traum festzuhalten, aber er war schon fort. »Mach das ja nie wieder!« Sie war außer sich vor Wut. »Du hast mir einen Riesenschrecken eingejagt!«

»Tut mir leid.« Pat stand auf. »Das war wirklich seltsam. Der Himmel war wolkenlos blau mit einer strahlenden, warmen Sonne. Dann ist buchstäblich aus heiterem Himmel der Sturm gekommen, und es wurde schrecklich kalt!« Sie fröstelte. »Viv, du hast nichts gesagt. Nicht ins Mikrofon.«

Plötzlich merkten sie beide, dass kein Regen mehr auf das Laub über ihnen fiel.

Verwirrt sah Viv sich um. Das Gewitter war Teil ihres Traums gewesen. Das Gewitter hatte in Cartas Zeit stattgefunden, und in Dun Righ war Nacht gewesen. Hier war es helllichter Tag, am Himmel stand keine einzige Wolke. Sie schaute auf die Nesseln, die Dornen und Bäume, die sich am Schutzwall festklammerten, ihr Blick fiel durch das Gestrüpp auf grüne Flächen, auf denen sich einst Mauern erhoben hatten. Nichts als Leere, wo früher einmal Häuser, Menschen, Tiere, Werkstätten, Lagerräume und der Rauch von Hundert Feuerstellen und Darröfen gewesen waren. Sie versuchte, wieder in die Wirklichkeit zurückzufinden.

»Für Szenen, die hier stattfinden, brauchen wir häusliche Geräusche«, fuhr Pat fort. »Kinder, Hunde, Hühner, solche Sachen. So was können wir schlecht hier aufnehmen!«

Viv nickte. »Wagenräder auf Pflastersteinen, vielleicht Schafe und Kühe, die hin und wieder von den Weiden hereingetrieben werden. Rufende Männer, lachende Frauen, Geplauder. Natürlich keine verständlichen Worte. Können wir das bei Innenszenen mit

Dialog ausblenden und Innengeräusche einfügen, wie ein Feuer, krachendes Holz, solche Sachen?« Sie klang verträumt.

Pat nickte. »Genau! Ich hatte gehofft, dass wir mit diesem kleinen Gerät einfach mal probieren könnten, wie's klingt. Wenn nötig, besorge ich ein besseres Mikro. Dann speichere ich alles auf meinen Laptop und kann es gleich schneiden.« Sie suchte in ihrer Tasche nach dem kleinen digitalen Aufnahmegerät, das sie weggesteckt hatte, als es zu regnen begann. »Sollen wir's noch mal versuchen? Erzähl mir doch, was gerade in deinem Kopf passiert ist.« Sie stöpselte das Mikrofon wieder ins Aufnahmegerät und hielt es Viv hin. »Okay. Ich hab's eingeschaltet. Und ...« Sie hielt kurz inne, als in der Nähe eine Amsel zu zwitschern begann. »Das ist großartig.«

Viv zögerte. »Es geht alles durcheinander. Ich bin so schnell aufgewacht, dass das meiste weg ist wie ein Traum.« Die Amsel hörte auf zu singen und flog mit einem lauten Warnruf aus dem Dickicht auf.

»Geh noch einmal zurück.« Pat klang ganz nüchtern. »Und diesmal erzähl laut, was passiert.«

»So funktioniert das aber nicht.«

»Versuch's doch einfach.« Pat holte die Zigarettenschachtel aus ihrer Tasche. »Entschuldigung, ich setze mich so hin, dass der Wind den Rauch nicht zu dir weht. Und wenn du so weit bist, nehmen wir ein bisschen was vom Stadtleben in Stanwick auf. Okay. Ich möchte, dass du zu mir sprichst. Und ich will nicht, dass du aufwachst. Sprich einfach leise zu mir. Kannst du mich hören?«

Vivs Augen waren geschlossen.

»Gut. Jetzt fang an.«

## IV

Als der Frühling in den Sommer überging, starb Cartas Vater. Sie vermisste ihn, obwohl er schon seit Langem keine öffentlichen Aufgaben mehr übernommen hatte. Doch ohne seine Unterstützung fühlte sie sich einsam und verloren, und ihre Trauer diente ihr als Vorwand, nicht über eine Heirat nachdenken zu müssen, auch wenn Bewerber aus dem ganzen Land eintrafen.

Artgenos verlor allmählich die Geduld. »Du kannst nicht erwarten, dass alle Krieger dir folgen, wenn du keinen starken Mann an deiner Seite hast, der sie in die Schlacht führt, Herrin. Ich weiß, dass auch du dazu in der Lage wärst«, nahm er ihren Widerspruch vorweg, »aber das solltest du nicht. Die Götter wollen nicht, dass dir etwas zustößt. Du hast doch gesehen, was passiert, wenn der König stirbt. Dein Bruder ist allzu bald gestorben. Und Entscheidungen stehen an. Die Römer marschieren im Süden immer weiter vor. Jetzt, nachdem Togodumnos gestorben ist, kämpft nur noch sein Bruder Caradoc, und lange wird er nicht durchhalten. Die Lage wird mit jedem Tag ernster.«

Carta verzog das Gesicht. Sie saßen in einem der kleinen Nebenräume, die an die Außenmauer des großen Rundhauses in Dinas Dwr angebaut worden waren. Wie schon Cartas Vater waren sie zum Lughnasadh-Markt in diesen wohlhabenden, tiefer gelegenen Teil ihres Königreiches gereist – der Landstrich, der einem möglichen Angriff der Römer vermutlich am meisten schutzlos preisgegeben war. Sie waren allein, außer Hör- und Sichtweite von neugierigen Augen und Ohren. »Die Götter werden ungeduldig, Carta. Hör nur, wie sie grollen.«

Obwohl es Hochsommer war, regnete es seit drei Tagen ununterbrochen, und die umliegenden Moore waren bis an die Grenzen vollgesogen, die Felder und Weiden zu Schlamm geworden. Regentropfen fielen durch das Rauchloch und landeten zischend in der heißen Glut. Neben der Herdstelle lagen Cartas zwei junge Hunde und kratzten sich müßig, während sie in die Flammen starrten. Sie streckte die Hand aus, und sofort trabten sie zu ihr und leckten ihr die Finger. Ein weiterer Donner hallte durch die Stadt. Aus der Ferne hörte sie die Klänge einer Harfe. Ihr neuer Barde Dafydd saß am großen Feuer mitten im Raum und spielte für die Frauen, die in seiner Nähe saßen und spannen. Sobald Dafydd gekommen war, hatte sie Conaire verloren, und er fehlte ihr sehr. »Ich bitte dich um Erlaubnis, ins Druidenkolleg zu gehen, Herrin«, hatte er am Tag nach der Ankunft des neuen Barden gesagt. »Du brauchst mich nicht mehr. Ich werde stets dein Freund bleiben und ich werde weiter für dich singen, doch ich habe mir immer gewünscht, ein Seher zu werden, und vielleicht, wenn die Götter es so wollen, ein Druide.« Mit einem Nicken hatte sie ihm ihren Segen gegeben und ihn ziehen lassen.

Sie seufzte. »Die Götter müssen diese Entscheidung nicht treffen! Sie müssen den Mann nicht zum Gemahl nehmen«, antwortete sie schließlich.

»Aber sie werden dir helfen, eine kluge Wahl zu treffen.« Er funkelte sie an. »Wirf die Stäbchen und befrage sie. Geh zum heiligen Wasser und befrage die Göttin selbst. Befrage die Omen, Frau!« Allmählich riss ihm der Geduldsfaden.

»Und wenn ich deinem Rat folge, was werden sie mir sagen?« Sie war es leid, dem Thema ewig auszuweichen. »Warum sagst du es mir nicht jetzt, Artgenos, und ersparst mir diese Ungewissheit?« Ihre Augen blitzten zornig.

»Sie werden dir sagen, dass du Venutius wählen sollst.«

»Das habe ich gewusst!« Aufgebracht erhob sie sich, und beide Hunde setzten sich mit gespitzten Ohren auf. Als sie in die Stadt hineinritten, hatte Venutius sie erwartet und sich vielfach entschuldigt, dass er bei der Krönung verhindert gewesen sei. Carta hatte einen Blick über die Menschen in seiner Umgebung schweifen lassen. Von Medb war nichts zu sehen.

»Und? Was ist an ihm auszusetzen? Er ist ein starker Mann. Ein König. Er wird gesunde Söhne zeugen und deine Männer gut führen.«

»Ja, das glaube ich auch, dass er das alles tun würde.« Ihre Augen blickten kalt. »Aber würde er vor mir als seiner Königin das Knie beugen? Würde er in einer Schlacht meine Befehle ausführen? Würde er sich zurückziehen, wenn ich es wollte, und mir erlauben, meine Kriegstruppen so zu führen, wie ich es für richtig halte?«

»Er ist selbst ein König, Cartimandua.« Artgenos legte den Kopf schief. »Ein erfahrener, beliebter König.«

»Das heißt also nein. Das alles würde er nicht tun.«

»Er wäre dir ein starker Gemahl.«

»Er passt nicht zu mir, Artgenos.« Sie verschränkte die Arme. »Und jetzt bin ich es leid, hier zu sitzen und den Göttern bei ihren Debatten zuzuhören. Ich gehe nach draußen.« Sie warf sich einen Umhang über die Schultern und ging in den großen Raum hinaus. »Lasst mein Pferd holen«, rief sie in den Schatten. »Ich will ausreiten, und zwar allein! Nur die Hunde nehme ich mit.«

Als sie ihr Pferd über den Pfad in den Wald lenkte, glitt es auf dem nassen Untergrund aus, aber sie zügelte es, zog die Kapuze tiefer ins Gesicht und vergewisserte sich, dass Sonne und Mond dichtauf folgten. Es war dumm von ihr, bei diesem Wetter auszureiten. Sie konnte nichts sehen, der Dunst schmiegte sich in die Baumkronen, und sehr bald hatte der Regen ihren Umhang durchnässt. Sie musste achtgeben, als das Pferd den Pfad entlang weitertrabte, musste sich unter herabhängende Äste ducken, nasses Laub schlug ihr ins Gesicht, doch sie freute sich am Geruch des Waldes und der Erde.

Als sie lautes Hufgetrappel hinter sich hörte, stieß sie vor Ärger einen spitzen Schrei aus. Sie wollte allein sein! Sie blieb stehen und wandte sich zu dem Verfolger um. Es war Brochan. »Große Königin, es ist nicht sicher, bei diesem Wetter allein draußen zu sein. Bitte lass dich von mir begleiten.« Das Haar klebte ihm am Kopf, seine hellbraunen Augen blickten besorgt. »Du solltest überhaupt nicht in den Wald reiten. Es ist gefährlich. Du könntest dich verirren.«

»Du wagst es, mir zu sagen, wohin ich gehen darf?«, fuhr sie wütend auf. »Die Götter beschützen mich und die Hunde, die du selbst mir geschenkt hast. Sind sie nicht Schutz genug?«

»Nein, nicht in diesem Wetter.« Gelassen hielt er ihrem Blick stand, und das gefiel ihr. Er war gut aussehend und aufmerksam und er wäre ein nützlicher Verbündeter. Im strömenden Regen betrachtete sie ihn eine Weile. Und es würde ihr gefallen, ihn in ihrem Bett zu haben. Vielleicht konnte er ihre Gedanken in ihrem Blick lesen, denn unvermittelt grinste er. »Wir könnten uns unter den Bäumen ein stilles, trockenes Plätzchen suchen, Herrin. Der Regen hört sicher bald auf.« Er spähte an ihr vorbei in den Dunst.

»Ich weiß, wo wir sind, Brochan.« Sie lächelte. »Vergiss nicht, mein Freund, ich kenne dieses Land besser als du. Hier ist der Mittelpunkt meines Königreichs.« Es war eine sanfte Zurechtweisung.

Er senkte den Kopf. »Natürlich.« Einen Moment fühlte sie sich versucht, sehr sogar, doch dann schüttelte sie widerstrebend den Kopf. »Wahrscheinlich ist es besser, wenn wir in die Siedlung zurückkehren. Ich möchte nicht, dass sie einen Suchtrupp ausschicken. Der Grund für meinen Ausritt hat sich erledigt. Ich habe mit etwas Bewegung verschafft und die Kobolde in meiner Seele abgeschüttelt.«

Er lachte laut auf. »Eine Schar Kobolde wäre ein erschreckender Anblick. Ich hoffe, dass sie sich nicht auf dem Pfad herumtreiben.« Er fasste an das Holzamulett, das ihm um den Hals hing, um die Kränkung an dem kleinen Volk wiedergutzumachen. »Reite voraus, Herrin, und ich werde in respektvollem Abstand folgen, wie es sich für deinen gehorsamen Gefolgsmann ziemt.«

Jetzt lachte auch sie. »Sehr gut, ich reite voran.« Sie zog gerade am Zügel, um ihr Pferd zu wenden, als die Hunde zu knurren begannen.

Brochan trieb sein Pferd näher zu ihr. »Was ist das?« Er kniff die Augen zusammen und versuchte, im fahlen Dunst etwas auszumachen.

Über dem Regen, der auf das Laub über ihren Köpfen herabprasselte, konnten sie nichts hören.

»Vielleicht Wölfe?« Carta konnte nichts sehen und tätschelte beruhigend ihr Pferd, denn sie spürte seine Nervosität.

Brochan zückte sein Schwert. »Komm, reiten wir in die Festung zurück. Verflucht sei dieser Regen, der einem die Sicht raubt!«

»Du darfst den Regen nicht verfluchen.« Carta ließ ihr Pferd in Trab fallen. »Er könnte unsere Rettung sein. Er hüllt uns ein.«

Sie waren noch eine halbe Meile von den Toren entfernt, als im Nebel hinter ihnen ein Trupp berittener Männer auftauchte, der rasch mit ihnen aufschloss. Mit einem Blick über die Schulter bemerkten Carta und Brochan trotz des Regens, dass Metall blitzte. Die Männer ritten mit gezogenen Schwertern.

Das Hufgetrappel kam näher. An eine Flucht war nicht zu denken. Wenige Momente später waren sie umzingelt.

»Oh, unsere Königin reitet ohne Begleitung aus? Wo jeder Mann sie gefangen nehmen könnte? Das ist nicht sehr vernünftig.« Es war Venutius, der sie auf seinem schwitzenden Braunen umkreiste. Er trug seinen Kriegshelm und einen festen Umhang. Er steckte das Schwert in die kunstvoll geschmückte Scheide an seinem Gürtel, beugte sich vor und ergriff ihren Zügel, um ihr Pferd neben seines zu ziehen.

Als seine Männer sich um sie scharten, stieg Wut in Carta auf. »Lass mich los! Wie kannst du es wagen!« Sie zog den Dolch aus der Scheide, die sie am Gürtel unter ihrem Umhang trug, und ritzte ihm die Hand auf. »Wage es nicht, mich anzufassen! Brochan! Wo ist Brochan?« Es bereitete ihr große Genugtuung zu sehen, wie Blut über Venutius' Handgelenk rann und er fluchend ihren Zügel fallen ließ. »Zieh deine Männer zurück. Ich kann es nicht glauben, dass du mich tatsächlich in Sichtweite meiner eigenen Mauern bedrohst!«

»Meine Königin, ich bedrohe dich nicht.« Er wich ein Stück zurück, und zornig bemerkte sie, dass er lachte. »Verzeih, wenn ich allzu heftig um dich geworben habe. Bitte vergib mir meine Leidenschaft!«

»Leidenschaft!« Sie wischte den Dolch am Umhang ab und steckte ihn in die Scheide zurück. »Ich nenne es einen beleidigenden Überfall ...«

»Der nicht als solcher gemeint war, das versichere ich dir.«

»Und ebenso wenig war es gemeint, mich mit gezückten Schwertern zu bedrohen?« Sie wollte sich nicht beschwichtigen lassen. »Und wo ist Brochan?«

»Hier, ich bin hier, Carta. Herrin.« Er war zu Fuß, ein Auge begann bereits zu schwellen, Blut tropfte ihm aus der Nase. »Für diese Beleidigung wird Venutius mit dem Leben bezahlen!«

Entsetzt sah sie auf den Mann, mit dem sie ausgeritten war, dann drehte sie sich zu Venutius um. »Wie kannst du es wagen! Ich kann nicht glauben, dass du dich derart erdreistest, den König der Parisier zu überfallen!«

»Es war ein Unglück, meine Königin.« Einer von Venutius' Männern trat vor. »Verzeih mir, ich habe ihn aus Versehen aus dem Sattel gehoben.«

»Dann schlage ich vor, dass du sein Pferd suchst und ihm beim Aufsitzen behilflich bist und ihn dann auf Knien um Verzeihung anflehst!« Ihre Augen verengten sich. »Und das nennst du eine Werbung, Venutius? Ich nenne es einen Angriff. Du und deine Männer werden Dinas Dwr noch heute verlassen. Auf der Stelle. Geh nach Caer Lugus zurück und komm mir nicht mehr unter die Augen, bis ich dich dazu auffordere.«

»Aber Herrin ...« Er lachte noch immer.

»Aber nichts!« Sie war außer sich vor Zorn. »Geh. Und danke deinem Glück, dass die Parisier dir wegen der Kränkung ihres Königs nicht den Krieg erklären!«

Mittlerweile hatte man Brochans Pferd gefunden. Er wurde unsanft in den Sattel gehoben, und jemand klatschte dem Tier auf die Flanke, sodass es im Galopp den Pfad hinab verschwand.

»Große königliche Würde!« Venutius lachte leise. »Herrin, du brauchst einen richtigen Mann und keinen Dichter, der sein Pferd nicht zu zügeln versteht!«

»Er war mein Gefährte und er ist mein Freund.« Ihre Stimme senkte sich gefährlich. »Und heute war er mein Begleiter. Dank dir muss ich ihn jetzt überreden, dir nicht den Krieg zu erklären, wozu er jedes Recht der Welt hätte. Und nun muss ich allein in meine Festung zurückkehren.«

»Nein, das kommt nicht infrage. Ich selbst werde dich begleiten, und meine Männer bilden die Wache.«

»Ich brauche keine Bewachung, Venutius«, fuhr sie auf. »Und ich möchte dich nicht an meiner Seite haben. Verschwinde.«

»Das kommt nicht infrage.«

»Willst du dich mir widersetzen?«

»Ich trage Sorge für deine Sicherheit, und das ist meine Pflicht vor den Göttern.« Er hatte sein Pferd gewendet und war nun neben ihr. Sie bemerkte, dass die Wunde an seiner Hand heftig blutete. Er tat, als würde er es nicht bemerken.

Mit einem ungeduldigen Seufzen drückte Pat ihre Zigarette aus, während das Schweigen sich immer länger hinzog. In Vivs Kopf passierte eindeutig sehr viel, aber sie erzählte es nicht laut. Und deswegen entging ihr alles. Nachdenklich kniff sie die Augen zusammen. Man konnte Schlafwandlern sagen, dass sie ins Bett zurückgehen sollten und sie gehorchten. Sie rückte näher zu Viv.

»Viv, kannst du mich hören? Ich will, dass du mir erzählst, was du siehst.« Sie sprach leise, aber mit Nachdruck. »Erzähl mir, was du hörst.« Erwartungsvoll verstummte sie. Viv reagierte nicht. »Viv, verstehst du mich? Ich will nicht, dass du aufwachst. Ich will nur, dass du zu mir sprichst.«

Das Mikrofon in der Hand, rückte sie noch näher. »Erzähl mir, was passiert, Viv. Was siehst du?«

Vivs Augen waren fast geschlossen. Unter den Lidern bewegten sie sich rasch hin und her. Sie schien Pat gar nicht zu hören, doch nach einem Moment bewegte sie sich, und auf ihrer Stirn erschien ein Runzeln, als sie zögernd zu reden begann.

»Ja!« Triumphierend hielt Pat das Mikrofon näher an Vivs Lippen.

Carta ritt voraus, die Augen auf das Tor in der Befestigungsmauer gerichtet. Sie achtete gar nicht auf Venutius, der sein Pferd traben ließ, um nicht von ihr abgehängt zu werden. Die anderen Männer hielten respektvoll Abstand zu ihrem König und der Hochkönigin. Viele von ihnen lächelten insgeheim über die Niederlage ihres Herren. Nach diesem Vorfall würde es ihn einige Mühe kosten, seine Würde wiederzugewinnen.

Am Tor blieb er ein wenig zurück, damit sie es als Erste passieren konnte. Sie ritt direkt zu ihrem Haus, wo sie aus dem Sattel glitt, die Zügel einem der wartenden Jungen zuwarf und, gefolgt von ihren Hunden, durch die Tür verschwand.

Venutius zögerte. Ihm war sehr wohl bewusst, was seine Begleiter dachten. »Steigt ab. Sucht euch ein Lager und etwas zu Essen«, rief er ihnen zu, dann saß auch er ab und ging ins königliche Haus.

Der Hauptraum war verwaist, das Feuer mit einer Torfschicht abgedeckt, die Bänke waren an die Wand geschoben, darauf stapelten sich Kissen und sorgfältig gefaltete Decken. Carta musste direkt in eine der Kammern gegangen sein. Mit tropfendem Umhang und schlammbespritzten Stiefeln stand er da, schaute zu den mit Vorhängen verschlossenen Türen und spitzte die Ohren. Durch den größten Eingang drangen gedämpft die Geräusche alltäglichen Lebens zu ihm, doch hier im Hauptraum herrschte absolute Stille. Er marschierte hinüber, hörte das Rasseln seines Schwerts in der Scheide und das leise Quietschen seines Ledergürtels, als er sich der größten verhangenen Tür näherte und den Stoff unvermittelt beiseiteschob. Er hatte richtig geraten. Dort in der Kammer stand Carta, das Gesicht und die nassen Haare von den Lampen auf der Kleidertruhe und den Tischen beleuchtet. Zwei Frauen waren bei ihr, eine löste gerade die Fibel, die ihr durchnässtes Manteltuch zusammenhielt, die andere suchte in einer Truhe nach wollenen Tüchern. Ängstlich schauten die Frauen auf, als er hereinschritt.

»Lasst uns allein!« Sein barscher Befehl ließ sie erschrocken von der Königin zurückweichen.

»Ihr geht nicht!« Cartas Stimme war eisig. »Mairghread, bitte, bleib. Neala, du holst Hilfe. Dieser Mann muss entfernt werden.«

»Das glaube ich nicht.« Er packte sie am Arm und stieß gleichzeitig Neala heftig fort. »Du und ich, wir müssen uns unterhalten.«

»Von Unterhaltung kann keine Rede sein.« Sie glühte vor Zorn. »Ich will, dass du aus der Festung verschwindest. Ich will, dass du aus Brigantia verschwindest!« In dem Moment huschte Neala zur Tür hinaus, und Mairghread griff lautlos nach Cartas Dolch, den sie mitsamt dem Gürtel auf die Bettstatt geworfen hatte.

Er zog Carta heftig an sich, und sie spürte die Hitze seines Körpers. Seine Hand hielt sie so fest, dass ihr das Handgelenk wehtat.

»Du brauchst mich, Cartimandua. Das haben auch die Götter gesagt!«, flüsterte er ihr ins Ohr.

»Dann haben die Götter sich getäuscht! Sie widersprechen sich.« Ohne jede Angst hielt sie seinem Blick stand. »Die Omen waren für mich eindeutig. Ich verbiete dir, mich zu berühren!« Ihre Gesichter waren sich sehr nahe. Seine unerbittlichen Finger quetschten weiter schmerzhaft ihr Handgelenk.

»Venutius!« Artgenos' Stimme ertönte wie ein Peitschenhieb in der Stille.

Venutius ließ Carta los und wich widerwillig zurück. Mit finsterer Miene beobachtete er, wie der alte Mann in die Kammer trat, gefolgt von Neala und Fergal, Cartas Wagenlenker, der sein Schwert gezückt hatte.

Carta rieb sich das schmerzende Handgelenk. »Bring ihn weg, Artgenos. Er soll die Festung noch heute verlassen.« Sie sprach durch zusammengebissene Zähne.

»Du hast sie gehört«, sagte Artgenos streng. »Sammle deine Männer und geh.«

»Aber Artgenos, die Götter haben bestimmt …«

»Die Götter haben niemals bestimmt, dass du deiner Königin gegenüber Gewalt anwenden sollst! Und jetzt geh!« Argenos wandte Venutius den Rücken zu und trat zu Carta. Sanft nahm er ihre Hand und betastete das Gelenk. »Deine Frauen werden dich versorgen. Ich hole etwas Salbe für die Schwellung«, sagte er leise. »Fergal, bitte begleite den König der Carvetier zu seinen Männern und sorge dafür, dass sie genügend Vorräte bekommen, damit sie noch heute nach Caer Lugus aufbrechen können.«

Venutius marschierte aus der Kammer durch den großen Raum in den Regen hinaus, dicht gefolgt von Fergal.

»Er wird dich nicht wieder belästigen. Ich werde dafür Sorge tragen, dass er die Festung sofort verlässt.« Artgenos seufzte. »Er ist ein sehr feuriger Mann. Es wird ihn hart ankommen, eine Frau zu haben, die bedeutender ist als er.«

»Nur gut, dass dies nicht geschehen wird.« Ihr durchnässter Umhang war zu Boden gefallen, sodass sie nur noch die blaue Tunika und ein lindgrünes Gewand trug, aus denen ebenso Wasser tropfte wie aus ihrem Haar. Sie fröstelte. »Er stand auf deiner Liste möglicher Ehemänner, Artgenos, aber jetzt nicht mehr. Da würde ich noch lieber meinen Schuhmacher heiraten!« Sie wandte sich den beiden Frauen zu, die wartend neben ihr standen. Neala nahm ein Tuch zur Hand. »Ich will, dass er vor Sonnenuntergang fort ist.«

»Ich glaube, er ist bereits fort, Carta.« Artgenos verstummte kurz und lauschte auf das Geräusch von Pferden draußen vor dem Haus. Bekümmert schüttelte er den Kopf und wandte sich dann ebenfalls zur Tür. »Jetzt lass dich abtrocknen und wärm dich auf, ich bringe dir gleich eine Salbe.«

»Wow! Das ist ja ein richtiges Feuerwerk!«, hauchte Pat ehrfürchtig, als Viv verstummte, und schaltete den Rekorder aus.

Sie konnte kaum glauben, was sie gerade gehört hatte. Vivs Stimme, natürlich, aber dazu Dutzend andere. Ihre Beschreibungen, ihr Elend – der Zorn, der aus ihr hervorgebrochen war, als sie Cartas Wut schilderte. Pat sah Viv fasziniert an. Ihr Gesicht war jetzt entspannt, die Augen geschlossen; als wäre der Geist fort, der sie angeregt hatte, nun, da dieses Kapitel der Geschichte erzählt war.

Stirnrunzelnd fasste sie Viv an die Schulter. »Alles in Ordnung?«

Sie bekam keine Antwort.

»Viv? Kannst du mich hören?«

Sie wollte gerade die Geräte in ihre Tasche packen, als Viv wieder zu reden begann.

Ihre Stimme war jetzt leise und monoton, ihre Augen waren geöffnet, doch sie sah nicht zu Pat, sondern starrte in die ferne Vergangenheit, und zwar dieses Mal als Beobachterin, nicht als Teilnehmerin.

»Es ist der nächste Morgen. Die Sonne geht auf. Carta steht in der Mitte des Kreises, hebt die Arme und dreht sich nach Osten. Ich sehe das rotgoldene Licht, das über das Heidekraut auf sie zuwandert und ihr Gesicht und ihr Haar erleuchtet. Sie ist allein und lächelt dem Morgen zum Gruß, doch hinter ihr, im Westen, bauen sich Wolken auf. Sie rasen über den Himmel, und wenige Minuten später sind die langen Schatten der Bäume verschwunden, der Himmel ist grau, die Sonne ist fort. Sie lässt die Arme sinken, ihr ist bewusst, dass über ihr zwei Bussarde ihre Kreise ziehen, höher und immer noch höher. Ihre klagenden Schreie werden vom Wind zu ihr getragen. Sie sieht ihnen zu und lauscht. Sie können die Kriegsadler hören, das Trampeln marschierender Soldaten. Sie warnen sie vor Tod und Sklaverei. Jetzt kann nur sie ihr Volk retten. Aber dazu muss sie schlau sein wie ein Fuchs. Die Kriegsgötter möchten, dass sie kämpft, doch die Göttin ist klüger. Sie hat einen Schleier vor das Gesicht des römischen Apollo gezogen. Sie muss lernen, sich zu verstellen.«

Viv verstummte wieder. Sie war weiß wie ein Laken, und mehrere Sekunden starrte Pat sie nur mit angehaltenem Atem an. »Viv? Ist alles in Ordnung? Wach auf. Ich glaube, du solltest jetzt aufhören.« Sie verstaute den Rekorder in ihrer Tasche. »Viv? Jetzt komm, das reicht.« Sie schüttelte sie an den Schultern. Vivs Kopf fiel in den Nacken, ihre Augen waren jetzt wieder geschlossen. »Verdammt!« Pat erschrak. »Oh mein Gott, Viv!« Kurz zögerte sie, dann legte sie die Finger auf Vivs Handgelenk. Der Puls war stark und regelmäßig.

Pat warf einen Blick zu dem Blätterdach über ihnen. »Ich glaube, es fängt wieder an zu regnen. Wir müssen zum Auto zurück.«

Keine Reaktion.

»Viv, jetzt komm schon. Ich will, dass du jetzt aufwachst. Hörst du mich? Ich will, dass du aufwachst und mit mir redest!«

## V

»Was hast du gemacht?«

Sie saßen im Auto, draußen regnete es in Strömen, sodass sie die beschlagenen Fenster abwischen mussten. Dann wandte Pat sich zu Viv und lehnte sich an die Beifahrertür. »Ich habe alles aufgenommen. Was du gesagt hast, wie du alles beschreibst.«

»Das habe ich früher auch schon versucht, aber da ist nichts passiert. Ich habe nicht laut gesprochen.«

»Dieses Mal schon.« Pat holte das Aufnahmegerät aus der Tasche.

»Aber das verstehe ich nicht. Warum jetzt auf einmal?«

»Weil ich dir gesagt habe, dass du laut reden sollst, sobald du in Trance bist.«

»Das hast du zu mir gesagt?«

»Du hast Zugang zu Cartimandua, wenn du in einer hypnotischen Trance bist – das ist ein bisschen so, als würdest du im Schlaf reden. Also dachte ich mir, wenn ich dir etwas sage, würdest du reagieren wie ein Schlafwandler, und das hast du auch! Hör mal.« Pat war begeistert. Sie schaltete das Gerät ein, und Vivs Stimme ertönte. Im Hintergrund hörten sie Vögel zwitschern und Blätter rauschen, einmal auch das leise Platschen von Regentropfen, aber das wirklich Spannende war, was Viv sagte.

Manchmal erzählte sie die Geschichte und schilderte, was alles vor sich ging. Manchmal zögerte sie ein bisschen und versuchte, die Szene zu beschreiben: »Da bellt ein Hund, hörst du ihn? Kein großer Hund, eher ein Schoßhündchen. Ziegen und Schafe und eine Kuh, die in der Ferne muht. Kinder schreien. Ein Hammer auf Metall in der Schmiede. Ich rieche Essen und den Rauch von Holzfeuer. Da wird Fleisch gebraten. Carta legt sich ihren Umhang um, er ist immer noch feucht und kalt, riecht nach nasser Wolle und Pferden. Nicht unangenehm, nach Erde und frischer Luft. Zu der Zeit ist der Ort noch recht klein. Vielleicht sechs Hektar? Ich finde es schwer, das zu schätzen.

Es gibt ziemlich viele Häuser, alle unterschiedlich groß. In Cartas Haus ist es innen dunkel, und es ist gut isoliert. Die Luft ist nicht besonders gut wegen des Feuers. Der Rauch steigt durchs Dach auf. Ich glaube nicht, dass es ein Rauchloch gibt, von einem Kamin ganz zu schweigen. Innen ist das Dach völlig schwarz und es ist glatt, eine Art mit Lehm beworfenes Flechtwerk. Es wirkt sehr exotisch. Eher wie das Zelt eines arabischen Nomaden als eine Bauernkate. Wandteppiche, wunderschön gearbeitet, und leuchtende Farben. Gewebte Läufer, verzierte Tongefäße. Die Säulen, die das Dach tragen, sind kunstvoll geschnitzt. Um eine windet sich ein Drache oder eine Schlange. Auf einer Truhe steht neben einem Silberkrug eine Vase mit Blumen. Diese Menschen sind zivilisiert. Sie sind wohlhabend. Ihre Behaglichkeit bedeutet ihnen viel. Und das Essen ist ihnen wichtig. Ich gehe in die Küchen, die sich in einem anderen Bau befinden. Die Öfen stehen draußen. Aus Ton, würde ich sagen. Die Töpfe sind zugedeckt, aber es riecht köstlich.« Es folgte eine Pause, fast, als ginge Viv tatsächlich durch die Szene, die sie gerade beschrieb. »Hier steht ein großer Tisch. Draußen regnet es jetzt, und die Köchinnen sind ins Haus gegangen – obwohl draußen unter dem Dach auch ein Tisch steht. Da gibt es Krüge und Schüsseln und Löffel. Manche aus Holz, andere aus Metall. Scharfe Messer. Viele Kräuter. Gemüse. Ich weiß nicht genau, welches. Grün, kleine Blätter. Da hängen Schnüre mit Apfelringen zum Trocknen, genauso, wie meine Mutter es früher immer gemacht hat.« Sie klang erfreut. »Und getrocknete Pilze. Und ein Riesenlaib Käse, zugedeckt mit einem Netz. Butter. Ein hübsches Tongefäß mit Honig. Irgendetwas Eingemachtes. Weißt du, ich glaube nicht, dass diese

Leute einfach blutige Knochen abgenagt haben! Das Essen sieht gut aus und es riecht auch gut.

Ich mache mich jetzt auf die Suche nach Carta. Sie ist draußen bei ihrem Pferd. Es schnuppert mit den Nüstern liebevoll an ihr, und sie streichelt es. Der junge Mann, der die Zügel hält, lächelt sie an, und sie unterhalten sich ein bisschen und lachen. Dann zieht sie sich in den Sattel. Keine Steigbügel. Und das Zaumzeug sieht genauso aus wie heute. Eine Trense mit Gelenken. Zügel. Aber damit hat es sich auch mit der Ähnlichkeit. Es ist nämlich wirklich prächtig, das Leder ist vergoldet und rot und einfach wunderschön.

Brochan steht neben ihr. Er ist klein, kleiner als Carta. Hat blonde Haare, die mit irgendeiner Art Ton verschmiert sind, aber er sieht gut aus. Er lacht viel. Auf den Schläfen und den Wangenknochen hat er blau tätowierte Punkte und er trägt eine Kette und an der Schulter eine Fibel. Und eine weite karierte Hose, die er mit einem wunderschönen Ledergürtel zusammenhält. Ein weiches Hemd. Lederstiefel, sehr weit, sie liegen nicht eng an, und einen dicken Umhang.

Sie reiten nebeneinander auf das Tor zu. Oben auf dem Schutzwall ist eine Palisade aus Holz, und im Schutzwall sind große Tore, aber sie stehen offen und sind unbewacht, und dem Gras nach zu urteilen, das davor wächst, sind sie schon lange nicht mehr geschlossen worden.« Es folgte eine längere Pause. Dann klang es, als sei Viv außer Atem. »Lass mich näher hingehen. Ich möchte hören, was sie sagen.« Ihre Stimme veränderte sich. Es war die Stimme Cartimanduas. Als dann Brochan etwas sagte, wurde ihre Stimme tiefer, männlicher.

Sie hörten sich die Aufnahme zu Ende an, dann stellte Pat das Gerät aus.

Eine lange Zeit schwiegen sie beide, bis Pat schließlich fragte: »Was sagst du dazu?«

Viv schien es die Sprache verschlagen zu haben. Nach einer Weile schüttelte sie den Kopf. »An das Letzte kann ich mich erinnern, wie an einen Traum, allerdings nur an einzelne Stellen. Aber die ganzen Beschreibungen ...« Sie biss sich auf die Unterlippe. »Es ist einfach ...« Wieder hielt sie inne. »Es ist fantastisch!«

»Das finde ich auch!« Pat klang triumphierend. »Weißt du, du hast eine Zeitreise gemacht. Das hast du nicht einfach alles erfunden.«

Viv lehnte sich im Fahrersitz zurück und schloss vor Erschöpfung die Augen. »Niemand wird uns glauben, dass wir das nicht erfunden haben.«

»Das werden wir auch von keinem verlangen.« Unvermittelt wurde Pat sehr geschäftsmäßig. »Weißt du, wir sitzen hier auf Dynamit. Das ist Stoff für zwei Sendungen, nicht nur für eine. Zuerst machen wir, wie geplant, das Hörspiel, und lassen deine Informationen nur einfließen, wenn wir sie wirklich brauchen. Als Hintergrund und Überleitung. Und später kommen wir dann mit diesen Aufnahmen an! Ein zweites Buch, wie du Selwyn im Fernsehen gesagt hast. Abschriften und eine zweite Sendung, bei der wir diese Bänder vorspielen. Das wird einschlagen wie eine Bombe. Stell dir nur den Medienrummel vor!«

»Ja, den stell ich mir vor.« Viv schnitt eine Grimasse, ihre Augen waren noch immer geschlossen. »Dr. Vivienne Lloyd Rees, ehemalige Historikerin, in die Klapse eingeliefert, nachdem sie bei einem gefälschten Hypnosegag den Verstand verloren hat!«

Vor Erstaunen blieb Pat der Mund offen stehen. »Quatsch. Das wird kein Mensch sagen! Na ja, der alte Esel, dein Professor vielleicht, aber alle anderen werden hingerissen sein. Viv, damit können wir richtig Geld verdienen. Du warst bei der Aufnahme einfach großartig! Ich war hin und weg. Schau, ich habe immer noch eine Gänsehaut.« Sie streckte Viv den Arm hin. »Maddie wird staunen, wenn wir ihr das sagen.«

»Nein.« Viv schüttelte den Kopf. »Pat, du darfst niemandem davon erzählen. Bitte versprich mir das. Nicht jetzt.«

»Das ist doch nicht dein Ernst!« Pat runzelte die Stirn, dann zwang sie sich achselzuckend zu einem Lächeln. »Also gut, wie du willst.«

Sie verstaute die Tasche mit dem Aufnahmegerät hinter dem Sitz. »Jetzt komm, lass uns fahren. Der Regen wird immer schlimmer. Wo wollen wir denn übernachten?«

In ihrem Kopf lächelte Medb. Die Fibel war in Sicherheit. Die Geschichte gehörte ihr.

# Kapitel 20

## I

»Das würde heißen, dass ich *Cartimandua, Königin des Nordens* umschreiben muss.« Allmählich gab Viv Pats Druck nach. »Ein solches Buch würde alles, was ich bis jetzt gesagt habe, ad absurdum führen.« Sie fuhr sich mit den Händen übers Gesicht. »Es ist überholt, noch bevor es in die Geschäfte kommt.«

Sie übernachteten in einem kleinen Hotel in der Nähe von Aldborough, dem Ort, den Carta Isurios genannt hatte und den die Römer als Isurium Brigantum kannten. Zu ihrer Überraschung schlief Viv tief und traumlos. Nachdem sie sich am nächsten Morgen das Museum angesehen hatten, fuhren sie nach Westen, nach Nidderdale zum Moor.

»Nicht für durchschnittliche Leser«, antwortete Pat. »Du darfst *Königin des Nordens* nicht unterschätzen. Das Buch ist großartig. Jede Seite steckt voller Leben. Es mag ja sein, dass dir beim Schreiben nicht klar war, dass Carta bei dir war, aber sie hat dir ständig über die Schulter geschaut. Deswegen ist es so lebendig geworden.«

Viv rang unbehaglich die Hände. »Ich wünschte, ich könnte glauben, dass Hugh auch deiner Meinung ist.« Sie seufzte. Wo war Hugh? Warum hatte er sich nicht gemeldet?

Sie saßen auf einem grasbewachsenen Plateau zwischen zwei der gewaltigen, als Brimham Rocks bekannten Felsen, eine wunderschöne, sehr fremde Landschaft mit grotesken Formationen. Im Verlauf von Jahrtausenden hatten Eis und Wind das Sedimentgestein hier zu einer Ansammlung bizarrer Gebilde gefügt, die sich hoch über das umliegende Moor erhob. Es gab keinen Beweis dafür, dass Cartimandua oder ihre Zeitgenossen jemals hier gewesen waren, aber ganz in der Nähe befand sich die sogenannte Druidenhöhle – und es war schwer zu glauben, dass ein Druide, der auf sich hielt, nicht hierher gekommen war, um mit seinen Göttern zu sprechen.

Pat widerstand dem Drang, sich in der warmen Sonne hinzulegen und die Augen zu schließen, setzte sich stattdessen auf und biss herzhaft in einen Apfel. Das Picknick war ein spontaner Einfall gewesen, als sie die Wegweiser zu den Felsen sahen.

»Da täuschst du dich. Mit *Königin des Nordens* hast du den Boden akademisch bereitet. Das zweite Buch würde unter dem Vorbehalt erscheinen, dass es einen intuitiven, wenn nicht gar hellsichtigen Hintergrund hat und in eine andere Kategorie fällt, aber doch eine, die den Überlegungen deines ersten Buchs nicht widerspricht.«

»Hellsichtig«, wiederholte Viv mit einem tonlosen Lachen. »Toll! Das wird Hugh den Rest geben.«

»Vergiss Hugh!« Jetzt legte Pat sich doch auf den Rücken und breitete zum Schutz vor der Sonne eine Zeitung über ihr Gesicht. »Allmählich glaube ich, dass du von dem Mann besessen bist.«

»Er ist mein Chef.«

»Und was sonst noch?« Unter der Zeitung hervor war ein leises Lachen zu hören.

»Und sonst gar nichts.« Viv stand auf. »Ich steige jetzt mal auf den Felsen. In zehn Minuten bin ich wieder da.«

Pat regte sich nicht.

Viv saß oben auf dem Felsen und schaute zum Moor hinüber, dann schloss sie die Augen und versuchte, ihre wirbelnden Gedanken zu beruhigen. Es war sehr heiß. Das Gestein hatte ihr fast die Hände verbrannt, und so hatte sie eine mit Gras und Blumen bewachsene Stelle gesucht, um sich hinzusetzen. Von überall um sie herum drangen Geräusche zu ihr: der Schrei eines Bussards, der im gleißenden Licht nicht auszumachen war, eine Gruppe lärmender Kinder, die alle im gleichen Overall und Schutzhelm trotz der Hitze an den Felsen Klettern übten, im Hintergrund der monotone Ruf eines Schwarzkehlchens. Langsam drifteten die Geräusche aus ihrem Bewusstsein, wurden aber nur durch eine angenehme Leere ersetzt. Es war, als hätten der Schreck und die Aufregung, am Tag zuvor tatsächlich ihre eigene Stimme zu hören, ihre besondere Fähigkeit, oder wie immer man sie nennen sollte, außer Kraft gesetzt. Aber sie brauchte diese Fähigkeit. Sie musste herausfinden, ob sie direkte Fragen stellen konnte. Bist du jemals hier gewesen? Haben deine Druiden von diesem Ort Kontakt mit ihren Göttern aufgenommen? War Dinas Dwr deine Hauptstadt? Sie schloss wieder die Augen. »Carta?« Sie versuchte, die Stadt, so wie sie sie gesehen hatte, wieder heraufzubeschwören, die Geräusche, die Gerüche wahrzunehmen. Nichts wollte sich einstellen.

»Carta? Wo bist du?«

Unvermittelt überfiel sie die blanke Panik. Was, wenn Carta durch Pats Aufnahme verschreckt oder irgendwie neutralisiert worden war? Was, wenn dieser seltsame, wunderbare, beängstigende Kontakt mit einer anderen Welt für immer abgebrochen war? Was, wenn Carta wütend war, weil sie die Fibel wieder in den Tiefen der Erde versteckt hatten? Was, wenn sie beim nächsten Mal nicht mehr da war?

Nachdenklich umschlang sie ihre Beine, und plötzlich wusste sie, dass sie gleich in Tränen ausbrechen würde.

»Wir müssen noch mal hin.« Als sie zu Pat zurückkam, waren ihren Augen wieder trocken. »Wir können die Fibel nicht dortlassen. Ich weiß nicht, was wir uns dabei gedacht haben!«

Pat setzte sich auf und starrte sie entgeistert an. »Was meinst du damit? Natürlich können wir sie dortlassen. Da ist sie absolut sicher.«

»Nein, jemand könnte sie finden.«

»Das wird nicht passieren.« Pat kniff die Augen zusammen, und plötzlich klang ihre Stimme hart. »Vergiss es, Viv. Denk einfach nicht mehr dran. Sie ist wieder da, wo sie hingehört.«

Viv schaute sie erstaunt an. Pats Stimme war anders geworden, fast so, als wäre sie in die Haut einer anderen Person geschlüpft. Sie spielte eine Rolle, und zwar eine, die Viv überhaupt nicht gefiel. Sie war Medb.

Ihr Erstaunen wich Entsetzen und Angst. »Wenn ich sage, dass wir sie holen sollen, dann machen wir das auch«, sagte sie leise, aber fest.

Ihr ruhiger Tonfall brachte Pat zu sich. Zweifelnd runzelte sie die Stirn. »Entschuldigung. Ich finde einfach, dass es dumm wäre. Die Fibel ist da absolut sicher.« Jetzt sprach sie wieder mit ihrer eigenen Stimme. »Also, welcher Ort soll im Hörspiel denn ihre Hauptstadt sein?«, fuhr sie fort. »Stanwick wäre ganz gut, leicht zu erreichen. Es liegt an einer Handelsroute zwischen dem Süden und Schottland. Sanftes Flachland, fruchtbar und bestellt.«

Sie debattierten immer noch über die Ortswahl, als sie wieder ins Auto stiegen. Achselzuckend fuhr Viv los. »Irgendwie wäre es mir lieber, wenn es ein Ort wie Ingleborough wäre. Warte, bis du ihn gesehen hast.« Aber auch andere Orte waren denkbar. Zum Beispiel Barwick in Elmet, ein kleineres Dorf, das näher bei der späteren römischen Stadt Isurium Brigantum lag. Auch die Gegend war wunderschön und gut zu erreichen.

»Frag sie doch.« Pat lehnte sich im Beifahrersitz zurück und kramte einen Kaugummi aus ihrer Tasche. »Es ist eine einfache Frage. Schau ihr in die Augen und frag sie. Es heißt ja, dass man die Handlung in Wachträumen beeinflussen kann. Warum solltest du es nicht können?« Sie seufzte ungeduldig. »Du reagierst immer nur, Viv. Du verhältst dich wie ein Opfer und nicht wie diejenige, die den Ton angibt.« Sie schob den Kaugummi in einen anderen Mundwinkel. »Auf der Aufnahme hast du für Cartimandua gesprochen. ›Dies ist mein Volk, ich bin seine Königin.‹« Sie ahmte Vivs Tonfall als Cartimandua nach. »›Vivienne, meine Göttin, frag mich, und ich werde dir Antwort geben. Meine Stadt ist Stanwick St. John oder Dinas Dwr, wie ich es nenne.‹« Pat machte eine kurze Pause und beendete das Rollenspiel. »Von den meisten dieser Orte kennen wir den keltischen Namen nicht, oder? Aber für das Hörspiel brauchen wir sie sowieso nicht. Sie sind zu verwirrend. ›Dies ist mein Sitz. Mein Palast. Meine Hauptstadt.‹« Sie spielte wieder Cartimandua. »Wir könnten eine Séance abhalten!«, fügte sie begeistert hinzu. »Als Versuchsanordnung. Wir bitten Cartimandua, mit uns zu reden, und nehmen es auf, genau wie gestern Nachmittag.«

»Carta redet schon seit Monaten zu mir, und ich habe keine Séance dafür gebraucht«, widersprach Viv.

»Aber dann kann ich daran teilnehmen.« Pat spuckte den Kaugummi aus und griff nach ihren Zigaretten. »Und das Tollste ist, wir können noch andere Leute dazu laden. Stell dir Medb vor! Sie wäre eine großartige Figur!«

»Nein!« Viv schüttelte den Kopf. »Das kommt nicht infrage! Lass es gut sein, Pat. Lass Carta kommen, wann immer sie will und zu wem sie will.« Sie verzog das Gesicht. »Aber nicht Medb. Bloß nicht!«

»Also gut.« Pat seufzte. »Weiter im Text: ›Hier, an diesem Ort sitze ich als Herrscherin und zeige den Römern, dass ich eine große Königin bin. Ich herrsche nach meinem Willen, nicht nach ihrem, denn ich bin die größte Königin, die Britannien je gekannt hat.‹« Sie machte eine kurze Pause. »Und? Wie war ich?«

Viv lächelte. »Ganz gut. Sehr gut sogar.«

»Schön. Vielleicht sollte ich Cartimandua spielen. Ich wäre großartig in der Rolle.« Pat hob die Augenbrauen und wartete auf eine Reaktion.

»Ich weiß nicht. Du bist gut, aber Carta ist jünger ...«

»Dann spreche ich eben wie eine Jüngere.« Pat sprach einen Ton höher, und sofort klang ihre Stimme heller, weniger reif. »Solange sie mich nicht sehen, können sie die Falten nicht zählen.« Sie lachte. »Ich wäre großartig, Viv. Und du bist die Erzählerin.«

»Das wäre wohl die richtige Verteilung«, sagte Viv nachdenklich. »Ich die Autorin und Erzählerin, du die Hauptdarstellerin und Koautorin. Wir brauchen natürlich auch ein paar Männer. Gute Schauspieler.«

Pat nickte. »Kein Problem. Ich habe schon ein paar Ideen, wer die Rollen übernehmen könnte.«

Medb. Sie wollte Medb spielen, nicht Cartimandua.

Die gefährliche, faszinierende Medb.

## II

»Noch immer nichts von Viv?«

Hugh stand in Meryns Garten und schaute mit besorgter Miene auf die Kräuter- und Gemüsebeete. »Sie hat die Fibel, weil ich sie ihr zurückgegeben habe, weil ich feige bin. Sie ist in Gefahr. Ich weiß nicht, wo sie ist. Sie geht nicht ans Telefon und ruft auch nicht zurück, und ich sitze hier und drehe Däumchen.«

Hier fühlte er sich sicher. Hier kam es nicht zu Begegnungen mit Venutius, hier gab es keine schemenhaften Besucher aus einer anderen Welt, keine gespenstischen Klänge hallten im Wind herüber.

Meryn bückte sich und pflückte etwas Spinat. »Spürst du eine Gefahr?«

Hugh sah ihn stirnrunzelnd an. »Fällt das nicht eher in deinen Bereich? Kannst du nicht in deine Kristallkugel schauen und herausfinden, was sie mit der Fibel gemacht hat? Und nachsehen, ob bei ihr alles in Ordnung ist?« Schaudernd warf er einen Blick über die Hecke. »Er lauert immer noch irgendwo da draußen, oder?«

»Mag sein.«

»Hat er Angst vor dir? Weil du ein Druide bist?« Hugh hob fragend die Augenbrauen.

»Schon möglich.« Meryns Lächeln war nicht zu deuten.

»Was würde passieren, wenn ich mich hinauswage?« Er deutete mit dem Kopf zum Gartentor.

Meryn richtete sich auf, in der Hand hielt er eine Schüssel mit frischen grünen Spinatblättern. »Vermutlich nichts.«

»Das heißt also, dass möglicherweise doch etwas passieren könnte?«

Meryn lächelte wieder und wandte sich dann mit einem Achselzucken zur Haustür. »Das wissen wir erst, wenn du es versuchst, Hugh. Wenn du dich bereit fühlst, wirst du gehen müssen.«

Hugh starrte ihm nach. »Willst du mir damit zu verstehen geben, dass ich gehen soll?«, rief er ihm nach. Einen Moment betrachtete er die kräftigen Löwenzahnpflanzen, die rings um das Spinatbeet sprießten, dann folgte er Meryn in die Küche. »Willst du mir das sagen?«

»Es sei denn, du willst den Rest deines Lebens hier verbringen.« Meryn stellte die Schüssel ins Waschbecken. »Ich könnte dir ein paar Sachen zeigen. Techniken, die dich beschützen.«

Hugh setzte sich an den Küchentisch. »Hokuspokus?«

»Sicher.«

Hugh stöhnte.

Meryn entfernte eine Nacktschnecke vom Spinat. »Das liegt bei dir, Hugh. Ich kann gegen deinen Willen nichts unternehmen. Du glaubst immerhin so weit an den Hokuspokus, dass du hierbleibst, also warum hängst du dir nicht ein kleines Amulett um den Hals und vergisst, dass es überhaupt da ist?«

»Und das würde mich retten?«

Meryn ging zur Tür und warf die Schnecke in ein Blumenbeet. »Glaubst du an Venutius?« Er hatte Hughs Frage nicht beantwortet.

»Ich kann ja wohl schlecht glauben, dass gar nichts passiert, aber es könnte genauso gut nur in meinem Kopf sein.«

»Das stimmt. Das liegt ganz bei dir. Aber du musst sowieso bald weg. Hast du mir nicht erzählt, dass du ein Rundfunkinterview hast?« Meryn stützte sich mit den Händen auf den Tisch und musterte Hughs Gesicht. »Neben anderen Dingen fertige ich auch Amulette für Menschen, die sie brauchen. Ich kann dir eines geben, das dich stark macht, solltest du Venutius da draußen in der großen weiten Welt wieder begegnen, oder auch bei einem Albtraum in deinem Kopf, was immer es sein mag. Tu doch einfach, als wärst du voll im Trend und würdest Schmuck tragen.« Er lachte.

Hugh schüttelte den Kopf. »Das klappt bei mir einfach nicht. Tut mir leid, das ist nicht rational. Wie soll ein Zauber denn wirken? Das ist doch reiner Aberglaube.«

Meryn seufzte und trocknete sich die Hände ab. »Auch gut.«

»In deinem tiefsten Inneren glaubst du doch auch nicht daran, oder?«, fuhr Hugh nach einem Moment fort. »Es ist ja alles sehr romantisch und esoterisch, aber von Zeit zu Zeit müssen dir doch auch Zweifel kommen. Du bist ein intelligenter Mann.«

Meryn hielt eine Hand hoch. »Das reicht, Hugh. Wir waren uns so oft einig, dass wir bei dieser Frage unterschiedlicher Meinung sind, dass wir nicht noch mal darüber zu diskutieren brauchen. Ich glaube aus tiefstem Herzen an das, was ich tue. Genau deswegen hast du mich angerufen, als du in Panik warst. Vergiss das nicht. Und wenn du mich wieder brauchen solltest, werde ich wieder für dich da sein.«

»Und mehr nicht.«

»Mehr nicht.«

Achselzuckend stand Hugh auf. »Also gut, heute Nachmittag fahre ich nach Hause. Du hast recht. Ich bin feige. Ich habe ein- oder zweimal schlecht geträumt, und dann ist meine Fantasie mit mir durchgegangen. Eine große Portion Spinat-Quiche«, er schaute vielsagend zum Waschbecken, »wird meine Willenskraft so weit stärken, dass ich abfahren kann.«

Meryn lachte. »Spinat macht stark, das wissen doch schon kleine Kinder.« Als er Hugh nachsah, der in den Garten zurückschlenderte, zogen sich wieder Sorgenfalten über seine Stirn. So intelligent und gebildet Hugh auch war, bisweilen konnte er ausgesprochen töricht sein. Er seufzte. Wie oft hatte er rationale, akademisch gelehrte Menschen kennengelernt, die ähnliche Scheuklappen wie Hugh gehabt und dafür mit dem Leben bezahlt hatten? Wenn er solche Menschen nur dazu bringen könnte zu sehen, was um sie herum vor sich ging. Wenn er sie nur dazu bringen könnte, den Beweisen ihrer eigenen Augen und Ohren zu vertrauen. Aber das war unmöglich. Sie waren nicht bereit, von ihrer Hokuspokus-Überzeugung Abstand zu nehmen, und manchmal würde ein Mensch lieber sterben als zugeben, dass um ihn herum etwas Paranormales passierte. Er seufzte. Das war die falsche Wortwahl. Hoffentlich würde sie sich nicht als prophetisch erweisen.

## III

»Ich habe gerade mit Maddie gesprochen.« Es war Pat, die Viv keine Stunde zuvor am Abercromby Place abgesetzt hatte. »Ich wollte sie ein bisschen auf dem Laufenden halten. Sie ist begeistert von der Idee einer zweiten Sendung!«

»Pat!« Viv war außer sich. »Ich habe dir doch gesagt, dass du noch niemandem davon erzählen sollst! Ich weiß nicht, ob ich überhaupt möchte, dass jemand davon erfährt.«

»Keine Sorge, sie hält den Mund. Wir wollen ja nicht, dass irgendwas dazwischenkommt.« Pat klang unbekümmert und begeistert. »Ich komme morgen zu dir, damit wir mit dem Manuskript weitermachen können, ja?«

Verärgert knallte Viv das Telefon in die Basisstation. Dann holte sie die Post aus dem Flur und warf sie auf den Schreibtisch. Obenauf lag ein Brief aus Australien. Beim Anblick der Handschrift ihrer Mutter wurde sie von einem überwältigenden Gefühl der Einsamkeit ergriffen. Ihre Mutter schrieb immer noch lieber Briefe als E-Mails. Sie ging zum Anrufbeantworter und drückte die Wiedergabetaste, dann sah sie sich im Raum um. Es herrschte eine friedliche Atmosphäre. Trotz des fehlenden Spiegels fühlte sich der Raum ganz normal an. Er roch wie immer, wenn sie fort gewesen war, nach alten Büchern und Kaffee und der Jasminpflanze, die die Wand entlang zum Fenster wucherte.

Drei Nachrichten stammten von Hugh, der sie dringend um einen Rückruf bat, aber sie konnte ihn weder zu Hause noch im Institut erreichen. Zwei Nachrichten waren von Maddie, die fragte, wie es ihr gehe und wie sie mit dem Hörspiel vorankämen, eine von

Sandy wegen eines Vortrags, den sie vor dem Hausfrauenverband in Taunton halten sollte, und eine von Cathy. Bei allen dreien hörte sie, als sie ihre Nummer wählte, nur die Bandansage.

Seufzend sah sie sich abermals im Raum um. Die Leere hatte sich wieder eingestellt. Plötzlich bekam sie es mit der Angst zu tun. Carta war nicht da. Vielleicht, weil sie die Fibel zurückgebracht hatten? Oder war durch Pats Aufnahme alles verdorben?

Sie setzte sich und schloss die Augen. »Carta?«

Es war sehr still im Raum. »Carta? Es tut mir leid.« Eine Woge des Elends überflutete sie.

Nichts passierte. Draußen war der Himmel grau, und aus der Gasse drang zur Abwechslung kein Lärm herauf. Es gab keine Möwen, die mit ihrem Schrei die Nachrichten der Götter übermitteln könnten.

## IV

Medb war wütend. Sobald Venutius erfahren hatte, dass Carta auf dem Weg nach Dinas Dwr war, hatte er sie fortgeschickt. Für den viertägigen Ritt nach Caer Lugus überließ er ihr ein Pferd und eine Dienerin sowie einen Begleiter. Und er gab ihr einen Brief an seinen Bruder Brucetos mit. Medbs Fähigkeiten waren ihm nur allzu bewusst, und so ging er davon aus, dass sie die Zeilen lesen würde. *Kümmere dich um diese Frau, die meinem Herzen sehr nahe steht. Sorge dafür, dass es ihr an nichts fehlt, bis ich nachkomme.* Zum Abschied schenkte er ihr eine geschnitzte Kette und Bernsteinperlen sowie eine Tunika aus der weichsten Rehhaut, die er beim besten Gerber in Dinas Dwr erstanden hatte.

Medb war zwar nicht glücklich, aber doch bereit, eine Weile auf günstigere Zeiten zu warten. Die Straße war bergig und holprig, doch dieses Mal reiste sie zumindest als vornehme Dame, hatte ein gutes Pferd und Bedienstete, die sie bewachten. Sie sorgte dafür, dass sie alle in Angst vor ihr lebten. Dafür brauchte sie sie lediglich wissen zu lassen, dass sie jeden Abend mit ihren Göttern sprach und dass ihre Götter ihr jeden Wunsch erfüllten.

Im Wasser der Bäche und Flüsse des Nordens, in den Seen und in den Schüsseln, die ihr zum Waschen gereicht wurden, verfolgte sie alles, was Venutius tat. Er trug noch ihre Fibel, sie sah das Gold an seiner Schulter glitzern und lächelte. Sie sah ihn mit den Kriegern und den Druiden reden, sie sah seine Begegnung mit Cartimandua, und sie sah, wie die neue Königin ihn wütend zurückwies, als er sie umwarb. Zornig hieb sie auf ihr Pferd ein, bis es an der Flanke blutete, und dann sah sie, wie er Cartas Haus verließ, sah die Wut in seinen Augen. Und da brach er auf, um ihr zu folgen, und deshalb wusste sie genau, wann er in Caer Lugus eintreffen und sie in sein Bett holen würde.

Sie fuhr ihm mit den Händen über den Leib, küsste seinen Hals, seine Schultern, seinen Bauch. Dann nahm sie die Fibel von seinem Umhang und fuhr mit der Nadel über seine Brust, sodass zwischen seiner dunklen Behaarung eine blutig rote Linie erschien. Als er ihr Einhalt gebieten und die Fibel abnehmen wollte, lachte sie und unterband jedes Widerwort mit einem Kuss.

»Damit wollte ich dir nur zeigen, was passiert, wenn du mich betrügen solltest«, flüsterte sie. »Niemand hintergeht Medb mit den weißen Händen. Niemand. Vergiss nicht, du wirst diese Fibel auf ewig behalten, denn sie erinnert dich daran, dass du und ich vereint sind in unserem Wunsch und unserem Plan, Cartimandua zu Fall zu bringen.«

»Guter Gott!« Pat erwachte mit einem leisen Aufschrei. Im Zimmer war es dunkel, und sie nahm einen leichten Brandgeruch wahr. Sie sprang aus dem Bett, schaltete hastig das Licht ein und sah sich um. Sie hatte doch keine Zigarette brennen lassen? Sie suchte überall, fand aber nichts. Der Brandgeruch stammte vom Feuer in der Schlafkammer in Caer Lugus.

Cathy hörte sie, als sie mit zitternden Händen den Wasserhahn in der Küche aufzudrehen versuchte. »Pat, so kann es nicht weitergehen!«

Gähnend band sie den Gürtel ihres Morgenrocks fester. »Jedes Mal, wenn du von Viv zurückkommst, hast du einen Albtraum. Das ist doch lächerlich.«

Pat schüttelte den Kopf. Ihr Herz klopfte immer noch wie wild. »Du verstehst das nicht. Für mich ist alles ganz klar. Es geht um die Fibel. Das alles ist wirklich passiert. Carta und Medb haben das gemacht, was man heute Fernwahrnehmung nennt. Die CIA bildet Leute in der Fähigkeit aus, wirklich.« Die Worte sprudelten nur so aus ihr heraus. »Das ist kein Zauber, keine Einbildung! Das ist eine wirkliche Fähigkeit. Ich habe mal für Channel 4 eine Sendung über das Thema produziert. Auf genau die Art hat Medb verfolgt, was Carta gerade tat. Deswegen hat sie auch gewusst, was mit der Fibel passiert ist.«

»Ich will von der Fibel nichts mehr hören!« Cathy war todmüde. »Ich habe in meinem ganzen Leben keinen solchen Unsinn gehört. Ihr schaukelt euch nur ständig gegenseitig hoch, Pat. Hör auf damit! Und dass ihr das Ding irgendwo in der Wildnis vergraben habt, ist wirklich der hinterletzte Schwachsinn. Das Museum oder der Professor oder sonst jemand wird euch beide verklagen, wenn sie verloren geht!«

»Sie geht nicht verloren. Medb wird sie finden.«

»Medb?« Cathy starrte sie entgeistert an. »Hör auf, Pat, du machst mir Angst.«

»Ich mach mir selbst Angst!« Pat leerte das Glas Wasser in einem Zug. »Wenn ich wüsste, wie ich es beenden könnte, würde ich das sofort tun. Aber die Sache muss bereinigt werden.« Sie knallte das Glas auf die Ablage. »Ich kann nicht schlafen.«

»Das überrascht mich nicht.«

»Wenn du's genau wissen willst, mache ich mir vor Angst in die Hosen.«

»Dann hör auf damit!«

»Es geschieht ja nicht absichtlich!« Pat blieb einen Moment stehen, dann zuckte sie mit den Achseln. »Ich lege mich jetzt wieder ins Bett.« Sie ging zur Tür, hielt dann aber abrupt inne. In einer

Ecke der Küche stand Medb. »Cathy?«, flüsterte sie. Nackte Angst packte sie, als sie mit dem Finger in die Richtung deutete. »Schau, da.«

»Was?« Cathy seufzte entnervt. »Was soll ich mir anschauen, Pat?«

»Da«, keuchte Pat. »Da.« Warum konnte Cathy sie nicht sehen?

»Was ist denn los?« Auf der Schwelle stand Tasha und gähnte. Mehrere Sekunden starrte sie auf die Stelle, auf die Pat deutete, die Augen in ihrem blassen Gesicht weiteten sich vor Entsetzen, dann stieß sie einen gellenden Schrei aus.

Medb verschwand.

Cathy lief zu dem Mädchen und nahm es in die Arme. »Tasha, Tasha, sei ganz ruhig, Herzchen. Es ist alles in Ordnung.« Cathy hielt sie noch immer im Arm, als Pete in die Küche gelaufen kam. »Es ist alles in Ordnung. Sie hat nur einen Schreck bekommen.«

»Was ist denn passiert?« Als seine Tochter sich aus Cathys Umarmung befreite und zu ihm lief, schaute Pete zwischen Pat und Cathy hin und her. »Guter Gott, was ist denn passiert?«

»Medb«, antwortete Pat. Sie zitterte am ganzen Leib. »Jetzt ist sie weg. Sie hat da drüben gestanden.« Sie wies wieder in die Richtung.

Pete wurde wütend. »Jetzt reicht's! Mit deinen dummen Geschichten jagst du allen bloß einen Schrecken ein. Lass es gut sein. Bitte. Geh ins Bett.«

Bedrückt stieg Pat die Treppe zu ihrem Zimmer hinauf. In der Tür blieb sie ein paar Sekunden stehen, atmete mit geschlossenen Augen tief durch, bis sie sich vorsichtig dem Bett näherte. Und dort, auf dem Kissen, lag die Fibel. Sie erstarrte. Bitte, lieber Gott, nein.

Langsam zog sie die Decke zurück. Das Laken war blutdurchtränkt.

# Kapitel 21

## I

Viv wachte auf, weil heftig an ihre Wohnungstür geklopft wurde. Sie schlüpfte in ihren Morgenmantel und öffnete die Tür, noch während sie den Gürtel zusammenband. Draußen stand Pete. Er konnte seinen Ärger kaum verhehlen. »Entschuldige, dass ich so früh hier aufkreuze.« Er folgte ihr ins Wohnzimmer. »Aber ich muss mit dir reden. Dieser ganze Unsinn mit Cartimandua und Gespenstern und Fibeln muss ein Ende haben. Du bringst alle ganz durcheinander. Pat und Cathy waren die ganze Nacht auf, beide völlig panisch. Du musst damit aufhören! Ihr werdet beide hysterisch. Lass es gut sein, ja?«

Viv starrte ihn an. »Pete ...«

»Ich meine es ernst, Viv. Das ist schon lange kein Spaß mehr. Ich werde Pat vorschlagen, dass sie nach London zurückfährt.«

»Das geht leider nicht.« Auf einmal war Viv abweisend und zornig.

»Cathy hält es auch für das Beste. Und du wirst sehen, Pat ist derselben Meinung.«

»Nein, Pete, es tut mir leid. Kümmert euch bitte um eure eigenen Angelegenheiten, du und Cathy. Das ist doch Unsinn. Pat ist das Hörspiel genauso wichtig wie mir. Wir haben uns doch erst gestern wieder darüber unterhalten! Da wollte sie noch weitermachen.«

»Aber letzte Nacht ist etwas passiert, das ihr Angst eingejagt hat.«

Viv schwieg betroffen. »Was?«, fragte sie schließlich.

»Sie hat gesagt, sie sähe mitten in der Nacht dort in der Küche eine Frau namens Maeve stehen. Sie ist panisch geworden, und auch Cathy war ganz durcheinander. Der Kater ist ausgerastet. Tasha hat geschrien. Die Frau über uns kam runter, weil sie dachte, da würde jemand ermordet ...« Er fuhr sich durchs Haar. »Und dann, als Pat ins Bett zurückgehen wollte, hat sie überall Blut gesehen, weil irgendeine Nadel sie gekratzt hat, und sie mussten das Bett neu beziehen. Nein, Viv, es tut mir leid. Wirklich. Aber du siehst ja, in welcher Lage ich bin.«

Mehrere Sekunden war Viv sprachlos. »Pat kann ja bei mir wohnen«, brachte sie schließlich stammelnd hervor.

»Du wirst feststellen, dass sie das gar nicht will.« Pete wandte sich zum Gehen. »Lass uns doch einfach alle ein bisschen zur Ruhe kommen, ja? Ich habe mir überlegt, Cathy mitzunehmen, wenn ich Tasha am Freitag nach Stockholm bringe, und dann bleiben wir ein paar Tage dort. Die Vorstellung, dich allein hier zu lassen, gefällt mir zwar nicht, aber das muss jetzt aufhören. Bitte, Viv, reiß dich doch zusammen!«

Sie sah ihm nach, wie er die Treppe hinunterlief, dann schloss sie die Tür. Vor Schreck war sie leichenblass.

Sie setzte sich auf den Schaukelstuhl und wippte langsam vor und zurück. Das einzige Geräusch im Zimmer war das leise Quietschen der Dielen unter dem Stuhl. Wenn die Fibel in Pats Bett gelegen hatte, musste Pat sie mitgenommen haben.

Oder Medb.

## II

»Meine Königin, du hast mich gerufen.« Zur Begrüßung verneigte Venutius sich leicht vor Carta. Er trug seinen besten Umhang und seine schönste Tunika, die an der Schulter von der goldenen emaillierten Vogelfibel zusammengehalten wurde. Er lächelte nicht, als er sich aufrichtete und ihrem Blick begegnete. »Du hast also festgestellt, dass du ohne mich doch nicht auskommst?« Sein leicht ironischer Unterton war nicht zu überhören.

Vor Zorn kniff Carta die Lippen zusammen. »Ich habe dich gerufen, weil die Könige der Briganten-Stämme sich gegen die Römer zusammenschließen müssen. Brochan wird auch bald eintreffen. Wir müssen Einigkeit demonstrieren. Ein Gesandter des Kaisers ist in diesem Moment auf dem Weg zu uns.«

Venutius sah sie mit hochgezogenen Augenbrauen an. »Und du glaubst, dass Brochan ihn beeindrucken wird?« Er lachte zynisch. »Weißt du denn, was dieser Römer zu sagen hat? Oder will er nur herausfinden, wie scharf unsere Waffen sind?«

Carta lächelte. »Ich weiß, weshalb er kommt. Artgenos' Spione haben es mir bereits berichtet. Wenn ich ihn begrüße, brauche ich meine Könige neben mir und meine Druiden hinter mir.« Sie trat näher. »Du siehst besser aus als beim letzten Mal, Venutius. Ich hoffe, dass du dich von deiner Verletzung erholt hast und dass deine neuen Gewänder dir zu einer besseren Laune verholfen haben.« Sie streckte eine Hand nach der Fibel an seiner Schulter aus, berührte sie aber nicht. Ihr Blick war herausfordernd, dann lächelte sie wieder und trat zurück, als wäre sie sich des Augenpaares, das sie aus der Ferne beobachtete, bewusst.

Cartimandua war beeindruckt gewesen, als Nachricht eintraf, dass Aulus Plautius, der Befehlshaber der römischen Eroberungstruppen und kürzlich ernannter Statthalter Britanniens, bald eine Einladung zu einer Zusammenkunft mit ihm und den Anführern aller britannischen Stämme vor dem römischen Kaiser aussprechen werde. Cartimandua hatte beschlossen, den Abgesandten im Festsaal in Dun Righ zu empfangen. Der römische Vormarsch war zum Stillstand gekommen. Nun warteten alle ab, welche Ziele die Eroberer als Nächstes verfolgten. Nach der rohen Gewalt, mit der die Legionen auf der Insel vorgegangen waren, hatten die Anführer der britannischen Stämme keine diplomatische Geste erwartet. Beeindruckt vom Rang und der Bedeutung ihres Gastes und neugierig zu erfahren, wie diese Römer tatsächlich aussahen, ordnete Carta ein Fest zu seinen Ehren an, das ihn beeindrucken und einschüchtern sollte.

Auf ihrer einen Seite standen Artgenos und Culann, sein jüngerer, noch asketischerer Kollege am Druidenkolleg, auf der anderen Brochan und Venutius als die bedeutendsten Könige der Stämme des Nordens. Es war eine diplomatische Heldentat, sie unter ein Dach zu bringen, ohne dass sie beide das Schwert zogen. Sie hatte Venutius zu der Zusammenkunft mit dem Abgesandten drei Tage zuvor eingeladen und nicht erwartet, dass er kommen würde.

Der Abgesandte hieß Gaius Flavius Cerialis. Er trug die Uniform eines Militärtribuns der XX. Legion Valeria Victrix und wurde von fünfundzwanzig Legionären begleitet. Er war groß, hatte dunkle Haare, hohe Wangenknochen und regelmäßige, anziehende Gesichtszüge.

Als er ihr die Schriftrolle mit der Einladung überreichte, fiel er auf ein Knie. Es war nicht zu erkennen, ob es ihn überraschte, der Anführerin dieser wilden nordischen Stämme selbst zu begegnen. Ebenso wenig verriet sein Verhalten, ob ihn ihre Jugend, ihre Schönheit und die Tatsache, dass ihre erfahrenen Kämpfer ihr mit großer Achtung begegneten, erstaunte. Darüber äußerte er sich erst später, als er Plautius einen Bericht schrieb.

Und sie hatte eine noch größere Überraschung für ihn bereit. »Wenn Ihr gestattet, Herrin, werde ich Euch die Nachricht des Statthalters vorlesen.« Er streckte die Hand aus, um die Schriftrolle wieder entgegenzunehmen, doch Cartimandua hatte sie bereits entrollt, und ihre Augen wanderten über die Zeilen, als könnte sie tatsächlich Latein lesen und verstehen. Verblüfft sah er sie an. Er hatte viele Gerüchte über die mächtige Kriegerkönigin der Briganten gehört, ihnen aber keinen Glauben geschenkt. Allein die Vorstellung einer Königin faszinierte den jungen Römer. Im Kaiserreich stand Frauen keine Herrscherrolle zu. Selbst die Furcht einflößenden Gemahlinnen der Kaiser waren keine Herrscherinnen im eigentlichen Sinn.

Während sie las, herrschte im Raum Stille, die nur vom Knacken des Feuers gestört wurde, dann wurde ihm bewusst, dass sie ihn ansah. Unmerklich straffte er die Schultern. Sie sah ausgesprochen reizvoll aus, hatte markante Gesichtszüge und durchdringende Augen.

Rotgoldenes Haar, das sie nicht mit Lauge stärkte, wie einige ihrer Landsleute es taten, sondern glänzend und üppig, zu schweren Zöpfen geflochten, die mit goldenen Kämmen festgesteckt waren. Als sie das Dokument sinken ließ und ihn ansah, begegneten sich ihre Blicke, und kurz fühlte er sich versucht zu lächeln.

»Nun wird mir also befohlen, Euren Kaiser zu treffen.« Sie verstand es, ihre Gefühle zu verbergen. Dann reichte sie das Dokument an Artgenos weiter. Der Abgesandte sah, wie der alte Druide es las und wiederum einem anderen Mann weitergab. Gaius war gesagt worden, dass diese Völker im Norden im Gegensatz zu den südlichen Stämmen, die Gallien näher waren und bereits mehr Kontakt mit Römern hatten, unzivilisiert waren und nicht lesen konnten. Das war eindeutig nicht der Fall.

Verstohlen sah er sich um, nahm die kunstvoll gewebten Wandteppiche wahr, die geschnitzten Holzmöbel, die wunderschön verzierten Tongefäße – die zum Teil zweifellos aus Gallien importiert und kostspielig waren – auf dem mit Erfrischungen beladenen Tablett, das eine Sklavin soeben hereintrug. Vor allem aber fiel ihm diese junge Königin auf mit ihrem goldenen Halsreif und den goldenen Armbändern, dem weichen, farbigen, mit Pelz besetzten Manteltuch über einem hellen Linnengewand, den zwei großen Wolfshunden, die zu ihren Füßen lagen und ihn beobachteten, und neben ihr die zwei eindrucksvollen Kriegerkönige mit strengen Gesichtern, und auf der anderen Seite der große, alte Druide mit seinem Stab und seinen tief liegenden, alles erfassenden Augen. Dann sah Gaius wieder zu Königin Cartimandua und stellte verlegen fest, dass ihre Augen auf ihm ruhten.

Er konnte es zwar nicht wissen, aber Carta war von ihm nicht minder beeindruckt. Der ansehnliche Römer war glatt rasiert und trug eine Tunika mit langen Ärmeln und dazu ein mit Metall eingefasstes Lederwams. Unter dem Arm steckte sein mit Federn geschmückter Helm, und man hatte ihm gestattet, sein Schwert zu behalten. Sein Schildträger und zwei seiner Offiziere standen direkt hinter ihm.

Nachdem die Einladung überreicht war und man ihm das Gästehaus gezeigt hatte, wo er sich erfrischen und auf das Fest vorbereiten konnte, wandte Cartimandua sich an ihre Ratgeber.

»Ich habe nicht die Absicht, dorthin zu reisen. An der Spitze eines Kriegstrupps, ja. Als Bittstellerin, nein.«

»Der Meinung bin ich auch.« Venutius beugte sich nachdenklich zum Feuer. In diesem Augenblick war sein Streit mit Brochan und auch der mit Cartimandua nebensächlich. Das konnte warten. Außerdem könnte er ihre Stellung als Hochkönigin möglicherweise zu seinem Vorteil nutzen. »Der Aufforderung Folge zu leisten, würde als Schwäche gedeutet werden.«

Carta warf ihm einen Blick zu. »Andererseits könnte es aufschlussreich sein, diese Menschen mit eigenen Augen zu sehen und ihre Position einzuschätzen. Sie sind mir mit Respekt begegnet. Sie haben Geschenke mitgebracht.« Zwar nicht viele, doch die Qualität des mit Gold eingelegten Kelchs, der ihr überreicht worden war, war exquisit, und Gaius' Erklärung, das Geschenk sei klein, weil er sehr schnell habe reisen müssen, war angenommen worden.

»Ich würde nicht gehen.« Venutius' Miene war skeptisch. »Diese Männer sind falsch. Mit einer Hand überreichen sie eine Einladung, mit der anderen stoßen sie dir einen Dolch in den Rücken.«

»Das haben sie jetzt nicht im Sinn.« Schließlich meldete sich auch Artgenos zu Wort. »Es sind nur sehr wenige Römer auf der Insel, und sie suchen Verbündete. Warum sollte der römische Kaiser sonst herkommen? Es ist natürlich undenkbar, dass wir ein Bündnis mit ihm schließen, aber es schadet nichts, mit ihm zu reden. Um ihre Stärke einzuschätzen und ihre weiteren Pläne zu erfahren. Cartimandua hat recht. Ich finde, sie sollte fahren. Und ihr zwei solltet sie begleiten.« Er bedachte die beiden Könige mit einem strengen Blick. »Ihr müsst eure Feindseligkeiten begraben. Wir können gegen dieses Volk nur gewinnen, wenn die Stämme einig sind. Seht euch die Disziplin dieser Männer an und nehmt sie euch zum Vorbild.«

Es war ein guter Rat. Abends beim Fest nahm Carta den Römer genau in Augenschein. Sie wies ihm den Platz neben sich zu, sorgte dafür, dass ihm reichlich Essen aufgetragen wurde, und verfolgte jede seiner Bewegungen. Zu Ehren des Festes hatte er seine Rüstung abgelegt, und die Männer der Stämme des Nordens beobachteten erstaunt, wie er lediglich in eine Toga gehüllt hereinschritt.

Carta empfand ihn als angenehmen Gesprächspartner. Er war intelligent und charmant, vielleicht ein wenig förmlich, doch das führte sie darauf zurück, dass er zweifellos von der ihm fremden Umgebung beeindruckt war. Und er war anziehend, wie sie sich eingestehen musste, noch eine Spanne größer als selbst Venutius. Unter dem Einfluss des Weins, der ihm eingeschenkt wurde, sprach er freimütig von der Eroberung, dem Krieg, seinen Erlebnissen auf dem Schlachtfeld und den Bauarbeiten, die in Camulodunum begonnen hatten, der Hauptstadt des Catuvellaunen-Trinovanten-Bündnisses und nun der neuen Hauptstadt der Provinz Britannien.

Während die Männer und Frauen um ihn herum dem Wein zusprachen und der Lärm im Festsaal stetig anstieg, übte Gaius Zurückhaltung. Er lehnte dankend ab, wenn ihm immer wieder aus dem Weinkrug nachgeschenkt werden sollte, und aß wenig. Als er merkte, dass auch seine Gastgeberin wenig Wein trank, holte er beim Erzählen weit aus, wie es ihm aufgetragen worden war, und legte eine gewisse Tollkühnheit an den Tag. Er wusste nicht, ob sie sich von seiner naiven Leutseligkeit täuschen ließ, aber er musste zugeben, ihre Gesellschaft bereitete ihm Vergnügen. Nach der strengen Disziplin, die in den Quartieren der ledigen Offiziere herrschte, waren dieses bunte Treiben, die Musik, die Üppigkeit ausgesprochen reizvoll.

Er hatte erwartet, dass am folgenden Morgen, als er und seine Männer aufsattelten, um wieder nach Süden zu reiten, der ganze Ort noch im berauschten Schlaf liegen würde. Er hatte auch erwartet, dass die Königin um Zeit spielen und die Entscheidung hinauszögern würde, ob sie die Einladung des Statthalters annähme. Zu seinem Erstaunen erschien sie aber persönlich, um ihn zu verabschieden, und in der Hand hatte sie eine Schriftrolle. Diese enthielt ihre Antwort auf die Einladung, geschrieben mit allen gebotenen umständlichen Floskeln und Höflichkeiten, und ihre Einwilligung, nach Camulodunum zu kommen.

Als er salutierte, neigte sie ernst den Kopf. »Ich wünsche Euch eine sichere Reise, Gaius Flavius Cerialis.« Sie sah ihm kurz in die Augen und lächelte dann. »Und ich glaube, dass wir uns wiedersehen werden.« Eine Sekunde vermeinte er, eine gewisse Berechnung in ihrem Blick zu lesen, doch ob sie ihn als Feind oder als möglichen Verbündeten abschätzte, wusste er nicht. Der beunruhigende Gedanke ging ihm auf dem Weg in den Süden nicht mehr aus dem Kopf.

## III

Das Knarren des Schaukelstuhls brachte Viv langsam in die Wirklichkeit zurück. Sie lächelte. Sie hatte das Fest gesehen, hatte Cartas erste Schritte bei diplomatischen Verhandlungen mit den Römern miterlebt. Hatte gesehen, dass Venutius die Fibel trug.

Sie runzelte die Stirn. Also hatte Hugh doch recht. Die Nadel gehörte ihm. Aber von wem hatte er sie bekommen? Da sie Carta bei diesem Treffen so ins Auge gefallen war, hatte eindeutig nicht sie sie ihm geschenkt.

Eine Minute saß Viv schweigend da. Irgendwo draußen auf den Dächern sang eine Amsel, ihr wohltönendes Lied erhob sich über den gedämpften Verkehrslärm. Sie lauschte angestrengt. War es eine Warnung? Sie musste lernen, wie Carta den Vögeln zuzuhören, dem Wind und dem Regen und auf die Botschaften zu achten, die die Götter ihr schickten. Jetzt war sie ganz wach, konzentrierte sich auf den Gesang, nahm die leisesten Nuancen wahr, auch wenn sie im Kopf noch halb in der Vergangenheit war.

Wie war die Fibel nach Edinburgh zurückgekommen? Hatte Pat sie ausgetrickst? Hatte sie sie wieder ausgegraben? Hatte Medb sie hergebracht?

»Carta?« Tastend flüsterte sie den Namen. »Carta, bist du hier?«

Zur Antwort hörte sie nur das gedämpfte Klappern eines Milchwagens, der sich die Straße hinaufwand, und das fröhliche Klirren der Flaschen.

Sie musste unbedingt Cathy anrufen. Herausfinden, was passiert war. Die Amsel würde es ihr nicht sagen. Die erzählte ihr von andersweltlichen Dingen. Steifbeinig stand sie auf und ging zum Telefon. Am anderen Ende der Leitung in Cathys Wohnung klingelte es in einem fort, ohne dass jemand abhob. Pete hatte ihr praktisch verboten, Pat oder Cathy wiederzusehen. Was dachte er sich bloß dabei? Zitternd wählte sie die Nummer von Pats Handy. Es war ausgeschaltet. Irritiert unterbrach sie die Verbindung. Sie konnten sie nicht einfach so kaltstellen, das war doch Unsinn. Sie würde hinfahren und mit ihnen reden. Auf der Stelle.

Aber sie entschied sich anders. Stattdessen rief sie bei Hugh an. Aber auch da hob niemand ab.

Schließlich rief sie auf der Winter Gill Farm an. Peggy war am Apparat. »Steve ist mit seinem Vater draußen unterwegs«, sagte sie auf Vivs Frage hin. »Wie geht es Ihnen, meine Liebe? Wann kommen Sie wieder?«

Viv lächelte vor Erleichterung. Die herzliche Wärme in Peggys Stimme war genau das, was sie jetzt brauchte. »Morgen ist die Buchpräsentation, und dann bin ich ein paar Tage unterwegs, Signierstunden und Lesungen, aber sobald das vorbei ist, würde ich schrecklich gern wieder zu Ihnen fahren.« Sie zögerte. »Kommt Steve vielleicht nach Edinburgh?«

»Wenn Sie das möchten, tut er's bestimmt«, antwortete Peggy rasch. »Soll ich ihn bitten, Sie anzurufen?«

»Ich wollte ihn fragen, ob er nicht Lust hat, morgen zu der Buchparty zu kommen«, sagte Viv. »Wenn Sie ihm die Einladung einfach nur ausrichten? Aber ich könnte es auch gut verstehen, wenn es ihm auf der Farm so gut gefällt, dass er nicht in die Stadt kommen mag.«

Traurig ging sie ins Schlafzimmer und warf sich aufs Bett. Keine Pat. Keine Cathy. Kein Hugh, und jetzt auch kein Steve. Morgen würde ihr Buch erscheinen, Cartas Leben würde öffentliches Allgemeingut werden, und sie hatte Angst, fühlte sich einsam und war unendlich bedrückt.

»Carta? Bist du da? Ich brauche dich. Erzähl mir von deinem Besuch beim Kaiser.« Sie legte den Arm über die Augen. »Erzähl mir von der Fibel. Es tut mir leid, dass ich sie nicht für dich aufbewahrt habe. Mir waren die Zusammenhänge nicht klar.«

## IV

Sie waren zehn Tage unterwegs, bis sie Camulodunum erreichten. Wie es sich für eine Königin gehörte, reiste sie in vollem Gepränge mit mehreren Streitwagen, ihren edelsten Pferden und einer Eskorte von fünfzig altgedienten Kriegern. In ihrer Begleitung ritten Venutius, König der Carvetier, und Brochan, König den Parisier, die nicht nur Cartimandua eingeladen hatte, sondern schließlich auch Plautius selbst; immerhin waren auch sie Könige des Briganten-Bündnisses.

Die Straße führte sie in die Ebene hinab, durch Wälder und über uralte Bohlenpfade. Nachdem sie erst einmal die weite Meeresbucht überquert und die Niederungen passiert hatten, reisten sie auf neueren, geraderen Straßen, die die Römer bereits ausgebaut und befestigt hatten. Auch daran merkten sie, dass sie sich nun in dem Gebiet befanden, das zur neuen Provinz Britannien erklärt worden war.

Die Briganten schlugen ihr Lager am Ufer des Flusses Colne auf und stellten fest, dass sich dort bereits gut ein Dutzend Stammeskönige eingefunden hatte, die alle zu Kaiser Claudius beordert worden waren. In der alten Stadt König Cunobelinus' waren die Umbauten bereits in vollem Gang, mitten in der britannischen Befestigung hatte die römische Armee schon eine Festung errichtet. Überall wurde ihnen vor Augen geführt, dass sie in einem eroberten Land waren, über das die XX. Legion aus ihrem Lager mit den Tausenden von Regimentszelten und Vorratshäusern heraus herrschte.

Der Kaiser selbst residierte mit seinem Gefolge in dem neu errichteten Befestigungstrakt. Gleich am Tag nach ihrer Ankunft wurde Cartimandua mitgeteilt, dass eine Audienz anberaumt worden sei. In Begleitung ihres Gefolges machte sie sich, in ihr bestes Gewand, ihr edelstes Manteltuch und ihren kostbarsten Schmuck gekleidet, auf den Weg. Venutius und Brochan waren nicht eingeladen.

Ihr Herz klopfte wild, als sie die strengen Wachposten, die flatternden Wimpel und die zahlreichen Truppen sah, die auf den Feldern vor der Festung strammstanden. Der prachtvolle Aufmarsch von Claudius' berühmten Elefanten, die von ihren Hütern langsam um den äußeren Graben geführt wurden, war zwar zweifellos bewusst veranstaltet, aber dennoch beeindruckend.

Sie atmete tief durch und schritt auf den Eingang zu, zögerte nur sehr kurz, als die Wachposten direkt hinter ihr ihre Speere kreuzten und ihren Begleitern damit den Zutritt verwehrten.

Der Kaiser saß, flankiert von seinen Männern, auf einem Thron auf einem Podest am anderen Ende einer imposanten, wenn auch rasch erbauten Kaserne. Als sie sich näherte, erhob er sich.

»Königin Cartimandua, Hochkönigin der Briganten-Stämme.« Eine Stimme aus dem Schatten hinter dem Kaiser kündigte sie an.

Sie blieb ein Stück vor dem Podest stehen, damit sie nicht zu ihm emporschauen musste. Ihre Befangenheit ging in wilde Entschlossenheit über, sich nicht dem Eroberer zu beugen. Claudius mochte über einen großen Teil der bekannten Welt herrschen, doch zumindest für sie war er kein Gott. Bei näherer Betrachtung erwies er sich sogar als einfacher Mann mittleren Alters, der unter seiner prachtvollen purpurfarbenen Toga dünn und grauhaarig war.

Hinter ihm stand Aulus Plautius, der ebenfalls von Männern in Togen oder Militäruniformen flankiert wurde. Entlang der Seitenwände standen Schulter an Schulter Bewaffnete in Habtachtstellung, und sie alle schauten gebannt auf diese seltsame Barbarenkönigin. Soweit sie es auf den ersten Blick feststellen konnte, war Gaius nicht unter ihnen.

Mit erhobenem Kopf, die Schultern gestrafft, begegnete sie Claudius' Blick. Sie war keine unterworfene Bittstellerin, sie war die Königin eines unabhängigen, unbesiegten und unbesiegbaren Volkes.

Da sie nicht wusste, was sie tun oder wie sie ihn ansprechen sollte, wartete sie schweigend und stellte zufrieden fest, dass schließlich er den Blick abwandte. Auf eine Geste hin reichte Plautius ihm eine Schriftrolle.

»Es ist dem Kaiser eine Ehre, die Königin der Briganten zu begrüßen«, sagte er langsam. Er zögerte beim Sprechen ein wenig, die Überreste eines Stotterleidens, das ihn als Kind geplagt hatte. »Es ist unser Wunsch, dass zwischen der römischen Provinz Britannien und den Ländern der Briganten ein Bündnis geschmiedet werde. Ein solches Bündnis wäre für Eure Völker eine Ehre und ein großer Nutzen, und Ihr würdet reich belohnt werden.« Seine Worte wurden sofort von einem Mann, der neben ihm stand, in ihre Sprache übersetzt. Der Kaiser sah wieder zu ihr, und plötzlich erschien auf seinem Gesicht ein Lächeln. Die Furcht einflößende, abweisende Miene verwandelte sich in die eines durchschnittlichen, wohlwollenden Menschen.

Carta spürte, dass sich ihr Mund daraufhin entspannte, und empfand den Wunsch, das Lächeln zu erwidern, doch es gelang ihr, ein ernstes Gesicht zu bewahren. »Die Königin der Briganten dankt dem Kaiser für sein huldvolles Angebot.« Dank Truthac von den Votadinern sprach sie fließend Latein, und sie bemerkte, dass der Kaiser die Augenbrauen ein wenig hob. »Sie wird sein Angebot mit der Unterstützung ihrer Stammeshäuptlinge und Druiden überdenken.«

Seine Züge versteinerten, und Angst packte sie. Ihr wurde bewusst, dass man von ihr erwartet hatte, das Angebot sofort und mit freudiger Erleichterung anzunehmen und damit sicherzustellen, dass der nördliche Teil Britanniens mit Rom verbündet sein und keine Gefahr für die neue Provinz darstellen würde.

»Der Königin der Briganten ist zweifellos bewusst, dass ein Widerstand gegen die Wünsche Roms mit dem Tod bestraft wird. Ihrem Tod und dem ihres Volkes.« Seine Stimme war eisig geworden. Er entließ den Dolmetscher mit einer knappen Geste. »Aber ich werde Gnade walten lassen. Ich verstehe, dass eine Königin ohne Gemahl den Rat anderer suchen muss.« Er lächelte düster. »Vielleicht helfen Euch meine Geschenke bei Eurer Entscheidung.« Er hob den Arm, und mehrere Sklaven eilten mit Truhen herbei. Sie stellten sie vor ihr ab, und auf ein Nicken des Kaisers hin öffneten sie die Deckel. Carta musste einen Aufschrei unterdrücken, als sie das viele Gold glitzern sah. Zwei Truhen waren voller Münzen, zwei weitere voller Edelsteine.

Ebenso feierlich und mit einem ebenso unbewegten Gesicht wie er verneigte sie sich, nicht zu tief, aber doch tief genug, um den Wert des Geschenkes zu würdigen. »Der Kaiser ist allzu großzügig«, sagte sie.

»Der Kaiser ist seinen Verbündeten gegenüber stets großzügig.« Claudius kniff die Augen zusammen. »Und um das, wie ich hoffe, entstehende dauerhafte Bündnis zu besiegeln, lade ich Euch gemeinsam mit den anderen britannischen Königen und Königinnen, die unsere angebotene Freundschaft angenommen haben, zu einem Bankett ein.«

Sie alle waren da, die Könige und Königinnen, die mit Rom Frieden geschlossen und damit zumindest kurzfristig ihr Königreich behalten hatten, darunter Prasutagus und Boudicca von den Icenern, Cogidubnus von den Regnern, Lugaid von den Votadinern und der König der Orkaden sowie Venutius und Brochan als zwei der erfahrensten Stammeskönige der Briganten.

Cartimandua, die auf römische Art auf einer Liege vor den überladenen Tafeln ruhte, war der Platz zur Rechten des Kaisers zugewiesen worden, Venutius wiederum zu ihrer Rechten. Dieser schaute im Verlauf des Abends bisweilen zu ihr hinüber, und ein-

oder zweimal erwiderte sie seinen Blick. Seine Gedanken waren nicht schwer zu erraten: Lass dich von dieser zur Schau gestellten Pracht nicht verführen, lass dich nicht täuschen. Dieser Mann ist gefährlich.

Das mochte zweifellos stimmen, doch er war auch faszinierend, der mächtigste Mann der Welt. Und jetzt zeigte er sich von seiner reizendsten Seite, setzte alles daran, ihre Freundschaft und Treue zu gewinnen. Sie genoss den Abend, umso mehr, als sie in der Ferne den Abgesandten Gaius Flavius Cerialis entdeckte, der weiter unten am Tisch saß und sie die ganze Zeit ansah. Einmal erwiderte sie seinen Blick mit einem Heben der Augenbrauen und freute sich zu sehen, dass er errötete.

Als sie später wieder in ihrem Lager waren, kam Venutius zu ihr, wo sie am Feuer saß und einen Becher dünnes Bier trank, um nach dem schweren apulischen Wein wieder einen klaren Kopf zu bekommen.

»Je früher wir von hier abreisen können, desto besser.« Unaufgefordert setzte er sich zu ihr.

Sie gab keine Antwort, sondern trank nachdenklich noch einen Schluck Bier. »Wie viele Truppen hat er?«

»Jede Legion zählt fünftausend Mann. Und ich glaube, sie haben jetzt vier Legionen in *Britannien.*« Er betonte den römischen Namen sarkastisch. »Und dazu Hilfstruppen und die ganzen Verräter, die heute Abend wie Schweine am Trog an seinem Tisch gefressen haben, die Dobunner, die Dumnonier, die Catuvellaunen.«

»Aber nicht genug, um die ganzen Inseln zu erobern.« Sie sah nachdenklich in die Flammen. »Im Augenblick sind wir sicher. Die Stämme im Süden müssen sich vor Überfällen fürchten. Außer meinem Verwandten Caradoc kämpft keiner, und nach allem, was ich höre, wird er nicht mehr lange durchhalten.« Eine Windbö fegte durch das Lager, Funken stoben von den Feuerstellen auf, Rauchwolken trieben zwischen die Zelte. Fröstelnd zog sie ihren Umhang aus weicher Bärenhaut enger um die Schultern. »Wir müssen uns damit abfinden, dass der römische Adler einen langen

Schatten auf diese Inseln wirft. Er ist mächtig und stark und hat vermutlich unendliche Ressourcen. Unsere Götter ermahnen uns, wachsam zu sein.«

Stirnrunzelnd machte er das Zeichen gegen den bösen Blick. »Unsere Götter sind mächtig. Wenn wir stark sind, werden sie uns zur Seite stehen.« Er betrachtete ihr Gesicht im Schein der tanzenden Flammen. »Schwäche werden sie nicht hinnehmen.« Er sah zum Himmel empor, wo Mars, der römische Kriegsgott, rot am westlichen Horizont leuchtete, und unwillkürlich schauderte auch er.

Im Zimmer war es dunkel geworden. Die Feuer und die Geselligkeit der Briganten waren in die Nacht entschwunden, und Viv fröstelte heftig, nun, da sie nicht mehr die Hitze des Lagerfeuers spürte. Sie sah sich nach einem Notizblock um.

Elf. An der Zusammenkunft in Camulodunum nahmen elf Könige teil. Viv versuchte, sich die Fakten zu vergegenwärtigen. Sie standen auf dem Triumphbogen in Rom, der nach Claudius' Rückkehr von seiner sechsmonatigen Reise errichtet worden war. Sein Staatsbesuch in Britannien hatte sechzehn Tage gewährt, und während der Zeit hatten ihm elf Könige Treue gelobt. Oder vielmehr zehn Könige und eine Königin. Langsam schrieb sie auf, woran sie sich erinnerte.

Durch das offene Fenster im Schlafzimmer konnte Viv leise die Straßengeräusche hören. Abgesehen davon war es still in der Wohnung. Es war fast schon morgen, der Tag, an dem *Cartimandua, Königin des Nordens* veröffentlicht werden und ihr neues Leben als Autorin beginnen würde.

## Kapitel 22

### I

»Viv, ich habe Ihren Terminplan umgeschrieben.« Sandy Collingham, die Pressereferentin, die für die Öffentlichkeitsarbeit rund um Vivs Buch zuständig war, stellte ihre Tasche und ihren Laptop auf dem Boden ab und legte einen Aktenordner auf den Tisch. »Ich hoffe, Sie sind bei Kräften?« Sie grinste. »Das Buch ist auf der Bestsellerliste direkt auf Platz zwanzig gelandet! Das ist großartig! Wir haben etliche neue Termine eingeplant«, fuhr sie fort. »Die Buchläden betteln uns förmlich an um eine Lesung.« Sie schaute auf. »Die Leute wollen Sie kennenlernen.«

»Warum?« Viv fühlte sich überwältigt.

»Weil das Buch faszinierend klingt. Sie haben Sie im Fernsehen gesehen, und die Kritik hat ihr Übriges getan.«

Viv schaute sie verständnislos an. »Welche Kritik denn?«

Sandy zögerte. »Oh Mist. Haben Sie sie nicht gelesen? Die von Professor Graham?«

»Wir sind gestern erst von Yorkshire zurückgekommen. Wir haben keine Zeitung gelesen, und danach habe ich die Wohnung nicht mehr verlassen.« Viv ballte die Fäuste. Warum hatte ihr niemand davon erzählt? »Haben Sie den Artikel dabei?«

Sandy nickte. »Machen Sie sich auf was gefasst, Viv. Aber nehmen Sie's sich nicht so zu Herzen.«

Die Kritik war niederschmetternd. Mit Tränen in den Augen legte Viv die Zeitung beiseite. Sie war bleich geworden.

»Warum?«

»Sicher, er ist ziemlich unfreundlich.« Sandy zuckte mit den Schultern. »Tragen Sie's mit Fassung. Die Kritik ist so übertrieben, dass sie für ihn kontraproduktiv ist. Und sehr gut für Sie. Die Leute werden das Buch lesen wollen, nur um zu erfahren, warum er Gift und Galle spuckt. Das treibt den Verkauf in die Höhe, und das ist doch das Einzige, was zählt. Und jetzt«, unbekümmert ging sie zum nächsten Thema über, »zu unserem Terminplan. Heute Morgen steht als Erstes ein Rundfunkinterview auf dem Programm, abends ist dann die Party. Morgen Nachmittag fahren wir mit dem Zug nach York. Und von dort aus geht's ab nach Süden, aber das wissen Sie ja schon. Auf dem Rückweg decken wir dann die Städte im Westen ab.«

Viv hörte ihr kaum zu, sie dachte nur an Hughs Kritik. Warum? Warum tat er ihr das an?

Mike Malone, der Interviewer, stand auf, gab ihr die Hand und bedeutete Viv, sich ans Mikrofon zu setzen, dann kehrte er an sein Mischpult zurück. »Wir senden das heute Abend, ja? Als Teil unserer vierzehntägigen Sondersendung *Bücher über Großbritannien.*« Er warf ihr einen fragenden Blick zu. »Nervös?«

Sie nickte.

»Sie machen das bestimmt prima. Seien Sie ganz natürlich.«

Sobald sie einmal zu reden begonnen hatte, machte es ihr Spaß. So erging es ihr immer. Er war freundlich und wusste gut Bescheid; offenbar hatte er ihr Buch tatsächlich gelesen. Hughs Rezension erwähnte er mit keinem Wort. Nach gut zehn Minuten machten sie eine Pause, und er grinste ihr zu. »In der Sendung kommt hier etwas Musik. In der zweiten Hälfte werde ich ein bisschen aggressiver.«

»Aggressiver?« Nervös zog Viv die Stirn kraus.

»Sie machen das bestimmt prima.« Das war offensichtlich sein Standardsatz.

Er wartete den Bruchteil einer Sekunde, den Blick auf die Uhr geheftet, dann betätigte er einen Schalter. »Hören Sie sich das an, und dann reden wir drüber, ja?«

Viv setzte den Kopfhörer auf.

Mikes Stimme drang an ihr Ohr. »Guten Tag, Professor Graham. Sie haben Dr. Lloyd Rees' Buch gelesen. Was halten Sie davon?«

»Der Ausgangspunkt ist nicht schlecht.« Hughs Stimme klang warm. »Gar nicht schlecht. Aber es wimmelt von Ungenauigkeiten, deswegen kann ich das Buch nicht empfehlen. Dr. Lloyd Rees ist eine gute Autorin, aber hier hat sie ihrer Fantasie einfach freien Lauf gelassen.« Und so ging es endlos weiter. Zumindest kam es ihr so vor. In Wirklichkeit waren es vermutlich gerade mal zwei Minuten. Dann war es vorbei, und Mike wandte sich wieder an sie.

»Tja, Viv, was antworten Sie auf die Kritik Ihres Professors?« Mikes Miene war unbeteiligt.

Viv spürte, dass sich Schweißperlen auf ihrer Stirn bildeten. Das rote Licht brannte. Ihre Antwort wurde aufgezeichnet. »Ungerecht. Kleinlich. Gemein.« Sie zwang sich zu einem Lachen. »Wir müssen mit der Zeit gehen, Mike. Wenn wir aus den neuesten Forschungsergebnissen in der Archäologie, der Philologie und der Forensik keine Schlussfolgerungen ziehen, verharren wir in der viktorianischen Geschichtsbetrachtung beziehungsweise in diesem Fall in der römischen. Wir müssen lernen, die Geschichte umfassender zu betrachten.«

»Sie haben mit Ihrem Buch Professor Grahams Veröffentlichung zum selben Thema vorweggenommen. Gehen Sie davon aus, dass Sie gebeten werden, es zu rezensieren, wenn es erscheint?«

Viv starrte Mike nur ein. Er bedeutete ihr, zu reden.

»Natürlich weiß ich, dass er ein Buch schreibt«, sagte sie schließlich. »Vielleicht erklärt das seine Ablehnung. Und wenn er es tatsächlich schreibt, würde ich mich natürlich freuen, es besprechen zu dürfen, und ich hoffe, dass ich dann eine ausgewogene und wohlüberlegte Meinung dazu abgeben werde.«

Mike grinste und machte eine triumphierende Geste. Wenige Sekunden später beendete er das Interview und schaltete das Mischpult aus.

»Das war ein übler Trick!« Sie funkelte ihn an. »Warum haben Sie mir nicht gesagt, dass Sie mit ihm gesprochen haben?«

Er zuckte schelmisch mit den Schultern. »Sie haben großartig reagiert. Ganz natürlich. Wenn ich es Ihnen vorher gesagt hätte, wären Sie nervös und ärgerlich gewesen.«

»Und Sie glauben, jetzt bin ich nicht ärgerlich?«

»Oh doch, das sind Sie. Gute Radiosendung!«

»Wo ist er?« Viv hatte sofort im Institut angerufen.

»Zu Hause. Er ist heute nicht gekommen.« Heather brauchte nicht zu fragen, wen sie meinte.

Keine Stunde später stand Viv bei ihm vor der Tür.

»Warum tun Sie mir das an?«

Hugh stand in der Tür. Er trug ein altes Sweatshirt, dessen Ärmel über die Ellbogen hochgekrempelt waren, und eine verwaschene Jeans, in seiner Hand baumelte seine Brille. Zu ihrem eigenen Erstaunen hatte sie die Ruhe, zu bemerken, wie gut die enge Jeans ihm stand. Aber dieser Hugh war ein ganz anderer als der, den sie in der Nacht vergangene Woche erlebt hatte. Mehrere Sekunden starrte er sie an, fast, als sei sie eine Fremde. »Kommen Sie rein, Viv.« Er klang gelangweilt, wenn nicht gar herablassend. »Machen Sie nicht hier vor der Tür eine Szene.« Er ging in den Flur.

»Warum nicht? Es kann uns doch niemand sehen.« Sie blieb stehen.

Er drehte sich zu ihr um. »Haben Sie die Fibel dabei?«

»Ah ja. Schließlich und endlich fällt Ihnen jetzt also wieder ein, dass sie bei mir ist. Erinnern Sie sich noch, dass Sie so große Angst hatten, dass Sie mich angefleht haben, sie mitzunehmen?«

»Das war sehr dumm von mir. Entschuldigung.« Er straffte die Schultern. »Ausgesprochen dumm. Ich brauche sie.«

Besorgt sah sie ihn an. »Fehlt Ihnen etwas, Hugh?« Ihre Stimme wurde weicher.

Er lachte. »Warum sollte es?«

»Sie klingen seltsam.«

»Seltsam?«

»Anders.« Sie betrachtete ihn misstrauisch.

»Vielleicht, weil ich gewagt habe, Ihr Buch zu kritisieren.«

»Das nennen Sie Kritik? Das war gemein und verletzend!«

»Also gut.« Er zuckte mit den Achseln. »Dazu gibt es nichts weiter zu sagen. Es tut mir leid, wenn Sie keine Kritik vertragen. Ich bin überzeugt, wenn Sie fest studieren und sich disziplinieren, werden Sie den Weg in die akademische Welt zurückfinden, aber wenn Sie weiterhin solchen Unsinn ...«

»Unsinn?« Zu ihrem Entsetzen stellte sie fest, dass sie den Tränen nahe war. »Sie wollen mich ruinieren!«

»Nein, nein.« Er lehnte sich an die Wand. »Sie ruinieren sich selbst. Das Buch ist eine Katastrophe. Und das muss man den Leuten sagen, denn sonst betrachten sie es als ernsthafte Geschichtsforschung.«

»Es ist ernsthafte Geschichtsforschung.« Sie war außer sich. »Und wenn Sie es objektiv lesen würden, Hugh, würde Ihnen das auch klar sein.«

Er verschränkte die Arme. »Jetzt hören Sie auf, Viv. Sie haben sich in den Bereich des historischen Romans verirrt. Sie erfinden Sachen.«

»Ah so, ich begreife.« Sie lachte trocken. »Jetzt verstehe ich. Sie haben panische Angst, dass ich Quellen gefunden habe, die Sie nicht kennen. Ich habe Forschungen angestellt, von denen Sie nichts wissen, und jetzt haben Sie Angst. Plötzlich sind nicht mehr Sie die Autorität, sondern ich. Armer Hugh.« Sie wich ein Stück zurück. »Der arme Professor Graham, der um seine Überlegenheit bangt.«

»Viv, die Fibel«, rief er ihr nach.

Stirnrunzelnd sah sie ihn an. »Sie ist in Sicherheit.«

»Ich will sie zurückhaben. Für das Museum.«

»Für das Museum oder für Venutius?«

Eine ganze Weile schwieg er. »Venutius war ein Traum, eine Halluzination«, sagte er schließlich. »Als das passiert ist, war ich nicht ich selbst.«

»Ganz im Gegenteil, Hugh. Da waren Sie fast menschlich.« Sie drehte sich um, ging zum Auto und stieg ein. »Machen Sie sich keine Sorgen wegen der Fibel, sie ist in Sicherheit.« Während sie wendete und auf das Tor zufuhr, konnte sie sich zu ihrer Überraschung ein Lächeln nicht verkneifen.

Er blieb in der Tür stehen und sah ihr nach, wie der Wagen zwischen den Rhododendrenbüschen außer Sicht verschwand. Unbewusst wartete er darauf, die Carnyx zu hören. Aber er nahm nur das Knirschen der Reifen auf dem Kies wahr.

## II

Steve war mit dem Zug nach Edinburgh gefahren. In seinen Augen war es eine brillante Idee, die Party im Museum von Schottland abzuhalten. Ein gehobenes Ambiente, und damit ein sichtbarer Vertrauensbeweis von Vivs Verlag. Als er eintraf, war die Party schon in vollem Gang. Zuerst konnte er Viv nicht sehen, machte aber fast sofort Pat in der Menge aus. Er drängte sich zu ihr vor und berührte sie leicht an der Schulter, und sie drehte sich um.

»Steve!«

»Hallo! Welche Überraschung aber auch, Sie hier zu sehen!« Er lächelte. »Wie geht's Ihnen?«

»Bestens.« Pat sah blass und angespannt aus und alles andere als bestens.

Er musterte sie. »Was ist denn?«

»Ich weiß nicht.« Sie fröstelte, und etwas Champagner schwappte aus dem Glas auf ihre Hand. »Zugluft. Hier ist es plötzlich kalt.«

Beide sahen sich in dem riesigen Saal um. Von Kälte konnte keine Rede sein. Sie trank einen großen Schluck. Jemand drängte sich zwischen ihnen hindurch, und einen Augenblick konnte er sie nicht sehen. Die leichten Schwingungen in der Luft direkt um sie bemerkte er nicht. Er wollte zu ihr, sah dann aber, dass sie mit ein paar Medienleuten sprach. Sie winkte ihm zu, und er ging weiter.

Da fasste ihn jemand an der Schulter, und er drehte sich um. »Hallo, Steve.« Es war Viv. Sie trug eine schwarze Hose und ein leuchtend rotes, schulterfreies Oberteil. Sexy.

»Herzlichen Glückwunsch, Viv.« Er küsste sie auf die Wange.

»Wie schön, dass du gekommen bist, Steve.« Sie berührte ihn kurz im Gesicht.

»Natürlich bin ich gekommen. Das hast du doch gewusst.« Steve wollte nach ihrer Hand greifen, aber Viv war schon fort, entführt von einem Verlagsmenschen, der sie vor einen mit einer Kamera bewaffneten Mann schob. Enttäuscht ließ er sein Champagnerglas nachfüllen.

Hugh stand in der Tür und schaute sich um. Hier war einiges los, ein Medienereignis. Für eine Unbekannte? Wie das? Er nahm ein Glas Champagner von einem Tablett, das gerade herumgereicht wurde, und trat in den Saal. Alison wäre begeistert gewesen. Sie wäre stolz auf Viv gewesen und hätte sie unterstützt. Sie hätte ihm gesagt, er solle kein widerlicher, egoistischer Brummbär sein. Sie hätte ihn einen Neidhammel genannt. Sie hätte gesagt – genau das, was sie nur eine Woche vor ihrem Tod gesagt hatte: »Hugh, du musst wieder heiraten. Ich will nicht, dass du Trübsal bläst und immerzu an mich denkst. Heirate jemanden wie Viv. Ich habe immer schon den Verdacht gehabt, dass sie dir gefällt. Und das stimmt doch auch, oder?« Und sie hatte versucht, ihn mit ihrem kraftlosen Arm zu boxen, und dabei gelacht.

Als könnte Viv sie ersetzen. Als könnte irgendjemand sie ersetzen.

»Guten Abend, Professor.« Steve Steadman stand vor ihm. Dann lächelte er ein wenig verlegen, als wisse er nicht, was er als Nächstes sagen solle. »Suchen Sie Viv? Sie steht da drüben.«

Hugh runzelte die Stirn. Steve. Ständig trieb Steve sich in ihrer Nähe herum. Hatten die beiden womöglich eine Affäre? Das war ein Grund, ihr zu kündigen. Unangemessenes Verhalten mit einem Studenten. Steve hatte hier nichts verloren. Allerdings war er kein richtiger Student mehr und er war unverkennbar mit ihr befreundet. Hugh seufzte. Er war derjenige, der hier nichts verloren hatte. Zumindest diese Party sollte er ihr gönnen. Aber der Gedanke kam ihm zu spät. Viv stand mit dem Rücken zu ihm und bemerkte ihn nicht. Sie sah fantastisch aus, wie sie sich angeregt mit einem Mann in einem grünen Hemd unterhielt. Sie lachte, war lebendig, glücklich.

Er trat auf sie zu, und ohne zu überlegen, berührte er sie am Arm.

Sie brach mitten im Satz ab und drehte sich zu ihm um, starrte ihn an wie ein Kaninchen die Schlange.

»Warum sind Sie gekommen?« Wegen des Lärms musste er ihr die Frage von den Lippen ablesen. Vielleicht hatte sie sie auch gar nicht laut gestellt. Vielleicht konnte sie den fernen Klang der Carnyx im Hintergrund hören. Seltsam, dass die bei einer Party gespielt wurde, oder vielleicht doch nicht so seltsam. Schließlich waren sie hier in einem Museum, in dem die Überreste alter Carnyxen ausgestellt waren.

»Ich bin eingeladen worden. Vermutlich von Ihnen?« Er lächelte. »Sie sind wirklich zu großzügig, aber ich bin schließlich der Institutsleiter.« Jetzt sprach er zu dem Mann im grünen Hemd. »Sie kann einfach nicht glauben, dass ich das Buch für Schrott halte.« Der Mann erwiderte sein Lächeln. Jemand anderes trat näher. Ein Fotograf. Er fühlte sich angeheitert. Aber er hatte doch gar nichts getrunken, oder? In seiner Hand war ein leeres Glas. Und sie brüllte ihn an.

»Was suchen Sie hier? Ich habe Sie nicht eingeladen! Warum müssen Sie mir das antun?« Kameras blitzten. Der Mann im grünen Hemd hatte einen Notizblock gezückt. Hugh lächelte traurig. Alison wäre nicht sehr glücklich über seinen Auftritt hier gewesen. Ganz und gar nicht. Er war regelrecht erleichtert, als Heather aus der Menge auftauchte und ihn sacht am Arm fortführte. Vielleicht würde sie ihn nach Hause fahren. Er konnte sich nicht recht erinnern, wo sein Wagen stand.

»Alles in Ordnung, Viv?« Sandy stand auf dem Türabsatz neben ihr, während Viv nach ihrem Hausschlüssel suchte. Am Straßenrand wartete das Taxi mit laufendem Motor. Viv nickte. Sie war völlig erledigt.

»Jetzt schlafen Sie sich gut aus. Morgen nehmen wir es mit der Welt auf.« Sandy lachte. »Ich hole Sie um neun mit dem Taxi ab, in Ordnung?«

»War der Abend so katastrophal, wie ich ihn empfunden habe?« Viv hatte mittlerweile die Tür geöffnet und stand im Hausflur.

»Nein, überhaupt nicht. Viv, jeder andere würde sich eine solche Werbung einiges kosten lassen. Es würde mich sehr wundern, wenn Sie morgen nicht bei allen Tageszeitungen der Aufmacher sind! Werbeabteilungen täten alles, um eine solche Szene hinzukriegen. Keine Sorge. Die Verkaufszahlen werden explodieren. Tausende von Leuten werden Ihr Buch kaufen, nur um herauszufinden, worum es denn geht! Glauben Sie mir, Ihr betrunkener Professor hat Ihnen einen Riesengefallen getan!« Sie zögerte. »Er sieht teuflisch gut aus, nicht?« Lachend drückte sie Viv einen Kuss auf die Wange. »Und jetzt gehen Sie ins Bett. Sie brauchen Ihren Schönheitsschlaf. Und wir sehen uns morgen früh wieder.«

## III

Cartimandua war sehr nachdenklich, als sie aus dem römischen Lager bei Camulodunum wieder nach Norden aufbrachen. Venutius ritt neben ihr her, ihnen folgten die Streitwagen, die Reiter und Lasttiere, die sich in einer langen Prozession auf der neu gebauten Straße wanden.

»Er hat dich also beeindruckt, der Kaiser?« Er warf einen Blick zu ihr.

Sie nickte. »Das zu leugnen, wäre dumm. Er ist der mächtigste Mann der Welt. Und zu Recht. Er ist klug, ein richtiger Staatsmann. Er hat die Macht, uns zu Wohlstand zu verhelfen oder uns zu zerbrechen.«

»Und das ist der Grund, warum du wie eine Sklavin den Staub unter seinen Füßen geküsst hast?« Venutius klang verbittert. »Warum? Warum hast du seinen Plänen zugestimmt und seine Bestechungen angenommen, ohne dich mit mir oder Brochan zu beraten? Und vor allem, ohne dich mit Artgenos zu beraten? Ist dir überhaupt klar, was du gemacht hast?«

Sie nickte, ihre Miene war ernst. »Das war Staatskunst, Venutius. Ich habe uns Zeit und Wohlstand erkauft. Die Maultiere«, sie deutete mit dem Kopf nach hinten, »sind mit Gold beladen. Tadele mich nicht! Ich habe das getan, was für die Briganten das Beste ist. Ich habe meinen Kopf behalten. Ich habe mit einem Kaiser verhandelt und ihn dazu gebracht, mich zu respektieren. Was hättest du gemacht? Geschrien? Geflucht? Das Schwert gezogen?«

»So dumm bin ich nicht!« Vor Zorn stieg ihm die Röte ins Gesicht. »Aber ich hätte ihm nicht die Hand geküsst!«

Carta lachte. »Nein? Vielleicht nicht. Aber vergiss nicht, er hat auch meine geküsst!« Ihr Pferd verfiel in Trab, sie hielt die weichen Lederzügel locker in einer Hand, Sonne und Mond liefen freudig erregt neben ihr her. »Und jetzt kehre ich ohne Angst in mein Königreich zurück, ohne die Gefahr einer drohenden Eroberung, und wir haben alle Zeit der Welt, unsere Strategie für die Zukunft zu planen. Unterwegs hat uns niemand aufgelauert, niemand ist gestorben.« Sie sah zu ihm, wie er neben ihr herritt. »Vielleicht interessiert es dich zu erfahren, dass der Kaiser mich fragte, ob ich Heiratspläne habe.«

»Er ist nicht der Einzige, der das wissen will!«, antwortete Venutius mit finsterer Miene. »Und hat der Kaiser dir auch einen Vorschlag unterbreitet, wer sich als dein Gemahl eignen würde?«

Sie lächelte. »Das hat er, in der Tat. Oder vielmehr, ich sagte ihm, an wen ich denke, und er hat die Verbindung gebilligt.« Ihr Pferd schüttelte das Zaumzeug. Ihre Begleiter waren mittlerweile mehrere Schritte hinter ihnen. Niemand konnte ihr Gespräch mithören.

»Und?« Er packte ihre Zügel. »Zier dich nicht so! Wen wirst du nehmen?«

»Ich weiß nicht, ob ich dir das sagen soll, bevor wir zu Hause sind.« Sie schob seinen Arm fort.

Einen Augenblick dachte sie, er würde sich von seinem Zorn hinreißen lassen, doch er hielt sein Pferd zurück. »Wie du willst.« Es war offensichtlich, dass er seine Ungeduld nur mühsam beherrschte.

Sie schüttelte den Kopf. »Zuerst möchte ich die Götter befragen, dann Artgenos und Culann. Und dann werde ich meine Entscheidung dem Mann offenbaren, den ich gewählt habe. Es wird eine schwere Entscheidung sein. Ich möchte nicht nur einen Verbündeten und Freund und Gefährten, ich möchte auch einen Mann, der mich im Bett zufriedenstellt und kräftige Kinder zeugt.« Sie schaute angelegentlich auf die Ohren ihres Pferdes. »Ein Mann, der hinter meinen Entscheidungen und meinem Bündnis mit Rom steht. Ein Mann, der sich meiner Führungsposition als Hochkönigin der Briganten beugt.« Jetzt sah sie zu ihm. »Es wird schwer sein, einen solchen Mann zu finden.« Einen Moment begegneten sich ihre Blicke.

Ihr Pferd bleckte die Zähne und biss Venutius' Tier in den Hals. Er fluchte leise.

»Wenn du einen Mann suchst, der dir Blumen und Schmuck schenkt, kannst du mich vergessen!«, brummte er. »Der König der Carvetier beugt sich niemandem, schon gar nicht einer Frau.«

»Dann wird der König der Carvetier niemals eine Hochkönigin heiraten«, erwiderte sie und tätschelte beruhigend ihrem Pferd den Hals. »Er wird als Ratgeber an ihrem Feuer sitzen, aber niemals als Vertrauter.« Sie trieb ihr Pferd zum Galopp, und er fiel hinter ihr zurück, denn sein Pferd scheute und bäumte sich auf.

An dem Abend schlugen sie ihr Lager am Ufer eines breiten, langsam strömenden Flusses auf, die Wagen und Pferde wurden in einem Kreis aufgestellt, in dessen Mitte das Zelt der Königin aus Häuten und Stangen errichtet wurde. Ganz in der Nähe brannte das Feuer, wo die Köchinnen sich sofort daran machten, eine Mahlzeit aus kaltem Fleisch und Fladenbrot und Käse zuzubereiten, dazu eine heiße Brühe und Brotsuppe.

Vom Wasser stieg Dunst auf, als Carta ihre Frauen und ihr Gefolge im Lager zurückließ und am Ufer entlangspazierte. Der dunkle Fluss trieb am Rand behäbig zwischen den Binsen dahin. In der Nähe stieß ein Vogel einen Warnruf aus, sie hörte einen Frosch platschend ins Wasser springen.

»Liebe Göttin? Bist du hier? Komm zu mir. Gib mir Rat. War es richtig von mir, mich mit diesen Männern aus Rom zu verbünden?« Sie tastete nach dem kleinen Beutel, der an ihrem Gürtel hing, und holte Opfergaben für den Flussgeist hervor. Einige Münzen, etwas Getreide, ein paar Sämereien. Symbole der Fruchtbarkeit und der Hoffnung.

»Vivienne?«

Ihre Stimme hallte über das Wasser, der wabernde Dunst benetzte ihren Umhang.

Der Fluss gab ihr keine Antwort, als sie fröstelnd dastand und in die Dunkelheit hinaussah, ohne ihre Gedanken sammeln zu können. Plötzlich nahm sie in der Nähe eine Bewegung wahr. Sie drehte sich um und suchte mit den Augen das Flussufer ab, wünschte, sie hätte Fergal oder einen Wachposten oder ihre Hunde mitgenommen. Die Stimme, die sie völlig unvermittelt direkt neben ihr ansprach, gehörte aber keiner Göttin, keinem Geist des Flusses oder der Wälder und des bemoosten Ufers. Es war die Stimme eines Mannes.

»Nun, meine Königin, hast du deine Gebete gesprochen?« Venutius trat aus der Dunkelheit zu ihr. »Dann sollten du und ich uns noch ein wenig über deine Wahl eines Ehemannes unterhalten, findest du nicht?«

Er stand jetzt sehr nahe bei ihr. So groß und kräftig sie sein mochte, er war noch größer und ihr jetzt, da sie nicht mehr zu Pferd saßen, körperlich überlegen. »Meine Staatskunst und meine Fähigkeiten als Ratgeber und Kriegsführer kennst du bereits, aber du hast mich noch nicht in deinem Bett gehabt. Solltest du nicht meine Eignung als Gefährten prüfen?«

Er trat noch näher. Sie konnte den Schweiß auf seiner Haut riechen, das Leder seines Wamses, die nasse Wolle seines Umhangs, der an der Schulter mit dem goldenen Vogel zusammengehalten wurde.

Sein Blick ruhte auf ihr, seine Hände lagen auf ihren Schultern, und er zog sie zu sich.

»Willst du mich vergewaltigen, Venutius?« Beim eiskalten Ton ihrer Stimme hielt er inne und ließ die Arme sinken.

»Venutius braucht keine Frau zu vergewaltigen. Die meisten würden ihn um seine Aufmerksamkeit anflehen.«

»Hast du mich flehen gehört?«

Kurz glaubte sie, er würde sie schlagen. Dann grinste er. »Ich bin davon ausgegangen, dass eine Königin nur mit dem Finger zu schnalzen und die Augenbraue zu heben braucht. Vielleicht habe ich die Zeichen missdeutet. Möchtest du, dass ich dich anflehe?« Er kniete sich ins nasse Gras. Als sie erstaunt zu ihm hinabsah, packte er sie am Handgelenk, sie verlor das Gleichgewicht und lag im nächsten Moment auf dem Boden unter ihm. In der Dunkelheit wirkte das Weiß seiner Augen sehr hell. »Meine Königin, wenn du schreist, werfe ich mich in den Fluss und opfere mich den Göttern.« Sein Mund war auf ihren Lippen, seine Hände zerrten an ihrem Umhang, zogen den Stoff von ihrem Körper, dann riss er sich die eigenen Kleider vom Leib und warf sie beiseite.

Sie schrie nicht. Atemlos spürte sie, wie ihr Körper auf seinen reagierte, seine Kraft und Gewalt erregten sie mit jeder Bewegung und jedem Kuss. Erst nachdem sie gemeinsam den Höhepunkt ihrer Ekstase erreicht hatten, ließ er erschöpft den Kopf auf ihre Brüste sinken und versuchte, wieder zu Atem zu kommen.

Sie lachte leise auf. »Ah so, er ist schon müde. Wenn dies deine Prüfung als Mann sein soll, Venutius, muss ich mich fragen, ob nicht ein Jüngerer vielleicht mehr Ausdauer hat.« Dieses Mal schrie sie doch, aber nicht vor Angst.

Erschöpft ließen sie schließlich voneinander ab und blieben im kalten, nassen Gras liegen. Er kam als Erster wieder zu sich, richtete sich auf und ging ans Flussufer, wo er niederkniete. »Gesegnete Götter, seid gegrüßt! Möge mein Same fruchtbar sein und meine Kraft von der Art, die meine Königin sich wünscht!« Er spritzte sich das eisige Wasser ins Gesicht und suchte seine Kleidung zusammen.

Sie lag noch immer im Gras und sah zu den Sternen empor. »Schau nur. Saru Gwydion, Llys Don, die Harfe des Idris ...«

Er holte ihren Umhang, warf ihn über sie und hob sie in seine Arme. »Die Sterne und ihre Götter sind Zeugen meines Triumphes an diesem Abend, Cartimandua, und jetzt werden die Männer und Frauen unseres Trosses ihn auch bezeugen.« Taumelnd richtete er sich auf, und sie wand sich im Versuch freizukommen, doch es gelang ihm, ihre Arme mit ihrem Umhang festzuhalten.

»Setz mich ab!« Sie war außer sich vor Wut. Er trug sie wie eine Trophäe vor sich her, ging auf das Licht des Feuers und den Lärm des Lagers zu, auf das Singen, Rufen und Lachen in der Nacht.

»Ich rate dir stillzuhalten.« Er lachte. »Wenn ich dich fallen lasse, rollst du nackt zu den Füßen deiner Untertanen durchs Gras, und das wäre nicht gerade würdevoll.«

Die Flüche, die sie bei ihren Gesprächen mit den Pferdeburschen und den altgedienten Stammeskriegern gelernt hatte und mit denen sie ihn jetzt bedachte, ließen ihn laut auflachen. Er trug sie an den Wachposten vorbei zwischen die Wagen hindurch und über das vom Feuer beleuchtete Gras mitten ins Lager. Sie merkte, dass plötzlich alle verstummten. Stöhnend schloss sie die Augen.

Venutius lachte wieder. »Meine Freunde, eure Königin und ich haben Pläne für den heutigen Abend. Bereitet weiter das Essen zu. Wir kommen später.«

Er trug sie in ihr Zelt und ließ sie auf den Berg Pelze fallen, die ihre Bettstatt darstellten, dann warf er sich auf sie. »Und, meine Königin, hältst du mich immer noch für zu alt?« Als er mit einem triumphierenden Schrei wieder in sie eindrang, brachte sie nur ein leises Stöhnen hervor. Keiner von ihnen war sich der Stille draußen vor dem Zelt bewusst und auch nicht des begeisterten Johlens und Lachens, als der Schrei seines Sieges durch die Nacht hallte.

Viv döste in der Badewanne, die Party war vergessen. Das Wasser war kalt geworden, der Schaum hatte sich verflüchtigt. Das einzige Geräusch in der Wohnung war das Tropfen des Wasserhahns.

## IV

Mit finsterer Miene sah Medb aus der Ferne zu. Er hatte sich die Kleider vom Leib gerissen, den Umhang und die Fibel weggeworfen und Cartimandua dort auf der Erde genommen, sie besprungen wie ein Eber im Wald. Und er würde sie zur Frau nehmen.

Medb setzte sich auf. Wütend schüttete sie das Wasser aus der Schüssel, in der sie die Zukunft gesehen hatte, und beobachtete, wie es über den Boden rann. Hier in Caer Lugus war sie mehr oder weniger eine Gefangene und konnte nichts tun, als zu warten und zu planen, während Venutius seine Hochkönigin umgarnte.

Pat stöhnte im Schlaf auf und drehte sich im Bett um.

»Viv wird also eine gute Woche unterwegs sein.« Es war der nächste Morgen, Pat saß mit Cathy in einem Café, vor beiden stand eine Tasse schwarzer Kaffee. »Das wird wohl auch gut sein nach dem Streit mit dem Professor gestern Abend.«

Cathy wirkte empört. »Was hat der denn bloß? Noch kleinlicher und gemeiner kann man ja kaum werden!«

»Ich sage dir doch schon die ganze Zeit, was mit ihm los ist. Er ist in Viv verknallt.« Pat griff nach ihren Zigaretten. »Du hättest auch hingehen sollen, Cathy. Es hat sie wirklich gekränkt, dass du nicht gekommen bist.« Sie und Viv hatten auf der Party schließlich miteinander gesprochen, Pat hatte geschrien, um sich über dem Lärm verständlich zu machen. »Ich habe sie nicht geholt! Ich schwör's! Die Fibel war nicht mehr da! Cathy und ich haben überall danach gesucht, und sie war verschwunden! Ich hab's mir nur eingebildet! Das Blut, ich hab's mir eingebildet! Als wir die Bettwäsche noch mal aus dem Wäschekorb geholt haben, war kein Tropfen Blut zu sehen! Es war bloß ein Traum. Wir haben alle geträumt!«

Als Pete von seiner Auseinandersetzung mit Viv heimgekommen war, hatte sie die Wohnung bereits verlassen und war zwischenzeitlich in Maddies Gästezimmer gezogen.

»Das wird schon wieder, Pat. Wenn wir aus Schweden zurück sind, rufe ich Viv an und erkläre es ihr. Es ist nur …« Cathy zögerte. »Sie macht sich regelrecht krank. Wenn das so weitergeht, muss sie demnächst zum Psychiater. Und du auch.« Sie sah zu Pat. »Ich meine das im Ernst. Du musst damit aufhören. Keine Medb mehr. Keine Träume mehr, keine Albträume und Geister …«, sie schauderte. »Kein Blut mehr!«

Pat zuckte mit den Schultern. »Ich hab's mir nicht eingebildet, Cathy. Und du dir auch nicht.« Dann setzte eine längere Stille ein. »Ich glaube, gestern Abend bei der Party gab's einfach zu viel Aufregung und zu viel Alkohol«, sagte sie schließlich. »Beruhig dich. Fahrt nach Schweden und gönnt euch ein paar schöne Tage, und wir sehen uns, wenn ihr wieder da seid.«

Cathy lächelte gequält. »Zu viel Alkohol, und jetzt zu viel Öffentlichkeit.« Sie deutete mit dem Kopf auf die Zeitung, die auf dem Tisch zwischen ihnen lag. Auf der dritten Seite war ein Foto von Viv und Hugh, und darunter stand die Schlagzeile: »Uni-Streit kocht im Museum über.«

»Jede Werbung ist gute Werbung«, sagte Pat voller Überzeugung. »Mach dir keine Sorgen um sie. Ich glaube, wenn sie ein paar Tage in der Gesellschaft einer hartgesottenen Pressereferentin verbringt und nonstop Lesungen halten und Bücher signieren muss, wird sie das von ihren Träumen ablenken. Dann kommt sie auf andere Gedanken.«

Hugh hatte die Zeitung, über die Pat und Cathy sprachen, nicht gesehen. Er las gerade den *Scotsman.* Es war keine Schlagzeile, und er hatte den kurzen Artikel auch nur durch Zufall entdeckt. »Zu den weiteren Projekten, die momentan in Produktion sind, gehört auch eines der neu gegründeten Firma Töchter des Feuers, die Viv Lloyd Rees' kontroverses Buch *Cartimandua, Königin des Nordens* zu einem Doku-Drama verarbeitet, das im kommenden Winter im Hörfunk ausgestrahlt wird. Als Teil der Politik der BBC, anspruchsvolle Sendungen zu produzieren, die das gegenwärtige Interesse an

Geschichte bedienen, kann man derartige Sendungen nur begrüßen.«

Hugh starrte auf die Zeitung. Er war am Morgen mit einem entsetzlichen Kater und einem schlechten Gewissen aufgewacht. Was war bloß in ihn gefahren? Warum hatte er Viv schon wieder so verletzt und ihrer Universitätslaufbahn vermutlich den Todesstoß versetzt? Er überlegte sich, sie anzurufen und sich für sein rüdes Verhalten zu entschuldigen, sie vielleicht zum Essen einzuladen, aber dann wurde die Zeitung angeliefert. Während er den Artikel las, verschwand sein Reuegefühl. Karriere, ah ja. Ganz offensichtlich war ihr eine Karriere an seinem Institut nicht mehr wichtig. Sie hatte schon die Seiten gewechselt. Sie würde ihre Stelle gar nicht mehr haben wollen. Na, das brauchte er sich nicht tatenlos mit anzusehen. Er kannte Leute bei der BBC. Ein Anruf, und die Sendung würde abgesetzt werden. Und wo würde diese kluge, intelligente, innovative Autorin dann sein? Sie würde ihn anflehen, ihren Job wiederzukriegen. Er steigerte sich wieder in diesen Zorn hinein. Das würde noch mehr Werbung für Cartimandua bedeuten, und sie würde die Gelegenheit nur wieder nutzen, um Venutius zu verleumden.

Venutius!

Hugh umklammerte die Schreibtischplatte und spürte die Spannung, die im Zimmer lag. Nein, bitte lieber Gott! Nicht schon wieder! Er hätte den Namen nicht einmal denken dürfen.

»Lass mich in Ruhe, du Mistkerl!«, rief er laut. Nervös sah er sich um. Es war alles in Ordnung. Das Zimmer wirkte wieder normal. Was immer mit seiner Erscheinung gedroht hatte, hatte es sich anders überlegt und sich zurückgezogen. Ängstlich spitzte er die Ohren, aber in der Ferne war keine Carnyx zu hören. Das einzige Geräusch in der Stille war das Ticken der Uhr im Bücherregal.

# Kapitel 23

## I

Langsam gingen Viv und Sandy durch die Straßen von York in ihr Hotel zurück und setzten sich noch für eine halbe Stunde an die Bar, um sich nach dem anstrengenden Tag, der in einer scheinbar endlosen Signierstunde geendet hatte, zu entspannen. Am Morgen würden sie nach Nottingham fahren, am Tag darauf nach London. Es war Mitternacht, als sie sich schließlich gute Nacht wünschten, und Viv müde die Tür zu ihrem Zimmer aufschloss.

Cartimandua, Hochkönigin der Briganten, und Venutius, König der Carvetier, wurden beim Beltane-Fest getraut. Tausend Gäste wohnten der Zeremonie bei, darunter Cartas Mutter und ihre jüngeren Brüder Bran und Fintan, die beide endlich von ihren Verletzungen genesen waren, und dazu die restliche Familie. Von Venutius' Seite fanden sich sein Bruder Brucetos mit seiner Frau und dem Kind ein, sein Onkel und seine Anverwandten Prasutagus und Boudicca von den Icenern mit ihrem Töchterchen, die Könige der Atrebaten und der Dobunner, die mittlerweile alle mit Rom verbündet waren. Medb war nicht dabei. Als Venutius nach Caer Lugus zurückgekehrt war, um die Hochzeit vorzubereiten, hatte er zu seinem Zorn festgestellt, dass sie ihren Bewachern entschlüpft war. Er hatte keine Ahnung, wohin sie gegangen sein mochte. Sein Ärger währte nur wenige Stunden. Er war froh, sie los zu sein.

Zwei Tage vor der Zeremonie traf Aulus Plautius, Statthalter von Britannien, höchstpersönlich ein. Mit sich führte er zehn Wagen beladen mit Amphoren voll Wein, mit Pelzen, Gewürzen und Gold, alles Hochzeitsgeschenke, um die neuen Verbündeten, die für die

Nordwestgrenze des Reiches so bedeutend waren, zu beeindrucken und sie in ihrer Treue zu bestärken.

Die Zeremonie fand in Dinas Dwr statt, dem Ort, den Cartimandua und ihr Gemahl zur neuen Hauptstadt ihres großen Bündnisses bestimmt hatten. Damit folgten sie der Entscheidung von Cartas Vater, die Siedlung zu vergrößern, die Gebäude zu verschönern und damit einen Ort der Art zu schaffen, die die Römer *oppidum* nannten. Schließlich brauchten sie ein Zentrum, von dem aus sie mit ihren neuen Verbündeten Handel treiben konnten, zumal diese nur sehr widerwillig in die hohen Berge und Moore des Briganten-Reichs reisten. Somit war dieses geschützte, fruchtbare Tal eine ideale Hauptstadt.

Der Verlauf der neuen Mauern musste festgelegt und gesegnet werden, und dann mussten Männer von überall aus dem Norden geholt werden, um die hohen neuen Schutzwälle und Dutzende zusätzlicher Häuser zu bauen.

Die Götter lächelten auf den Hochzeitstag herab. Die Sonne schien, der Wind wehte lind und duftete nach dem süßen Gras der Berge, und Carta, in Grün und Rosa gekleidet, wie es sich für eine Königin ziemte, ging Hand in Hand mit ihrem zukünftigen Gemahl zum Tor hinaus und über den mit Blumen geschmückten und mit Kräutern bestreuten Pfad hinab in den Wald zur großen Eiche, unter der Artgenos und Culann warteten, um sie in der Anwesenheit ihrer Gefolgsleute und Freunde und Gäste zu segnen. Rechts von Aulus Plautius stand sein Militärtribun Gaius Flavius Cerialis, der den Blick nicht von der Barbarenkönigin wenden konnte.

Bei dem anschließenden Fest tanzte Cartimandua von den Briganten bis spät in die Nacht. Einmal war der Statthalter selbst ihr Partner, einmal sein Tribun, der im Kreistanz an ihr vorbeiwirbelte, sich von seiner Partnerin löste, ihre Hände berührte, sich verneigte und dann weitertanzte. Sie begegnete seinem Blick, verneigte sich lachend und strich ihm über die Wange, dann tauchte sie wieder in der tanzenden Menge unter, schwang davon zum Klang der Pfeifen und Harfen und Trommeln, während aus den zahllosen Feuern

Funken gen Himmel stoben und sich allmählich die helle Sommernacht über das Land breitete.

Zwei Tage später waren die Römer wieder fort.

Sobald der Bau der neuen Mauern begonnen hatte, brachen Carta und Venutius zu einer Reise durch ihre Königreiche im Norden auf. Dabei ging es ihnen vor allem darum, ihre eigene Autorität zu bekräftigen, aber auch ihr Bündnis mit Rom. Zuerst besuchten sie das Land der Textoverden und dann das der Votadiner, das unter der starken Herrschaft Lugaids nach wie vor sicher war und als Vasallenstaat Roms ebenfalls zum nördlichen Bündnis gehörte.

Venutius ließ sich im großen Gästehaus in Dun Pelder auf eine Bank nieder und begann stöhnend, die Riemen seiner Sandalen zu lösen. »Wir haben zu lang zu Pferd gesessen. Es wird gut tun, eine Weile hier bei Freunden zu bleiben. Es sind gute Menschen, wir werden eine schöne Zeit hier haben. Komm, Frau, kannst du deinem Mann nicht diesen Knoten lösen?« Er streckte den Fuß in ihre Richtung. Carta drehte sich vom Spiegel zu ihm. Sie hatte ihr staubiges, zerzaustes Haar gesehen und sich an eine frühere Ankunft hier in Dun Pelder erinnert, als ihr Haar wie ein Vogelnest ausgesehen und ein junger Mann ihre schlechte Laune mit einem Lachen vertrieben hatte.

»Eine Königin bindet niemandem die Schuhe auf, nicht einmal sich selbst. Wenn du es nicht schaffst, ruf einen Diener.« Sie lächelte, um ihren Worten die Schärfe zu nehmen. »Warum badest du nicht und sitzt eine Weile im Schwitzhaus? Lugaid veranstaltet am Abend ein großes Fest für uns.«

»Willst du mich fortschicken?« Er hatte den Knoten gelöst und schleuderte die Sandale gegen die Wand, dann stand er auf. »So leicht lasse ich mich nicht vertreiben.« Mit zwei Schritten stand er neben ihr, packte sie an den Armen und drückte sie in das tiefe Heidekrautbett. »Meine Frau, ob Königin oder nicht, entlässt ihren Mann nicht wie einen Bediensteten. Zuerst ist sie ihm zu willen!«

Er wusste genau, wie er ihren Zorn entfachen konnte, aber auch, wie er ihre lodernde Wut in Lust verwandeln konnte. Das hatte er mittlerweile schon häufig getan, meist in der Zurückgezogenheit ihrer Schlafkammer, bisweilen aber auch im Freien, und dabei kümmerte es ihn nicht, wer sie beobachten konnte. Sich die Hochkönigin allein durch die Berührung seiner Hände und den Druck seiner Schenkel gefügig zu machen, verschaffte ihm dieselbe Befriedigung, wie ein nicht zugerittenes Pferd zu zähmen. Triumphierend ritt er sie, bis er endlich erschöpft neben sie sank.

Als Carta sich aus den Laken wickelte, schlief er bereits. Sie legte sich den Umhang über, stellte sich in den Windschatten den Tür und sah in die Siedlung hinaus. Wieder musste sie an Riach denken, und Tränen traten ihr in die Augen.

»Herrin?« Eine sanfte Stimme neben ihr ließ sie zusammenfahren. Es war Vellocatus, der Schildträger ihres Mannes. »Fehlt dir etwas?« Der junge Mann war unverkennbar hin und her gerissen zwischen Verlegenheit und Fürsorge. »Es tut mir leid, Herrin, der König hat mir aufgetragen, hier draußen auf ihn zu warten.«

Sie straffte die Schultern, plötzlich wurde ihr bewusst, wie durcheinander und ungepflegt sie aussehen musste. »Der König schläft. Ich glaube nicht, dass er dich heute Abend noch braucht. Schick Mairghread zu mir, und dann geh zu deinen Gefährten ins Haus der Krieger.«

Als sie sich später im Frauenhaus in den großen Holzzuber legte, sich im Wasser räkelte, das von Steinen direkt aus der Feuerstelle erwärmt war, und sich dabei die Arme einseifte, während eine Sklavin Krüge warmen Wassers über ihren Rücken goss, stand ihr plötzlich das Bild vor Augen, wie Aulus Plautius, der Statthalter Britanniens, und sein Abgesandter Gaius Flavius Cerialis im Bad lagen. Die Vorstellung von Gaius mit seinem muskulösen, gut gebauten Körper war keineswegs abstoßend. Sie hatte gehört, dass die Römer beim Waschen keine Seife benutzten. Offenbar kannten sie Seife überhaupt nicht. Angeblich ölten sie sich wie ein Stück Fleisch ein und schabten den Schmutz dann mit einem Messer ab. Bei dem Gedanken musste sie laut auflachen.

## 11

Viv stellte ihre Taschen in ihrer Wohnung ab und sah sich um. Das Taxi hatte Sandy nach zwei letzten Signierstunden – eine in Glasgow und eine am heutigen Vormittag in Dundee – in Waverley abgesetzt, von wo sie mit dem Zug nach London heimfuhr. Es war Zeit, zu ihrem Leben als Schriftstellerin zurückzukehren. Viv ging zum Fenster und öffnete es. Die hektische Tournee, der herzliche Beifall der Zuhörer, einige positive Buchbesprechungen und mehrere ausgesprochen gute Rundfunk- und Fernsehinterviews hatten ihr Selbstvertrauen wiederhergestellt. Und den Glauben an ihr Buch. Aber nun war es schön, wieder zu Hause zu sein.

Seufzend warf sie den Stapel Post auf ihren Schreibtisch und hörte die Nachrichten auf dem Anrufbeantworter ab. Die erste war von Steve. »Viv? Ich habe dich auf der Party gar nicht mehr gesehen. Ich habe bei dir vorbeigeschaut, aber du warst schon weg. Schade, dass ich dich nicht mehr sprechen konnte. Ruf doch an, wenn du wieder da bist.« Verdammt! Ihn hatte sie ganz vergessen. Der leichte Vorwurf in seinem Ton war nicht zu überhören. Der arme Steve, da hatte sie ihn gebeten, eigens wegen der Party nach Edinburgh zu kommen, und dann hatte sie nur ein paar Takte mit ihm geredet. Sie würde ihn gleich nachher anrufen. Sie sichtete die Post und hörte dabei die zweite Nachricht ab. Die stammte von ihrer Lektorin. »Herzlichen Glückwunsch, Viv! Das Buch steht schon auf Platz neun der Bestsellerliste! Die ganze Öffentlichkeitsarbeit hat sich wirklich gelohnt. Gut gemacht! Bis bald.« Viv verzog skeptisch das Gesicht. Der Großteil der Öffentlichkeitsarbeit war von ihr gar nicht beabsichtigt gewesen, ganz im Gegenteil, aber es war trotzdem großartig, auf Platz neun zu stehen. Sie konnte es kaum glauben. Die nächste Nachricht war von Pat. »Ruf mich doch an, wenn du wieder zu Hause bist. Wir müssen weiterarbeiten. Hoffentlich ist die Reise gut gelaufen. Ich bin wieder am Abercromby Place, muss die Katze hüten, solange die anderen weg sind!«

Einer der Briefe war in Irland abgestempelt. Verwundert sah sie ihn an, während sie die vierte Nachricht abhörte. Es war Hugh. »Ich glaube, ich muss mich bei Ihnen entschuldigen, und ich möchte die Fibel abholen. Rufen Sie mich doch bitte an.«

Sie riss den Brief auf, und ihre Augen weiteten sich vor Erstaunen, als sie den Inhalt überflog. »... beeindruckt von Ihrem Wissen ... Sie wären in leitender Funktion Teil eines freundlichen Instituts hier im Südwesten Irlands ... Wir möchten Sie einladen, unseren Vorschlag mit uns zu besprechen ...« Sie boten ihr eine Universitätsstelle an, trotz allem, was passiert war – oder vielleicht gerade deswegen! Eine renommierte Stelle. Benommen ließ sie sich auf einen Stuhl fallen und starrte immer noch auf die Zeilen, als es fünf Minuten später laut an der Tür klingelte.

Draußen stand Hugh. »Ich bin gekommen, um mich zu entschuldigen.« Ungebeten trat er ein und ging direkt an ihr vorbei ins Wohnzimmer, stieg über ihren Koffer und die Reisetasche, als wären sie gar nicht da. »Was immer ich von Ihren Forschungsmethoden halte, ich hätte Sie mehr unterstützen sollen.«

Viv starrte ihn an. Das Stellenangebot war vergessen, Schmerz und Zorn wallten wieder in ihr auf. »Nachdem Sie mich in aller Öffentlichkeit niedergemacht haben! Vor den Augen der ganzen Welt, und jetzt wollen Sie sich unter vier Augen entschuldigen? Jetzt, wo es zu spät ist? Jetzt, wo meine Lesereise vorbei ist?« Sie warf den Brief auf den Schreibtisch.

»Lesereise?« Verständnislos sah er sie an, dann erst schien er ihr Gepäck überhaupt zu bemerken. »Ach so«, sagte er mit einem Nicken. »Natürlich. Die Starreise. Derlei ist uns Akademikern eher selten vergönnt.«

»Wahrscheinlich, weil Sie alle verbitterte, übellaunige alte Knacker sind!«, giftete sie zurück. »Ich bin gerade erst vor ein paar Minuten zurückgekommen. Wie in aller Welt haben Sie gewusst, dass ich jetzt zu Hause bin? Hatten Sie Wachposten vor meiner Tür aufgestellt?«

Er wirkte ein wenig verwirrt. »Nein, ich war gerade in der Gegend. Ich fürchte, ich war vielleicht etwas zu streng, und es war nicht fair von mir, mit Maddie Corston zu reden. Welchen Schaden kann ein Hörspiel schon anrichten? Aber Sie haben Ihre Stelle am Institut immer noch, Viv. Ich bin mir sicher, dass wir unsere Meinungsverschiedenheiten beilegen können ...«

Viv sah ihn entgeistert an. Den letzten verbindlichen Satz hörte sie gar nicht. »Sie haben mit Maddie gesprochen?«

Er nickte, fast traurig. »Ich habe ihr gesagt, sie soll das Hörspiel absetzen. Hat sie Ihnen das noch gar nicht gesagt?«

Einen Moment verschlug es Viv die Sprache. »Und sie hat auf Sie gehört?«, brachte sie schließlich heiser hervor.

»Aber natürlich. Ich kenne Maddie seit vielen Jahren. Sie hat bei mir studiert. Natürlich vor Ihrer Zeit.« Er lächelte wie zur Entschuldigung.

»Dann können Sie sie gleich noch mal anrufen. Ihr sagen, dass das Hörspiel nicht abgesetzt wird. Wir haben einen Vertrag, Hugh! Das können Sie nicht machen!«

»Sie werden feststellen, dass ich das durchaus kann.« Er verschränkte die Arme. Sie sah völlig erschöpft aus, und schlampig. Die Haare standen ihr wild vom Kopf ab, ihr Gesicht war blass, ihre Bluse gerade so weit aufgeknöpft, dass das Dekollete zu sehen war. Er bemerkte, dass sie einen Anhänger um den Hals trug. Aber er war zwischen ihre Brüste geglitten, so konnte er ihn nicht genau sehen. Vielleicht ein Amulett. Nicht zum ersten Mal dachte er, dass es vielleicht dumm von ihm gewesen war, Meryns Angebot eines Schutzmedaillons abgelehnt zu haben. Aber gütiger Gott, er lebte doch im einundzwanzigsten Jahrhundert! Außerdem war Venutius nicht wieder in Erscheinung getreten, abgesehen von dem einen Moment in seinem Arbeitszimmer, als er die Zeitung las, und er hatte auch keine gespenstischen Carnyx-Klänge mehr gehört. Was ihn nur in seinem Verdacht bestärkte, dass er sich alles nur eingebildet hatte. Ausgelöst höchstwahrscheinlich durch etwas, was Viv gesagt hatte!

Ihm war bewusst, dass er sie anstarrte, aber er konnte einfach nicht anders. Er wusste nicht genau, warum er sie ständig derart schikanierte. Denn genau das war es, Schikane. Vielleicht, weil sie sich weigerte, von ihm beeindruckt zu sein. Vielleicht verachtete sie ihn sogar ein wenig. Der Gedanke versetzte ihm einen Stich.

»Sie könnten sie dazu überreden, es sich noch mal zu überlegen. Hugh, die Sache ist für mich sehr wichtig. Sie können doch nicht einfach alles, was ich anfange, kaputt machen!«

Sie war am Boden zerstört, völlig aus dem Gleichgewicht und bleich vor Schreck. Sie war drauf und dran, ihn anzuflehen. Bei der Vorstellung fühlte er sich noch elender. Achselzuckend wandte er sich zur Tür. »Sie wollten gerade auspacken, dann will ich Sie nicht länger stören. Wir können uns ja ein anderes Mal darüber unterhalten.«

»Bitte, Hugh, tun Sie's nicht.« Wie versteinert stand sie immer noch in der Mitte des Raums.

Wieder zuckte er mit den Achseln. »Ich fürchte, es ist bereits geschehen.«

»Hugh.« Sie legte ihm eine Hand auf den Arm. »So brauchen Sie doch wirklich nicht zu sein!«

Sie bemerkte, wie seine Züge weicher wurden, als er sie ansah. Ganz sacht fuhr er ihr mit einem Finger über die Wange. »Viv.« Er schüttelte den Kopf und klang fast traurig, und Viv wusste, dass sie sich in diesem Moment nichts mehr wünschte, als dass er sie küssen würde. Sie fühlte sich unwiderstehlich zu ihm hingezogen. Sie waren sich sehr nahe, als sie ihm in die Augen schaute.

Und in die Augen eines anderen Mannes sah.

Mit einem angstvollen Aufschrei fuhr sie zurück.

»Wo ist die Fibel?« Plötzlich war seine Stimme tief und drohend. Die Stimme eines Fremden. »Bei den Göttern, was glaubst du, warum ich hergekommen bin?« Er packte sie am Arm, und sie schrie wieder auf. »Gib sie mir, dann gehe ich.«

»Hugh, wehren Sie sich gegen ihn!«, rief Viv panisch. Sie versuchte mit aller Kraft, sich aus seinem Griff zu befreien. Seine Finger waren eiskalt und umklammerten sie wie ein Schraubstock. »Verdammt, wehren Sie sich gegen ihn!«

»Viv, was ist denn los?« Pats Stimme unterbrach sie, und plötzlich war es vorbei. Leichenblass ließ Hugh von ihr ab und taumelte zur Tür. »Guter Gott! Es tut mir leid. Es tut mir schrecklich leid!« Er rannte an Pat vorbei aus der Wohnung und verschwand. Seine Tritte hallten im Treppenhaus wider.

Verdattert sah Pat zu Viv. »Was um Himmels willen war denn da los?«

»Er war besessen! Im wahrsten Sinne des Wortes.« Viv merkte, dass sie am ganzen Leib zitterte. Sie setzte sich auf den Schaukelstuhl und ließ den Kopf in die Hände sinken. »Ich dachte, er würde mich gleich umbringen. Er wollte die Fibel haben.«

»Hast du ihm erzählt, wo sie ist?« Pat schloss die Tür, drehte den Schlüssel um und setzte sich dann Viv gegenüber. Ihre Augen verengten sich.

Viv schüttelte den Kopf. »Es ist alles so furchtbar schnell gegangen. Wir haben uns über das Hörspiel unterhalten, und plötzlich war er anders. Seine Augen waren anders. Er war jemand anderes.«

»Wer?«

»Venutius.« Ihre Stimme war nicht mehr als ein Flüstern.

»Scheiße!« Pat wühlte in ihrer Tasche und holte ihre Zigaretten heraus.

»Pat, wo ist die Fibel?« Viv runzelte die Stirn. »Pete sagte, sie wäre bei dir in der Wohnung.«

Pat schüttelte den Kopf. »Nein. Das war nur ein böser Traum. Das ist gar nicht wirklich passiert. Sie ist noch in Stanwick, sie muss dort sein.« Sie blies den Rauch aus.

Viv biss sich auf die Lippe und schaute auf ihre Hände. »Was passiert denn bloß mit uns?«

Pat zuckte mit den Schultern. »Sie wollen sie haben, stimmt's? Alle wollen sie haben. Carta. Venutius.« Sie zögerte. »Und Medb.« Sie zog wieder an der Zigarette. »Aber warum? Was ist so Besonderes an ihr? Lieber Gott, das ist wirklich wie in einem Albtraum.« Sie warf einen Blick zu Viv. »Was hat Hugh denn über das Hörspiel gesagt, bevor unser Freund ihn überfallen hat?«

»Dass er Maddie, die er offenbar kennt, gesagt hat, sie soll das Hörspiel vergessen.« Vivs Hände zitterten.

»Wie bitte?« Pat starrte sie mit offenem Mund an.

»Ich weiß. Ich kann's auch nicht glauben.« Viv lachte gequält. »Mach dir keine Sorgen, ich bin mir sicher, dass wir das wieder hinbiegen können.«

»Aber natürlich können wir das hinbiegen!« Pat sah sie an. »Einen solchen Blödsinn habe ich noch nie gehört. Wir haben doch einen Vertrag! Ich ruf sie an, sofort. Der Mann ist wirklich unmöglich!« Sie hatte ihr Handy schon gezückt, und wenige Sekunden später war sie mit Maddies Büro verbunden.

Das kurze Gespräch mit Maddies Assistentin war ergebnislos. Ungeduldig unterbrach Pat die Verbindung. »Sie ist nicht im Büro. Ich glaube, ich fahre mal gleich zu ihr. Wenn nötig, warte ich die ganze Nacht vor ihrer Tür. Ich lass uns doch von dem Schuft nicht alles kaputtmachen.« Sie schwieg kurz. »Weißt du, ich glaube, auch wenn Hugh das Gegenteil wollte, im Grunde hat er dir einen Riesengefallen getan. Das Buch geht weg wie warme Semmeln – die Leute wollen einfach herausfinden, worum es bei dem Krach überhaupt geht!«

Viv lächelte gequält. »Vielen Dank, Hugh!«

Sobald Pat gegangen war, stand sie seufzend auf und ging zum Schreibtisch. Die Begegnung mit Hugh ging ihr nicht aus dem Kopf. Sie hatte Venutius gesehen, hatte ihn gespürt. Venutius hatte so vollständig von Hugh Besitz ergriffen, dass er in seinem Zorn alles Mögliche hätte anstellen können. Sie schauderte. Dann nahm sie den Brief in die Hand und las ihn noch einmal durch. Sie hatte nicht geträumt, es stimmte wirklich. Ihr wurde eine Stelle angeboten. Eine renommierte Stelle, weit weg von Edinburgh, weit weg von Hugh. Eine Stelle, bei der man vermutlich kein Arbeitszeugnis ihres früheren Professors sehen wollte, denn es wurde angedeutet, dass der Verfasser des Briefes über ihre Meinungsverschiedenheiten Bescheid wusste. Die Frage war – wollte sie die Stelle denn?

Drei Stunden später rief Pat sie schließlich zurück. »Viv? Ich habe gerade mit Maddie gesprochen. Es ist alles in Ordnung. Sie hatte nie die geringste Absicht, auf den verrückten Professor zu hören. Sie sagt, sie habe ihn einfach vor sich hin zetern lassen und ihn in dem Glauben belassen, er habe sie überzeugt. Das wäre das Einfachste gewesen. Was hat der Kerl bloß? Auf jeden Fall, Ende dieser Woche geht sie in Mutterschaftsurlaub, aber sie glaubt, dass sie das Hörspiel im Spätherbst oder Frühwinter senden wollen. Also, liebe Mitautorin, das heißt, wir haben einen Termin. Geht's dir jetzt besser? In der nächsten Woche wird nichts als geschrieben, ja?«

## III

»Das sind deine eigenen Leute!« Venutius war außer sich.

»Sie haben sich meinen Befehlen widersetzt.«

Über Hundert Männer waren gestorben, der Aufstand war ebenso schnell erstickt worden, wie er aufgeflammt war, und jetzt stand sie den überlebenden Anführern gegenüber. In Ketten warteten sie hier in Dun Righ, am Ort der Gerichtsbarkeit unter der großen Eiche bei den Wasserfällen, bis das Urteil über sie gefällt wurde.

Sie hatte gelobt, dass kein Brigant gegen Rom kämpfen würde, und im Gegenzug hatte Plautius versichert, dass Rom das Land der Briganten nicht angreifen würde. Sie waren Verbündete. Carta würde die Grenze im Norden sichern, und ihr Volk durfte seine Waffen behalten. Es war ein freies Volk. Wenn also Briganten die Vereinbarung brachen und ihrem Verwandten Caradoc bei seinem Krieg gegen die Legionäre Verstärkung schickten, musste sie rasch handeln und hart urteilen, damit so etwas nicht wieder geschah.

Wie Venutius rieten auch Artgenos und Culann zu Zurückhaltung.

»Sie sind bereits genügend gestraft. Sie haben das Gesicht verloren, sie haben ihre besten Krieger verloren. Lass es dabei bewenden«, empfahl Artgenos, als sie an ihrem Feuer saßen. Er zog sein ungefärbtes wollenes Manteltuch fester um sich. Sein Gesicht war grau vor Erschöpfung. Er merkte, dass Carta seinem Einfluss immer mehr entglitt. Sie hatte ihren eigenen Kopf und sie besaß eine innere Stärke. Wieder seufzte er.

Cartimandua war bei ihrem Volk überaus beliebt. Sie brachte ihm Frieden und Wohlstand. Aufgrund ihrer Entscheidungen lächelten die Götter auf Brigantia herab. Die Kornspeicher waren voll, das Vieh fett und fruchtbar, und im Gegensatz zu ihren eroberten Nachbarn in der Provinz im Süden mussten sie nicht zusehen, wie endlose Reihen von Wagen, beladen mit Nahrungsmitteln und Vorräten, die eigentlich ihnen zustanden, über die Straßen an ihnen vorbeifuhren, um die Mägen der stets hungrigen Legionen der Eroberer zu füllen. Wenn ihre Krieger nach einem Kampf dürsteten, gab es immer die Stämme im fernen Norden, die sie um Vieh und Frauen überfallen konnten. Die besten Krieger gehörten zu ihrer eigenen Armee. Ihre persönliche Leibwache! Jeder Zweifel, den sie tief in ihrem Herzen hegen mochte, blieb den anderen verborgen. Sie war fest entschlossen, niemals die mindeste Schwäche zu zeigen, sei es auch nur durch Unsicherheit oder fehlgeleitetes Mitgefühl.

Sie saß im heiligen Hain, um Hals und Arme die schweren Goldreifen, die ihre Macht und ihre Stellung verdeutlichten, Artgenos und die anderen Druiden im Kreis um sie herum. Hinter ihnen standen in ehrfürchtigem Schweigen alle Stammesangehörigen. Die Gefangenen hatten, bis auf den letzten Mann, den Tod gewählt. Es war weit besser, im heiligen Hain zu sterben, um als Bote den Göttern Opfergaben zu bringen, denn als Feigling und Verbrecher hingerichtet zu werden. Diese Männer waren tapfere Krieger. Sie würden ehrenhaft sterben und ihren Göttern ihren Widerstand erklären. Ein unbeschwertes Leben im Land der ewigen Jugend war ihnen gewiss, bis ihre Seele sich entschied, wiedergeboren zu werden. Einer, der Sohn eines Stammeshäuptlings, war kaum mehr als ein Knabe und bei Weitem der Jüngste. Er stand dicht neben seinem Vater, sein starres Gesicht verriet, dass er alle Willenskraft aufbringen musste, um nicht zu weinen. Hin und wieder wanderte sein Blick von Cartas Gesicht zu den mächtigen Zweigen des Baums, und sie sah, dass er das Laub und das Sonnenlicht betrachtete und die letzten Minuten Wärme auf seiner Haut spürte.

Carta gestattete sich keinerlei Regung, als sie die Männer sterben sah. Wenn diese stark sein konnten, so konnte sie es auch. Nur einmal, als der Junge sich neben die Leiche seines Vaters auf den blutigen Platz des Todes kniete, um den dreifachen Todesstreich zu empfangen, schloss sie die Augen und seufzte. Sie sah ihn aufschauen, sah seinen letzten Blick auf das grüne Laub der Eiche und die Sonne und das Leben, das er jetzt nicht führen würde, dann schloss er die Augen und wartete auf den Hieb. Sein Kopf würde einer derjenigen sein, die sie als Trophäe aufbewahrte, sodass sie die Hüterin seiner Seele wurde und seine Kraft und Stärke auf sie übergingen, und wenn sie mit ihm allein war, würde sie ihm schließlich auch sagen können, wie viel Kummer sein Tod ihr bereitet hatte.

Vor den Augen der Männer, der Frauen und Kinder des Stammes fiel der Körper des Jungen zu Boden. Über den Bäumen kreisten bereits die Milane und Bussarde. Einen Moment sah Carta den Schatten des Jungen über seinem Leichnam schweben, dann war er fort. Er hatte den Übergang ins Land der Götter vollzogen. Sie blickte zu Artgenos, der nickte. Auch er hatte die Seele des Jungen gehen sehen. Es war wohl getan.

Merkwürdig, dass die Römer, die zweifellos sehr tapfer waren, diesen Umstand vom Übergang der Seele nicht begriffen. Sie äußerten Entsetzen und Grauen, wenn sie hörten, dass bei Hinrichtungen Priester anwesend waren und diesen wichtigsten Augenblick im Leben eines Menschen beaufsichtigten. Ihre eigenen Gefangenen schlachteten sie ehrlos ab und verdammten die verängstigten Seelen dadurch zu ewiger Wanderschaft. Eine derart grausame Strafe war Carta völlig unverständlich.

Langsam erhob sie sich und gab damit das Zeichen, dass die Zeremonie und der Widerstand beendet waren. So tapfer ein Mann seinem Tod auch begegnen mochte, er suchte ihn nicht. Es war besser, der Königin zu dienen, als sich ihr zu widersetzen. Diese Botschaft hatte sie an diesem Tag sehr deutlich verkündet.

Sie wartete, bis Venutius neben ihr herging, und merkte, dass er sie beinahe mit einer Art Ehrfurcht beobachtete. Vellocatus folgte ihm langsam, das Schild des Königs in der Hand. Sein hübsches junges Gesicht war von Kummer und Entsetzen über das, was er gesehen hatte, gezeichnet.

Venutius warf seiner Frau einen Blick zu. »Du warst heute stark.« Fast klang er beeindruckt.

Ernst erwiderte sie seinen Blick. »Das musste ich auch. Niemand darf sich meiner Autorität widersetzen.«

Seine Miene verdüsterte sich. »Ich bezweifle, dass jemand das noch wagen würde.«

»Dann haben die Toten ihren Zweck erfüllt. Ich habe Artgenos beauftragt, ihre Köpfe zu bewahren. Sie waren alle tapfer, wenn auch fehlgeleitet. Diese Tapferkeit werden wir ehren.«

Venutius sah mit verschlossener Miene zu ihr. Sie hatte den ersten großen Fehler gemacht.

Viv schauderte heftig und wachte mit einem Ruck auf, nur um festzustellen, dass sie auf dem Schaukelstuhl saß. Sie schwitzte und zitterte und wusste, dass sie sich im nächsten Moment übergeben würde. Sie stürzte ins Bad und erbrach sich immer und immer wieder, der Anblick und der Gestank des Opferplatzes gingen ihr nicht aus dem Kopf. Das waren also die blutgetränkten Haine, die die Historiker beschrieben, die Menschenopfer, die von den scheinheiligen Römern verdammt wurden, die ihre Gefangenen lieber den Löwen vorwarfen und ihnen als Volksvergnügen in der Arena beim Sterben zusahen.

Aber wie konnte sie so etwas nur anordnen? Und dann dabeistehen und zusehen, ohne mit der Wimper zu zucken. Aber schließlich war sie eine Königin, und ihr Ansehen und ihre Macht beruhten darauf, stark zu sein. Außerdem warnte sie damit Venutius, dass sie keinen Widerstand dulden würde. Venutius, dessen Augen sie aus Hughs Gesicht angesehen hatten.

Sie spritzte sich Wasser ins Gesicht, tastete nach einem Handtuch und drückte es sich fest gegen die Augen. Noch immer zitterte sie am ganzen Leib.

# Kapitel 24

## I

Hugh knallte den Hörer auf und stellte sich in die geöffnete Terrassentür. Die Hitze stieg wie eine Wand von den Steinplatten auf. Er runzelte die Stirn. Den ganzen Vormittag hatte er versucht, Viv anzurufen. Eigentlich sollte er auf der Stelle nach Edinburgh fahren und vor ihrer Tür Wache beziehen. Wenn nötig, ihre Wohnung mit Gewalt durchsuchen. Er ballte die Fäuste. Jetzt spürte er sie wieder, die überwältigende Wut, die dort draußen im Garten zu lauern schien. Vorsichtig sah er sich um. Nichts war zu hören, nichts regte sich. Die Hitze der Steine und der Mauern schien zu flimmern, die Stille um ihn war gespenstisch, und plötzlich wusste er auch warum. Venutius war da. Hugh schaute auf seine Hände und streckte die Finger durch. War Venutius für einige erschreckende Sekunden wirklich in seine Seele eingedrungen, oder hatte er sich das nur eingebildet? Er hatte den Zorn und die Kraft des Mannes gespürt. Einige grauenvolle Sekunden lang hatte er gewusst, wie es sich anfühlte, jemanden töten zu wollen, und hatte auch gewusst, dass er zu einer Brutalität fähig war, die er sich niemals zugetraut hätte. Und in eben denselben Sekunden am Telefon war ihm auch klar geworden, dass er, so wenig er es sich eingestehen wollte, Viv Lloyd Rees liebte, aber dass er eines Tages dennoch gezwungen sein könnte, ihr wehzutun.

Als er schließlich die hochgewachsene Person bei den Lorbeerbüschen entdeckte, fügte er sich fast ergeben in die unausweichliche Niederlage. Venutius stand auf dem Rasen, die Hände in die Hüften gestemmt. Sein attraktives Gesicht war kalt und starr, die blauen Spiralwirbel auf den Schläfen wirkten Furcht einflößend, sein langes Haar wurde von einem Wind zerzaust, den Hugh nicht spüren konnte. Starr vor Angst sah er Venutius auf sich zuschreiten. Er wusste, dass er ins Haus gehen und die Türen zuwerfen sollte, wusste, dass er Meryn anrufen sollte, wusste, dass er ins Auto stürzen und wegfahren sollte. Irgendwohin, so schnell er nur konnte. Doch er rührte sich nicht vom Fleck.

Als die groß gewachsene Gestalt schließlich nur noch gut einen Meter von ihm entfernt stand, schüttelte er lediglich den Kopf. »Ich konnte die Fibel nicht finden«, sagte er leise. »Ich habe alles versucht. Es ist nicht Vivs Schuld. Lass sie in Ruhe. Wenn du einen Schuldigen suchst, hier bin ich.«

## II

»Viv, wir müssen miteinander reden!« Hughs Stimme hallte durch die Wohnung. »Sie müssen mir die Fibel geben. Sonst lässt er mich nie in Frieden. Es tut mir leid. Ich wollte Ihnen keine Angst einjagen. Viv, helfen Sie mir!«

Bekümmert schaute sie zum Telefon. Jetzt rief er schon zum dritten Mal an diesem Vormittag an. Fünfzehn Minuten später saß sie immer noch an ihrem Computer, als das Telefon wieder klingelte. Neben dem Bildschirm stand ein Becher Kaffee, der kalt geworden war und auf dem die Milch eine runzelig-cremige Schicht bildete. Ihre Finger flogen über die Tasten, und die Dokumentation von Cartimanduas Leben wurde immer länger. Die Geschichte hallte unerbittlich in ihrem Kopf wider.

CARTA: Ich werde die Männer selbst in die Schlacht führen.
VENUTIUS: Nein, ich werde sie führen. Das ist Männersache.
CARTA: Aber ich bin die Königin.
VENUTIUS: Du magst die Königin sein, aber du bist nur eine Frau!

So ging das einfach nicht. Das würde Venutius nie sagen. Da Cartimandua zur Hochkönigin gewählt worden war, hatte sie ihre Männer zweifellos selbst führen können. Boudicca hatte es getan. Auch Carta hatte sich bewiesen. Sie war stark. Und rücksichtslos.

CARTA: Ich bin an der Spitze meiner Truppen in die Schlacht geritten und das werde ich auch wieder tun. Und ich habe angeordnet, dass Verräter sterben müssen. Vergiss das nicht.

Wie würde sie ihn ansprechen? Wie sprach sie ihn denn in den Träumen an? Viv biss sich auf die Unterlippe und blätterte ihre Aufzeichnungen durch.

VENUTIUS: Meine Königin, dies ist eine Aufgabe für einen Mann!

Du liebes Bisschen, das klang nur peinlich!

CARTA: Das glaube ich nicht! Ich werde meine Männer führen, und die Frauen des Stammes werden uns, wie immer, begleiten. Dann ist uns der Sieg gewiss.

Viv schrieb immer weiter. Als Pat kam, konnte sie ihr mehrere Seiten geben. Zusammen saßen sie da und lasen, tauschten Notizen und Dialogseiten aus, bis sie schließlich die Blätter beiseitelegten und sich anschauten.

»Und?« Viv betrachtete Pat nervös.

Pat atmete langsam aus. »Es ist gar nicht so schlecht. Aber es klingt immer noch etwas gestelzt. Du solltest ganze Abschnitte aus deinen Aufzeichnungen verwenden. Genau die Sprache, die du aufgeschrieben hast und wie wir sie neulich aufgenommen haben. Du hast sie in eine historisierende Sprache redigiert. Wir sollten schon ganz früh einfließen lassen, was Cartas Weltsicht – Medbs Weltsicht – für sie bedeutete. Die Besonderheit hervorheben. Etwas von der faszinierenden Sicht der Kelten auf die Welt rüberbringen.« Sie schwieg nachdenklich. »Als ich an einer Sendung über die Ureinwohner Amerikas arbeitete, bekam ich einen Eindruck davon, was es heißt, Spiritualität zu leben. Eine Spiritualität, die die ganze Welt um die Menschen herum erfüllt. Keine höheren Wesen, die Gesetze festschreiben, sondern etwas, was eins mit ihnen ist. Und genau das brauchen wir hier. Wir müssen denken, wie Carta gedacht hat.«

Einen Moment herrschte Stille. Dann legte Viv ihren Stift beiseite. »Du hast recht.«

»Geräusche sind wichtig, die werden uns dabei sehr helfen«, fuhr Pat fort. »Nichts Gespenstisches, nur atmosphärische Geräusche, die die spirituelle Verbindung zur Natur verdeutlichen. Ein Wasserfall. Der Wind über den Mooren, solche Sachen.« Sie zuckte mit den Schultern. »Weißt du, ich kann mir noch kein richtiges Bild davon machen, wie Cartas Welt wirklich aussah. Was du in deinem Buch beschreibst, ist nicht schlecht, aber natürlich ist es ein historisches Buch. Ich möchte es mir selbst ansehen.«

»Na ja, wir könnten zur Winter Gill Farm fahren«, schlug Viv vor. »Die Gegend bietet sich an, um atmosphärische Geräusche aufzunehmen. Du könntest nach Ingleborough hinaufsteigen. Jetzt, wo du auf dem Traprain warst, bist du ja fit.« Sie lächelte.

»Das wäre toll ...« Pat unterbrach sich. »Weißt du, langsam lerne ich, Dinge zu bemerken, die mir früher nie aufgefallen sind. Zum Beispiel, dass man in einen Bach oder einen Teich schauen und die Zukunft und die Vergangenheit sehen kann. Das können wir genauso wie sie.« Medb lehrte sie das alles.

Viv lachte trocken. »Solche Sachen sollte ich wohl in den Dialog aufnehmen.« Sie klang bedrückt. »Ich sehe alles durch Cartas Augen, aber wenn ich schreibe, sehe ich es immer noch als Historikerin. Ich bin genauso schlimm wie Hugh. Ich halte ihren Glauben für abwegig, für primitiv. Heidnisch. Und ganz unbewusst redigiere ich es entsprechend um.«

»Na ja, sie waren ja auch heidnisch insofern, als sie in einer vorchristlichen Zeit lebten.« Pat nickte.

»Aber ich verwende das Wort heidnisch als abschätzigen Begriff. Du hast recht. Ich würde es nie wagen, die Spiritualität der amerikanischen Ureinwohner zu belächeln. Und die keltische Religion ist in vieler Hinsicht sehr ähnlich. Sie hat viel mit ihrer Einstellung zum Tod zu tun. Das ist wichtig, das müssen wir im Dialog schon ganz bald ansprechen. Und das beeinflusst natürlich, was sie bei Riachs Tod empfindet, und als Triganos und ihr Kind sterben. Natürlich war sie traurig, weil sie nicht mehr bei ihr waren, aber sie hat nicht wie wir heute geglaubt, ›das war's, die sind für immer weg‹. Wenn sie mit ihren Ahnen und ihren Göttern Zwiesprache hielten, haben sie doch bestimmt auch mit ihren Verstorbenen gesprochen.« Fluchend brach sie ab, weil das Telefon schon wieder klingelte. Seit Pats Ankunft hatte Hugh ein halbes Dutzend Mal angerufen. »Ganz schön hartnäckig, was? Und ständig droht er damit vorbeizuschauen.«

Dieses Mal hinterließ er allerdings eine längere Nachricht. »Viv, hören Sie, es ist sehr wichtig. Passen Sie auf, dass niemand anderer die Fibel berührt, und fassen Sie sie auch selbst nicht noch mal an. Sie war verflucht.« Er zögerte, seine Verlegenheit war seiner Stimme deutlich anzuhören. »Das hat mir jemand gesagt, der sich mit solchen Dingen auskennt, und so ist Venutius zu mir gekommen. Der Fluch kann auch bei anderen Leuten wirken. Bei Ihnen. Bei jedem, der sie berührt!« Es folgte eine Pause, dann legte er auf.

Pat war kreidebleich geworden. »Viv, ich hab sie angefasst! Ich hab die Nadel in der Hand gehabt.«

Viv starrte sie an und kaute auf der Unterlippe. »Dadurch ist Medb in die Geschichte gekommen, Pat«, flüsterte sie schließlich. »Sie hat Venutius die Fibel geschenkt, und die ist mit ihrer Macht erfüllt.«

In das lange Schweigen, das daraufhin einsetzte, klingelte das Telefon wieder. Sie achteten gar nicht darauf.

»Du solltest eine Weile aus der Wohnung verschwinden«, flüsterte Pat. »Komm doch mit in den Abercromby Place. Dann weiß er nicht, wo du bist.«

»Nein.« Viv schüttelte den Kopf. »Pat, ich muss sie ihm zurückgeben.«

»Das darfst du nicht! Sie ist gefährlich! Das hat er doch gerade selbst gesagt.«

»Wenn, dann ist es für uns sowieso zu spät.« Viv machte eine vage Geste. »Wir haben sie beide angefasst.« Schaudernd sah sie zu Pat. »Du musst dich gegen Medb wehren. Sie ist bösartig.« Sie schaute Pat fest in die Augen.

»Besten Dank!« Pat verzog das Gesicht. »Und wie genau soll ich das machen?«

»Hör ihr nicht zu.« Viv schaute auf das Manuskript, das vor ihnen lag. »Und hör auf, über sie zu schreiben.« Benommen ging sie zum Fenster, dann drehte sie sich um und sah wieder zu Pat. »Medb hat Cartimandua gehasst.«

»Ja.« Pat lachte freudlos.

»Sie wollte sie zu Fall bringen. Sie wollte einen Keil zwischen sie und Venutius treiben.«

»Das sollte nicht allzu schwer gewesen sein«, kommentierte Pat.

»Du hast vorgeschlagen, dass wir die Fibel nach Stanwick zurückbringen«, sagte Viv nachdenklich. »Du warst diejenige, die nicht wollte, dass ich sie nach der Sendung Hugh zurückgebe.«

»Und? Du hast mir zugestimmt.«

»Hat Medb dich auf die Idee gebracht, Pat? Ist es Medb, die nicht will, dass Venutius sie bekommt?«

»Wenn sie verflucht ist, dann müsste sie doch eigentlich wollen, dass er sie kriegt!« Pat wühlte nach ihrer Zigarettenschachtel und schüttelte sie dann enttäuscht. Sie war leer.

»Da ist etwas, was wir nicht sehen.« Viv schauderte. »Ich weiß nicht, was ich tun soll.«

»Dann unternimm auch nichts. Konzentrier dich einfach auf das Hörspiel.« Pat stand auf. »Ich muss raus und Zigaretten kaufen.«

»Dann lass uns doch für heute aufhören.« Plötzlich fühlte sich Viv völlig ausgelaugt. »Machen wir morgen weiter, ja?«

»Wenn du dich mit Carta beraten hast?«, sagte Pat sarkastisch. »Sie weiß nichts von Medb. Und sie ist ihr völlig egal! Nachdem sie ihre Entführung veranlasst hat, hat sie keinen Gedanken mehr an sie verschwendet.«

»Vielleicht nicht.« Viv runzelte die Stirn.

»Im Hörspiel wird die Wahrheit ans Licht kommen.«

»Meinst du?« Viv sah Pat zu, wie sie ihre Unterlagen in die Tasche steckte, die sie sich dann über die Schulter schlang. »Das werden wir ja sehen.«

## III

*Vivienne.*

Die Stimme weckte Viv aus einem unruhigen Schlaf.

*Vivienne, liebe Göttin, beschütze mich und beschütze mein Volk!*

Draußen wurde es gerade erst hell. In der Ferne hörte sie die Amsel. Sie runzelte die Stirn. Amseln sangen in der Morgendämmerung, weil jede Morgendämmerung eine Botschaft in sich trug. Zahlreiche Botschaften. Sie warf einen Blick zum Telefon und schüttelte den Kopf. Jedes Morgengrauen war auch ein mögliches Tor, eine magische Zeit. Keine Zeit für moderne Technik. Eine Zeit, auf die Stimmen aus der Vergangenheit zu hören. Und zu handeln.

Sie musste die Fibel wieder holen, und zwar ohne Pats Wissen.

Es war noch früh, als sie Edinburgh verließ, und die Straßen waren relativ leer. Kurz nach neun kam sie an.

Sie parkte den Wagen an derselben Stelle wie einige Tage zuvor und ging dann zum Schutzwall hinauf.

Es war windstill, die Bäume, die über dem Weg herabhingen, regten sich kaum. In der kurzen Zeit seit ihrem letzten Besuch war das Gestrüpp noch undurchdringlicher geworden. Brennnesseln und Dornen überwucherten den Pfad, an manchen Stellen konnte sie ihn kaum ausmachen. Vorsichtig kletterte sie die steile Böschung zum Fuß der wiedererrichteten Mauer hinunter und tastete zwischen den Steinen umher. Hier musste sie irgendwo sein. Unbehaglich hielt sie inne. Sie spürte, dass jemand sie beobachtete. Langsam drehte sie sich um. Es war sehr heiß, und hier unten, im Schutz der Mauer, regte sich kein Lüftchen. »Carta?« Das Wort verhallte ungehört. »Medb?« Sie wandte ihre Aufmerksamkeit wieder der Mauer zu, tastete die Steine ab, zog an ihnen, klopfte gegen das Moos, um festzustellen, welcher Stein lose war. Sie hatte die Ziegelreihen gezählt. Sie wusste genau, wo die Plastikdose war. Sie verscheuchte eine Fliege, die sie umsummte, zog an einem Grasbüschel und nickte zufrieden. Sie ließ den großen Stein auf den Boden fallen und steckte die Hand in den Raum dahinter. Dann zog sie die Dose hervor.

Hastig nahm sie den Deckel ab und schaute auf das Päckchen, das darin lag. Es schien nicht berührt worden zu sein. Sie setzte den Stein wieder in die Mauer ein und kletterte die Böschung hinauf. Die Bäume regten sich noch immer nicht. Von dem Pfad, der vor ihr im Gestrüpp der Büsche verschwand, war kein Geräusch zu hören. Aus der Ferne hörte sie das wehklagende Muhen einer Kuh.

Sie hielt inne und starrte über die Schulter ins Dickicht. Da stand tatsächlich jemand. Jemand, der nicht gesehen werden wollte.

Carta.

Oder Medb?

## IV

»Es tut mir leid, dass ich einfach unangemeldet bei Ihnen aufkreuze! Ich bin aus einem Impuls heraus hergefahren!« Viv sah Peggy entschuldigend an.

Nachdem sie die Fibel mit der Dose ins Handschuhfach gelegt hatte, war ihr überhaupt nicht danach zumute gewesen, nach Edinburgh zurückzufahren. Nicht jetzt. Sie hatte keine Lust, sich mit Pat auseinanderzusetzen, und sie hatte auch keine Lust, Hugh anzurufen oder noch mehr Nachrichten von ihm zu hören. Das hatte Zeit. Und so beschloss sie, nach Süden zu fahren. Das Wetter schlug um, und als sie nach Westen durch das Tal Nidderdale fuhr, geriet sie immer wieder in Regenschauer. Doch als sie beim Farmhaus ankam, spiegelte sich strahlender Sonnenschein in den Fenstern, und Regentropfen glitzerten auf den Blumen. Allerdings zogen am blauen Himmel bereits die nächsten schwarzen Wolken herauf.

Steve begrüßte sie mit einer Umarmung und führte sie in die Küche. Die Atmosphäre im Haus hatte sich verändert. »Dad ist ohne ein Wort zu sagen einfach weggefahren.« Steve zuckte mit den Achseln. »Mum ist ein bisschen durcheinander.« Das war eindeutig eine Untertreibung. Als er seiner Mutter einen Blick zuwarf, tat er Viv richtig leid, so offensichtlich war sein Kummer. Einen Moment herrschte unbehagliche Stille. »Er hat die Hunde bei einem unserer alten Arbeiter oben im Tal gelassen«, fuhr er fort. »Und das ist, gelinde gesagt, seltsam. Außerdem ist es ohne sie sehr still hier, stimmt's, Mum?«

Mit schweißglänzendem Gesicht nahm Peggy einen Kuchen aus dem Herd und stellte ihn auf den Tisch. Sie ging auf seine Bemerkung gar nicht ein. »Sie haben doch hoffentlich nicht vor, heute Abend noch auf den Berg zu gehen?«, fragte sie Viv und schaute zum Küchenfenster, über das schon wieder Regentropfen rannen. Draußen bogen sich die Apfelbäume im Wind, der große Bergrücken war von einer schwarzen Wolke verhüllt.

»Nein, nicht heute.« Viv schüttelte den Kopf und schwieg dann beklommen, während Peggy den Kuchen zum Abkühlen auf ein Gitter stürzte. Dann sah sie wieder zu Steve. »Es tut mir wirklich leid, dass wir uns bei der Party gar nicht mehr unterhalten haben. Nach dem Krach mit Hugh war ich völlig durch den Wind, und dann hat Sandy mich entführt. Ich hoffte, dass du das verstehen würdest.«

Er nickte. »Natürlich. Ich wusste doch, dass du früher oder später wieder herkommen würdest.« Er nahm drei Becher aus dem Schrank und stellte sie auf den Tisch.

Peggy hatte sich mittlerweile auf den Stuhl am Kopfende des Tisches gesetzt und beobachtete Viv und Steve aus zusammengekniffenen Augen. Müde griff sie nach der Teekanne. »Tja, die Leute, die heute Nachmittag abgefahren sind – die haben Ihre Geister oben am Berg gehört.«

Dankbar nahm Viv den Becher Tee entgegen. »Ach wirklich?«

»Ja.« Seufzend umfasste Peggy ihren Becher mit beiden Händen. »Die waren gestern den ganzen Tag oben, stimmt's, Steve?« In ihrer Stimme lag etwas bemüht Versöhnliches, so als hätten auch Peggy und Steve sich gestritten. »Offenbar ein richtiges Getöse! Hufschläge haben sie gehört, obwohl kein anderer Mensch da oben war. Und Stimmen. Sie glaubten sogar, sie hätten eine ganze Schar von Männern auf Pferden mit Schwertern gesehen.«

»Mit Schwertern?« Viv achtete gar nicht mehr auf Steve. Sie spürte, dass ihr alles Blut aus dem Gesicht wich.

»Das haben sie zumindest gesagt. Die waren jetzt zum zweiten Mal hier. Weißt du noch, Steve?« Peggy warf wieder einen Blick zu ihm. »Als sie im letzten Herbst hier waren, haben sie auch schon was gehört. Sie wollten deswegen sogar Kontakt mit dem hiesigen Gespensterverein aufnehmen.«

Steve hatte seine Aufmerksamkeit ganz auf Viv gerichtet. »Ich habe ihnen gesagt, dass sie Geräusche aus den Erdgeistlöchern hören.«

»Männer zu Pferd«, wiederholte Viv nachdenklich. »Mit Schwertern.«

»Reine Einbildung, Viv.« Steve griff nach einem Messer. »Soll ich den Kuchen aufschneiden?« Jetzt endlich sah er zu Peggy. »Dann kühlt er schneller aus.«

Peggy gab ihr ein hübsches Zimmer im Dachgeschoss, das auf den vorderen Garten hinausging. Sie verlor kein Wort darüber, dass Viv kaum Gepäck dabeihatte, nur ihre Wanderausrüstung und eine kleine Tasche, die sie im letzten Moment in den Wagen geworfen hatte für den Fall, dass sie kurzfristig beschloss, das Wochenende irgendwo in der Umgebung von Stanwick zu verbringen. Kein Computer, keine Aufzeichnungen. »Hier oben können Sie ganz für sich sein, die anderen Gäste werden Sie nicht stören.« Am Abend sollten zwei Paare eintreffen, die die Zimmer im ersten Stock reserviert hatten, wo Viv bei ihrem ersten Besuch übernachtet hatte. Am Abend saß sie dann mit Steve und mehreren Fremden um den großen Esstisch. Nachdem ihr anfänglicher Widerwille sich gelegt hatte, entspannte sie sich. Es tat ihr gut, hier zu sich selbst zu finden und Pat, Hugh, Cartimandua und die Fibel, die mittlerweile in ihrer Reisetasche lag, zu vergessen, wenn auch nur für kurze Zeit. Alle ließen sich Peggys Pastete aus geräuchertem Hühnchen schmecken, und zwischendurch erzählten die Gäste von ihrem Besuch bei Mother Shipton's Cave.

Später setzte Viv sich im Garten auf eine Bank und sah zum Berg hinauf. Die anderen Gäste waren nicht da. Ein Paar hatte sich gleich nach dem Essen aufs Zimmer zurückgezogen, das andere unternahm einen Abendspaziergang. Nachtfalter flatterten über dem Gras, und Fledermäuse machten Jagd auf sie. Viv beobachtete sie gedankenversunken, als Steve zu ihr schlenderte und sich neben sie setzte. »Genießt du die Aussicht?« Es war fast dunkel.

Viv nickte und zog fröstelnd ihren Pullover enger um sich. Eine Weile saßen sie in einvernehmlichem Schweigen da.

»Glaubst du, dass die Quelle in der Mother Shipton's Cave auch ein Ort der Druiden war?«, fragte sie schließlich.

»Bestimmt.« Steve nickte. »Am Ufer eines großen Flusses, wo Wasser aus dem Schoß der Erde sprudelte, und zwar ein seltsames Wasser, das andere Dinge in Stein verwandeln kann. Eine Art Alchemie. Magie ist in allem spürbar. Aber nicht die Art Magie, wie wir sie kennen. Der ideale Ort.«

»Die Kelten lebten in einer wunderbar lebendigen Welt.« Sie lächelte verträumt. »Selbst die Stille auf den Bergen und in den Mooren war etwas Besonderes. Sie hatten weder Radio noch Fernsehen. Vor dem Frühstück landete keine Zeitung im Briefkasten, kein Telefon kündigte Besucher an, ob nun willkommen oder nicht. Ihre Sinne waren nicht von Lärm und hellem Licht getrübt.

Vielmehr lauschten sie auf alles um sie herum. Wenn ein Rotkehlchen unvermittelt in einem Busch in der Nähe zu singen begann, hörten sie nicht nur sein schönes Lied, sondern auch, was es sagte. Verteidigte es nur sein Revier oder warnte es davor, dass ein Fuchs oder eine Katze oder ein Mensch in der Nähe lauerte? Wenn in der Dämmerung morgens und abends eine Amsel sang, gingen sie leise und achtsam, denn Amseln waren ganz besondere Vögel. Man glaubte, sie bewachten die geheimen heiligen Orte.«

Er warf einen Blick zu ihr. »Wenn du es so beschreibst, klingt es sehr romantisch, aber es muss doch auch ein bisschen unheimlich gewesen sein, meinst du nicht?«

»Welche Welt ist das nicht?« Viv zuckte die Achseln.

Dann schwiegen sie wieder. In der Ferne hörten sie eine Eule rufen. »Bist du auf der Flucht vor Hugh?«, fragte Steve schließlich. Er hatte den Blick abgewandt.

Sie nickte. »Hier wird er mich nicht finden.«

»Er hat dir in den letzten Wochen das Leben ziemlich schwer gemacht, stimmt's? Und es ist mehr als eine berufliche Meinungsverschiedenheit, so viel steht fest.«

Viv gab keine Antwort. Sie saß da und schaute in den Dunst, der sich über die Felder legte. Allmählich wurde es kalt. »Früher waren wir gut befreundet«, sagte sie nach einer langen Pause. »Als Alison, seine Frau, noch lebte, war ich oft bei ihnen. Nach ihrem Tod hat er sich verändert. Ich meine, das ist nur natürlich, aber seitdem verhält er sich mir gegenüber anders. Schon bevor er das Buch gelesen hat, war er nicht mehr der Alte.«

»Ich vermute mal, wenn man jemanden so Nahestehenden verliert, verändert sich die Dynamik in allen Beziehungen.« Er seufzte. »Das ist nur normal. Du warst mit seiner Frau gut befreundet. Und vergiss nicht, du bist eine attraktive junge Frau.«

Viv verzog spöttisch den Mund. »Danke für das Kompliment.« Sie warf ihm ein Lächeln zu und spürte plötzlich bewusst die Wärme seines Körpers, wie er so dicht neben ihr saß. »Aber ich glaube nicht, dass es darum geht.« Sie richtete den Blick wieder auf den Berg.

»Darum geht es immer«, meinte Steve. »Auf der einen oder anderen Ebene, ob nun bewusst oder nicht.« Er verstummte und sah sie von der Seite an, aber sie merkte es nicht. »Nach allem, was ich höre, verkauft sich dein Buch fantastisch«, fuhr er fort. »Der Anfang deiner neuen Karriere als Superstar-Historikerin. Der neue C. W. Ceram. Jetzt sorgt Viv Lloyd Rees für Schlagzeilen!«

Sie lachte wieder. »Das klingt ja ausgesprochen glamourös.«

»Ist es ja auch. Du hast den Erfolg verdient.« Er legte den Arm auf die Banklehne hinter ihr. »Und mit dem Hörspiel wirst du noch berühmter werden.«

»Es wäre toll, wenn wir zumindest einen Teil davon hier aufnehmen könnten.« Aber eigentlich wollte sie heute Abend nicht an Pat denken. Jetzt musste sie erst einmal entscheiden, was mit der Fibel geschehen sollte.

»Ich bin gespannt, wie's weitergeht.« Sanft strich er ihr übers Haar. Sie bemerkte es nicht. Wieder herrschte eine Weile Schweigen. »Steve«, sagte Viv dann nachdenklich. »Deine Mutter hat doch nichts dagegen, dass ich einfach so aufgetaucht bin, oder?«

»Überhaupt nicht. Sie freut sich riesig. Warum?«

»Jetzt, wo dein Vater nicht da ist, mache ich ihr doch nur zusätzliche Arbeit.« Sie schaute ihm ins Gesicht. »Es ist doch nichts Schlimmes zwischen ihnen vorgefallen, oder? Sie wirkt ein bisschen angespannt.«

Er zuckte mit den Schultern. »Dad und sie haben sich heftig gestritten. Ein richtig böser Krach«, sagte er nach einer langen Pause. »Und dann sind sie und ich uns auch in die Haare geraten. In den letzten Jahren haben sie ziemlich viel Stress gehabt. Wir alle. Er musste einfach mal ein paar Tage raus, sonst nichts. Aber mach dir deswegen keine Gedanken. Es ist schön, wenn jemand anderes hier ist, und mit den Gästen hat er sowieso nie geholfen. Dafür gibt's eine Frau aus dem Dorf, und Mum hat sich wirklich gefreut, dich zu sehen. Sie ist heute nur ein bisschen müde, das ist alles.« Er stand auf und sah nachdenklich zum Berg, dann fröstelte er. »Es wird kalt. Komm bald rein, sonst verkühlst du dich noch.«

# Kapitel 25

## I

Viv wurde sehr früh wach und hörte eine Weile der Stille zu. Schließlich stand sie auf, öffnete das Fenster und atmete tief die kalte Luft ein. Die Morgendämmerung lag wie ein Schleier über den Bergen und Tälern. Sie sah zum Plateau des Bergs hinauf, um das Wolken trieben, und wusste, dass sie nicht mehr würde schlafen können.

Wenige Minuten später war sie angezogen und schlich, die Schuhe in der Hand, vorsichtig den Flur entlang. Sie ging die Treppe hinunter und durch den Korridor, in dem nur das langsame Ticken der Standuhr widerhallte, weiter in die Küche, wo sie die Stiefel anzog, und dann leise zur hinteren Tür hinaus.

Es war sehr kalt, Tau glitzerte auf dem Gras und den Spinnennetzen. Rasch ging sie zum Gatter, an den mit Flechten bewachsenen Apfelbäumen vorbei auf den Pfad. Nach einem kurzen Blick zurück auf das schlafende Farmhaus stieg sie über die Steinmauer zu dem Weg, der über die Felder den Berghang hinauf zum Gipfel führte. Zum Schutz vor der Kälte steckte sie die Hände tief in die Taschen und schritt den steilen Weg hinauf zu Cartas Geburtsort, dem Ort, wo die Hochkönigin von Brigantia zum ersten Mal einem Römer begegnete und erste Gehversuche als Politikerin und als Anführerin ihres Volkes unternahm.

Bei einer kleinen Verschnaufpause drehte Viv sich um und schaute den Weg hinein, den sie aufgestiegen war. Die Bäume, die unten im Tal und an den Flussufern standen, waren wohl die Überreste der alten Eichenwälder, die damals vermutlich direkt bis zum Steilabbruch hinaufgewachsen waren. Irgendwo dort unten in einem schattigen heiligen Hain hatte Carta dem Blutopfer beigewohnt und sich als starke, unerbittliche Herrscherin erwiesen. Was war dann passiert? Sie setzte sich auf einen flachen Stein und schloss die Augen. Mehr als eine Sekunde brauchte sie nicht zu warten.

Carta stand da, den Rücken an die große Eiche gelehnt. Sonne und Mond saßen ihr zu Füßen und beobachteten die drei Männer, die bei ihr waren. Während sie sich unterhielten, strich eine leichte Brise durch das dichte Laub über ihnen, und Carta spürte die Nähe der Götter, die jedes ihrer Worte hörten. Sie schauderte. Das Leben der Männer und Frauen vieler künftiger Generationen hing von ihren Entscheidungen ab. Im Süden und Westen ließ der Widerstand gegen die römischen Eroberer nicht nach. Boten hatten ihr immer wieder Nachricht von Caradocs weiterem Vormarsch gegen die Römer gebracht. Jetzt, da seine beiden Brüder tot waren, war er der einzige noch lebende Sohn Cunobelinus' und der Einzige überhaupt, der die Eroberer besiegen und sie zur Küste zurücktreiben konnte.

Venutius war entschlossen, ihm Unterstützung zu schicken. »Je mehr Erfolg er hat, desto mehr Stämme werden sich ihm anschließen, und dann kommt der Moment, wenn sich die Waage zu seinen Gunsten neigt, und dann müssen wir dabei sein und die Schurken ins Meer zurückjagen!«

Mit ausdrucksloser Miene verschränkte Carta die Arme und ließ sich von der Kraft des Baumes in ihrem Rücken stärken. Ihr war nicht entgangen, dass Artgenos und Culann die Worte ihres Mannes mit einem Nicken quittierten. Ihr Gesicht wurde noch verschlossener. Wieder einmal wurde sie in die Position derjenigen gedrängt, die unrecht hatte.

»Ich habe einen Eid geleistet, den römischen Statthalter zu unterstützen.« Aulus Plautius war nach Rom zurückgekehrt. Der neue Statthalter hieß Publius Ostorius Scapula und war bislang noch eine unbekannte Größe. »Die Briganten werden sich nicht gegen ihn mit Caradoc verbünden. Noch nicht.« Sie blieb unerbittlich.

Venutius schnaubte vor Empörung. »Du bist nicht an deinen Eid gebunden! Du bist Hochkönigin. Du beugst dich nicht dem Schoßhund des Kaisers. Zudem hast du Scapula überhaupt keinen Eid geleistet.«

»Nein, aber ich habe einen Vertrag geschlossen, zum Besten für die Völker unserer Berge.« Sie kniff die Augen zusammen. »Widersprich mir nicht, Gemahl.«

»Aber du deinerseits, große Königin, darfst dich auch nicht dem Drängen der Götter widersetzen«, warf Culann ruhig ein. »Herrin, hast du dir überlegt, warum die Römer unbedingt nach Westen vordringen und die Länder der Silurer und Ordovicer erobern wollen? Deren Berge beschützen den heiligsten Ort der britischen Inseln, die Insel Môn.«

Carta zögerte. »Sie werden Môn nicht angreifen. Das würden die Götter niemals zulassen.« Sie schloss die Augen, um ihre Gedanken zu sammeln und lauschte dem Rauschen der Blätter über sich, als die Boten der Götter sich stärker in den Westwind beugten.

»Oh, da unterschätzt du sie«, widersprach Culann. »Das werden sie durchaus. Sie sehen uns Druiden als die Hauptverantwortlichen des Widerstands gegen sie. Sie sehen uns hinter jedem Aufstand in Gallien und jetzt auch in Britannien, wie sie die Länder der südlichen Stämme zu nennen belieben, die sie besiegt oder zu ihren Vasallen gemacht haben. Sie glauben, dass die Druiden Caradoc unterstützen, was auch der Wahrheit entspricht, jetzt, da er der Einzige ist, der uns verteidigt.« Er verstummte und warf ihr einen vorwurfsvollen Blick zu. »Die Götter warnen uns, dass die Römer uns vernichten wollen. Sie sind nicht dumm, Cartimandua, ganz im Gegenteil. Unterschätze sie nicht.«

Abrupt wandte sie sich ab und entfernte sich einige Schritte von den drei Männern. Ihre Hunde folgten ihr dicht auf den Fersen. »Ich unterschätze sie nicht, nicht im Mindesten!« Sein Tadel hatte sie getroffen. »Die Götter sind mit uns, nicht mit den Römern, Culann.« Sie sah zu Artgenos, der bislang geschwiegen hatte. Der alte Mann reagierte nicht. Er wusste ebenso gut wie sie, dass die Omen nicht günstig waren. Die Adler kreisten über den Hochmooren.

In der Abenddämmerung ging sie wieder zum Heiligtum im Wald. Sie musste Gewissheit haben, ob ihr Vorgehen richtig war. Schweigend kniete sie sich an das dunkle Wasser und schaute in seine Tiefen.

*Vivienne?*

Sie hatte ihre eigene, persönliche Göttin schon lange nicht mehr angerufen.

*Vivienne!*

Was immer die Göttin von ihr verlangte, sie würde ihr gehorchen. Um Erfolg und Sieg sicherzustellen, genügte nur die größte und kostbarste Opfergabe.

Viv bewegte sich unruhig.

Was? Was war die größte und kostbarste Opfergabe? Doch nicht ein Menschenleben. Sie würde als Göttin niemals ein Menschenleben fordern. Aber als sie in die Augen der Königin blickte, spürte sie, wie ein Schauder urzeitlicher Furcht ihre Entschlossenheit ins Wanken brachte. Eines Tages würde Carta es für nötig erachten, ihrer Göttin ein Menschenopfer darzubringen. Das wusste sie in ihrem tiefsten Inneren. Und wenn es so weit war, würde Viv sie nicht davon abhalten können.

## II

Noch schlechter hätte die neue Woche kaum beginnen können. Hugh legte erschöpft den Hörer hin. Die Standpauke, die Maddie Corston ihm gerade gehalten hatte, hatte ihn völlig überrascht. Dabei hatte er sie doch nur gewarnt, dass sie ihre Glaubwürdigkeit aufs Spiel setzte, wenn sie eine Sendung produzierte, die auf Vivs Buch beruhte.

»Was ist denn bloß mit Ihnen, Hugh? Sie führen sich auf wie ein verwöhnter, neidischer, engstirniger, gemeiner alter Ziegenbock!«

Maddies Stimme hatte durch sein Büro gehallt, so laut, dass er den Hörer vom Ohr weghalten musste. Und er hatte sich vergewissert, ob die Tür auch wirklich geschlossen war.

»Und jetzt hören Sie auf! Akademische Querelen schön und gut, aber das geht eindeutig zu weit. Jetzt schreiben Sie doch Ihr eigenes Buch und hören auf, Viv zuzusetzen. Ich lasse mir von Ihnen meine Sendungen nicht torpedieren und ich lasse meine Autorinnen nicht von Ihnen fertigmachen. Die beiden Frauen sind ein fantastisches Team, und Sie halten sich aus der Sache raus. Haben wir uns verstanden?«

Plötzlich musste er lachen. Da hatte er wirklich in ein Wespennest gestochen. Die benahmen sich doch allesamt wie die Furien. Maddie hatte recht, er sollte sie in Ruhe lassen und mit seinen eigenen Forschungen weitermachen. Außerdem musste er sich bei Viv entschuldigen. Schon wieder. Noch vor Maddies Anruf hatte er es bereut, sich eingemischt zu haben. Aber er hatte doch nur verhindern wollen, dass Viv sich vollends blamierte.

Er schüttelte den Kopf. Um ehrlich zu sein, fehlte sie ihm am Institut, und wenn sie wirklich für immer weggehen sollte, dann hatte er sich das selbst zuzuschreiben.

Er schob den Stuhl zurück, stand auf und machte sich auf die Suche nach Heather. Vielleicht konnte sie Blumen bestellen oder etwas Ähnliches, als Art Entschuldigung.

Unten, in Heathers Büro, strahlte die Sonne zum Fenster herein, und sie selbst war eifrig bei der Arbeit. Ihr Computer aktualisierte sich selbst, ihr Telefon klingelte alle paar Minuten, die Kaffeemaschine gab seltsam gurgelnde Geräusche von sich, und Heather war die Lebensfreude in Person.

Einige glückliche Momente lang kam es ihm fast wie früher vor. Viv, so sagte sie ihm streng, war vermutlich weggefahren, um sich von der Lesereise ein wenig zu erholen, und er sollte die Arme einfach in Frieden lassen. Das klang in seinen Ohren nach einem vernünftigen Vorschlag.

## III

»Du hast die Fibel geholt!« Als Viv am helllichten Vormittag zum Farmhaus zurückkam, wurde sie von Pat erwartet, die auf der Bank neben der Tür saß. »Was hast du damit gemacht?«

Entgeistert starrte Viv sie an. »Wie bist du denn hergekommen?«

»Ich habe mir Maddies Auto geborgt. Sie braucht es die nächsten Tage nicht. Das war nicht sehr nett von dir, einfach so abzuhauen.«

»Tut mir leid, ich wollte ein bisschen allein sein.« Viv war verwirrt und gleichzeitig verärgert. »Und wieso glaubst du, dass ich die Fibel geholt habe?«

»Weil ich in Stanwick war und nach ihr gesucht habe. Ich nehme an, du hast sie jetzt hier? Auf jeden Fall hoffe ich, dass du sie nicht Hugh geschickt hast.«

»Du hast kein Recht, mir nachzuschnüffeln.«

»Warum nicht? Vergiss nicht, wir sind Partnerinnen.«

Viv setzte sich neben sie. »Und woher hast du gewusst, dass ich hier bin?«

Pat lachte. »Das hat Medb mir erzählt.«

Viv wurde blass. »Oh mein Gott, Pat ...«

»Nein, nein! Du hast mir den Namen der Farm ja gesagt. Sie war nicht schwer zu finden.«

Steve trat in die Tür. »Meine Damen, das Frühstück ist angerichtet. Ist es nicht großartig, dass Pat auch gekommen ist, Viv?« Steve warf einen Blick zu ihr. »Wir haben ihr das Zimmer neben deinem gegeben.«

Pat hatte ihr Manuskript und das Aufnahmegerät mitgebracht. Offenbar hatte sie Pablo und das Katzenhüten Cathys Nachbarin überlassen – Cathy und Pete würden ohnehin am Freitag zurückkommen –, und so unternahmen die Töchter des Feuers am späteren Vormittag ihre erste offizielle Besteigung des Ingleborough Hill, beladen mit einem von Peggy zubereiteten Picknick, Notizbüchern und dem Aufnahmegerät. Die Luft war klar und wunderbar frisch, und zu ihrer Freude stellten sie fest, dass sie den Berg ganz für sich allein hatten.

Nachdem Viv den ersten Schreck über Pats unerwartetes Auftauchen überwunden hatte, fügte sie sich in ihr Schicksal und ließ sie ein paar Szenen und einen Teil der Erzählung aussuchen. Wenn die Hintergrundgeräusche hier oben gut rüberkamen, würden sie es mit den ersten Aufnahmen versuchen, und wenn das klappte, wollten sie weitere Abschnitte an anderen Orten aufnehmen. Vielleicht bei den Ingleton Falls, wo im Hintergrund das Wasser toste, und irgendwo, wo der gedämpfte, geheimnisvolle Hall von moosbewachsenen Steinen und Höhlen den Text klanglich unterlegte. Es gab endlose Möglichkeiten.

Für ihre erste Aufnahme setzten sie sich in den Windschatten des Unterstands ganz oben auf dem Berg, wo noch vage Spuren der zweitausend Jahre alten Rundhäuser zu sehen waren. Von dort bot sich ein perfekter Rundumblick: im Westen die Irische See, eine blau glänzende Linie, und im fernen Dunst des Horizonts die Isle of Man. Nach Norden sahen sie die Berge des Lake District und davor die beiden Gipfel von Peny-y-ghent und Whernside.

Als Geräuschkulisse hinter Vivs einleitendem Text wollten sie das sanfte Flüstern des Windes aufzeichnen, der durch das hohe trockene Gras strich, und in der Ferne den Schrei eines Bussards.

> ERZÄHLER: Vor gut zweitausend Jahren kam auf einer Anhöhe, die siebenhunderteinundzwanzig Meter über dem Meeresspiegel liegt, im heutigen Nationalpark Yorkshire Dales eine Königin zur Welt. Niemand wusste, dass sie eines Tages eine Königin sein würde. Ihr Vater war ein Stammesfürst, ihre Mutter die Enkelin des Königs der Trinovanten, die in einem später als Essex bekannten Gebiet lebten. Aber jetzt, in dieser eisenzeitlichen Befestigung, hinter Schutzwällen, die bereits Hunderte von Jahren alt sind, verbringt das aufgeweckte kleine Mädchen seine Kindheit als Wildfang im Kreis seiner Brüder und Vettern.

»Schnitt!« Strahlend stellte Pat das Gerät ab. Beide gingen so in ihrer Arbeit auf, dass die anfängliche Missstimmung zwischen ihnen vergessen war. »Großartig! Ich finde, hier sollten wir das Geräusch von spielenden Kindern und Lachen einblenden. Vielleicht noch ein bellender Hund. Wir müssen Peggy bitten, ein paar Kinder für uns aufzutreiben.«

Fast wie aufs Stichwort hörten sie in der Ferne Rufe. Lachende Männer. Erwachsene. Pat fluchte. Sie hatte gehofft, noch eine Weile allein hier oben zu sein. Sie sahen sich nach den Störenfrieden um, konnten aber keine Menschenseele entdecken.

»Geister?«, flüsterte Viv Pat zu. Mit einem Schaudern erinnerte sie sich daran, was Peggy von den Erlebnissen ihrer Besucher hier oben berichtet hatte.

Pat schüttelte den Kopf. »Wenn es Geister sind, dann erstaunlich laute«, sagte sie. »Ich schau mal, wo sie sind. Wir wollen uns doch nicht von denen bei der Arbeit stören lassen.« Schnell ging sie zu einer Steinmauer hinunter, die in einem breiten Winkel über den Berg verlief. Dahinter sah sie ein kleines Rauchwölkchen in den klaren Himmel aufsteigen. Als sie näher kam, stand hinter der Mauer ein Mann auf. Er war in eine Tunika und Beinlinge gekleidet, um die Schultern hing ihm ein karierter Umhang, der mit einer großen runden Silbernadel befestigt war. In seinem Gesicht prangte ein üppiger Schnurrbart.

Pat starrte ihn an und schrie vor Schreck.

»Keine Sorge, ich bin kein Gespenst!« Der Akzent war modernstes Yorkshire.

Einen Moment stand sie wie vom Donner gerührt da.

Er trat näher. »Wir sind fürs Wochenende hier. Historiendarsteller, Sie wissen schon, alte Kelten!« Er verstummte und beobachtete sie. »Ungefährlich, das verspreche ich Ihnen.«

Pat holte tief Luft, dann lachte sie. Hinter ihm saß um eine Feuergrube, in der Torf glomm, rund ein Dutzend Menschen, allesamt kostümiert. Ihre Zelte waren bemalt, um wie eine Tierhaut auszusehen, und über das Nylongewebe hatten sie Felle und

Decken gebreitet. In der Nähe lag ein Berg Waffen, Schwerter, Speere, Bogen, Schilde.

Plötzlich hatte sie eine Idee.

Es funktionierte großartig. Jake, Art, Dave, Lugh und ihre Freunde und Freundinnen stürzten sich mit Begeisterung in die Aufgabe, das Mikrofon zu bedienen. Klirrende Eisenschwerter, Hiebe auf Schilde, surrende Bogensehnen, Rufe, Schreie und Stöhnen – eine solche Geräuschkulisse hatte Pat sich in ihren kühnsten Träumen nicht erhofft. Sie und Viv teilten ihr Farmhaus-Picknick mit den wiederauferstandenen Kelten, die ein halbgares Kaninchen, matschiges selbst gebackenes Brot, regionalen Käse und jede Menge Met beisteuerten, und dann zeichneten sie das Geräusch von kichernden Mädchen und plaudernden Frauen auf, die sich unterhielten, ohne erkennbare Worte zu verwenden. Ein schwieriges Unterfangen, das aber durch den Met und den zunehmenden Wind erleichtert wurde. Nur Kindergeräusche fehlten jetzt noch; die würden sie unten im Dorf aufnehmen müssen. Doch jetzt hatten sie ein großartiges Repertoire an Klangeffekten, das sie ganz nach Bedarf einblenden konnten.

Als die Sonne sich dem Horizont näherte, hatte sich eine ganze Zuschauerschar von Kletterern und Sonntagsausflüglern zu ihnen gesellt, und Pat und Viv wussten mittlerweile, dass Jake und Art in Manchester die Schauspielschule besuchten. Damit hatten sie ihre ersten Mitwirkenden. Mindestens sechs Leute der Gruppe wollten die ganze Woche hier auf dem Berg bleiben und stellten sich bereitwillig für weitere Aufnahmen zur Verfügung. Es schien zu schön, um wahr zu sein.

Als das Meer sich in der Ferne im türkisfarbenen Dunst auflöste, machten sie sich auf den Heimweg, müde, aber hochzufrieden, wie auch Viv zugeben musste.

Pat stellte zu ihrer eigenen Überraschung fest, dass ihr der Ausflug ausgesprochen Spaß gemacht hatte. »Stell dir mal vor, richtig hier zu leben!« Ihr Zorn, mit dem sie in Maddies Ford Fiesta von

Edinburgh hierher gefahren war, war mittlerweile verraucht. Ihre Überzeugung, dass bereits ein einziger Tag ohne Großstadt sie in Angst und Schrecken versetzen würde, hatte sich nicht bewahrheitet; sie war hier, mitten in der tiefsten Provinz, erschöpft, die Füße in den geborgten Wanderstiefeln von Blasen übersät, die Haut klebrig von Sonnenlotion und Mückenschutzmittel, einen geborgten Hut auf dem Kopf, mit dem sie sich wie eine Hinterwäldlerin vorkam, und fühlte sich hochzufrieden. Sie ließ sich auf einen kleinen Felsvorsprung sinken, nahm den Rucksack vom Rücken und streckte die Arme.

Viv hatte den Blick in die Ferne gerichtet. »Dies ist die Heimat meiner Vorfahren! Die Wiege meines Blutes und meiner Gebeine!« Sie hob die Arme gen Westen. »Liebe Göttin, hege diesen Ort an deiner Brust, schütze ihn in deinen Händen, wiege ihn in deinem Schoß. Lass keinen Feind in seine Mauern dringen, keine Waffe sich im Zorn erheben, keine Stimme vor Schmerz aufschreien. Dies ist ein heiliger Ort. Möge er deinen Segen in sich tragen, fruchtbar sein mit dem Blut deiner Schöpfung, geküsst von den Tränen des süßen Himmels und verborgen von der Welt durch die Schleier der Heiligkeit.«

Pat verengte die Augen. Das war Cartimandua, die jetzt sprach. Ihre Zufriedenheit schlug blitzartig in Zorn um. Medbs Zorn. Sie zögerte, aber dann dachte sie wieder an das Hörspiel und wühlte im Rucksack nach dem Aufnahmegerät. »Sprich weiter«, flüsterte sie.

Mit einem Kopfschütteln ließ Viv die Arme sinken und setzte sich neben Pat. Dann lachte sie unbehaglich auf. »Die Schauspieler wirken ja recht authentisch, aber wir müssen uns wieder aufs Zuhören konzentrieren.« Sie schauderte, als könnte sie den Schatten von Pats Alter Ego zwischen ihnen stehen sehen. »Jetzt komm schon, Pat. Seien wir doch ehrlich. Es war doch Medb, die dich hergebracht hat. Also warum versuchst du es nicht auch? Sehen wir mal, was passiert.«

»Du meinst, ich soll Medb bitten zu sprechen?« Auf einmal war Pat nervös.

Viv zögerte, dann nickte sie entschlossen. »Warum nicht? Du hast mich ja auch dazu aufgefordert.«

Pat zuckte mit den Achseln. In der Tat, warum nicht? Sie schloss die Augen und wartete angespannt.

Stille setzte ein.

»Pat?«, flüsterte Viv nach langen Schweigen. »Ist alles in Ordnung?«

Pat lachte. »Er glaubt, ich kann nicht sehen, was passiert. Er glaubt, ich sei fortgegangen, um euch in Frieden zu lassen. Er hat mich verraten.« Ihre Stimme hatte sich völlig verändert. Heller, rauer. Es war Medbs Stimme.

»Ich sehe ihn doch, wie er mit dir unter den Bäumen steht. Du glaubst, die Eichen hätten eure Verbindung gesegnet. Du glaubst, er wird dir folgen wie die Hunde, die dir an den Fersen kleben.« Pat stand auf und ging zum Rand des Pfads, wo sie stehen blieb und nach Norden blickte. In ihren Augen lag ein silbriges Glitzern. »Da täuschst du dich aber.« Sie drehte sich um und schaute Viv an – schaute direkt durch Viv hindurch. In ihrer Miene lag blanker Hass. »Ich werde dir Venutius wegnehmen und dich dazu bringen, vor mir zu kriechen, und ich werde zusehen, wie er den Staub unter meinen Füßen küsst.«

Entsetzt zuckte Viv zusammen. »Pat?« Vor Angst war ihre Stimme heiser. »Pat! Das reicht.« Sie packte sie am Arm und schüttelte sie. »Pat!«

»Lass mich los!« Pat stieß sie heftig fort. Dann holte sie tief Luft. »Verdammt noch mal, Viv!« Sie verstummte. »Was ist passiert?« Jetzt sprach sie wieder mit ihrer eigenen Stimme.

Viv starrte sie aus leichenblassem Gesicht an. »Du warst Medb! Du hast mit ihrer Stimme gesprochen, du hast Venutius gedroht. Du klangst richtig gehässig.«

Pat ließ sich auf einem Felsvorsprung nieder und legte den Kopf in die Hände. »Ich habe nicht geglaubt, dass es klappen würde. Ich dachte, das würde nur in meinen Träumen passieren.«

Viv setzte sich neben sie. »Ich habe richtig Angst vor dir gehabt.«

»Mist!«

»Das kannst du laut sagen.« Dann saßen sie lange Zeit schweigend nebeneinander.

»Wie soll's bloß weitergehen?«, sagte Pat schließlich.

Viv verzog das Gesicht. »Wir machen weiter, was sonst? Das sind wir der Geschichte schuldig. Wir müssen die Wahrheit herausfinden.« Mit einem Seufzen sah sie zu Boden. Als sie schließlich wieder aufschaute, blitzten ihre Augen vor Aufregung. »Es ist einfach zu interessant, als dass wir aufhören könnten, Pat, ist dir das nicht klar? Wir haben die irrsten Sachen gesehen, haben gehört, wie Geschichte gemacht wird. Wir beide! Das ist unglaublich. Wir dürfen nicht aufhören.«

»Aber sie ergreifen Besitz von uns.«

»Wirklich? Sind wir nicht vielmehr nur das Sprachrohr für ...«, Viv breitete hilflos die Hände aus, »... Geister? Schatten? Das Echo der Vergangenheit? Wir sind nicht besessen.«

Pat blieb skeptisch. »Bist du dir sicher?«

»Kamst du dir besessen vor?«

»Ich kam mir wie überhaupt nichts vor. Ich habe gar nicht gewusst, dass es passiert.«

»Genau! Das ist nicht das, was man gemeinhin Besessenheit nennt.«

»Nein? Bist du dir sicher, dass wir nicht gegeneinander ausgespielt werden?«

Viv starrte sie entgeistert an. »Also Pat, wirklich nicht.« Sie tat den Einwand leichthin ab. »Jetzt komm schon. Das ist doch alles unglaublich spannend! Wir sind Medien. Es gibt Tausende von Menschen, die als Medien fungieren, und sie halten es für ungefährlich. Sie teilen einfach mit, was sie hören. Anders ist es bei uns auch nicht. Als es bei mir mit Carta anfing, kam es so überraschend, deswegen hat es mir Angst gemacht, aber mittlerweile verstehe ich besser, was passiert. Es ist großartig und es ist aufregend. Und schließlich wissen wir doch, wie es weitergeht. Wir kennen die historischen Ereignisse. Niemand wird verletzt, niemand wird umgebracht.« Sie zögerte. »Und wenn es bedrohlich werden sollte, können wir ja immer noch aufhören, oder?«

## IV

In der schmalen Schlucht herrschte absolute Dunkelheit. Viv stolperte und rutschte über die losen Steine den Weg hinunter zur heiligen Quelle. Hin und wieder knipste sie die Taschenlampe an und richtete den Strahl auf ihre Füße. Im Farmhaus hinter ihr brannte kein Licht, die anderen schliefen noch.

In der Höhle war es kalt und feucht und sehr still. Leise holte sie Zündhölzer und ein Teelicht aus ihrer Tasche, das sie auf den Felsen neben das Wasserbecken stellte. Jemand anderes musste kürzlich hier gewesen sein. Auf einem Felssims stand eine kleine Glasvase mit frischen Blumen. Und noch etwas hatte sich verändert. Stirnrunzelnd versuchte sie festzustellen, was es war. Erst nach einer Minute fiel ihr auf, dass die kleine Statue der Göttin jetzt weiter hinten auf dem Sims stand und ein roh gefertigter Steinkopf ihren früheren Platz einnahm. Ein kalter Schauer lief ihr über den Rücken. Im Kerzenlicht schien der Kopf sie voll Zorn zu betrachten. Er war aus Sedimentgestein gearbeitet, die zwei runden Augen und der kreisförmige Mund waren lediglich dunkle Vertiefungen in dem flachen, ausdruckslosen Gesicht. Der Kopf war sehr alt, daran bestand kein Zweifel. Entsetzt wich sie einen Schritt zurück und starrte ihn an. Wenn dies wirklich die alte Gottheit war, die über diesen Ort herrschte, dann hatte Carta zu eben diesem Kopf gebetet, hatte eben diesen kalten Stein mit ihren Händen berührt. Viv zwang sich, den Blick von dem Kopf abzuwenden, sich an den Rand des Beckens zu setzen und die Spiegelungen im rötlich-braunen Wasser zu betrachten.

»Carta? Bist du da?« Ihr Flüstern ging im Tropfen und Plätschern der Quelle und dem Rauschen des Wildbachs unter, der draußen über die Felsen ins Tal stürzte.

»Carta?« Sie erhob die Stimme. »Sprich zu mir. Wo bist du?«

Sie bekam keine Antwort.

# V

Bester Dinge fuhr Hugh vom Institut nach Hause, doch als er seine Aktentasche aus dem Auto holte und die Tür zuwarf, zögerte er. Etwas war anders. Etwas stimmte nicht. Langsam suchte er die Fassade des grauen Steinhauses mit den Augen ab, die beinahe drohend vor ihm auf dem Kiesparkplatz aufragte. Rechts und links der Haustür, die von rissigen korinthischen Säulen eingerahmt wurde, waren jeweils zwei Fenster. Oben gab es insgesamt fünf Fenster, wobei sich über das mittlere ein Bogen spannte, was dem Gesicht des Hauses einen etwas hochmütigen Ausdruck verlieh. Freundlich waren nur das Geißblatt und die Klematis, die an den Mauern hochrankten. Wenn er im Sommer nach Hause kam, freute er sich immer über den Duft der Blüten.

Aber jetzt konnte er nichts riechen. Er stellte die Aktentasche auf dem Kies ab und atmete tief durch. Nichts. Keine Blumen, kein Gras, absolut nichts. Der Garten rings um ihn her war still, und doch sah er, dass sich die Bäume in der Brise wiegten. Vorsichtig streckte er die Hand vor sich aus und erwartete fast, etwas zu berühren, eine Glasscheibe vielleicht. Seine Finger schimmerten ein wenig, und dann hörte er sie, die Carnyx mit ihrem metallischen Klang.

Er erstarrte. »Venutius.« Seine Lippen formten das Wort, aber er brachte keinen Ton heraus. Mehrere Sekunden blieb er wie angewurzelt stehen, dann machte er auf dem Absatz kehrt und rannte zum Auto. Er warf sich auf den Fahrersitz, knallte die Tür zu und spürte sein Herz in der Brust wie wild klopfen, als er alle Türen verriegelte und mit weißen Knöcheln das Steuerrad umklammerte, um sich wenigstens ein bisschen zu beruhigen. Als er mit zitternden Fingern Meryns Nummer auf dem Handy eingab, bemerkte er, dass seine Aktentasche noch auf dem Kies stand. Der Garten sah völlig verwaist aus.

## Kapitel 26

### I

Sie waren wieder in Dun Righ.

Venutius kam erst sehr spät zu ihr in die Schlafkammer. Der Raum wurde von rauchenden Lampen erhellt, Regen trommelte aufs Dach, und der Wind heulte vom Westen über die Berge herab.

Carta saß vor dem Spiegel und kämmte sich nachdenklich das Haar. Sie hatte alle Frauen für die Nacht entlassen, nur Mairghread war noch bei ihr und sang leise, während sie eine Tunika ihrer Herrin säumte. Carta schaute in die Tiefen der Bronzefläche und merkte plötzlich, dass hinter ihrem eigenen Gesicht ein zweites zu sehen war. Kurz runzelte sie die Stirn, doch dann wurde ihr bewusst, wem es gehörte, und sie drehte sich zu ihm um.

Er beugte sich über sie und legte ihr gebieterisch eine Hand in den Nacken, um sie leidenschaftlich zu küssen. Sie roch an seinem Atem, dass er Wein getrunken hatte, und fühlte sich einen Moment lang versucht, ihn fortzuschicken, doch wie immer verstand er es, sie zu erregen. Er zog sie hoch, nahm ihr den Kamm aus der Hand und warf ihn zu Boden. »Geh, Frau!«, sagte er barsch zu Mairghread, die hastig aufstand und einen fragenden Blick zu Carta warf. Aber ihre Herrin sah gar nicht zu ihr, ihre Augen waren auf die ihres Mannes gerichtet. Während Venutius Carta aufhob und zum Bett trug, huschte Mairghread aus dem Raum und zog den schweren Vorhang vor die Öffnung.

Am Nachmittag waren Carta und Venutius im Rat wieder gegensätzlicher Meinung gewesen, und wieder hatte sie ihn überstimmt, obwohl sie wusste, dass einige der anderen Anwesenden nicht minder zornig waren als er. In der Woche zuvor hatte Venutius seinen Bruder Brucetos aus Caer Lugus kommen lassen, und die beiden hatten erneut versucht, sie zu überreden, Rom ihre Unterstützung aufzukündigen. Sie spürte das Unbehagen der anderen, unter ihnen die Anführer mehrerer Briganten-Stämme, die hierher nach Westen gekommen waren, um die Lage ohne ungebetene Zuhörer zu erörtern. All ihren Bemühungen zum Trotz zerfiel das Bündnis in zwei Lager. Auf der einen Seite standen Venutius, Brucetos und die Männer der wilden Hochmoore und Berge, die nichts mehr schätzten als ihre Freiheit; für den Wohlstand, den die Römer als Bestechung mit sich brachten, hatten sie nur Verachtung übrig. Sie wollten nicht Teil des Reichs sein, nicht als Vasallenstaat und ganz bestimmt nicht als Teil der Provinz, die unter dem römischen Joch stöhnte. Auf der anderen Seite waren die Männer, die Cartimandua bedingungslos unterstützten; jene aus den Ländern im Osten, den fruchtbaren Weidegebieten, dem gerodeten Ackerland in den Niederungen, die an den Anblick der Händler aus Gallien und der Kaufleute aus dem Mittelmeerraum mit ihrer olivfarbenen Haut und den Luxusgütern, die sie auf Ochsenkarren und Maultierrücken herbeibrachten, gewohnt waren. Diese Männer bezahlten für das Gold und Silber und die vielen anderen begehrten Waren aus Erin und den westlichen Gebieten Britanniens, die in die Häfen im Westen Brigantias angeliefert und über die weite Flussmündung von Deceanglia und weiter über die Bergpfade hergebracht wurden. Es kostete Cartas ganzes diplomatisches Geschick, diese unterschiedlichen, willensstarken Männer ihres Rates zusammenzuhalten, und am schwersten war es, ihren eigenen Ehemann zu bändigen.

Als er sie auf das weiche Bett aus Heidekraut warf, spürte sie die vertraute Woge der Erregung, gepaart mit Angst, in sich aufwallen. Im Rat konnte sie ihn beherrschen, doch im Bett war das eine andere Sache.

Dieses Mal ermüdete sie lange vor ihm, aber er hielt sie fest und stieß unentwegt in sie. Ihr Körper führte ein eigenes Leben, reagierte immer wieder, schauderte vor Lust und Schmerz, während Venutius sie an den Handgelenken gewaltsam aufs Kissen drückte.

Schließlich ließ er von ihr ab, doch er legte sich nicht wie sonst neben sie, sondern blieb auf ihr liegen und sah sie aus zusammengekniffenen Augen an. »Und warum bekommst du kein Kind, Frau? Warum habe ich noch keinen Sohn?«

Sie wandte das Gesicht ab. »Weil es den Göttern noch nicht beliebt, uns einen zu schicken.« Sie stöhnte auf, als seine Finger ihre Handgelenke umklammerten, aber sie war entschlossen, ihn nicht merken zu lassen, wie weh er ihr tat. Sie spürte seinen erschlafften Penis auf ihrem Oberschenkel liegen, sein Gewicht erdrückte sie, und plötzlich ekelte ihr vor ihm. »Wenn es für die Hochkönigin an der Zeit ist, ein Kind zur Welt zu bringen, wird die Göttin ihr eines schicken. Bis dahin müssen wir uns gedulden.« Sie versuchte, ihn von sich zu schieben, aber er lag zu schwer auf ihr, und seine Hände hielten sie noch immer fest.

Gruoch hatte sie schon vor langer Zeit gelehrt, den Rhythmus ihres Körpers zu beobachten, der mit dem Mond zu- und abnahm, und ihr gezeigt, wie sie die Kräuter und das Wachs anwenden musste, um sicherzugehen, dass ihr Schoß leer und ihr Körper kräftig und jung blieb. Als Königin hatte sie keine Zeit für eine Schwangerschaft. Außerdem war ihr Kind tot. Ihr und Riachs Kind. So sehr sie sich auch nach einem weiteren Kind sehnen mochte, tief in ihrem Herzen wusste sie, dass es das erste nie ersetzen würde. Wenn die Zeit reif war, wenn er wiedergeboren werden wollte, oder wenn eine andere Seele beschloss, als Kind einer Königin erneut in die Welt zu treten, würde die Göttin ihr dies mitteilen. Bis zu diesem Zeitpunkt würde sie den festen Körper einer Kriegerin behalten, und so oft und so heftig ihr Mann sie auch begatten mochte, kein Same würde sich in ihrem Schoß festsetzen.

Sie merkte, dass er jetzt wieder ihr Gesicht betrachtete, seine Augen waren so nahe vor ihren, dass sie durch die dunklen Pupillen in seine Seele blicken konnte. Wieder überlief sie eine Woge der Angst. Nach den alten Stammesgesetzen war es ihr Anrecht, ihm ein Kind zu verwehren, bis sie und die Göttin beschlossen, dass die Zeit günstig war; ihr Anrecht, ihn aus ihrem Bett fortzuschicken. Doch in seinen tief sitzenden, grübelnden Augen lagen eine Macht, eine Bedrohlichkeit und eine Erregung, die es ihr schwer machten, ihm irgendeinen Wunsch abzuschlagen.

»Meine Königin? Mein Herr Venutius?«

Die Stimme von der Tür war leise, doch laut genug, dass Venutius von Carta abließ und sich unwillig aufsetzte. Fröstelnd zog sie die Decken über sich und freute sich nach dem harten, schwitzenden Körper ihres Mannes über das kühle, weiche Linnen.

»Vellocatus?« Venutius' Zorn war nicht zu überhören. »Wenn du keinen guten Grund hast, uns zu stören, wird es dir leidtun!«

»Verzeih, Herr. Die Königin wird verlangt.« Der junge Mann trat aus der Dunkelheit in den von Lampen erleuchteten Raum. »Meine Königin.« Jetzt sah er zu ihr, nahm kurz ihre zerwühlten Haare, die kräftigen bloßen Schultern und üppigen Brüste wahr, dann schaute er rasch wieder beiseite. »Fürst Caradoc ist gekommen.«

»Was?« Venutius hievte sich aus dem Bett.

Carta sank das Herz. Caradoc war der Letzte, den sie in Brigantia sehen wollte. Sein Ankunft konnte nur Übles für sie bedeuten und für alles, an das sie glaubte. Er brachte sie in eine sehr unangenehme Lage.

Es dauerte nicht lange, bis Carta und Venutius sich Kleider übergeworfen hatten. Als sie im Versammlungshaus eintrafen und ihre Plätze einnahmen, brannte dort ein loderndes Feuer, und ein Bediensteter stand bereit, um dem unerwarteten Gast Met und Wein anzubieten.

Caradoc war groß und gut gebaut und etwa fünfunddreißig Sommer alt. Normalerweise war er stark und herrisch, aber als er jetzt vor ihnen stand und sich schwer auf einen Stab stützte, wirkte er erschöpft, an seinem Oberarm klaffte eine hässliche Schwertwunde, und seine Schulter war mit blutbefleckten Verbänden umwickelt.

Carta betrachtete ihn kühl. »Sei gegrüßt, Vetter. Es tut mir leid zu sehen, dass du so schwer verletzt bist.« Der Mann, der ihr gegenüberstand, war ein unerbittlicher Feind Roms. Allein seine Anwesenheit hier kompromittierte sie. »Hast du Männer bei dir?« Fieberhaft überlegte sie, was seine Ankunft bedeuten mochte.

»Nur ein Dutzend.« Er sah sie eindringlich an, als wollte er sie an ihre Pflicht ihm gegenüber nicht nur als Gastgeberin, sondern auch als Verwandte erinnern. »Mein Heer hat sich momentan in die Berge von Eryri zurückgezogen. Davor haben wir es mit den Römern in den höheren Tälern von Sabrina aufgenommen.« Er schüttelte den Kopf. »Scapula stand an der Spitze zweier Legionen, vielleicht auch mehr. Aber meine Männer waren zahlenmäßig überlegen. Die Stämme haben sich um meine Standarte geschart.« Er zögerte nur ganz kurz. Wo waren die Briganten gewesen in dem Augenblick, als er ihre Unterstützung gebraucht hätte? Wo waren die Briganten gewesen, die früher unter seinem Banner gekämpft hatten?

»Sie haben heldenhaft gekämpft. Hätte ich mehr Krieger gehabt, hätte ich sie besiegen können.« Wieder eine Pause, bis er achselzuckend den Kopf schüttelte. »Aber es ist so, die Legionen kämpfen wie die Götter. Vor ihnen fällt alles nieder. Sie marschieren durch das Land, wie ein Messer durch einen Apfel schneidet. Nichts konnte sie aufhalten, dieses Mal nicht. Aber wir werden sie dennoch vertreiben. Mit deiner Hilfe, Cartimandua, und deiner, Venutius, mein Freund.«

Carta winkte einen Bediensteten zu sich. »Hol Artgenos und sag ihm, er soll einen Heiler mitbringen. Unser Gast ist verwundet.«

Als der Mann verschwand, bedeutete sie Caradoc, sich zu setzen. »Jetzt ruh dich aus. Wir werden deine Wunden versorgen und erst dann entscheiden, was getan werden muss.« Sie hatte ihn nicht angelächelt und ihn zur Begrüßung auch nicht geküsst. »Wirst du verfolgt?«

Mit einem bitteren Lachen schüttelte er den Kopf. »Vielleicht denken sie, dass sie mich getötet haben. Sicher behaupten sie, dass sie den Sieg davongetragen haben, aber ich hatte nur geringe Verluste. Meine Männer sind in den Nebeln verschwunden, und Scapula blieb zurück und kratzte sich verwundert den Kopf. Wir werden wieder kämpfen, und zwar bald.« Er versuchte, die Schultern zu straffen, zuckte aber vor Schmerzen zusammen.

Carta betrachtete sein Gesicht nachdenklich. »Deine Worte klingen tapfer, aber ich ahne, dass du mir noch nicht alles erzählt hast, was ich wissen muss.« Venutius, der neben ihr saß, erhob sich und brachte dem Gast selbst einen Becher Wein.

Caradoc leerte ihn in einem Zug, und eine leichte Röte überzog seine grauen Wangen. »Von meinen Männern sage ich die Wahrheit. Wir werden wieder kämpfen.« Zitternd holte er Luft. »Aber Scapula hat bei der Schlacht eine Befestigung erobert. In der waren meine Frau und meine Kinder.«

Es folgte eine lange Stille.

»Du hast mein Mitleid, mein Freund«, sagte Venutius schließlich.

»Wenn er sie hinrichten lässt ...«

»Das wird er nicht.« Carta schüttelte den Kopf, hin und her gerissen zwischen den Möglichkeiten, die ihr offenstanden. Caradocs Familie war auch ihre Familie. Verwandtschaftsbande waren heilig, aber als Hochkönigin der Briganten war sie auch durch einen Vertrag gebunden. »Ich kenne Scapula nicht, aber nach allem, was ich höre, ist er klug und erfahren. Er wird sie für einen Tauschhandel einsetzen. Sie sind für ihn als Geiseln zu wertvoll, als dass er sie töten würde. Darauf kannst du dich verlassen. Er wird sie nach Camulodunum bringen.«

»Um mich aus den Bergen herauszulocken? Er kann doch nicht glauben, dass das so einfach ist?« Verletzt wie er war, gelang es Caradoc dennoch, kämpferisch zu klingen.

»Wer weiß schon, was er glaubt!«, fuhr Venutius auf. »Vielleicht kann Carta dir mehr darüber sagen. Sie ist diejenige, die mit den Römern verbündet ist. Sie verfolgt all ihre Bewegungen.« Sein Tonfall brachte nichts als Verachtung zum Ausdruck.

»Und als Verbündete bin ich verpflichtet, im Interesse des Friedens ihre Sache zu vertreten. Des Friedens für mein Volk«, sagte Carta ernst. In dem Moment trat Artgenos herein, gefolgt von Gruoch und einer jungen Druidin, die einen Beutel mit Kräutern und Essenzen bei sich hatte.

Segnend hob Artgenos die Hand und setzte sich zu den anderen. Gruoch untersuchte Caradocs Wunde sorgsam und bat dann ihre Begleiterin, sie zu säubern und neu zu verbinden. Dann nahm sie zwei Phiolen aus dem Beutel, schüttete ihren Inhalt in Caradocs Becher und bedeutete einem anderen Bediensteten, ihn mit Wein zu füllen, bevor auch sie sich zu dem Kreis gesellte, der um das Feuer saß.

»Wir werden dich unterstützen, Caradoc«, sagte Artgenos. »Die Römer marschieren auf Ynys Môn zu. Es besteht kein Zweifel daran, dass letztlich das ihr Ziel ist. Sie haben den Druiden nie getraut. Sie sehen uns als Quelle der Kraft und Einheit hinter dem Widerstand gegen ihre Versuche, diese Inseln zu erobern, ebenso wie wir uns ihrem Vordringen in Gallien widersetzt haben. Sie werden nicht ruhen, ehe wir endgültig vernichtet sind. Das sagen alle Omen und Zeichen.«

Wieder herrschte lange Zeit Stille. Carta sah der jungen Druidin zu, die Caradocs Wunde geschickt mit einem heilenden Balsam reinigte und mit einem Bausch Moos und dann Linnenstreifen verband. Sie alle hatten die flammend rote, schartige Schnittwunde gesehen.

»Artgenos, das stimmt nicht.« Sie räusperte sich. »Plautius hat mir versichert, wie auch der Kaiser selbst …«

»Plautius ist nicht mehr Statthalter«, unterbrach Venutius sie. »Und Claudius hat die Insel schon lange verlassen. Sie haben dich mit ihrer Schmeichelei und ihren Geschenken gekauft, aber die Zeiten haben sich geändert. Verstehst du das denn nicht, Frau? Wir sind durch deine Übereinkunft nicht mehr gebunden. Vor allem nicht, da sie jetzt unsere Götter bedrohen!«

»Unsere Götter sind nicht bedroht!«, fuhr Carta wütend auf. »Wie könnten sie bedroht sein? Ich weiß, was für unser Volk richtig ist. Die Stämme im Süden ersticken unter der Last der Steuer. Sie sind versklavt. Wenn einer von ihnen auch nur mit einem

Messer angetroffen wird, um sein karges Brot zu zerschneiden, wird er gefoltert und ermordet. Sollen wir den Briganten ein solches Los bescheren? Wir leben in Wohlstand und Frieden. Wir müssen nicht mit ansehen, wie unsere Söhne und Männer tot auf einer Bahre heimgetragen werden.« Sie stand auf und trat aus dem Kreis von Menschen, die ums Feuer saßen. »Es ist unsere Pflicht, Rom hier oben an der nördlichen Grenze der Provinz zu unterstützen.« Ihre Stimme war fest. Gruoch, die am Feuer saß, runzelte die Stirn. Keiner der Männer regte sich. »Ich habe die Männer Brigantias, die sich mir widersetzt und dich unterstützt haben, Caradoc, hinrichten lassen. Und ich würde wieder so entscheiden.«

Caradoc erhob sich. Zwei von Cartas Männern, die in der Nähe standen, legten die Hand an den Schwertgriff. Während des Gesprächs hatte sich der Raum langsam gefüllt, Krieger und Ratsmitglieder und auch Vellocatus waren durch die niedrige Tür eingetreten.

»Caradoc, ich bin gebunden an den Eid, den ich dem Kaiser geleistet habe«, fuhr sie fort. »Du bist mein Vetter, aber du hast einen Aufstand angeführt, und nach dem Vertrag ist es meine Pflicht, dich den Römern auszuhändigen, um meine Treue zu beweisen und sicherzustellen, dass mein Volk frei und in Sicherheit ...«

»Nein!« Caradoc wurde blass. »Wir sind Blutsverwandte!«

»Unsere Götter und unsere Richter lehren uns, dass unsere hehrste Pflicht darin besteht, unsere Versprechen zu halten und die Eide, die wir geleistet haben, zu erfüllen. Sonst sind wir entehrt.« Carta war der Mund trocken geworden, sie empfand die Missbilligung der Anwesenden wie eine schwarze Wolke, die sie einhüllte. Trotzdem gelang es ihr, mit fester Stimme zu sprechen.

»Du irrst dich, Cartimandua.« Ächzend erhob Artgenos sich. »In diesem Fall irrst du dich. Ich flehe dich an, tu es nicht.«

»Ich muss.« Konnte denn keiner von ihnen begreifen, dass sie einen Eid geleistet hatte? Und dies aus dem einzigen Grund, um ihr Volk zu beschützen?

»Nein!« Venutius sprang auf. »Das verbiete ich dir! Caradoc ist zu uns gekommen, um Asyl und Hilfe zu finden. Du würdest jeden Ehrenkodex brechen, wenn du ihn nicht gastfreundlich aufnimmst.«

»Du verbietest deiner Hochkönigin nichts!« Mit eisiger Stimme wandte sie sich an ihren Mann und trat wieder in den Lichtkreis des Feuers. »Wie kannst du es wagen, meinen Entscheidungen zu widersprechen? Wir gewähren Caradoc unsere Gastfreundschaft, wir pflegen seine Wunden, er bekommt von uns zu essen und einen warmen Platz am Feuer. Er bleibt bei uns, bis er genesen ist, aber als mein Gefangener. Und dann schicke ich ihn zum Statthalter. Ich werde meinen Eid nicht brechen und das Leben aller Männer, Frauen und Kinder in Brigantia wegen eines einzigen Mannes aufs Spiel setzen!« Sie funkelte Venutius zornig an, als wollte sie ihn herausfordern, sich ihr zu widersetzen.

»Das darfst du nicht, Cartimandua. Es würde Schande über deinen Namen und den Namen aller Briganten bringen.« Artgenos legte ihr eine Hand auf den Arm. »Du bist nur durch die Gunst der Götter Königin. Die Götter könnten dir, wenn du ihren Wünschen zuwiderhandelst, die Macht entziehen.«

Sie wirbelte zu ihm herum. »Ich habe das Ohr der Götter! Meiner Götter! Und das Volk steht hinter mir.«

»Nicht alle«, stieß Venutius zwischen zusammengebissenen Zähnen hervor. »Du wirst die Stämme spalten.«

»Die Stämme werden eine Einheit bleiben«, erwiderte sie. »Wer sich der Königin widersetzt, muss sterben.« Sie winkte die zwei bewaffneten Krieger zu sich. »Legt den Fürsten Caradoc in Ketten, gebt ihm von allem das Beste, wie es einem Fürsten und einem König seines Volkes zusteht, und sorgt dafür, dass seine Wunden regelmäßig verbunden werden. Aber sorgt auch dafür, dass er gut bewacht wird. Ich schicke noch heute Nacht Boten zu Ostorius Scapula, um ihm ausrichten zu lassen, dass ich seinen Feind bei mir gefangen halte. Ich werde die Sicherheit seiner Frau und Kinder verlangen im Gegenzug dafür, dass ich ihn den Römern aushändige. Und du, mein

Gemahl«, sie wandte sich an Venutius, »wirst deinen Namen unter diese Nachricht setzen. Du wirst deine Königin bei ihren Entscheidungen unterstützen.«

Damit marschierte sie aus dem Versammlungsraum. Draußen blieb sie stehen und sah zum Himmel empor. Sie zitterte. Die dunklen Wolken zogen nach Osten weiter, es regnete nicht mehr, und nach und nach erschienen die Sterne am Himmel. Sie atmete tief durch. Das Sternenlicht war ein Zeichen. Die Götter unterstützten sie, sie schoben die Wolken fort.

»Herrin? Darf ich dich zu deinem Haus zurückbringen?« Die Stimme hinter ihr ließ sie zusammenfahren. Es war Vellocatus. Sie musterte ihn kurz und warf dann einen Blick über seine Schulter, um zu sehen, ob er allein war, dann nickte sie. Ihre Miene wurde weicher, wie immer, wenn sie den jungen Mann sah, der Venutius pflichtgemäß überallhin folgte. »Du solltest bei meinem Gemahl sein«, tadelte sie ihn sanft.

»Das werde ich auch sein. Später.« Er steckte seine Hand unter ihren Arm. Durch die Wolle ihres Manteltuchs nahm sie die Wärme seiner Finger wahr. Er war stark und doch sanft, eine Sanftheit, die sie nach der Brutalität, mit der ihr Mann sie berührte, fast schockierte.

»Das war sehr tapfer, meine Königin. Deine Überzeugung gegen so viele andere zu verteidigen, beweist, wie stark du bist.«

Sie lächelte düster. »Sehr stark oder sehr töricht.«

»Sie achten Stärke, nicht Torheit. Du hast das Richtige getan.«

Sie blieb stehen und sah zu ihm. Dann brach sie in Lachen aus. »Dank dir für deine Unterstützung, Vellocatus. Ich werde nicht vergessen, wem du die Treue hältst, mein Freund. Aber jetzt kehre zu deinem König zurück.«

Mit einer Verneigung trat er zurück. Sie spürte, dass sein Blick ihr folgte, als sie auf ihr Haus zuging. Vor der Tür blieb sie stehen. Darüber hingen jetzt zwei Menschenköpfe, die sich leise im Wind drehten. Sie rochen nach dem kostbaren eingeführten Zedernöl, mit dem sie einbalsamiert worden waren. »Das tue ich für euch«, flüsterte sie. Im Vorbeigehen berührte sie sie. »Ihr seid um meiner Prinzipien willen gestorben, und auch ich muss um meiner Prinzipien willen leben oder sterben.«

Viv schrie im Schlaf auf. Das Farmhaus lag still in Nebel gehüllt da. Niemand konnte sie hören.

Mairghread erwartete sie im großen Raum. Das Feuer brannte wieder, und beruhigende Kräuter waren in die Glut geworfen worden.

»Ist es wahr, dass du Fürst Caradoc den Römern aushändigen willst?«, fragte sie.

Kurz schloss Carta die Augen. »Willst du meine Entscheidungen in Zweifel ziehen?« Sie holte tief Luft und warf ihrer Gefährtin einen strengen Blick zu.

»Nein!« Hastig trat Mairghread einen Schritt zurück. »Nein, meine Königin. Nie.« Sie senkte den Blick.

»Das freut mich zu hören.«

»Trotzdem musst du achtgeben«, beharrte Mairghread. Sie zögerte kurz. »Unter den Leuten wird viel geredet. Sie glauben, dass der König recht hat.«

»Dann sind sie treulos!« Carta schritt an ihr vorbei in die Schlafkammer. Plötzlich kochte sie vor Wut. Jetzt wurde ihr auch noch das Gefühl vermittelt, als sei sie eine Verräterin. Dabei wusste Caradoc genau, wem ihre Treue galt, er hätte nie versuchen dürfen, sie zu etwas anderem zu überreden. Er war aus freien Stücken hergekommen, aus freien Stücken hatte er sein Leben aufs Spiel gesetzt. Sie stand da und sah auf die Bettstatt. Die Bediensteten hatten die Decken glatt gestrichen, von ihrem Liebesspiel waren keine Spuren mehr zu sehen. Sie lächelte bitter. Das würde Venutius ihr nicht so leicht verzeihen. Er würde es nicht wagen, seine Wut offen zu zeigen, aber er würde sie strafen, indem er ihr aus dem Weg ging. Indem er woanders schlief. Nun ja, das war kein Verlust. Wenn sie das Bedürfnis nach einem Mann verspürte, gab es auch andere. Den jungen Vellocatus etwa. Sie sah ihn vor sich, froh, sich von ihren düsteren Gedanken abzulenken. Er war nicht adeliger Geburt, kaum mehr als ein Bediensteter, aber er sah gut aus, er war sanft und er hatte den Mut besessen, sie zu unterstützen, als Höherrangige schwiegen. Und es würde ihr große Genugtuung bereiten, den engsten Verbündeten ihres Mannes gegen ihn aufzustacheln.

»Nun, Herrin, weidest du dich an deiner Macht?«

Sie erstarrte. Sie hatte sich getäuscht, Venutius war hier. Sie drehte sich zu ihm um. »Wage es nicht, mir zu widersprechen! Brigantia wird die Übereinkunft mit dem Kaiser erfüllen.«

Er stand in der Tür. »Dann wird die Welt Brigantia bis ans Ende aller Zeiten verachten!«

Er machte auf dem Absatz kehrt und verschwand. Sie blieb allein zurück.

Viv regte sich im Halbschlaf. Venutius hatte recht behalten, nur dass die Welt nicht Brigantia verachtete, sondern Cartimandua.

Durchs Fenster hörte sie in der Ferne ein Schaf blöken, das Geräusch hallte seltsam fremd durch den Dunst zu ihr.

## II

Als sie am nächsten Morgen am Frühstückstisch saßen, begann es zu regnen. Riesige Ambosswolken türmten sich im Westen auf, und in der Ferne kündigte ein leises Donnergrollen das kommende Unwetter an.

»Perfekt!« Viv schaute zu Pat. »Kommst du mit? Damit wir das Unwetter oben am Berg aufzeichnen können? Das wird fantastisch klingen.«

»Reiner Selbstmord.« Pat griff nach der Kaffeekanne. Sie war noch von der gestrigen Wanderung erledigt, außerdem machten sich Kopfschmerzen bemerkbar. »In einem Gewitter kann man vom Blitz erschlagen werden!«

»Nicht, wenn wir uns oben in einen Unterstand stellen. Oder uns hinter die Felsen setzen. Wir müssen ja nicht sehr weit rauf. Komm, eine solche Chance können wir uns nicht entgehen lassen.«

»Warum fahren Sie nicht mit Steve in die Stadt? Es wäre verrückt, bei einem solchen Wetter in die Berge zu gehen.« Peggy trug ein Tablett mit leeren Tellern herein und hatte den letzten Teil der Unterhaltung mit angehört.

»Verrückt, aber inspiriert!« Pat grinste. »Viv hat recht.«

»Können Sie die Aufnahme nicht hier im Haus machen?«, schlug Peggy vor, ehe sie den Gästen im Esszimmer frischen Toast brachte.

»Das wäre nicht dasselbe«, rief Pat ihr nach.

Viv grinste. Die Geschichte stand ihr so lebhaft vor Augen, dass sie es gar nicht erwarten konnte, die dunkle Schönheit der Berge zu sehen, wenn der Donnergott Taranis wütete.

Von den Keltendarstellern war nichts zu sehen. Sie hatten ihre Zelte abgebaut und waren abgereist.

»Die sind vernünftiger als wir.« Schwungvoll setzte Viv den Rucksack ab und kauerte sich hinter eine niedrige Steinmauer, die quer über den Bergrücken verlief. »Wie wär's, wenn wir hierbleiben und uns irgendwo unterstellen, bevor es wirklich losgeht.«

Wie zur Bestätigung fuhr ein Blitz über den Himmel, und fast im selben Moment hallte ein gewaltiger Donner über die Moore und ließ die beiden Frauen zusammenfahren. Ergeben hockte Pat sich neben sie.

»Also, Pat, du sprichst Cartimandua. Das ist die erste Rede, die sie nach ihrer Rückkehr aus Colchester hält. Sie spricht in einem Unwetter zu den Stammeshäuptlingen. Da solltest du nicht improvisieren. Diese Stelle ist wichtig, sie erklärt ihre Beweggründe für alles Folgende.« Viv reichte ihr die Seite, die in einer Plastikfolie steckte.

Mit einem Nicken stellte Pat das Aufnahmegerät in der wetterfesten Tasche an.

Das Prasseln des Regens auf ihren Windjacken, den Steinen und dem Gras war ohrenbetäubend. Als ein weiterer Donner ertönte, begann Pat zu lesen. Regen perlte über die getippten Zeilen, sie konnte den Text nicht erkennen. Der Wind riss ihr die Worte von den Lippen. Fast direkt über ihnen grollte wieder ein Donner. Achselzuckend richtete sie sich auf die Knie auf. »Viv, es geht nicht. Tut mir leid. Vielleicht war es doch keine so gute Idee.«

»Dann mach ich es eben«, sagte Viv ungeduldig. »Komm, gib mir das Mikro.« Plötzlich schrie sie, brüllte die Worte in den Sturm hinaus. Es waren nicht die Worte, die im Manuskript standen.

»Versteht ihr denn nicht? Meine Ehre steht auf dem Spiel! Ich habe dem Kaiser den Eid nur geleistet, um mein Volk zu beschützen. Um ihm Wohlstand und Frieden zu sichern. Wenn ich den Eid breche, werden die Römer uns angreifen, wie sie die Silurer und die Ordovicer, wie sie den ganzen Süden angegriffen haben. Dort wurden alle entwaffnet, vernichtet, hingemetzelt. Ist es das, was ihr für die Briganten wünscht? Ausgelöscht zu werden? Ich sehe am Horizont eine Katastrophe. Dieser Sturm birgt eine Botschaft der Götter! Wenn ich euch nachgebe und diesen Mann freilasse, werden die Berge einstürzen, wird unsere Zivilisation untergehen, werden unsere Götter besiegt werden. Unsere einzige Hoffnung besteht darin, meine Übereinkunft mit den Römern zu erfüllen, ebenso wie sie sie erfüllen. Eine andere Möglichkeit gibt es nicht!«

Der krachende Blitz schien direkt neben ihnen einzuschlagen, und der darauf folgende Donner übertönte Vivs nächste Worte. Sie duckte sich hinter die Mauer und blinzelte die Regentropfen aus den Augen.

»Viv, das steht doch nicht im Manuskript!«, wandte Pat verwundert ein.

Viv achtete gar nicht auf die Unterbrechung. Sie sah über das weite Tal in den Regen hinaus.

»Die Druiden begreifen nicht, dass die Welt sich verändert! Wie können sie all ihrer Weisheit und ihrem Wissen zum Trotz nicht sehen, was passiert? Es sind die Druiden, denen die Römer am meisten misstrauen. Sie betrachten sie als Spione, die den Widerstand stützen. Artgenos beweist nur, dass sie recht haben. Er verlangt, dass ich Caradoc freilasse. Wenn ich mich dafür entscheide, dann ist ihr Schicksal ebenso besiegelt wie das meine und das meines Volkes.«

»Viv!« Der Rekorder hatte sich ausgeschaltet, das Lämpchen brannte nicht mehr. Pat zog Viv das Manuskript aus den nassen Händen.

»Ich kann nicht, ich lasse ihn nicht gehen. Die Römer sind bereits auf dem Weg, um ihn abzuholen. Meine Boten haben die Legion schon erreicht!«

»Viv!« Pat fasste sie am Arm. »Wir nehmen nicht mehr auf!«

»Fass mich nicht an!«, herrschte Viv sie an. »Sonst rufe ich meine Wachen!«

Pat wich zurück. Der Zorn in Vivs Augen war überwältigend, die Aura von Macht, die sie umgab, allzu real.

»Viv!« Pat nahm allen Mut zusammen und berührte Viv an der Schulter. »Hör auf! Hör sofort auf!« Sie hatte Angst. Wer immer da neben ihr an der Steinmauer hockte, war nicht Viv Lloyd Rees. Sie holte tief Luft und schüttelte Viv wieder an der Schulter. »Verdammt noch mal, wach auf! Komm zurück!«

Ein weiterer Donnerschlag dröhnte ihnen in den Ohren, aber er war schon ein wenig nach Osten abgezogen.

»Viv!« Regen strömte über ihre Jacken und lief in riesigen Pfützen am Fuß der Mauer zusammen.

»Viv, wach jetzt auf.« Pat tat ihr Bestes, so bestimmt wie möglich zu klingen.

Viv atmete heftig aus, dann sank sie gegen die Mauer und schloss die Augen. Einen Moment bewegte sie sich nicht, holte nicht einmal Luft. Dann seufzte sie tief und gequält und stand mühsam auf.

»Viv, bleib hier. Da draußen blitzt es immer noch.« Pat zog sie wieder in den Schutz der Mauer. »Es ist vorbei. Wir haben die Passage aufgenommen.« Sie betrachtete Vivs Gesicht. Ihre Wut und die Aura von Macht waren fort. Sie war wieder sie selbst.

## III

Pat lag im duftenden Wasser der Badewanne und lauschte auf den Regen, der gegen die Fenster prasselte. Von der Küche, wo Peggy mit Töpfen und Pfannen hantierte, trieben köstliche Gerüche die Treppe hinauf. Viv war in ihr Zimmer verschwunden. Sie hatte ihren Auftritt gehabt. Jetzt war Medb an der Reihe.

Medb lachte. Von dem Gehöft in den Bergen aus, wo sie Unterschlupf gefunden hatte, beobachtete sie ihn und sah alles. Venutius wollte sie. Er trug die Fibel, die ihn mit ihr verband, und er befragte die Omen nach Hinweisen, wo die Frau sei, die ihm so viel mehr zu willen war als seine Gemahlin.

Als sie aus Caer Lugus verschwunden war, hatte er Männer nach ihr ausgeschickt, doch sie hatte dafür gesorgt, dass niemand sie fand. Aber als sie ihn jetzt beobachtete und die sich wie ein Lauffeuer verbreitende Nachricht hörte, dass Caradoc nach Dun Righ gekommen war und Cartimandua und ihr Mann sich gestritten hatten, überlegte sie es sich anders. Es war an der Zeit, sich finden zu lassen.

Verschleiert und in aller Heimlichkeit traf Medb mit den weißen Händen in Dun Righ ein und wurde in einem kleinen Gästehaus am Rand der Stadt untergebracht. Dort richtete sie sich mit allem ein, was sie für ihr Wohlbefinden benötigte. Venutius sorgte dafür, dass sie alles erhielt, was sie verlangte, und stellte sicher, dass sie ungestört blieb, wenn sie in der Abenddämmerung in die Wälder ging auf der Suche nach Kräutern und Steinen, Blättern und Zweigen, den Mitteln ihrer Macht und Magie. Sehr bald ging das Gerücht in der Stadt um, dass der König dem Bann einer Zauberin erlegen sei. Niemand wagte, der Königin davon zu berichten.

# IV

»Was ist da oben passiert?«, fragte Peggy, als Viv vor dem Abendessen allein in der Küche auftauchte. Sie führte sie in ihre kleine Kräuterkammer und schloss die Tür hinter ihnen. Ihr Gesicht war blass und angespannt, aber ihr Tonfall war barsch.

Viv betrachtete sie verstört. »Im Unwetter hat Cartimandua durch mich gesprochen. Es war eine unglaubliche Erfahrung, und Pat ...« Schaudernd brach sie ab. Pat hatte ihr Angst eingejagt.

»Und Pat?«, fragte Peggy nach.

Viv runzelte die Stirn. Dann schaute sie auf, denn sie spürte, dass Peggy sie betrachtete. »Es tut mir leid, dass Pat aus heiterem Himmel hier aufgetaucht ist, Peggy. Ich hoffe, das stört Sie nicht.«

Peggy machte eine vage Geste. »Ich möchte nicht, dass Sie mit ihr zur Quelle gehen.«

Viv sah sie erstaunt an. »Wenn Sie das nicht wollen, werde ich mich daran halten.«

»Sie haben ihr doch nicht davon erzählt?«

»Nein.« Viv überlegte kurz. »Nein, da bin ich mir ziemlich sicher.«

Peggy nickte. »Viv, die ist nicht für jedermann. Und so soll es auch bleiben.« Sie schauderte.

»Sie haben Bedenken wegen Pat?«, fragte Viv vorsichtig.

Peggy kniff die Augen zusammen. »Natürlich. Und Sie wissen genauso gut wie ich, warum.«

»Vielleicht können Sie es mir erklären?«

»Ein Schatten folgt ihr, der einer Frau.«

»Und Sie haben diese Frau gesehen?« Ein kalter Schauder lief Viv über den Rücken.

Peggy nickte.

Viv zögerte. »Sie heißt Medb mit den weißen Händen. Sie war eine Gegenspielerin von Cartimandua. Sie gehört eigentlich nicht zu meiner Geschichte. Das hat etwas mit der keltischen Fibel zu tun, die ich im Fernsehen gezeigt habe, mit der Cartimandua-Nadel. Wenn man sie berührt, befreit man offenbar den Geist der Menschen, die sie früher einmal besaßen. Cartimandua und Venutius.« Wieder zögerte sie kurz. »Und Medb.«

»Sie hätten Pat nicht herbringen dürfen«, sagte Peggy bedächtig. »Zusammen lassen Sie Erinnerungen und Zwistigkeiten aus der Vergangenheit aufleben, und die werden nicht wieder verschwinden. Hier in der Umgebung sind ganz besondere Kräfte am Werk. Es ist eine sehr eigene Gegend, sehr angreifbar. Das Gleichgewicht ist leicht zu stören. Hier gibt es Energien, die man nicht aufrühren sollte, verstehen Sie das? Und Pat macht alles nur noch schlimmer. Sie ist unberechenbar. Ihr ist nicht klar, dass sie mit Mächten spielt, die ihr weit überlegen sind. Sie müssen Ihre Forschungsarbeit abbrechen und die Aufnahmen auch. Vergessen Sie das Hörspiel. Cartimandua war eine große Königin. Ich ehre ihr Andenken, aber Medb ist böse. Ich spüre die Gefahr, die in der Luft liegt, kann sie im Unwetter lesen und von den Göttern hören. Ich habe mein ganzes Leben hier verbracht und ich kenne mich aus. Je mehr Aufmerksamkeit man Menschen wie Medb zuteil werden lässt, desto stärker werden sie. Hören Sie auf. Schauen Sie zu, dass Pat wieder abreist. Bitte.«

»Aber Peggy ...«

Peggy schüttelte den Kopf. »Sie müssen damit aufhören.«

»Das geht nicht. Es ist zu spät.«

*Die Wahrheit! Alle müssen die Wahrheit erfahren!*

Die Worte hallten durch Vivs Kopf.

Sie holte tief Luft. »Wir müssen herausfinden, was passiert ist! Cartimandua will, dass wir die Wahrheit erfahren. Warum sie so und nicht anders handelte. Sie will, dass die Welt weiß, dass sie keine Verräterin war.«

Einen Moment herrschte angespannte Stille.

»Selbst, wenn Sie beide dafür mit dem Leben bezahlen?«, fragte Peggy schließlich. Sie sprach sehr leise.

»Mit dem Leben?«, wiederholte Viv fassungslos.

»Hier in der Gegend, auf den Bergen und den Mooren, in den Wäldern und Tälern, neben den Wildbächen und Wasserfällen, leben die alten Götter noch fort. Und sie verlangen noch immer das, was ihnen zusteht.« Müde stand Peggy von dem Stuhl am Tisch auf, an den sie sich gesetzt hatte, und ging zur Tür. »Ich an Ihrer Stelle würde nach Edinburgh zurückfahren und dort bleiben. Vergessen Sie das Hörspiel. Wenn Sie hierbleiben wollen, na gut, das liegt bei Ihnen. Sie sind meine Gäste, und ich werde Sie nicht fortschicken, aber erwarten Sie nicht, dass ich Ihnen helfe.«

»Peggy, das ist nicht Ihr Ernst.« Viv sah sie verzweifelt an. »Bitte. Sie haben mir die Quelle doch selbst gezeigt.«

»Das hätte ich nicht tun sollen.« Peggy schüttelte den Kopf. Sie öffnete die Tür, dann wandte sie sich noch einmal um und sah Viv stirnrunzelnd an. »Die Götter dieser Berge verlangen sehr viel. Vergessen Sie das nicht. Natürlich, wenn Sie darauf bestehen wollen, kriegen Sie Ihre Sendung, aber wird der Preis dafür nicht zu hoch sein?«

## V

Nach dem Regen duftete die Luft angenehm süß. Pat stand in der Tür, die von der Küche in den Garten führte, und sah hinaus. Sie holte ihre Zigaretten aus der Tasche, zündete sich eine an und schloss die Augen, während sie den Rauch tief einsog. Die verdammte Frau war wieder in ihrem Kopf gewesen. Hatte von ihr Besitz ergriffen, hatte sich ihrer Stimme bemächtigt, ihrer Gedanken. Sie lehnte sich gegen den Türrahmen und wusste nicht, was größer war, ihr Zorn oder ihre Angst. Vielleicht sollte sie es einfach nur spannend finden wie Viv. War sie ein Medium? Eine Spiritualistin? Sie zog wieder an der Zigarette.

»Alles in Ordnung?« Peggy war in die Küche gekommen, ohne dass sie es bemerkt hatte.

Schuldbewusst fuhr Pat zusammen. »Entschuldigung, ich wollte nur eine rauchen.«

Sie warf die Kippe auf die nassen Pflastersteine und trat sie aus, dann drehte sie sich um. Peggy hatte einen Stapel sorgsam gefalteter

Handtücher im Arm. Sie legte ihn auf dem Tisch ab, als Pat hereinkam und die Gartentür hinter sich schloss.

»Hat Viv Ihnen von unserem Kontakt mit der geliebten Verstorbenen erzählt?« Pat lachte auf. »Ich weiß nicht genau, wie ich damit umgehen soll. Ich bin empört. Wütend. Verängstigt. Aufgeregt. Viv ist sehr aufgeregt. Für sie ist das eine außergewöhnliche Art historischer Forschung.« Sie setzte sich an den Tisch und fuhr sich durchs Haar. »Wo ist Viv überhaupt?«

»Sie ist nach oben gegangen.« Peggy setzte sich ihr gegenüber auf einen Stuhl und betrachtete sie. »Wir müssen uns unterhalten. Ich habe Viv gesagt, dass Sie beide meiner Ansicht nach abfahren sollten.«

Pat verspannte sich. »Wegen dem, was mit mir passiert ist?«

»Wegen dem, was mit Ihnen beiden passiert ist.« Peggy nickte und holte eine Flasche und zwei Gläser von der Anrichte. »Aber vor allem mit Ihnen. Es geht um eine bestimmte Person – die Frau, die durch Sie gesprochen hat. Ich will ihren Namen nicht nennen und ihr damit noch mehr Kraft geben, als sie ohnehin schon hat. Sie ist sehr mächtig. Viv hat mir von der Nadel erzählt, und dass diese Frau schon früher Kontakt zu Ihnen aufgenommen hat. Und jetzt, wo Sie hier sind, ist es für sie noch leichter geworden. Durch Ihre Gedanken an sie hier, an einem Ort, wo ihr Geist noch eine Aufgabe zu haben glaubt, hat sie an Kraft gewonnen. Jetzt kann ich sie auch spüren, und das will ich nicht.« Peggy schüttelte heftig den Kopf. »Die Alten sind hier überall auf den Bergen. Ich versuche alles, um ihre Götter und ihre Schatten zu beschwichtigen, aber mehr ist mir nicht möglich. Ich möchte keine Leute hier haben, die das Gegenteil bezwecken.«

Pat hob ihr Glas und nahm einen Schluck. Das selbst gemachte Getränk war schwer und süß.

Peggy runzelte die Stirn. »Sie haben ihr ein leeres Gefäß überlassen, das sie nach Belieben füllen kann.« Irgendwie klang das nicht sonderlich schmeichelhaft.

»Woher kennen Sie sich so gut mit dem Ganzen aus?«, fragte Pat schließlich. »Können Sie sie sehen?«

Peggy nickte. »Natürlich sehe ich sie. Sie folgt Ihnen.«

»Guter Gott!« Pat erschrak. »Können Sie sie nicht vertreiben?« Sie zitterte heftig.

»Das bezweifle ich.« Peggy stand auf und griff nach ihren Ofenhandschuhen. »Es wäre besser, wenn Sie abfahren.«

»Das geht nicht. Wir müssen mit dem Hörspiel weiterkommen. Geben Sie uns noch ein bisschen Zeit, nur ein oder zwei Tage. Bitte.« Seufzend stützte Pat die Ellbogen auf den Tisch, legte das Kinn auf die verschränkten Finger und starrte in ihr Glas. Sie spürte, wie Medb sich in ihrem Kopf regte. Sie begann, unruhig auf dem Stuhl hin und her zu rutschen. »Können Sie wegen der Fibel nicht etwas unternehmen, Peggy? Ihren Zauber außer Kraft setzen?«

»Die Fibel?«

»Sie haben doch gerade gesagt, dass Viv Ihnen von ihr erzählt hat. Sie hat sie hergebracht.«

Erschrocken starrte Peggy sie an. »Heilige Göttin!« Sie schloss die Augen.

»Nein, Sie verstehen das nicht richtig. Medb wird niemandem etwas antun.« Plötzlich empfand Pat wieder das Bedürfnis, sie zu verteidigen. »Sie will einfach, dass ihre Geschichte erzählt wird, genauso wie Cartimandua. Nichts, wovor man Angst haben müsste. Davon bin ich überzeugt. Sicher, als es mir das erste Mal passiert ist, war ich etwas geschockt, aber mehr nicht.« Ernst schüttelte sie den Kopf. »Wenn ich verspreche, dass ich sie unter Kontrolle halte, wäre es dann nicht in Ordnung? Und das schaffe ich. Das weiß ich genau.« Sie verstummte und musterte Peggys Miene.

Unbehaglich wurde ihr bewusst, dass sie nicht ganz die Wahrheit gesagt hatte. Zum Beispiel das, was gerade in der Badewanne passiert war. Plötzlich wollte sie Peggys durchdringenden Blick nicht länger standhalten und erhob sich abrupt. »Ich geh in mein Zimmer, um mich zum Abendessen umzuziehen, und wenn Viv runterkommt, können wir ja mit ihr darüber reden.«

Peggy sah ihr nach, als sie den Flur entlangging. Sie seufzte. Wie konnte Pat nur so naiv sein? Medb war aus einem einzigen Grund zurückgekommen. Um sich zu rächen.

# Kapitel 27

## I

»Ich will wissen, was als Nächstes passiert, und ich möchte, dass du es aufnimmst, damit uns nichts entgeht«, sagte Viv. Nach dem Abendessen, zu dem Steve nicht erschienen war, hatten sie und Pat sich in ihrem Zimmer zusammengesetzt. Wenn Pat schon hier war, sollten sie wenigstens das Beste daraus machen. Viv warf einen kurzen Blick zu ihr und verbot sich jeden Zweifel an ihrer Vertrauenswürdigkeit. »Ich möchte, dass du mir Fragen stellst und mich leitest bei dem, was ich erzähle.«

Pat warf ihr einen skeptischen Blick zu. »Ich glaube nicht, dass wir das tun sollten. Peggy kann Medb sehen. Sie hat Angst vor ihr, und ich auch! Ich möchte nicht riskieren, dass sie noch mal zu mir kommt.«

»Das lassen wir auch nicht zu. Jetzt geht es um Cartimandua.« Viv öffnete die Fenster, und der frische Geruch von Torf und Gras und Schafen trieb ins Zimmer, dazu der Duft von Geißblatt und Rosen. Kurz schaute sie zum nebelverhüllten Berg hinüber. Die brütende Stille war überwältigend. Sie unterdrückte die aufkommende Angst und drehte sich entschlossen zu Pat um. »Komm, fangen wir an. Peggy braucht ja nichts davon erfahren, und ich will unbedingt herausfinden, was passiert.«

»Und was ist mit Medb?«

Viv schüttelte den Kopf. »Vergiss Medb. Das ist nicht ihre Geschichte.«

»Doch, das ist sie schon. Medb ist hierher gekommen, nach Dun Righ.«

Viv verzog das Gesicht. »Nie im Leben.« Das wollte sie gar nicht hören. Mit aller Macht unterdrückte sie ihre Angst und konzentrierte sich auf Carta.

»Doch. Und ich glaube nicht, dass sie besonders nett ist, Viv. Ich will nichts mit ihr zu tun haben.«

»Dann halt sie eben von dir fern. Hör ihr einfach nicht zu.«

»Leichter gesagt als getan. Peggy hält sie für gefährlich.«

»Hat sie dir das gesagt?«

Pat nickte. »Und ich habe ihr von der Fibel erzählt. Viv, du hättest sie nicht herbringen dürfen. Warum hast du das gemacht? Ist sie irgendwo sicher verwahrt?«

Viv nickte.

»Erzähl mir einfach nicht, wo sie ist, ja?« Seufzend holte Pat das Aufnahmegerät aus ihrer Tasche, baute es auf dem Fenstersims auf und befestigte Viv, die auf der Fensterbank saß, das Mikrofon an die Bluse. Dann schaltete sie das Licht aus. Sie hatte ein ungutes Gefühl bei der ganzen Sache.

Im Zimmer wurde es feucht und kalt, als die Nachtluft durch die offenen Fenster hereinströmte.

»Carta?« Vivs Stimme wurde heiser. »Bist du da? Sprich mit mir.«

Irgendwo in der Ferne bellte ein Hund.

Venutius kochte vor Zorn. Er marschierte in der Kammer auf und ab, bevor er schließlich direkt vor seiner Frau stehen blieb. »Du kannst ihn immer noch freilassen. Du kannst alles wiedergutmachen.«

»Nein.« Erschöpft sah sie zu ihm hoch. »Ich habe meine Entscheidung gefällt. Ich will nicht noch einmal darüber sprechen.«

»Aber ich!« Er packte sie an den Handgelenken und zog sie auf die Füße. »Du darfst nicht zulassen, dass er gefangen genommen wird! Das darfst du nicht!« Die beiden Hunde, die neben ihr saßen, knurrten. Venutius achtete nicht auf sie.

»Lass mich los! Wenn du mich noch einmal anfasst, rufe ich meine Wachen.«

»Deine Wachen!« Sein Ton war verächtlich. Er ließ sie los und trat einige Schritte zurück. »Deine Wachen, die ich ausgebildet habe. Die mir treu ergeben sind, wenn du es genau wissen willst!«

Er verschränkte die Arme und fixierte sie. »Willst du ihre Ergebenheit auf die Probe stellen?«

Sie straffte die Schulter, doch dann krümmte sie sich plötzlich keuchend vor Schmerzen zusammen.

Erschrocken runzelte er die Stirn. »Was ist? Bist du krank?« Sie nickte. »Ruf Mairghread. Mir ist übel.« Ihr Gesicht war heiß und klamm geworden, die Wände drehten sich vor ihren Augen.

Venutius verließ die Kammer. Als Mairghread erschien, folgte er ihr nicht.

»Du weißt natürlich, was das bedeutet.« Mairghread tupfte ihr sacht die Stirn ab.

»Ich habe etwas Schlechtes gegessen.« Stöhnend legte Carta sich aufs Bett.

»Du bist endlich schwanger.« Mairghread lächelte. »Das war auch an der Zeit. Das wird dich von der Politik ablenken, Herrin, und dich an deine Pflichten als Königin erinnern.«

»Meine Pflichten als Königin«, wiederholte Carta langsam. »Du wagst es, mir von meinen Pflichten als Königin zu sprechen! Vielleicht sollte ich dich besser unterweisen. Ich bin meinem Volk verpflichtet.« Sie legte einen Arm über die Augen. »Ich bin verpflichtet, das Beste für sie zu tun. Und du täuschst dich, ich bin nicht schwanger. Das ist unmöglich.«

Dafür hatte sie schon gesorgt. Oder doch nicht? Sie runzelte die Stirn. An dem Tag, an dem Caradoc eingetroffen war, war Venutius bei ihr gewesen und hatte sich ihr aufgezwungen. An dem Abend hatte sie ihn nicht erwartet, hatte nicht die Kräuter angewendet, die verhinderten, dass der Same eines Mannes sich festsetzte.

»Herrin, die Götter treffen ihre eigenen Entscheidungen.« Mairghread hatte sie genau beobachtet und die verschiedenen Gedanken gesehen, die sich in der Miene der Königin spiegelten. »Vielleicht tun sie es, um dich an deine Aufgabe als ihre Stellvertreterin und die Hüterin ihrer Wünsche zu erinnern.« Sie schürzte die Lippen.

»Wage es nicht, mich zu ermahnen!« Carta nahm den Arm nicht von den Augen. »Du verstehst nichts von meinen Entscheidungen.«

Ächzend drehte sie sich auf die Seite. »Ich habe verdorbenes Fleisch gegessen, weiter nichts. Bring mir einen Sud aus Schlangenwurz, das wird meinen Magen beruhigen.«

Noch während sie den Becher leerte, erschien Venutius. »Und, ist es wahr? Bist du schwanger?«

»Nein.« Mairghread hatte nicht lange gewartet, das Gerücht in der Siedlung zu verbreiten. Carta schwang die Beine über die Kante der Bettstatt und stand matt auf. »Der Hoffnung brauchst du dich gar nicht hinzugeben.«

»Dann sollte ich vielleicht meinen Samen noch einmal pflanzen.« Er versuchte, sie zu fassen. »Ein Kind würde dich zweifellos auf andere Gedanken bringen.«

»Rühr mich nicht an!« Als er sie am Handgelenk packen wollte, stieß sie ihn heftig von sich. Kurz verlor er das Gleichgewicht und taumelte nach hinten. Sein Gesicht lief dunkelrot an. Wütend versuchte er wieder, ihren Arm zu umklammern, doch sie versetzte ihm eine schallende Ohrfeige. Sonne und Mond drängten sich beschützend um ihre Herrin und knurrten ihn wütend an. Venutius stieß mit dem Fuß nach ihnen.

Mairghread stand hinter dem Vorhang, der die Kammer verschloss, und wusste nicht genau, ob sie eintreten sollte oder nicht. Letztlich fehlte ihr der Mut dazu, und sie ging davon.

Am nächsten Morgen war Venutius bereits fort. Er war noch vor Sonnenaufgang ausgeritten. Als die Königin sich in der Öffentlichkeit zeigte, war die Haut unter ihrem linken Auge dunkel verfärbt und geschwollen.

Ihre Übelkeit verging so schnell, wie sie gekommen war. Dennoch war Carta zwei Wochen später finsterer Laune, als sie ihre besten Kleider anzog, um die römischen Abgesandten zu begrüßen, die Caradoc abholen sollten. Sie legte die goldenen Armreifen und den Halsreif an, befestigte die Fibeln an ihrem schönsten Manteltuch und ging dann in den Ratssaal, wo sich bereits alle älteren Druiden und auch alle Briganten-Könige versammelt hatten. Alle bis auf einen.

Aufmerksam sah sie sich um, als vom Wachturm ein Bronzehorn die Ankunft der Römer verkündete.

»Will sich einer von euch mir widersetzen und verhindern, dass ich Caradoc aushändige?« Sie musterte die Gesichter reihum. Alle Männer wandten den Blick ab. Vielen war sehr unbehaglich zumute, doch keiner widersetzte sich ihr.

Angeführt wurde die Abordnung vom Militärtribun der XX. Legion, Gaius Flavius Cerialis. Zum Gruß hob er den Arm, sein Gesicht war ernst. »Große Königin, der Statthalter entbietet Euch seine Grüße. Er hat mir aufgetragen, Euch persönlich für Eure Treue zu danken. Sie wird reich belohnt werden.«

Sie verneigte sich ein wenig, Artgenos stand neben ihr, ihre Brüder Fintan und Bran waren an ihrer Seite, ihre Krieger und Ratgeber hatten sich missmutig schweigend im Kreis um sie aufgestellt. Während alle darauf warteten, dass Caradoc hereingeführt wurde, bemerkte Carta, dass Gaius unruhig von einem Fuß auf den anderen trat. Dann richtete er sich auf, straffte die Schultern und lenkte sich ab, indem er den Raum betrachtete. Sie beobachtete ihn heimlich, folgte seinem Blick, versuchte, den weitläufigen Saal mit seinen Augen zu sehen, verglich die üppige Behaglichkeit mit der Strenge seiner Kaserne. Hier roch es nach Holzrauch und duftenden Kräutern und den Blumen, die überall in Silberkrügen standen. Der Boden war mit einem Webteppich bedeckt, ihr Sitz mit einem weiteren. Und überall prangten die farbigen Karomuster und die bunten Spiralwirbel, die er vielleicht schon einmal in den Häusern der Keltoi in Gallien gesehen hatte und die den dämmrigen Raum lebendig wirken ließen. Ihr entging nicht, dass er, wenn auch widerwillig, beeindruckt war, und sie vermutete, dass er nicht minder beeindruckt war, als Caradoc hereingeführt wurde. Er war zwar an den Handgelenken gefesselt, doch sie hatte angeordnet, dass sich die Wachen, die ihn Tag und Nacht begleiteten, stets zuvorkommend und ehrenhaft verhielten. Sie wusste allerdings auch, dass diese Anordnung überflüssig gewesen war. Jeder in Dun Righ achtete und bewunderte diesen Mann.

Er wurde direkt vor den Römer geführt, und als er stehen blieb, verneigte er sich leicht, womit er seine Niederlage einräumte, aber nichts von seiner Würde verlor. Caradoc war kein Mann, der je um sein Leben flehen würde. Carta beobachtete die beiden Männer eingehend und biss sich auf die Unterlippe, als Gaius sich ebenfalls verneigte. Hier waren zwei Soldaten, die sich gegenseitig als gleichberechtigte Gegner taxierten. Sie sah die Achtung, die sie füreinander empfanden, und einen Moment fühlte sie sich ausgeschlossen. Unvermittelt stiegen Zweifel in ihr auf.

»Fürst Caradoc ist verwundet worden. Er ist noch nicht genügend bei Kräften, um mit Euch zu reisen«, sagte sie zu Gaius. »Eure Männer können vor den Mauern warten, Gaius Flavius Cerialis.«

Sie sprach den Namen fast scherzhaft aus, als sei er eine exotische Spielerei, und er hob die Augenbrauen. Bislang hatte sie nie bedacht, dass ihm womöglich bewusst war, dass sie ihn ebenso fremd und aufregend fand wie er sie. Als sie ihn jetzt ansprach, lag eine Herausforderung in ihrem Blick. »Ihr und Eure Offiziere werdet als unsere Gäste hier verweilen, bis der Fürst so weit genesen ist, dass er reiten kann.«

Gaius entging nicht der Hoffnungsschimmer in Caradocs Miene, wie sie bemerkte. Und sie sah auch sein verstohlenes Lächeln, als er erkannte, dass das Spiel – wenn es denn tatsächlich ein Spiel war – mit ihm gespielt wurde und nicht mit ihrem Vetter. Wenn sie die Römer noch ein wenig warten lassen wollte, so sei's drum. Er hatte keine Eile. Sollte sie sich noch ein paar Tage mit ihm zerstreuen wollen, würde er bereitwillig mitmachen. Mehr als bereitwillig. Der arme Caradoc. Damit verlängerte sie nur das Leiden des Mannes.

Carta begegnete dem Blick des Römers. Der Mann war feinfühlig und intelligent, und er war aufmerksam. Sie hatte ihre Gedanken in seiner Gegenwart zwar stets sorgsam gehütet, aber jetzt überlegte sie sich, dass er sie vielleicht weit besser verstand, als ihr bewusst gewesen war. Der Gedanke behagte ihr gar nicht.

## 11

Als Pat in ihr Zimmer zurückkehrte, konnte sie nicht schlafen. Also duschte sie, zog ihren Schlafanzug an und saß dann eine Weile im Lampenlicht da, schaute auf ihren Laptop, das Aufnahmegerät und den Stapel von Büchern und Notizen, der auf dem Tisch neben ihr lag. Sie kamen gut voran. Vivs Aufnahme war großartig gewesen. Sie hatten genügend Material für mindestens zwei Sendungen.

Über Medb …

Sie erstarrte. Nein. Nicht über Medb. Sie wollte nicht an Medb denken.

Heftig stand sie auf. »Verschwinde!«

Der Klang ihrer eigenen Stimme in der Stille verstörte sie.

Lauschend hielt sie die Luft an.

Im Haus war alles still, die Nacht draußen vor dem Fenster noch stiller. Misstrauisch sah sie sich im Zimmer um. Hatte sich etwas verändert? Sie vermeinte, im Schatten etwas zu spüren, das sie beobachtete. »Verschwinde!«, wiederholte sie lauter. »Ich höre nicht zu!«

Oh mein Gott, da lachte doch jemand. Ein leises Auflachen. Das zynische, gehässige Lachen einer Frau. Noch nie im Leben hatte ihr etwas mehr Angst eingejagt. Sie wich zurück, bis sie mit dem Rücken an der Wand stand. Wieder sah sie sich im Raum um. Da war niemand. Das Zimmer war klein und niedrig und im ländlichen Stil hübsch eingerichtet mit geblümten Stoffen und getrockneten Blumen, einem kleinen Sessel, einer Kommode, einem Schreibtisch vor dem Fenster, dem Tisch, auf dem sie ihre Unterlagen stapelte, einem Schrank und dem Gestell, auf dem sie ihre große rote Reisetasche deponiert hatte. Da gab es kein Versteck. Ängstlich schlich sie zum Schrank und riss nach kurzem Zögern die Tür auf. Da war nichts außer ihrer Kleidung und einem zusammengeklappten Bügelbrett. Sie schloss die Tür wieder und wirbelte herum.

»Also, Frau, hör mir gut zu. Ich will mit der ganzen Sache nichts zu tun haben. Dieses Hörspiel ist nur ein Job und sonst nichts!« Sie ballte die Fäuste und holte tief Luft. »Hörst du mich? Ich will nichts hören. Ich will mit deinen hässlichen Intrigen nichts zu tun haben. Vergiss mich.«

Sie ging zur Tür und drückte auf den Schalter, sodass das Licht der Deckenlampe den ganzen Raum erhellte. Es blendete sie nach dem sanften Licht der kleinen Tischlampe. Blinzelnd sah sie sich wieder um. Sie stand immer noch da, als unvermittelt beide Lampen ausgingen.

»Mist!«

Nervös fuhr sie sich mit der Zunge über die Lippen. Nur die Ruhe, ermahnte sie sich. Sie hatte die antiquierten Stromkabel des Hauses schlicht überlastet, als sie beide Lichter gleichzeitig angeschaltet hatte. Nichts Beängstigendes. Auf dem Schreibtisch stand eine Duftkerze. Sie brauchte nur ihr Feuerzeug zu finden. Ihre Tasche. Wo hatte sie ihre Tasche hingelegt?

Sie tastete sich zum Fenster vor und zog die Vorhänge zurück. Mondlicht strömte ins Zimmer, und mit einem Seufzer der Erleichterung drehte sie sich um.

Medb stand direkt hinter ihr.

## III

Auch Viv konnte nicht schlafen. Vor Aufregung war sie völlig überdreht und wollte unbedingt mit der Geschichte weitermachen, aber sie hatte auch Angst. Allmählich ging ihr die Sache allzu leicht von der Hand. Mit Pat als Aufnahmeleiterin und Regisseurin wurde die Geschichte immer dramatischer und realer. Doch wenn sie nicht den Verstand verlieren wollte, musste sie aufhören. In die Wirklichkeit zurückfinden. Aber das ging einfach nicht. Nicht jetzt, da Pat Medb im Griff hatte und bereit war, sich auf Cartas Geschichte zu konzentrieren. Müde setzte sie sich auf. Eine Stunde später schrieb sie im Licht ihrer Nachttischlampe immer noch, notierte jedes Detail, bevor sie es vergaß. Als sie die Kelten durch die Augen der Römer gesehen hatte, war ihr der Unterschied zwischen den beiden Völkern weit mehr aufgefallen als zuvor. Das war interessant. Das war Geschichte! Cartimanduas Rundhaus hatte die wilde Schönheit und Kultiviertheit des Zelts eines Wüstenscheichs angenommen. Die römische Version, nach der die keltischen Stämme im Norden primitiv und zurückgeblieben waren, traf vielleicht auf die Bauern zu, wie in allen geschichtlichen Epochen, aber hier hatten Bildung und Kunst einen hohen Stellenwert. Nur weil die Kelten Rundhäuser in Siedlungen in luftiger Höhe errichteten und die von den Römern bevorzugten streng geplanten Städte ablehnten, bedeutete das nicht, dass sie unzivilisiert gewesen wären. Vielmehr waren es Konflikte zwischen Stadt und Land, gegenseitiges Misstrauen und Unverständnis. Im Grunde hatte sich in den letzten zweitausend Jahren nichts verändert!

Sie rieb sich die Augen und schrieb dann noch eifriger weiter. Seine Kleider. Ihre Kleider. Wie ihre Blicke sich begegneten. Wie sie sich taxierten. Nachdenklich. Berechnend. Beiden war völlig klar, dass sie auf einer großen Bühne spielten, aber beide wussten auch, dass es ein persönliches Zusammenspiel gab. Verborgen. Subtil. Herausfordernd.

Viv hörte auf zu schreiben und streckte die Finger. Dann zog ein verwundertes Lächeln über ihr Gesicht. »Mein Gott, die haben sich ineinander verknallt!«, flüsterte sie ehrfürchtig. Sie warf den Stift beiseite und legte sich seufzend ins Kissen. Es gab so viel zu schreiben, so viel zu schildern. Wie sollte sie das alles nur zu Papier bringen? Das Buch würde absolut mitreißend werden.

An dem Abend speisten der Römer und seine untergeordneten Offiziere mit der Königin und ihren Stammeshäuptlingen. Inmitten der Musik und des Gelächters, der Gedichtvorträge und der lauten, überschwänglichen Unterhaltungen saß er schweigsam an ihrer Seite. Er aß zurückhaltend, was Carta nicht entging, und sie betrachtete die Speisen und versuchte, sie mit seinen Augen zu sehen. Gewürzt mit wildem Knoblauch, Senf und Minze, Schnittlauch und Meerrettich, Brunnenkresse und Wacholderbeeren. Es gab Fleisch, natürlich, aber auch Fisch, Wild und Brot. Es gab Butter und Käse und Früchte. War nichts davon nach seinem Geschmack? Er trank auch wenig, obwohl Wein und Met und Bier in Strömen flossen und es sogar Milch für die Kinder gab. Als die Briganten-Häuptlinge tief in ihre Becher geschaut hatten, sich stritten und anschrien und einer nach dem anderen im Sitzen einschlief, blieb er wachsam. Ebenso wie sie.

Schließlich erhob sie sich. Alle, die noch die Geistesgegenwart besaßen, standen ebenfalls auf und verneigten sich wartend. Wenn erst einmal die Königin gegangen war, würden sie weiter trinken bis zur Bewusstlosigkeit.

Artgenos und Culann waren schon längst zum Druidenkolleg im Wald zurückgekehrt, sie wollten nicht mit den Römern an einem Tisch sitzen. Auch Caradoc war früh gegangen, er hatte linker Hand von Cartimandua gesessen und nur wenig zu sich genommen. Als Entschuldigung führte er seine unverheilten Wunden an.

Sie sah zum Römer. »Begleitet mich zu meinen privaten Räumen. Dort können wir besser sprechen.« Wie zur Bestätigung stimmten in dem Moment zwei Betrunkene ein lautes, unmelodiöses Lied an, begleitet von einer mit Ziegenhaut bespannten Trommel.

Gaius erhob sich mit einer Verneigung. Ihr folgte die schmallippige Dienerin, die den ganzen Abend hinter ihr gestanden hatte. Zwei seiner Offiziere erhoben sich ebenfalls. Er bedeutete ihnen, sitzen zu bleiben. Ihn interessierte, was sie jetzt tun würde. Wenn sie Nachrichten für Scapula hatte, die sie ihm nicht in Gegenwart der Stammeshäuptlinge und der Druidenspione mitteilen wollte, würde er sie bereitwillig ausrichten. Ein Bote, der willkommene Nachrichten überbrachte, wurde unweigerlich belohnt.

In ihren Räumen brannte ein warmes Feuer, das nach den sorgsam gehackten Apfelbaumscheiten duftete. Gewärmter Wein und

Honigkuchen standen bereit. Zu seiner Erleichterung zog sich die mürrische Frau zurück, nachdem sie sich vergewissert hatte, dass sie mit allem Notwendigen versorgt waren, und bedeutete den Bediensteten, ihr zu folgen. Er war gespannt zu sehen, was nun passieren würde.

Cartimandua, Königin der Briganten, blieb kurz stehen und sah ins Feuer, dann ließ sie sich auf einen gepolsterten Hocker nieder, der an der kreisförmigen Feuerstelle stand. Er rührte sich nicht, und sie forderte ihn auch nicht auf, sich zu setzen. Eine Weile beachtete sie ihn überhaupt nicht, bis er sich fragte, ob sie ihn wohl vergessen habe. Schließlich sah sie auf und lächelte. Während er schweigend gewartet hatte, war seine Spannung noch gewachsen. Sie bedeutete ihm, näher zu treten, und zeigte dann auf den Boden. »Setzt Euch.«

Ärger machte sich in ihm breit. Wollte sie ihm tatsächlich einen Platz zu ihren Füßen zuweisen? Die beiden anderen Hocker standen auf der anderen Seite des Feuers. Er holte sich den, der ihm am nächsten war, und stellte ihn in ihrer Nähe, doch nicht zu nahe, auf den Boden. Dann ließ er sich auf den gepolsterten Sitz nieder und beugte sich zu ihr vor, den Ellbogen aufs Knie gestützt. Ihm war sehr wohl bewusst, dass im Vergleich zu den bekleideten Beinen der Stammeshäuptlinge seine eigenen Knie unterhalb seines Harnischs völlig bloß waren, sah man einmal von den Lederriemen seiner Sandalen ab. Ihm war auch bewusst, dass er als Gleichberechtigter auf einer Höhe mit ihr saß und er damit vielleicht einen fundamentalen Fehler beging.

Ihr Gesicht blieb undurchdringlich. Sie sah ins Feuer und tat, als habe sie gar nichts bemerkt. Vielleicht hatte sie sein Vorgehen wirklich nicht wahrgenommen. Ihre ganze Aufmerksamkeit galt dem Feuer. Und plötzlich war ihm klar, weshalb. Sie las die Omen der Flammen, wie eine Tempelpriesterin. Vielleicht entschieden in eben diesem Moment ihre Götter über sein Schicksal. Er spürte, wie sein Nacken zu kribbeln begann. Als tapferer, altgedienter Soldat fürchtete er kein Schwert und keinen Speer eines Mannes. Eine Frau, eine Königin, die mit den Göttern sprach, war eine andere Sache.

Seine Handflächen wurden feucht, aber er ließ sich nichts anmerken. Sie würde nie ahnen, welches Grauen ihn gepackt hatte, als er die beiden Menschenköpfe im Schatten über der Tür hängen sah, auch wenn er wusste, dass die Kelten die Köpfe ihrer Feinde einbalsamierten und als Trophäen aufbewahrten. Leise sog er die Luft ein. Es war kein fauliger Geruch im Raum, er roch nur das Feuer, rauchig, würzig, angenehm. Plötzlich merkte er, dass sie ihn beobachtete. Er sah das belustigte Funkeln in ihren Augen und fragte sich, ob sie wohl seine Gedanken gelesen hatte.

»Wenn Ihr etwas trinken möchtet, müsst Ihr Euch selbst einschenken. Die Bediensteten sind fort«, sagte sie schließlich. »Und mir dürft Ihr auch etwas Wein bringen.« Sie sprach gewähltes Latein. Er ging zu dem kleinen Tisch, wo auf einem Tablett ein kunstvoll gehämmerter Silberkrug und zwei Kelche standen. Sehr schlau. Sie hatte ihn gezwungen aufzustehen. Ihn gezwungen, sie zu bedienen. Er schenkte den Wein mit ruhiger Hand ein und merkte dabei, dass sie ihn immer noch beobachtete. Als sie den gefüllten Kelch von ihm entgegennahm, streiften ihre Finger kurz die seinen. Dann bedeutete sie ihm, sich wieder zu setzen. Wieder sehr geschickt. Indem sie ihn aufforderte, Platz zu nehmen, behielt sie das Heft in der Hand. Er trank einen großen Schluck. Der Wein war gut, besser als derjenige, der beim Essen serviert worden war. Was bedeutete, dass sie einen Vorrat der besten Weine für sich beiseitegelegt hatte. Der Gedanke freute ihn. Er warf einen Blick zu ihr und sah wieder das humorvolle Blitzen in ihren Augen.

»Und warum wurde es Euch übertragen, meinen Gefangenen abzuholen?«, fragte sie schließlich.

Er neigte den Kopf. »Der Statthalter wusste, dass ich schon einmal in Brigantia war.«

»Das heißt, er wusste, dass Ihr Euch nicht verirren würdet?« Sie hob die Augenbrauen. »Und dieses Mal überbringt Ihr mir ebenfalls den Dank und eine Belohnung Scapulas im Gegenzug dafür, dass ich Caradoc aushändige.« Der bittere Unterton in ihrer Stimme entging ihm nicht. Der war auch nicht erstaunlich angesichts der

Feindseligkeit, die er während des Essens bei den Männern gespürt hatte.

»Herrin, es war die richtige Entscheidung, ihn auszuhändigen«, antwortete er vorsichtig. »Rom weiß Eure Treue zu schätzen«, er zögerte kurz, »und Euren Mut.«

»Und wird Rom sich erkenntlich zeigen?« Sie sah ihn durchdringend an und fragte sich, ob ihm bewusst war, wie heftig Einspruch gegen ihre Entscheidung erhoben worden war.

»Rom wird sich überaus erkenntlich zeigen.« Am Fuß des Berges standen zwei Wagen, beladen mit Silber und Gold, die von seinen Männern bewacht wurden. Das hoffte er zumindest. Das Edelmetall war im Legionärsfort Viroconium angeliefert worden, um dann über den langen Weg nach Nordosten transportiert zu werden. Er und seine Offiziere waren schnell und ohne großes Gepäck geritten, und zwar vom Südosten kommend. Es bestand die Hoffnung, dass beide Trupps etwa gleichzeitig in Brigantia eintreffen würden. Er holte tief Luft. »Und es wird viel mehr geben, große Königin, sobald Caratacus in Camulodunum eingetroffen ist. Sehr viel mehr.«

»Caratacus?«

»Verzeiht. Ihr nennt ihn Caradoc. Unsere Schreiber haben seinen Namen ins Lateinische übertragen. Ich werde darauf achten, dass er in den Annalen berichtigt wird.« Er warf ihr ein aufmunterndes Lächeln zu.

Sie musterte ihn ernst. »Wenn die Briganten nicht entsprechend belohnt werden, kann ich nicht garantieren, dass ich sie beim nächsten Mal wieder dazu überreden kann, den Vertrag mit Rom zu erfüllen.«

Bei den Göttern! Er verfügte nicht über die Macht, ein solches Versprechen zu geben. Glaubte sie vielleicht, dass er einen höheren Rang hatte, als es in Wirklichkeit der Fall war? Vermutlich. Schließlich hatte sie ihn in der Gesellschaft des Kaisers gesehen, und er war zum Boten des Statthalters bestimmt worden, eine Aufgabe, die er nicht nur begrüßt hatte. »Große Königin, ich werde dafür Sorge tragen, dass

Eure Botschaft den Statthalter erreicht.« Es gelang ihm, ruhig zu wirken.

Er vermutete, dass sie ebenso alt war wie er. Doch sie hatte hier die absolute Autorität. Wahrscheinlich brauchte sie nur einen Finger zu heben, dann würden ihre Männer hereinstürmen und ihn fortschleppen, damit er ihren blutrünstigen Göttern als Opfer dargebracht würde. Er konnte nicht anders, er musste rasch einen Blick zu den Köpfen werfen, die über der Tür hingen. Dann griff er nach seinem Kelch und leerte ihn mit einem Zug.

Wieder der leicht belustigte Blick. »Vielleicht solltet Ihr den Krug holen. Wir stellen ihn an der Herdstelle warm.«

Er tat, wie ihm geheißen, und füllte zunächst ihren Kelch und dann seinen. Und dieses Mal war er sich sicher, dass ihre Finger ganz bewusst die seinen berührten. Erschrocken begegnete er ihrem Blick. Er wusste nichts von ihrem Streit mit Venutius und auch nichts von ihrer Sehnsucht, von einem Mann sanft in die Arme geschlossen zu werden. Er wusste nicht, dass sie ihn als gut aussehenden Römer faszinierend fand, und auch nicht, dass sie ihn von dem Moment an, als sie ihn das erste Mal sah, gewollt hatte. Dass sie hingerissen war, verlockt, hungrig nach einem anziehenden Mann, den sie in ihr Bett nehmen konnte, ohne dass in der Siedlung Aufruhr entstand, weil es einer ihrer eigenen Stammesleute war. Ein anziehender Mann, der den zusätzlichen Reiz besaß, anders zu sein und gefährlich.

Sie spielte mit ihm wie mit einem Fisch am Haken, zog ihn herein, ließ ihn los, schenkte selbst seinen Kelch nach, berührte seine Hände und sein Gesicht, seine Knie unter der Tunika. Als sie schließlich aufstand und auf ihre Schlafkammer zuging, war er ganz ihrem Bann erlegen.

»Leert Euren Wein und folgt mir.«

»Ist das ein königlicher Befehl?« Er war nicht so betrunken, um nicht zu wissen, was er tat.

»Ja.«

Bedächtig leerte er den Kelch, genoss jeden Schluck, dann stand er auf. Das Feuer war zu Asche verglommen, die Lampen waren niedergebrannt, und niemand war gekommen, sie nachzufüllen. Langsam ging er zu der verhängten Tür und trat in die dahinterliegende Kammer. Sie lag auf dem Bett, nackt bis auf ihren Schmuck. Er starrte ihren Körper an. Bei Jupiter, sie war wunderschön. Er betrachtete die schweren Brüste, die Rundung ihrer Hüften, die filigranen, wirbelnden Tätowierungen auf einer Schulter, über dem ganzen Rücken und auf ihren Schenkeln. Dann löste er sein Manteltuch.

Kritisch nahm sie seinen Körper in Augenschein. Muskulös, gut proportioniert, aber an manchen Stellen merkwürdig blass. Sie lachte innerlich. Bei ihnen kämpften und jagten die Männer häufig nackt. Sie waren sonnengebräunt, tätowiert und bemalt. Ihr Körper war ein Kunstwerk. Dieser weißhäutige Römer, bei dem nur Arme, Beine und Gesicht von Sonne und Wind gebräunt waren, besaß eine merkwürdige Schönheit, wie Marmor. Und da, wo es darauf ankam, war er alles andere als klein oder schmächtig.

Es war gut, sehr gut. Aber zu ihrer Enttäuschung ermüdete er lange vor ihr. Als sie ihm beim Schlafen zusah, immer noch verwundert über diesen merkwürdigen Fremden in ihrem Bett, mutmaßte sie, dass er durch die ungewohnten Weinmengen ein wenig von seiner Manneskraft eingebüßt hatte. Es tat nichts zur Sache. Es würde andere Male geben. Als sie die Konturen seiner Wangenknochen und seine ungewohnt glatte, rasierte Oberlippe mit dem Finger nachfuhr, überlegte sie kurz, ob es ihr gefallen würde, ihn mit einer oder zwei Tätowierungen nach Camulodunum zurückzuschicken, womit er sich als Trophäe der Briganten-Königin zu erkennen geben würde. Dann legte auch sie sich nieder und schlief.

Als er am nächsten Morgen erwachte, hatte sie ihr Bett und die Siedlung bereits verlassen. Ihre Bediensteten brachten ihm heißes Wasser und Rasierzeug und setzten ihm ein Frühstück vor, und er entdeckte, dass die Königin ihm ein herrschaftliches Geschenk zurückgelassen hatte: einen jungen Wolfshund bester Zucht.

Er sah sie nicht wieder, bevor er mit seinem Gefangenen nach Süden aufbrach. Er wusste nicht genau, ob er sich geschmeichelt fühlen sollte wegen des Geschenks, erleichtert ob ihrer Abwesenheit oder gekränkt, dass sie ihn wortlos verlassen hatte. Zumindest hing sein Kopf nicht neben den anderen Trophäen in ihrer Sammlung. Vielleicht hatte sie ihn nicht für würdig befunden.

Im Halbschlaf versuchte Viv, den Traum festzuhalten. Ein großer Triumph. Cartimandua hatte einen Römer verführt. Sie lächelte. Und was für einen! Vermutlich hätte dieser Gaius Flavius Cerialis ihr auch gut gefallen. Erklärte das Cartas befremdliche Loyalität gegenüber Rom und ihre Begeisterung für alles Römische, war es reine Neugier? Oder ging es vielmehr um Pragmatismus? Begab sie sich damit auf eine höhere politische Ebene oder war sie einfach sauer auf Venutius?

Als auf der anderen Seite des Zimmers die Dielen knarrten, zog der Traum sich zurück. Sie erstarrte, dann riss sie die Augen auf. Die einzige Bewegung im Raum kam vom Schatten der Blätter draußen vor dem Fenster, die von der aufgehenden Sonne geworfen wurden, die gerade in einer Senke zwischen den Bergen erschien. Wenige Minuten später war sie hinter den Hochmooren verschwunden, und im Zimmer herrschte wieder Dämmerlicht. Viv zog die Decke bis ans Kinn hoch.

»Wer ist da?« Sie wagte kaum zu atmen. War das eine Gestalt da neben der Tür? Irgendjemand war bei ihr im Zimmer. Halb richtete sie sich im Bett auf. »Pat? Bist du das?«

Sie bekam keine Antwort.

Dann hörte sie ein leises Klicken, die Tür fiel ins Schloss. Sie sprang aus dem Bett und riss sie auf. Im Flur war niemand. Nachdenklich kehrte sie in ihr Zimmer zurück, zog die Tür zu, drehte den Schlüssel im Schloss um und stieg zitternd wieder ins Bett. Irgendjemand war bei ihr im Zimmer gewesen. Pat? Oder Carta? Oder Medb?

Als sie das nächste Mal aufwachte, stand die Sonne bereits am Himmel, und ein einziger Gedanke ging ihr durch den Kopf: die Fibel. Wer immer in ihrem Zimmer gewesen war, musste nach ihr gesucht haben. Sie sprang aus dem Bett und ging schnurstracks zu ihrer kleinen Reisetasche, um in ihren Tiefen herumzuwühlen. Zu ihrer Erleichterung fand sie die Fibel sofort, noch in der mit einem Reißverschluss verschlossenen Seitentasche, in die sie die Dose gesteckt hatte. Sie nahm sie ins Badezimmer und sah sich um. Über dem Handtuchhalter hing ein Schränkchen, das mit mehreren kleinen Packungen Seife und Shampoo bestückt war. Nach kurzem Zögern steckte sie die Fibel dahinter. Die Plastikdose fiel dort gar nicht auf. Das musste zwischenzeitlich als Versteck genügen, bis ihr etwas Besseres einfiel.

Nach dem Duschen zog sie sich an und setzte sich vor die Kommode, um sich die nassen Locken durchzukämmen. Sie fragte sich, ob wohl Pat schon aufgewacht war. Pat hatte sie gewarnt, niemandem zu verraten, wo sie die Fibel versteckt hatte, auch nicht ihr selbst. Pat war ihre Kollegin, ihre Partnerin, eine Tochter des Feuers. Aber Pat war Medb.

Und Medb war Pat.

# Kapitel 28

## I

Viv saß schon am Küchentisch, als Pat schließlich erschien. Viv beäugte sie kritisch. »Du siehst so erschlagen aus, wie ich mich fühle. Hast du nicht gut geschlafen?«

»Nein.«

Pat setzte sich an den Tisch. Sie war blass, und ihre Hand zitterte ein wenig, als sie nach der Kaffeekanne griff. Auf der anderen Seite der Küche holte Peggy gerade eine Pfanne mit Speck und Eiern aus dem Ofen und stellte sie auf die Wärmeplatte.

»Stell dir vor«, fuhr Viv fort, denn vor Peggy wollte sie nicht über die Fibel reden, »Carta hat mit ihrem römischen Soldaten geschlafen.«

»Wie bitte?« Pat trank einen Schluck schwarzen Kaffee.

»Sie hat mit ihm geschlafen! Alle müssen es gewusst haben. Sie hat den Tribun verführt!«

Pat sah sie erstaunt an. »Du hast mit der Geschichte weitergemacht, nachdem ich zu Bett gegangen bin?«

Viv machte eine hilflose Geste. »Ich habe von ihr geträumt. Es war famos!«

»Das glaube ich sofort.« Pat trank noch einen Schluck Kaffee. »Und was hat Venutius dazu gesagt?«

»Ich möchte mal bezweifeln, dass sie es ihm erzählt hat!« Sie hatte Cartimandua als junges und verletzliches, unsicheres und ängstliches Mädchen gesehen. Jetzt, in etwas älteren Jahren, war sie willensstark und mächtig. Viv wusste, dass es den Keltinnen freigestanden hatte, sich Männer nach Belieben zu wählen, aber diese attraktive, durchtriebene Frau war doch eine Offenbarung. »Wenn er ein Militärtribun ist, wird sein Name womöglich irgendwo erwähnt«, fuhr sie fort. »Pat, jetzt haben wir es mit richtiger Geschichtsschreibung zu tun. Mit etwas, was wir nachprüfen können.« Sie griff nach dem Milchkrug.

»Da hat Carta ja Glück gehabt.« Pat nahm sich eine Scheibe Toast und schob sie gleich wieder fort. Was sie zum Frühstück eigentlich wollte, war eine Zigarette.

Viv wiegte nachdenklich den Kopf. »Ich glaube nicht, dass Tacitus ihn erwähnt, aber ich schlage noch mal nach, sobald ich wieder in Edinburgh bin.«

»Es würde mich interessieren, ob Medb über ihn Bescheid weiß.« Pat rührte bedächtig in ihrem Kaffee.

Viv zog die Stirn kraus und warf Pat einen abwägenden Blick zu. »Offenbar hat er großes Vertrauen genossen, zuerst das von Plautius und dann das von Scapula.« Sie wollte sich von ihrem Thema nicht ablenken lassen. »Vielleicht ist er, als die Legion nach Gloucester geschickt wurde, nicht mit seinen Männern mitgegangen, sondern ist als eine Art Sonderbotschafter in Camulodunum geblieben? Und als Mann für eine Nacht. Er war gut im Bett. Sehr gut.« Sie lachte leise.

Als Peggy die heißen Teller vor sie stellte, ging die Tür auf, und Steve trat herein. Unter dem Arm hatte er zwei Zeitungen. »Ich bin unten im Dorf gewesen. Ich dachte, ich bringe den Gästen mal etwas Lektüre mit, vielleicht interessiert es sie ja. Du bist immer noch in den Topten, Viv!« Er ließ die Zeitungen auf den Tisch fallen und setzte sich auf den Stuhl neben sie. »Und, wie geht's? Wollt ihr heute mit euren Aufnahmen weitermachen? Ich wünschte, ich könnte euch begleiten, aber ich muss nach Lancaster.«

»Ich hab dir doch gesagt, das ist nicht nötig, Steve!«, warf seine Mutter barsch ein. »Lass es sein.«

»Das geht nicht.« Er runzelte die Stirn. »Das weißt du doch. Eigentlich sollte ich jetzt gleich fahren. Bis später, die Damen! Tut mir leid, dass ich euch wieder verlassen muss.« Er lächelte, sein Blick wanderte kurz zu Vivs Gesicht, dann war er fort.

Peggy wirkte außergewöhnlich verstört, als sie sich vom Herd umdrehte und Viv und Pat anfunkelte. »Haben Sie sich meine Warnung durch den Kopf gehen lassen?«

»Peggy, bitte.« Viv sah kurz zu Pat. »Wir möchten noch ein Weilchen bleiben. Wir stellen auch keine Dummheiten an, das verspreche ich.«

Peggy machte eine hilflose Geste. »Ich kann Sie beide nicht zwingen abzufahren. Aber seien Sie vorsichtig.« Sie schaute zu Pat. »Vor allem Sie.«

Als sie die Küche verließ, um eine Kanne frischen Kaffee ins Esszimmer zu tragen, drehte Viv sich zu ihr. »Was hat sie denn damit gemeint?« Sie zögerte. »Bist du heute am frühen Morgen in mein Zimmer gekommen? Vor Sonnenaufgang?«

»Nein, natürlich nicht. Warum?«

»Irgendjemand war da.«

»Wahrscheinlich Carta! Sie ist doch allgegenwärtig. Die großartige, wunderschöne, unwiderstehliche Cartimandua.« Pats Stimme troff vor Sarkasmus. »Ich kann gut verstehen, warum Medb sie umbringen will!« Sie lachte hohl. »Dir ist doch klar, dass sie genau das vorhat, oder?« Sie stand auf. »Ich gehe raus, eine rauchen. Bis gleich.«

Viv reagierte nicht.

Als Peggy zurückkam, saß sie immer noch allein am Küchentisch. Ihr Gesicht war leichenblass. Peggy runzelte die Stirn. »Was ist denn los?«

»Wenn ich es recht verstehe, dann können Sie Medb wirklich sehen.«

Peggy nickte. »Mit jeder Stunde bekommt sie mehr Kraft. Spüren Sie das denn nicht?«

»In welcher Hinsicht mehr Kraft?« Viv hatte einen Kloß im Hals, ihre Hände zitterten.

»In jeder Hinsicht.« Peggy zögerte kurz, dann fragte sie: »Wo ist Pat?«

»Draußen, eine Zigarette rauchen.«

Peggy warf einen Blick zur Tür, die in den Garten führte, und schüttelte den Kopf. »Bleiben Sie hier.«

Sie zog die Schürze aus und folgte Pat nach draußen, Viv blieb allein vor ihrem Kaffee zurück.

## II

»Ich habe Sie gewarnt!«, sagte Peggy.

»Was meinen Sie damit?« Pat zog an ihrer Zigarette und schaute auf den Garten.

»Sie ist bei Ihnen.«

Pat drehte sich zu ihr. »Sie können sie sehen? In diesem Moment?«

Peggy nickte.

»Mist!« Schaudernd zog Pat wieder an ihrer Zigarette. »Wie kann ich sie loswerden?«

»Wehren Sie sich gegen sie. Verlassen Sie das Haus. Lassen Sie uns in Ruhe.«

Pat verzog das Gesicht. »Warum tut sie mir das an? Was will sie denn?«

»Sie will Macht. Sie haben sich ihr geöffnet. Sie wird Sie benützen.«

»Aber wofür?« Pat starrte sie entgeistert an. Sie dachte an die Momente, in denen sie Medb gesehen hatte, die Träume, die Visionen, ihre eigene Hilflosigkeit, und sie schauderte wieder. Sie hatte das Gefühl, dass sie die Antwort bereits kannte.

Peggy kniff nachdenklich die Augen zusammen. »Sie hasst Cartimandua, oder?«

Alles Blut wich aus Pats Gesicht.

»Sie ist jetzt hier«, flüsterte Peggy. »Wenn Sie sie nicht fortschicken wollen, dann hören Sie ihr zu. Was sagt sie?«

»Du bist eine gute Frau, Peggy. Du dienst der Göttin.« Es war Medbs Stimme. Und dann wieder Pats: »Warum haben Sie mir nichts von der Quelle erzählt?«

Peggy sah sie misstrauisch an. »Hat Viv sie Ihnen gezeigt?«

»Nein. Sie haben ihr verboten, mir davon zu erzählen.« Pat nahm noch einen Zug von der Zigarette und schnippte die Asche in das Beet mit Katzenminze.

»Woher wissen Sie dann ...« Peggy musterte immer noch ihr Gesicht. »Ich hatte recht, aber jetzt ist es zu spät, sich noch gegen sie zu wehren, stimmt's? Sie ist in Ihnen.«

»Ich diene den gleichen Göttern der Berge wie du, Peggy«, fuhr Pat fort, und ihre Stimme, Medbs Stimme, wurde immer kraftvoller. »Ich bin auf deiner Seite. Du brauchst dich vor nichts zu fürchten. Du und ich, wir sind Schwestern.« Sie warf die Kippe auf den Boden und trat sie aus. »Ich will, dass du mich zur heiligen Quelle führst. Nur du und ich.« Einen Moment sah sie Peggy tief in die Augen. Ihr Blick war hart und bohrte sich in Peggys Kopf. »Wir haben dort einiges zu erledigen.« Sie hielt kurz inne. »Ist Steve weg?«

Peggy nickte.

»Gut. Wir wollen keinen Mann hier haben.« Sie sah Peggy immer noch in die Augen. »Das ist doch auch der Grund, warum du deinen Mann losgeworden bist, oder?«

Peggy starrte sie aus leichenblassem Gesicht an. »Das hab ich nicht, er ist gegangen ...«

»Er wollte die Quelle versiegeln«, unterbrach Pat sie.

Peggy war zutiefst verstört. »Woher wissen Sie das?« Ihre Stimme war nicht mehr als ein Flüstern.

»Ich habe zugesehen. Ich sehe alles.« Lange Zeit herrschte Stille. Die kalten, toten Augen, die aus Pats Gesicht blickten, waren auf Peggy gerichtet und hielten sie in ihrem Bann. »Er hat doch Angst davor gehabt, oder nicht?«

»Er dachte, dass sie Unglück über uns bringt. Er hat sie für die Maul- und Klauenseuche verantwortlich gemacht, für die neuen Subventionsvorschriften. Für alles.«

Medb lächelte. »Wer weiß, vielleicht hatte er recht. Wenn er keine Opfergaben darbrachte.« Sie machte eine kurze Pause. »Vergiss ihn.« Ihr Ton war eiskalt. »Er ist fort. Du weißt doch, was wir jetzt tun müssen. Wir müssen die Fibel finden. In der Fibel steckt meine Macht. Und dann müssen wir Cartimandua bestrafen.«

Peggy wich einen Schritt zurück. »Pat? Medb?«, flüsterte sie.

Pat runzelte die Stirn. Sie griff nach ihrer Zigarettenschachtel, zögerte kurz und steckte sie dann wieder in ihre Tasche, straffte die Schultern, ihre Augen in der Farbe von arktischem Eis blickten immer noch hart.

»Gehen wir jetzt?«, sagte sie, ohne auf Peggys Flehen zu achten. »Als Allererstes müssen wir der Göttin ein Opfer darbringen. Sie soll doch nicht denken, dass wir ihr nicht das geben, was ihr zusteht.«

»Wir haben ihr immer das gegeben, was ihr zusteht, Medb«, flüsterte Peggy. »Und das weißt du auch.«

Medb lächelte kalt. »Das glaube ich nicht. Nicht genug. Noch nicht.«

## III

Meryn stand vor Hughs Haustür. Mit besorgtem Gesicht drückte er noch einmal lang auf die Klingel, dann ging er die Mauer entlang und sah zum Küchenfenster hinein. Im Haus war niemand, das spürte er.

Seit Hughs panischem, abrupt abgebrochenem Anruf waren mehrere Stunden vergangen. Er war so schnell wie möglich hergefahren, hatte das Gaspedal seines uralten Wagens auf den verkehrsreichen Straßen so weit durchgedrückt, wie er es wagte, aber Hugh war nicht da. Weder von ihm noch von seinem Auto war etwas zu sehen. Nur die einsame Aktentasche auf dem Kies.

Seufzend folgte er dem Weg zum rückwärtigen Teil des Hauses und spähte durch die Fenster des Wohnzimmers und des Arbeitszimmers. Auch da war niemand zu sehen. Alle Türen und Fenster waren verschlossen. Er trat auf den Rasen, drehte sich um und betrachtete die rückwärtige Fassade. Und er lauschte. Hugh hatte etwas von Stille gesagt. Keine Vögel. Überhaupt kein Geräusch, hatte er gesagt.

Unvermittelt flog eine Amsel aus den Sträuchern auf und ließ Meryn mit ihrem schrillen Ruf zusammenfahren. Eine Warnung? Eine Botschaft? Vielleicht eine Aufforderung. Er holte sein Handy aus der Tasche und sah aufs Display. Nichts. Er wählte Hughs Nummer, und während es am anderen Ende klingelte, betrachtete er den Garten. Die Mobilbox ging an. »Hugh? Ich stehe bei dir vorm Haus. Wo bist du?« Seufzend beendete er das Gespräch und kehrte zu seinem Wagen zurück. Als er an der Vogelwanne vorbeiging, die den Mittelpunkt des Rosenbeets bildete, hielt er inne. Auf der Wasseroberfläche trieben ein paar rosafarbene Blütenblätter. Er schaute in die von Moos gesäumte Tiefe. Was er als Reflexion hinter den Blütenblättern sah, war der golden emaillierte Kopf eines Vogels.

## IV

»Pat? Peggy?« Viv stand in der Küchentür und starrte in den hinteren Garten hinaus. »Wo seid ihr?«

Es war nichts von ihnen zu sehen. Verwundert kehrte sie ins Haus zurück und schaute in das leere Wohnzimmer der Gäste. Durchs Fenster sah sie die anderen Besucher, die gerade ihre Koffer in den Autos verstauten. Ab heute waren sie wieder allein im Haus. Sie schauderte. Einen Moment wurde ihr bei dieser Vorstellung angst und bang.

Zwei Stufen auf einmal nehmend, lief sie nach oben und klopfte an Pats Tür. Sie bekam keine Antwort. Dann ging sie in ihr eigenes Zimmer. Sie merkte sofort, dass jemand da gewesen war. Das Bett war gemacht, es herrschte Ordnung. Peggys Zimmermädchen musste hier gewesen sein, während sie beim Frühstück saßen. Sie erinnerte sich an die Frau, die mit dem Arm voll Bettwäsche zum alten Waschhaus gegangen war. Sie warf einen Blick ins Bad und sah, dass über dem Handtuchhalter neue Handtücher lagen. Und neue Seife. Schlimmstes befürchtend, öffnete sie das Schränkchen. Die Seifen und das Duschgel waren umgestellt und nachgefüllt worden. Von der Nadel war nichts zu sehen. Panisch ging sie ins Schlafzimmer zurück und suchte alles ab.

Die Plastikdose lag auf der Kommode neben ihrer Bürste und dem Kamm. Hastig öffnete sie sie und wickelte das Päckchen aus der Klarsichtfolie. Und da lag die Fibel. Zitternd nach dem überstandenen Schreck setzte sie sich. Was, wenn das Zimmermädchen sie mitgenommen oder gar weggeworfen hätte? Sie sah sich wieder im Zimmer um und überlegte, wo sie sie sonst noch verstecken könnte. Ihre kleine Reisetasche war zu offensichtlich. Und ein anderes Versteck gab es nicht. Aber plötzlich kam ihr eine Idee.

Die Sonne schien ihr warm auf den Rücken, als sie über die Steinmauer kletterte und dem ansteigenden Pfad folgte. Sie wusste schon genau, wo sie die Fibel verstecken würde. Nicht so weit oben, damit sie sie im Notfall rasch wieder holen konnte, aber irgendwo, wo niemand, nicht einmal Pat oder Medb, nach ihr suchen würden. Sie umrundete die Felsvorsprünge und steuerte auf ein Plateau zu, auf dem vereinzelt gedrungene Dornbüsche wuchsen. Als sie auf den Gipfel gestiegen waren, hatten sie diese Stelle gemieden, aber jetzt ging sie vorsichtig über die unebenen Steine mit den tiefen Rissen direkt auf einen der Bäume zu. Dort steckte sie die Dose in ein tiefes Loch, das die Wurzeln des Stamms beim Übergang ins Erdreich bildeten, und bedeckte die Öffnung mit Geröll. Das perfekte Versteck.

Dann kehrte sie zum Pfad zurück und setzte sich ins Gras, um wieder zu Atem zu kommen, spürte die Sonne heiß auf ihrem Kopf und lauschte dem einsamen Ruf eines Kiebitz in der Ferne. Weit unter sich konnte sie das Farmhaus mit dem grauen Steindach und den Apfelbäumen ausmachen, es war unter einem Berggrat gerade noch zu sehen. Im Garten war niemand.

Seufzend streckte sie sich aus und legte den Arm über die Augen.

## V

Wieder erbrach Carta sich in ein Becken.

»Bezweifelst du immer noch, dass du ein Kind trägst?« Mairghread reichte das Becken einer Dienerin und tupfte Cartas Gesicht unsanft ab. »Dir ist übel vom vielen Reiten. Meine Königin, ruh dich aus. Es sei denn, du willst es verlieren.«

Dieses Mal hatte Mairghread recht, das musste sie zugeben. Ihre Schwangerschaft wurde zuerst von Gruoch und dann von Artgenos bestätigt.

Der alte Druide hatte die Zeichen in den Wolken gelesen. Zuerst hatte er Möglichkeiten gesehen, dann Hoffnung und Erwartung. Dann die Katastrophe. Er suchte nach Omen über Venutius' Zukunft und sah nichts als Zwist und Hader, er las Cartimanduas Zukunft und sah nur Verwirrung. Verzweifelt forschte er nach Zeichen für den Römer Gaius. Dort sah er Aufruhr und Zorn, Angst und noch etwas anderes. Wut. Stirnrunzelnd hielt er in seiner Befragung inne. Er sah keine Bedrohung der Königin, doch es gab eine Bedrohung. Der Mann war auf eine Art gefährlich, die er noch nicht ergründen konnte. Leise machte er sich auf den Weg in den Wald, der die Schluchtwände beiderseits der großen Wasserfälle bedeckte. Dort spürte er die Nähe der Götter. Hier, versteckt zwischen den Bäumen, weit abgelegen vom Druidenkolleg, war ein heiliger Hain, den nur er aufsuchte. Hier hatten niemals Opferungen stattgefunden und auch keine offiziellen Zeremonien, hier wurden nicht seit Zehntausenden von Jahren Rituale abgehalten. Lautlos ging er in die Mitte der Bäume, die er als Freunde begrüßte, und setzte sich, um mit den Göttern zu kommunizieren, mit den Vorfahren und den noch ungeborenen Kindern der Stämme.

Als in seinen Gedanken Ruhe einkehrte und er sich dem unendlichen Raum öffnete, sah er eine Abfolge von Szenen vor sich. Er hatte gelernt, nicht unmittelbar darauf zu reagieren. Nur wenn er ein unbeteiligter Beobachter blieb, konnte er alles sehen, was die

Götter ihm zu offenbaren gedachten. Später würde er alles Gesehene überdenken und sich an die mühselige Arbeit machen, es zu deuten. Feststellen, ob die Szenen aus der Vergangenheit oder der Zukunft stammten, und entscheiden, ob die Ereignisse unumstößlich festgeschrieben waren oder ob sie nicht doch die Möglichkeit bargen, sie zu vermeiden oder ein Schicksal abzuwenden. Als es Abend wurde, schaute er zum Himmel empor, achtete auf die Position des großen Sternrads, dann sank er langsam auf die Knie und schloss die Augen, um zu beten.

Später, sehr viel später, kehrte er mit steifen Gliedmaßen in seine Kammer zurück und blieb dort lange Zeit in Gedanken versunken sitzen. Auf dem Tisch hinter ihm lagen neben seinem kleinen Schrein der silberne Kessel und die gravierte Sichel, die Symbole seines Standes und seine Opferwerkzeuge. Daneben stand ein mit rauchigem Topas besetzter Goldkrug, der mit blühenden Kräutern gefüllt war. Mit einem Seufzen stand er schließlich auf und konsultierte den Kalender aus geschlagener Bronze, der an der Wand hing. Dort waren alle Monde und Tage des Jahres verzeichnet, die Position der Sterne, die günstigen Tage und jene, an denen sich eine Katastrophe ereignen würde. Erst dann ging er langsam und mühsam in die Siedlung hinauf zu Cartas Kammer, um ihr mit schwerem Herzen zu bestätigen, was sie bereits wusste: dass sie schwanger war. Als sie ihn nach dem Schicksal des Kindes befragte, wandte er sich seufzend ab. »Ich habe nichts gesehen«, sagte er leise. »Nichts, was die Zukunft dieses Kindes betrifft. Nichts als die Adlerflügel, die über dieses Land ausgebreitet waren.«

Carta erstarrte. »Der Adler? Der römische Adler?«

Zur Bestätigung verneigte er sich.

»Aber der Adler ist unser Freund«, sagte sie. »Unser Verbündeter.«

»Das stimmt. Zurzeit.«

»Und ich habe dieses Bündnis durch mein Handeln bestätigt.«

Welches Handeln, fragte er sich. Die Vereinbarung mit dem Kaiser von Rom oder die Nacht mit dem Legionär aus Camulodunum?

»Ruh dich aus, mein Kind. Wir reden weiter, wenn die Götter mir mehr offenbart haben. Bis dahin solltest du die Siedlung nicht verlassen.« Er tätschelte ihr die Hand. »Mairghread und Gruoch werden dich pflegen.«

»Hast du gesehen, wann Venutius zurückkommt?«, fragte sie, als er aufstand und sich schwer auf seinen Stab stützte. Sie selbst hatte nicht die Kraft gehabt, die Omen zu befragen.

Wieder seufzte er. Nach ihrem Streit war Venutius zu seinem Bruder Brucetos nach Caer Lugus geritten und hatte dort Zuflucht gesucht. »Meine Tochter, er wird bald zurückkehren, und dann wirst du all deine Kraft brauchen, also schone dich jetzt.«

Bekümmert sah sie ihm nach. Sie spürte, dass er ihr einiges verschwiegen hatte. Normalerweise wäre sie ihm nachgegangen, hätte ihm befohlen zurückzukommen und wäre in ihn gedrungen, um zu erfahren, was er ihr vorenthielt, aber irgendetwas in seiner Miene hielt sie davon ab. Vielleicht war es manchmal besser, die Zukunft nicht zu kennen.

Nachdenklich ging sie zu der kleinen Statue der Göttin und fuhr ihr mit den Fingern über den gerundeten Bauch. Morgen würde sie zur Quelle gehen und Opfergaben darbringen, damit ihr Kind sicher zur Welt kam.

»Viv! Was zum Teufel machst du denn!« Die Stimme in ihrem Ohr riss sie in die Wirklichkeit zurück.

Pat stand, keuchend vom Aufstieg, vor ihr.

»Was in aller Welt ist in dich gefahren, allein hierher zu kommen?«

Einen Moment schwieg Viv verwirrt. Blinzelnd versuchte sie, sich zu orientieren. »Pat, ich konnte euch nicht finden. Also bin ich spazieren gegangen. Wo warst du denn?«

»Peggy hat mir die heilige Quelle gezeigt.« Pat setzte sich auf das Gras neben sie.

Viv starrte sie an. »Aber sie hat mir das Versprechen abgenommen ...« Sie brach ab.

»... mir nichts davon zu sagen. Ich weiß.« Pat lächelte eisig. »Ich habe sie dazu gebracht, ihre Meinung zu ändern.«

»Warum habt ihr mir das nicht gesagt? Ich wäre mitgekommen.«

»Ich wollte mit ihr allein hingehen«, antwortete Pat. »Um ein Gefühl für die Atmosphäre zu bekommen.« Sie schwieg eine Weile. »Die Quelle eignet sich gut für weitere Aufnahmen«, fuhr sie schließlich fort. »Die Akustik ist großartig. Das tropfende Wasser und im Hintergrund der Wasserfall. Da solltest du die Fibel hinbringen.« Sie ließ den Blick in die Ferne schweifen. »Als Opfer für die Göttin. Das ist der einzig denkbare Ort für etwas, was derart viel Macht enthält.«

Einen Moment lang reagierte Viv nicht, dann drehte sie sich zu Pat um. »Was für eine Art Macht ist es denn genau? Wenn du jetzt die Expertin dafür bist, warum sagst du's mir nicht einfach?«

Pat warf einen kurzen Blick zu ihr. »Weißt du das immer noch nicht? Medb hat sie mit ihrem Zauber gefüllt. Die Fibel kann inspirieren und kontrollieren, sie kann schützen und sie kann töten. Sie ist Medbs Verbindung zur Unsterblichkeit. Das ist der Grund, warum sie und Cartimandua und Venutius immer noch über diese Berge streifen, warum ihr Schicksal nach zweitausend Jahren immer noch nicht entschieden ist. Eines dieser Argumente allein wäre doch schon Grund genug, sie den Göttern zu schenken, findest du nicht?«

»Und aus all diesen Gründen hat Peggy vorgeschlagen, dass wir sie in die Quelle werfen?« Vivs Mund wurde trocken.

»Nein, aber es ist der einzig denkbare Ort.« Pat legte sich in die Sonne. »Hast du sie jetzt dabei? Ich habe in deinem Zimmer danach gesucht, konnte sie aber nicht finden.«

»Also hast du doch mein Zimmer durchsucht?«, fuhr Viv wütend auf. »Dazu hast du nicht das mindeste Recht!« Empört sah sie zu Pat. »Ich trage sie nicht mit mir herum, also kannst du dir die Mühe sparen, noch weiter nach ihr zu suchen. Ich habe sie versteckt, und jetzt ist sie in Sicherheit.«

Pat setzte sich auf. »Wo?«

Viv schüttelte den Kopf. »Du hast mich doch selbst gebeten, es dir nicht zu verraten, hast du das vergessen? Und ganz offensichtlich hattest du recht!« Sie lachte freudlos auf. »Wenn du dir selbst nicht trauen kannst, wie sollte ich es dann?«

Pat lächelte. Sie legte den Kopf zur Seite und musterte Viv kalt. Sie würde sie schon finden. Sie brauchte nur das Wasser der Quelle zu befragen, wie Medb es sie gelehrt hatte. Und wegen allem Weiteren würde sie auf Venutius warten. Es war ganz einfach gewesen, Hugh zu kontaktieren. Sie hatte ihm durch Heather ausrichten lassen, wo sie alle waren. Er würde die Fibel nicht bekommen, dafür würde sie schon sorgen, aber mit Cartimandua würde er allemal fertig werden.

# Kapitel 29

## I

Am nächsten Nachmittag hielt Hugh vor dem Cottage und stieg aus dem Wagen. Er hatte die Pension, die nur drei Meilen von der Winter Gill Farm entfernt lag, in einem alten Hotelverzeichnis gefunden. Das Häuschen lag am Rand eines hübschen kleinen Dorfs in einem Garten am Fuß eines sanft ansteigenden Bergs, die Fenster im ersten Stock unter dem schweren Strohdach standen offen. Es war sehr hübsch. Seufzend griff er nach seinem Koffer und ging zur Tür. Sie wurde ihm fast sofort von einem grauhaarigen Mann Ende sechzig geöffnet. Er trug ein am Hals offenstehendes Hemd, die Ärmel waren über seine gebräunten muskulösen Arme hochgekrempelt, sein wettergegerbtes Gesicht strahlte. »James Oakley. Und Sie müssen Hugh Graham sein. Seien Sie willkommen, Sir. Kommen Sie rein. Meine Frau ist momentan nicht da, aber ich kann Ihnen Ihr Zimmer zeigen und ich bin auch in der Lage, den Kessel aufzusetzen.«

Nachdem Hugh das hübsche kleine Zimmer und das saubere Bad mit Dusche und Toilette gesehen hatte, das ihm, wie ihm versichert wurde, ganz allein zur Verfügung stand, legte er seinen Koffer aufs Bett und fuhr sich durch das vom Wind zerzauste Haar, um es etwas zu glätten, bevor er seinem Gastgeber wieder nach unten folgte. James Oakley hatte ihm auf Anhieb gefallen, er ahnte eine Art Seelenverwandtschaft, und auch seine zurückhaltende Offenheit gefiel ihm. Auf dem Weg zur Küche sah er ein adrettes Wohnzimmer, wo im Kamin ein Feuer glomm, ein kleines Esszimmer und ein offenbar häufig benutztes Arbeitszimmer. Alle Räume hatten niedrige Decken, und überall waren die Wände mit Bücherregalen vollgestellt. Ohne auf die Bitte seines Gastgebers zu achten, er solle es sich doch im Wohnzimmer bequem machen, ging Hugh mit ihm in die Küche, wofür er sich unter einen gefährlich niedrigen Türsturz ducken musste, und sah dem Mann dabei zu, wie er den Kessel füllte. Er wirkte tatsächlich sehr kompetent.

»Sie sind wohl eine Art Privatgelehrter, Mr. Oakley«, sagte er. Auch in der Küche standen überall Bücher, einige Kochbücher waren darunter, aber auch andere.

»Bücher – unsere große Schwäche.« James Oakley holte die Teekanne aus dem Schrank. »Meine Frau und ich sammeln sie. Und ich habe vor, den Bestand noch um ein eigenes zu ergänzen.«

»Ach ja?« Hugh lehnte sich gegen den Türrahmen. »Darf ich fragen, worum es geht?«

»Jesus.« Er häufte zwei Löffel Tee – keine Teebeutel – in die Kanne. »Da muss ich etwas weiter ausholen. Ich bin Geistlicher, pensionierter Geistlicher. Mich hat immer die Vorstellung fasziniert, oder vielleicht sollte ich sagen, verführt, dass Jesus in England gewesen sein könnte – in Britannien, sollte ich wohl sagen. ›Und sind diese Füße in alter Zeit/wohl über die Englands grüne Berge gewandelt?‹. Sie kennen Blakes Zeilen natürlich, wer kennt sie nicht.« Er goss gerade das kochende Wasser in die Kanne und bemerkte daher nicht die verwunderte Miene seines Gastes. »Ich stelle mir gern vor, dass er als Junge oder als junger Mann mit seinem Onkel Josef von Arimathäa nach Glastonbury gekommen ist, wie es in der Legende heißt, und dass er zumindest einige der Jahre, von denen wir nichts über ihn wissen, bei den Druiden an einem ihrer Kollegien studiert hat.«

Er drehte sich um, um die Teekanne aufs Tablett zu stellen. »Ah.« Jetzt schließlich bemerkte er Hughs Gesicht, über das sich in rascher Abfolge Ungläubigkeit, Entsetzen und schließlich wohlwollende Belustigung zogen. »Ich sehe, ich habe es hier mit einem Skeptiker zu tun. Das macht nichts. Wenn es Sie interessiert, darf ich vielleicht versuchen, Sie zu überzeugen. Etwa vier Meilen von hier gibt es eine heilige Quelle. Ich glaube, dass Jesus sie auf seiner Wanderung durch Britannien besucht haben könnte. Diese Region ist aus vielen Gründen ein ganz besonderer Landstrich.«

## II

Fidelma war tot. Carta wurde an das Bett ihrer Mutter gerufen, nachdem diese unvermittelt bewusstlos am Webstuhl zusammengebrochen war. Jetzt untersuchten Gruoch und Artgenos sie besorgt und schüttelten immer wieder den Kopf. Sie waren machtlos. Die ganze Nacht saß Carta an der Bettstatt ihrer Mutter und hielt ihre Hand, aus der langsam das Leben wich, und als die ersten Sonnenstrahlen die vom Regen durchnässten Moore wärmten, wusste sie, dass Fidelmas Seele fortgegangen war. Sie küsste die zarte Haut ihrer Stirn und sah ihre eigenen Tränen ins Haar ihrer Mutter fallen. »Segne mich, Mutter, und wache über mich«, flüsterte sie. Dann nahm sie die kalte Hand Fidelmas und legte sie sich auf die sanfte Rundung ihres Bauches. »Und segne auch dein Enkelkind.« Sie biss sich auf die Unterlippe und spürte, wie eine entsetzliche Einsamkeit sie überkam, eine Einsamkeit, die noch größer wurde, als wenige Wochen später ihr Bruder Bran an einem heftigen Fieber erkrankte, dem er nach zwei kurzen, qualvollen Tagen erlag.

Als Venutius zurückkehrte, war Carta mit ihrem Hof in den Süden über die Hochmoore und durch die Wälder nach Elmet gezogen. Er folgte ihr aus Caer Lugus mit einem großen Trupp Krieger, der auf sein Geheiß hin auf der anderen Seite des Wildbachs gegenüber dem Nordtor der Siedlung lagerte. Erst am Tag nach seiner Ankunft suchte er sie schließlich auf, um sie zu begrüßen, wie immer in Vellocatus' Begleitung.

In Erwartung seines Kommens saß sie in der Sonne, Culann auf der einen Seite, Mairghread auf der anderen, die Hunde zu ihren Füßen.

»Jetzt kommst du also schließlich, um mir dein Beileid zum Tod meiner Mutter auszudrücken?«, fragte sie.

Er hob die Augenbrauen und verneigte sich leicht. »Auf den Gedanken war ich gar nicht gekommen, aber natürlich hast du es.«

Sie unterdrückte ihren Zorn ob dieser Kränkung. »Also bist du gekommen, um dich dafür zu entschuldigen, dass du mich nicht unterstützt und weil du meinen Hof ohne Erlaubnis verlassen hast? Und um anzuerkennen, dass ich die richtige Entscheidung getroffen habe? Rom hat mich reich belohnt dafür, dass ich ihnen Caradoc ausgehändigt habe.«

»Das habe ich gehört.« Er gab ihr zur Begrüßung keinen Kuss. »Es war sehr schlau von ihnen, uns zu isolieren. Brigantia hat jetzt unter den freien Königreichen keine Freunde mehr. Frau, du magst ja reich sein, überhäuft mit römischem Gold, aber du hast keine Freunde, weder bei den Göttern noch bei den Stämmen unseres Volkes. Fühlst du dich wohl dabei? Kommt dir das ehrenhaft vor? Fühlst du dich wohl dabei, Culann?« Er wandte sich an den groß gewachsenen Druiden, der neben ihr stand. »Nein. Ich sehe, dass dem nicht so ist. Das steht dir ins Gesicht geschrieben.«

Artgenos war nicht mit ihr nach Elmet gereist und hatte als Grund dafür sein Alter und seine steifen Knochen genannt. Deswegen hatte Culann, hagerer und gestrenger denn je, sie als ihr oberster Druide nach Süden begleitet. Und sie wusste, dass Culann ihre Entscheidungen aus ganzem Herzen missbilligte.

Cartas Blick wanderte vom Gesicht ihres unversöhnlichen Gemahls zu dem des jungen Mannes, der hinter ihm stand. Vellocatus, der den Schild ihres Mannes trug und mit einem Dolch bewaffnet war, sah unbehaglich drein und wich ihrem Blick aus.

»Sag mir, Gemahl«, fragte sie abrupt, »warum du es für notwendig erachtest, ein ganzes Heer mit dir zu bringen?«

»Ich reise häufig mit meinen Kriegern«, erwiderte er. »Vor gar nicht langer Zeit warst du noch froh, sie um dich zu haben.«

»Wie auch jetzt«, sagte sie kühl. »Vorausgesetzt, ich kann mir ihrer Treue sicher sein.«

Vor Zorn wurde sein Gesicht rot. »Ich hoffe, du beschuldigst mich damit nicht der Treulosigkeit!«

»Das nicht.« Sie schürzte die Lippen. »Aber ich erwarte von meinem Gemahl Unterstützung bei meinem Umgang mit Rom. Und ich erwarte, dass seine Krieger, wenn ich sie brauche, auf ein Wort von mir hin zu meiner Verfügung stehen. Aber jetzt brauchen wir sie nicht.« Sie machte ein grimmiges Gesicht. »Venutius, Rom ist unser Verbündeter.«

»Und die Corieltauver und die Cornovier und die Selgoven ...«

»Sind unsere Nachbarn. Wir überschreiten ihre Grenzen nicht, solange sie unsere respektieren. Ob oder wann sie Teil der römischen Provinz werden, betrifft uns nicht.«

Venutius schnaubte. »Du wirst noch den Tag bedauern, an dem du Plautius' Worten Glauben geschenkt hast! Du magst Scapula und seinen Geschenken trauen, ich nicht. Und ich habe nicht vor, unsere Grenzen ungeschützt zu lassen. Wenn du sie nicht verteidigen willst, dann tue ich es.«

»Zu unserem Abkommen gehört auch, dass unser Volk Waffen tragen darf, Venutius«, warnte sie. »Eben damit wir unsere Grenzen verteidigen können.« Warum konnte er das einfach nicht verstehen? »Unseren Nachbarn, die besiegt wurden, wurde alles genommen, womit sie sich verteidigen könnten. Wenn auch nur ein Schwert in ihrem Haus entdeckt wird, werden sie grausam dafür bestraft. Unternimm nichts, was uns in eine solche Lage bringen könnte. Wir genießen Vertrauen.«

»Ich bezweifle, ob die Römer mir vertrauen.« Er stand vor ihr, die Hände in die Hüften gestemmt, das Kinn aggressiv vorgereckt, und sah auf sie hinab. Sie hörte Sonne leise zu ihren Füßen knurren. Beschwichtigend legte sie eine Hand auf seinen Kopf, während Venutius fortfuhr: »Jetzt, wo Caradoc nicht mehr da ist, sehen die Stämme in mir einen neuen Anführer. Sie wollen mich überreden, sein Nachfolger zu werden. Ich sage ihnen, dass wir abwarten müssen, wie sein weiteres Schicksal aussieht. Ob er am Leben bleibt oder stirbt.«

Culann hob den Kopf und sah zwischen den beiden hin und her. »Meine Spione sagen mir, dass Fürst Caradoc und seine Familie nach Rom gebracht wurden«, sagte er trocken.

Carta schloss die Augen und sprach lautlos ein Gebet. Nur Venutius ging auf die Äußerung des Druiden ein. »Dann mögen die Götter ihnen beistehen«, sagte er schaudernd. »Und möge er, wenn er die Arena betritt, um von Löwen zerfetzt zu werden, daran denken, wem er dieses Schicksal verdankt.«

Carta spürte, wie eisige Kälte sie erfasste. In der nun einsetzenden Stille trat Culann vor. »Meine Königin, König Venutius, darf ich vorschlagen, dass wir, wenn wir uns weiter unterhalten wollen, ins Haus gehen. Solche Gespräche sollten nicht in Hörweite der ganzen Siedlung stattfinden, wo wer weiß welcher Wind Venutius' Zweifel in alle vier Ecken Albions und zu unseren Feinden, wenn sie denn Feinde sind, trägt.« Er lächelte düster.

Venutius funkelte ihn aggressiv an. »Gut. Aber zuerst werden meine Frau und ich uns unter vier Augen unterhalten, Culann.« Und damit schritt er auf das Haus der Königin zu.

»Vellocatus, mein Freund, schick diese Menschen an ihre Arbeit zurück und sorge dafür, dass meine Männer ihr Lager aufschlagen. Ich sehe dich später.« Er wandte sich wieder an Culann. »Ich komme zu dir, nachdem ich mit meiner Frau gesprochen habe. Ich habe Nachricht aus Ynys Môn.«

Er folgte Carta ins Haus und entließ ihre Gefährtinnen mit einer barschen Geste.

Carta hob an, um zu widersprechen, doch alle Frauen waren bereits geflohen. »Ist das, was du mir sagen willst, so geheim, dass du meine Gefährtinnen wie Sklavinnen fortschickst?«, herrschte sie ihn an. »Dass du einen Druiden wie einen Pferdeburschen entlässt?«

»Ja.« Er packte sie am Arm. »Culann wird das verstehen. Und jetzt gib mir Antwort. Warum war Artgenos nicht auf Môn bei der Versammlung der ältesten Druiden? Sie sind von weit her gekommen, aus Armorica und dem östlichen Gallien, um unsere Götter zu befragen.«

»Artgenos hat nicht mehr so viel Kraft wie früher, Venutius«, erklärte Carta und fühlte sich plötzlich schuldig. Artgenos hatte sie um Erlaubnis gefragt, nach Môn zu reisen, und sie hatte ihn gebeten, in Dun Righ zu bleiben. Aber sie hatte es ihm nicht verboten. Nicht einmal die Hochkönigin von Brigantia konnte es einem Druiden verbieten, zu einem der heiligsten Orte auf Erden zu reisen, aber seufzend hatte er zugestimmt, dass sie ihn an ihrer Seite brauchte. Sie wusste nicht, dass er die Götter befragt und auch sie ihn gedrängt hatten, in Cartas Nähe zu bleiben, dass er in Brigantia gebraucht würde und zwar bald, und sie wusste auch nichts von seiner Verzweiflung, als er sich zu schwach fühlte, um sie nach Elmet zu begleiten.

Venutius sah Carta aus zusammengekniffenen Augen an. »Irgendetwas ist anders an dir.« Es war, als würde er sie zum ersten Mal seit seiner Ankunft richtig betrachten.

Sie lächelte leise. »Ich trage ein Kind unter dem Herzen.«

Vor Freude erhellte sich sein Gesicht, dann blickte er wieder finster. »Meins?«

»Natürlich deins. Da war niemand anderes ...« Sie verstummte.

Niemand außer dem Römer.

Der Zweifel in ihren Augen entging ihm nicht. Wieder packte er sie am Arm. »Also hat die große Königin sich Liebhaber genommen, während ich fort war.«

»Ich nehme, wen immer mir beliebt, in mein Bett, Venutius, wie jede frei geborene Frau. Das ist ganz allein meine Sache!«, fuhr sie auf. Sie würde sich von ihm nicht demütigen lassen.

»Aber diese Sache geht auch mich etwas an. Ich werde jeden Mann, jede Frau und jedes Kind in dieser Siedlung befragen. Ich werde deine Barden und deine Bediensteten und deine Sklavinnen fragen. Ein Kind, das nicht das meine ist, werde ich nie anerkennen, Frau!« Vor Zorn stieg seine Stimme immer mehr an.

»Es ist das deine.« Sie entriss ihm ihren Arm. »Frag Mairghread. Sie sah, dass ich guter Hoffnung war, bevor du abgereist bist.«

»Und trotzdem hast du dir einen Liebhaber genommen!« Er beugte sich näher zu ihr. »Das sehe ich doch in deinen Augen. Wer war es?«

»Ich habe dir schon gesagt, Venutius, wer immer es war, wenn es ihn denn gegeben hat, geht nur mich etwas an. Es steht dir nicht zu, mich zu befragen.«

»Und ich habe dir gesagt, Cartimandua, dass es mich sehr wohl etwas angeht ...« Er packte sie an der Schulter und drehte sie zu sich. »Ist er hier, in Elmet?«

»Nein.« So sehr sie sich auch wehrte, sie konnte sich nicht aus seinem Griff befreien, und sie war zu stolz, um um Hilfe zu rufen. Sie schloss die Augen, atmete tief durch und versuchte, sich zu beruhigen.

Er zog sie an sich. »Meine wunderschöne, ehrenwerte Königin ...«

»Nein.« Sie wandte den Kopf ab.

»Ich frage mich, wer dich in sein Bett locken würde? Wer unter den Kriegern und Fürsten von Brigantia könnte eine Königin reizen?«

»Hör auf, Venutius!«

»Ich muss es wissen. Ich muss wissen, wer das Kind, das mich Vater nennen wird, gezeugt haben könnte.«

»Das warst du, Venutius.« Sein Griff war so fest, dass sie glaubte, er würde ihr den Arm brechen. »Frag Mairghread.«

»Das werde ich auch.« Er drehte sich um und rief etwas zur Tür hinaus. Mairghread trat so schnell ein, dass sie eindeutig jedes Wort mit angehört hatte.

»Mairghread, sag mir, hat meine Frau in meiner Abwesenheit unter vier Augen einen Mann empfangen?«

»Nein, mein König.« Mairghread war blass. »Niemand außer Artgenos und Culann.« Sie schwieg kurz und fügte dann hinzu: »Und den Römer.«

Lange Zeit herrschte Stille. Venutius spürte die Anspannung in Cartas Körper. Langsam ließ er ihren Arm los.

»Nun gut. Die Druiden verdächtige ich nicht. Das wäre ein Verrat an ihren Göttern und ihren eigenen Frauen. Aber der Römer.« Er hielt inne, dann begann er zu schreien. »Jetzt wissen wir also, warum du so auf diese Verbindung mit Rom aus bist, warum du ihnen ständig zu Gefallen sein willst und ihnen schmeichelst. Sie faszinieren dich, Frau, ja? Sie faszinieren dich, diese mächtigen Männer? Und? War er gut? War er so stark wie ein Briganten-Krieger? So mannhaft? Hat er dich befriedigt? Hast du ihn für seine Zuwendungen belohnt, oder hat er dich belohnt?«

Er packte sie an beiden Schultern und schüttelte sie erregt, dann hieb er ihr voll Zorn die Faust in den Bauch. »Das ist es, was ich von dem Römer halte. Und das!« Ein weiterer Stoß, so heftig, dass sie zu Boden stürzte und sich ächzend krümmte.

Mit einem wütenden Bellen sprang Sonne Venutius an die Kehle. Er riss das Messer aus seinem Gürtel, bohrte es dem Hund in die Flanke und stieß das Tier von sich, dann stand er keuchend da, während Sonne winselnd umfiel, kurz zuckte und dann reglos in einer Blutlache liegen blieb.

Gequält schrie Carta auf und streckte verzweifelt die Hand nach dem Hund aus, während Venutius zu einem nächsten Fußtritt gegen das Tier ausholte. »Herr! Hör auf!«, kreischte Mairghread. »Die Königin war guter Hoffnung, bevor du abgereist bist, bevor der Römer hier war. Es ist dein Kind, König Venutius, das schwöre ich. Möge ich über die neunte Welle hinausgeschleudert werden, wenn ich lüge! Herr, hör auf, bitte ...!«

Es war zu spät. Schon sickerte Blut durch Cartas Gewand. Sie fiel zu Boden und verlor das Bewusstsein, während Mond die Leiche ihres Bruders beschnupperte und dann heulend den Kopf hob.

Mairghread und zwei Sklavinnen trugen Carta zu Bett und holten Gruoch. Venutius war gegangen, und in der Abenddämmerung waren die Carvetier bereits fort, hatten ihr Lager abgebrochen und waren in den aufsteigenden Nebel hinausgeritten. Carta merkte nichts von all dem, was um sie vor sich ging, sie trieb in einem Meer von wirbelndem Schmerz. Als Gruoch sich über ihren schweißgebadeten, zusammengekrümmten Körper beugte, wand sie sich und schrie vor Schmerzen.

Zweimal wachte sie kurz auf, streckte die Hand aus dem Bett und spürte Monds kalte Schnauze. Die Hündin hatte sich geweigert, von ihrer Seite zu weichen, und niemand hatte das Herz gehabt, sie zu vertreiben. Verzweifelt weinend streichelte Carta das Tier. Und in ihrem Zorn und ihrer Pein verdammte sie Venutius und beschwor den Fluch der Götter auf ihn herab. Dann weinte sie wieder. Sanfte Hände umsorgten sie, ersetzten blutige Linnentücher, tupften ihr die Stirn ab. Verschwommen nahm sie Gruoch wahr, die sich mit besorgter Miene über sie beugte. Und eine andere Frau war bei ihr, die ihr die Silberschale mit Rosenwasser reichte. Als Carta sich gequält wand und krümmte, erhaschte sie einen Blick auf das Gesicht der Frau, der im Dämmerlicht der Schleier vom Haar glitt. Sie verspannte sich, und Panik überdeckte für einen Moment ihre Schmerzen, als die Frau, ein feuchtes Tuch in der Hand, sich über sie beugen wollte. Es war Medb. Vor Angst schrie Carta auf.

»Du?« Sie keuchte, ihr Körper krampfte sich wieder zusammen.

Medb lächelte. »Ich bin hier, um dir zu helfen, große Königin.« Ein leicht sarkastischer Unterton lag in ihrer Stimme. »Herrin Gruoch ist meine Lehrerin.« Sittsam senkte sie den Blick, spülte das Tuch in der Silberschale mit dem duftenden Wasser aus und drückte es Carta dann wieder auf die Stirn. »Es ist wirklich sehr traurig, Herrin, dass du nie ein Kind austragen wirst, nicht wahr?«, flüsterte sie. »Niemals!« Für einen kurzen Augenblick lag in ihrem Gesicht der Ausdruck abgrundtiefen Hasses. Als Carta sich aufzusetzen versuchte, drückte die Frau sie ins Kissen. »Und es gibt nichts, was du dagegen unternehmen kannst, Cartimandua«, wisperte Medb. »Gar nichts.«

Als Carta das nächste Mal erwachte, saßen nur noch Gruoch und Mairghread bei ihr. Als der Mond unterging, gebar sie ein winziges weibliches Kind. Und als die Sonne aufging, hatte Gruoch den Körper des Mädchens bereits den Göttern übergeben.

## III

»Geht's dir jetzt wieder besser?« Pat hatte Viv genau beobachtet, während sie die Geschichte schilderte.

Viv nickte und wischte sich die Tränen ab. »Das war einfach zu real, zu intensiv!« Sie schauderte. »Und Medb, die da bei ihr war.« Sie schaute auf. »Hast du gewusst, dass das passieren würde?« Sie fuhr sich mit dem Handrücken über den Mund. »Ich glaube, ich kann das nicht mehr machen. Es war …« Kopfschüttelnd brach sie mitten im Satz ab.

»Es war grauenvoll.« Pat beendete den Satz für sie. Sie stand nicht minder unter Schock als Viv. »Nein, ich habe nicht gewusst, was passieren würde. Glaubst du, dass Gaius der Vater war?« Sie saß auf einem flachen Stein, die Arme um die Knie geschlungen. Neben ihr nickte weiß blühendes Wollgras im Wind.

»Sie hat geschworen, dass er es nicht war.«

»Natürlich hat sie das, aber glaubst du, dass er es trotzdem gewesen sein könnte?« Pat steckte das Aufnahmegerät in den kleinen Rucksack zu ihren Füßen.

»Ihr war morgens schon übel, bevor er ankam.«

»Sie sagte ja, es sei eine Lebensmittelvergiftung.« Pat seufzte. »Vielleicht hat sie auch gelogen. Das werden wir wohl nie wissen.«

Viv stand auf. »Medb war da. Und das hast du doch gewusst, oder nicht? Sie war da, um Gruoch zu helfen.«

Pat lächelte achselzuckend. »Ich habe dir doch gesagt, dass das auch Medbs Geschichte ist.«

Viv fuhr sich mit den Händen über das Gesicht. »Hat sie dafür gesorgt, dass Carta das Kind verliert?«

»Ich glaube, das war wohl eher Venutius.«

Viv schauderte.

»Jedes Mal, wenn du das alles beschreibst …«, Pat lächelte gequält, »… wird die Geschichte noch lebendiger, noch gewalttätiger, findest du nicht auch? Hast du Angst?« Sie warf einen fragenden Blick zu Viv.

»Ja.«

»Aber es ist doch auch spannend, oder?«, fuhr sie nachdenklich fort. »Und du willst auch nicht aufhören, stimmt's?«

Viv schüttelte den Kopf, obwohl sich wieder Bedenken in ihr regten.

»Hast du keine Angst davor, was passieren könnte, wenn Venutius zu wütend wird?«, fragte Pat nach einer Weile. »Was, wenn er sie wieder verletzt? Was, wenn er sie umbringt?« Daraufhin herrschte lange Zeit Stille.

»Das wird aber nicht geschehen«, antwortete Viv schließlich und schlang bekümmert die Arme um sich. »Er bringt sie nicht um, und erstaunlicherweise bringt sie ihn auch nicht um! Wir wissen ja, was passiert. Das steht ja alles in den römischen Quellen.«

»Ach wirklich?« Pat hob die Augenbrauen. »Aber haben die Geschichtsschreiber wirklich die Wahrheit gekannt?«

»Bei etwas so Wesentlichem natürlich schon.« Vivs Zweifel wurden immer größer.

»Warum machen wir dann nicht weiter?« Pat warf einen Blick auf die Armbanduhr. »Peggy erwartet uns erst zum Abendessen zurück. Lass uns doch fortfahren und herausfinden, was als Nächstes passiert.«

Viv zögerte. »Ich weiß nicht so recht.«

»Ich glaube doch. Ich glaube, du willst es unbedingt wissen. Ich glaube, du willst wissen, was mit Medb passiert ist.« Lächelnd griff Pat nach ihrem Rucksack. »Und ich glaube, du wirst es mir erzählen.«

In Begleitung Gruochs ging Cartimandua in den Wald. Mairghread folgte ihnen, einen Korb in der Hand. Bald würde der Abend dämmern. Zwei Monde waren seit ihrer Fehlgeburt vergangen, zwei Monde, in denen sie nichts von Venutius gehört hatte. Der königliche Haushalt war wieder nach Dun Righ gezogen, und zum ersten Mal in ihrem Leben hatte Carta Fergal gestattet, sie nahezu den ganzen Weg zu fahren. Ihre Pferde wurden am Ende des langen Zugs von Tieren und Wagen mitgeführt, während sie, wund und erschöpft und immer noch schwach vom großen Blutverlust, im Wagen saß, Mond an ihrer Seite. Einen Teil der Reise verbrachte sie sogar liegend auf einem Bett von Decken und Fellen, während der Wagen über die unebenen Bergpfade holperte.

Medb war spurlos verschwunden, als hätte es sie nie gegeben. Als Carta Gruoch nach ihrer Helferin befragt hatte, hatte diese nur mit den Achseln gezuckt und erklärt, die Frau sei sehr kundig, willig und hilfsbereit gewesen.

Jetzt schritt Carta sehr langsam aus und hielt ihren Kopf nur durch schiere Willenskraft erhoben. Der Opferplatz lag verschwommen im Dunst, der vom Fluss und den Wasserfällen aufstieg. In den Büschen, die die Schluchtwände bedeckten, ließ eine Amsel ihren Warnruf ertönen. Die Frauen blieben stehen.

»*Druidh dubh,* der schwarze Hüter, bewacht den Eingang zu anderen Welten. Das ist ein sehr gutes Zeichen«, flüsterte Gruoch. »Er hat dich angekündigt und das Tor geöffnet.«

Carta wandte sich zu Mairghread um und streckte die Hände nach dem Korb aus. Er enthielt zwei goldene Armreifen, einen Beutel voll römischer Münzen sowie eine aus Holz geschnitzte Puppe, die ein Neugeborenes darstellte.

Carta nahm alles heraus, reichte den Korb zurück und trat allein an den Rand des Wasserfalls. Sie spürte die kalte Gischt auf ihrem Gesicht. Sie stand am heiligen Begegnungsort der Götter, zwischen Erde und Wasser, zwischen Nacht und Tag, zwischen Wald und Fluss, der Ort des Nirgends und der Zeitlosigkeit. Mairghread und Gruoch zogen sich ein Stück das Ufer entlang zurück, wo Birken und Eschen, Haselnusssträucher und Bergulmen bis zum Wasser hinabwuchsen und direkt am Rand des Wildbachs ein undurchdringliches Gestrüpp bildeten. An die Klippen über ihnen klammerten sich heilige Eiben, die im Schatten der Felsen fast schwarz wirkten. Die beiden Frauen warfen sich einen Blick zu und blieben wartend stehen.

Carta war allein.

»Vivienne?« Ihre Stimme bebte. »Warum hast du mir mein Kind genommen? Was muss ich tun, um ein Kind zu gebären?« Sie sah in die Gischt und drückte die Holzpuppe an sich. »Liebe Herrin, empfange diese Gabe. Bitte nimm mir nicht noch ein Kind. Beschütze mich vor Medbs Fluch, ich flehe dich an.« Tränen strömten ihr über die Wangen. »Segne mich mit Fruchtbarkeit und Kraft.« Lange Zeit blieb sie reglos stehen und wartete. Auf dem Hochmoor weit über ihr schrie ein Vogel. Allmählich wurde es dunkel.

»Vivienne? Warum antwortest du nicht?«

Pat lächelte.

Viv schluckte. »Carta, ich höre dich«, sagte sie leise in ihrer eigenen Stimme. »Dieses Kind sollte nicht sein. Sag ihm Lebwohl und übergib es den Göttern.« Sie verstummte kurz. »Geh zurück. Erhol dich und komm wieder zu Kräften. Andere Kinder werden sich einstellen«, fuhr Viv fort. »Ich kann dir helfen. Ich werde dafür sorgen, dass der Fluch von dir genommen wird.«

Stirnrunzelnd schüttelte Pat den Kopf. »Versprich nichts, was du nicht halten kannst. In Wirklichkeit bist du gar keine Göttin!«, flüsterte sie.

Viv achtete gar nicht auf ihre Bemerkung. »Leb wohl, Cartimandua, Königin von Brigantia. Kümmere dich um dein Königreich und überlasse den Göttern den Rest.«

Lange Zeit herrschte Stille, dann sprach Viv schließlich weiter direkt ins Mikrofon. »Sie hat die Puppe auf den Kopf geküsst, ihr zum Zeichen des Segens und des Abschieds zwei Finger auf den Mund gelegt, und jetzt hat sie sie in den Wasserfall geworfen, wo sie in den schäumenden Kaskaden verschwindet. Einen Moment taucht sie auf der wilden Reise den Wasserfall hinab auf, dann versinkt sie unten im großen Teich. Jetzt hat sie die Armreifen und den Beutel mit Münzen hineingeworfen, und auch sie gehen unter. Es steht völlig außer Frage, dass die Göttin diese Gaben annehmen wird. Ihr Schlund ist stets gierig nach Gold. Carta beobachtet den Teich weit unter sich eine ganze Weile, dann kehrt sie langsam am Ufer entlang zurück zu ihren Begleiterinnen.«

## IV

James Oakley lehnte sich im Sessel zurück und betrachtete vergnügt seinen Gast, während sie beide ein Glas seines besten Brandys tranken. Auf seine Aufforderung hin hatte Hugh mit ihm und seiner Frau Margaret zu Abend gegessen, und nachdem Margaret sich in ihr eigenes kleines Wohnzimmer zum Fernsehen zurückgezogen hatte, hatten die beiden Männer es sich hier bequem gemacht und unterhielten sich. Jetzt, da Hugh hier war, erschien es ihm nicht mehr so dringend, Viv zu sehen. Es kam ihm vor, als sei Venutius Millionen von Meilen entfernt, ein Trugbild seiner Fantasie, und er sollte die ganze leidige Geschichte am besten vergessen. Der Geistliche hatte eine ganze Weile gebraucht, um die Tatsache zu verdauen, dass dieser Hugh Graham *der* Keltologe Hugh Graham war. Wie sich herausstellte, standen Hughs Bücher allesamt in seiner Bibliothek. Auch ein Exemplar von *Cartimandua, Königin des Nordens* hatte er sich gekauft.

»Haben Sie es schon gelesen?« Hugh hob fragend die Augenbrauen. Er war entschlossen, sich den Abend durch nichts verderben zu lassen.

»Noch nicht, um ehrlich zu sein.« James Oakley nippte an seinem Glas. »Ich habe natürlich Ihre Rezension gelesen.« Er warf ihm einen Blick zu.

Hugh lächelte. »Jetzt habe ich das Gefühl, dass ich allzu hart mit ihr ins Gericht gegangen bin, aber schließlich bin ich ein Purist.« Er schlug die Beine übereinander und zupfte einen eingebildeten Fussel von seinem Knie. »Sagen Sie mal«, wechselte er rasch das Thema, »kennen Sie die Steadmans? Ihr Sohn macht bei mir das Diplom.«

»Peggy und Gordon?« James nickte. »Das Salz der Erde. Gordons Familie lebt schon seit Jahrhunderten als Bauern hier in der Gegend.«

»Soweit ich weiß, haben sie eine Frühstückspension?«

James lachte. »Das stimmt. Viel professioneller als wir. Margaret und ich haben nur das eine Zimmer. Na ja, eineinhalb vielleicht. Ich glaube, sie haben sechs. Es ist ein sehr weitläufiges, altes Haus.«

Hugh nickte und überlegte dann kurz. »Ich glaube, dass Dr. Lloyd Rees momentan dort ist. Sie recherchiert für ein neues Projekt. Sie glaubt, dass Cartimandua oben auf dem Ingleborough gelebt hat.« Er verstummte, um auf eine Antwort zu warten, und betrachtete dabei den goldbraunen Weinbrand in seinem Glas.

James zuckte mit den Achseln. »Wer weiß. Irgendwo muss sie ja gelebt haben. Sie müssen doch zugeben, es ist frustrierend, dass wir nie mehr über unsere ferne Vergangenheit herausfinden werden. Hätten sie doch nur schriftliche Aufzeichnungen hinterlassen!«

»Man darf nicht vergessen, die forensische Archäologie erzielt ständig große Fortschritte.« Hatte nicht Viv ihm vor Kurzem genau diese Tatsache entgegengehalten? Hugh trank noch einen kleinen Schluck, er wusste nicht, ob ihm nachgeschenkt würde, und so kostete er jeden Tropfen aus. »Ich würde ganz gern hinaufgehen, wenn ich schon einmal hier bin. Leider muss ich gestehen, dass ich diese Gegend überhaupt nicht kenne.«

»Es ist eine ziemliche Wanderung, alter Junge.« James lächelte. »Aber Sie sehen fit aus, Sie werden es schon schaffen. Die Wettervorhersage für morgen ist gut. Vielleicht sollten Sie die Gunst der Stunde nutzen. Und bitte benutzen Sie doch das Telefon, wenn Sie bei den Steadmans anrufen wollen. Ich fürchte, die meisten Handys funktionieren hier nicht.«

Zum Dank warf Hugh seinem Gastgeber ein Lächeln zu. »Aber vielleicht überrasche ich sie einfach«, sagte er.

# Kapitel 30

## I

Viv sah auf, als es leise an ihrer Tür klopfte. Sie war nach dem Abendessen in ihr Zimmer gegangen und saß jetzt in Gedanken versunken auf dem Bett.

»Komm, wir gehen wieder raus.« Pat schob die Tür weit auf, blieb aber auf der Schwelle stehen.

»Jetzt?« Viv warf einen Blick zum Fenster. »Eher nicht.«

Pat nickte auffordernd. »Wir brauchen ja nicht weit zu gehen. Nur auf den Abhang, damit die Hintergrundgeräusche stimmen und zum Vorherigen passen.«

Viv schüttelte den Kopf. »Nicht jetzt, Pat«, sagte sie unbehaglich.

»Verlierst du das Interesse?«

»Natürlich nicht! Aber es ist spät, und ich bin müde. Ich habe keine Lust.«

»Ich glaube doch.« Pats Augen sahen merkwürdig aus, als würden sie nicht richtig fokussieren. Viv spürte eine Woge der Angst in sich aufsteigen. »Nein, Pat. Nicht heute Abend. Tut mir leid.«

Medb. Medb war mit ihnen hier im Zimmer. Viv bekam am ganzen Körper eine Gänsehaut. »Pat«, flüsterte sie. »Bitte, geh weg.«

Darauf lächelte Pat nur noch breiter. »Zieh dir die Schuhe an, Viv. Wir wollen doch wissen, wie's weitergeht. Das willst du genauso wie ich.«

Einen Moment sagte Viv nichts. Sie konnte den Blick nicht von Pats Augen nehmen. Da passierte irgendetwas Merkwürdiges. Verzweifelt versuchte sie, sich dagegen zu wehren, aber dann hörte sie sich seufzend einwilligen. Alles in ihr schrie lauthals »Nein!«, aber sie stimmte zu.

»Also gut, ich vermute, du hast recht.« Es war, als würde jemand anderes an ihrer statt sprechen. Sie war dem hilflos ausgeliefert. Zwei Minuten später gingen sie den Flur entlang und die Treppe hinunter.

Der Abend war klar und kühl, der Himmel glühte, am Horizont türmten sich dunkle Wolken auf, doch darüber sahen sie den Abendstern. Sie traten auf den Pfad hinaus und gingen zu der Stelle, die Pat »Basislager eins« getauft hatte – ein Felsvorsprung mehrere Hundert Meter den Weg hinauf.

In der Ferne rief ein Kiebitz klagend den von Wolken verhangenen Mond an. »Ein bisschen gespenstisch«, sagte Pat lachend. »Ich hoffe, dass wir das aufnehmen können.« Jetzt, hier draußen, klang sie wieder ganz normal.

Viv schaute ängstlich über die Schulter. Die Wolke verzog sich, der Mond strahlte heller und warf tiefe Schatten.

Zehn Minuten später zog eine weitere dunkle Wolke vor den Mond und verhüllte ihn ganz.

»Wohin gehen wir denn?« Es bereitete Viv Mühe, mit Pat Schritt zu halten, die vor ihr her lief. Sie waren am »Basislager« schon vorbei und hatten den Pfad verlassen.

»Nicht sehr viel weiter.« Pat steuerte auf das Felsplateau zu.

Plötzlich wurde Viv misstrauisch. Sie blieb stehen. »Ich weiß nicht, ob wir weitergehen sollten.« Sie schauderte. »Eigentlich sollten wir den Pfad nicht verlassen. In der Dunkelheit kann es hier oben wirklich gefährlich werden. Eine von uns könnte stürzen und sich ein Bein brechen.«

Pat sah in die Ferne. »Da hast du recht.« Sie drehte sich um und schaute zum Gipfel empor, der in der Dunkelheit kaum auszumachen war. An der Nordflanke trieben kleine Dunstwolken. Der Halbmond war wieder zu sehen, aber immer wieder verdeckten ihn Wolkenfetzen, die rasch nach Osten trieben. Der Wind wurde merklich stärker, vertrieb den Dunst und ließ die Gräser rascheln.

»Warum kehren wir nicht um?«, schlug Viv vor.

»Nein, denn das wäre doch wirklich schade, wenn wir umsonst gekommen wären. Wir können uns doch hierher setzen, in den Windschatten der Mauer. Wir brauchen auch nicht lang zu bleiben. Ich will nur wissen, wo du die Fibel versteckt hast.« Plötzlich war Pats Stimme barsch. »Medb will sie wiederhaben.«

»Jetzt sei nicht albern!«

»Das ist nicht albern.« Pat seufzte. »Medb ist sehr besorgt deswegen.«

»Das reicht jetzt! Ich gehe.« Viv wandte sich zum Gehen.

»Nein.« Pat packte sie am Arm. »Nein! Setz dich!« Sie versetzte ihr einen heftigen Stoß, und Viv taumelte. Von Angst gepackt, versuchte sie, nicht das Gleichgewicht zu verlieren, und als sie sich wieder aufrichtete, stand Pat neben ihr, das Aufnahmegerät in der Hand.

Sie warteten fünf Minuten. Nichts passierte. Jetzt, da sie friedlich dasaßen und Viv ihr offenbar nachgegeben hatte, schien sich Pat etwas zu entspannen. Rund um sie rauschte leise das Gras. Unten im Tal schrie eine Eule. Pat schloss die Augen. »Herrin Brighid, Göttin der silbernen Sterne, tröste unsere Königin Cartimandua«, flüsterte sie. »Göttin des Landes, Hüterin der Felsen, heiliger Geist des Wassers, gewähre ihr die Gnade eines weiteren Kindes.«

Sie verstummte. Viv warf einen Blick zu ihr. »Das ist nicht dein Ernst.« Eine Gänsehaut lief ihr über den Rücken.

»Aber natürlich ist das mein Ernst.« Pat lächelte. »Cartimandua, Königin des Nordens, wir sind hier. Sprich zu uns«, sagte sie leise.

Viv biss sich auf die Lippen, wollte sich gegen den Drang zu antworten wehren, aber er war überwältigend. Als sie schließlich in die tiefe Stille hinein zu reden begann, sprach sie mit der Stimme der Königin.

*Vivienne, ich habe dir Gold gegeben. Ich habe dir den Körper meines Kindes gegeben. Ich habe zu dir gebetet. Was verlangst du noch von mir?*

Als Viv verstummte, beugte Pat sich zu ihr. »Jetzt antworte ihr schon.«

Viv zögerte, vor Angst war ihr Mund wie ausgedörrt. »Königin, deine Gebete und deinen Segen, mehr brauche ich nicht.«

Sie schaute zu Pat. Der Wind wurde stärker und zerzauste ihnen das Haar, aber sie regte sich nicht. Doch schließlich begann Carta wieder zu sprechen.

»Herrin, Venutius ist fort.« Mairghread legte Carta ihr Manteltuch um. »Es ist das Beste so.« Sie wusste, dass es ihr nicht zustand, so zu sprechen, aber sie konnte nicht stillschweigend zusehen, wie die beiden sich und ganz Brigantia mit ihrem Zorn und ihrem gegenseitigen Misstrauen zerstörten. Nachdem Carta und Venutius endlich wieder nach Dinas Dwr zurückgekommen waren, begannen die Menschen an den Feuerstellen, auf den Feldern, in den Küchen und auf dem Kampfplatz Partei zu ergreifen, einige für sie, einige für ihn. Wenn sie getrennt waren, konnten die Dinge ruhen und heilen.

Carta runzelte die Stirn.

Es hatte sehr lange gedauert, bis sie sich überwinden konnte, wieder mit Mairghread zu sprechen. In ihrem tiefsten Inneren machte sie ihre Gefährtin für den Tod ihres Kindes verantwortlich und dafür, dass Medb in ihre Nähe hatte gelangen können. Sie gab ihr die Schuld an Venutius' Zorn, und jetzt warf sie ihr vor, dass sie ihn unterstützte.

Seit Venutius mit Brucetos aus Caer Lugus nach Dinas Dwr zurückgekehrt war, hatten die beiden nicht miteinander gesprochen. Und obwohl er in der Siedlung war, oft in ihrer Nähe, sogar an ihrem Tisch, ging er ihr aus dem Weg, und sein Schweigen verärgerte sie. Sie empfand es als Angriff auf ihre Autorität, und das beabsichtigte er wohl auch. Sie fröstelte. Draußen fegte ein Sturm die Berge hinab, und das Feuer rauchte und wollte nicht brennen. Seufzend zog sie zum Schutz vor der Kälte den schweren Wollstoff um sich. Sie hatte sich von der Fehlgeburt noch immer nicht ganz erholt. An dem Morgen nun war Venutius in den Wald geritten und noch nicht zurückgekehrt.

»Berthe hat Honigkuchen gemacht, und es gibt auch frische Buttermilch. Iss und trink davon, dann geht es dir besser.« Mairghread redete ihr gut zu und räumte nebenbei das Zimmer auf. »Vielleicht möchtest du nachher ein bisschen ausreiten? Du bist doch gern im Sturm unterwegs. Oder Fergal könnte dich im Wagen ausfahren.«

Carta schüttelte den Kopf. »Ich bleibe noch eine Weile hier, dann setze ich mich zu den anderen und höre der Musik zu. Ist Finley noch da? Ich habe gehört, dass er trotz seiner jungen Jahre ein großartiges Repertoire hat.« Dafydd, der Barde, den Venutius ihr anlässlich ihrer Wahl zur Hochkönigin geschenkt hatte, hatte sie verlassen. Vor den versammelten Einwohnern der Siedlung hatte er ein Lied um Zorn und Verrat vorgetragen, ein Lied, das sie und den Römer als Schuldige brandmarkte. Ein Lied, das treffen und verletzen sollte. Ein Lied, das sie zerstören sollte.

Bevor sie etwas darauf erwidern konnte, hatte sich zornig ein junger Barde vom Druidenkolleg erhoben, um ihn zu übertreffen und sich als ihr Oberbarde anzutragen, doch das Lied war gesungen und tat seine Wirkung. Sie brauchte den älteren Mann gar nicht zu entlassen. Am nächsten Morgen war er bereits fort, kehrte zurück zu den Bergen von Eryri, aus denen er gekommen war. Sie gab dem jungen Barden Finley seine Stellung, die er auch beibehielt, während er seine Ausbildung am Kolleg unter Artgenos fortsetzte, eine Position, die schwer zu behaupten war, denn an den Feuerstellen wurde viel getuschelt, und Männer und Frauen warfen ihr immer häufiger scheele Blicke zu.

»Geh, Mairghread. Lass mich allein.« Sie streichelte Mond und kraulte ihr die Ohren. Als Mairghread später zu ihr hereinschaute, saß ihre Königin am Feuer und blickte in die Flammen.

Zur Mittagszeit ließ sie sich ihr Pferd bringen und scharte einige Krieger um sich, um im Sturm auszureiten, Mond an ihrer Seite.

Sie fand Venutius in einer kleinen Festung in der Nähe von Eborios. Als Carta mit roten Wangen, das Haar vom Regen durchnässt, in die Gästekammer marschierte, lag er mit einer hübschen Bediensteten im Bett.

Mit einem ängstlichen Aufschrei sprang das Mädchen auf und lief zur Tür hinaus. Carta achtete gar nicht auf sie. »Ich habe dir keine Erlaubnis erteilt, hierher zu kommen. Wie kannst du es wagen, Dinas Dwr ohne meine Genehmigung zu verlassen.«

»Ich brauche keine Erlaubnis, um durch die Königreiche zu reisen.« Zornig streifte er seine Tunika und die Beinlinge über. »Was bin ich denn, ein Diener? Herrin, ich bin ein König, aus eigener Kraft, und ich gehe, wohin es mir beliebt, und wie du gehe ich ins Bett, wann immer und mit wem immer es mir beliebt!«

»Und du schürst auch Aufruhr, wann immer es dir beliebt?« Sie ging nicht auf seine Stichelei ein, sah ihn nur kalt aus zusammengekniffenen Augen an. »Treibe es nicht zu weit, Venutius. Du hast mich angegriffen. Du hast unser Kind getötet. Ich könnte dich schon für weniger hinrichten lassen.«

»Unser Kind!«, fuhr er auf. »Ein fremder Bastard!« Er spuckte aus.

»Unser Kind«, wiederholte sie eisig. »Ein Kind von zweifachem königlichem Geblüt und ein Kind der Göttin.« In ihren Augen lag blanke Verachtung. »Hast du das Mädchen beglückt?«

»Ja. Sehr.«

Sie lächelte. »Höchst erstaunlich. Wahrscheinlich kannte sie nichts Besseres.«

Einen Augenblick herrschte völlige Stille. Venutius lief dunkelrot an. »Du Hure!«

»Venutius, ich bin eine Königin und eine freie Frau. Ich nehme, wen immer mir beliebt, in mein Bett, aber ich bin nicht auf Bedienstete angewiesen.«

Damit verließ sie das Haus.

Direkt vor der Tür wartete Vellocatus. »Fehlt dir etwas, Herrin?« Er warf einen Blick über die Schulter. »Venutius ist nicht eben bester Stimmung. Und seine Launen beherrschen seinen Kopf und seinen Schwertarm.« Er verzog das Gesicht. »Er wird sich bald beruhigen.«

»Und ich mich zweifellos auch«, erwiderte Carta. »Vellocatus, bring mich zu einem Gästehaus, wenn es hier etwas Derartiges gibt, und lass den Häuptling rufen, damit ich ihm erklären kann, warum seine Hochkönigin ohne Ankündigung hergekommen ist. Und dann lass nach Artgenos schicken. Ich will mit ihm sprechen, sobald er eintrifft.« Sie zögerte. »Wahrscheinlich braucht er mehrere Tage, um herzureiten. Ich werde hier auf ihn warten.« Sie atmete tief durch. »Der Römer, Gaius Flavius Cerialis, hat mir zwischen unseren Spielereien in der Schlafkammer erzählt, dass Eborios und Isurios gute Handelsposten wären.« Sie lachte bitter. »Die Moore und die Berge und Wälder unseres Königreichs gefallen ihm nicht, sie machen ihm Angst, aber diese fruchtbaren Länder im Osten, wo die Wälder gerodet sind und es große Weizen- und Gerstenfelder gibt, sind etwas anderes. Sicher erinnern sie ihn an den Süden.«

»Als wir hier eintrafen, sind wir auf mehrere Händler gestoßen, Herrin.« Ihre Bemerkung hatte Vellocatus peinlich berührt, und er wich ihrem Blick aus. »Sie haben edle Weine und Stoffe mitgebracht und interessierten sich sehr für die Pferdegeschirre, die Oengus und seine Familie hier fertigen.«

»Einer unserer besten Handwerker.« Carta hob die Augenbrauen. »Sind sie handelseinig geworden?«

Vellocatus seufzte. »Venutius hat sie vertrieben, bevor es dazu kommen konnte, Herrin.« Er zögerte, ihm war unwohl, ihr das Vorgefallene zu berichten. »Er hat die Waren behalten, mit denen sie hier im Norden handeln wollten.«

»Ohne zu bezahlen?«

Sie musterte seine Miene. Das hübsche Gesicht des jungen Mannes war unfähig, sich zu verstellen. Und als er mit seinen großen blauen Augen ihrem Blick begegnete, war in ihnen jedes Gefühl zu lesen: Zorn, Verlegenheit, Scham und schließlich widerwillige Zustimmung. »Mein König mag weder die Römer noch jene, die in ihrem Auftrag Handel treiben.«

»Das ist wohl wahr.« Sie schürzte die Lippen. »Komm zu mir, sobald ich mich eingerichtet habe, dann gebe ich dir ein paar Münzen. Die Römer lassen sich gern mit keltischem Gold bezahlen. Sieh zu, dass es den Händlern nachgeschickt wird und dass sie gerecht bezahlt werden. Ich will nicht, dass sie dem Statthalter oder Gaius Flavius Cerialis berichten, Cartimandua hätte sie betrogen.« Sie machte eine kurze Pause. »Oder ihr Mann.«

Vellocatus sah ihr nach, als sie fortging. Sein Unbehagen war verflogen, in seinen Augen lag Verehrung. Sie war stark und aufrichtig, und bei ihr beherrschte der Kopf das Herz. Dadurch besaß sie Macht, war sie eine Heldin. Und sie war die schönste Frau, die er je gesehen hatte.

Schuldbewusst ermahnte er sich. Vor allen anderen Dingen musste er dem König dienen, der schließlich sein Herr war, sein Kampfgefährte und sein Freund. Als er ins Haus zurückkehren wollte, wäre er beinahe mit Venutius zusammengestoßen, der im Eingang stand. »Du bist also ein Speichellecker meiner Frau!«, fauchte er.

Vellocatus errötete. »Venutius, ich muss den Befehlen der Königin gehorchen, ebenso wie du.« Er straffte die Schultern.

»Ach ja? ›Herrin, Venutius hat sie vertrieben‹«, äffte Venutius ihn mit hoher Stimme nach. »Sie hat dir nicht befohlen, ihr etwas zu sagen, was sie nicht wusste!«

»Sie hat es vermutet«, gab Vellocatus hitzig zurück. »Und das war wohl auch nicht allzu schwer! Schließlich stehen die römischen Wagen dort draußen auf der Straße! Und zwar unbewacht. Weit und breit ist kein Händler zu sehen. Das muss sie doch gemerkt haben.«

Venutius trat einen Schritt auf ihn zu. »Also gut, dann führe ihre Befehle aus. Aber gib acht.« Er kniff die Augen drohend zusammen, seine Stimme bebte vor Zorn. »Vergiss nicht, wem du die Treue geschworen hast.«

Artgenos war nicht erfreut, den weiten Weg nach Eborios zu Pferd zurücklegen zu müssen. Als er eintraf, schmerzten ihn seine Beine nicht minder als der Rücken. In seinen wollenen Umhang gehüllt, darüber einen zweiten aus Fellen, setzte er sich seufzend, legte seinen Stab neben sich auf den Boden und nahm den Becher mit gewürztem Met entgegen, den der Diener ihm reichte. Coel, der

Häuptling der Siedlung, empfing ihn gemeinsam mit Cartimandua und Venutius am Feuer.

»Nun, ist die Schuld beglichen?« Artgenos schaute Venutius fragend an.

Venutius senkte den Kopf. »Ich konnte nicht wissen, dass es friedliche Händler waren«, brummte er. »Für mich ist jeder Freund der Römer ein Feind, ebenso wie sie ...«, er warf einen Blick zu seiner Frau, »es für Caradoc war.«

»Und in der gegenwärtigen Situation durchaus zu Recht.« Artgenos trank noch einen Schluck aus dem Becher. Dieser Met war mit Borretsch und Anis gewürzt und schmeckte besonders gut. »Wenn wir mit unserem Kampf gegen die Römer etwas bewirken und weiterhin unsere Unabhängigkeit bewahren wollen, brauchen wir die Schlauheit und Diplomatie des Fuchses«, er sah kurz zu Venutius, »und die Geduld und Vorsicht des Kranichs, wenn er reglos im seichten Teich steht und darauf wartet, den nichts ahnenden Fisch zu fangen.« Er sah Carta fest in die Augen. »Meine Spione sagen mir, dass wir zu Recht wachsam sind. Zu Recht vorsichtig. Es ist noch nicht an der Zeit ...«, er hielt kurz inne und blickte wieder zu Venutius, »zu handeln. Überall im Reich sind Druiden, die beobachten und warten. Brüder sind aus Gallien eingetroffen. Sie warnen vor Verschwörungen gegen uns.«

»Aus Gallien?« Carta runzelte die Stirn. »Ich habe mit keinen Druiden aus Gallien gesprochen.«

Er trank noch einen Schluck Met und seufzte vor Wohlbehagen, als das warme Getränk allmählich seine schmerzenden Glieder erreichte. »Sie sind gekommen, um mich zu sehen, Herrin. Lautlos durch den Eichenwald, gehüllt in den Umhang der Unsichtbarkeit.« Er lächelte kalt. »Sie hatten nicht die Absicht, von jemandem abgefangen zu werden, der sie nicht erwartete.«

Carta schwieg, der Tadel traf sie tief.

»Siehst du, Carta, sie trauen dir nicht mehr!« Venutius war jede Zurückhaltung fremd. »Wenn du nicht achtgibst, wirst du bald beiseitegedrängt werden und tatsächlich zu unseren Feinden gehören!«

Artgenos hob eine Hand, bevor sie etwas erwidern konnte. »Genug! Carta ist nicht unsere Feindin. Sie gehört zu uns. Eine Druidin, die sich dem Dienst an ihrer Göttin geweiht hat«, sagte er streng. »Aber sie ist keine Erzdruidin und sie war auch nicht bei der Zusammenkunft auf Ynys Môn, wo über diese Dinge gesprochen wurde.«

»Du auch nicht!«, erwiderte sie. Kaum waren ihr die Worte über die Lippen gekommen, wusste sie schon, wie kindisch sie klangen.

Mühsam stand Artgenos auf, stellte seinen Becher auf den Tisch, wo er kurz am Rand kippelte und dann zu Boden fiel. Er achtete gar nicht darauf. »Auf dein Geheiß hin, wenn du dich erinnerst«, sagte er vorwurfsvoll. »Willst du meine Aufrichtigkeit anzweifeln?« Er sah die drei Menschen, die dort am Feuer saßen, nacheinander an. Eine Antwort gab Coel, der bislang geschwiegen hatte. »Niemand würde es wagen, dich anzuzweifeln, Artgenos«, murmelte er.

Wie als Echo seiner Worte hallte ein tiefes Donnergrollen rund ums Haus. Carta schauderte. »Die Götter sind nicht zufrieden.«

»Dazu haben sie allen Grund!«, sagte Artgenos.

Das grelle Licht eines Blitzschlags drang durch die verhängte Tür. Kurz darauf folgte ein zweiter, lauterer Donnerschlag.

»Guter Gott, wo ist das jetzt hergekommen!« Viv kauerte sich noch mehr zusammen, als der Blitz über den Berg zuckte. Es regnete in Strömen.

Pat saß reglos da. »Das ist die Stimme der Götter«, sagte sie langsam. »Sie sind erzürnt.« Sie schüttelte den Kopf. In Gedanken war sie noch in dem Rundhaus an der Feuerstelle, wo die drei Männer und die Frau zusammensaßen, und der Kelch gegen die Steine der Feuerstelle rollte. Es waren keine Bediensteten im Raum, die ihn aufgehoben hätten. Die Zusammenkunft war vertraulich, geheim. Wichtig.

Medb war draußen im Schatten der Tür gestanden und hatte alles mit angehört.

»Das Unwetter wird noch schlimmer werden.« Ängstlich sah Viv sich um. Vom Mond war nichts mehr zu sehen, ebenso wenig wie von den Bergen. Sie konnten überhaupt nichts erkennen, im peitschenden Regen waren nicht einmal die Lichter unten im Tal auszumachen.

»Vielleicht wäre es besser, einfach hier abzuwarten, bis der Sturm nachlässt«, sagte Pat zweifelnd. »Der Blitz war sehr nahe!« Wie aufs Stichwort fuhr ein weiterer Blitz direkt vor ihren Füßen in die Erde. Die Frauen duckten sich tiefer hinter die Mauer. Pat riss Viv das kleine Mikro aus der Hand und steckte es in ihre Tasche, um es vor dem Regen zu schützen. Eiskalte Wassertropfen liefen ihr über den Rücken. »Wie es aussieht, sitzen wir hier fest! In der Dunkelheit würden wir uns nur verirren.« Fast klang sie erfreut. »Vielleicht solltest du einfach weitermachen. Die Hintergrundgeräusche sind fantastisch!«

»Aber was ist mit dem Aufnahmegerät? Das darf doch bestimmt nicht nass werden?«

»Nein.« Pat machte eine wegwerfende Geste. »Aber wir kommen auch ohne aus.«

Medb war da und wartete, und Medb war das Unwetter völlig egal.

## II

Medb ging davon und zog sich in den Schatten eines Gebäudes zurück. Sie hatte genug erfahren. Sie hatte gesehen, wie Venutius von seiner Frau aus dem Bett einer Hure gezerrt wurde. Hatte gesehen, wie er sich wie ein Fisch an der Angel wand. Hatte gesehen, wie Cartimandua ihn mit ihrem Zorn geißelte und wie sie selbst dann vor dem Druiden zitterte. Es würde so leicht sein, einen Keil zwischen den König und die Königin zu treiben, und es wäre ein Kinderspiel, den hochmütigen Venutius dazu zu bringen, sich gegen seine Frau aufzulehnen.

Als er aus der Zusammenkunft stürmte, glitt sie aus dem Schatten und packte ihn am Arm, zog ihn wortlos zu dem Gästehaus, in dem sie Unterkunft gefunden hatte, und hinter den Vorhang, der ihr Bett verbarg. Dort streifte sie ihm die Tunika, das Manteltuch und die Beinlinge vom Leib und strich über seinen Körper, bis sie seine Erregung spürte. »Großer König, deine Frau achtet dich nicht«, flüsterte sie und drückte ihm die Lippen auf die Brust. »Warum lässt du dich so von ihr behandeln?«

Als sie sich auf den Boden kniete und ihre Lippen tiefer wanderten, stöhnte er auf. »Woher weißt du, worüber wir uns unterhalten haben?«

»Mein Herr, ich weiß alles.« Sie zog ihn zu sich herab. »Und ich kann dir helfen.«

Erst lange Zeit später konnte er wieder sprechen.

Schweißgebadet lag er da, schaute zu Medb auf, die noch rittlings auf ihm saß, und grinste. »Das muss ich dir lassen, du weißt, wie man einem Mann Vergnügen bereitet.« Er war völlig erschöpft.

»Und wie man ihn mit der Denkweise von Frauen vertraut macht.« Sie beugte sich ein wenig vor, sodass ihr Haar wie schwere Seide auf seine Brust fiel. »Wie du mit deiner Frau umgehen musst, damit sie dir gehorcht.«

Er schnaubte. »Das schaffst nicht einmal du, Medb.«

»Aber natürlich schaffe ich das.« Ihr Blick wurde hart. »Hör mir zu.«

Viv starrte Pat an, während das Gewitter nach Osten abzog. »Pat?«, flüsterte sie. »Red weiter!«

Pat war verstummt.

»Und was ist dann passiert?« Viv rückte näher zu ihr, wühlte in Pats Tasche nach dem Mikrofon und drückte es ihr in die Hand. Das war einfach unglaublich. Irgendwie hatten sie die Rollen getauscht. Im prasselnden Regen und peitschenden Sturm hatte Pat zu sprechen begonnen, und in ihrer Stimme hatte reinste Gehässigkeit gelegen, als sie Venutius an sich zog und ihm von ihren Plänen berichtete.

Plötzlich lachte Pat auf. »Venutius wird seine Frau umbringen. Ich muss es gar nicht selbst erledigen. Aber ich werde sicherstellen, dass sie weiß, wer ihm das Schwert in die Hand gedrückt hat.«

Viv schauderte. Sie konnte Pats Gesicht in der Dunkelheit kaum ausmachen.

Medb war aufgestanden. Einen Moment stand sie in ihrer Nacktheit da, ihre weiße Haut und das blonde Haar leuchteten in der Dunkelheit. Als Venutius sich zu ihr stellte, legte sie ihm sein Manteltuch um die Schultern, befestigte es mit der Fibel und fuhr sanft über den Kopf des Vogels. Viv konnte die beiden deutlich erkennen. Dann wandte Medb sich ab und trieb in der Dunkelheit davon.

Geschockt sah Viv ihr nach und dann zu Pat hinunter, die einfach dasaß und lächelte.

»Du kommst gegen sie nicht an«, sagte Pat ruhig.

»Du hast sie gesehen?« Viv war vor Angst wie gelähmt.

»Ich habe sie gesehen.« Mühsam stand Pat auf.

Viv trat einen Schritt zurück. Das Aufnahmegerät fiel zu Boden.

»Venutius hat Cartimandua aber nicht umgebracht«, sagte Viv nach einer längeren Pause. Ihr klapperten die Zähne.

»Nein?« Pat lächelte wieder. »Bist du dir ganz sicher?«

Langsam bückte Viv sich nach dem Aufnahmegerät. Es war nass, und sie rieb es am Jackenärmel trocken. »Wahrscheinlich nicht.«

»Na, das werden wir ja herausfinden.« Pat streckte die Hand nach dem Rekorder aus und steckte ihn in ihre Tasche. Ihre Finger waren eiskalt.

Viv nickte wie betäubt. Sie sah sich um. Auf dem Berg war nichts und niemand zu sehen. Dann tauchte der Mond für einen Moment in einer Wolkenlücke auf, und die Abhänge lagen im silbrigen Licht vor ihnen.

## III

»Wo sind Sie gewesen?« Peggy erwartete sie an der Tür, ihr Haar war zerrauft, ihr Blick ging hektisch hin und her. Sie zog die beiden ins Haus und knallte die Tür hinter ihnen ins Schloss.

Zitternd ging Pat den Flur entlang. »Wir wollten das Unwetter aufnehmen. Alles bestens. Wir erzählen Ihnen später davon, Peggy. Viv, ich weiß nicht, wie's dir geht, aber ich möchte mich eine halbe Stunde in die Badewanne legen, bevor ich erfriere.«

Und damit war sie fort.

Viv starrte ihr nach. Auch Peggy verfolgte, wie sie zur Treppe abbog, ihre Socken hinterließen auf den Steinfliesen nasse Spuren. Dann drehte sie sich zu Viv um. »Was ist da draußen passiert?«, herrschte sie sie an.

»Medb war da. Sie hat von ihr Besitz ergriffen.« Viv schüttelte den Kopf. »Peggy, ich habe solche Angst gehabt.« Sie streifte ihre Schuhe ab und folgte Peggy in die Küche. Der Regen tropfte ihr aus den Haaren in den Nacken, am ganzen Leib zitternd, stellte sie sich an den warmen Küchenherd. »Es war einfach grauenhaft. Pat war ...« Sie suchte nach einem Wort, das Pats Verhalten richtig beschrieb. »Sie war das leibhaftige Böse.«

Peggy reichte ihr ein Handtuch und stellte dann den Kessel auf den Herd. »Ich habe Sie ja gewarnt.«

»Jetzt war es anders. Richtig bedrohlich.« Viv konnte kaum sprechen. »Pat hat mir richtig Angst gemacht.« Sie rieb sich die Haare trocken. »Sie ist anders geworden. Ich habe das Gefühl, als hätte Medb ihr mehr Kraft gegeben.« Sie schüttelte den Kopf. »Warum haben Sie ihr die Quelle gezeigt?«, fragte sie unvermittelt.

Peggy ging zum Kühlschrank und nahm einen Krug Milch heraus. »Sie hat mich darum gebeten.«

»Und Sie haben ihr von der Göttin erzählt?«

»Mir ist nichts anderes übrig geblieben.« Mit geschürzten Lippen nahm Peggy drei Becher aus dem Schrank.

»Als ich gestern zur Quelle gegangen bin, stand da ein uralter Kopf«, berichtete Viv.

»Ach ja?«

»Der war nicht da, als Sie mit mir dort waren.«

Peggy machte eine vage Geste. »Er kommt und geht«, sagte sie ausweichend.

»Von selbst?«

»Schon möglich.«

»Verstecken Sie ihn manchmal?« Peggy gab ihr keine Antwort. »Das Gefühl, das er verströmt, ist sehr ...« Viv zögerte. Eigentlich wollte sie »böse« sagen. »Es ist ein mächtiges Gefühl.«

»Aber natürlich. Der Kopf ist Brigantia.«

»Ist sie immer schon da gewesen?«

Peggy nickte. Der Wasserkessel begann zu kochen, Dampf stieg aus der Tülle auf.

Während Viv sich weiter die Haare trocknete, begann sie wieder zu zittern. Das kam nicht nur von der Kälte.

»Wann kommt Steve denn wieder?«, fragte sie unvermittelt.

Peggy fuhr zusammen und sah sie dann mit verschleiertem Blick an. »Ich weiß es nicht.« Sie lächelte freudlos. »Das ist auch nicht wichtig. Es ist besser, wenn er fort ist. Momentan können wir hier keine Männer gebrauchen.« Sie ballte eine Hand zur Faust, bis die Knöchel weiß wurden.

»Warum denn nicht?« Viv starrte sie entgeistert an.

»Das ist Frauensache«, erwiderte Peggy mit steinerner Miene. »Sie haben die Schlafenden geweckt. Sicher, das war nicht Ihre Absicht, aber es ist trotzdem passiert. Cartimandua hat unter diesem Berg geschlafen. Sie haben sie hierher gebracht, in dieses Haus, und nun müssen Sie die Konsequenzen tragen.«

Viv spürte, wie eine eisige Kälte sich ihrer bemächtigte. »Wollen Sie damit sagen, dass Cartimandua hier gestorben ist?«

»Nein, das meine ich nicht.«

»Was dann? Sie machen mir Angst.«

»Gut. Sie sollen auch Angst haben.« Peggy schüttelte den Kopf. »Außer, Sie tun, was ich Ihnen sage.«

»Hat Pat denn getan, was Sie ihr gesagt haben?« Vivs Misstrauen erwachte. »Haben Sie ihr aus diesem Grund die Quelle gezeigt?«

»Ich habe Pat falsch eingeschätzt.« Peggy reichte ihr einen Becher Tee. Die Geste wirkte so normal, dass Viv ihn ohne zu zögern entgegennahm und dankbar einen Schluck trank.

»Medb hat die Göttin und alles, wofür sie steht, zu ihrer Sache gemacht, und durch sie auch Pat«, antwortete Peggy nachdenklich. »Mittlerweile weiß ich, dass sie keine Gefahr für mich darstellt.«

»Und bin ich in Gefahr?« Viv hielt den Atem an.

Peggy lächelte. »Cartimandua war eine Verräterin, das ist mir jetzt klar geworden. Steve hat mir Ihr Buch gezeigt. Sie hat Brigantia und die anderen Götter dieser Berge verraten, aber sie hat dafür gebüßt. Wenn sie aufgewacht ist, müssen wir ihren Geist bannen, und Medb wird uns dabei helfen.«

Vivs Finger umklammerten den Becher, während Peggy sich am Tisch ihr gegenüber hinsetzte und nachdenklich in ihren Tee schaute. »Die Göttin wird uns sagen, was wir tun sollen.« Sie schaute auf. »Wo ist die Fibel?«

Viv schüttelte den Kopf. »Die ist an einem sicheren Ort.«

»Ich brauche sie.«

»Das geht nicht, Peggy. Sie gehört nicht mir, ich kann sie weder Ihnen noch den Göttern geben. Ich muss sie behalten. Aber ich versichere Ihnen, sie ist nicht hier im Haus. Ich habe sie draußen versteckt, weit weg von hier, wo niemand sie findet.«

»Auf dem Berg?« Peggys Augen wurden schmal.

»Auf dem Berg.« Nervös betrachtete sie Peggys Gesicht. Plötzlich empfand sie das überwältigende Bedürfnis, sich von ihr zurückzuziehen. Sie stand auf und hängte das Handtuch an die Stange. »Peggy, verzeihen Sie, aber ich bin sehr müde, und mir ist kalt. Ich glaube, ich gehe nach oben und bade und dann lege ich mich ins Bett. Morgen früh können wir uns weiter unterhalten.«

Peggy zuckte mit den Achseln und machte keinerlei Anstalten, sie aufzuhalten.

In ihrem Zimmer schloss Viv die Tür ab und sah sich vorsichtig um. Es war verrückt. Eine Weile hatte sie wirklich panische Angst empfunden. Wieder blickte sie sich im Raum um. War irgendetwas verstellt worden? War Pat, während sie unten saß, hier gewesen und hatte nach der Fibel gesucht? Oder Peggy? Soweit sie es sagen konnte, war nichts angerührt worden, aber sicher war sie sich nicht.

In Gedanken versunken, ging sie zum Fenster und sah hinaus. Der Mond stand jetzt tief am Himmel, bald würde er hinter den Apfelbäumen verschwinden, und dann würde es völlig dunkel sein.

Sie schaute noch einmal nach, ob sie die Tür tatsächlich abgeschlossen hatte, ließ die Badewanne einlaufen und lag kurz darauf wohlig im warmen Wasser. Am Morgen würde alles wieder normal erscheinen, und sie würde sich fragen, warum sie so panisch gewesen war. Aber vorher würde sie Cartas unerbittlichem Drängen nachgeben und eine weitere Szene heraufbeschwören, eine Szene, die Pat nicht mit ihrem Aufnahmegerät und ihrem Computer überwachen würde. Eine Szene ohne Medb.

## IV

Es war Herbst, das rotbraune Laub raschelte unter den Pferdehufen. Als Carta durch das Tor nach Dinas Dwr hineinritt, warf sie wie immer einen prüfenden Blick auf die Schutzwälle und die Mauer obenauf, die großen Eichentüren und die Wachtürme, um festzustellen, ob auch alles gut instandgehalten wurde. Sie war gern hier. Rund um die Siedlung waren weitere Wälder gerodet worden, sodass der Ort jetzt von Feldern und Weiden umgeben war, durch die der sanft mäandernde Fluss verlief. Wie es sich gehörte, stand in der Mitte eines jeden Feldes eine einzelne Eiche, der Zufluchtsort für die Götter der Wälder, die verschwunden waren. Niemand würde es je wagen, diese Bäume zu fällen, und wenn sie in Hunderten von Jahren, wenn ihre Zeit vorbei war, von selbst umstürzten, würden sie durch einen neuen Baum ersetzt werden.

Hinter ihr folgten in Grüppchen die anderen Jäger und Jägerinnen; zwei edle Hirsche waren auf den Rücken von stämmigen Moorlandpferden gebunden. Es war eine aufregende und gute Jagd gewesen. Die Pferde, die Hunde, die Männer und Frauen waren erschöpft, aber auch sehr zufrieden.

Als Carta sah, dass vor dem großen Haus zwei Wagen standen, hielt sie stirnrunzelnd an. Sie warf einen Blick zu Catuaros, dem Ältesten der Siedlung. »Offenbar haben wir Besucher bekommen.«

Auf dem Pfad zwischen den gedrängt stehenden Häusern, Werkstätten und Scheunen, der als Hauptstraße diente, erschien eine Schar Männer, Catuaros' ältester Sohn und sein Druide in Begleitung mehrerer Römer. Erschrocken fuhr Catuaros' Hand zu seinem Dolch, aber seine Königin war bereits abgesessen und schritt auf die Männer zu. Offenkundig kannte sie sie.

»Gaius Flavius Cerialis! Ihr beehrt uns also mit einem weiteren Besuch.« Es war ihr nicht anzusehen, ob sein unerwartetes Erscheinen sie beunruhigte.

Er verneigte sich leicht und musterte ihr Gesicht, als wüsste er nicht, wie er auf diese Begrüßung reagieren sollte. Die Königin war sonnengebräunt, von der Jagd war ihr Haar aufgelöst, sie war staubig und mit Dreck bespritzt, ganz anders als jede hochgeborene Frau, die er im Römischen Reich je gesehen hatte. Rasch rief er sich in Erinnerung, dass sie eine britannische Keltin war, und die Kelten hatten nun einmal barbarische Sitten. Er dachte an sein verächtliches Unverständnis, als er das erste Mal die blauen Spiralwirbel auf ihren Schläfen gesehen hatte. Trotz allem war sie nach wie vor von einer unwiderstehlichen Schönheit, der er sich nicht entziehen konnte.

Dass er sie anstarrte, wurde ihm erst bewusst, als sie laut auflachte. »Nun, mein Freund, habe ich Vogelnester im Haar? Reiten römische Frauen nicht auf die Jagd und kehren blutbefleckt zurück?«

Sie konnte seine Gedanken also immer noch lesen. Er spürte, dass er errötete. »Herrin, Ihr seht wundervoll aus.« Er verneigte sich wieder, hörte das unterdrückte Lachen ihres Gefolges und das schockierte Schweigen seiner eigenen Männer.

Ihm fiel auf, dass ihr Mann nicht bei ihr war, und er fragte sich, ob die Gerüchte über die zunehmende Feindseligkeit zwischen dem Paar, die die Spione Scapula hinterbracht hatten, stimmten.

»Große Königin, wir bringen Nachrichten und Geschenke des Statthalters von Britannien«, sagte er förmlich. Ihm war nur allzu bewusst, wie sehr die Männer um sie und insbesondere der Druide, der neben ihr stand, bei seinen Worten aufhorchten.

Als er in die Siedlung geritten war und sie völlig verwaist und unbewacht vorgefunden hatte, hatte der Mann ihn scheinbar freundlich und würdevoll begrüßt, mit derselben erstaunlichen Aura von Macht, die offenbar alle Druiden umgab. Es hatte ihn entsetzt festzustellen, dass ein solcher Ort in der Obhut von Frauen und Kindern und einigen wenigen Priestern zurückgelassen wurde, während der Großteil der kampffähigen Einwohner auf die Jagd ging. Neidvoll warf er einen Blick zu den beiden Hirschen. An einem solchen Ausflug hätte er durchaus auch gern teilgenommen.

»Hättet Ihr Boten vorausgeschickt, Tribun, wäre die Königin hier gewesen und hätte euch förmlich empfangen.« Der leicht vorwurfsvolle Ton, mit dem der Druide ihn begrüßt hatte, sollte ihn zweifellos kränken und ihm vor Augen halten, dass er keine Manieren hatte.

»Ich dachte, Ihr könntet in die Zukunft sehen«, hatte er erwidert. »Warum habt Ihr es der Königin nicht selbst gesagt?«

Der Mann hatte ernst gelächelt. »Ein Versehen. Ich werde dafür Sorge tragen, dass es nicht wieder vorkommt«, sagte er durchaus freundlich, aber in seinem Tonfall lag etwas, was Gaius eine Gänsehaut verursachte.

Am Abend empfing Carta den Tribun gemeinsam mit Catuaros offiziell bei einem Fest zu seinen Ehren. In der Zwischenzeit hatte sie gebadet, sich eines ihrer besten Manteltücher umgelegt und sich mit zahlreichen Goldreifen geschmückt. Er wurde mit Musik, Geschichten und Tänzen unterhalten, setzte sich auf seinen gepolsterten Hocker und tat sein Bestes, sich zu amüsieren. Die Königin hatte die Geschenke – Weinamphoren, Felle und edle Stoffe aus dem Osten – mit leicht spöttischer Miene entgegengenommen. Er wusste nicht genau, ob sie sich tatsächlich darüber freute.

Das Essen, das gereicht wurde, als er an dem langen Tisch zu ihrer Rechten saß, war so gut wie die Speisen, die ihm bei solchen Anlässen zu Hause serviert worden wären. Es gab Wild und Rindfleisch, einen nahrhaften Hammeleintopf und dazu Pilze, Bohnenkuchen, Brot und Käse, Wein, Met und Gerstenbier. Zum Abschluss wurden große polierte Holzschalen mit Brombeeren und große Krüge mit Milch und Sahne gereicht, außerdem Honigkuchen und Nussklöße.

Mehr als einmal merkte er, dass sie ihn ansah. Anfangs blickte er dann verlegen beiseite, doch als er wieder ihren Blick auf sich ruhen spürte, straffte er die Schultern und erwiderte ihn. »Darf ich davon ausgehen, dass Euch die Geschenke des Statthalters zusagen?« Er sprach leise, denn die Musik war kurz verstummt. Der Barde, der gerade noch gesungen hatte, verneigte sich, die kleine Harfe in der Hand, und zog sich zurück, um etwas zu essen und zu trinken. Er wurde umgehend von einem Musikanten mit einem Dudelsack ersetzt.

Als er zu spielen begann, beugte Carta sich zu Gaius. »Und warum, mein Freund, schickt der Statthalter mir noch mehr Geschenke? So dankbar wir dafür sind, es muss doch einen bestimmten Grund für diesen Besuch geben.«

Er sah, dass der Druide, der neben ihr saß, aufhorchte, und bemerkte auch, dass die Königin ihn beim Sprechen musterte. *Sorge dafür, dass sie uns weiterhin unterstützt. Tu alles, damit sie uns gegenüber gefügig bleibt.* Er hatte die Worte des Statthalters noch im Ohr. Er lächelte. »Große Königin, braucht es dafür einen besonderen Grund? Er möchte Euch lediglich die Ehre erweisen.«

»Ich verstehe.« Sie lächelte ebenfalls. »Und sagt mir, seid Ihr auch dieses Mal Teil des Geschenks?«

Während sie ihm tief in die Augen sah, spürte er, wie sehr es ihn nach ihr verlangte. Er zögerte. Er war ein römischer Offizier. Ihr Tonfall deutete an, dass er ein bloßes Spielzeug war. Und er rief sich ins Gedächtnis, wie sie ihn beim letzten Mal abgetan hatte. Eine leidenschaftliche Nacht, der Beginn einer Freundschaft, wie zumindest er geglaubt hatte, das wertvolle Geschenk des Hundes, und dann nichts. Nicht einmal ein Lebewohl. Aber er konnte den Blick nicht von ihr losreißen. Schließlich antwortete er: »Ich bin mir sicher, das ließe sich einrichten, sofern es der Wunsch der Königin ist.«

Sie lächelte. »Es ist der Wunsch der Königin.« Und damit erhob sie sich vor den versammelten Gästen, streckte die Hand nach ihm aus und zog ihn auf die Beine. Er sah die Augenpaare, die sich auf ihn richteten. Er sah, dass seine eigenen Männer aufschauten, ob es wohl Ärger gäbe, dann entspannten sie sich wieder und lachten. Einer am anderen Ende des Tisches johlte beifällig und reckte den Daumen.

Einige der gewebten Decken, die er als Geschenk mitgebracht hatte, waren über die Bettstatt gebreitet worden, es roch nach Kräutern und zerdrücktem Gras und Heu und dem süßen Bienenwachs bester Kerzen. Hier lag kein saurer Talggeruch in der Luft, kein Gestank von den Latrinen am Rand der Siedlung. Dieser Raum war, wie er freudig feststellte, ebenso exotisch, wie er ihn in Erinnerung hatte, ebenso exotisch wie einige der Paläste im Osten, die er auf seiner Dienstreise nach Mazedonien und Galatien gesehen hatte.

Die Musik aus dem Festsaal drang leise zu ihnen in die Stille herüber. Drei Harfner spielten gemeinsam, ein wunderbar voller Klang. Es waren keine Bedienstete oder Sklaven zu sehen, obwohl irgendjemand die Kerzen angezündet, die Dochte beschnitten, die Lampe mit süßem Öl gefüllt und Kräuter auf das Feuer geworfen haben musste.

»Nicht wahr, es schockiert Euch, dass bei unserem Volk eine Frau einen Mann nehmen kann, wie es ihr gerade gefällt«, sagte sie mit einem leisen Lachen. Sie legte die Hände um seine Oberarme und zog ihn zu sich. »Nach allem, was ich höre, haben römische Frauen diese Freiheit nicht.«

»Nicht, wenn sie ehrbar sind.« Er berührte ihr Gesicht, fuhr die seltsam schöne Verzierung auf ihren Schläfen nach. Ihre Tätowierungen waren kunstvoll und erlesen; weitaus zurückhaltender als bei einigen ihrer Krieger und vielen anderen Keltinnen. »Wenn meine Frau zu einem anderen Mann ginge, würde ich sie töten.«

»Das heißt, Ihr seid jetzt verheiratet.« Offenbar belustigte der Gedanke sie.

»In der Tat, Herrin. Ich habe im Süden eine Frau. Sie reist mit der Legion wie auch die anderen Ehefrauen.«

»Aber hierher ist sie nicht mitgekommen.«

Er schüttelte den Kopf. »Nein, hierher nicht.«

»Und wie heißt sie?« Sie fuhr mit dem Finger über sein Gesicht, erwiderte seine Geste. Über seine Wange zog sich bis zum Kinn hinab eine Narbe, ein Speerstreich, der ihm, hätte er ihn einen Zoll weiter rechts getroffen, das Leben gekostet hätte.

»Sie heißt Portia.«

»Und ist sie Euch treu?« Einen Moment sah sie ihm tief in die Augen, und er versuchte, ihre Miene zu deuten. Plötzlich kam ihm der erschreckende Verdacht, dass sie nicht nur seine Gedanken lesen, sondern mit der seltsamen Gabe, die diese Kelten besaßen, auch die Zukunft sehen konnte. Doch ihr Gesicht war undurchdringlich. »Und interessanter noch, Geschenk des Statthalters, wollt Ihr ihr treu bleiben?« Sie drückte ihre Lippen auf die seinen.

Langsam und fast wider Willen legte er die Arme um sie, schloss die Augen und erwiderte ihre Küsse mit wachsender Leidenschaft. Ihre Stirn, ihr Mund, ihr Hals. Als seine Lippen ihren goldenen Halsreif berührten, hielt er inne, fasste danach, wusste aber nicht, wie er ihn lösen sollte, und mit einem heiseren Lachen nahm sie ihn selbst ab. Da sah er, dass sie, wenn sie die Arme zum Hals hob, verletzlich und gleichzeitig herausfordernd wirkte. Ihre Brüste zeichneten sich deutlich unter der weichen Wolle ihrer Tunika ab.

Sie war nackt, bevor er sich ausgezogen hatte, und verfolgte belustigt, wie er mit den Befestigungen an seinem Harnisch kämpfte, mit den Riemen seiner Sandalen, bis er sich schließlich zu ihr umdrehte und sie aufs Bett drängte.

Als er dieses Mal aufwachte, lag sie noch schlafend neben ihm, ihr Haar war über das Kissen gebreitet. Während sie geschlafen hatten, waren die Kerzen ersetzt, die Lampe nachgefüllt und der Docht beschnitten worden. Von draußen hörte er den Regen auf die Steinplatten hämmern. Er schauderte. Dieses verfluchte Land. Gab es hier überhaupt ein anderes Wetter als Regen?

Plötzlich merkte er, dass jemand ihn beobachtete. Hastig zog er das Laken über sie beide. Die Dienerin, diejenige mit dem mürrischen Gesicht, die ihn mit jeder Faser ihres Herzens missbilligte, sah ihm von der Tür aus zu.

»Guten Morgen.« Er gähnte herzhaft und kratzte sich am Kopf. Die Frau machte auf dem Absatz kehrt und verschwand.

Cartimandua regte sich, schlug die Augen auf und lächelte.

Er räkelte sich wohlig. »Und, hat dein Geschenk dir Spaß gemacht?«

Sie nickte. »Aber heute musst du zurückreisen. Zurück zu deinem Statthalter. Berichte ihm, wie gehorsam wir sind und dass wir den Vertrag erfüllen. Und dass wir uns über die Geschenke sehr gefreut haben.«

»Ich brauche noch nicht zu gehen, nicht gleich.« Er stützte sich auf den Ellbogen auf und wollte ihre Brust küssen.

»Du vielleicht nicht.« Sie schob ihn fort. »Aber ich. Ich muss zu einer Zusammenkunft. Also, fort mit dir. Zurück zu deiner Portia.« Sie hatte den Namen nicht vergessen.

Sie glitt aus dem Bett und blieb dann stehen, um ihn kurz zu betrachten. »Wirst du ihr sagen, dass du mit einer Königin geschlafen hast?« Sie hob die Augenbrauen.

Wie auf ein geheimes Zeichen hin tauchte Mairghread wieder auf und reichte ihr ein Manteltuch. Wenig später waren die beiden Frauen fort, und er blieb zurück mit dem Gefühl, ein Spielzeug zu sein, dessen sie überdrüssig geworden war. Mit finsterem Gesicht stand er auf. Keine Stunde später waren er und seine Männer wieder auf dem Weg nach Süden. Seine Begleiter wussten genau, was passiert war – dass sie ihn aus ihrem Bett geworfen und gleich darauf vergessen hatte. Sie lachten hinter vorgehaltener Hand. Er fühlte sich zutiefst gedemütigt und war wütend auf sich selbst, weil er sich abermals von ihr hatte benutzen lassen.

Viv lag lange wach und starrte zur Decke. Aus der Ferne war wieder Donner zu hören. Er grollte immer leiser über die Täler, bis er schließlich ganz erstarb, und allmählich verzogen sich die Wolken. Als die Sonne aufging, hob sich der dichte Nebel, der in den Flusstälern lag, und der strahlend blaue Himmel verhieß einen wunderschönen Tag. Sie stand auf, setzte sich auf das Fenstersims und sah auf den vom Regen glitzernden Garten hinaus.

Kurz vor sechs legte sie sich wieder ins Bett, schlief endlich ein und träumte von Venutius. Er stand am Fußende ihres Bettes und starrte sie aus seinen durchdringend goldbraunen Augen an.

Sie bekam keine Luft mehr. Sie presste sich ins Kissen und hörte, wie sie vor Angst leise aufschrie. Er hatte ein Schwert in der Hand. Kurz, gedrungen, scharf. Tödlich.

»Bitte nicht.« Ihre Stimme war ein heiseres Flüstern.

Er machte einen Schritt auf sie zu. »Du wirst mir nicht entkommen! Ich folge dir, wo immer du hingehst, und ich werde dich töten!«

Mit einem panischen Schrei hob sie schützend den Arm, um den Hieb abzuwehren, als er ausholte, aber dann veränderte sich sein Gesicht. Der Mann war fort. An seiner Stelle stand eine Frau in einem weißen Gewand, das Haar verschleiert und die Augen hart wie Granit.

Medb.

Keuchend wachte Viv auf und sah sich mit wild klopfendem Herzen im Zimmer um. Aber da war niemand.

## Kapitel 31

### I

»Ich bedaure, dass ich nicht mitkommen kann.« James Oakley setzte Hugh am Parkplatz am Fuß des Berges ab. Er hatte ihm eine Landkarte und einen Wanderstab gegeben und dazu ausführliche Erläuterungen. »Bei feuchtem Wetter macht sich mein Rheuma scheußlich bemerkbar. Aber die Wanderung wird Ihnen gefallen. Der Blick ist fantastisch, es lohnt sich wirklich. Und interessant für Sie als Keltologen, was immer Sie über die Setantier denken mögen. Und wenn Sie sich eine Minute überwinden können«, der Geistliche lächelte verschmitzt, »dann stellen Sie sich vor, wie unser Herr mit genau einem Wanderstab wie dem Ihren in der Hand über Berge wie diese streifte, wenn nicht über diesen Berg selbst.«

Lächelnd winkte Hugh ihm zum Abschied und machte sich an den Aufstieg.

Sein Gastgeber hatte recht. Es war ein wunderschöner Weg. Er blieb oft stehen, stützte sich auf den Stab und bewunderte das Panorama. Es waren auch andere Wanderer unterwegs, aber es gelang ihm, sie zu ignorieren. Ihm war nicht nach Gesellschaft. Unterhalb des Gipfels setzte er sich schwer atmend auf einen Kalksteinfelsen, der durch das Gras lugte, und schaute in die Ferne.

Venutius kam sofort, ohne jede Vorwarnung. Keine Carnyx kündete sein Erscheinen an.

Um das Bündnis der Briganten nicht zu gefährden, hatte Carta ihn wieder in ihr Bett gelockt. »Gemahl, wir haben genügend gestritten.« Sie lag auf den Ellbogen gestützt neben ihm und sah ihn an. »Es ist an der Zeit, dass wir unser Bündnis erneuern. Unsere Stammesleute müssen uns als Einheit sehen.« Sacht fuhr sie ihm übers Gesicht und lächelte. »Warum müssen wir uns immer streiten?«

Hugh nickte finster. In der Tat, warum?

Ächzend schloss Venutius die Augen. Seine Leidenschaft für seine Ehefrau war so groß wie eh und je. »Weil du meine Geduld heftig auf die Probe stellst, Frau.« Er packte ihre Hand und biss ihr spielerisch in die Finger. »Du willst einfach nicht sehen, dass dein Entschluss, dich mit Rom zu verbünden, dir schadet – uns allen schadet. Es ist Irrsinn.«

»Es ist der einzig vernünftige Weg. Um der Sicherheit und des Wohlstands unseres Volkes willen.« Zum wievielten Mal hatte sie ihm das bereits zu erklären versucht?

»Kannst du an gar nichts anderes mehr denken?« Wütend setzte er sich auf. »Was ist mit unserer Freiheit? Unserem Stolz?«

»Unsere Zukunft, unser Überleben.« Lächelnd drückte sie ihn aufs Kissen zurück. »Das ist es, woran ich denke.« Sie beugte sich über ihn und drückte ihre Lippen auf seine. Es war ein langer, heftiger Kuss.

Sie liebten sich voller Leidenschaft, aber ein Hauch von Groll schwang in ihr mit, und sie währte auch nicht lange. Erschöpft rollte Venutius von ihr und stand auf, um sich anzukleiden, ohne sich noch einmal mit liebevollen Worten an sie zu wenden.

Carta stand ebenfalls auf und schlang sich ein Gewand um die Schultern. »Willst du später wieder auf die Jagd gehen?«

Mit einem Nicken griff er nach seinem Manteltuch und machte sich daran, es an der Schulter mit einer Fibel festzustecken. »Komm, lass mich dir helfen.« Sie wollte nicht, dass sie wieder im Zorn auseinandergingen. Das war mittlerweile fast zur Gewohnheit geworden. Sie nahm ihm die Fibel ab. »Sie ist sehr schön.«

»Das stimmt.« Er streckte die Hand danach aus.

»Sie würde sehr gut zu meinem bestem Umhang passen.« Ihre Stimme war schmeichlerisch.

Er zog die Stirn kraus. »Carta, du hast so viele Fibeln. Du brauchst diese nicht auch noch.«

»Ich tausche sie gegen eine von meinen.« Sie ging zu der Truhe, die auf dem Tisch neben der Tür stand, und öffnete sie. »Hier. Die ist größer und noch schöner, und sie passt besser zu einem Krieger.«

Die Fibel, die sie ihm zeigte, bestand aus massivem Gold. Er zögerte. Sie hatte recht. Sie war größer und enthielt mehr Gold. Schon hatte Carta den emaillierten Vogel in ihrer Truhe verstaut. Dann steckte sie ihm die Goldfibel an die Schulter und küsste ihn rasch auf die Lippen. »Da, Venutius. Wir tauschen Geschenke. Wir tauschen Küsse. Ein Unterpfand unserer Liebe.« Einen Moment musterte sie ihn, dann wandte sie sich ab. Ihr Kuss hatte nichts Liebevolles an sich gehabt, ging ihm durch den Kopf. Er schauderte. Aber seine Frau machte ihm nicht halb so viel Angst wie der Gedanke an das, was Medb sagen würde, wenn sie feststellte, dass ihr Geschenk einfach so in andere Hände gelangt war.

## II

Pat erwartete sie schon in der Küche, als Viv schließlich herunterkam. Sie trug einen knallroten Baumwollpullover, dunkle Bluejeans und sah erstaunlich fröhlich aus. Sie stellte gerade den Wasserkessel auf. »Peggy ist weggegangen, und Steve ist noch nicht zurück, also müssen wir uns selbst Frühstück machen!« Sie holte die Kaffeedose. »Sollen wir heute wieder rausgehen?« Sie klang begeistert, so lebhaft und munter wie eh und je. Von Medb war nichts zu spüren. »Vielleicht sind die Keltendarsteller ja wiedergekommen. Ich würde gern noch ein paar Hintergrundgeräusche mit ihnen aufnehmen. Die waren großartig.«

Viv ließ sich schwer auf einen Stuhl am Tisch fallen. Sie hatte Kopfweh und fühlte sich erschlagen. Zu ihrer Erleichterung musste sie sich jetzt nicht mit Peggy auseinandersetzen. »Sag mal, Pat, als du neulich mit Peggy bei der heiligen Quelle warst, schien ihr das recht zu sein?«

»Ja. Warum?« Pat schnitt einige Scheiben Brot von dem Laib, der auf einem Brett am Tisch lag.

»Nur so. Wir haben uns gestern Abend kurz darüber unterhalten.« Sie zögerte. »Hast du den grotesken Kopf in der Höhle gesehen?«

»Grotesk?« Pat hielt inne und dachte über das Wort nach. »Du meinst den alten Steinkopf?«

Viv nickte. »Der ist uralt, Tausende von Jahren alt.«

»Irre.« Pat legte die Brotscheiben in den Toaster und schaltete ihn ein.

»Kam er dir mächtig vor?«

Pat nickte. »Offenbar kann Gordon ihn nicht leiden. Weißt du, dass er gedroht hat, die Quelle zu versiegeln?«

»Was?«

»Genau darum haben sie sich gestritten, bevor er verschwunden ist. Deswegen ist Steve jetzt auch weg. Er versucht, ihn zu finden.«

»Warum sollte Gordon sie denn versiegeln wollen?«

»Weil sie ihm Angst macht?« Pat zuckte mit den Schultern. »Wahrscheinlich ist ihm der ganze Weiberkram suspekt. Göttinnenzeug.« Sie wirkte unbeteiligt, distanziert. Sie ging zum Kühlschrank und holte die Butter heraus.

Viv sah nachdenklich aus. »Weißt du, die Göttin an sich gab es bei den Kelten eigentlich nicht. Die hatten Dutzende von Gottheiten. Carta hat zu Brigantia gebetet, der Göttin dieser Berge. Britannia, wenn du so willst. Oder Brighid. Das sind alles Versionen ein- und derselben Göttin, aber nicht ›die Göttin‹ der Feministinnen.«

»Und Vivienne«, sagte Pat herausfordernd.

Viv lachte unbehaglich.

»Eigentlich halte ich Peggy nicht für eine Feministin«, fuhr Pat fort. »Aber sie verehrt die alten Gottheiten und hütet das Heiligtum. Ich vermute mal, dass sie damit einer uralten Tradition folgt.«

Viv nickte. »Da hast du recht. Genau das macht mir Angst.«

Pat nahm das Brot aus dem Toaster und reichte ihr eine Scheibe. »Warum?«

»Es ist zu mächtig, zu ausschließlich.«

»Wo sie wohl hingegangen ist?«, fragte Pat und griff nach Peggys selbst gemachter Marmelade.

»Das würde ich auch gern wissen.« Viv warf einen Blick zu ihr, dann schwiegen sie beide. Plötzlich war es, als wäre Peggy doch bei ihnen in der Küche.

## III

Medb saß in ihrem Zimmer und sah in die Bronzeschale, die mit Eisenkraut gereinigtes Wasser enthielt. Wütend kniff sie die Augen zusammen. Sie hatte alles gesehen. Venutius in den Armen seiner Frau. Wie sie sich zankten, wie sie aufstanden, wie sie sich anzogen. Und sie hatte gesehen, wie Cartimandua triumphierend die Nadel in der Truhe verstaute, als ihr Mann den Raum verließ, eine große, kreisrunde Goldfibel am Umhang.

Fluchend schleuderte sie die Schale auf den Boden und beobachtete, wie das Wasser zwischen den Dielen in der Erde versickerte. Sie hatte die Fibel mit besonderen Kräften gefüllt, die ihren Besitzer ihr und ihren Launen gefügig machte. Sie hatte sie eigens für Venutius besprochen, damit er ihr zu Willen blieb, solange sie ihn brauchte. Irgendetwas war schiefgegangen. Er war den Verstrickungen entkommen, und schlimmer noch, Cartimandua hatte die Fibel mit einem siegessicheren Lächeln an sich genommen, was nur bedeuten konnte, dass sie genau wusste, was das Schmuckstück bewirkte, und dass sie eine Möglichkeit gefunden hatte, diese Macht zu ihrem eigenen Vorteil zu nutzen.

Vor Zorn schrie Medb und stampfte mit dem Fuß auf. Zwei Frauen, die draußen beim Spinnen in der Sonne saßen, schauten sich an und schauderten. Hastig machten sie das Zeichen gegen den bösen Blick, dann standen sie auf und zogen an einen anderen Platz um.

Venutius ging von der Schlafkammer seiner Frau direkt zum Kampfplatz, wo einige seiner Krieger sich die Zeit damit vertrieben, mit der Steinschleuder die Strohpuppe zu enthaupten, die am anderen Ende des Platzes auf einem Wagen saß. Nach einer kurzen Begrüßung nahm er einem der Männer die Schleuder ab, griff nach einem Stein und zielte auf die Puppe. Der Kopf flog wirbelnd durch die Luft, die Männer johlten triumphierend. Venutius grinste. Er würde ihnen nicht sagen, welchen Namen er der Puppe gegeben hatte.

Aber Medb wusste es. Ihre Augen wurden schmal wie die einer Katze, die im Kornspeicher einer Ratte auflauert. Dafür würde er bezahlen. Und seine Frau auch. Sie würde dafür sorgen, dass ganz Brigantia für ihr, Medbs, Leid bezahlte, und es würde für alle Zeiten in die Geschichte eingehen.

## IV

»Braucht Venutius dich heute nicht, um seinen Streitwagen zu lenken?« Carta sah Vellocatus fragend an. »Ich möchte nicht, dass du ihn verärgerst.«

Die Stimme drang nur undeutlich von der anderen Seite der Felsen zu Hugh vor, doch als er genauer hinhörte, wurde sie immer verständlicher. Es war eine Frauenstimme, vertraut und gleichzeitig fremd. Als er schließlich die Wörter genau verstehen konnte, war er verblüfft, was er da hörte.

»Er ist zu Fuß auf die Jagd gegangen, Königin, mit seinem Bruder Brucetos und dessen Sohn und einigen ausgewählten Gefährten.« Vellocatus war nicht anzumerken, ob es ihn kränkte, dass er nicht zu diesen Vertrauten gehörte. »Ich weiß, dass eines deiner beiden Pferde lahmt. Vielleicht würde dir eine Ausfahrt im Wagen des Königs gefallen.«

Carta sah ihn nachdenklich an. Ihr standen ein Dutzend Wagenlenker und Hundert Streitwagen zur Verfügung. Warum sollte dieser Wagen so besonders sein?

Einen kurzen Moment blickte sie in ihr Inneres, in die Tiefe ihrer Seele, ob sie dort eine Warnung vernahm, einen Hinweis darauf, dass das Angebot eine List sein könnte. Aber sie spürte nichts dergleichen. Sie sah ihm in die Augen und las dort nur die Bereitwilligkeit, ihr einen Gefallen zu erweisen, das ungehobelte Wesen ihres Mannes ein wenig wettzumachen. »Das wäre in der Tat ein Vergnügen.« Sie ließ sich einen Umhang bringen und sah zu, wie er zwei von Venutius' besten Pferden aufzäumte, zwei schwarze Hengste, dann gestattete sie ihm, ihr in den Wagen neben sich zu helfen. Sie hatte ihr Manteltuch nicht mit Venutius' Vogelfibel befestigt.

Sie fuhren im Trott den langen Pfad hinab, der von der Siedlung ins Tal führte, und als sie die Ebene erreichten, ließ er die Pferde zuerst traben und dann in Galopp fallen. Carta klammerte sich an das Geländer des Wagens, der über den holprigen Boden donnerte, und verlor nur mit Mühe nicht das Gleichgewicht, als sie durch die Erschütterungen immer wieder gegen Vellocatus geschleudert wurde.

Erst nach einer langen Zeit zügelte er die Pferde und ließ sie vom Moor auf einen Pfad abbiegen, der durch den Wald wieder nach Hause führte. Die Pferde gingen jetzt im Schritt, ihre Flanken dampften, und sie warfen die Köpfe hin und her, sodass das Zaumzeug klirrte.

»Schnell genug?« Grinsend wandte er sich zu ihr.

Sie nickte. Ihr Haar war völlig zerzaust, der Umhang fast von ihren Schultern gerissen. Sie lachte laut auf. »Fergal passt allzu gut auf mich und die Beine der Pferde auf. Er hätte es nie gewagt, so schnell zu galoppieren.«

»Dann versteht er dich nicht«, frohlockte Vellocatus.

»Nein, vielleicht nicht.« Sie sah zu ihm hinüber. »Es ist auch nicht nötig, dass mein Wagenlenker mich versteht«, sagte sie leise. »Er muss mir gehorchen.«

»Auch ich werde dir gehorchen.« Er verneigte sich ein wenig. »Immer.«

Einen Moment herrschte Stille.

Sanft berührte sie seine Wange. »Du hast meinem Mann die Treue geschworen, Vellocatus. Du bist sein Schildträger, sein Wagenlenker. Du trägst seine Waffen, du kämpfst zu seiner Rechten.«

»Und ich lese die Botschaft in den Augen seiner Frau«, flüsterte er. Die Pferde waren stehen geblieben und nutzten die Gelegenheit, vom üppig grünen Gras unter den Bäumen zu fressen. »Sie fühlt sich von ihm verraten. Er missbraucht ihr Vertrauen und ihre Stellung als seine Königin. Und sie ist einsam bei ihm.« Er verstummte.

Sie schwieg.

»Herrin, ich stehe zu deiner Verfügung. Ausschließlich der deinen.«

Das Schweigen zwischen ihnen zog sich in die Länge. Eines der Pferde trat einen Schritt vor, verlockt von einem besonders üppigen Grasbüschel, und der Wagen schlingerte ein wenig, sodass Carta kurz das Gleichgewicht verlor und auf Vellocatus zuglitt. Er fing sie auf und zog sie an sich. Ganz kurz zögerte er, dann beugte er den Kopf und küsste sie auf die Lippen.

## V

»Weitere Forschungen, Viv?« Hugh stand, auf seinen Stab gestützt, in Hörweite direkt hinter den beiden Frauen.

Ungläubig drehte Viv sich um und starrte ihn aus großen Augen an. »Hugh?« Sie war verwirrt und zornig, weil sie so abrupt aus der Vergangenheit gerissen worden war. »Was machen Sie denn hier?«

»Ich höre zu.« Er trat näher, noch immer auf den Stab gestützt.

Seufzend schaltete Pat das Aufnahmegerät ab. »Schlechtes Timing, würde ich mal sagen!« Verärgert stand sie auf. »Aber Sie hätten ohnehin gleich Ihren Auftritt Bühne links, oder nicht? Sei gegrüßt, Venutius!«

Viv wirbelte zu ihr herum. »Pat?« Sie war wütend und gleichzeitig peinlich berührt. Wie viel hatte er gehört?

Pat nickte. »Ich habe ihn gerufen. Medb braucht seine Dienste. Ich hatte dich doch gewarnt, Viv.«

»Das kannst du doch nicht machen!« Entsetzt schaute Viv zwischen Pat und Hugh hin und her und richtete den Blick dann schließlich auf Hughs Gesicht. »Venutius?«, flüsterte sie.

Er schüttelte heftig den Kopf. »Nein! Er ist weg. Sie brauchen keine Angst zu haben. Ich will nur die Fibel, dann gehe ich wieder.«

»Er ist nicht weg!« Pat kniff die Augen vor der Sonne zusammen und verstaute den Rekorder und das Mikrofon in ihrer Tasche. »Aber die Fibel bekommt er nicht, das kommt gar nicht infrage. Aus diesem Grund habe ich ihn nicht hergeholt. Venutius, du hast sie Cartimandua gegeben, obwohl Medb sie dir geschenkt hatte!« Sie trat auf ihn zu. »Oder vielleicht nicht?«, fragte sie zornig.

»Pat! Hör auf!«, sagte Viv scharf.

»Warum? Macht er dir Angst? Das soll er auch!« Pat wandte sich wieder an Hugh. »Du kriegst die Fibel nicht! Sie gehört mir.« Ihre Stimme war höher, aber auch härter geworden. »Und ich will sie zurückhaben. Ich werde nie zulassen, dass du sie bekommst. Ich werde sie finden, gleichgültig, was es mich kostet.« Voll Verachtung sah sie ihn an.

»Was ist denn los mit dieser Frau? Was geht hier vor sich?« Hugh wich vor ihr zurück.

»Das kann ich Ihnen sagen«, rief Viv. »Verstehen Sie denn nicht? Wir drei, wir werden gezwungen, uns zu befehden. Wir werden gezwungen, ihr Drama noch einmal auszufechten! Und wir haben auch noch mitgemacht! Guter Gott, Pat und ich schreiben ein Hörspiel, und Sie, Hugh, schreiben über Venutius! Wir sind nur Marionetten, und die ziehen die Fäden!«

Einen Moment schwiegen sie alle drei.

Hugh schluckte schwer. »Der bloße Gedanke ist völlig absurd«, sagte er schließlich.

»Ach ja?« Vivs Augen funkelten. »Warum sind Sie denn hergekommen? Und warum, in Gottes Namen, hast du ihm erzählt, wo ich bin, Pat?«

»Damit er Cartimandua umbringen kann.« Pats Augen waren nur noch zwei silbrige Schlitze.

»Nein!« Viv packte Pat am Arm und schüttelte sie heftig. »Lass das sein, Pat! Das ist nicht dein Ernst. Hör nicht auf Medb!«

»Ich höre auf wen immer es mir beliebt!« Pat entwand sich Vivs Griff und lachte. »Ich gehe jetzt. Die Aufnahme ist sowieso ruiniert.« Damit schlang sie sich ihre Tasche über die Schulter und machte sich an den Abstieg.

Schweigend starrte Hugh ihr nach, dann drehte er sich zu Viv um. »Die Frau jagt mir eine höllische Angst ein!«

Viv biss sich auf die Unterlippe. Sie widersprach ihm nicht.

»Bitte, Viv, können wir miteinander reden? Die ganze Sache muss jetzt ein Ende finden.«

»Ganz meiner Meinung.«

»Es tut mir leid«, sagte er. »Wirklich sehr leid.«

»Und was genau tut Ihnen leid? Dass Sie hergekommen sind? Dass Sie uns belauscht haben? Dass Sie mich in der Presse angegriffen haben? Dass Sie mein Leben ruinieren oder dass Sie vorhaben, mich umzubringen?« Viv griff nach ihrer Tasche. »Hugh, wenn wir nicht an einem Strang ziehen, dann ist jedes weitere Wort darüber sinnlos.«

»Wir ziehen doch an einem Strang.«

Sie schüttelte den Kopf. »Nein, Hugh, es ist zu spät. Ich gehe.«

Hugh sah ihr nach, wie sie hinter Pat den Pfad hinunterstieg, dann setzte er sich auf einen Felsvorsprung und stützte das Kinn auf die Hände.

Inzwischen war es sehr heiß geworden. Die Steinmauer hinter ihm war fast zu heiß, als dass er sie anfassen konnte. Der ferne Horizont war diesig, es roch nach gemähtem Gras und süßen Kräutern. Im Westen türmten sich die ersten Wolken auf. Es war dumm von ihm gewesen, hierher zu kommen. Am besten wäre es, sofort nach Hause zu fahren. Die beiden allein lassen. Zur Hölle mit der Fibel. Und mit Vivs Buch. Und mit ihrem Hörspiel. Und vor allem mit der Verrückten. Er schauderte. Benommen stand er auf und kehrte zum Pfad zurück. Bevor er den Schutzwall erreicht hatte, war Venutius wieder da.

»Wo ist die Fibel? Ich muss die Fibel haben!« Er packte Mairghread am Arm und zog sie in Cartas Schlafkammer, wo er sie gegen die Wand schleuderte. »Sie hat sie in eine ihrer Truhen gelegt. Such sie, und zwar schnell.«

»König Venutius, ich weiß nicht, wo sie ist. Das schwöre ich bei allen Göttern!« Mairghread war außer sich vor Angst. »Schau, Herr. Schau!« Sie riss einen Truhendeckel nach dem anderen auf.

Er kippte den Inhalt einer der kleineren auf das Bett. Der emaillierte Kranich war nicht dabei.

»Hat sie sie getragen?«, herrschte er Mairghread an. »Sag es mir, beim großen Gott Lugh!«

»Herr, ich habe die Fibel nicht gesehen.« Mairghread wich vor ihm zurück, aber es gelang ihr, ihre Würde ein wenig zurückzugewinnen. »Sie hat heute Morgen an ihrem Manteltuch Silbernadeln getragen, also hat sie sie nicht bei sich.«

Sie sagte ihm nicht, dass Carta ihr die Fibel gezeigt und sie beide geschaudert hatten. Sie spürten das Böse, das sie verströmte.

»Ist sie verflucht?«, hatte Mairghread geflüstert, als sie die Hand ausstreckte und dann wieder zurückzog, ohne die Fibel zu berühren.

Carta hatte genickt. »Oh ja, sie ist verflucht. Ich habe ihm einen Gefallen getan, als ich sie ihm abnahm. Und ich werde sie unschädlich machen.« Dabei hatte sie grimmig gelächelt. Sie spürte die ohnmächtige Wut der Frau, die ihrem Mann die Fibel angesteckt hatte.

## VI

Als Hugh schließlich zur Pension zurückkam, traf er niemanden im Haus an. Sofort ging er wieder hinaus und fuhr zur Winter Gill Farm.

»Viv, ich möchte mich entschuldigen.« Er machte eine beschwichtigende Geste. »Bitte werfen Sie mich nicht raus. Wir müssen miteinander reden.« Sie hatte ihn kurz angebunden ins Gästewohnzimmer geführt. Zu seiner großen Erleichterung war von Pat nichts zu sehen. »Ich habe wirklich nicht gewusst, dass Sie da oben waren«, fuhr er fort. »Nicht heute Nachmittag.«

Sie sah ihn skeptisch an. »Warum kann ich das nicht so recht glauben?«

»Es stimmt aber. Mir war nicht klar, dass Sie Ihr Hörspiel aufnehmen. Einen Moment dachte ich wirklich ...« Er machte eine kurze Pause. »Ich weiß nicht genau, was ich dachte. Es kam mir allzu realistisch vor.«

Sie schwieg.

»Wissen Sie«, er setzte sich, beugte sich vor und sah ernst zu ihr hoch. »Das ist alles völlig außer Kontrolle geraten. Sie haben recht. Ich bin unfair zu Ihnen gewesen.«

»Das ist noch sehr milde ausgedrückt!« Endlich antwortete sie ihm. »Sie haben versucht, mich in den Ruin zu treiben, Hugh.« Die Kränkung war ihrer Stimme deutlich anzuhören.

Er senkte den Blick. »Ich fand es einfach unerträglich zu sehen, dass Sie Behauptungen aufstellen, die Sie nicht beweisen können. Sie waren – Sie sind – eine wirklich brillante Akademikerin.«

»Vielen Dank!« Jetzt war ihr Ton blanker Sarkasmus.

»Sie haben da oben doch improvisiert, oder?«, fragte er leise. »Sie haben es sich beim Reden ausgedacht? Sie hatten gar kein Manuskript dabei.«

Kurz schloss Viv die Augen. »Wir haben ein Stück aufgeführt, Hugh. Wir behaupten nicht, dass es der historischen Wahrheit entspricht. Wir erfinden alles.«

»Aber Sie hatten kein Skript.«

»Nein, für die Szene gibt es kein Skript. Für den Großteil haben wir aber welche, die werden wir später redigieren.«

»Ich verstehe.« Er schaute unbehaglich drein.

»Pat ist eine professionelle Schauspielerin.«

»Ah so.« Er nickte, immer noch unsicher. »Und Sie denken sich das alles aus? Erfinden es, träumen es?« Er betrachtete ihr Gesicht sehr genau und sah beinahe so etwas wie Panik in ihren Augen. »Das ist es, stimmt's? Sie haben Ihr Buch geträumt.« Er lächelte traurig. »Ihre Quelle – Ihre großartige, unanfechtbare Quelle ist ein Traum!« Er stand auf. »Ihr Traum? Oder der Traum von dieser Schauspielerin? Deswegen verhalten Sie sich so abweisend! Ihnen kommt es wie Realität vor. Es kommt Ihnen so real vor, dass Sie bereit sind, Ihren Ruf aufs Spiel zu setzen. Guter Gott! Das kann ich einfach nicht fassen.« Er verstummte.

»Ein Traum wie der Ihre, Hugh«, sagte sie langsam. »Ich träume von Cartimandua, und Sie träumen von Venutius. Wir gehören zum selben Traum. Vielleicht gehören wir auch zu ihren Träumen.«

Er wurde blass. »In was sind wir da hineingeraten?«

»In prähistorische Zeiten.« Sie lächelte traurig.

»Wovon hat Pat da oben auf dem Berg geschwafelt?«

»Sie ist überzeugt, dass Venutius Cartimandua umbringen wollte.«

»Das steht in allen Geschichtsbüchern.«

»Sie – Medb – glaubt, dass Sie vielleicht mich umbringen wollen.« Beklommen sah sie ihn an. »Den Gedanken haben Sie doch selbst schon gehabt, oder nicht?«

»Nein!«

»Doch, Hugh.« Ihre Stimme wurde weicher. »Bitte. Sie haben gesagt, wir ziehen am selben Strang, aber damit muss es Ihnen ernst sein«, sagte sie sanft. »Sagen Sie mir doch, was ich tun soll. Das Ganze dreht sich um die Fibel. Venutius will sie, Carta will sie, Medb will sie. Und das Museum will sie auch.« Sie lachte hohl. »Sie können doch nicht leugnen, dass das alles passiert.«

»Ich leugne es auch nicht.« Ärgerlich zuckte er mit den Schultern. »Es fällt mir nur schwer, es zu glauben.«

»Mir auch. Ich wollte nicht, dass das alles passiert. Ich möchte nicht, dass wir Feinde sind.«

Schweigend sahen sie sich an.

»Haben Sie die Fibel hierher gebracht?«, fragte er schließlich.

Sie nickte.

»Ich glaube, ich sollte sie zurückbekommen.«

»Ja, das glaube ich auch«, stimmte sie leise zu. »Ich habe sie versteckt, oben am Berg. Ich hole sie morgen.«

Er nickte. »Ich gehe jetzt. Verzeihen Sie mir meine Aufdringlichkeit.« Er zögerte, dann trat er näher und gab ihr einen Kuss auf die Wange. Kurz sahen sie sich in die Augen, dann sagte er leise: »Ich ruf Sie morgen an, ja?«

Viv blickte ihm durchs Fenster nach, wie er ins Auto stieg und davonfuhr. Als sie sich wieder umdrehte, stand Peggy hinter ihr.

»Ich habe Ihnen doch gesagt, dass ich keinen Mann in meinem Haus haben will!« Peggys Stimme war eiskalt.

Erschrocken trat Viv einen Schritt zurück. In den Augen der anderen Frau lag wieder blanker Zorn. »Er hat die Fibel gewollt, oder?«, fuhr Peggy fort und packte Viv am Arm. »Ich glaube, es wäre das Beste für alle, wenn Sie sie mir geben. Auf jeden Fall darf er sie nicht kriegen. Haben Sie Venutius gesehen?«

Viv fuhr zusammen. »Sie haben ihn gesehen?«

»Natürlich habe ich ihn gesehen.« Peggy musterte schweigend ihr Gesicht. »Genauso, wie ich Cartimandua und Medb sehen kann. Meine Liebe, denen ist es völlig egal, wen sie benutzen. Und wem sie wehtun. Verstehen Sie denn nicht«, sie lachte freudlos, »Sie und Ihre Freunde haben eine ganze Schar von Ungeheuern heraufbeschworen!«

## VII

Als die Sonne unterging und sich Nebel über die Senken der Berghänge breitete, wurde es frisch, aber Pat spürte die Kälte nicht, während sie im Obstgarten auf der Bank saß. Die Stimme in ihrem Kopf war zu eindringlich, zu laut, als dass sie sich um die Wirklichkeit um sie herum kümmerte.

»Ich habe dir die Fibel aus einem bestimmten Grund gegeben, Venutius! Hol sie zurück.« Medb war außer sich vor Zorn.

Er betrachtete sie kalt. Und nicht zum ersten Mal fragte er sich, warum er sich je zu dieser Frau mit den hellen Augen und den boshaften Launen hatte hingezogen fühlen können. »Warum ist sie so wichtig?« Er packte sie an den Armen.

Sie zuckte nicht zurück. »Weil ich sie mit Macht gefüllt habe, du Narr. Um dich zu schützen. Möchtest du, dass sie deiner Frau dient?«

Er sah ihr in die Augen. »Ich glaube dir nicht.«

»Dann lass es sein!« Sie entwand sich seinem Griff. »Du wirst schon sehen, was passiert!«

Er lächelte. »Ich glaube, genau das werde ich auch. Es ist Zeit, dass du gehst, Medb. Es stört mich, dass du dich ständig in alles einmischst.« Er verschränkte die Arme. »Ich gebe dir etwas Gold und ein Pferd. Vielleicht solltest du nach Dun Pelder zurückgehen. Möchten sie denn nicht, dass du bei ihnen bist? Bist du denn in deinem eigenen Land keine Königin?«

Ihre Augen verengten sich. »Du weißt, dass ich nie Königin war.«

Er lüpfte eine Braue. »Natürlich, das hatte ich vergessen. Du warst eine Mörderin, die jeden verflucht hat, der möglicherweise ein Rivale sein könnte. Und als dich meine Frau, klug wie sie ist, durchschaute und mit erstaunlicher Zurückhaltung, wie ich finde, versuchte, dich loszuwerden, ohne auf deine gemeinen Mittel zurückzugreifen, hast du beschlossen, sie für den Rest ihrer Tage zu verfolgen.«

Medb schaute ihn finster an. »Ich lasse mich von niemandem so behandeln.«

»Aber du selbst behandelst jeden mit gemeiner Verachtung.« Er schüttelte den Kopf. »Nein, ich glaube nicht, dass ich mir die Fibel zurückgeben lassen werde. Wahrscheinlich bindet sie mich für immer an dich …« Er brach ab und lachte kurz auf. »Wie ich sehe, habe ich recht. Du bist eine Hexe! Geh mir aus den Augen! Ich bin ein Ehrenmann und werde für die Dienste, die du mir geleistet hast, bezahlen, aber mehr nicht. Du wirst Dinas Dwr noch heute verlassen und nie mehr zurückkommen.«

Leichenblass sah Medb, wie er auf dem Absatz kehrtmachte und sie zurückließ. »Oh doch, auch dafür wirst du bezahlen, mein Freund«, murmelte sie ihm nach. »Glaub nicht, ein paar markige Worte könnten dich von deiner Schuld mir gegenüber lossprechen.« Sie lächelte finster. »Du wirfst mir vor, ich würde Menschen verfluchen. Glaub mir, Venutius von den Carvetiern, du weißt noch nicht, was das heißt. Weder du noch deine Frau, das durchtriebene Römerliebchen.«

Pat wischte sich Schaum aus dem Mundwinkel. Die Fibel. Sie musste die Fibel finden, bevor Venutius sie bekam. Sie sah zu dem Berg, der über dem Hausdach aufragte. Sie war irgendwo da oben in einem Versteck, wo niemand sie finden konnte. Nur ein Mensch konnte sie für sie holen. Danach würde sie dem Schicksal seinen Lauf lassen und Viv Venutius' Zorn ausliefern.

# Kapitel 32

## I

Carta und Venutius waren in Dinas Dwr. »Der Schutzwall ist fast fertig.« Zufrieden schritt Venutius die Innenseite der Mauern ab. »Aber an manchen Stellen muss er noch etwas verstärkt werden. Einem Angriff würde er nicht standhalten.«

»Er muss keinem Angriff standhalten.« Cartimandua drehte sich um und betrachtete die Siedlung, die mittlerweile auf dem weitläufigen Gelände innerhalb der neuen Mauern entstanden war. Häuser, Werkstätten, Kornspeicher, Lagerhäuser, die Katen von Handwerkern, Schwitzhäuser, ein Tempel, Scheunen, alle neu und schön, und dazu ein Kampfplatz, auf dem die jungen Männer ein Spiel mit Ball und Stöcken spielten. Er befand sich am Rand des Hauptplatzes, auf dem das große Rundhaus stand.

Einige der Rundhäuser waren jetzt durch überdachte Gänge miteinander verbunden. Ihre eigenen Gemächer, ihre Schlafkammer und ihr Versammlungshaus gingen von den Räumen des hohen Rats im Westen ab. Das Gästehaus lag auf der anderen Seite der Siedlung, dazwischen erhoben sich ein Dutzend neu errichteter Bauten.

»Es wird zweifellos zu einem Angriff kommen.« Sie stritten sich schon den ganzen Tag. Manchmal hatte Carta das Gefühl, dass sie sich ihr Leben lang gestritten hatten. Ständig bedrängte er sie, widersprach ihr, widersetzte sich ihren Befehlen. Er lehnte sich an die von der Sonne gewärmte Steinmauer und sah blinzelnd in den Himmel. »Täusch dich nicht, Frau. Die Römer werden nicht einfach an der Trisantona haltmachen. Wenn sie erst einmal Atem geschöpft haben, werden sie den Fluss überqueren und den Blick begehrlich nach Norden richten!«

»Wann wirst du endlich glauben, dass die Römer unsere Verbündeten sind.« Carta seufzte ungehalten. »Sie werden uns nicht angreifen, es sei denn, wir provozieren sie.«

»Aber wir werden sie provozieren.« Venutius lachte düster. »Sobald wir bereit sind, werden wir genau das tun.«

Sie kniff die Augen zusammen. Jetzt fing es also wieder an. Würde er es nie lernen? »Zum Glück liegt es nicht an dir, die Politik Brigantias zu bestimmen.«

»Ach nein?« Er funkelte sie an. »Ich glaube, du wirst feststellen, dass du dich täuschst. Wenn Artgenos' Zeit um ist, wird Culann der Oberdruide der Briganten sein. Er ist für den Krieg. Und Artgenos im Grunde auch. Genauso wie mein Bruder. Brucetos ist ein kluger Kopf. Er beschäftigt sich mit der Art, wie die Römer denken. Auch unsere Männer sind für einen Krieg. Du kannst jeden Häuptling und jeden König fragen, wenn sie sich zu Samhain hier einfinden. Sie alle werden mir folgen.«

»Dann werden sie als Rebellen sterben.« Sie richtete sich zu voller Größe auf. »Widersetz dich mir nicht, Venutius. Du kannst nicht leugnen, dass ich meinem Volk Frieden und Wohlstand gebracht habe. Wenn du mir nicht glaubst, dann sieh dich doch nur um. Und ich bin nicht bereit, das alles aufs Spiel zu setzen.«

»Pah!« Entnervt sah er sie an. »Niemand will Frieden. Und Wohlstand lässt sich auch mit Gewalt erreichen. Wir brauchen nur ein paar römische Wagen zu erbeuten und ein paar Speicher zu leeren, die sie mit den Waren der von ihnen eroberten Stämme gefüllt haben. Hast du eine Ahnung, wie viel Getreide sie von der nächsten Ernte fordern? Die Männer und Frauen und Kinder werden verhungern, während die Römer Fett ansetzen!«

»Dann ist es unsere Pflicht, sie zu überreden, die Steuerlast zu verringern. Aber wir werden nichts unternehmen, womit wir uns selbst auf die Liste ihrer Opfer setzen.« Ihre Stimme war eisig geworden. »Geh, Venutius. Deine endlosen Reden langweilen mich.«

»Ach ja?« Er kniff die Augen zusammen. »Vielleicht wäre es besser, wenn du es mir überlassen würdest, mich um diese Dinge zu kümmern, und du dich mit etwas weniger Anspruchsvollem beschäftigen würdest, Frau. Es ist unverkennbar, dass die Politik dich verwirrt!«

Zorn brodelte in ihr auf. Wenn sie Frieden schlossen, dann immer nur für kurze Zeit, und jedes Mal, wenn sie sich danach stritten, waren ihre Auseinandersetzungen noch heftiger, noch erbitterter. »Venutius, beleidige mich nicht! Die Götter werden eine solche Schändlichkeit nicht hinnehmen, und ich auch nicht.« Dennoch war sie es, die sich abwandte und ihn stehen ließ. Sie spürte die vielen Augenpaare, die sie heimlich beobachteten.

An dem Abend kam er nach dem Essen in ihre Schlafkammer. Er war sehr betrunken, stolperte zur Tür herein und fiel fast ins Zimmer.

»Tja, Frau.« Seine Worte waren kaum zu verstehen, so sehr lallte er. »Ich glaube, es ist Zeit, dir noch ein Kind in den Schoß zu pflanzen. Ein Briganten-Kind, das neben seinem Vater gegen Rom kämpfen wird.« Er torkelte auf sie zu.

Carta saß mit Mairghread beisammen, sie spielten im Lampenlicht *gwyddbwyll.* Als Venutius näher kam, taumelte er und stieß dabei das Holzbrett von der Truhe, sodass die kleinen Silber- und Goldstücke durch den Raum flogen.

Zornig stand Carta auf. »Wenn du mich auch nur mit einem Finger anrührst, rufe ich meine Wachen.«

Mairghread zog sich in die vordere Kammer zurück. Carta versuchte, seinem Griff auszuweichen, doch er packte sie am Arm. »Meine schöne, gehässige Frau. Es ist Zeit, zu Bett ...«

Sie entwand sich ihm, und fluchend versuchte er, wieder nach ihr zu greifen. Sie riss sich von ihm los, wobei sie ihr Gewand zerfetzte, und er versetzte ihr einen so harten Schlag ins Gesicht, dass sie erschrocken nach Luft schnappte. Dann stieß sie ihm die Faust in die Rippen, er taumelte, musste seinen Griff lösen und fiel auf die Knie.

»Jetzt hast du mich das letzte Mal angegriffen!«, zischte sie. Blut lief ihr über die Lippe. »Verlass dieses Haus, und zwar auf der Stelle!«

»Niemals, mein Herz.« Er lachte betrunken auf. »Nicht, bevor ich den kleinen Romhasser gezeugt habe!« Er warf sich auf sie, verlor das Gleichgewicht und landete wieder fluchend auf den Knien. Er versuchte immer noch, sie zu packen, als Culann hereinkam, dicht gefolgt von Mairghread.

»Venutius, du wagst es, deine Frau zu schlagen?« Die Stimme des Druiden war schneidend.

»Oh ja, das wage ich«, bellte Venutius zornig. »Das wage ich in der Tat. Und ich werde sie wieder schlagen, wenn ich sie erst einmal zu packen kriege!«

»Das genügt!« Carta sprach sehr leise, aber ihr Ton ließ Venutius abrupt innehalten. Sie zog ihr Manteltuch fester um sich und nahm ein Linnentuch, das über einem Gestell neben dem Bronzebecken an der Bettstatt hing, und tupfte sich damit die Lippe ab. »Das ist einmal zu oft passiert. Du stiftest Verschwörungen gegen mich an, du verbündest dich mit meinen Gegnern, du greifst mich, deine Frau und Königin, gewalttätig an. Und du kommst betrunken und stinkend zu mir! Ich trenne mich von dir, Venutius. Du bist nicht mehr mein Gemahl. Du hast mich beleidigt und mich verraten, mich bedroht und mich geschlagen, und ich rufe das Gesetz unserer Völker an, diese Ehe zu beenden. Ich habe mehr als genug Gründe dafür. Ich werde es morgen vor der Versammlung verkünden.«

»Das darfst du nicht!« Er taumelte von ihr zurück und wurde auf einen Schlag nüchtern. »Ich bin dein Gemahl vor den Göttern.«

»Und du hast dein Versprechen gebrochen und dich deiner Stellung unwürdig erwiesen. Du hast deinen Status als mein Gemahl verloren.«

»Sie hat recht, Venutius.« Culann sprach streng und mit großer Autorität. »Verlass das Haus auf der Stelle. Wir werden morgen früh mit Artgenos beraten, und mit der Genehmigung der Königin kannst du dich verteidigen, aber meines Erachtens ist sie im Recht.«

Carta kehrte ihrem Mann den Rücken zu und ging zur Lampe,

das Tuch noch immer an ihr Gesicht gedrückt. »Ich werde meine Meinung nicht ändern.«

»Dann mögen die Götter dir beistehen, Frau!«, zischte Venutius hasserfüllt. »Denn dann sind ich und du im Krieg!«

## II

»Das ist eine höchst außergewöhnliche Geschichte.« James Oakley hatte das Abendessen zubereitet und sich als herausragender Koch erwiesen. Seine Frau hatte sich mit Migräne ins Bett gelegt. Er und Hugh hatten gerade die Zabaione gegessen, die er zum Nachtisch gemacht hatte, und saßen jetzt wieder in der behaglichen Bibliothek, einen Kaffee und ein Glas Brandy neben sich. Apfelholzscheite glommen im Kamin, und Hugh fühlte sich außerordentlich wohl. Oder hätte sich außerordentlich wohl gefühlt, hätten nicht Schuldgefühle und Angst an ihm genagt.

»Ich muss zugeben, ich habe die Frau wirklich verfolgt«, sagte er langsam und war selbst überrascht, wie tröstlich er es fand, sich einem Geistlichen anzuvertrauen. »Und jetzt habe ich herausgefunden, warum sie diese ganzen Behauptungen aufstellt. Diese Schauspielerin ...« Letzteres sagte er in verächtlichem Ton. »Sie hat sie ermutigt, in eine Art Trance zu verfallen und wie ein griechisches Orakel zu deklamieren, und dann nimmt sie das Ganze für ein Hörspiel auf.«

»Ach wirklich?« James sah ihn über den Rand seiner Brille hinweg an. »Das ist ja faszinierend. Eine Art spiritualistischer Kontakt? Oder improvisiert sie nur?«

Hugh schaute unverwandt auf die glimmenden Scheite. »Ein Mann Ihrer Berufung glaubt doch sicher nicht an Spiritualismus?«

James trank einen kleinen Schluck Brandy. »Als Religion natürlich nicht. Auch nicht als Möglichkeit, das Leben nach dem Tod zu beweisen. Aber als philosophisches Konzept und als esoterische Realität – doch, durchaus.«

Hugh lehnte sich in seinem Sessel zurück. »Sie überraschen mich.« Ein Schauer lief ihm über den Rücken.

»Und mich überrascht, dass Sie als Historiker keinen Sinn für die Zyklen der Existenz haben«, antwortete James nachsichtig. »Und wie können Sie als Keltologe nicht einige der reizvolleren Aspekte ihres Glaubens übernommen haben?«

Hugh lachte auf. »Reizvoller? Sie meinen doch nicht die Menschenopfer? Ich muss zugeben, der Gedanke ist mir bisweilen durchaus gekommen«, sagte er mit einem trockenen Lächeln. Er warf einen Blick auf die Bücherregale. »Wie ich sehe, haben Sie auch Bücher über das moderne Druidentum und nicht nur historische. Ehrlich gesagt, das überrascht mich. Wie können Sie als Christ sich mit solchen Dingen befassen?«

»Die Druiden können uns einiges lehren, und ziemlich viele Christen befassen sich damit, unter anderem auch der Erzbischof.« James' Lächeln wirkte leise tadelnd. »Ich betrachte es als eine Philosophie, nicht als Religion. Ich sagte Ihnen ja schon, ich glaube, dass die Druiden möglicherweise Jesus unterrichtet haben könnten.«

Lange Zeit herrschte Stille. Dann beugte Hugh sich vor und zog ein Buch aus dem Regal. »Das ist von Meryn Jones. Was halten Sie von ihm?«

»Ein sehr guter Wissenschaftler. Und ein wahrer Druide, in jeder Hinsicht.« James lächelte wieder.

»Ich kenne ihn«, sagte Hugh nachdenklich. »Er glaubt, ebenso wie Sie, an intuitives Wissen und die Realität des Übernatürlichen. Aber was sein Wissen angeht, so achte ich ihn sehr. Seine Bücher sind ausgesprochen intelligent. Wir sind zwar häufig nicht einer Meinung, aber ich würde nicht zögern, mich Rat suchend an ihn zu wenden.« Er hielt kurz inne. »Ich habe mich schon an ihn gewandt.«

»Zum Beispiel wegen der Sache Ihrer begeisterten Dramatikerinnen und dem Schatten Cartimanduas?«, fragte James vorsichtig.

Hugh nickte. »Das bereitet mir große Sorgen. Das Bild, wie Viv zum Himmel empordeklamiert, geht mir einfach nicht aus dem

Kopf. Ich hätte beeindruckt sein müssen. Ich war beeindruckt, aber es hat mir auch Angst eingejagt. Sehr viel an dieser ganzen Sache jagt mir Angst ein.« Er zögerte. »Darf ich Ihnen noch mehr davon erzählen?«

James hörte schweigend zu, als Hugh zunächst zögernd und dann immer freimütiger schilderte, was ihm passiert war. »Ich habe entsetzliche Angst, dass ich in eine Situation gerate, in der ich mich nicht mehr in der Gewalt habe. Venutius will, dass Cartimandua stirbt. Ich weiß immer noch nicht genau, ob dieser Mann, diese Person, dieser Geist ...«, er zögerte, unsicher, wie er Venutius beschreiben sollte. »Meine Figur, der Held meines Buchs, der Held, nein, der Bösewicht aus Vivs Buch – sucht er mich heim? Ergreift er von mir Besitz? Ich weiß es nicht. Und ich weiß nicht, wie ich mich verhalten soll.«

»Und was ist mit Meryn Jones? Wie passt er da hinein?« James betrachtete Hugh durch halb geschlossene Augen.

Hugh zuckte mit den Schultern. »Ich habe ihn angerufen. Aber ich habe seinen Rückruf nicht abgewartet. Ich musste unbedingt aus dem Haus rauskommen.«

»Weiß er, wo Sie sind?«

Hugh schüttelte den Kopf.

»Meiner Ansicht nach wäre es klug, wenn Sie ihn noch mal anrufen. Ich bin willens und bereit, Ihnen zu helfen, aber ich glaube, meine Sorte Spiritualität wird nicht viel nützen, wenn es darum geht, einen König der Eisenzeit auszutreiben.«

»Nein! Wir brauchen Meryn nicht.« Hughs Ton ließ keinen Widerspruch zu.

James runzelte die Stirn. »Wie bitte?« Er stellte sein Glas Brandy ab.

»Ich habe Nein gesagt.« Hugh schüttelte heftig den Kopf. In seinen Ohren brandete ein Summen, das ihn erschreckte. »Und ich brauche Sie auch nicht.« Erregt stand er auf. Irgendetwas passierte. Venutius war hier mit ihnen im Raum. »Ich muss zu Viv. Und ich muss die Fibel kriegen. Sie hat gesagt, sie hätte sie versteckt. Ich muss herausfinden, wo.«

»Das mag sein, aber nicht heute Abend.« James sprach zwar leise, aber mit fester Stimme, die Hugh ein wenig zu sich brachte. »Fahren Sie morgen früh«, fuhr er fort. »Jetzt trinken Sie noch einen Brandy und entspannen sich. Ich bin überzeugt, in der Dunkelheit lässt sich nichts ausrichten.«

»Da haben Sie wahrscheinlich recht.« Unruhig setzte Hugh sich wieder hin. Er bemerkte, dass James ihn aufmerksam betrachtete. »Können Sie ihn sehen?«, fragte er.

James schaute nachdenklich auf seine Hände. »Ich bin mir nicht sicher. Zu meinem großen Leidwesen bin ich nicht im Mindesten medial veranlagt.« Er lächelte. »Aber ich bekomme doch sehr stark den Eindruck …«

»Guter Gott!« Hugh sprang auf. »Was?«

»Ein Schatten. Eine Präsenz ist hier bei uns.«

»Und Sie haben keine Angst davor?« Hughs Augen weiteten sich vor Staunen.

»Nein.«

»Also, ich habe Angst.« Hugh schüttelte den Kopf. »Entschuldigen Sie mich, ich muss hier raus!« Er marschierte zur Tür und in die Nacht hinaus.

## III

Viv schlich den Flur entlang und blieb vor Pats Zimmer stehen. Von innen war nichts zu hören. »Pat?«, flüsterte sie und klopfte an die Tür. »Pat, bist du da?« Sie hatte sich den ganzen Abend nicht blicken lassen. Probehalber drückte Viv auf die Klinke, und die Tür ging auf. Im Zimmer war es dunkel, rasch schaltete sie das Licht ein. Das Fenster stand offen, der Vorhang flatterte im Wind. Sie betrachtete das Durcheinander von Pats Kleidung, ihren Unterlagen und Büchern. Auf dem Tisch neben dem Laptop lagen der Kopfhörer und ein Stapel CDs. Von Pat selbst war nicht zu sehen.

Sie machte das Licht aus, schloss die Tür und schlich weiter zum Treppenabsatz. Unten im Hausflur brannte Licht, aber kein Geräusch war zu hören. Mit klopfendem Herzen ging sie nach unten. Pat. Peggy. Hugh. Plötzlich waren sie alle ihre Gegner. Sie wusste nicht, was sie tun sollte. Am liebsten wäre sie davongelaufen und nie mehr zurückgekommen. Nur eines hielt sie davon ab: Carta. Die Stimme in ihrem Kopf war so beharrlich, dass sie glaubte, auch sie würde verrückt werden.

Im Büro, das direkt neben dem Hauseingang lag, war es dunkel. Leise stieß sie die Tür auf und trat ein. Sie griff nach dem Telefon, lauschte einen Moment auf die Stille des Hauses, dann wählte sie die Nummer von Steves Handy. Der Klang seiner Stimme, selbst auf seiner Mobilbox, war beruhigend. »Steve? Hier ist Viv. Kannst du zur Farm zurückkommen? Ich brauche dich. Bitte. Es ist wirklich dringend.« Leise stellte sie den Apparat in die Basisstation zurück und sah sich noch einmal um. Sie hatte etwas gehört, ein schabendes Geräusch auf den Steinfliesen draußen im Flur. Sie erstarrte. Also war sie doch nicht allein im Haus. Irgendjemand stand direkt vor der Tür. Sie hörte Atemgeräusche. Lautlos presste sie sich gegen die Wand und wartete, dass die Tür geöffnet würde. Doch es blieb still, bis sie eine Minute später leise Schritte hörte, die den Flur entlang zur Haustür gingen. Dann wurde sie geöffnet und wieder geschlossen, und Viv spürte nur einen Schwall kühle Nachtluft, dann nichts mehr. Wer immer es gewesen war, war fort.

Vorsichtig öffnete sie die Bürotür und lief auf Zehenspitzen zum Fenster. Pat ging mit schnellen Schritten auf das Gatter zu, hinter dem der Pfad begann, und schlug den Weg ein, der den Berg hinaufführte.

Lautlos öffnete Viv die Tür, sah noch einmal prüfend auf das dunkle Haus, dann folgte sie ihr.

Pat ging schnell den Pfad hinauf, stieg auf den Stufen über die Mauer und marschierte dann quer über den Abhang, der vom Mondlicht hell erleuchtet war. Viv folgte ihr vorsichtig und hoffte inständig, dass sie sich nicht umdrehen würde. Wenn sie erst einmal im Freien waren, würde es kein Versteck mehr geben.

Kurz darauf verließ Pat den Pfad, ging über das Gras, wich Felsvorsprüngen und verräterischen nassen Stellen instinktiv aus. Viv kam nur langsamer voran. Das Gelände war tückisch, aber Pat wusste offenbar genau, wohin sie wollte. Zu dem kleinen Felsplateau. Ängstlich eilte Viv ihr nach, um sie nicht aus den Augen zu verlieren, ihr Atem ging rasch. Pat schritt außergewöhnlich schnell aus und steuerte direkt auf die Stelle zu, an der Viv die Fibel versteckt hatte.

Medb.

Medb wusste, wo sie sie vergraben hatte, aber sie durfte ihr nicht in die Hände fallen!

Viv stolperte auf dem unebenen Gelände und fluchte leise. Wie konnte das alles nur passieren? Sie eilte weiter, stolperte wieder, fiel fast hin und schürfte sich das Knie an einem Felsbrocken auf. Ein stechender Schmerz schoss ihr durchs Bein, aber Pat war schon wieder weit voraus. Sie biss die Zähne zusammen, stand auf und hastete humpelnd weiter.

Als Pat das Plateau erreichte, stieg sie hinauf und blieb endlich stehen, um sich umzusehen. Sie war keine zehn Meter von ihr entfernt, als Pat sich umdrehte und einen Blick auf den Weg warf, den sie aufgestiegen war. Viv erstarrte, aber Pat sah sie offenbar gar nicht. Viv konnte ihr Gesicht im Mondlicht deutlich ausmachen. Es war verschlossen und wütend und doch gleichzeitig ausdruckslos. Sie schlich näher. »Pat?«, flüsterte sie. »Was machst du hier?«

Pat suchte immer noch weiter den Horizont ab, als versuche sie, eine markante Stelle wiederzufinden. Langsam wandte sie sich von Viv ab, ohne sie wahrzunehmen. Viv biss sich auf die Unterlippe und zwang sich, tief durchzuatmen. Sie schlich noch näher. »Pat? Kannst du mich hören?«

Wieder erhielt sie keine Antwort.

Pat ging noch einige Schritte weiter. Das Felsplateau wirkte wie eine Mondlandschaft, die verkrüppelten Dornenbüsche warfen schwarze, skelettartige Schattenfinger auf die Risse im glatten Kalkstein. Viv schaute sich um. In diesem gespenstischen Licht wusste sie selbst nicht, wo sie die Fibel versteckt hatte. Jeder Fels, jeder Busch sah gleich aus. Panik überkam sie. Was, wenn sie sie nie mehr finden würde?

Pat ging weiter, den Blick jetzt auf ihre Füße gerichtet. »Wo ist sie?« Ihre Stimme war in der stillen Nacht sehr klar.

Mittlerweile stand Viv nur noch zwei Meter von ihr entfernt. »Lass es gut sein, Pat«, flüsterte sie. »Du wirst sie nicht finden.«

Pat reagierte nicht.

»Lass es gut sein, Medb«, wiederholte Viv. »Die Fibel ist nicht für dich.«

Nichts. In der Ferne blitzte es am Horizont, ein weiterer Sturm zog über die Berge heran. Sie roch die Felsen, das Gras und das hellgelbe Mädesüß, das in den Ritzen im Stein rund um sie wuchs.

»Sie ist fort, Medb. Wieder bei den Göttern«, flüsterte Viv.

Pat ging noch ein paar Schritte weiter, sah sich unentwegt um, ihr Blick streifte Viv, die so nahe bei ihr stand, dann schaute sie, ohne ein Wort zu sagen, wieder fort. »Sie muss hier sein«, sagte sie plötzlich. Sie klang jämmerlich. War das Pats Stimme oder Medbs? Viv war sich nicht sicher. »Aber hier gibt es keine Stelle, um sie zu verstecken.«

Viv lächelte. Im Gegenteil, es gab Tausende von Verstecken. Das Problem war, das richtige zu finden.

»Pat, du wirst sie nicht finden«, sagte sie leise. »Lass uns heimgehen. Es zieht schon wieder ein Unwetter auf.«

»Ich muss sie finden.« Jetzt klang Pat nervös. Viv wusste nicht, ob sie auf ihre Bemerkung reagierte oder zu sich selbst sprach. »Ohne sie kann ich nicht gehen.«

»Du musst ohne sie gehen. Sie ist fort. Die Götter haben sie geholt.« Viv hielt kurz inne. Das könnte in der Tat wahr sein. Solange Pat hier war, konnte sie nicht nach der Fibel suchen. In der Ferne grollte Donner. »Hast du das gehört? Komm. Du willst doch nicht wieder nass werden.«

Pat ging noch einige Schritte weiter und stand jetzt ganz in der Nähe eines gedrungenen Dornenbuschs. Im Mondlicht warf er einen grotesken Schatten auf den Stein. War das der richtige Strauch? Viv betrachtete die Stelle eingehend. Hinter ihr rasten schwarze Schatten über das Plateau, oben stürmten die Wolken über den Himmel. Und der Wind wurde stärker, sie hörte ihn leise seufzen. Die Berge hallten von den Geräuschen der Nacht wider, dann zogen Wolken vor den Mond, und sie standen in völliger Dunkelheit da. Viv wagte es nicht, auch nur einen Schritt zu machen. »Pat?« Sie bekam keine Antwort. »Pat, sei vorsichtig. Man kann in der Dunkelheit so leicht hinfallen.« Warum hatte sie keine Taschenlampe mitgebracht? Wie dumm von ihr. »Pat, kannst du mich hören?« Jetzt flüsterte sie nicht mehr.

Ein paar Mondstrahlen fielen durch die Wolkendecke auf Teile des Schutzwalls über ihnen. Dann wanderten sie weiter, bewegten sich rasch über den Boden auf sie zu, erreichten Vivs Füße. Erschrocken fuhr sie zusammen. Pat war fort.

Verzweifelt suchte sie die Felsen ab, und endlich sah sie in der Ferne eine Bewegung. Pat ging den Weg zurück, den sie gekommen waren, lief wieder mit erstaunlicher Geschwindigkeit den Berg hinunter. Dann verschwand sie in der Dunkelheit.

Es dauerte sehr lange, bis Viv den Weg zum Pfad zurückfand und schließlich wieder zum Farmhaus gelangte. Es lag im Mondlicht getaucht da, als sie das Gatter öffnete und den Weg hinaufging. Von Pat war nichts zu sehen. Sie öffnete die Haustür und stand eine Minute lauschend im Flur, bevor sie die Treppe hinaufschlich und wieder in ihr Zimmer ging. Sie hatte keine Ahnung, ob Pat zurückgekommen war, und sie war sich nicht sicher, ob sie das überhaupt wissen wollte.

## IV

*»Steve? … Ich brauche dich!«* Als Steve Vivs Nachricht abhörte, saß er in einem fast leeren Pub im Südosten von Schottland. Er schaute auf die Armbanduhr. Wenn er jetzt losfuhr, würde er in den frühen

Morgenstunden zu Hause sein. Er warf einen Blick auf das halb leere Bierglas, das auf dem Tisch vor ihm stand, schob es fort, stand auf und ging in den Regen hinaus.

Es war ihm nicht gelungen, seinen Vater zu finden. Er hatte jeden nur denkbaren Ort aufgesucht, ohne eine Spur von ihm zu entdecken, und jetzt machte er sich wirklich Sorgen. Mehr als das. Er hatte Angst. Er war sogar zu seiner Schwester nach Stirling gefahren. Da war er am frühen Nachmittag gewesen, weil er sich überlegt hatte, ob Gordon vielleicht zu seiner Tochter gefahren war und sie gebeten hatte, Peggy nichts davon zu sagen. Wie sich herausstellte, hatte sie Steve die Wahrheit gesagt, als sie am Telefon behauptete, sie habe ihren Vater seit Monaten nicht gesehen. Jetzt machte sie sich ebenso große Sorgen wie er.

Seufzend öffnete er die Wagentür und stieg ein. Was könnte passiert sein, das Viv so verängstigte? Sie hatte völlig aufgelöst geklungen. Er fuhr rückwärts aus dem Parkplatz hinaus auf die verwaiste Straße und trat das Gaspedal durch. Mit jeder Sekunde wuchs seine Angst.

Cartimandua. Pat. Medb. Peggy. In den letzten Tagen waren die Energien, die um das Farmhaus trieben, immer stärker geworden. Er war regelrecht erleichtert gewesen wegzukommen, aber er hatte ständig an Viv denken müssen.

Er würde immer an Viv denken müssen.

Sie mochte ihn, das wusste er. Und die Tatsache, dass sie sich in einer Notsituation an ihn wendete, bewies, dass sie ihm vertraute. Wenn Hugh sie einfach in Frieden lassen würde, dann könnte sie sich entspannen und ihren Erfolg genießen. Und vielleicht sehen, was direkt vor ihrer Nase war. Dass er, Steve, für sie da war. Immer für sie da sein würde, wenn sie ihn brauchte.

Er fluchte, als er ein Straßenschild im Regen erst in letzter Sekunde sah, bremste abrupt und bog in die Nebenstraße ein. Es war eine Abkürzung nach Hause.

# Kapitel 33

## I

Viv schlief so gut wie gar nicht. Erschöpft hatte sie die Tür abgeschlossen und den Schlüssel unter das Kissen gesteckt, dann hatte sie wach gelegen, zum Fenster gestarrt und auf Geräusche aus dem Flur gehorcht. Als sie am nächsten Morgen um acht Uhr an Pats Tür klopfte, regnete es nicht mehr, und der Himmel war vergissmeinnichtblau. Pat war schon angezogen, die Haare nass vom Duschen. Die Kleider, die sie am Abend zuvor getragen hatte, lagen in einem Haufen auf dem Boden.

»Du siehst müde aus.« Viv warf ihr einen sarkastischen Blick zu.

Pat nickte, ging aber auf die Bemerkung nicht ein, und Viv wechselte das Thema. »Ich wollte dir sagen, dass ich heute nach Hause fahre.«

Pat kämmte sich das Haar und setzte sich dabei aufs Bett. Ihr Gesicht war bleich. »Noch nicht.«

»Warum nicht? Wir haben von Ingleborough mehr als genug gesehen. Und die Atmosphäre haben wir auch mitgekriegt, oder etwa nicht?« Viv lachte freudlos. »Wir haben für das Hörspiel mehr Material, als wir je verwenden können, und wenn ich später mein Buch schreibe und mehr brauche, kann ich ja noch mal herkommen.«

»Aber wir haben noch einiges zu tun«, wandte Pat ein. »Die Historiendarsteller ...«

»Sind nicht mehr da, wahrscheinlich hat das Wetter sie vertrieben. Und spielende Kinder brauchen wir ja nicht unbedingt hier aufzunehmen. Mir reicht's, Pat.« Sie hielt kurz inne. »Ich fühl mich hier nicht mehr wohl. Ich will nach Hause. Peggy macht mir Angst.« Und du mir auch, dachte sie im Stillen.

Pat legte den Kamm aufs Bett und schaute auf ihre Hände. »Wenn du mich fragst, war Peggy wohl immer schon etwas merkwürdig«, sagte sie seltsam ungerührt.

»Aber es wird immer schlimmer. Ist dir das nicht aufgefallen? Wie sie auf Männer reagiert. Sie wird, na ja ...«, Viv zögerte, »starrsinnig. Sie ist bedrohlich. Und obsessiv. Das gefällt mir gar nicht.«

»Das sagst ausgerechnet du. Obsessionen sind hier offenbar an der Tagesordnung.« Pats Lachen klang bitter.

Viv setzte sich neben sie und schaute kurz zu ihr. »Pat, weißt du, dass du gestern Nacht rausgegangen bist?«

»Rausgegangen?«

»Du bist im Mondlicht auf den Berg gegangen.«

Pat lachte. »Das kann ich mir nicht vorstellen.«

»Doch. Du bist ziemlich weit den Pfad raufgegangen.«

»Warum?«, fragte Pat stirnrunzelnd.

Viv zuckte mit den Schultern. »Ich bin dir gefolgt. Ich hab versucht, dich zur Umkehr zu überreden, aber du hast mich überhaupt nicht wahrgenommen.«

»Mist!« Pat kaute auf der Unterlippe. »Medb?«

Wieder zuckte Viv mit den Schultern. »Wer sonst?«

»Habe ich nach der Fibel gesucht?«

Viv nickte. »Ich glaube schon.«

»Willst du sie Hugh geben?«

»Natürlich. Sie gehört ihm.«

Pat schüttelte den Kopf. »Es ist alles noch viel komplizierter. Sicher, er will sie haben, aber Venutius darf sie nicht in die Hände bekommen. Verstehst du das denn nicht? Wenn du sie Hugh gibst, händigst du sie damit Venutius aus.«

»Na ja, vielleicht hat sich das Problem von selbst erledigt«, meinte Viv kopfschüttelnd. »Ich weiß nicht, ob ich sie wiederfinden kann. Als ich sie versteckt habe, dachte ich, ich wüsste genau, an welcher Stelle sie liegt, aber jetzt bin ich mir nicht mehr so sicher.«

»Aber vielleicht weiß Medb, wo sie ist?«

»Das glaube ich nicht, sonst hättest du sie gestern ja gefunden.« Viv stand auf. »Wir sollten jetzt nach unten gehen.«

»Sag Peggy nichts davon, dass du fahren willst. Noch nicht«, sagte Pat rasch.

Peggy saß am Küchentisch, Steve stand am Herd. Offenbar waren sie mitten in einem hitzigen Gespräch.

Peggy wirbelte herum, sobald Viv die Tür öffnete. »Sie hatten kein Recht, Steve anzurufen und ihm zu sagen, dass er zurückkommen soll!« Sie sah wütend aus.

»Ich wäre sowieso zurückgekommen, Mum«, warf Steve ein. »Ich hab dir doch gesagt, ich habe Dad nicht gefunden. Er hat sich weder bei Onkel Bob gemeldet noch bei den Cowans. Niemand hat von ihm gehört, schon seit Tagen nicht. Er ist verschwunden.«

»Unsinn.« Peggy ballte die Hände auf dem Tisch zur Faust. »Er war sauer, weil wir uns gestritten haben. Er ist weg, um sich irgendwo in Ruhe auszuschmollen.« Sie wandte sich wieder an Viv. »Warum haben Sie Steve angerufen? Was zwischen uns abläuft, geht Sie nichts an!«

»Entschuldigung.« Viv setzte sich ihr gegenüber an den Tisch. »Ich hatte das Gefühl, dass alles ein bisschen ...«, sie rutschte unbehaglich auf ihrem Stuhl hin und her, »aus dem Ruder gelaufen ist.« Sie zögerte und warf einen Blick zu Steve. »Du hast uns gefehlt.«

Kurz herrschte Stille. Peggys Miene wurde etwas weicher. »Natürlich. Er hat Ihnen gefehlt.« Sie schaute zu Steve. »Und, willst du uns jetzt endlich Kaffee einschenken, oder willst du ewig mit der Kanne in der Hand stehen bleiben?«

Mit grimmigem Gesicht füllte Steve die Becher. Er sah zu Viv und dann zu Pat. »Ich glaube, ich schaue nachher mal bei Dave vorbei. Sehen, ob mit den Hunden alles in Ordnung ist. Vielleicht hat ja er von Dad gehört.«

»Das würde ich nicht.« Peggy trank einen Schluck Kaffee. »Du bringst sie nur durcheinander. Lass es gut sein, Steve. Er kommt schon wieder, wenn ihm danach ist.«

Steve sah rasch zu Viv hinüber. »Dave wird es aber komisch finden, dass sich niemand von uns bei ihm meldet.«

»Nein!«, sagte Peggy scharf. »Lass es sein!«

»Nein, Mum.« Stirnrunzelnd betrachtete Steve seine Mutter, dann drehte er sich zu Viv. »Ich glaube, ich werde nach dem Frühstück mal rüberspazieren. Hast du Lust mitzukommen?« Das wäre eine gute Gelegenheit, allein mit ihr zu reden.

## II

Sobald die beiden fort waren, stand Peggy auf. »Ich muss zur Quelle gehen. Pat, Sie kommen mit.« In eisigem Schweigen pflückte sie im Garten ein paar Blumen, dann folgte Pat ihr über die Felder zum Fluss. Peggy betrat die Höhle allein. Sie holte die Vase, warf die verwelkten Blumen fort, füllte sie mit Wasser vom Wasserfall und ging dann wieder hinein. Erst eine ganze Weile später erschien sie wieder und setzte sich neben Pat in die Sonne.

»Warum möchten Sie nicht, dass Steve hier ist?«, fragte Pat vorsichtig. Sie hatte Vivs Warnung nicht vergessen.

»Das hab ich Ihnen doch gesagt, das ist Frauensache.«

»Aber Steve glaubt doch auch an die alten Götter, oder?« Die Vermutung hatte sich ihr aufgedrängt. »Ist das nicht überhaupt der Grund, warum er sich für die Keltologie interessiert?«

Peggy nickte. »Er ist ein guter Junge. Deswegen habe ich Viv auch so herzlich aufgenommen. Er ist so in sie verliebt.«

Pat lächelte. »Das habe ich mir auch schon gedacht.«

»Und sie glaubt natürlich auch an die Göttin.«

Pat sagte nichts. Nach einigen Stunden gesegneter Ruhe war Medb plötzlich wieder bei ihnen. Sie fühlte die eiskalten Finger, die forschend nach ihrer Seele und ihrem Körper tasteten. Sie schauderte.

»Lassen Sie sie zu Ihnen kommen, Pat.« Peggy hatte sie auch gesehen. »Wehren Sie sich nicht ständig gegen sie. Sie können viel von ihr lernen.«

»Sie will die Fibel.«

»Wir finden sie schon noch.«

»Letzte Nacht habe ich nach ihr gesucht.« Pat schwieg und versuchte, sich zu erinnern. »Viv ist mir gefolgt. Sie hat gesagt, ich wäre auf den Berg gestiegen und herumgewandert.«

»Haben Sie sie gefunden?« Peggy sah sie forschend an.

Pat schüttelte den Kopf. »Ich habe nicht gewusst, wo ich suchen soll.«

»Dann müssen wir Viv dazu bringen, uns zu sagen, wo sie ist.« Peggys Augen verengten sich.

»Das wird sie aber nicht. Sie will sie Hugh fürs Museum zurückgeben.«

Peggy legte die Stirn in Falten. »Das ist nicht möglich. Kein Mann darf die Fibel haben. Niemals. Sie enthält weibliche Macht.«

Pat richtete sich auf. »Was genau meinen Sie damit?«

»Wie ich gesagt habe.« Peggy verstummte für einen Moment. »Viv hat mir von ihrem Krach mit dem Professor erzählt«, sagte sie schließlich. »Man muss ihn loswerden. Er ist gefährlich.«

»Loswerden?«, wiederholte Pat ungläubig.

Peggy lächelte. »Sie sind doch hoffentlich nicht zimperlich.«

»Normalerweise nicht«, antwortete Pat vorsichtig.

Peggy lachte, ein heiteres, unbeschwertes Lachen. »Keine Sorge. Wenn es Ihnen schwerfällt, rufen wir einfach Medb zu Hilfe.«

»Wenn mir was schwerfällt?« Peggy beschlich eine dunkle Vorahnung. In Peggys Augen lag eine grausame Härte, die sie nie zuvor gesehen hatte.

Peggy schüttelte den Kopf. »Sie wehren sich immer noch gegen sie, aber sie ist stärker als Sie. Lassen Sie sie kommen.« Kurz schwieg sie wieder. »Vielleicht sollten wir bis Lughnasadh warten.« Sie bemerkte Pats verständnislosen Blick. »Der erste August. Lammas. Das Fest des Gottes Lugh.« Sie zögerte. »Aber eigentlich ist Venutius mit Lugh besonders eng verbunden«, fügte sie nachdenklich hinzu.

»Vielleicht ist es doch keine so gute Idee. Vielleicht sollten wir überhaupt nicht so lange warten. Überlassen Sie das mal mir. Ich werde mir etwas einfallen lassen.«

»Mit Steves Hilfe?«

Allmählich wurde Pat regelrecht übel.

»Nein. Der Gute. Das hat nichts mit ihm zu tun. Aber wenn wir so weit sind, kann er Viv ablenken.« Peggy lachte wieder das unbeschwerte Lachen, das im völligen Gegensatz zu ihren Worten stand. »Wenn Cartimandua erst einmal weg ist, können sie nach der Hochzeit hier leben. Das wird mir gefallen.«

Pat sah sie erstaunt an. »Nach der Hochzeit?« Es fiel ihr immer schwerer, diesem Gespräch zu folgen, das zwischen dem Bizarren und dem Alltäglichen hin und her pendelte.

»Warum nicht? Ich weiß schon, dass sie ein paar Jahre älter ist als er, aber das macht doch nichts.«

»Peggy, Viv ist nicht in Steve verliebt«, sagte Pat ungläubig. Sie lachte. »Sie mag ihn, ja, aber sie ist nicht in ihn verliebt!«

Entgeistert sah Peggy sie an. »Natürlich ist sie in ihn verliebt.«

»Nein. Sie mag ihn, sie ist gern mit ihm zusammen, aber mehr nicht.«

»Aber ich dachte …«

Pat schüttelte den Kopf. »Wenn Viv in jemanden verliebt ist, dann in Hugh. Das ist ja das Problem. Deswegen liegen die beiden sich auch ständig in den Haaren. Bloß ist das noch keinem von ihnen klar.« Als sie Peggys Miene sah, brach sie abrupt ab und wünschte, sie hätte geschwiegen.

Peggy war über und über rot geworden. »Sie liebt Steve nicht?«, wiederholte sie.

»Ich glaube nicht.«

»Aber sie unternehmen doch so viel zusammen. Jetzt machen sie gerade gemeinsam einen Spaziergang.«

»Als Freunde. Sie suchen nach Mr. Steadman.« Pat umschlang nervös ihre Knie. »Es tut mir wirklich leid, ich hätte den Mund halten sollen.«

»Nein. Es ist gut, dass Sie mir das gesagt haben.« Jetzt war Peggys Gesicht verkniffen. »Das verändert ja alles.«

»In welcher Hinsicht?«

Peggy gab keine Antwort. Schweigend saßen sie nebeneinander, hinter ihnen toste der Wasserfall. Schließlich lächelte sie wieder, aber es war ein kaltes, hartes Lächeln. »Das macht die Situation natürlich sehr viel einfacher. Ich werde die Göttin befragen. Gehen Sie nach Hause, ich komme bald nach. Gehen Sie und warten Sie auf sie. Wenn sie zurückkommen, sind wir bereit.«

Sie stand auf, verschwand wieder in der Höhle und ließ Pat allein zurück.

## III

»Was war denn los? Warum hast du mich angerufen?«, fragte Steve, sobald sie außer Hörweite des Hauses waren. »Es klang sehr dringend.«

»Das war es auch. Ich hatte Angst. Pat und deine Mutter haben sich ausgesprochen seltsam benommen.« Viv zuckte mit den Schultern. »Ich fühle mich so viel wohler, jetzt, wo du wieder hier bist, Steve.« Lächelnd fasste sie ihn am Arm. »Tut mir leid, vielleicht hätte ich dich doch nicht anrufen sollen. Im Tageslicht sieht alles ganz anders aus, aber mir ist die Sache einfach über den Kopf gewachsen. Ich habe mich wirklich bedroht gefühlt.« Sie bogen auf einen ansteigenden Pfad ab, hier und da rutschten sie auf dem Geröll aus. Wenige Sekunden später war das Farmhaus außer Sichtweite. »Hast du gewusst, dass dein Vater und deine Mutter sich über die Quelle gestritten haben?«, fragte Viv schließlich.

Steve nickte. »Dad droht schon seit Jahren, sie zu versiegeln. Es ist ein ganz besonderer Ort, aber das versteht er nicht, und Mum rastet regelmäßig aus.«

»Das heißt, im Gegensatz zu deiner Mutter verehrt er die alten Götter nicht?«

»Nein.«

»Glaubst du an sie, Steve?« Sie stellte die Frage sehr behutsam und beobachtete dabei sein Gesicht von der Seite.

Er blieb stehen und sah über das Moor hinaus. »Ja.« Er schaute nicht zu ihr.

»Weiß dein Vater das?«

Er lächelte gequält. »Warum ins offene Messer laufen? Nein, er weiß nichts davon. Er hält mich sowieso für einen Waschlappen, weil ich Geschichte studiere!«

»Schade.« Schweigend gingen sie einige Sekunden nebeneinander bergan. »Die alten Götter haben diese Berge nie verlassen, stimmt's?« Sie schauderte.

Er schüttelte den Kopf. »Tun sie das denn jemals? Sie sind unter die Erde gegangen. Sie warten darauf, gefunden zu werden, sie warten darauf, geweckt zu werden.«

Sie blieben stehen, sahen über das Land hinaus, dann schwang Viv sich auf ein Mäuerchen und ließ die Beine baumeln. »Lebendige Geschichte.«

Er nickte. Dann schwiegen sie eine Weile, bis er sich schließlich neben sie auf die Mauer setzte. Unter seinem Gewicht gaben die Steine ein wenig nach. Sie schaute zu ihm. »Ich fahre heute Nachmittag nach Edinburgh zurück.« Sie bemerkte seine bekümmerte Miene und griff nach seiner Hand. »Steve, es war wunderbar hier, aber jetzt muss ich nach Hause. Gestern ist Hugh aufgetaucht. Ich will nicht hier sein, wenn er noch mehr Chaos anrichtet. Außerdem muss ich ein paar schwierige Entscheidungen treffen. Mir ist eine Stelle in Irland angeboten worden.«

Steve sah sie erschrocken an. »Du gehst also wirklich weg?«

»Ich glaube nicht, dass mir etwas anderes übrig bleibt. Ich möchte weiter unterrichten und ich will auch weiterhin forschen.«

»Hugh wird am Boden zerstört sein.« Er gab sich alle Mühe, sich seine eigene Enttäuschung nicht anmerken zu lassen.

»Meinst du?«

»Ja, doch.« Er senkte den Blick. »Gehst du zu deinem Typen zurück?« Er schürzte die Lippen.

»Andrew?« Sie schüttelte heftig den Kopf. »Nie im Leben. Außerdem ist er in Dublin. Die Stelle ist irgendwo im Südwesten.«

Plötzlich merkte sie, dass sie wieder zitterte. Sie spürte, wie sich ihre Haare im Nacken aufstellten, während die Stille der Berge sie umhüllte. Sie schaute zu Steve. »Aber wir werden doch Freunde bleiben, Steve, oder?«

Er nickte traurig. »Natürlich.« Er verzog das Gesicht. »Und was ist mit Cartimandua?« Plötzlich sah er schemenhaft die Gestalt der Frau, die neben ihnen stand. Spürte ihre Macht. Er schauderte heftig. Viv würde nirgendwohin gehen, ehe die Königin von Brigantia es ihr gestattete.

Tränen strömten Carta über das Gesicht, als sie auf den Hund schaute, der ihr leblos zu Füßen lag. Sie konnte nicht glauben, dass sie wirklich tot war. Am Abend zuvor hatte ihre geliebte Mond, alt und grau, ihr noch die Hand geschleckt und sich dann auf ihre Matte gelegt. In der Nacht war ihre Seele entwichen und zu der ihres Bruders Sonne ins Land der ewigen Jugend gezogen.

Mairghread, die hinter ihr stand, schüttelte seufzend den Kopf. Noch ein Schlag, noch eine Freundin weniger. Sacht fasste sie Carta an die Schulter. »Ich hole zwei Männer, die sie forttragen.«

Carta nickte schwach. Sie brachte kein Wort heraus. Dumpf sah sie zu, wie die Männer hereinkamen und behutsam die riesige Hündin auf ihre Matte hoben. Als sie an ihr vorbeigingen, strich Carta Mond sacht über den Kopf.

»Du wirst einen anderen haben«, flüsterte Mairghread. »Einen jungen Hund, der dich genauso liebt.«

Mit einem Achselzucken schüttelte Carta den Kopf. Später würde sie die Bestattung der Hündin beaufsichtigen und sie mit einem Segen auf den Weg schicken, aber jetzt musste sie die Kraft finden, an einer Ratssitzung teilzunehmen.

Elend ließ sie sich von Mairghread beim Ankleiden helfen. Ohne Mond, die das Ritual beobachtete, kam ihr der Raum sehr leer vor.

Mond, die ihr überallhin gefolgt, die immer bei ihr gewesen, ihr immer ergeben war und die sie immer geliebt hatte.

Mechanisch streifte sie ihre Armreifen an. Plötzlich hörte sie im Vorraum eine erhobene Stimme, und einen Moment später wurde der Vorhang beiseitegeschoben, und eine Gestalt stand in der Tür.

Vellocatus sah sehr mitgenommen aus. Er war über und über mit Schlamm bespritzt, auf der Wange hatte er eine tiefe Schnittwunde. Er taumelte in den Raum und stand schwankend da, während seine Augen sich an das Dämmerlicht gewöhnten. Carta sah ihn entsetzt an. »Was ist passiert?« Sie bedeutete Mairghread zu gehen.

»Herrin, ich habe Venutius' Dienste verlassen. Er ist nicht mehr mein Herr und nicht mehr mein Führer. Er ist kein Krieger, dem ich noch dienen möchte. Ich überantworte meine Dienste und mein Leben dir.« Er sank vor ihr auf ein Knie und ergriff ihre Hand.

Sie wischte ihre Tränen fort und starrte zu ihm hinunter. »Hast du ihm das gesagt?«

»Natürlich. Ich bin ein Ehrenmann. Ich schleiche mich nicht in der Dunkelheit davon.«

»Vellocatus, er war dein Freund.« Sie entzog ihm ihre Hand nicht. »Und auch dein König.«

»Das war er einmal, Herrin.« Er wich ihrem Blick nicht aus.

Mairghread, die in der Tür stand, räusperte sich und warf Vellocatus einen missbilligenden Blick zu. »Meine Königin, der Rat ist bereit. Die Druiden werden nicht erfreut sein, wenn du sie warten lässt.«

»Dann sag ihnen, dass ich aufgehalten wurde«, erwiderte Carta scharf. »Auf der Stelle«, fügte sie hinzu, als Mairghread zögerte.

Sobald sie wieder allein waren, bedeutete sie Vellocatus aufzustehen und fuhr ihm sacht übers Gesicht. »Ist das eine Schwertverletzung?«

Er zuckte mit den Schultern. »Venutius und ich hatten einen kleinen Schlagabtausch.«

»Er hat gegen seinen eigenen Schildträger gekämpft?« Sie war schockiert.

»Er hat mich einen Verräter genannt, weil ich dich unterstütze.« Wieder zuckte er mit den Schultern. »Ich habe Glück gehabt, dass ich mit dem Leben davongekommen bin.«

»Und wo ist er jetzt?«

»Er ist mit Brucetos und den anderen Carvetier-Kriegern nach Caer Lugus geritten. Und er hat Rache an dir geschworen, meine Königin, wegen des vielen Unrechts, das du ihm seiner Ansicht nach angetan hast. Er will dich absetzen. Er sagt, du seist nicht fähig, Hochkönigin von Brigantia zu sein.«

Schweigend sah sie ihn eine Weile an, versuchte sich zu fassen und spürte doch den eindringlichen Blick des jungen Mannes auf sich. Dann sah er sich plötzlich um. »Wo ist Mond?« Er hatte sie nie ohne ihre Hündin gesehen.

Traurig schüttelte sie den Kopf.

»Oh, meine Liebe, das tut mir so leid.« Er nahm ihre Hand und küsste sie.

Carta atmete tief durch und warf ihm ein mattes Lächeln zu. »Komm mit. Du musst das, was du mir gerade erzählt hast, im Rat wiederholen.«

Die Krieger und Druiden hörten ihm mit ernstem Gesicht zu. Schließlich erhob sich Artgenos und stützte sich schwerfällig auf seinen Stab. »Cartimandua, es war unklug von dir, dich von ihm zu scheiden. Jetzt ist er dein erklärter Feind. Und er hat sehr viele Anhänger. Damit ist Brigantia endgültig gespalten.«

»Du wolltest wirklich, dass ich mit einem Mann verheiratet bleibe, der mich bedroht? Ein Mann, der bewusst meine Entscheidung hintertreibt, das Bündnis mit Rom zu wahren? Ein Mann, der sich mir bei jeder Gelegenheit widersetzt? Ein Mann, der«, kurz fasste sie sich an den Bauch, »absichtlich unser Kind getötet hat?« Sie gestattete sich immer noch nicht, den damit verbundenen Schmerz tatsächlich zuzulassen. Mit harten Augen sah sie sich um. »Ich kann nicht glauben, dass ihr – irgendeiner von euch – ihn unterstützen würdet!« Sie verstummte und sah den Männern und Frauen nacheinander ins Gesicht. Es herrschte absolute Stille.

Artgenos seufzte. Die Omen waren schlecht, die Nachrichten, die er von seinen Spionen erhalten hatte, noch schlechter. Er sah nichts als Finsternis vor sich. Nachdenklich wandte er den Blick zu Vellocatus. Er stand direkt vor dem Feuer, seine Silhouette war von Blut umgeben.

Steve sah Viv schweigend an, während sie da auf der Mauer saß und über das Tal hinwegschaute. Er hörte die Kirchenglocken, die im Dorf zum Gottesdienst riefen. In ihrem Pullover, den Jeans, den derben Stiefeln und ohne Schminke sah sie aus wie eine begeisterte Wanderin. Nur ihr Gesicht nicht. Bekümmert schüttelte er den Kopf. Das war Cartimanduas Gesicht: entschlossen, mit den markanten Wangenknochen, den harten, grün-blauen Augen, dem willensstarken Mund und der kraftvollen Stimme. Es war das Gesicht einer Barbarenkönigin. Das Gesicht einer Frau, die über Tausende von Kriegern und ein Dutzend wilder, mächtiger Stämme herrschte. Das Gesicht einer Frau, die in ihrem tiefsten Inneren noch immer über das verlorene Kind weinen konnte, über ihren Hund, über ihre Sehnsucht nach einem Mann. Eine Frau, die dabei war, den größten Fehler ihres Lebens zu begehen.

»Viv?«, fragte er. Er bekam keine Antwort, also blieb ihm nichts anderes übrig, als ihr staunend zuzuhören. »Red weiter«, flüsterte er. »Was ist dann passiert?«

Cartimandua entließ ihre Frauen und führte Vellocatus in ihre Privatgemächer. »Wir müssen uns darüber unterhalten, was Venutius als Nächstes plant«, sagte sie ernst. Sie setzte sich ans Feuer und rieb sich die Hände, um sie zu wärmen.

»Er wird angreifen.« Vellocatus setzte sich zu ihren Füßen. »Sein Hass ist zu groß, als dass er sich jetzt noch beschwichtigen lassen würde. Und er glaubt wirklich, dass er im Recht ist.« Er sah zu ihr auf.

Geistesabwesend legte sie ihm eine Hand auf die Schulter, ebenso, wie sie oft ihren Hund gestreichelt hatte, aber Vellocatus ergriff ihre Hand und führte sie an seine Lippen.

Kurz zuckte sie zusammen und wollte sie ihm entziehen, dann gab sie nach.

Sie wusste, dass er über beide Ohren in sie verliebt war, und sie wusste auch, dass sie sich schon seit Langem zu ihm hingezogen fühlte. Warum nicht? Es würde sie beide in ihrer Einsamkeit trösten.

Lächelnd beugte sie sich vor, als er zu ihr aufschaute, und ihre Lippen berührten sich. »Meine Königin!« Er zog sie zu sich, sie glitt vom Hocker und lag vor dem Feuer in seinen Armen. »Du wirst mein Ruin sein, Vellocatus!« Lächelnd streichelte sie seine Brust. »Du darfst mich nicht ablenken. Du und ich, wir müssen Schlachtpläne schmieden.«

Er lachte laut auf. »Und das werden wir auch, Herrin. Schlachten der Liebe und der Ekstase!«

Als die Sonne aufging, lag er immer noch bei ihr.

Voll Widerwillen hatte Mairghread vor den Vorhängen zur Bettkammer der Königin den Geräuschen der Liebe zugehört, solange sie es ertragen konnte. Den Römer hatte sie gerade noch hinnehmen können, er war ein bloßes Spielzeug gewesen. Aber den Diener des Königs konnte sie nicht dulden. Sie zog den Umhang fester um die Schultern und ging in die Nacht hinaus, um den Erzdruiden aufzusuchen.

»Wenn es sein muss, nimm ihn zum Geliebten!« Artgenos richtete sich zu voller Größe auf. Er war hager und gebrechlich, aber immer noch mächtig, und er hatte immer noch den Blick eines Adlers. Cartimandua und er standen allein unter der uralten Eiche am Fluss. »Aber begünstige ihn nicht zu sehr. Vellocatus war der Schildträger deines Mannes, sein Wagenlenker, kaum mehr als ein Diener. Und doch behandelst du ihn wie einen Krieger und einen Ratgeber. In allen Dingen fragst du ihn nach seiner Meinung. Du benimmst dich wie eine Frau, die besessen ist, und das missfällt deinem Volk.«

Carta zog ihr Manteltuch fester um die Schultern. Der Wind, der wütend durch das Tal fuhr, trug Schneeflocken mit sich. In der Ferne hörte sie das einsame Heulen eines Wolfs.

»Könnte ich einen besseren Ratgeber haben? Er versteht, wie Venutius denkt. Er weiß, wie er vorgehen wird.«

»Und was sagt er, wie Venutius vorgehen wird?« Artgenos betrachtete sie aus kalten Augen.

»Nichts. Er wird in seinen Bart murmeln und fluchen und mehr als üblich trinken, er wird seinen Zorn an den Selgoven oder den Novanten abkühlen, und dann wird er alles vergessen.«

Artgenos stöhnte auf. »Glaubst du das wirklich? Nein, natürlich nicht. So naiv bist du nicht! In diesem Moment schart er seine Krieger um sich, um dich anzugreifen! Er sammelt die Selgoven und die Novanten, um gegen dich und gegen Rom zu kämpfen.«

»Das wagt er nicht.«

»Natürlich wagt er das! Er weiß, auf das leiseste Zeichen seinerseits wird die Hälfte der Briganten zu ihm überlaufen. Du verlierst sie, Carta. Wenn du nicht sehr vorsichtig und sehr stark bist, werden sie ihn zum Hochkönig ernennen.«

Entsetzt sah sie ihn an. »Ohne mich ist er nichts. Nicht einmal König ...«

»Er ist der König der Carvetier und er hat seine Stärke und seine Macht mehr als einmal unter Beweis gestellt. Als du dich von ihm getrennt hast, hast du ihn seiner Stellung als Gemahl der Hochkönigin beraubt, aber mehr nicht. Und jetzt ist er entschlossen, sich an die Spitze unserer Stämme zu stellen.« Er seufzte geduldig, über ihnen raschelte das vertrocknete Eichenlaub. »Die Götter sind nicht zufrieden.« Sie lächelte finster. »Sie werden zufrieden sein. Vellocatus hat mir gesagt, dass Brucetos und seine Söhne auf dem Weg nach Süden sind. Sie wollen im Land der Cornovier um Unterstützung für Venutius werben.«

Artgenos drehte sich zu ihr. »Hat er dir von einem bevorstehenden Angriff erzählt?«

»Er hat mich gewarnt, damit ich sie abfangen kann.« Sie lächelte. »Auf dem Weg in den Süden müssen sie meine Länder durchqueren. Ich werde sie erwarten. Wenn ich seinen Bruder als Geisel halte, wird Venutius nichts unternehmen, Artgenos.«

Vellocatus lenkte ihren Streitwagen, und sie stand neben ihm. Ihr Haar, steif von dem nach Kiefern duftenden Harz, das aus Hispanien importiert worden war, ihr Gesicht bemalt wie das eines Kriegers, ein Schwert in der Hand, ihre Speere im Wagen neben sich. An der Spitze ihrer Krieger war sie ein mitreißender Anblick. Erfüllt von Wut und Kampflust, trieb sie die Männer vorwärts, als sie auf Brucetos und seine Anhänger stießen. Zwei Männer starben durch ihre Hand. Vellocatus spießte einen auf seinem Speer auf und tötete einen anderen durch einen Stoß ins Herz. Ihre Krieger töteten dreißig weitere. Zehn ihrer eigenen Männer fielen, bevor Brucetos und seine Söhne gefangen genommen wurden und sie ihn in Ketten nach Dun Righ brachten.

»Herrin, sei nicht töricht.« Brucetos war sehr tapfer und er achtete sie sehr wegen ihres Mutes, vielleicht mehr als sein Bruder. »Siehst du denn nicht, dass deine Männer von dir abfallen, wenn du gegen Venutius kämpfst?«

Sie musterte ihn aus zusammengekniffenen Augen. »Niemand wird gegen Venutius kämpfen müssen, wenn ich seinen Bruder als Geisel halte.«

Traurig schüttelte er den Kopf. »Wie schlecht du ihn doch kennst, Cartimandua. Diese«, er hob die mit Ketten gefesselten Hände und schüttelte sie über seinem Kopf, »werden ihn nur noch umso rascher zum Angriff treiben.«

Sie lachte. »Das bezweifle ich. Und um sicherzugehen, habe ich den Statthalter von Britannien um Hilfe gebeten.«

Brucetos schwieg entsetzt und starrte sie an. »Du hast Rom um Hilfe gebeten?«, fragte er schließlich. »Und du wirst mich ihnen aushändigen, wie du es mit Caradoc getan hast?«

Sie zuckte mit den Achseln. »Vielleicht wird die Drohung Venutius abschrecken.«

»Oh Herrin.« Brucetos schüttelte den Kopf. »Wie sehr du dich täuschst.«

## IV

Viv hatte keine zehn Minuten gesprochen. Ihre Augen waren geschlossen. Steve glitt von der Mauer und streckte sich. Zuerst war er entsetzt gewesen, was sie da erzählte, dann hatte er gebannt zugehört. Ihr Schweigen jetzt machte ihm wieder Angst. »Viv?« Er berührte sie leicht an der Schulter. »Hörst du mich?« Sie regte sich nicht, und er legte ihr kurz den Handrücken auf die Wange. Ihre Haut war eiskalt.

»Viv? Wir müssen weiter.« Er fröstelte. Der Himmel war zwar wolkenlos, aber dennoch war es hier oben kühl geworden. »Viv!« Er hatte sie beobachtet, als sie Carta und Vellocatus im Bett beschrieb, hatte die Leidenschaft und die Sehnsucht in ihrem Gesicht gesehen. Er streifte mit den Fingern über ihre Lippen. Sie schien gar nicht zu merken, dass er da war. Er gab ihr einen sanften Kuss auf den Mund, aber noch immer reagierte sie nicht.

»Komm, Herrin. Wir müssen gehen«, flüsterte er.

Sie blinzelte, dann schlug sie die Augen auf. »Steve?«

»Du bist im Sonnenschein eingedöst.« Liebevoll lächelte er sie an. Von dem gestohlenen Kuss würde sie nie etwas erfahren.

»Ich habe geträumt, von Carta und Vellocatus.« Sie sprach undeutlich, als wäre sie noch nicht ganz wach. Einen Moment blieb sie reglos sitzen, dann glitt auch sie von der Mauer. »Es war irre.«

»Ich hab's gehört. Du hast sie beschrieben.«

Sie schaute zu ihm, und er sah, dass sie leicht errötete.

Er lachte. »Ja, es war ziemlich anschaulich. Ich habe Vellocatus immer schon gemocht. Er konnte sich sehr glücklich schätzen.«

»Das stimmt.« Sie schaute beiseite. »Du hast recht, wir müssen gehen. Ist es noch weit?«

Am Tor des Hauses, das sich am Ende des Tals befand, wurden sie von zwei begeisterten Collies begrüßt.

»Bin ich froh, dass du die Hunde abholst, Steve!« Dave war ein groß gewachsener, hagerer Mann Anfang siebzig, sein Gesicht wettergegerbt, die Augen waren von einem durchdringenden Blau. »Das war 'ne ganz schöne Arbeit, die halbwegs ruhig zu halten. Als deine Mutter sie hergebracht hat, habe ich ihr schon gesagt, dass sie nicht würden hierbleiben wollen.«

»Meine Mutter hat sie hergebracht?« Erstaunt sah Steve zu dem alten Mann.

Er nickte. »Sie meinte, nur für zwei, drei Tage.«

Steve und Viv schauten sich überrascht an. Steve schüttelte den Kopf. »Jetzt verstehe ich gar nichts mehr.«

»Sie hat gesagt, dein Vater wäre krank. Dass er nicht mehr mit ihnen zurechtkommt«, fuhr Dave fort. »Das kam mir ein bisschen komisch vor.« Der alte Mann betrachtete sie, und beide sahen die Unsicherheit und das Misstrauen in seinem Blick.

»Ja.« Steves Stimme war gedrückt. »Das ist auch ziemlich komisch.«

»Aber jetzt nimmst du sie mit?«

Steve nickte. »Ja, natürlich.«

Die Hunde liefen ihnen den Pfad hinauf voraus. »Sie können es gar nicht erwarten, nach Hause zu kommen«, sagte Viv.

Steve nickte, er blickte besorgt drein. »Das verstehe ich nicht. Wenn meine Mutter sie zu Dave gebracht hat, warum hat sie mir dann gesagt, dass es Dad war? Viv, wo ist er?«

Als sie nach Hause kamen, trafen sie niemanden dort an. Weder von Peggy noch von Pat war etwas zu sehen.

»Sie sind deinem Vater wohl überallhin gefolgt?«, fragte Viv. Sie dachte an Sonne und Mond.

»Immer und überallhin.« Steve streichelte den Hunden den Kopf, die ihm zu Füßen saßen und erwartungsvoll hochschauten. »Sie würden ihn nie verlassen.«

Viv und Steve tauschten einen Blick aus. »Du glaubst, dass ihm etwas zugestoßen ist, stimmt's?«, sagte Viv leise.

Steve nickte.

»Deine Mutter würde doch nicht ...«

»Nein, natürlich würde sie nicht. Sie vergöttert ihn, und er sie.

Das Einzige, wo sie nicht einer Meinung sind, ist die heilige Quelle. Ihr Glaube. Er geht zwar nicht in die Kirche, aber mit dem Heidentum hat er auch nichts zu schaffen.«

Einer der Hunde war zur Gartentür gelaufen und bellte, um hinausgelassen zu werden. Steve öffnete sie, und beide Collies stürmten ins Freie. Nach einem kurzen Blick auf Viv folgte er ihnen.

Sie regte sich nicht. Carta kam wieder. Sie umklammerte die Tischkante. Sie wollte es nicht. Nicht jetzt.

Es war sinnlos. Der Schatten war da, das seltsame Leuchten, ein giftiger Nebel, der sich wie eine zweite Haut um sie legte.

## V

Carta hatte zwei weiße Bullen bringen lassen, damit sie Camulos, dem Gott des Krieges, geopfert würden, und jetzt brachte sie Tauben. Sie sollten Brigantia, der Göttin ihrer Völker, Frieden schicken. Die Priester hatten die Bullen getötet. Die Tauben wollte sie mit eigener Hand opfern. Sie hob den Binsenkorb auf und ging in die Mitte des Hains.

»Liebe Herrin? Bist du da?«

Sie sah sich um und hörte das Schweigen der großen Bäume. Kein Lüftchen regte sich, die Blätter hingen reglos von den Zweigen. Sie kam sich entsetzlich allein vor.

»Vivienne?« Sie sprach laut. »Wo bist du? Warum hast du mich verlassen?«

Sie öffnete die Spangen, mit denen der Deckel auf dem Korb befestigt war, und griff nach dem Messer.

Die beiden Tauben drängten sich an den Rand des Korbes, kauerten sich eng aneinander. Kurz sah sie sie traurig an, dann seufzte sie kopfschüttelnd. Sie ließ das Messer fallen und legte den Korb auf die Seite. Nach kurzem Zögern flatterten die Vögel heraus, flogen auf, kreisten einmal um den Hain und wandten sich dann der untergehenden Sonne zu.

»Viv? Viv, hörst du mich?«

Sie öffnete die Augen.

Steve stand neben ihr am Küchentisch, die beiden Hunde hechelnd neben ihm.

Sie sprang auf. »Ich muss zur heiligen Quelle.«

»Warum?«

Viv nahm ihn kaum wahr. Er sah ihr nach, wie sie wortlos über die Weiden und die unteren Felder davonging, dann folgte er ihr mit den Hunden.

Nach dem vielen Regen führte die Quelle sehr viel Wasser. In der kleinen Höhle hallte das Tosen des Wasserfalls wider.

Es roch nach feuchtem Moos und nassen Steinen, sie schmeckte Eisen auf der Zunge. Oder Blut. Sie schauderte. Jemand hatte die alten Blumen, die vor dem Steinkopf gelegen hatten, durch Rosen und Geißblatt und Cosmeen ersetzt.

Lange Zeit saß sie da und lauschte dem Wasser. Gemeinhin betete sie nicht. Nun ja, ein kurzes, rasches Gebet von der Art, bei der Gott sich bestimmt mit einem zynischen Lächeln abwandte. »Bitte, lieber Gott, mach, dass alles wieder in Ordnung kommt. Wenn diesmal alles klappt, dann gehe ich auch in die Kirche. Versprochen.«

*Vivienne.*

Die Stimme hallte aus dem Stein herauf und erfüllte die ganze Höhle.

*Vivienne, hilf mir.*

Viv umklammerte den Rand des Steinbeckens.

*Vivienne, ich brauche Hilfe. Ich habe Boten ausgesandt. Schick den Römer zu mir!*

Viv spürte die Gischt auf dem Gesicht. In der Höhle war es sehr still, sie bekam kaum Luft.

»Carta? Die Römer werden kommen. Sie werden dich retten.«

Sie war sich sicher, denn sie kannte die Zukunft. Sie war eine Zeitreisende, die in die Vergangenheit sprach.

*Vivienne, willst du mehr? Mehr Geschenke? Mehr Opfer? Göttin, sprich zu mir.*

Nervös fuhr sich Viv mit der Zunge über die Lippen. »Carta? Hab Geduld. Sei stark.«

Sie beugte sich vor und schaute ins Wasser. Fast erwartete sie, ein Gesicht zu sehen, in die Augen der Frau aus der Vergangenheit zu blicken, die ebenfalls in diesen kleinen Teich blickte. Aber sie sah nichts. Nur das klare, tiefe Wasser, das sie voneinander trennte und zugleich verband.

# Kapitel 34

## I

Schweißgebadet wachte Hugh auf. Er hatte den Geruch von Blut und Schrecken in der Nase, und darüber lag der süße Duft von zertrampeltem Gras und Heidekraut. Er hörte Rufe und Keuchen und das angsterfüllte Wiehern von Pferden und dahinter den Furcht einflößenden dumpfen Ton der Carnyx. Ächzend stand er auf und stellte sich unter die Dusche in der Hoffnung, das kühle Wasser würde ihm wieder zu einem klaren Kopf verhelfen.

Als er sich schließlich abtrocknete, wischte er den Dampf vom Spiegel und blickte hinein, voller Angst vor dem, was er vielleicht entdecken könnte. Das Gesicht war eingefallen und erschöpft, aber es war sein eigenes.

Lautlos verließ er im Morgengrauen das Cottage und stieg in den Wagen. Er konnte Venutius nicht mehr spüren, er konnte ihn nicht sehen. Hier im Auto fühlte er sich sicher. Irgendwie gab es ihm Schutz, aber er konnte auch nicht immer hier drin sitzen bleiben.

Beim Aufstieg hatte er den Berg ganz für sich, und eine Weile war er zufrieden und zuversichtlich. Es war erfrischend, so früh am Morgen unterwegs zu sein. Hoch oben am Himmel hörte er eine Lerche und in der Ferne den Lockruf eines Kiebitz. Einige wenige Minuten gab er sich seinem Glücksgefühl hin, doch es währte nicht lange. Unvermittelt kehrte das Grauen zurück, in der Ferne hallte der Kriegsruf der Carnyx über die Berge. Er ballte die Hände zur Faust, Schweiß rann ihm über die Stirn. Es konnte doch nicht schon wieder losgehen!

Panisch machte er kehrt und suchte mit den Augen den Pfad am Fuß des Bergs ab nach dem Gatter, vor dem er seinen Wagen abgestellt hatte. Rutschend und strauchelnd lief er über das Gras und die Steine hinunter und erreichte schließlich sein Auto, warf sich hinein, verriegelte alle Türen, dann lehnte er sich mit geschlossenen Augen zurück und spürte, wie ihm das Herz in der Brust hämmerte. Sein erster klarer Gedanke galt Viv. Er holte sein Handy aus der Tasche. Er musste sie warnen. Der Schuft war ihm gefolgt. Venutius wollte die Fibel immer noch haben. Aber sie durfte ihm nicht in die Hände fallen, er durfte sie nicht finden. Irgendwie musste er Viv beschützen.

Sein Handy blieb tot.

Mit einem Blick auf den Abhang warf er es fluchend in die Ablage neben dem Schaltknüppel. Er musste sofort zum Cottage zurück und sie auf dem Festnetz anrufen.

James stand in der Tür und trank eine Tasse Tee, als er seinen Gast die Straße entlangfahren sah. Im Geißblatt, das in seiner Nähe wucherte, summten Hunderte von Bienen.

Als Hugh die Pforte öffnete, begrüßte er ihn fröhlich. »Ich dachte mir schon, dass Sie einen kleinen Morgenspaziergang gemacht haben. Ich hoffe, Sie freuen sich jetzt auf ein Frühstück. Margaret ist für ein paar Tage nach Lancaster gefahren, das heißt, Sie und ich sind allein. Ich vermute mal, dass Sie keine Lust haben, später in die Kirche mitzukommen? Immerhin ist heute Sonntag.« Er blickte seinen Gast an, und Sorgenfalten erschienen auf seinem Gesicht. »Wohl eher nicht. Irgendetwas ist passiert, stimmt's?«

»Venutius war da draußen am Berg. Ich habe wieder die verfluchte Trompete gehört, mit der er sich immer ankündigt. Was soll ich bloß tun?«

James ging ihm in die Küche voraus, blieb unterwegs stehen und sah Hugh durchdringend an, dann lächelte er verzagt. »Ich glaube, ich muss Ihnen etwas beichten. Als Sie letzte Nacht davongestürmt sind, habe ich lange darüber nachgedacht, was Sie mir erzählt haben, und habe mich dann mit dem Boss besprochen.« Er deutete zur Decke. Auf Hughs verständnislosen Blick hin erklärte er: »Ich habe um Beistand gebetet. In meiner unverzeihlich neugierigen Art dachte ich, dass Sie, so wie Sie ausgesehen haben, Hilfe brauchen könnten.

Der Boss hat vorgeschlagen, dass ich mal mit ihrem Freund Meryn Jones rede.«

»Was?« Hugh starrte ihn an.

»Ich wusste nicht, wie ich ihn kontaktieren soll, also habe ich einen Kollegen in Edinburgh angerufen, der vielleicht etwas von dem Projekt wusste, an dem Meryn arbeitet, von dem Sie mir erzählten. Nun ja, langer Rede kurzer Sinn, er hat mir seine Nummer gegeben, und wir haben uns unterhalten.«

Lange Zeit erwiderte Hugh nichts darauf. Schließlich ließ er sich auf einen Stuhl fallen und sagte: »Wahrscheinlich sollte ich Ihnen dankbar sein.«

James nickte. »Meryn hat sich große Sorgen gemacht. Offenbar hat er schon nach Ihnen gesucht.«

»Er wusste nicht, dass ich hier bin.«

»Auf Venutius' Betreiben hin?« James schenkte Hugh eine Tasse starken schwarzen Tee ein.

»Wahrscheinlich.« Hugh schauderte. »Ich wollte Viv warnen. Damit ihr nichts passiert.«

»Viv liegt Ihnen sehr am Herzen, nicht wahr?«, sagte James leise. Er lächelte. »Meryn kommt heute hierher. Wir hielten es beide für das Beste.«

Dann schwiegen beide. Hugh trank einen Schluck Tee. »Danke«, sagte er schließlich. »Ich glaube, ich sollte sie anrufen und warnen, dass Venutius wieder Amok läuft. Ich habe in seinen Kopf gesehen. Ich weiß, er wird vor nichts zurückschrecken, um sich an Cartimandua zu rächen, und er will die Fibel um jeden Preis zurückkriegen.« Er hielt kurz inne, als er zum Telefon im Flur ging, und lachte heiser. »Jetzt hören Sie mich nur mal an! Man könnte meinen, ich würde an diesen ganzen Schwachsinn glauben!«

Zwei Minuten später stand er wieder in der Küche. »Ich habe mit Mrs. Steadman gesprochen. Sie war alles andere als hilfsbereit.« Er zuckte mit den Achseln. »Sie sagte, Viv und Steve seien nicht da und würden erst am Abend wiederkommen.«

James rieb sich nachdenklich die Nase. »Dann ist sie zumindest momentan außer Gefahr.«

»Wahrscheinlich.« Hugh klang nicht überzeugt.

»Trauen Sie diesem jungen Mann nicht?«

»Ich traue mir selbst nicht!« Hugh stand auf. »Ich glaube, ich fahre jetzt mal hin.«

»Das halte ich für keine besonders gute Idee.« James schüttelte den Kopf.

Hugh starrte ihn an. »Können Sie ihn sehen?« Er meinte Venutius.

James sah ihn aus zusammengekniffenen Augen an. »Momentan nicht, nein. Aber ich würde mich nicht darauf verlassen.«

Hugh schauderte. »Es ist, als würde ich irgendeine eklige Krankheit in mir tragen. Ich halte es nicht mehr aus! Es ist verrückt. Es ist nicht real, es kann nicht real sein!«

James verzog das Gesicht. »Mein Freund, ich glaube aus tiefstem Herzen, dass derartige Dinge tatsächlich passieren. Angesichts meiner Profession glaube ich natürlich an das Fortleben der Seele, und was die meisten Christen glauben, oder glauben möchten, ist, dass die Verstorbenen glücklich sind an einem Ort, den sie in Ermangelung eines besseren Wortes Himmel nennen, wo sie sich bis in alle Ewigkeiten ihrem liebsten Hobby widmen. Dieser Tage lassen wir das Konzept der Hölle gern außer Acht und halten sie eher für eine selbst auferlegte Strafe in diesem Leben. Aber ehrlich gesagt glaube ich, dass eine Seele dem lebenden Menschen erstaunlich ähnlich ist. Sie trägt ihre Obsessionen, ihre Liebe und ihren Hass weiter, bis diese Probleme endlich gelöst werden. Und da die Seele durchaus ein geselliges Wesen ist, freut sie sich von Zeit zu Zeit, sich an jemanden zu hängen, der noch hier auf Erden lebt.«

Hugh setzte sich wieder. »Eine beängstigende Vorstellung.« Er schauderte wieder. »Und unsere keltischen Freunde glaubten natürlich an die unendliche Seelenwanderung.«

»Natürlich«, stimmte James nachdenklich zu. »Ob das, was passiert, vom Glauben des Einzelnen abhängt – anders gesagt, man kriegt, was man erwartet –, oder ob es für alle auf dasselbe hinausläuft, das weiß ich nicht. Ich vermute, meinem Bischof würde es nicht besonders behagen, was ich da sage. Aber wenn man hier oben lebt, denkt man unweigerlich hin und wieder über die Unsterblichkeit nach, und das hat natürlich einen Einfluss auf die Psyche.« Er lächelte. »Ihre Bekannte, Mrs. Steadman, ist eine von ihnen. Nach allem, was ich gehört habe, glaubt sie inbrünstig an die alten Götter.«

Hugh runzelte die Stirn. »Ob Viv ihr wohl erzählt hat, was passiert?«

»Ich habe keine Ahnung. Sie ist recht launisch.« James lachte. »Ich kenne einige Leute, die panische Angst vor ihr haben, und andere schwören, dass sie eine zweite Florence Nightingale ist.«

## II

Zunächst erkannte Steve den Wagen nicht, der über die holprige Straße auf ihn zusteuerte. Erst als er anhielt, wurde ihm klar, dass Hugh darin saß. Er ging zum Gartentor.

»Wenn Sie nach Viv suchen – sie ist nicht hier.«

Hugh war allein, und er sah Steve über die Steinmauer hinweg misstrauisch an. »Ihre Mutter hat mir gesagt, dass Sie zusammen unterwegs wären.«

»Das waren wir vorhin auch.«

»Und wann kommt Viv zurück?«

Steve zuckte mit den Schultern. »Ehrlich gesagt, glaube ich nicht, dass sie Sie im Moment sehen will.«

»Aber ich muss mit ihr reden.« Hugh spürte Venutius' Rastlosigkeit, seine Eifersucht. Es bestand eine unangenehme Ähnlichkeit zwischen dem jungen, gut aussehenden Wagenlenker, der die Dienste des Königs verlassen hatte und das Vertrauen und die Liebe Cartimanduas besaß, und diesem attraktiven jungen Mann mit der sonnengebräunten, sommersprossigen Haut und den zerzausten Haaren, der da vor ihm stand und so selbstbewusst über Viv sprach.

Hugh ballte die Fäuste und warf einen Blick über die Schulter, sah zum Berg hinauf, der hoch über ihnen aufragte, und lauschte angestrengt. Durch die Hitze war wieder Dunst aufgekommen, der den abgeflachten Gipfel umhüllte, über die weichen Bergwiesen hinabzog und sich an die Felsvorsprünge im Norden schmiegte, als die Sonne sich auf ihrer Wanderung nach Westen am diesigen Horizont verlor. Wer vor ihm stand, war Steve, nicht Vellocatus, ermahnte er sich streng.

»Ich muss dringend mit Viv sprechen«, wiederholte er und machte kehrt. Abrupt hielt er inne. »Da ist es wieder. Haben Sie es gehört?«

»Was?« Steve betrachtete ihn beklommen.

»Venutius. Er ist da draußen. Er sucht nach ihr.« Hugh konnte die Angst in seiner Stimme nicht unterdrücken.

Steve schluckte. »Ich lasse Sie nicht ins Haus. Wir wollen Sie hier nicht haben, und ihn auch nicht.«

»Ach ja?« Hugh lachte bitter. »Und Sie werden ihn daran hindern, was?« Aggressiv trat er vor.

»Ja.«

»Wie?«

»Mir wird schon was einfallen.« Steve blieb mit verschränkten Armen stehen. »Bitte gehen Sie, Hugh.«

»Ich brauche die Fibel.« Hugh trat noch einen Schritt vor. »Verstehen Sie denn nicht? Sobald ich die Fibel habe, fahre ich nach Edinburgh zurück, und dann folgt er mir. Aber bis dahin ist Viv in Gefahr. Venutius macht vor nichts halt, um sie zu kriegen, auch nicht vor Mord.« Er zögerte kurz, und die beiden Männer betrachteten sich schweigend. »Steve, er ist ein Soldat. Er kennt keinerlei Mitleid. Er weiß, welche Macht die Fibel hat. Frauenmacht. Er wird alles tun, damit keine Frau sie bekommt. Dafür wird er auch töten«, wiederholte er leise. »Bitte, lieber Gott, nicht mit meinen Händen.« Eine Sekunde erwiderte er Steves Blick, dann machte er kehrt und stieg ins Auto.

Wie erstarrt sah Steve ihm nach. Einen Moment hatte er entsetzliche Angst empfunden.

Etwas berührte seine Hand, und er sah nach unten. Einer der Hunde schmiegte sich winselnd an ihn.

»Junge, das ist alles total verrückt.« Steve verzog das Gesicht. Als die beiden Hunde seine Stimme hörten, setzten sie sich erwartungsvoll vor ihn. Er schaute zum Haus. Von seiner Mutter und von Pat war noch immer nichts zu sehen.

Als Viv von der Quelle zurückkam und müde über den Garten zu ihm ging, streckte er lächelnd die Hand nach ihr aus. »Hugh war hier. Er hat nach dir gesucht. Er hat ständig von Venutius gesprochen.«

Sie biss sich auf die Unterlippe. »Umso mehr Grund zu fahren, Steve. Mir wächst das alles wirklich über den Kopf. Es tut mir leid. Wenn Pat noch bleiben will, dann ist das ihre Sache.« Sie schaute zu ihm. »Wahrscheinlich willst du nicht mitkommen?« Sie wartete auf eine Antwort, und als er schwieg, wandte sie sich traurig ab, noch blasser und angespannter als zuvor.

Er sah zu den Hunden hinunter. »Ich kann doch nicht wegfahren, stimmt's? Nicht, bis wir Dad gefunden haben.« Er schaute zu dem alten Quad, das vor der Mauer stand. Auf dem konnte er die ganze Gegend absuchen. Langsam ging er darauf zu. »Hunde, wo ist Gordon?« Das sagte seine Mutter immer zu ihnen; es war für sie das Zeichen, in den Hof zu laufen, mit wedelndem Schwanz aufgeregt zu bellen und ihr Herrchen zu suchen. Steve wiederholte den Befehl, und die Hunde machten kehrt und liefen ums Haus auf die Felder zu. Steve stieg auf das Quad, ließ den Motor an und folgte ihnen.

## III

Vellocatus lag auf den Ellbogen gestützt da und betrachtete die wunderschöne Frau, die neben ihm schlief.

Das erste Morgenlicht drang unter dem Türvorhang durch, in der Siedlung war es noch still. Er hörte die Atemzüge der halbwüchsigen Hündin, Monds Nachfolgerin, die am Fußende des Bettes lag. Den Kopf auf die Pfoten gelegt, beobachtete sie ihn. Er spürte es. Genauso, wie jeder Mann, jede Frau und jedes Kind in der Siedlung ihn beobachtete.

Anfangs war er durchaus beliebt gewesen. Als er Venutius verließ, hatte er seine Stellung aufgegeben und seine Ehre aufs Spiel gesetzt, und das konnte kein Mann billigen, aber er hatte es getan, um seiner Königin zu dienen und sie vor einem gewalttätigen Ehemann zu retten, und er hatte ihr seine Treue und sein Leben gelobt. Dadurch war er in den Augen der Frauen ein Held und, wichtiger noch, auch in denen der Barden, die an den länger werdenden Abenden am Feuer die Geschichte besangen.

Sie hatte zu lang keinen Mann gehabt. Nachdem er in jener ersten Nacht in ihr Bett gekommen war, als Kaskaden von Sternschnuppen den Himmel erleuchteten, und sie sich mit dem starken, gut aussehenden, hingebungsvollen Mann geliebt hatte, konnte sie nicht genug davon bekommen. Einmal, zweimal, manchmal sogar dreimal am Tag zog sie ihn aus der Gesellschaft der Männer und Frauen in ihrer Umgebung fort, streifte ihm die Tunika von den Schultern, löste seinen Gürtel, sodass seine Beinlinge zu Boden fielen, und weidete sich an seinem starken, muskulösen Körper, stöhnte ekstatisch, wenn er sie berührte, gab sich ihm mit fast religiöser Andacht hin, wenn er sie aufs Bett drückte und immer wieder in sie eindrang.

Artgenos und Culann hatten versucht, sie zur Vernunft zu bringen. »Pass auf. Dein Volk ist unruhig. Du vernachlässigst deine Pflichten ihnen und den Göttern gegenüber. Nicht jeder freut sich darüber, dass dieser Mann, der der Diener deines Gemahls war, so hoch in deiner Gunst steht.«

Seit Riach hatte sie sich nie mehr so sehr von ihrer Leidenschaft überwältigen lassen. Vellocatus brauchte sie nur anzusehen, damit ihr Atem rascher ging. Ihre Brüste schmerzten, so sehr sehnte sie sich nach seiner Berührung. Sie spürte selbst, dass sie vor Verlangen verging.

Dann stellte sie fest, dass sie schwanger war. Sie hatte vergessen, die Mondphasen mitzuzählen. Hatte über das Begehren nach diesem Mann alles vergessen. Es war gleichgültig. Die Göttin schenkte ihr einen Sohn.

»Das Kind wird in Pflege gegeben werden müssen. Das Volk wird es nicht gutheißen, wenn seine Königin das Kind eines Bediensteten zur Welt bringt.« Artgenos kam ohne Umschweifen zum Thema.

»Vellocatus ist kein Bediensteter!« Ihre Augen blitzten zornig. »Er ist ein Freier. Seine Familie waren Bauern ...«

»Und keine Krieger.« Artgenos nickte. »Du darfst dir keine Hoffnungen machen, dieses Kind als Fürsten der Herrscherfamilie aufzuziehen, Carta. Damit würdest du zu weit gehen. So nachsichtig ist dein Volk nicht. Du bringst Verderben über dich und deine Familie.«

»Dann werde ich dafür Sorge tragen, dass dieses Kind, mein Sohn, der Sohn eines Königs ist!« Herausfordernd sah sie ihn an. »Hörst du mich, Artgenos? Vellocatus wird mein Gemahl sein, und ich erhebe ihn zum König!«

»Nein!«

»Doch!« Sie war außer sich, dass er ihr den Wunsch verwehren sollte, der ihr mehr als alles andere am Herzen lag. »Und du und deine Priester werden uns trauen. Das ist ein Befehl.«

»Ein Befehl, dem ich nicht gehorchen werde. Die Omen deuten auf Unglück hin. Am Himmel treiben Schwärme schwarzer Vögel, die vom Westen hereinziehen. Die Raben schreien von Blut und Tod. Letzte Nacht haben die Wölfe im Wald geheult. Kannst du denn nicht sehen, was du da tust, Carta? Schick Vellocatus fort. Behalte ihn zu deinem Vergnügen, irgendwo an einem stillen Ort. Das würde dir niemand missgönnen. Aber wage nicht, dieses Kind als Fürsten großzuziehen. Ich wiederhole: Du bringst Tod und Zerstörung über dieses Land.«

Aber sie war nicht lang genug geblieben, um ihm bis zum Schluss zuzuhören. Sie war herumgewirbelt und in die Dunkelheit verschwunden, zweifellos wieder auf der Suche nach ihrem Geliebten. Artgenos verzog das Gesicht. Er roch die Hitze und den Moschusgeruch an ihr. Sie würde nicht vernünftig mit sich reden lassen, bis sich diese Leidenschaft verflüchtigt hatte.

In Dun Righ stand die gesamte Bevölkerung wie ein Mann zu Cartimandua, und eben hier nahm Ban, der oberste Druide der Siedlung und nach Artgenos und Culann der oberste Druide der Setantier, die Trauung von Cartimandua von den Setantiern und Vellocatus, ehemals von den Carvetiern, vor und führte die gesetzlich verlangten Vorgänge aus. Ihr Name bedeutete »Geschmeidiges Pferd«, seiner »Guter Kämpfer«. Den hatte Venutius ihm gegeben.

Die Zeremonie führte zum Ausbruch eines Bürgerkriegs, und wieder schickte sie Gaius einen Hilferuf.

Venutius griff mit einem handverlesenen Heer von Kriegern an. Das Bündnis kleiner Stämme, die dieses Königreich, das größte und stärkste auf den britannischen Inseln, gebildet hatten, fiel auseinander. Alle, die Cartimandua unterstützten und sich eine friedliche Beziehung mit Rom wünschten, versammelten sich in Elmet um sie, mit stillschweigender Billigung der Votadiner weiter im Norden. Alle, die Venutius unterstützten, die Cartimandua als Hochkönigin absetzen und die Römer von der Insel vertreiben wollten, scharten sich in Dinas Dwr um ihren Anführer. Seine Anhänger waren den ihren zahlenmäßig weit überlegen.

Vellocatus musterte die Armee, deren Anführer er nun war, mit sinkendem Herzen. Ohne die Hilfe, die Cartimanduas Überzeugung nach aus dem Süden eintreffen würde, war ihre Lage hoffnungslos. Die Männer hatten ihn von Anfang an abgelehnt. An der Seite seines Königs war er ein geachteter, tapferer und erfahrener Krieger gewesen, aber er selbst war kein König. Sie schworen ihm nur widerwillig ihre Treue. Um Cartas willen würden sie ihm folgen, aber aus keinem anderen Grund. Dass sie ihn zum König an ihrer Seite ernannt hatte, war für diese Männer ohne Bedeutung. Vellocatus war nicht von königlichem Geblüt und konnte deshalb kein König sein, so sehr Cartimandua sich das auch wünschen mochte. Und wo waren die Römer, die sie versprochen hatte? Sie hatten keine Nachricht erhalten.

Sie hatte Gaius geschrieben und den Brief von einem Boten überbringen lassen, und darin hatte sie ihn angefleht zu kommen. Ihm selbst waren die Hände gebunden, er musste die Nachricht weiterleiten. Die XX. Legion befand sich zwar in Wales, nahe genug, um ihr zu Hilfe zu eilen, aber der Statthalter wandte sich stattdessen an den Kommandanten in Lindum, der berittene Hilfstruppen schickte. Sie griffen Venutius an. Er konnte gegen die erfahrene römische Armee nichts ausrichten. Natürlich nicht. Er ergriff die Flucht.

Wie Cartimandua es vorhergesagt hatte, gelobte das Volk ihr erneut Treue. Es hatte eine Schlacht gegeben, und sie hatten gesiegt. Das gefiel ihnen. Sie feierten. Die Römer gaben ihr noch mehr Geschenke und Gold, um alle Männer, die sie unterstützt hatten, zu belohnen. Die Römer zeigten sich gegenüber der ihr ergebenen Vasallenkönigin immer großzügig. Eine Weile waren alle glücklich.

Sie schrieb Gaius einen Dankesbrief.

## IV

Gordon lag auf dem Rücken am Grund einer kleinen Schlucht am Waldrand. Irgendjemand hatte versucht, ihn mit Erde zu bedecken, und dann Zweige darüber gebreitet.

Mit Tränen in den Augen stand Steve da und starrte nach unten, die Hunde schmiegten sich an ihn. Es sah aus, als sei sein Vater abgerutscht. Dort, wo die Schlucht in die Tiefe fiel, war Erdreich weggebrochen, und das Gebüsch, das auf dem Steilabhang wuchs, war durch seinen Sturz zerdrückt. Wer immer ihn gefunden hatte, hatte keine Hilfe geholt. Im Gegenteil, die Person hatte sich große Mühe gegeben, den Leichnam zu verbergen.

Peggy.

Voller Entsetzen und Abscheu wandte Steve sich ab und übergab sich in die Brennnesseln, dann setzte er sich auf einen Baumstamm und legte den Kopf in die Hände. Er zitterte am ganzen Leib, und Tränen strömten ihm über die Wangen.

»Steve?« Einen Moment dachte er, die Stimme sei in seinem Kopf, aber die Hunde sprangen auf, um die Person zu begrüßen, und er drehte sich um. Peggy stand wenige Meter von ihm entfernt da.

»Ich habe doch gewusst, dass sie ihn finden würden. Deswegen wollte ich, dass sie bei Dave bleiben.« Sie klang ungerührt.

»Was ist passiert?« Er konnte kaum sprechen.

»Wir haben uns gestritten. Er ist ausgerutscht und runtergestürzt.«

»Und du hast keine Hilfe geholt?«

Sie zuckte mit den Schultern. »Das wäre sinnlos gewesen. Er war tot.«

»Aber dann lässt du ihn doch nicht einfach hier liegen, Mum. Du holst Hilfe! Du bringst ihn nach Hause!« Steve stand auf und sah sie fassungslos an.

Sie seufzte. »Steve, es war seine Schuld. Er wollte die Quelle zerstören. Das durfte ich nicht zulassen, das muss dir doch klar sein.«

Steve erstarrte. »Du hast es absichtlich getan? Du hast ihn umgebracht?«

»Nein, er ist gestürzt.«

»Aber du hast keine Hilfe gerufen.«

Sie schüttelte den Kopf. »Er hätte sie entweiht. Das konnte ich nicht dulden. Ich habe es der Göttin überlassen.« Sie schürzte die Lippen.

»Er hat noch gelebt? Du hast ihn sterbend hier zurückgelassen?«

Sie nickte. »Als ich wieder herkam, war er bereits tot. Er wäre sowieso gestorben, Steve, er war zu schwer verletzt. Ich hätte ihn nicht retten können, niemand hätte das gekonnt.«

Steve ballte die Hände zur Faust. »Du wolltest ihn also auf immer und ewig hier liegen lassen?«

Sie schüttelte den Kopf. »Ich weiß nicht. Aber das hätte er gewollt, auf der Farm zu sein.« Sie klang völlig unbeteiligt.

»Damit seine Knochen von den Vögeln und Füchsen abgenagt werden, oder was?« Steve war außer sich. »Ich hole die Polizei!«

»Nein, Steve, das darfst du nicht!«

»Doch. Ich kann ihn nicht hier lassen.« Er schluchzte laut. »Selbst wenn wir sagen, dass es ein Unglück war – aber das geht doch nicht. Kein normaler Mensch würde jemanden – den eigenen Mann! – einfach liegen lassen!« Er machte auf dem Absatz kehrt und ging davon.

»Steve!« Seine Mutter versuchte, ihn festzuhalten, als er an ihr vorbeischritt. »Steve! Du kannst doch niemandem davon erzählen!«

»Natürlich kann ich das. Und das werde ich auch.« Damit marschierte er über das Feld davon. Die zwei Hunde warfen einen letzten Blick auf die Schlucht, in der ihr Herrchen lag, und folgten ihm.

## V

»Steve? Was ist denn los?« Pat drückte ihre Zigarette aus, als Steve auf sie zugelaufen kam. Sie hatte im Garten gesessen und sich ihren Gedanken überlassen.

»Mein Vater ist tot.« Steve blieb vor ihr stehen, in seinem Gesicht spiegelten sich Trauer und Schmerz. Er schloss die Augen und atmete tief durch, um sich ein wenig zu fassen. »Er liegt unten in der Schlucht. Er ist abgestürzt.«

»Oh mein Gott, das tut mir leid. Ach Steve, wie entsetzlich.« Sie sprang auf, und ohne weiter zu überlegen griff sie nach seiner Hand als Zeichen des Trostes.

Als aus dem Obstgarten hinter ihnen ein Ruf ertönte, drehten sie sich um. Peggy war ihrem Sohn nachgeeilt. »Steve, warte!«

»Sie hat ihn umgebracht! Sie hat meinen Vater umgebracht!«, schrie Steve und entriss Pat seine Hand, um auf seine Mutter zu zeigen.

Entsetzt starrte Pat zwischen den beiden hin und her. »Jetzt rufe ich bei der Polizei an!« Er stürmte ins Haus und zur Küche hinein.

Peggy schüttelte den Kopf. Sie keuchte heftig, so schnell war sie ihm nachgelaufen. »Er versteht es nicht.« Sie ergriff Pats Arm. »Sagen Sie's ihm! Sagen Sie ihm, dass ich es tun musste. Für die Göttin!«

Steve war direkt zum Telefon gegangen.

»Nein!« Peggy lief ihm nach, riss ihm den Hörer aus der Hand und zog mit einem Ruck das Kabel aus der Wand. »Nein, du darfst nicht die Polizei anrufen. Steve! Bitte! Sei doch vernünftig!«

Steve stieß sie beiseite und ging zur Haustür. »Wenn ich nicht anrufen kann, dann hole ich sie eben selbst.« Er nahm die Autoschlüssel vom Flurtisch und eilte davon.

Wenige Sekunden später hörten sie den Motor starten. Wütend hieb Peggy mit der Faust auf den Tisch. »Er ist dumm! So dumm! Er versteht nichts! Warum haben Sie ihn nicht daran gehindert?«

»Peggy, ich habe keine Ahnung, was los ist.« Pat war wie gelähmt vor Schock.

»Oh doch. Medb weiß es. Medb weiß alles.« Peggys Augen verengten sich, und dann lächelte sie. »Wir brauchen jetzt Medb. Sie ist eine starke Frau, eine Druidin. Sie ist in der Zauberkunst ausgebildet. Sie kann mir helfen. Wo ist sie? Ich brauche Medb!« Sie legte die Hand auf Pats Stirn, ihre Finger waren eiskalt.

Pat zuckte zurück. »Fassen Sie mich nicht an!«

»Meine Liebe, entspannen Sie sich doch einfach und lassen Sie Medb zu sich kommen. Ich habe Ihnen doch schon gesagt, dass Sie sich nicht ständig gegen sie wehren sollen.« Sie schob Pat langsam zur Wand. »Ich kann sie sehen, sie ist überall um Sie. Sie weiß, dass ich sie jetzt brauche.«

»Peggy!« Kaltes Grauen packte Pat.

»Ich brauche sie.« Peggy bewegte sich nicht. »Ich brauche die Fibel und ich brauche die Kraft.«

»Steve!«, schrie Pat. Verzweifelt versuchte sie, Peggy fortzustoßen. »Viv! Wo bist du? Hilf mir!«

Es kam keine Antwort.
Medb lächelte.
Die Fibel war zum Greifen nahe.

## VI

Meryn gab James Oakley die Hand und blieb eine Sekunde auf der Türschwelle des Cottage stehen. Dann nickte er zufrieden und folgte seinem Gastgeber ins Haus. Die Atmosphäre fühlte sich gut an, sicher. Hugh wartete in der Bibliothek und begrüßte Meryn mit einem Handschlag und einem Schulterklopfen. »Wie schön, dich zu sehen! Ich weiß nicht, warum ich getürmt bin. Tut mir leid.«

Meryn betrachtete ihn kurz. »Ich bezweifle, dass du aus freien Stücken hergekommen bist.« Die drei Männer setzten sich in die Sessel, die vor dem Kamin standen, dann wandte Meryn sich an James. »Meiner Ansicht nach ist das hier auch eine Frage des Protokolls. Ein Geistlicher ist doch bestimmt in der Lage, mit derartigen Situationen umzugehen.«

»Da bin ich mir nicht sicher«, erwiderte James eilig. »Ich glaube, das übersteigt meine Kompetenz bei Weitem. Deswegen habe ich Sie ja auch angerufen. Ganz abgesehen davon, dass, sollte es nötig sein, ein alter Mann wie ich dank der Arthritis nicht mehr zur Festung raufsteigen kann.« Ihm gefiel dieser Mann, er verströmte eine Aura von Wärme und Menschlichkeit und eine beruhigende Selbstsicherheit. »Ich feuere Sie von der Seitenlinie aus an.«

Meryn lächelte, und dabei durchzogen tiefe Falten sein Gesicht. »Ich werde mich über jede Unterstützung freuen. Venutius ist ein mächtiger Gegner, und wenn er sich mit Medb mit den weißen Händen verbündet, werden wohl Sie und ich uns verbünden müssen, um sie niederzuringen. Es ist ein Kampf um Menschenseelen. Ein Gebiet, auf dem Sie ja wohl reichlich Erfahrung haben.«

Hugh schluckte und blickte zwischen den beiden Männern hin und her. Er tat sein Bestes, sich beruhigt zu fühlen, doch stattdessen wuchs seine Panik. »Wäre es nicht besser, wenn ich einfach verschwinde?«

Meryn schüttelte den Kopf. »Mein Freund, sie würden dir folgen. Diese Sache muss ein für alle Mal beendet werden.«

»Und die Fibel?«

»Ist ein Fokus und eine Energiequelle, die einen sehr alten Streit nährt. Sie muss von dem Fluch und der Bitterkeit gereinigt werden, mit der sie mittlerweile geladen ist. Wo ist sie jetzt?«

»Viv hat sie irgendwo dort oben versteckt.« Hugh deutete mit dem Kopf zum Fenster, und alle drei drehten sich um und sahen zum Berg hinauf. Von hier aus konnten sie kein Lebenszeichen oben auf dem Plateau sehen, das jetzt wieder in Sonnenlicht getaucht war, nur vereinzelt waren noch Dunstwolken zu erkennen. »Meryn, ich traue mich nicht in ihre Nähe«, sagte Hugh unvermittelt. »Ich habe Angst davor, wozu er mich treiben könnte.«

Meryn musterte ihn ernst. »In der Geschichte, in deinem Kopf, liegen sie miteinander im Krieg?«

Hugh nickte. »Und nachdem der Krieg erst einmal begonnen hatte, gab es – gibt es – kein Zurück.« Er runzelte die Stirn.

Meryn stand auf. »Ich glaube, wir sollten Cartimandua besuchen.«

Hugh erbleichte. »Nein.«

»Ich werde dir beistehen. Weder du noch Venutius werden etwas tun, solange ich und auch James – falls er uns begleitet – dabei sind.«

»Nein.« Hugh erhob sich erregt. »Nein, ich will wirklich nicht hinfahren. Ihr zwei könnt ja gehen, aber ohne mich. Ich habe lang darüber nachgedacht. Ich bin zur Farm gefahren, um sie zu sehen, und Gott sei Dank war sie nicht da. Venutius ist einfach zu stark für mich!« Die beiden Männer beobachteten ihn schweigend. Er machte eine kurze Pause und schaute wieder zwischen ihnen hin und her. »Ihr könnt ihn sehen, stimmt's? Verdammt!« Er hieb mit der Faust auf den Tisch. »Ich will nicht Gefahr laufen, Viv zu verletzen! Ihr habt ja keine Ahnung, wie mächtig er ist!«

Meryn und James sahen ihm nach, wie er das Zimmer verließ und die Tür hinter sich zuknallte. In der daraufhin einsetzenden Stille hörten sie ihn die Treppe hinaufstürmen.

»Er wird gezwungen, an die Besessenheit zu glauben«, sagte Meryn nachdenklich, »aber er kann sich nicht überwinden, zu glauben, dass es ein Mittel dagegen gibt.« Er seufzte. »Der arme Hugh.«

»Und was machen wir jetzt?« James setzte seine Brille ab, um sie zu putzen.

»Wie weit ist unsere Cartimandua von hier weg?«

»Nicht weit, nur ein paar Meilen.«

»Vielleicht sollten wir hinfahren und uns einen Überblick verschaffen.« Meryn schaute zur Decke. »Ich hoffe nur, dass Hugh hierbleibt. Wir wollen doch nicht, dass er ohne uns durch die Gegend streift.«

# Kapitel 35

## I

Im Farmhaus war alles still, als Viv die Treppe hinunterging. Sie hatte nicht die Absicht, nach Peggy oder Pat zu suchen. Sollten sie doch ihre eigenen Schlussfolgerungen ziehen, warum sie abgereist war. Leise öffnete sie die Haustür und brachte ihre Tasche zum Auto. Doch bevor sie abfuhr, musste sie noch die Fibel holen. So leise wie möglich schloss sie den Kofferraum und warf einen Blick über die Schulter. Niemand war zu sehen, selbst Steves Wagen stand nicht mehr da.

Sie ging durchs Gatter, verschloss es sorgfältig und eilte den Pfad hinauf.

Als sie das Felsplateau erreichte, blieb sie lange am Rand stehen, betrachtete die merkwürdig mondähnliche Landschaft und versuchte, sich zu orientieren. Zwischen den Steinen wuchsen hier und dort gedrungene Dornenbüsche und Wacholdersträucher, und jeder von ihnen konnte der sein, den sie für so markant gehalten hatte. Langsam drehte sie sich im Kreis und spürte, dass die Panik in ihr wuchs. Dann ging sie entschlossen zu einem kleinen Baum, kniete sich nieder, sah sich um und versuchte, einen Spalt zu finden, in den sie die Dose gesteckt haben mochte. Aber sie sah keinen.

Sie stand wieder auf, ging einige Meter weiter und versuchte es erneut. Die Sonne brannte ihr auf den Rücken, sie roch den honigsüßen Duft des Mädesüß. Hoch oben schrie ein Bussard, und als sie aufsah, entdeckte sie den kleinen schwarzen Fleck, der vor dem leuchtenden Blau des Himmels seine Kreise zog.

»Das habe ich mir doch gedacht, dass ich Sie hier finde.« Hughs Stimme drang völlig unerwartet an ihr Ohr. Ängstlich drehte sie sich um. »Hier haben Sie die Fibel also versteckt.«

Sie starrte ihn an. Ihre widerstreitenden Gefühle drohten sie zu übermannen. Sie empfand Angst und gleichzeitig Sehnsucht. »Hugh?«

»Dieses Mal bin ich Ihnen wirklich gefolgt. Ich konnte doch nicht einfach untätig herumsitzen, während alle anderen versuchen, diese verrückte Geschichte aus der Welt zu schaffen! Ich habe Sie von da oben beobachtet.« Er deutete hinter sich. »Ich habe gesehen, dass Sie etwas suchen.«

»Ich kann sie nicht finden«, sagte sie mit einem Kopfschütteln.

Seine Augen verengten sich misstrauisch, dann warf er den Kopf in den Nacken und lachte. »Das wäre natürlich die größte Ironie!«

»Und niemand würde mir glauben.«

»Ja, das stimmt.«

»Venutius?«

Er grinste. »Viv, ich wehre mich gegen ihn. Glauben Sie mir, ich wehre mich gegen ihn. Und ich habe Verbündete. Meryn – habe ich Ihnen von ihm erzählt? Mein Druidenfreund. Und James Oakley, ein Geistlicher aus dem Dorf.«

Kurz zog ein amüsiertes Lächeln über ihr Gesicht. »Ein Druide und ein Geistlicher?«

»Ich weiß. Meine Glaubwürdigkeit ist völlig dahin. Aber das hier ist ein Bereich, mit dem die beiden sich auskennen. Sie sind zur Farm gefahren, um mit Ihnen zu reden. Ich wollte nicht mit. Ich habe mich nicht getraut. Ich wollte im Haus bleiben, aber ich konnte einfach nicht. Ich muss doch wissen, was passiert!« Sein Lächeln erlosch, und er zuckte zusammen. »Haben Sie das gehört? Oh mein Gott! Ich hätte umdrehen sollen, als ich Sie sah. Ich hätte zum Auto zurückgehen und mich einsperren sollen!«

»Was ist denn?«

»Zum Teufel! Verflucht! Ich schaffe es nicht! Nicht allein. Er will die Fibel haben.«

»Ich habe Ihnen doch schon gesagt, ich kann sie nicht finden! Ich kann sie Ihnen nicht geben.« Sein Gesicht veränderte sich. Vor ihren Augen legte sich eine Maske über seine Züge. Sie wich zurück. »Hugh?«

»Schauen Sie, dass Sie wegkommen, Viv. Laufen Sie!« Hugh war der Schweiß ausgebrochen. »Ich kann mich nicht gegen ihn wehren! Ich will Ihnen nicht wehtun. Das könnte ich nicht ertragen! Ich liebe Sie, Viv, aber er will Cartimandua umbringen!« Seine Stimme überschlug sich. »Verschwinden Sie! Sofort!«

Von Grauen gepackt, sah sie ihn an. »Hugh?«

»Jetzt!« Er keuchte und hatte die Hände auf die Ohren gelegt. »Hören Sie es denn nicht! Die Carnyx! Der Trommelwirbel! Er kommt!«

Schließlich wurde ihr bewusst, was er da sagte. Panisch drehte sie sich um, lief an ihm vorbei über einen Felsspalt und den Berg hinunter, sprang über Steine hinweg auf das Gras, umrundete die größeren Felsvorsprünge und rutschte auf dem Geröll immer wieder aus.

Verzweifelt schüttelte Hugh den Kopf und wischte sich den Schweiß vom Gesicht. Er spürte Venutius' Zorn, als die Boten vor ihm erschienen, spürte seine ohnmächtige Wut, als sie ihm erzählten, dass Cartimandua, seine Gemahlin, Vellocatus geheiratet hatte. Sie hatte sich von ihm abgewandt. Sie hatte seinen Schildträger und seinen Diener geheiratet.

Vor Wut tobend, hatte er mit den Fäusten gegen die Wand getrommelt.

Im Namen der großen Götter Camulos und Lugh würde er sich rächen! Er würde jeden Mann umbringen, der für sie kämpfte, und er würde Vellocatus die Gliedmaßen einzeln ausreißen, und wenn es das Letzte war, das er auf dieser Welt tat. Und dann würde er sie töten.

»Viv!« Hughs Stimme ging im Rauschen des Windes hinter ihr unter. »Viv, es tut mir leid. Ich wollte nicht, dass es so ...«

Sie hörte ihn nicht.

# 11

Pat tastete nach ihrer Armbanduhr und versuchte, die Ziffern zu erkennen. Es war fünf Uhr. Es musste Nachmittag sein. Lange konnte sie nicht geschlafen haben. Sie lag da und starrte zur Decke. In ihrem Kopf hämmerte es, und ihr war übel. Medb war da gewesen, das zumindest wusste sie. Und Peggy.

Mit steifen Beinen stieg sie aus dem Bett. Langsam kehrten vereinzelte Erinnerungsfetzen an die vergangenen Stunden zurück. Sie hatten in der Küche gesessen. Sie hatte entsetzliche Kopfschmerzen gehabt, und Peggy hatte ihr etwas aus einer Flasche zu trinken gegeben, die auf der Kommode stand, und war dann mit ihr nach oben gegangen. Und was war dann passiert? Sie hatte Medbs Hände auf dem Gesicht gespürt, die eiskalten Finger, und dann nichts mehr. Schlaf.

Leise öffnete sie die Zimmertür und sah in den Flur hinaus. Im Haus herrschte Stille. Mit dröhnendem Kopf schlich sie den Gang entlang und blieb horchend am oberen Treppenabsatz stehen. Aus der Küche hörte sie Töpfe klappern und Wasser laufen. Peggy war wohl beim Abspülen.

Sie schlich weiter bis vor die Küchentür und lauschte. Peggy musste sie gehört haben, denn plötzlich ging sie auf. »Geht's Ihnen jetzt besser, meine Liebe?«

Pat nickte benommen.

»Gut. Dann kommen Sie mit, und ich gebe Ihnen noch mal etwas gegen die Kopfschmerzen.«

Woher wusste Peggy, dass sie Kopfschmerzen hatte?

Pat konnte kaum einen Fuß vor den anderen setzen. Peggy nahm sie am Arm und führte sie den Gang entlang zur Kräuterkammer, wo sie das Licht einschaltete und die Tür hinter ihnen beiden schloss. Dann schob sie sie zum Sofa. »Setzen Sie sich. Ich mache Ihnen noch einen Aufguss, der wird Ihnen helfen.« Pat fasste sich an die Stirn, die Kopfschmerzen waren unerträglich. Steve war zurückgekommen. Sie sah ihn vor sich. Er war völlig außer sich gewesen. Jemand war gestorben. Stirnrunzelnd schaute sie Peggy zu, die zu den Regalen ging, in denen sie die Glasgefäße, Schachteln und braunen Papiertüten mit ihren Kräutern aufbewahrte, alle sorgsam beschriftet. Bedächtig vermischte sie in einem Glas mehrere Zutaten und goss zum Schluss etwas aus dem kleinen Fläschchen hinein.

»Steve«, murmelte Pat. »Steve war ganz aufgelöst.«

»Jetzt vergessen Sie Steve.« Peggy drehte sich zu ihr und reichte ihr das Glas. »Trinken Sie das, dann geht's Ihnen besser.«

Pat wandte den Kopf ab, aber Peggy stand schon neben ihr, legte ihr eine Hand in den Nacken und führte mit der anderen das Glas an ihre Lippen. Sie hatte nicht die Kraft, sich zu wehren. Sie schluckte die Flüssigkeit und würgte. Peggy lächelte. »Ich weiß, es schmeckt widerlich, aber in ein paar Minuten geht's Ihnen wunderbar. Schauen Sie, ich gebe noch etwas Met dazu. Dann schmeckt es etwas süßer.« Sie verschraubte die Flasche wieder und steckte sie in ihre Tasche. »Die nehmen wir mit, für den Fall, dass wir sie brauchen. Und jetzt kommen Sie mit, wir machen uns auf die Suche nach Viv.«

## III

Der Pfad führte steil bergauf, und es war sehr schwül. Nach zwanzig Minuten begann Hugh der Kopf zu pochen. Er holte die Wasserflasche aus seinem Rucksack und setzte sich auf einen Felsvorsprung, um auf den Weg zurückzusehen, über den er aufgestiegen war. Irgendwo in der Ferne, weit unter ihm, schrie ein Bussard. Ein leichter Wind ließ die Gräser rascheln, und irgendwo unter ihm rutschte Geröll lautstark den Berg hinunter. Über die Schulter sah er zu den Hängen über sich. Hier konnte er sich eine Weile ausruhen.

Er fröstelte, als ein Schatten auf ihn fiel. Eine Sekunde wagte er nicht, die Augen zu öffnen. Er hatte nichts gehört, nicht gespürt, dass jemand sich näherte, aber jetzt fühlte er die Anwesenheit deutlich. Starr vor Angst zwang er sich, die Augen zu öffnen. Es war niemand da.

»Also gut, mein Freund«, sagte er heiser. »Sollen wir uns unter vier Augen unterhalten, oder sage ich dir, dass du weggehen sollst, wie Meryn es mir empfiehlt?«

Er sah sich um. Nichts. Zu hören war nur der Wind, der durch die kurzen Gräser zu seinen Füßen fuhr. Am Horizont zog allmählich die Abenddämmerung auf.

»Also, Venutius. Jetzt sind du und ich zusammen auf dem Berg, auf dem du Cartimandua besiegt hast. Wie fühlt es sich an, der Sieger zu sein?«

Er schauderte heftig, die Kälte drang vom Gipfel zu ihm herunter. Vom Felsplateau stiegen Dunstwolken auf. Irgendwie war der Nachmittag verstrichen, ohne dass er es gemerkt hatte.

Venutius lächelte. Zwei Dinge hatte er noch zu erledigen. Er musste Medb finden.

Und er musste den Römer töten, der Cartimandua seinem Zugriff entrissen hatte.

## IV

Während Viv in den Hof lief, ging die Haustür auf, und sie stand Peggy gegenüber, die gerade aus dem Haus trat.

Peggy lächelte. »Wieso diese Eile?« Über ihrer Schulter hing eine Jagdtasche.

»Venutius! Er will die Fibel!« Viv rang nach Luft. Auf dem Pfad hinter ihr war niemand zu sehen, keine Spur von Hugh. Hugh, der gestanden hatte, dass er sie liebte, bevor die hassverzerrte Maske sich über sein Gesicht gelegt hatte.

Peggy lächelte. »Viv, wir alle wollen die Fibel. Haben Sie sie gefunden? Nein? Dann müssen wir noch mal raufgehen und sie holen.«

»Peggy, ich habe Ihnen doch gerade gesagt, dass Hugh da oben ist. Mit Venutius!« Viv war verzweifelt. »Er will mich umbringen!«

Peggy lächelte wieder, dann rief sie über die Schulter: »Medb! Komm! Viv geht jetzt mit uns zu dem Versteck.«

Viv fuhr zusammen. »Medb?« Sie holte tief Luft und versuchte sich zu fassen, und zum ersten Mal schaute sie Peggy richtig ins Gesicht. Es glänzte vor Schweiß, ihre Augen waren hart und berechnend, ihre Miene von eisiger Entschlossenheit. Ein Schauer lief ihr über den Rücken. Sie schaute zu ihrem Wagen, der nur wenige Meter von ihr entfernt stand.

Peggy schüttelte den Kopf und hielt eine Hand hoch. Darin lagen Vivs Autoschlüssel. »Ich habe gesehen, dass Ihr Zimmer leer ist. Ich fand es nicht sehr nett von Ihnen, abzufahren, ohne sich zu verabschieden, Vivienne. Und ich finde es auch nicht sehr nett von Ihnen, herzukommen und sich als Steves Freundin auszugeben, während sie in einen anderen verliebt sind, also können Sie uns zumindest die Fibel als Geschenk für die Göttin geben.«

Hektisch sah Viv sich um. »Peggy, es tut mir leid, ich habe nie gesagt, dass ich Steves Freundin bin. Wie sind Sie denn auf die Idee gekommen?« Wieder sah sie über die Schulter. Jeden Augenblick würde Hugh auf dem Pfad auftauchen. Sie wusste nicht, vor wem sie mehr Angst hatte, vor Venutius oder Peggy. »Wo ist Steve?«

»Steve ist nicht hier. Er ist fort.« Peggy lächelte.

Dann nahm sie eine Bewegung in der Tür wahr, und Pat erschien. Sie sah benommen aus und stand sehr unsicher auf den Beinen. »Viv, du solltest sie ihr wirklich geben.«

»Aber ich hab sie doch gar nicht!« Viv war völlig panisch. »Hugh ist da oben am Berg! Er will sie. Venutius will sie. Und ich konnte sie nicht finden. Vielleicht hat Cartimandua sie versteckt!« Sie lachte sarkastisch. »Ihr müsst mir helfen. Bitte, Peggy, geben Sie mir die Autoschlüssel!« Sie streckte die Hand aus und trat auf Peggy zu, die ihr nur einen verächtlichen Blick zuwarf, dann abrupt kehrtmachte und ins Haus ging.

Verzweifelt wandte Viv sich an Pat. »Was ist denn mit ihr? Und was ist mit dir? Wo ist Steve?«

Pat zuckte mit den Schultern. Ihre Augen starrten ins Leere. »Ich wehre mich, Viv. Es tut mir leid, aber Medb ist zu stark für mich. Hilf mir!« Sie klammerte sich an den Türrahmen, fast lallte sie. Dann stand Peggy wieder hinter ihr, in der Hand ein Gewehr. Entsetzt sah Viv, wie sie es auf Taillenhöhe hob und direkt auf sie richtete. »Es reicht. Wenn Sie lang genug leben wollen, um sich wieder in Ihr Auto zu setzen, dann tun Sie, was ich Ihnen sage. Jetzt gehen wir und suchen Cartimanduas Fibel. Ich brauche sie. Los!«

## V

»Ich kann nicht mehr! Ich bin völlig erledigt!« Viv blieb stehen und drehte sich zu Peggy um.

Diese hob das Gewehr etwas höher. »Wir gehen nach Hause, sobald Sie sie gefunden haben.« Ihr Ton war barsch. »Also, wo ist sie?« Die Sonne näherte sich dem Horizont im Westen, unter ihnen stieg der erste Dunst auf. Ein durchsichtiger Dreiviertelmond stand in der Ferne über den Bergen am Himmel. Pat, die ihnen stolpernd den Berg hinauf gefolgt war, sank auf einen Felsen. Viv achtete gar nicht auf sie, sondern richtete ihre ganze Aufmerksamkeit auf Peggy. Die Kehle war ihr wie zugeschnürt, sodass sie kaum sprechen konnte. »Ich hab Ihnen doch schon gesagt, ich weiß nicht, wo sie ist.«

»Dann fragen Sie sie. Fragen Sie Cartimandua.«

»Das kann ich nicht.«

»Das können Sie sehr wohl!«

»Jetzt komm schon, Viv«, murmelte Pat. »Es lohnt sich nicht, dafür zu sterben.« Sie sprach sehr undeutlich. »Sag ihr einfach, wo sie ist.«

»Ich habe Ihnen doch schon gesagt, ich konnte sie nicht finden. Vielleicht hat jemand anderes sie geholt!« Viv schüttelte den Kopf.

»Das ist doch verrückt. Was hast du denn genommen, Pat? Was ist denn los mit dir? Hilf mir!« Sie war den Tränen nahe.

Pat zuckte mit den Schultern, ihr Blick war verschwommen. »Peggy meint es ernst.«

Verzweifelt schüttelte Viv wieder den Kopf. »Und Medb? Sie will sie doch auch, oder nicht? Wer von euch kriegt sie dann? Oder macht ihr das mit Waffengewalt unter euch aus?«

»Darüber machen wir uns Gedanken, wenn es so weit ist.« Peggy lächelte kalt. Sie zielte mit dem Gewehr auf Pat, die zurückzuckte. »Jetzt kommen Sie schon, Vivienne. Wenn Sie sie nicht finden können, dann hilft Ihnen Cartimandua. Fragen Sie sie!«

»Mach einfach mit der Geschichte weiter, Viv. In der Vergangenheit bist du sicher«, flüsterte Pat. »Mach's einfach.«

Matt legte Viv den Kopf in die Hände. »Ich kann nicht.«

»Du kannst. Du musst.« Mühsam stand Pat auf und setzte sich neben sie, ohne Peggy aus den Augen zu lassen. Unter ihnen breitete sich die Landschaft aus, still und einsam, während die Sonne hinter dem Dunst verschwand.

»Komm schon! Cartimandua hat die Fibel versteckt. Sie muss sie versteckt haben. Sie weiß, dass Medb Venutius' Geliebte ist und sein böser Geist!« Pat redete immer zusammenhangloser. »Mach schon. Schließ die Augen. Ewig wird sie nicht warten. Sie wird uns umbringen!« Sie deutete auf Peggy.

»Wo ist Steve? Wenn er uns auf der Farm nicht findet, wird er uns suchen.«

Peggy schüttelte den Kopf. Sie setzte sich auf einen Stein, hielt das Gewehr aber unverwandt auf Viv gerichtet. »Steve ist fort. Das habe ich Ihnen doch schon gesagt. Er wird Sie nicht retten, wenn Sie das gehofft haben sollten. Jetzt machen Sie schon.«

Viv hatte einen Kloß im Hals. Wo sollte Steve hingefahren sein? Über ihren Rücken rann klebriger Schweiß, die Felsen gaben die Hitze des Tages ab. Noch nie im Leben hatte sie so schreckliche Angst gehabt. Das trockene Gras um sie raschelte leise im Wind, als sie die Augen schloss. Pat schaute nervös zu Peggy, die das Gewehr auf einem Stein abstützte, damit aber nach wie vor auf Viv zielte.

Viv merkte es gar nicht. In ihrer Panik gab es nur einen Ort, an den sie sich zurückziehen konnte. In ihr Inneres.

Keuchend fasste sie sich an den Bauch.

Gruoch und Mairghread halfen ihr, das Kind zur Welt zu bringen. Gruoch mit sanften und geschickten Händen, Mairghread voll Groll und Zorn. Die Römer, mit Vellocatus im Gefolge, waren fort, trieben Venutius nach Norden. Carta hatte wegen ihres Zustands zurückbleiben müssen. So lange wie möglich hatte sie an der Spitze ihrer Männer gestanden, auf dem Wagen, Vellocatus an ihrer Seite, aber jetzt hatte sie einsehen müssen, dass sie nicht mehr weiterkonnte. In der Nacht hatten die Wehen eingesetzt. Gegen die Mittagszeit brachte sie eine kleine, brüllende Tochter zur Welt. Sie betrachtete das Kind, das Gruoch ihr in die Arme legte. »Sie ist perfekt.« Gruoch lächelte. »Und lautstark. Sie wird einen ebenso starken Willen haben wie ihre Mutter.«

Mairghread beauftragte unterdessen die Bediensteten, Ordnung zu schaffen. Frische Kräuter wurden auf das Feuer geworfen, das Kind wurde gesegnet. »Willst du ihr einen Kindernamen geben?« Gruoch befestigte heilige Perlen um das Fäustchen der Kleinen.

Cartimandua wandte den Kopf ab. »Vellocatus wollte einen Sohn, einen Krieger, der uns als Anführer unseres Volkes nachfolgt.«

»Dazu wäre es nie gekommen, Herrin«, erwiderte Gruoch und berührte sie sacht an der Hand. »Nicht ohne den Segen der Götter und die Wahl der Menschen. Sie sind es, die beschließen, wer König wird. Oder Königin.« Sie lächelte tadelnd.

»Dann werde ich Artgenos' Rat folgen.« Carta reichte ihr das Kind. »Sorge dafür, dass sie zu Pflegeeltern kommt. Sie hat meinen Segen.« Sie legte sich wieder hin und verbarg ihr Gesicht vor dem Licht.

Viv wischte sich mit dem Handrücken die Tränen aus den Augen. »Und das war's«, sagte sie. Ihr Gesicht war kreidebleich.

»Nein. Nein, das war's nicht.« Pat stand vor ihr. »Das war's noch lange nicht! Mach weiter.« Auf einmal wirkte sie sehr konzentriert, ihre Stimme war fest.

Peggy lächelte. Medb hatte sich ihrer angenommen. Sie sah die schemenhafte Gestalt, den strengen, durchdringenden Blick, der auf Vivs Gesicht gerichtet war.

»Nicht jetzt, Pat.« Viv legte sich ins Gras und schloss die Augen. »Ich bin zu müde. Ich will nicht weitermachen.«

»Jetzt sofort! Wir müssen wissen, was als Nächstes passiert ist. Hat das Kind überlebt? Wo ist es hingebracht worden? Was ist mit der Fibel passiert?« Einige Minuten herrschte Stille. »Ich sag dir, was passiert ist, ja? Venutius hat Medb fortgeschickt«, fuhr Pat schließlich fort. »Er hat gesagt, er will sie nie wieder sehen, aber sie hat sich nicht sehr weit zurückgezogen.« Unvermittelt lachte sie auf. »Das erzähle ich dir vielleicht später mal. Aber jetzt wollen wir wissen, was mit Carta und Vellocatus passiert ist. Es ist wichtig.« Sie reckte ihr Gesicht aggressiv vor.

»Pat«, sagte Peggy leise. »Seien Sie still. Lassen Sie sie reden.« Ihre Stimme war eisig.

Langsam setzte Viv sich auf und seufzte. »Ich weiß nicht, ob ich es schaffe.« Sie schloss die Augen wieder, zu müde, um sich zu wehren, holte tief Luft und lauschte. Sofort waren die Geräusche und die Worte und die Erinnerungen, die sie bedrängten, in ihrem Kopf.

»Wo ist sie?« Carta stand vor Artgenos im Druidenkolleg. Aus der Ferne hörten sie, wie die Schüler rezitierten und den Lehrstoff des Tages wiederholten. Der alte Mann saß in seinem bequemen Korbstuhl am Feuer, vor der Kälte schützte ihn ein dicker weißer Wollumhang. In seinem Rücken steckten Kissen, neben ihm stand ein Krug mit gewürztem Bier.

»Sie wurde weggebracht, wie du es befohlen hast. Sie ist bei einer

Pflegefamilie.« Auf dem Tisch befand sich ein Körbchen voll polierter Bergkristalle, die im Licht der Flammen funkelten.

»Und ich will wissen, wohin sie gebracht wurde.« Carta war außer sich. Sie war wieder zu Kräften gekommen, ihr Körper war schlank und geschmeidig wie eh und je, und ihre Erscheinung war ebenso majestätisch und schön wie zuvor.

Seufzend stand er auf und stützte sich auf seinen Stab. »Sie wird gut versorgt, Carta. Ich bekomme regelmäßig Berichte. Sie ist klug und aufmerksam, und es geht ihr gut. Wenn sie sechs oder sieben Sommer alt ist und wenn sie so intelligent ist, wie ich es glaube«, er lächelte wehmütig, »werde ich sie auf eine Druidenschule schicken. Es ist am besten, wenn sie nie erfährt, wer ihre Eltern sind.«

Einen Moment verschlug es Carta vor Zorn die Sprache. Als sie sie schließlich wiederfand, warf sie Artgenos einen Blick zu, der selbst ihn erschaudern ließ. »Wie kannst du es wagen!«

»Ich habe die Omen befragt, Carta«, sagte er geduldig. Er warf einen Blick zur Tür, wo der gefiederte Umhang, den er trug, wenn er die Götter befragte, an einem Hirschgeweih hing. »Ich habe ihre Zukunft gesehen. Sie wird nie Königin werden. Wenn sie hier wäre, würde das die Unruhe in Brigantia nur weiter schüren.« Er runzelte die Stirn. »Carta, die Druiden werden jeden fähigen Bewerber brauchen. Die Römer sind entschlossen, uns auszulöschen.« Er zögerte bekümmert. »Dein Bündnis mit Rom ist nicht mehr zu halten. Und der neue Statthalter Suetonius Paulinus erweist sich als gefürchteter Soldat. Vergiss das Kind. Es geht ihr gut, und sie ist glücklich. Denk stattdessen an die Götter und ihre Bedürfnisse. Ynys Môn selbst, einer der heiligsten Orte unserer Inseln, ist bedroht. Paulinus setzt alles daran, ihn zu zerstören. Ich habe mit Vellocatus gesprochen. Er ist bereit, ein Heer anzuführen, um die Legionen abzu…«

»Nein!« Cartas Lippen wurden schmal. »Ich verbiete es. Wenn die Götter bedroht sind, werden sie sich selbst schützen.«

»Die Götter befehlen dir, für sie zu kämpfen, Carta. Die Omen sind stark.«

»Es gibt keine solchen Omen!«, widersprach sie wütend. »Ich habe mit der Göttin gesprochen, meiner Göttin. Ich habe ihr Opfer dargebracht. Sie hat die Römer hierher geführt, die uns gerettet haben, bevor sie Venutius nach Caer Lugus zurückgetrieben haben.«

»Und Venutius ist einer der besten Männer, den unser Volk hat, um Rom zu bezwingen.« Er musterte sie streng. »Ein erneutes Bündnis mit ihm wäre immer noch möglich. Cartimandua, du vergisst, wer du bist und dass du verpflichtet bist ...«

»Nein! Ich weiß sehr wohl, wer ich bin. Ich bin die Königin. Ich habe die Unterstützung der Legionen, ich bin eine Verbündete des römischen Statthalters und ich bin eine Ehrenfrau.« Ihre Augen verengten sich. »Alles, was ich getan habe, habe ich für mein Volk getan, Artgenos!«

»Alles?«, sagte er mit hochgezogener Augenbraue. Sie sah nicht, wie traurig und verwundert sein Lächeln war.

»Alles!« Rastlos schritt sie im Zimmer auf und ab. »Und ich werde meine Meinung nicht ändern!«

Er verkniff sich einen Fluch. »Warum machst du das? Du hast dein politisches Gespür verloren, Carta. Du handelst unklug. Du hast deinen Scharfsinn verloren. Du hast den Verstand verloren!«

»Genug!« Sie sprach so leise, dass er kurz glaubte, er habe sie nicht richtig verstanden. Dann wandte sie sich zu ihm. »Artgenos, jetzt bist du zu weit gegangen. Geh. Verlass Brigantia noch heute. Du bist in meinem Königreich nicht mehr willkommen. Du widersetzt dich mir. Du versteckst mein Kind vor mir und du stellst dich auf die Seite meiner Gegner. Wenn du dir so große Sorge um das Schicksal der Druiden auf Môn machst, schlage ich vor, dass du zu ihnen gehst. Dort sind deine Gebete nützlicher als hier, Artgenos. Und nimm Culann mit. Ich spüre doch, dass er mich zutiefst missbilligt. Er soll zusammen mit dir die Druiden im angesehensten Kolleg unterstützen.« Sie wandte sich zur Tür. »Heute noch!«

Warum konnte er es denn nicht verstehen? Wenn sie jetzt ihre Meinung änderte, wenn sie jetzt von Rom auf die Seite der Rebellen umschwenkte, würde das bedeuten, dass alles, wofür sie sich eingesetzt hatte, eine Lüge gewesen war. Dass es sinnlos gewesen war, Caradoc zu verraten. Dass sie sich ganz umsonst für ihr Volk eingesetzt hatte. Und außerdem würde sie dann die Führung über ihr Volk Venutius überlassen müssen. Eher würde sie sterben.

»Peggy!«, flüsterte Pat und rieb sich müde die Augen. »Schauen Sie doch hinter sich. Da zieht ein Sturm auf. Und außerdem wird es bald dunkel.«

»Still! Hören Sie ihr zu!« Peggy saß ganz nahe bei Viv, die Augen fest auf ihr Gesicht gerichtet. »Die Fibel. Wo ist die Fibel?«

Viv sprach immer langsamer, ihre Stimme wurde zunehmend schwächer.

»Mairghread! Bring mir etwas Wein und etwas zu essen. Sind die Druiden fort?« Sie schauderte ebenso heftig wie Carta.

»Ja, Herrin.« Mairghread schürzte die Lippen. »Sie haben Ban mit der Leitung des Kollegs hier beauftragt.«

»Und du hast sie nicht begleitet? Ich weiß doch, dass du alles missbilligst, was ich tue. Insgeheim hast du immer zu Venutius gehalten.«

»Ich bin deine Freundin«, antwortete Mairghread steif. »Aber ich habe nie mit meiner Meinung hinter dem Berg gehalten. Es gefällt mir nicht, wie du Artgenos fortgeschickt hast. Das stand dir nicht zu. Er hat die Macht, dir die Herrschaft zu nehmen! Aber er ist gegangen. Um dich deinem Schicksal zu überlassen. Mir gefällt nicht, wie unterwürfig du mit den Römern umgehst, aber es ist deine Entscheidung. Aus beiden Gründen brauchst du mich mehr denn je, und deshalb bleibe ich.«

Carta widersprach ihr nicht. »Danke.« Sie fröstelte. »Ist Gruoch mitgegangen?«

»Nein. Sie wird Ban helfen, das Kolleg zu leiten. Brigantia braucht die Gebete und Opfergaben eines erfahrenen Druiden, und Artgenos hat ihr seinen Segen gegeben, seine Arbeit hier fortzusetzen.«

Carta seufzte. »Es ist also alles geordnet.«

»Wie es sein muss.« Mairghread schenkte Wein in einen Kelch und reichte ihn ihr.

»Weiß Gruoch, wo mein Kind ist?«

Mairghread schüttelte den Kopf. »Ich habe zufällig gehört, wie sie Artgenos angefleht hat, es ihr zu sagen. Er ließ das Kind in der Nacht nach seiner Geburt fortbringen.«

»Glaubst du, er hat sie töten lassen?« Cartas Augen füllten sich mit Tränen.

Mairghread schüttelte den Kopf. »Das hätte er nie getan, Herrin. Niemals. Er ist nicht nur ein wunderbarer Priester und Druide, er ist auch ein guter Mensch.«

Carta lächelte gequält. »Das heißt, meine Unterstützer werden mit jedem Tag weniger. Wo ist Vellocatus?«

»Er ist auf die Jagd gegangen, Herrin. Hast du das vergessen?« Sie erinnerte Carta nicht an seine Enttäuschung, dass sie ihm keinen Sohn geboren hatte und er sich deshalb bewusstlos getrunken hatte und eine Woche lang nicht ansprechbar gewesen war. Anschließend war er mit vier Gefährten in den Wald geritten. Das war vor zwei Monaten gewesen, und er war noch nicht zurückgekehrt.

»Gibt es neue Nachrichten aus Môn?« Carta schaute zu Mairghread, die das Feuer schürte.

Mairghread schüttelte den Kopf.

»Ich werde die Göttin befragen«, sagte Carta schließlich besorgt. »Wir sollten die Druiden unterstützen. Wir könnten ihnen heimlich Krieger schicken. Die Römer brauchen nichts davon zu erfahren.«

Mairghread nickte. »Das würde deinem Volk gefallen.«

»Und Vellocatus.«

»Und Vellocatus.« Mairghread lächelte traurig.

Es war zu spät. Sobald die Schneeschmelze begann und der Boden etwas trocknete, setzten die Römer sich in Bewegung. Gruoch betrat Cartas Bettkammer und bedeutete ihren Gefährtinnen zu gehen. In den letzten Tagen hatte sie schlimme Nachrichten erhalten. »Gestern Abend habe ich in die Wasser des heiligen Teichs geblickt, und sie waren rot vor Blut. Ich habe meinen besten jungen Seher beauftragt, den Schlaf des wahren Traums zu schlafen, und er hat mir berichtet, was passiert ist.« Ihr Gesicht war kreidebleich.

Carta erhob sich und ging zum Seitentisch, um Gruoch einen Kelch Met einzuschenken, dann reichte sie ihn ihr. »Erzähl mir.« Ihr Mund war trocken, und ihre Hände zitterten, als sie auch sich einen Kelch mit Met füllte.

»Die Römer sind in das Land der Deceangler vorgedrungen. Sie haben einen Stützpunkt in Deva und einen anderen in Segontium errichtet, damit sie Môn vom Land und von der See aus angreifen konnten! Sie haben am Ufer von Afon Menai Stellung bezogen und dort gewartet. Sie hatten Angst, das Wasser zu überqueren.« Sie biss sich auf die Lippe. »Unsere Leute standen auf der anderen Seite des Wassers. Sie haben die Götter angerufen, sie haben die Geister des Meeres und des Himmels angefleht. Die Römer hatten Angst, große Angst. Am liebsten wären sie geflohen, aber ihre Anführer haben sie vorwärtsgetrieben. Und ...« Sie musste innehalten, weil ihr Tränen über die Wangen strömten. »Sie sind auf der gesegneten Insel gelandet und haben alle, die dort lebten, mit dem Schwert hingerichtet. Alle. Männer, Frauen und Kinder. Niemand wurde verschont. Sie haben sogar die heiligen Haine verbrannt, die uralten, gesegneten Eichen!« Schluchzend sank sie auf die Knie.

Carta schluckte. Sie hatte das Gefühl, von einer Eisschicht umhüllt zu sein. »Ist niemand – nichts – mehr da?«

»Nichts.« Gruoch schüttelte den Kopf. »Wir hätten ihnen helfen können. Wir wissen seit vielen Monden, seit vielen Sommern, was die Römer vorhatten.«

Langsam ging Carta im Raum auf und ab und rang die Hände. »Und Artgenos?« Sie wandte sich wieder zur Gruoch. »Kam er in der Vision vor?«

»Er ist im Kampf gefallen.« Gruoch sah zu ihr hoch. »Ein alter Mann von gut achtzig Sommern, und er ist im Kampf gefallen.«

Eine lange Stille setzte ein. Tränen strömten Viv übers Gesicht.

»Und die Fibel?«, zischte Peggy. »Wo ist die Fibel?«

Viv schüttelte den Kopf. »Es ist niemand da, der die Toten bestatten könnte.« Ihre Stimme hallte über die Berge, über die sich bereits die erste Dunkelheit breitete. Die Stimme der Göttin.

»Raben. Milane. Wölfe aus den Wäldern. Schande ist über die Götter gekommen. Schaut. Die Römer waschen das Blut der Druiden in unseren heiligen Teichen von ihren Schwertern und ihren Händen. Alle Lebewesen weinen. Die Vögel weinen. Von ihren Schnäbeln tropft Blut. Ein Frevel. Eine Schande. Schande über dich, Cartimandua. Du hättest verhindern können, dass das passiert.«

»Aber das stimmt nicht!« Ihre Stimme veränderte sich, ihre Züge ebenfalls. Jetzt war sie wieder Cartimandua. »Sie hätten auch uns getötet. Unsere Druiden wären ebenfalls gestorben. Gruoch wäre hingemetzelt worden. Aber sie lebt. Sie hat viele Männer und Frauen für das Kolleg angeworben, und unter ihrer Fürsorge gedeihen die Misteln. Die Römer waren nicht erfolgreich. Sie haben uns in Ruhe gelassen. Sie sind nach Süden zurückgekehrt.« Sie runzelte die Stirn. »Denn eine Nachricht traf ein. Nur wenige Tage später. Vom Aufstand der Icener. Nach Prasutagus' Tod haben die Römer sich nicht mehr an ihre Vereinbarung gehalten. Sie haben seine Töchter geschändet, sie haben seine Königin ausgepeitscht, und Boudicca setzte sich gegen sie zur Wehr. Sie brannte Camulodunum und Londinium und Verulamium ab. Der ganze Südosten erhob sich in diesem blutigen Aufstand.«

Pat war unsicher aufgestanden. Jetzt kauerte sie sich wieder hin und legte eine Hand auf Vivs Arm. »Und warum hast du sie nicht unterstützt, Cartimandua?« Jetzt, da die Wirkung der Droge nachließ, war Medb wieder da. Ihre Stimme überschlug sich vor Hohn. »Es stand in deiner Macht, den Verlauf der Geschichte zu beeinflussen! Wenn du sie mit deinen Männern unterstützt hättest, wenn du dich mit Venutius zusammengetan hättest, hättet ihr die Römer für immer von unseren Inseln vertreiben können. Du hättest ihr zum Sieg verhelfen können!« Sie lachte ein barsches, grausames Lachen. Medbs Lachen. »Aber du hast dich geweigert. Selbst dann hast du dich geweigert. Du konntest dich nicht dazu überwinden, gegen die Römer zu kämpfen! Du bist mit deinem Geliebten zu Hause geblieben!«

Vellocatus war heimgekehrt. Er schickte die Männer zum Kampfplatz und kam zu Carta ans Bett.

Er zog sie an sich und küsste ihr sacht die Stirn. »Ich habe meine Gemahlin vernachlässigt. Es ist Zeit, das wiedergutzumachen.«

Sie schmiegte sich an ihn. »Du hast mir gefehlt.«

Lächelnd hob er ihr Kinn, um sie auf die Lippen zu küssen. »Ich dachte, du liebst mich nicht mehr.«

»Wie konntest du das nur glauben?« Empört erwiderte sie seinen Kuss. »Du bist mein Leben! Meine Liebe! Meine Welt!« Sie schlang ihm die Arme um den Nacken. »Und du wirst der Vater meiner Söhne sein.«

Er lächelte. »Mein Herz, wir werden sieben Söhne haben, und dann noch einmal sieben mehr.« Er nahm sie in die Arme, trug sie zum Bett und legte sie sanft hin. Wenn sie kurz an ihre verlorene kleine Tochter dachte, so ließ sie sich nichts anmerken.

Sie liebten sich die ganze Nacht und standen erst auf, als ihnen ein Sonnenstrahl durch eine kleine Lücke im Dach aufs Gesicht schien. Sie riefen nicht nach den Dienern. Er sah ihr beim Ankleiden zu, seine Augen wanderten über ihren Körper, keine Bewegung entging ihm, nicht der kleinste Schatten auf ihren Brüsten und ihrem Bauch. Ihr Körper hatte sich nach der Geburt verändert. Sie war stattlicher geworden, ihr Fleisch üppiger, ihr Haar fester. Sie war begehrenswerter denn je.

Schließlich war sie fertig und drehte sich zu ihm. »Und jetzt werde ich dich ankleiden. Siehst du, du darfst die Königin bitten, dir das Haar und den Bart zu kämmen.« Sie holte den geschnitzten Kamm von ihrem Tisch. »Und ich werde dir mit deinem Manteltuch helfen und deinen Umhang feststecken.«

Sie leerte den Inhalt ihrer Schmucktruhe auf das Bett und suchte zwischen den Reifen und Fibeln.

»Diese gefällt mir.« Er nahm eine Nadel in die Hand. »Ich weiß noch, dass Venutius immer diesen Vogel getragen hat.« Er lächelte finster. »Er hat ziemlich damit angegeben. Es wird mir ein großes Vergnügen sein, sie selbst anzulegen.«

Als er ihr die emaillierte Goldnadel zeigte, die auf seiner Handfläche lag, wurde sie blass. »Nein, Vellocatus, nicht die. Jede andere, aber nicht die.«

»Warum nicht? Ein Kranich, der mir in der Schlacht Glück bringt.« Lächelnd zog er sie zu sich auf den Schoß. »Weißt du noch, als Venutius sie nicht mehr trug, hat sich sein Glück zu Pech verkehrt. Und du würdest mir doch nichts abschlagen, mein Herz, oder? Willst du sie behalten, um sie ihm zurückzugeben?«

Sie schüttelte den Kopf. »Ich glaube, sie ist verflucht. Ich habe sie nie getragen. Bitte, fass sie nicht an. Durch diese Fibel hat Medb Venutius in der Hand gehabt.«

Lachend warf er den Kopf in den Nacken. »Unsinn! Sie ist wunderschön. Ich werde sie immer tragen!«

Er erstickte ihre Einwände mit einem Kuss, und sie war zu verliebt, um weiter mit ihm zu streiten. Wenige Tage später verließ er sie wieder, um erneut im Norden auf Jagd zu gehen. Der Mond wurde voll, und sie wusste, dass sie nicht empfangen hatte.

In ihren Träumen hörte sie Medbs Lachen über die Berge schallen.

Eine lange Stille setzte ein. Viv strich sich die Haare aus den Augen, die immer noch in die Ferne gerichtet waren.

»Die Römer schickten mir Geschenke, um mich zu erinnern, dass ich ihre Verbündete war. Dass sie sich an unsere Vereinbarungen gehalten hatten. Dass sie mich gerettet hatten, als ich in Gefahr war. Dass unseren Druiden nichts zustoßen würde, wenn Brigantia sich weiterhin nicht am Aufstand beteiligte. Unser Volk würde nicht abgeschlachtet werden. Immer dachte ich nur an unser Volk. Sie waren die Kinder, die ich nie gehabt hatte. Sie waren das Einzige, was mir noch blieb, als mir mein einziges Kind genommen wurde. Ich war ihre Königin. Die Römer verschonten sie, solange ich da war, um sie daran zu hindern. Vielmehr schickten sie mir Gold. Sie schickten mir Gaius.« Sie seufzte unglücklich. »Sie schickten mir Gaius, obwohl ich doch nur Vellocatus wollte.«

## Kapitel 36

### I

Noch am selben Tag, an dem Suetonius Paulinus vom Aufstand der Icener erfuhr, brach er nach Süden auf. Er segelte nach Deva und ritt von dort nach Süden. An seinem Ziel angekommen, ließ er umgehend Gaius Flavius Cerialis zu sich rufen. Sein Auftrag war eine geheime Sondermission von höchster Dringlichkeit. Er sollte auf der Stelle nach Norden reiten und die Königin der Briganten aufsuchen.

»Herr?« Gaius knirschte vor Empörung mit den Zähnen. »Ihr braucht mich im Krieg gegen die Aufständischen.«

»Ich brauche dich, um sicherzustellen, dass die Briganten sich nicht daran beteiligen.« Der Statthalter sprach kurz angebunden. Der Tisch vor ihm war mit Briefen und Plänen übersät. Vor seinem Zelt warteten zahlreiche Offiziere, die sich dringend mit ihm besprechen mussten. Er beugte sich vor und sah Gaius streng ins Gesicht. »Diese Teufelin Boudicca war die Ehefrau eines unserer Vasallenkönige. Womöglich ist sie eine Verbündete oder eine Verwandte Cartimanduas. Ich möchte nicht, dass Cartimandua Schwierigkeiten macht. Noch einen Aufstand an der nördlichen Grenze können wir uns nicht leisten. Das wäre unser Ende. Cartimandua hat uns ihre Stammesleute vom Leib gehalten, sogar gegen Venutius' Willen. Ich habe nicht die Absicht, ihr Wohlwollen uns gegenüber aufs Spiel zu setzen, wenn ein bisschen Diplomatie die Situation retten kann. Und ...«, einen Moment wurde die Miene des Statthalters fast anzüglich, »mehrere Quellen haben mir berichtet, dass du dich gut auf die Diplomatie mit der Barbarenkönigin verstehst.«

Gaius spürte, dass er über und über rot wurde. »Ich hatte auf etwas nützliches Bettgeflüster gehofft, Herr.«

»Du brauchst dich nicht zu erklären. Ich bin mir deiner Treue sicher.« Paulinus erhob sich. »Stell eine kleine Abordnung Männer zusammen und geh zur Schatzkammer. Kleine, kostbare Geschenke. Nichts, das nicht in eine Satteltasche passt. Gib acht, auf den Straßen wimmelt es vor britannischen Aufständischen. Lass dich nicht erwischen. Bleib solange wie nötig bei ihr, um sie abzulenken. Wenn wir Boudicca besiegt und sie zu ihren Göttern geschickt haben, werden wir uns um Cartimandua kümmern.«

Gaius gelang es, ein ausdrucksloses Gesicht zu bewahren, bis er das Zelt des Statthalters verlassen hatte, dann fluchte er lautstark. Er wollte kämpfen. Er wollte nicht die Frau mit ihren lüsternen Schenkeln und ihrem verächtlichen Blick umschmeicheln. Aber er würde sie wieder umgarnen und für sich gewinnen müssen, um ihre Aufmerksamkeit solange wie nötig auf sich zu lenken – eine Aufmerksamkeit, die ihm bislang nur jeweils eine Nacht in ihrem Bett eingebracht hatte, bevor sie seiner überdrüssig wurde. Überdies war sie, wie es in dem Bericht hieß, den der Statthalter ihm gegeben hatte, jetzt mit einem jungen Sklaven verheiratet, dem Schildträger ihres Mannes. Ein Mann, dem sie angeblich völlig verfallen war.

Er fluchte wieder.

Aber gleichzeitig war er auch neugierig. Dieser junge Mann konnte doch kein ernstzunehmender Konkurrent sein. Er, ein schlachterprobter, gut aussehender – er straffte das Kinn und lächelte über seine eigene bescheidene Selbstironie – und charmanter Römer gegen einen Barbarenbauern. Mit dem konnte er es allemal aufnehmen.

Er suchte acht Männer zusammen, und auf schnellen Pferden brachen sie auf. Sie reisten mit einem Minimum an Vorräten, jeder hatte nur eine Satteltasche voll Schmuck, Goldmünzen und – eine Idee Gaius' – kleine Päckchen mit Silber und Brokat, Elfenbeinkämmen und Gesichtssalben bei sich. Dies war die Idee seiner neuen Ehefrau Augusta gewesen, die über diese Mission alles andere als erfreut war, obwohl er ihr nur wenig davon erzählt hatte. Aber zum Glück ging sie völlig in der Pflege ihres neugeborenen Sohns auf.

Überall auf den Straßen begegneten sie Britanniern. Beim Anblick der römischen Breitschwerter zerstreuten sie sich sofort, aber hinter ihrem Rücken johlten sie dann, bedachten sie mit bösen Blicken oder warfen ihnen Steine nach. Diese Menschen waren von ihren Eroberern derart gründlich entwaffnet worden, dass sie keine Gefahr darstellten, solange sie keinen Anführer hatten, aber jetzt strömten sie alle auf Camulodunum zu, wo sie eine neue Anführerin gefunden hatten: Boudicca.

Gaius kochte vor Zorn. Er wollte dabei sein, um die Aufsässigen im Nahkampf zu bezwingen und sie mit Waffen gefügig zu machen. Verführung und Schmeichelei war nicht das, was er sich unter Militärdienst vorstellte. Alle würden sich über ihn lustig machen. Niemand war je befördert worden, weil er mit dem Feind ins Bett gegangen war.

Cartimandua war mittlerweile in Elmet. Sie hatte bereits mehrere Boten Boudiccas empfangen – der erste überbrachte die Bitte um Beistand wegen der ungerechten Behandlung, die der Statthalter einer Königin und Witwe hatte widerfahren lassen und die im völligen Widerspruch zum Willen ihres Mannes und seinen Vereinbarungen mit Rom stand; der zweite lieferte einen erschütterten und zornigen Bericht, was ihr und ihren Töchtern durch die handverlesenen römischen Männer zugefügt worden war, und jetzt traf eine dritte Nachricht ein, in der sie unumwunden Cartimanduas Unterstützung forderte. Andere Boten waren weiter nach Norden zu Venutius geritten. Boudicca verlangte, dass die beiden ihre Zwistigkeiten begruben, um ihr im Kampf gegen den Feind beizustehen. Die gesamten britannischen Inseln waren kurz davor, sich zu erheben. Wenn die beiden sie nicht unterstützten, wären sie die einzigen Herrscher, die sich nicht am Aufstand beteiligten.

Mit ihrem leichten Gepäck brauchten Gaius und seine Männer nur vier Tage, um Brigantia zu erreichen. Oft hatten sie Umwege machen müssen, um den aufgebrachten Banden Britannier auszuweichen, die

die Länder der Trinovanten und der Icener durchstreiften, und weiter im Norden trafen sie auf wütende Männer und Frauen von den Catuvellaunen und den Corieltauvern.

Gaius' Trupp verbrachte eine Nacht bei der IX. Legion, die ihrerseits auf dem Weg nach Süden war, um Camulodunum zu beschützen. Im Morgengrauen brachen sie alle wieder auf.

»Große Königin, ich bringe Euch Geschenke.« Gaius gelang es, ein charmantes Lächeln aufzusetzen, als er zu ihr geführt wurde. Überall in der Siedlung spürte er Feindseligkeit, und zum ersten Mal kam ihm der Gedanke, dass die Briganten womöglich bereits wussten, was auf Môn vorgefallen war und was gerade im Süden passierte. Wenn er geglaubt hatte, er würde sie für sich gewinnen können, noch bevor sie erfuhr, welches Schicksal die Druiden und Boudicca ereilt hatte, so hatte er sich getäuscht. Er entschied sich für eine Taktik entwaffnender Aufrichtigkeit.

»Ich bin gekommen, um sicherzustellen, ob es Euch gut geht. Ihr habt natürlich von den Aufständen gehört?«

Wenn überhaupt möglich, so war sie noch schöner als früher. Natürlich älter wie er selbst auch, aber immer noch reizvoll und immer noch mächtig. Und immer noch unglaublich anziehend.

Sie sah ihn herausfordernd an. »Ich habe davon gehört. Die Königin der Icener ist außer sich vor Wut, und zu Recht angesichts der Art, wie sie behandelt wurde. Und ihr Volk auch.«

»Wie Ihr sagt, ihr Zorn ist gerechtfertigt. Die Männer, die diese Freveltat begingen, sind bestraft worden.«

Tatsächlich hatte er keine Ahnung, was mit ihnen passiert war. Wenn sie für irgendetwas bestraft worden waren, dann zweifellos dafür, dass sie in einer ohnehin gefährlichen Situation solchen Zorn entfacht hatten.

»Ich komme im Auftrag des Statthalters, um mit Euch zu sprechen. Er ist Euch für Eure stete Unterstützung sehr dankbar.«

Sie schürzte die Lippen. Der Mann musste ein Narr sein und sie für eine Närrin halten. Aber jetzt würde sie sich erst einmal auf sein Spiel einlassen. »Wie dankbar?«

Unbehaglich begegnete er ihrem Blick. »Ich habe Geschenke dabei«, sagte er bedächtig.

»Dieselbe Art von Geschenken wie früher?« Sie sah ihm direkt in die Augen. Sie spielte mit ihm. Er sah die Intelligenz in ihrem Blick, den Zynismus – war dieser früher auch schon zu erkennen gewesen? –, aber auch Belustigung.

»Herrin, mir wurde gesagt, dass Ihr einen neuen Gemahl habt«, sagte er leise. »Ich möchte nicht im Revier eines anderen Mannes streunen.«

Ihr Lächeln wurde noch breiter. »Derlei Überlegungen hatte ich von den Römern bislang noch nicht gehört. Und auch nicht von Euch, wenn ich mich an Euren letzten Besuch erinnere. Damals war ich ebenfalls verheiratet.« Sie hatte in der Wasserschale Vellocatus und seine Männer in einem Lager weit oben an den Seen im Norden gesehen, sie hatten Bären und Biber erlegt, und selbst bei der Jagd trug er den goldenen Kranich. »Und Ihr«, ihre Augen verengten sich, »Ihr habt, wie ich höre, eine neue Gemahlin.«

Er spürte, wie seine Schultern sich verspannten. Woher wusste sie das? »Das stimmt in der Tat.«

»Eure erste Frau ist gestorben?«, fragte sie.

»Ja.«

Unbeirrt hielt er ihrem Blick stand, wollte sie herausfordern zu fragen, wie Portia im Kindbett gestorben war. Aber sie nickte kaum merklich, und da wurde ihm klar, dass sie es natürlich wusste. Diese Frau war eine Druidin. Die Druiden wussten alles. Nur nicht, wie sie ihre Auslöschung durch die römische Armee verhindern konnten. Der Gedanke an die Berichte, was auf Môn passiert war, beruhigten ihn. Ihre nächsten Worte allerdings nicht.

»Ich habe die Omen gedeutet. Die Meere um die Länder der Icener sind rot vor römischem Blut. Boudicca wird meine Hilfe nicht benötigen.« Dann schien ihm klar zu werden, dass sie ihn mit dieser Feststellung von seiner Pflicht entband, sie zum Stillhalten zu überreden. Wieder lächelte sie. »Ihr habt Glück, Römer. Mein neuer Ehemann ist fort. Er ist in den Bergen im Norden auf Bärenjagd und wird mindestens noch einen Mond fort sein.« Kokett legte sie den Kopf zur Seite. »In seiner Abwesenheit bin ich einsam geworden, das will ich gestehen. Wir werden uns heute Abend noch weiter unterhalten. Ich werde für Euch und Eure Männer ein Fest ausrichten lassen, und Ihr werdet mir von Eurem Leben in Camulodunum erzählen und von dem neuen Claudius-Tempel, der dort errichtet wird.«

Um das Gespräch nicht auf das Vorgehen der Römer auf Môn und die Vorfälle im Süden zu bringen – Ereignisse, über die sie offenbar weitaus besser informiert war als er –, erzählte er ihr viel mehr als beabsichtigt. Von dem Hof, der ihm an der Küste am Rand des Sumpfgebiets geschenkt worden war, und von der Villa, die er dort bauen ließ. Von den Sklaven, den Männern, denen das Land gehört hatte und auf dem sie ihrem Fürsten gedient hatten, bevor es konfisziert und ihm übergeben worden war, und die jetzt als Sklaven für ihn arbeiteten; von seiner Frau und seinem kleinen Sohn und seiner Arbeit für Paulinus. Vom Claudius-Tempel und der prächtigen neuen Stadt, die zur Hauptstadt der ganzen Provinz Britannien bestimmt worden war, von der dortigen Curia, dem Rathaus, dem riesigen Theater, dem Zirkus, den Häusern und den Markthallen. Er merkte, dass er zu viel Wein trank, und sah die Missbilligung, mit der ein oder zwei seiner Männer ihn beobachteten, aber er plauderte damit keine Geheimnisse aus. Nichts, das sie nicht ohnehin bereits wusste.

Später folgte er ihr gehorsam in ihre Kammer. Ihm fiel auf, dass sie neue Bedienstete hatte, jung und hübsch und heiter. Nervös beäugten sie ihn, während sie die Königin für die Nacht herrichteten und die Lampen beschnitten und sich dann zurückzogen. Eine willkommene Abwechslung nach der mürrischen Frau, die sie sonst bedient hatte. Als er sich nackt zu ihr ins Bett legte, fragte er sich kurz, was wohl mit ihr passiert war.

Als Gaius schließlich schlief, stand Carta fröstelnd auf. Dieses Mal hatte die Tändelei nichts mit Leidenschaft zu tun gehabt. Sie hinterging damit Vellocatus und ihre Liebe. Sie hatte ihren Körper um ihres Volkes willen geopfert. Seufzend ging sie zur Tür. Dort stand Mairghread, in einen schwarzen Umhang gehüllt. Sie nahm Carta am Arm und zog sie den Gang zwischen den beiden großen Rundhäusern entlang in den Schatten, wo kein Feuer sie beleuchtete.

»Ich habe ein Messer dabei. Ich werde ihn umbringen. Du geh zum Fest und höre den Barden zu. Wenn du nicht hier bist, wenn es passiert, kann niemand dir die Schuld geben.«

»Nein.« Carta zog ihr Manteltuch enger um sich. Ein dicker weißer Nebel trieb vom Bach herauf und legte sich zwischen die Häuser. Aus den Stallungen am Rand des Lagers drang das Schnauben der römischen Pferde herüber. Sie waren unruhig. Gaius' Männer schliefen mittlerweile in einem der Gästehäuser, wurden unauffällig bewacht, und zweifellos wachte zumindest einer von ihnen ebenfalls unauffällig. »Ich verbiete dir, ihm etwas anzutun.«

Mairghread starrte sie an. »Der Mann ist ein römischer Soldat. Um der lieben Herrin willen, nach allem, was diese Leute auf Ynys Môn angerichtet haben, willst du ihn verschonen? Hast du so bald vergessen, was mit Artgenos und den anderen passiert ist?«

»Gaius war nicht auf Môn.«

»Das tut nichts zur Sache. Du kannst ihn nicht am Leben lassen!«, flüsterte Mairghread zornig.

»Nein. Ich verbiete dir und allen anderen, Hand an ihn oder seine Männer zu legen.«

»Damit begehst du Verrat an allem, was heilig ist!«, zischte Mairghread. »Wie kannst du nur? Ich kann ihn an dir riechen! Hast du gar keinen Stolz?«

»Ich habe durchaus Stolz.« Carta war wütend. »Wage es nicht, meine Entscheidungen zu hinterfragen. Und wage es nicht, gegen meine Befehle zu handeln!« Sie trat vor und riss Mairghread das Messer aus der Hand. »Wenn du ihn anfasst, wirst du sterben.«

Einen Augenblick herrschte Stille. »Wird Vellocatus so nachsichtig sein, wenn er erfährt, was du getan hast?«, höhnte Mairghread. Sie rieb sich das Handgelenk.

»Du wirst ihm nichts sagen.«

»Das brauche ich gar nicht. Die ganze Siedlung weiß doch, dass du nicht die Hände von ihm lassen kannst. Mit deiner Lust besiegelst du dein eigenes Schicksal. Wenn du so dringend einen Mann brauchst, dann nimm einen Krieger. Nimm einen Mann, auf den wir stolz sein können.« Damit machte sie abrupt kehrt und verschwand in der Dunkelheit.

Carta verzog das Gesicht. Allmählich wurde Mairghread zu einer Gefahr. Sie ging in ihre Kammer zurück und schaute auf den betrunkenen Mann, der quer über ihrem Bett lag, und dann auf das Messer in ihrer Hand. Warum nicht? Was hatte er denn für sie getan, außer Unruhe zu stiften und zu bewirken, dass ihre eigene Familie, ihr eigener Stamm, ganz Brigantia sie hasste? Es war ja nicht so, als würde sie ihn lieben. Sie hatte sich zu ihm hingezogen gefühlt, er bereitete ihr Vergnügen, und ja, in gewisser Hinsicht verlangte sie nach seinem Körper, aber nicht so, wie sie sich nach Vellocatus sehnte, ihrem Geliebten und Gemahl. Nein, vielmehr war er ein Freund. Hatte sie um dieser Freundschaft willen ihr eigenes Volk verraten? Oder war er ein bloßer Vorwand? Sie seufzte. Sie verstand weder sich selbst noch ihre Gefühle. Eine ganze Weile zögerte sie, schaute immer wieder auf ihn hinab, bis sie verärgert ob ihrer eigenen Schwäche davonging.

Aus halb geschlossenen Augen hatte er das Messer blitzen sehen. Er hatte gesehen, wie sie das Messer zu Boden warf.

Und er sah auch den Abscheu in ihrem Blick.

Als offensichtlich war, dass sie nicht zurückkommen würde, stand er auf und zog sich an. Er spähte zur Tür hinaus und stellte fest, dass keine Wachen dort standen. Wie töricht von ihr. Er straffte die Schultern, verließ das Haus und ging zum Gästehaus hinüber. Mit seinem eigenen Mann, der dort Wache hielt, sprach er ein paar muntere Worte, dann warf er sich auf ein Lager.

Am frühen Morgen war er zum Aufbruch bereit, aber sein stellvertretender Kommandeur Lucius schüttelte den Kopf. »Du weißt noch nicht, was sie tun wird. Du musst warten. Du darfst nicht riskieren, dass sie doch noch die Briganten um sich schart und nach

Süden marschiert.« Mit einem kaum verhohlenen Schaudern sah er sich um. »Diese Frau hat den Oberbefehl über Tausende von Männern. Dein Auftrag lautet, sie zu umwerben, damit sie nicht gegen die Römer kämpft. Also«, der Mann grinste, »dann umwirb sie.«

Das erwies sich als etwas schwierig. Er bekam sie weder an diesem noch am folgenden Tag zu Gesicht. Und auch am übernächsten nicht, obwohl er und seine Leute aufs Großzügigste bewirtet und als Ehrengäste unterhalten wurden. Er wusste nicht, wo sie war. Als sie schließlich in der Abenddämmerung in ihrem von Fergal gelenkten Streitwagen in die Siedlung einfuhr, lud sie ihn förmlich ins große Rundhaus ein. Dort hatten sich bereits ihre Krieger versammelt, ebenso ihre Druiden, deren Oberhaupt zu seiner großen Überraschung offenbar eine Frau war. Und da erzählte Cartimandua ihm, dass Camulodunum in Schutt und Asche lag.

»Die Stadt ist abgebrannt. Der Claudius-Tempel zerstört. Die Römer sind alle tot«, sagte sie mit ausdruckslosem Gesicht. Er konnte nicht sagen, ob sie sich darüber freute oder es bedauerte. »Wenn ich es recht verstehe, wollte die IX. Legion ihnen zu Hilfe eilen. Sie gerieten in einen Hinterhalt. Auch sie sind aufgerieben worden.«

Vor Entsetzen wollten Gaius' Beine unter ihm nachgeben. Keine Sekunde bezweifelte er, dass sie die Wahrheit sagte. Ihr Gefolge sah ihn teilnahmslos an, während sie fortfuhr: »Es tut mir leid, wenn Eure Frau und Euer Kind dabei gewesen sein sollten ...«

Einen kurzen Moment glaubte er, Mitgefühl in ihren Augen aufblitzen zu sehen. »Ich habe Verständnis dafür, wenn Ihr sofort aufbrechen wollt.«

Er versuchte, einen klaren Gedanken zu fassen, aber es gelang ihm nicht. Lucius antwortete an seiner statt. »Große Königin, Gaius Flavius Cerialis dankt Euch für Euer Verständnis, doch unser Auftrag lautet, hierzubleiben und Euch zu Diensten zu sein ...« Zögerte er bei diesem Wort nicht ein klein wenig? »Wenn seine Frau und sein Kind gestorben sind, dann werden sie geehrt, wie alle, die im Dienst des Kaisers ihr Leben lassen.«

Lucius sah, dass sie die Stirn runzelte und einen Blick zu Gaius warf. Dann bemerkte er, dass ihr Gesicht weicher wurde, und er nickte zufrieden. Sie war schließlich nur eine Frau, und als Frau konnte Gaius sie zähmen.

Hugh stöhnte auf. Wie konnte sie nur? Wie konnte sie die Männer, die sie liebte, derart hintergehen? Vellocatus. Venutius. Aber sie tat es für ihr Volk. Immer für ihr Volk. Wie Venutius war sie letztlich eine Patriotin. Und sie würde nie wissen, wie sehr Venutius sie geliebt hatte.

Offenbar hatte sie Boten ausgeschickt, um Erkundigungen nach seiner Frau einzuholen. Ungläubig hörte Gaius vier Tage später zu, als sie ihm die Nachricht mitteilte. »Die Herrin Augusta war in Eurer Villa, als Camulodunum in Schutt und Asche gelegt wurde. Die Sklaven haben sich Boudicca angeschlossen und sind jetzt wieder frei, aber sie ist unverletzt, ebenso wie ihr Sohn.« Sie zögerte. »Ihr seid gesegnet, dass Ihr einen Sohn habt. Ich hoffe, das ist Euch bewusst.« Er sah das sehnsüchtige Bedauern in ihren Augen.

Seine Erleichterung war ihm anzusehen, als er sich kurz verneigte. »Ich bin Euch zumindest für diese Nachricht sehr dankbar.«

»Gut.« Sie lächelte. »Dann werden wir heute Abend feiern.«

Er hatte eher das Gefühl, dass sie den Untergang seiner Stadt feierten, aber allzu eingehend wollte er sich mit dem Gedanken nicht beschäftigen. Vielmehr konzentrierte er sich auf seine Rolle, seine Aufgabe, die Königin abzulenken. Und das tat er, während der Sommer ins Land zog und ihr Mann noch immer nicht zurückkehrte.

Wieder spielte sie mit ihm wie mit einem Fisch am Haken, zog ihn hilflos heran und ließ ihn zappeln, ganz nach Lust und Laune, und dabei war sie sich sehr bewusst, dass er glaubte, das Heft in der Hand zu halten. Erst als sie ihm schließlich gestattete, von den Bränden in Londinium und Verulamium zu erfahren, erlaubte sie ihm schließlich auch abzureisen.

»Römer, Ihr habt Eure Pflicht erfüllt«, sagte sie herablassend. »Ganz allein habt Ihr mich so zerstreut, dass ich Königin Boudicca nicht beigestanden bin.« Sie lachte ihn an, während er da vor ihr stand. »Keine Sorge. Ich werde niemandem von der Rolle erzählen, die Ihr gespielt habt, um die Grenzen des Reichs zu schützen. Das wird unser Geheimnis bleiben. Aber jetzt denke ich, dass Euer Herr Euch doch gern bei sich hätte. Allmählich gehen ihm sicher die Männer aus.«

Er spürte, wie sich Widerworte in ihm regten. »Letzten Endes wird Rom gewinnen. Sie werden diesen Aufstand niederschlagen. Boudicca wird dafür mit dem Leben bezahlen, ebenso wie Tausende ihrer Anhänger.«

»Meint Ihr?« Einen Augenblick sah sie ihn an. »Das wird sich zeigen.«

Mit verschränkten Armen stand sie da und beobachtete ihn, als er sich mit einer Verneigung von ihr verabschiedete. Sie ließ sich nicht anmerken, ob sie seine Abreise bedauerte. Ihre Miene war reglos wie gemeißelter Stein.

## II

Erschöpft lehnte Hugh sich an einen Felsen und betrachtete die Landschaft, die sich unter ihm im Dunst verlor.

Venutius saß am Feuer und starrte in die Flammen, erschöpft vor Zorn und Enttäuschung über seine Niederlage gegen Cartas Armee mit der römischen Verstärkung, als Medb zu ihm kam. Sie stand vor ihm und schaute aus trotzigen Augen auf ihn herab. »Jetzt weißt du, wie falsch sie wirklich sind.«

Stirnrunzelnd setzte er sich auf. »Was machst du hier? Ich habe dir doch gesagt, dass du nie wieder in meine Nähe kommen sollst!« Er sah sich nach seinen Bediensteten um, aber merkwürdigerweise war das große Haus leer. Nur die tanzenden Flammen des Feuers erhellten die Dunkelheit.

Sie lächelte verächtlich. »Ich habe euch beobachtet, euch beide. Im Wasser, in den Wolken. Ich habe alles gesehen. Sie hat Vellocatus ein Kind geschenkt, das Kind, das auszutragen du ihr nicht erlaubt hast.«

»Das glaube ich dir nicht!«

»Es stimmt aber.« Sie lächelte. »Soll ich es dir im Feuer zeigen? Ich kann eine Vision für dich heraufbeschwören.«

»Ich würde dir trotzdem nicht glauben!«

»Aber das wirst du glauben. Du hast dir die Fibel, die ich dir geschenkt hatte, von ihr wegnehmen lassen. Das hat ihr die Macht gegeben.«

»Unsinn! Die Fibel war verflucht.«

Wieder lächelte sie. »Die Fibel hat uns vereint, Venutius. Als du sie ihr überlassen hast, hast du deine Verbindung mit Brigantia gelöst. Und sie hat sie Vellocatus geschenkt.«

Sie lächelte, als sein Gesicht sich vor Trauer verzog. »Sie bindet ihn an sie. Durch den Zauber der Fibel kann sie, wenn sie ins Wasser blickt, jeden seiner Schritte verfolgen.«

»Das hast du mir angetan?«, fuhr Venutius auf.

Sie lachte. »War dir der Gedanke nie gekommen?«

»Du Miststück!« Es klang beinahe anerkennend, wie er das sagte. »Und jetzt wirst du den Zauber lösen.«

»Leider kann ich das nicht.« Sie schüttelte den Kopf. »Und warum sollte ich auch, kann ich doch durch ihre Macht die beiden beobachten.« Sie beugte sich zu ihm vor. »Möchtest du sie sehen, Venutius? Möchtest du die Frau sehen, die deine Gemahlin war, wie sie mit ihrem neuen Mann im Bett liegt? Schau in die Flammen! Ich zeige es dir!«

»Nein!« Sein Brüllen hallte durch den großen Raum.

»Venutius, du hättest mich in deiner Nähe behalten sollen!«, fauchte sie verächtlich. »Ich war eine mächtige Verbündete. Du willst mich nicht zur Feindin haben.«

»Ist das alles deine Schuld? Dieser Krieg mit Cartimandua? Dass sie meinen Wagenlenker liebt, ist das deine Schuld?« Jetzt schrie er haltlos. »Willst du mir damit sagen, dass sich das alles hätte verhindern lassen können?«

Sie lachte. »Aber ja, natürlich hätte sich das alles verhindern lassen können. Aber dann hätte ich auf sehr viel Vergnügen verzichten müssen. Ich wollte, dass sie leidet. Ich wollte sehen, wie sie weint und schluchzt und schreit und unglücklich ist. Und das ist mir gelungen. Ihre Welt ist zerbrochen. Ihr Volk wird verhungern und sterben und erleben müssen, wie ihre Häuser in Rauch aufgehen, und sie alle und sie selbst werden wissen, dass es nur ihre Schuld ist!«

»Du bösartiges Weib!« Venutius wollte sie packen.

Lachend wich sie ihm aus. »Und du, Venutius. Du weißt, dass ich deine Verbündete hätte sein können! Ich hätte dir helfen können!« Sie schüttelte den Kopf. »Weißt du, dass sie wieder mit dem Römer geschlafen hat?«, höhnte sie. »Ihr war sogar ein Römer lieber als du, Venutius!«

»Du Miststück!« Dieses Mal schwang nicht im Mindesten Wohlwollen in seiner Stimme mit.

Wieder lachte sie. »Mit meinem Zauber hätte ich dir sehr viel Qual ersparen können, aber du wolltest nichts von mir wissen, und dafür wirst du büßen!« Wieder wollte sie ihm ausweichen, aber dieses Mal war er schneller als sie.

»Oh nein.« Er umklammerte ihre Handgelenke. »Oh nein, Medb, so leicht entkommst du mir nicht.«

Er zog sie zu sich und hielt sie fest, sein Gesicht ganz nahe an ihrem. »Ich habe Cartimandua geliebt! Sie war das Licht meiner Seele. Du und deine gemeine Eifersucht und deine Ränke haben uns das Leben zur Hölle gemacht«, sagte er durch zusammengebissene Zähne.

Sie lachte ihm ins Gesicht. »Und ich werde euch weiter das Leben zur Hölle machen!«

»Das glaube ich nicht.« Eine Weile sah er sie schweigend an, bis er schließlich Zweifel in ihren Augen aufflackern sah. Sie versuchte, sich aus seinem Griff zu befreien, aber er war weit kräftiger als sie.

»Nein.« Fast traurig schüttelte er den Kopf. »Nein, Medb. Dieses Mal hast du den Bogen überspannt. Ich weiß nicht, warum ich je Angst vor dir hatte. Ich habe dich für so mächtig gehalten, für so Furcht einflößend, aber du bist nichts als ein Stück Dreck im Wind. Du hast von den Druiden in Dun Pelder, die dich für eine vielversprechende Schülerin hielten, bevor sie dich durchschaut haben, ein paar Fertigkeiten gelernt, und auf die hast du all die Jahre zurückgegriffen, um deinen bösen Zauber zu bewirken. Aber jetzt ist Schluss damit. Du wirst das, was du Cartimandua angetan hast, mit dem Leben bezahlen.«

»Nein.« Kühn hob sie das Kinn, eine letzte Aufwallung von Mut. »Wenn du mich tötest, werde ich sie und dich in alle Ewigkeiten heimsuchen!«

»Das sei dir überlassen.« Er ließ ihre Handgelenke los und legte die Hände um ihren Hals. »Aber Cartimandua und ich werden eines Tages einen Weg finden, wieder zusammenzusein, und dann, das verspreche ich dir, schicken wir dich in das Land der ewig Toten!«

Ihr Hals war so dünn.

Er zerbrach ihren Nacken wie einen Zweig und sah zu, wie sie wie eine Stoffpuppe zu Boden fiel, ihr Gewand um sie ausgebreitet wie die Blütenblätter einer Blume.

Lange blieb er stehen und schaute auf sie hinab. »Ich werde gegen Cartimandua kämpfen, weil mir jetzt nichts anderes übrig bleibt, und vermutlich werde ich sie töten«, sagte er leise zu der leblosen Frau. »Aber eines Tages, in einem anderen Leben, werden sie und ich uns wiederbegegnen und uns lieben. Und dann wirst du nicht da sein, um uns zu trennen. Weder du noch deine verfluchte Fibel noch deine gemeinen Intrigen.«

Erst als ein Diener eintrat, um das Feuer einzuschüren, ging er davon. Der Mann starrte ihm entsetzt nach. »Wirf sie den Wölfen vor«, sagte er zu ihm über die Schulter. »Etwas anderes hat sie nicht verdient.«

Peggy erhob sich. »Das reicht.« Sie richtete das Gewehr wieder auf Viv. »Wir haben genug Zeit vergeudet.«

Pat setzte sich auf. »Warum wollen Sie die Fibel denn so dringend, Peggy?«, fragte sie und stützte Viv am Ellbogen, um ihr aufzuhelfen.

»Weil sie alles enthält, was von Medbs Macht noch übrig ist.« Peggy lächelte. »Ist das denn nicht der Grund, warum Sie sie haben wollen?« Sie lachte. »Natürlich. Sie verstehen doch nichts. Sie haben keine Ahnung, worauf Sie beide sich da eingelassen haben.«

»Und Sie wollen die Fibel wirklich in den Wasserfall werfen?« Allmählich konnte Pat wieder klar denken. Medb war fort.

»Nein!« Peggy schüttelte den Kopf. »Ich werde sie verwenden. Ich werde sie so verwenden, wie Medb es im Sinn hatte. Die Fibel ist keine Opfergabe! Als Opfer werde ich den Göttern das darbringen, was ihnen schon immer das Liebste war. Menschenblut.« Sie rutschte auf dem Geröll aus und fing sich gerade noch, ehe sie hinfiel. Die Gewehrmündung schwang wild hin und her.

Pat duckte sich. »Bitte, Peggy, seien Sie vorsichtig!« Sie holte tief Luft. »Viv, kannst du dich tatsächlich nicht erinnern, wo du die Fibel versteckt hast? Es wäre wirklich wichtig, sie zu finden.«

Viv stand auf und sah sich benommen um. Sie nickte. »Ich versuch es ja. Glaub mir, ich geb mir alle Mühe. Sie ist hier, irgendwo. Ich habe sie tief in irgendeine dieser Spalten gesteckt.«

»Ein wirklich gutes Versteck«, sagte Peggy und schwenkte dabei das Gewehr hin und her.

Pat streckte die Hand nach Viv aus. »Komm«, sagte sie leise. »Geh du voran.« Sie sah auf, und ihre Blicke trafen sich; nur kurz, aber Viv sah Pat vor sich, nicht Medb.

## IV

Im Farmhaus war kein Mensch, die Haustür stand offen, als Meryn und James aus dem Auto stiegen. Sie spähten gerade in den dunklen Flur, als in der Ferne auf dem holprigen Weg ein anderes Auto erschien. Sie warteten, bis es in den Hof fuhr. Es war ein Polizeiwagen. Steve stieg aus. »Mr. Oakley?« Sein Gesicht war blass und eingefallen.

»Steve, das ist einer meiner Gäste, Meryn Jones. Wir suchen nach Viv Lloyd Rees.« James runzelte die Stirn. »Stimmt etwas nicht?« Er sah von Steve zu den beiden Polizisten, die ihm gefolgt waren und sich gerade die Mützen aufsetzten.

»Es hat einen Unfall gegeben.« Steve biss sich auf die Lippe. »Mein Vater ist tot.«

»Steve, das tut mir wirklich leid.« Betroffen berührte James ihn am Arm.

Im Versuch, seine Tränen zu verbergen, wandte Steve den Blick ab. »Viv hat ihre Tasche in den Kofferraum gestellt. Wo ist sie?« Er holte tief Luft. »Meine Mutter ...« Seine Stimme versagte. »Meiner Mutter ging es in letzter Zeit nicht besonders gut.« Er schüttelte den Kopf. »Sie ist nicht mehr sie selbst, Mr. Oakley. Ganz und gar nicht.« Wieder atmete er tief durch und schaute fort. »Sind Pat und Viv denn nicht hier? Ich ruf sie kurz an ...« Er ging zur Tür und verschwand im Haus. Wenige Sekunden später kam er wieder heraus. »Das Gewehr ist nicht mehr da. Sonst hängt es immer im Büro.«

»War es weggesperrt? Und was ist mit Munition?« Einer der Polizisten trat an Steve vorbei ins Haus. Steve schüttelte den Kopf. »Das Gewehr stand immer hinter der Tür. Dad hatte für Vorschriften nicht viel übrig.« Er lächelte traurig. »Ich weiß nicht, wo die Munition ist.«

## V

»Hier habe ich gestanden.« Erschöpft hielt Viv inne und sah sich wieder um. »Jetzt, wo es dunkel wird, sieht alles anders aus. Da waren ein paar kleine, verkrüppelte Bäume. Und sie ist unter einem von ihnen, aber ich weiß nicht welchem.«

»Das reicht!« Das schwere Gewehr drohte Peggy immer wieder aus der Hand zu gleiten. Sie hielt es zwar noch unverwandt auf Viv gerichtet, hatte den Schaft in die Hüfte gestemmt, aber der Lauf wanderte bedenklich hin und her. »Sie wollen mich doch nur hinhalten. Zwei Sekunden gebe ich Ihnen noch, mehr nicht!«

»Peggy!« Pat war panisch, jetzt, da sie plötzlich wieder alles klar vor sich sah. »Seien Sie doch vernünftig! Lassen Sie ihr Zeit. Sie hat recht. Alles sieht gleich aus, und langsam wird es dunkel.«

»Es ist weiter da drüben«, sagte Viv schließlich. »Schaut, da hinten, gleich bei den Bäumen am Rand des Plateaus. Da sind die Spalten markanter. Ich habe sie in eine von ihnen gesteckt.« Allmählich packte sie die blanke Angst, denn Peggys Ungeduld wuchs mit jeder Sekunde. Sie hatte das Gewehr an die Schulter gelegt und versuchte, sie ins Visier zu nehmen.

Pat ging auf den Rand des Plateaus zu, dann blieb sie stehen, weil sie im tiefen Schatten unter sich eine Bewegung bemerkte. Da war jemand. Mit einem erleichterten Aufschrei lief sie auf die schemenhafte Gestalt zu. »Hier, Viv, schau bloß!«

»Gehen Sie!«, rief Peggy. Ihre Stimme wurde zunehmend heiser. »Gehen Sie dahin, wo sie sagt!« Sie umklammerte das Gewehr noch fester.

Viv taumelte auf die Felsen zu. Sie hatte Pat fast erreicht, als Hugh sich aus dem Schatten erhob, in dem er gekauert und sie beobachtet hatte, als die beiden Gestalten sich ihm näherten.

»Ich glaube, ich nehme Ihnen das Gewehr lieber ab, Mrs. Steadman, meinen Sie nicht?« Er griff nach dem Lauf, und im selben Moment stieß Peggy einen spitzen Schrei aus und drückte auf den Abzug.

Während sie miteinander rangen, hallte der Schuss über den Berg. In der daraufhin einsetzenden Stille flog das Gewehr durch die Luft und landete auf den Steinen. Ein weiterer Schuss löste sich, die Kugel prallte an einem Felsen ab, ohne Schaden anzurichten. Wütend schrie Peggy auf, entwand sich Hughs Griff, drehte sich um und rannte hinter die Felsen außer Sichtweite in die Schlucht hinab. Hugh lief ihr nach und verschwand ebenfalls im Schatten.

»Hugh!«, schrie Viv. »Kommen Sie zurück!«

»Es ist alles in Ordnung. Sie hat das Gewehr fallen lassen!« Pat lief den beiden nach und ließ Viv ganz allein am Rand des Felsplateaus stehen.

»Warte!« Viv trat mit unsicheren Schritten nach vorn. »Pat, warte! Was ist mit Venutius?«

Die Luft war stickig. Cartimandua war da. Die Stille der Vergangenheit hüllte sie ein. Viv bekam keine Luft mehr. Plötzlich stürzte sie in die Dunkelheit.

# Kapitel 37

## I

Die fünf Männer vor dem Bauernhaus fuhren zusammen und schauten zum Berg. »Das war ein Schuss!« Einer der Polizisten suchte den Abhang im Dämmerlicht ab. »Der kam doch vom Plateau. Wir sollten mit dem Wagen mal hinfahren!« Er wandte sich an Steve. »Nehmen Sie diese Herren mit. Aber seien Sie vorsichtig!« Schon lief er zum Auto. »Wir brauchen den gepanzerten Einsatzwagen!«, rief er, während sein Kollege auf den Fahrersitz sprang und den Motor startete. Er griff nach seinem Funkgerät. »Erzählen Sie, was passiert ist!« Wenige Sekunden später fuhren sie zum Tor hinaus auf den Pfad.

Steve und Meryn schauten zu James. Er zuckte mit den Achseln. »Mein Auto steht Ihnen zur Verfügung.« Es war ein uraltes Modell mit Allradantrieb. »Steve, vielleicht sollten Sie fahren?« Sie setzten sich in den Wagen, die zwei Hunde neben James auf dem Rücksitz. Steve fuhr los.

Zweimal blieben sie stehen und suchten den Berg nach einem Lebenszeichen ab, dann schließlich entdeckte Meryn in der Ferne zwei Gestalten, die sich kurz als Silhouetten vom Horizont abhoben. »Da!« Er wies in die Richtung.

»Wir werden das Auto stehen lassen müssen«, sagte Steve. »Sie gehen offenbar zum Fluss.«

Sie parkten den Wagen dort, wo das Gras in Fels und Geröll überging. Steve sprang hinaus und lief los, dicht gefolgt von den Hunden. Von den beiden Polizisten war nichts zu sehen.

Seufzend schüttelte James den Kopf. »Gehen Sie«, sagte er zu Meryn. »Auf diesem unebenen Gelände kann ich keinen Schritt machen. Es tut mir leid.«

Langsam stieg er aus dem Wagen und sah den beiden Männern nach. Der Mond hing am Abendhimmel über dem Bergrücken. Aus der tiefen Schlucht vor sich hörte er Schritte, die über Geröll hallten. Und in der Ferne toste der Wasserfall.

## II

»Viv, hörst du mich?«

Pat hatte die Hoffnung aufgegeben, Hugh und Peggy in die steile Schlucht zu folgen, und war zurückgekehrt. Sie kniete sich auf den Boden und legte die Hand auf Vivs Schulter, die zusammengerollt dalag, den Kopf auf dem Arm, die Augen geschlossen. »Du bist in Cartimanduas Zeit, oder? Du musst zurückkommen. Ich brauche dich hier. Jetzt!«

Vivs Augenlider flatterten. »Wir müssen die Fibel finden. Mairghread wird Vellocatus sagen, dass ich mit dem Römer geschlafen habe. Sie wird mich verraten.«

»Die Fibel ist jetzt völlig egal. Peggy ist durchgeknallt. Sie wird noch jemanden umbringen. Bitte, wach auf!« Pat schüttelte Viv am Arm. »Die alte Geschichte brauchen wir jetzt nicht!« Mittlerweile konnte sie wieder klar denken. Was immer Peggy ihr am Nachmittag gegeben hatte, hatte seine Wirkung verloren. »Es tut mir leid wegen Medb, es tut mir leid wegen allem. Bitte, Viv!«

Viv stöhnte. »Er ist eifersüchtig, schrecklich eifersüchtig. Die Seher haben uns erzählt, dass er und seine Männer zwei Bären erlegt haben. Sie haben das Fleisch und die Felle dabei und sie werden noch vor Samhain heimkommen, und er wird sich freuen, mich zu sehen, bis Mairghread Medbs Gift verspritzt.«

Pat spürte, wie ihr der Schweiß übers Gesicht rann. »Carta, schick Mairghread fort. Schick sie zu Venutius. Werd sie los. Du brauchst sie nicht mehr. Hörst du mich? Schick Mairghread fort. Und dann lass Viv aufwachen.«

Sie bekam keine Antwort.

»Viv, ich brauche dich hier!« Pat war den Tränen nahe.

»Die Fibel ist da drüben, bei dem Baum«, flüsterte Viv plötzlich. »Vivienne hat mir gesagt, wo ich sie verstecken soll. Sie weiß, welche Macht sie hat.«

»Guter Gott!« Verzweifelt richtete Pat sich auf. Dann erstarrte sie. Ein älterer Mann humpelte über das Plateau auf sie zu.

»Sie müssen Pat sein?« Lächelnd streckte er die Hand aus. Seine altmodische Höflichkeit war anrührend. »Ich bin James Oakley. Und das ist sicher Viv? Hugh hat mir viel von ihr erzählt.«

Kreidebleich starrte Pat ihn an.

»Kann ich Ihnen behilflich sein?«, fuhr er fort und warf über die Schulter einen Blick zur Schlucht. »Wir haben einen Schuss gehört.«

Pat deutete auf Viv. »Bitte«, flüsterte sie heiser. »Sorgen Sie dafür, dass sie aufwacht.«

## III

Die Berge waren schneebedeckt. Monate waren vergangen, Monate der Anspannung, in denen die Mauern befestigt und Wachtürme errichtet worden waren. Jetzt gab es noch mehr Häuser, noch mehr Kornspeicher und Lagerräume. Eiszapfen hingen vom Dach des Rundhauses, in dem Carta vor dem Feuer saß und ihrem Barden lauschte. Wie immer hatte Finlay ihre Stimmung richtig eingeschätzt. Er begann sein Lied sehr leise, bedächtig und sanft, dann steigerte er langsam das Tempo und sah, wie sich die Laune der Königin allmählich aufhellte. Im Haus war es sehr geschäftig gewesen. Essylt war mit all ihren Kindern hier gewesen, und dazu ihr Bruder Fintan mit seiner Frau, seinem Sohn und seiner Familie. Sie waren für das Winterfest von Brigantia und Imbolc gekommen und durch das schlechte Wetter aufgehalten worden. Jetzt waren alle wieder abgereist. Finlay runzelte die Stirn, als eine Gestalt in der Tür erschien, dann erkannte er den König. Vellocatus gab der Königin einen Kuss auf den Scheitel und ließ sich dann auf die Bank neben ihr nieder. »Endlich schmilzt der Schnee. Ehe wir uns versehen, wird der Frühling hier sein.« Er sah zu ihr. »Was ist?« An seinem Manteltuch trug er den goldenen Vogel.

Sie zuckte mit den Schultern. »Die Flammen sprechen von Krieg, und zwar bald. Sobald die Straßen wieder passierbar sind.«

Er fluchte leise. »Aus welcher Richtung? Wieder Venutius?«

»Immer Venutius.« Sie seufzte. »Und ein Krieger nach dem anderen verlässt mich. Jetzt ist Fintan gegangen, mit seiner Frau und den Kindern.« Ihr versagte die Stimme. Dass ihr eigener Bruder sie verlassen hatte, schmerzte sie mehr, als sie ertragen konnte.

»Trotz des Schnees?«, fragte er.

»Du sagtest ja gerade selbst, dass der Schnee schmilzt. Sobald der Wind die Richtung änderte, ist er nachts leise abgereist. Zusammen mit Diarmaid, einem anderen meiner besten Leute. Ich habe ihnen vertraut.«

Jetzt starrte auch Vellocatus in die Flammen. Er seufzte. »Du hättest mich nicht heiraten sollen. Deine Männer können mich nicht als ihren König anerkennen. Ich habe nichts als Kummer und Elend über dich gebracht.«

Sie lächelte liebevoll. »Ich werde es niemals bedauern, dich geheiratet zu haben. Nie. Du bist mein Leben, mein Herz.«

Die Stille, die daraufhin einsetzte, wurde nur von den leisen Klängen der Harfe unterbrochen. Aber ein Lied sang Finlay nicht mehr.

In der Ferne heulte ein Wolf.

Während des ersten Vollmonds von Cutios, in der Zeit des Windes, drang Venutius in die nördlichen Länder ein. Der Schnee war bereits geschmolzen, aber die Straßen noch genügend gefroren, dass ein Pferd und Wagen über sie donnern konnten. Seine Krieger stürmten über die Berge hinab und nahmen zwei Befestigungen der Briganten ein, noch bevor Vellocatus Cartimanduas Heer um sich versammeln konnte. Die Kämpfe waren heftig, Venutius' Männer waren gut ausgebildet, und seine Armee war groß, weit größer als zuvor.

Die zwei Heere standen sich auf einem Moor in der Nähe des Flusses unter schiefergrauem Himmel gegenüber. Vellocatus stieg in seinen Streitwagen – er hatte inzwischen einen eigenen Lenker – und grüßte Carta, indem er seinen Speer hob. »Meine Königin, wir werden ihn vertreiben. Für immer.«

Während die Pferde aufeinander zugaloppierten, sah Carta zum Himmel. Dort oben zogen Milane und Bussarde ihre Kreise, als ahnten sie, wie viel Blut fließen würde.

Sie hatte die bevorstehende Katastrophe bereits am Himmel gesehen. *Neladoracht.* Das Deuten der Wolken. Darauf verstand sie sich sehr gut.

Vellocatus wurde auf seinem Streitwagen heimgebracht. Er hatte eine tiefe Speerwunde in der Brust. Gruoch eilte herbei, noch bevor er eintraf. Auch sie hatte die Zeichen gesehen. Sie hatte mehrere Heilerinnen mitgebracht, die die Verletzten versorgen konnten, aber Carta brauchte gar nicht in ihre Mienen zu sehen, um zu wissen, dass diese Wunde tödlich war.

Lange saß sie an seinem Bett, ging den Heilerinnen bei ihren Verrichtungen zur Hand, doch als Vellocatus in der Abenddämmerung in einen fiebrigen Schlaf fiel, stand sie auf und ging in die kalte Nacht hinaus. Es bereitete ihr keine Mühe, den Weg zur Quelle am Fuß des Bergs zu finden. Sie brauchte nicht einmal eine Fackel. Leise ging sie, in ein dunkles Manteltuch gehüllt, über den unebenen Boden durch die Bäume hinab. Auf dem feuchten Pfad, der zur Quelle führte, rutschte sie aus. Das Gras und die von Flechten bewachsenen Tannen glänzten silbrig im Mondlicht durch die Tropfen des Nebels, der sich verzogen hatte, als Wind aufkam.

Still setzte sie sich auf den steinernen Rand des Beckens neben den uralten Kopf der Göttin und überließ sich dem Geräusch des Wassers.

*Vivienne!*

Wartend sah sie in die dunklen Tiefen.

*Vivienne? Ich brauche dich. Sag mir, was ich tun soll!*

Viv verzog das Gesicht. Sie bemerkte zwar, dass zwei Menschen bei ihr waren, aber die interessierten sie nicht, die waren weit, weit weg. Sie konnten ihr nicht helfen.

*Vivienne!*

Die Stimme kam aus weiter Ferne, kaum mehr als ein Lufthauch.

*Hilf mir! Ein Leben für ein Leben. Ist es das, was du verlangst? Große Göttin, rette ihn für mich. Erspare ihm diesen Schmerz. Ich brauche ihn hier, an meiner Seite.*

Stille.

Viv lauschte angestrengt, war sich nicht sicher, ob sie die Worte richtig verstanden hatte.

Hinter ihr in der Ferne rief jemand ihren Namen. Sie wandte sich ab und schloss die Augen.

*Vivienne! Du kannst bewirken, dass Vellocatus weiterlebt. Du kannst ihn retten. Du musst ihn retten!*

Die Stimme in ihrem Kopf war beharrlich und rief immer und immer wieder nach ihr.

In ihrem Traum sah Viv zum Mond. Er war zum Teil von Wolkenfetzen verhüllt. Bald würde eine große schwarze Kumuluswolke vor ihn ziehen, groß genug, um das ganze Land in Dunkel zu hüllen. Mit einem ängstlichen Aufschrei zwang sie sich, in die Schatten zurückzukehren. Carta wartete an der Quelle.

## IV

»Hören Sie den Wasserfall? Nach dem vielen Regen tost er ganz besonders laut. Ist er nicht wunderbar?«

Peggy kletterte die steile Schlucht hinunter, die Jagdtasche, die ihr über die Schulter hing, blieb immer wieder am Gestrüpp hängen, als sie sich durch Bingelkraut und Bärlauch, Farne und Brombeerbüsche einen Weg zum Fluss hinabbahnte. Am Rand eines Felsens blieb sie schließlich stehen und drehte sich mit einem triumphierenden Lächeln zu Hugh um. Hier unten in der Schlucht war es fast völlig dunkel. Der Wasserfall hinter ihr war ohrenbetäubend und glitzerte, als der aufgehende Mond in die schmale Schlucht fiel.

»Also haben wir doch einen Mann gebraucht.« Peggy lächelte immer noch. Ihr Haar war völlig zerzaust, ihr Gesicht zerkratzt, und ihre Bluse hatte einen Riss. Sie wühlte in ihrer Tasche und zog ein großes Küchenmesser heraus, das sie vor ihm durch die Luft schwang.

Er wich ein wenig zurück. »Können wir uns nicht unterhalten?« Er war noch ein wenig außer Atem und spürte auch, dass der Fels unter seinen Füßen sehr rutschig war.

Obwohl ihre Kräfte erlahmten, hielt sie ihm das Messer direkt an die Brust. »Worüber sollten wir uns denn unterhalten?«

»Zum Beispiel über Medb. Wissen Sie, dass Venutius sie getötet hat?«

»Deswegen ist sie auch so wütend.« Peggy lächelte. »Glauben Sie, das hätte ich nicht gewusst?«

»Sie ist wütend, weil Venutius geschworen hat, dass er und Cartimandua eines Tages wieder zusammen sein würden.« Er zögerte. »Passen Sie auf, Mrs. Steadman. Durch die Gischt ist der Boden sehr rutschig.« Mit kleinen Schritten wich Hugh vor ihr zurück, noch immer außer Atem.

Sie schüttelte den Kopf. »Sie hat versucht, Pat zu benutzen. Aber Pat ist schwach. Sie taugt zu nichts. Sie brauchte jemanden, der mehr Kraft hat.« Wieder fuchtelte sie mit dem Messer hin und her.

»Wollen Sie damit sagen, dass sie Sie gebraucht hat?« Hugh wischte sich die Gischt aus dem Gesicht.

»Natürlich mich! Sie hat mir die Macht gegeben, selbst ohne die Fibel! Und um ihr zu Gefallen zu sein, brauche ich nur Venutius zu töten! Um sicherzustellen, dass er nie Frieden mit Cartimandua schließt!« Sie lachte.

»Und ich bin Ihnen in die Falle gegangen.« Hugh seufzte.

»Wie praktisch!« Sie strahlte über das ganze Gesicht. »Ein Leben, zwei Männer. Ein Professor und ein König. Das nennt man Glück!«

Vorsichtig sah Hugh sich um. War Venutius da? Venutius, der Medb mit bloßen Händen getötet hatte. Er hatte große Angst, und alles, was er spürte, war die kalte Feuchtigkeit, die durch sein Hemd drang. Das Gesicht der Frau, die ihn beobachtete, war unerbittlich. »Sehen Sie ihn?«, fragte er. Lenk sie ab. Schau zu, dass sie weiterredet.

Sie nickte.

Er schauderte und widerstand dem Drang, sich umzudrehen und zu sehen, was sie sah. »Wie sieht er denn aus?« Irgendwie musste er sie ablenken, um an ihr vorbei zur Klippenwand zu gelangen, wo er in Sicherheit sein würde. Er machte einen kleinen Schritt zur Seite und dann noch einen. Durch das Tosen des Wasserfalls bebte der Boden unter seinen Füßen.

»Er ist groß und hat lauter Kriegstätowierungen.« Sie schaute aus zusammengekniffenen Augen auf einen Punkt direkt hinter ihm. Ein Schauder des Grauens lief Hugh über den Rücken. »Er steht gleich bei Ihnen«, fuhr sie im freundlichen Plauderton fort und packte das Messer noch fester.

»Weil er nicht will, dass ich sterbe, Mrs. Steadman«, sagte Hugh. »Im Gegenteil, er will unbedingt, dass ich am Leben bleibe. Er braucht mich.«

Er hörte jemanden kommen. Weiter oben in der Schlucht knackten Zweige, dann hörte er Schritte auf dem Geröll, jemand stolperte über Baumwurzeln und zwängte sich durch den Vorhang nasser Blätter. »Hier unten!«, rief er.

Sie lächelte. »Ihnen kann niemand helfen.«

»Mum?« Steves Stimme drang über das Tosen des Wassers zu ihnen. »Wo bist du?«

Überrascht sah sie hoch. »Steve?«, rief sie. »Du bist zurückgekommen?«

Steve rutschte die letzten Meter über den nassen Felsen hinunter und blieb kurz vor Hugh stehen, die Hunde an seiner Seite. Als er das Messer in ihrer Hand sah, fuhr er zusammen. »Mum? Ist das eins von deinen guten Küchenmessern? Was machst du denn damit?«

»Die Götter fordern Blut.« Sie zuckte mit den Achseln. »Medb fordert Blut.«

»So ein Blödsinn!« Steve trat auf sie zu, und sie wirbelte mit dem Messer in der Hand zu ihm herum. Abrupt hielt er inne.

»Und jetzt feiern wir eine Party.« Sie wischte sich Gischt aus dem Gesicht. »Bevor Venutius springt, muss er auf unser Wohl trinken.«

»Verdammt!« Steve warf einen verzweifelten Blick zu Hugh. »Eine Party, das könnte lustig werden, Mum«, antwortete er vorsichtig. Er sah sich um. Sie und Hugh standen so nahe am Abgrund, dass sie mit einem einzigen Schritt in den Wasserfall stürzen könnten. Seine Mutter hielt das Messer mit beiden Händen umklammert vor sich. »Nimm meine Tasche, Steve.« Sie streifte sie von der Schulter und ließ sie auf den Boden fallen. »Ich habe Met dabei.«

Zögernd griff Steve nach der Tasche, die Hunde duckten sich hinter ihm und starrten Peggy an. Ein solches Verhalten hatte er noch nie an ihnen gesehen. »Mach schon.« Sie deutete mit dem Kopf auf die Jagdtasche.

Er holte eine kleine braune Flasche und zwei Plastikbecher heraus. »Wir müssen mit Met einen Trinkspruch anbringen«, fuhr sie redselig fort. »Öffne die Flasche.« Sie verfolgte, wie er ihren Befehl ausführte. Der süße Duft des Honigs und der Kräuter war so stark, dass er ihn noch über dem Geruch des Flusses und der nassen Farne wahrnehmen konnte. »Zuerst ein Trankopfer.« Sie deutete mit dem Messer. »Eine Opfergabe an die Göttin.«

Er goss ein paar Tropfen über den Abgrund ins Wasser.

»Und jetzt für dich und Venutius.«

Wieder sah Steve verzweifelt zu Hugh. »Die Polizei ist unterwegs«, flüsterte er. Er bezweifelte, dass Hugh seine Worte über dem Tosen des Wassers verstand. Er ging gerade sehr vorsichtig über die

Felsen auf Peggy zu, während Steve Met in die zwei Becher füllte. Seine Hände zitterten.

»Gib ihm eins.« Sie deutete mit dem Messer auf Hugh. Er erstarrte.

Steve roch am Becher. »He, das riecht ziemlich stark, Mum.« Er sah kurz zu ihr.

Sie lächelte. »Das ist es auch. Ein Trank für die Götter. Ein altes Rezept.«

Er trank einen Schluck und dann einen zweiten. Nach der anfänglichen Bitterkeit schmeckte es erstaunlich gut.

»Setz dich doch her, Steve. Hier auf den Felsen, wo du in Sicherheit bist. Dann kannst du zusehen.« Sie hatte eine ebene Stelle hoch über dem Wasser entdeckt. »Das ist perfekt. Ein Rendezvous im Mondlicht.« Sie beobachtete die beiden Männer argwöhnisch. »Trinken Sie!« Sie wedelte mit dem Messer vor Hugh umher.

Hastig nahm er einen Becher von Steve entgegen.

»Trink keinen Tropfen, Hugh.« Die Stimme, die so unvermittelt hinter ihr erklang, überraschte Peggy. Sie wirbelte herum. Meryn stand auf dem Pfad und breitete die Hände aus. »Mrs. Steadman, die Götter brauchen kein Opfer. Es ist nicht die richtige Zeit.« Seine Stimme war sehr überzeugend.

»Sie wollen mir sagen, was die Götter wollen?«, höhnte Peggy. »Ich weiß nicht, wer Sie sind, aber das geht Sie gar nichts an!« Jetzt richtete sie das Messer wieder auf Hugh. »Trinken Sie endlich!«

Hugh hob den Becher an die Lippen. Es roch süß, aber Met roch immer süß, und darunter nahm er einen bitteren Kräutergeruch wahr. Allein vom Riechen wurde ihm ein wenig übel. Er ließ den Becher sinken, ohne davon getrunken zu haben, und sah benommen über das donnernde Wasser und die Schlucht hinweg.

Peggy nickte. »Schmeckt gut, nicht wahr?« Sie wandte sich an Steve.

Nickend trank der noch einen Schluck. Meryn schaute zu Hugh. Venutius stand direkt hinter ihm, und vor seinen Augen verschwammen die beiden Gestalten zu einer.

»Hugh!« Meryn trat auf ihn zu. »Geh vom Wasserfall weg.«

Hugh hörte ihn nicht. Es war Venutius, der den Kopf schüttelte. »Diese Frau will Medbs böses Werk fortsetzen. Sie muss sterben. Sie soll als Opfer für die Götter dienen.« Seine Stimme ging im Donnern des Wasserfalls fast unter.

Meryn trat noch etwas näher zu ihm. »Das verbieten die Götter! Die Omen sind falsch!«

»Opfer?« Steve schaute auf und trank wieder vom Met.

Hinter ihnen glitzerte das Mondlicht in der Gischt.

»Venutius! Ich verbiete es!« Meryn trat noch näher zu Hugh, seine Stimme übertönte mühelos das Tosen.

Venutius blickte ihm in die Augen. »Medb ist mit einem Fluch auf den Lippen gestorben. Sie hat eine Verheißung ausgesprochen, die sich nicht erfüllen darf!«

»Nein. Hör mir zu!« Meryn stand jetzt direkt neben ihm. »Diese Frau eignet sich nicht als Botin. Sie ist befleckt.«

Peggy sah zu ihm, sie schien verwirrt. Das Messer schwankte in ihrer Hand. Das Mondlicht auf dem Wasser war betörend. Der Augenblick war gekommen, und sie war bereit. Mit einem Lächeln trat sie zum Rand des Pfades.

## V

Carta küsste den bewusstlosen Vellocatus auf die Stirn, der unter einem Berg von wärmenden Fellen auf ihrer Bettstatt lag, dann ging sie durch das große Tor im Schutzwall hinaus. Vivienne würde Vellocatus helfen. Im Gegenzug für ein Opfer würde sie ihn retten. Sie würde bewirken, dass alles wieder gut wurde. Sie achtete gar nicht auf die Krieger, die ihr nachliefen, und die Flammen, vor denen der Nachthimmel im Norden glühte. Sie achtete auch nicht auf den beständigen Rhythmus einer Trommel in der Ferne. Ihre Augen waren auf den Pfad vor sich gerichtet. Sie musste zum Opferplatz gelangen.

»Komm zurück, sofort! Wir müssen die Tore schließen!« Jemand packte sie am Arm, jemand anderes zwang sie kehrtzumachen und zog sie in die Siedlung zurück, während die gewaltigen Eichentore geschlossen und verriegelt wurden.

Benommen sah sie sich um. Der ganze Stamm war dort versammelt, drückte sich in den Schutz der Wälle, Hunderte von Menschen mit vor Angst geweiteten Augen. Mitsamt ihrem Vieh und so vielen Habseligkeiten, wie sie tragen konnten, waren sie von ihren kleinen Gehöften in den Tälern und auf den Mooren und im Wald herbeigeströmt, den Berg hinauf zur Festung, seit Venutius' Heer gesichtet worden war, das unerbittlich nach Süden vormarschierte.

»Komm wieder zu Venutius, Herrin. Er braucht dich.« Auch Gruoch und ihre Druiden waren in der Festung, obwohl die Carvetier niemals Hand an das Druidenkolleg oder eines seiner Mitglieder legen würden.

»Venutius ist da!« Die Nachricht verbreitete sich wie ein Lauffeuer in der Festung.

»Errichte den Geisterwall. Die Geister unserer Vorfahren werden uns beschützen«, flehte Carta Gruoch an.

Die Frau schüttelte den Kopf. »Das geht nicht. Unsere Vorfahren werden uns nicht vor unseren eigenen Brüdern und Söhnen beschützen. Sie gehören zu unserem eigenen Volk, Carta. Venutius gehört zu uns!«

Langsam stieg Carta über die Stufen auf den Schutzwall hinauf und schaute über die Abhänge zum Wald. In ihrem Kopf nahm sie die Gestalt eines Vogels an, einer Eule, die lautlos über die Bäume in der Dunkelheit glitt, damit sie zu den großen Fällen gelangen konnte, dem Opferplatz. In ihrer Vision würde sie alles beaufsichtigen. Vivienne wartete. Die Priesterin der Wasserfälle war bereit.

In ihrem Traum flog sie durch die tief herabhängenden Äste von Birken und Eiben, über die Wacholdersträucher und das Dickicht hinweg nach unten, bis sie das tosende Wasser hören, es riechen, seine klare, belebende Kraft spüren konnte. Sie würde der Göttin Vivienne opfern, aber dieses Mal auch Camulos, dem Kriegsgott.

Alles war bereit. Die Zeremonie war geplant, das Opfer war erwählt und wartete bei den großen hungrigen Wasserfällen. Als sie schließlich ihre Flügel faltete und zur Ruhe kam, spürte sie den Felsen unter ihren Klauen beben, und sie sah Peggy. Sie saß mit Steve auf dem Felsen direkt am Abgrund. Im Mondlicht glitzerte die Gischt wie Silber und beleuchtete die ganze Szene. Steve torkelte nach hinten, sein Mund war offen, lachte er oder schrie er? Sie konnte es über dem Donnern des Wassers nicht hören.

Venutius sah zu, neben ihm stand ein Druidenpriester.

Peggy! Nein! Nicht!

Das wollte sie eigentlich sagen.

Kalt und unerbittlich hielt die Göttin sie davon ab.

Sie hörte den Klang eines Horns, der dröhnende Ton hallte über das Tosen. Der Klang der Carnyx.

Sie schauderte.

Die Stimme, mit der sie wieder zu Pat und James auf dem dunklen Plateau sprach, war ihre eigene.

»Venutius war da. Er traf in Dun Righ ein, bevor sie das Opfer miterlebte, und sie wusste, dass er sie dieses Mal töten würde. Wenn die Götter ihr nicht helfen wollten, dann hatte sie keine andere Wahl, als nach Gaius zu rufen«, flüsterte sie. »In ihrer Verzweiflung und ohne Vellocatus an ihrer Seite schickte sie nach Gaius, und in der Tiefe des Feuers verfolgte sie, wie ihr Bote nach Süden ritt.«

Der Brigant, der sehr genau spürte, dass seine Herrin ihn beobachtete, verlangte Gaius mit solchem Nachdruck zu sehen, dass der Legionär im Vorderraum den dreckbespritzten, unrasierten Mann zu warten bat und sofort Gaius benachrichtigte. Dieser war beim Statthalter. »Cartimandua hat mir aufgetragen, Euch zu finden. Sie braucht Euch und Eure Männer. Venutius steht wieder vor den Toren, und dieses Mal, um sie zu töten.«

Gaius fühlte sich versucht, den Legionär abzuweisen, doch ein Blick auf den Mann, der hinter dem Schreibtisch saß, belehrte ihn eines Besseren.

»Wie immer ist sie unsere letzte Möglichkeit, uns den Norden vom Leib zu halten, Gaius. Ohne sie ist die ganze Nordfront Venutius ausgeliefert. Das können wir uns gerade jetzt nicht leisten.«

Dennoch, eine Legion konnten sie nicht erübrigen. Sofort wurde ein Geschwader in der Garnison in Deva ausgemustert und marschierte gegen den stürmischen Wind nach Norden.

Carta befahl ihrer Armee, Venutius im Morgengrauen anzugreifen. Die Männer strömten zu den Toren hinaus, die Banner vor sich gereckt, um ihn in die Flucht zu schlagen.

Sie sah ihnen nach, dann ging sie wieder in das königliche Haus, um bei Vellocatus zu wachen. Seine Wunde hatte sich schwarz verfärbt. Die stärksten Kräuter konnten den Geruch des verfaulenden Fleischs nicht überdecken, während er im Fieber dalag und sich vor Schmerzen wand.

Gruoch und ihre Druidinnen verbanden die Wunde mit allem Können, das ihnen zu Gebote stand. Jetzt konnten nur noch die Götter ihn retten.

Während die Schlacht auf den Abhängen tobte, blieben nur wenige Männer zurück, um die Festung und die Frauen und Kinder zu beschützen, und die Hälfte von ihnen freute sich insgeheim über Venutius' Ankunft. Während Carta weinend am Bett ihres Mannes saß, öffnete sich das große Tor einen Spalt. Ein Trupp Carvetier-Krieger schlich im Schutz der Dunkelheit mitten in die Siedlung. Niemand sah sie kommen. Niemand leistete ihnen Widerstand, bis sie mit Triumphschrei und gezücktem Schwert zwischen die Häuser stürmten. Zwei von Cartas Wachposten fielen auf der Stelle, der Nachthimmel loderte auf, als flammende Fackeln auf die Heidekrautdächer der Häuser geworfen wurden.

Carta rührte sich nicht. Sie hielt Vellocatus' Hand und schien nichts um sich herum wahrzunehmen. »Mein Herz, bald geht es dir besser!« Sanft tupfte sie ihm die Stirn ab. »Ich werde dafür sorgen, dass alles wieder gut wird. Hab keine Angst.«

Die Schreie und Rufe von draußen wurden immer lauter. Und gerade, als Gruoch in den Raum lief, nahm sie Brandgeruch wahr. »Meine Königin, das Haus brennt. Du musst mitkommen. Wir verlegen Vellocatus. Du kannst nicht hierbleiben.«

»Du kannst ihn nicht verlegen.« Carta erhob sich. »Das wäre sein Tod.«

»Es wäre sein sicherer Tod, ihn hierzulassen!« Gruoch war fassungslos. »Meine Königin, auch du wirst sterben!«, flehte sie verzweifelt.

»Lass mich. Die Götter werden uns beschützen.« Brennende Heidekrautbüschel trieben durch die Tür herein. Das Dach war zwar vom Regen durchnässt, aber das Feuer, genährt vom Pech der brennenden Fackeln, breitete sich dennoch aus. Über ihren Köpfen knisterte es.

»Ich lasse ihn von Männern auf einer Trage fortbringen!« Gruoch wirbelte herum und verschwand durch die Tür.

»So viel Aufregung, mein Herz.« Carta kniete sich neben sein Bett.

Mit schwacher Hand streichelte Vellocatus ihr Gesicht. »Geh«, flüsterte er. »Lass mich. Ich sterbe ohnehin. Bitte geh.«

»Ich werde dich nie verlassen!« Sie gab ihm einen Kuss, als Gruoch wieder erschien. Hinter ihr marschierten drei römische Soldaten in den Raum. Allen Widrigkeiten zum Trotz waren sie rechtzeitig in Brigantia eingetroffen. »Er liegt dort.« Gruoch deutete auf das Bett. »Bitte rettet ihn.«

Zwei der Männer hatten eine Trage bei sich, der dritte war Gaius. »Jetzt raus.« Er packte Carta am Arm. »Meine Männer werden Euren Gemahl hinaustragen!«

Er zog sie auf die Beine, und in dem Moment fiel ein Büschel brennendes Heidekraut unmittelbar neben ihnen herab. Mit loderndem Krachen ging das Dach in Flammen auf. »Schnell!« Er hob sie in die Arme und lief mit ihr ins Freie. Die zwei Männer legten Vellocatus auf die Trage. Sie waren kaum zur Tür hinaus, als das Dach einstürzte. Rund um sie kämpften die Römer, und die Carvetier-Krieger waren zurückgewichen. Einige liefen auf das Tor zu, andere wurden von Speeren durchbohrt. Die Männer hasteten mit der Trage zum Gästehaus, das an der Mauer lag, die vom Feuer noch unbeschädigt war. Sie trugen Vellocatus hinein, und Gaius folgte ihnen mit Carta im Arm. Innen angekommen, setzte er sie ab. Zwei Soldaten standen Wache an der Tür.

»Vellocatus!« Carta warf sich auf den Boden neben die Trage. »Mein Herz, ist alles in Ordnung?« Er antwortete nicht. »Vellocatus?« Ihre Stimme erstarb. Die fiebrig heiße Hand war kalt geworden. »Meine Liebe, mein Leben.« Sie küsste ihn auf die Stirn.

Seufzend trat Gaius einen Schritt zurück und verschränkte die Arme. Einer seiner Männer näherte sich und salutierte. »Sie sind weg. Die Festung ist jetzt sicher, Herr. Sie glaubten, wir seien mehr, als wir tatsächlich sind.« Er lächelte grimmig.

Gaius nickte. »Gut gemacht. Und jetzt lass uns allein. Ich fürchte, der König ist tot.«

Mit einem Blick auf den Toten auf der Trage am Boden und auf die weinende Frau zog sich der Mann zurück.

»Die Göttin wird ihn retten.« Carta sah zu Gaius auf und lächelte durch ihre Tränen. »Er schläft nur.« Sie beugte sich über Vellocatus und gab ihm einen sachten Kuss auf die Stirn. Plötzlich fiel ihr die Fibel an seinem Manteltuch ins Auge, und mit einem wütenden Aufschrei riss sie sie ab. Dann sprang sie auf, lief hinaus und warf sie in die brennenden Ruinen des Rundhauses. Kurz blieb sie stehen, bis die Mauern darüber einstürzten, dann kehrte sie zurück. In der Tür hielt sie an, als würde sie Gaius zum ersten Mal wahrnehmen. »Warum seid Ihr hier?«

»Große Königin, weil Ihr mich darum gebeten habt.« Er sah sie überrascht an. Seltsamerweise war sie ihm nie schöner erschienen als jetzt, in ihrem zerfetzten Gewand, mit dem rußgeschwärzten Gesicht und den Tränen. Große Königin! Welche Ironie angesichts der Festung, die in Schutt und Asche lag, und dem Schlachtenlärm, der aus einer halben Meile Entfernung herüberdrang.

»Er wird doch wieder gesund werden?« Sie wirkte völlig benommen, als sie den Toten auf der Trage zu ihren Füßen betrachtete. »Schaut.« Sie holte ein kleines goldenes Messer aus den Falten ihres Umhangs. »Während wir sprechen, wird das Opfer dargebracht.« Jetzt lächelte sie wieder. »Ein Leben für ein Leben. Die Götter werden Vellocatus verschonen, wenn sie statt seiner einen anderen bekommen.« Sie hob das Messer, als wollte sie die Luft durchtrennen.

Gaius schauderte. Er packte sie am Handgelenk und nahm ihr das Messer gewaltsam ab. »Vellocatus ist tot«, sagte er leise. »Es ist zu spät.«

Sie starrte ihn fassungslos an. »Nein. Er schläft. Die Göttin wird ihn verschonen. Sie hat versprochen ...« Verwirrt sah sie sich um.

»Eure Göttin will keine Opfer mehr.« Er steckte sich ihr Messer in den Gürtel. »Im Reich sind Menschenopfer verboten. Das wisst ihr doch?« Er hatte von dem besagten Opfer nichts gesehen. »Bei Zeus, an diesem Tag sind doch genügend Menschen gestorben, um selbst Euren blutrünstigsten Gott zufriedenzustellen!«

»Wir gehören nicht zum Reich.« Ihren Tränen zum Trotz lag in ihrer Stimme ein tadelnder Unterton. »Unsere Götter sind immer noch mächtig, Gaius Flavius Cerialis, und ich muss ihnen einen Boten schicken. Jemanden, der sich bereitwillig auf den Weg macht. Ihr habt mein Messer, aber das ist nicht von Belang. Heute Abend wird jemand anderes das Opfer für mich darbringen.«

Sie wich vor ihm zurück, hob die Arme und warf den Kopf in den Nacken.

*Vivienne!*

Bei ihrem Schrei fuhr Gaius zusammen.

*Vivienne, empfange das Opfer, das ich dir darbringe, und gib mir meinen Geliebten wieder!*

Unten am Wasserfall erhob Peggy sich und hielt das Messer hoch in die Luft. Die Klinge glitzerte silbern im Mondlicht.

Steve sah sie an und brach in trunkenes Gelächter aus. »Du siehst pra-prachtvoll aus! Nimm auch einen Schluck!« Er hielt ihr den

Plastikbecher hin, und einige Tropfen Met ergossen sich über die Felsen. Keiner von ihnen bemerkte die Eule, die in der Eibe ganz in der Nähe saß und die Szene verfolgte.

*Vivienne!*

Hatte noch jemand anderes diesen verzweifelten Schrei gehört? Meryn verzog das Gesicht. Er konnte Venutius ganz deutlich sehen. Er lächelte. Er stand zwischen dem Wasserfall und Medb, eine Silhouette vor der weißen Gischt unter dem Pfad und dem Mondlicht, das sich in den Wassertröpfchen spiegelte.

Gaius berührte Cartimandua sacht an der Schulter. »Ihr müsst die Dinge, die aus dem Feuer gerettet werden können, zusammensuchen und Eure Gefährtinnen herbeirufen. Hier seid Ihr nicht sicher, es ist zu gefährlich. In dieser Gegend treiben sich noch andere Kriegstrupps herum. Lange können wir sie nicht zurückdrängen. Dieses Mal nicht.« Er trat einen Schritt zurück, damit sie das Haus vor ihm verlassen konnte. Als sie sich nicht rührte, legte er zuerst eine Hand und dann den ganzen Arm um ihre Schulter. »Verabschiedet Euch von ihm, und dann kommt. Wir müssen gehen. Aber vorher schicken wir Vellocatus zu den Göttern.«

Sie schüttelte den Kopf. »Meine Krieger werden zurückkommen.«

»Eure Krieger sind aufgerieben worden, Carta.« Seine Stimme war sanft. »Hier gibt es nichts mehr für Euch. Heute hat Venutius gesiegt.«

»Nein. Mein Volk wird mich unterstützen.«

Seine Miene wirkte gequält. Soweit er es sehen konnte, war ihr Volk verschwunden. Selbst die Druidinnen waren geflohen, als seine Soldaten die Siedlung nach den letzten Carvetier-Kriegern durchsuchten. Der Statthalter würde außer sich sein. Ohne ihren Einfluss war die letzte Bastion des Vasallenkönigtums verloren. Jetzt würde es entlang der Grenze im Norden nur noch Krieg gegen Venutius geben.

»Ich muss Euch in Sicherheit bringen, Carta. Es tut mir leid, aber hier könnt Ihr nicht bleiben.« Er schüttelte den Kopf, Mitgefühl überkam ihn. »Das ist das Ende. Ihr seid nicht mehr Königin.«

## VI

Viv regte sich. Dann runzelte sie die Stirn. Es war kalt und dunkel, vom Mond war nichts zu sehen. Pat saß bei ihr auf den kalten Steinen, neben ihr stand ein älterer Mann. »Was ist denn passiert? Warum sind wir hier?« Viv sprang auf. »Ich muss los! Ich muss sie davon abhalten!« Jemand hatte ihr einen Mantel um die Schultern gelegt, den sie jetzt ungeduldig abstreifte.

»Viv, warte!« Pat wollte sie zurückhalten, aber sie war schon fort, kletterte über die Felsen in die Dunkelheit. Ohne genau zu wissen, wohin sie ging, zwängte sie sich zwischen Bäumen und Büschen hindurch, rutschte durch Schlamm und über Felsen und Steine nach unten, Dornengestrüpp zerrte an ihren Armen und Beinen, das Tosen das Wassers lockte sie an. Als sie oberhalb des Wasserfalls stehen blieb, brach der Mond durch die Wolken, und in seinem Licht konnte sie die Gestalten auf dem Pfad unter sich ausmachen.

Steve saß am Rand des Wegs, ein Bein baumelte über dem Abgrund, in dem das Wasser toste. Er schwankte ein wenig, auf seinem Gesicht lag ein breites Lächeln. Der leere Becher baumelte von einem Finger.

»Peggy?«, hörte sie den großen Mann, der in seiner Nähe stand, rufen. »Können Sie mich hören? Bleiben Sie, wo Sie sind. Rühren Sie sich nicht vom Fleck.« Peggy stand direkt am Rand des Pfads und hatte die Arme ausgebreitet. Die Schneide des Messers, das sie in der Hand hielt, fing das Mondlicht ein, ein silbernes Blitzen in der Dunkelheit. Viv fuhr zusammen. Das war ihre Schuld! Sie hatte diese Szene in ihrem Traum geschaffen. Verzweifelt blickte sie zwischen den Leuten umher, bis der Fremde sich Peggy näherte.

»Wollen Sie, dass Ihr Sohn stirbt, Peggy? Hören Sie auf mich!« Er stand keinen Meter mehr von ihr entfernt. »Werfen Sie das Messer weg und sagen Sie ihm, dass er vom Abgrund fortgehen soll. Das ist der Wunsch der Göttin!«

Hugh war auch da, stand ganz in der Nähe von Steve, seine Kleider waren von der Gischt durchnässt. Aber es war nicht Hugh, der dort stand, es war Venutius. Sie konnte seine Tunika sehen, den Pelzumhang, die Kette aus Bärenzähnen, die ihm um den Hals hing. Und plötzlich wusste sie auch, wer der Fremde war. Das war Meryn. Ein Druide.

Sie trat vor in das Mondlicht, das auf den Pfad fiel. »Medb!«, rief sie. »Venutius! Dieser Mann ist ein Druide! Ihr müsst ihm gehorchen! Er spricht mit den Göttern!« Sie strich sich die Haare aus den Augen, über ihr Gesicht zog sich ein blutiger Dornenkratzer.

Hugh wandte den Blick zu ihr. »Cartimandua?« Sie hörte ihn nicht, das Tosen des Wassers verschluckte seine Stimme.

Meryn trat noch einen Schritt auf Hugh zu. Viv sah seinen weiten Umhang aus heiligen Druidenfedern, den Stab in seiner Hand, als er beide Arme zu einer Anrufung hob, und einen Moment erschauderte sie.

»Die Göttin will nicht noch mehr Blut!«, rief er. »Venutius! Verlass diesen Mann. Geh. Ich habe gegen Männer gekämpft, die stärker sind als du, und habe gewonnen. Du wirst mir gehorchen! Dein Volk braucht dich in einer anderen Welt. Für dich ist hier kein Platz. Für Medb ist hier kein Platz und für Cartimandua auch nicht.« Er fuhr zu Viv herum und zwang sie mit seinem durchdringenden Blick zum Halten. »Es ist vorüber. Deine Geschichte ist erzählt! Im Namen aller Götter – geh!« Seine Worte hallten von den Felsen rund um sie wider. Viv traf die Kraft seines Blicks wie ein harter Schlag in den Magen. Er hielt sie allesamt in dem Netz der Macht zwischen seinen erhobenen Händen gefangen.

Viv blickte zu Hugh. Sie sah ihn zweifach vor sich. Ein Schatten löste sich von seinem Körper. Einen Moment stand Venutius' Gestalt neben ihm. Sie konnte sein Gesicht ganz deutlich erkennen, seine Tätowierungen, sah, wie er die Hand in ihre Richtung hob, und plötzlich spürte sie, dass ihr Tränen in die Augen stiegen.

»Venutius!« Es war Cartimandua, die diesen traurigen Schrei zum Abschied rief. Trauer und Reue überwältigten sie. Dann war Venutius fort.

Viv wusste, dass Cartimandua sie ebenfalls verlassen hatte, als sie den Kopf hob und sah, dass Hugh die Arme um sie gelegt hatte. Sie schaute zu Meryn. »Sie haben sie weggeschickt. Ich habe Sie gesehen! Ihren Federumhang! Ihren Stab!« Er trug ein verblichenes Karohemd und Jeans.

Er lächelte. »Das, was Hugh Hokuspokus nennt.«

Hugh lächelte ebenfalls. »Ich werde mich nie wieder über dich lustig machen.«

Viv schaute zu ihm, beide standen sie noch unter Schock. »Venutius?«

»Ist fort.«

»Bist du sicher?« Durch ihre Tränen konnte sie nichts sehen. »Wird er noch mal zurückkommen?«

Hugh schüttelte den Kopf und legte die Arme noch fester um sie, als er zu Meryn schaute. »Wir kennen jetzt seine Geschichte. Wir wissen, was Medb ihm angetan hat, und wir wissen, dass er sie deswegen getötet hat. Wir wissen«, er zögerte kurz, »dass er Cartimandua geliebt hat. Er hat gegen sie gekämpft, hätte vielleicht auch sie umgebracht, aber er hat sie geliebt. Er wollte, dass die Geschichte erzählt wird.«

»Genau wie sie.«

»Genau wie sie.« Hugh hielt sie immer noch im Arm.

»Also ist jetzt alles vorbei?«

»Ja.«

Hinter ihnen lachte Medb auf. »Wie rührend! Und wie unnütz! Nichts wird den Lauf der Geschichte ändern. Jeder wird sich deiner als Verräterin und als Närrin erinnern.« Sie schaute direkt zu Viv. Sie trat näher auf sie zu, hob die Hand und richtete das Messer direkt auf Vivs Herz.

Hugh stieß Viv hinter sich und warf sich nach vorn, versuchte, Peggy abzuwehren, doch Meryn stand bereits zwischen ihnen. Jetzt lag wieder der Druidenstab in seiner Hand, und den richtete er direkt auf Peggys Brust. »Lass ab von deinem Bösen! Jetzt!« Unter seinem durchdringenden Blick fuhr sie zusammen. »Im Namen der Göttinnen dieser Länder und mit der Macht dieser heiligen Wasser befehle ich dir, Medb, diese Frau Peggy zu verlassen und zum Land der ewig Toten zurückzukehren.«

Keuchend holte Medb Luft. Einen Moment trieb ein silberner Dunst über Peggys Schultern, dann verblasste er. Viv sah, wie weiße Finger über das Messer in Peggys Hand fuhren. Dann war auch Medb fort.

Gelangweilt rutschte Steve auf seinem Sitzplatz neben dem Pfad hin und her. Er nahm überhaupt nicht wahr, was um ihn geschah, beugte sich über den Abgrund und grinste dann zum Mond empor. »Es ist wunderschön dort unten«, sagte er mit klarer Stimme. »Ich flieg mal da runter.«

»Steve, nein!« Meryns Stimme donnerte über das Rauschen des Wassers.

Peggy drehte sich um und sah zu ihrem Sohn. »Steve? Was machst du denn da? Du sitzt viel zu nahe am Abgrund!« Zum ersten Mal schien sie sich der Gefahr, in der er sich befand, bewusst. Noch immer hatte sie das Messer in der Hand.

»Wirf das Messer in den Wasserfall, Peggy. Gib es der Göttin«, befahl Meryn.

Lange Zeit herrschte Stille. Peggy ließ den Arm sinken und schaute auf das Messer.

»Wirf es in den Wasserfall«, rief Meryn wieder. »Überlass es dem Wasser. Jetzt!«

Peggy nickte, zögerte noch eine Sekunde, dann erhob sie es und hielt es einen Moment ins Mondlicht. »Liebe Herrin des Wasserfalls!«, rief sie. »Dir bringe ich das größte aller Opfer dar.«

Den Bruchteil einer Sekunde schwebte die silberne Schneide über Steves Kopf.

»Steve! Nein!«

Viv schrie auf, als Meryn sich auf Peggy warf und verzweifelt nach dem Messer griff, aber es war zu spät. Sie stieß es Steve in die Kehle, der sie erstaunt ansah.

»Mum?«

Er rutschte über den Rand des Felsens, Blut tropfte auf sein Hemd. Während Meryn nach Peggys Arm griff, erhob Steve sich halb, fasste sich mit der Hand an den Hals, dann verlor er das Gleichgewicht und begann langsam abzugleiten.

»Steve!« Mit einem Satz war Hugh bei ihm und packte den jungen Mann im allerletzten Moment am Arm. Kurz hingen die beiden über dem Abgrund, bis es Hugh unter Aufbietung all seiner Kraft gelang, ihn nach oben zu ziehen.

Verwundert schaute Peggy auf ihren Sohn hinab, der vor ihr im nassen Gras lag, dann ging sie zu ihm.

»Lassen Sie ihn in Ruhe, Sie haben den Verstand ...« Hugh wollte sie zurückhalten, aber er war völlig außer Atem, und sie war zu stark für ihn.

»Steve? Mein Schatz, du musst gehen!« Sie bückte sich und packte den Messergriff, der über Steves Schlüsselbein aus seinem Hals ragte.

»Fassen Sie es nicht an! Sie bringen ihn um, wenn Sie es raus...!« Hughs Worte erstarben ihm auf den Lippen, als Peggy das Messer herausriss und Blut aus der Wunde quoll und in den Boden sickerte. Steve stöhnte einmal auf und fiel zu Boden.

Nüchtern sah Peggy sich um. »Ich grüße Sie, Professor. Und Sie, großer Druide.« Sie warf einen Blick zu Meryn. Sie war wieder sie selbst. »Aber es war nichts zu machen. Die Göttin forderte ihr Opfer, wie sie jetzt ihre Botin fordert.« Sie hauchte Steve einen Kuss zu, dann drehte sie sich um, das Messer noch in der Hand, und stürzte sich in den Wasserfall.

## VII

Hugh kniete sich neben Steve und drückte mit beiden Fingern vorsichtig gegen seinen Hals, tastete durch das klebrige Blut nach einem Puls. Schwer atmend sackte er neben dem jungen Mann zu Boden und schüttelte den Kopf. »Er ist tot.«

»Nein!« Viv setzte sich neben ihn. »Nein, bitte nicht! Können wir denn gar nichts tun? Irgendwas?« Tränen strömten ihr über die Wangen, während hinter ihnen der Wasserfall weiter toste, ohne etwas von der Tragödie zu wissen, in der er gerade eine so wichtige Rolle gespielt hatte.

»Ich fürchte, das wird nichts nützen!«, antwortete Meryn leise. »Ich habe seinen Geist ziehen sehen.« Er beugte sich über Steve und schloss ihm die Augen, legte sanft seinen Kopf auf eine moosbewachsene Erhöhung, während die zwei Hunde näher krochen und sich an ihn schmiegten.

Hugh schaute zu Meryn. Er war kreidebleich. »Und Peggy?« Seine Stimme war heiser.

Meryn schüttelte den Kopf. »Sie sind beide tot.«

Schluchzend warf Viv sich in Hughs Arme, vergrub ihr Gesicht an seiner Schulter und klammerte sich an sein nasses Hemd. »Wie konnte sie nur? Sie hat ihn geliebt!«

Hugh schloss die Augen und drückte sein Gesicht in ihr Haar. Sie spürte ihn zittern. Er konnte nicht sprechen.

Erschöpft ging Meryn zu dem Felsen, auf dem Steve vor wenigen Minuten noch gesessen hatte, und schaute in die Wasserstrudel hinab. In der Dunkelheit und der sprühenden Gischt unter ihm war von Peggy nichts zu sehen.

Der blaue Plastikbecher, aus dem Steve getrunken hatte, hatte sich hinter einem Farn in einer Felsspalte verklemmt. Seufzend zog er ihn heraus. In dieser Welt von Gesetzen und Forensik würde der klebrige Rest unten im Becher zweifellos als Beweisstück dienen. Was die Polizei betraf, war dieser Fall eindeutig. Peggy hatte den

Verstand verloren und ihren Ehemann umgebracht, und unfähig, mit ihrer Tat zurechtzukommen, hatte sie zuerst ihren Sohn und dann sich selbst getötet. Der Richter würde nichts von Venutius oder Medb oder Cartimandua erfahren. Er würde nie wissen, dass diese Todesfälle zu einer Kette von Ereignissen gehörten, die vor fast zweitausend Jahren ihren Anfang genommen hatte.

Er seufzte tief und ging zu Hugh und Viv. Aus dem Augenwinkel sah er, dass in der Ferne zwei Gestalten auftauchten. Pat und James kamen über den breiteren Pfad auf sie zu. James hatte eine Taschenlampe bei sich.

»Ist alles in Ordnung?«, rief James beim Näherkommen. Er eilte Pat voraus. »Die Polizei ist schon unterwegs. Wir haben ihre Landrover am Ende des Wegs gesehen. Sie holen uns ab und fahren uns alle zum Farmhaus zurück.« Abrupt blieb er stehen und schaute auf Steve. »Was ist passiert?«

»Ich fürchte, wir haben eine zweifache Tragödie erlebt«, antwortete Meryn sanft.

Einen Moment erwiderte James seinen Blick, dann ging er an ihm vorbei und kniete sich steif neben Steve. Er legte seine Hand auf dessen kalte Finger und sprach ein leises Gebet, während Pat angelaufen kam.

»Steve?«

Viv entzog sich schluchzend Hughs Umarmung. »Peggy hat ihn erstochen. Er ist tot!«

Pat erstarrte. »Guter Gott!«, stieß sie hervor. »Oh mein Gott! Der arme Steve!«

»Das ist alles meine Schuld!«, schrie Viv unvermittelt. »Wenn ich bloß nicht auf die Farm gekommen wäre! Wenn ich nur das dumme Buch nicht geschrieben hätte!« Ihre Stimme stieg hysterisch an.

»Nein.« Meryn legte ihr die Hände auf die Schultern und hielt sie so fest, dass sie gezwungen war, ihn anzusehen. »Das dürfen Sie nicht denken. Keine Sekunde lang. Ihr drei seid benutzt worden. Ihr wart Katalysatoren. Wenn es so etwas wie Schuld gibt, und vielleicht ist Schicksal ein besseres Wort, dann war es unser aller Schicksal, auch das meine, heute Abend Teil dieses Dramas zu sein.«

Von irgendwo über sich hörten sie das Geräusch eines Hubschraubers, das Dröhnen seiner Rotorenblätter hallte von den Felsen wider.

Hilfe war unterwegs.

Es war fast vier Uhr morgens, als sie sich alle erschöpft am Küchentisch in der Winter Gill Farm niederließen. Gordons und Steves Leichname waren abtransportiert worden, Peggy hatte man tot aus dem Fluss geborgen, und die Polizei war endlich abgefahren. Meryn setzte sich ans Kopfende, während Hugh sich auf den Stuhl neben Viv fallen ließ. Ihnen gegenüber saßen Pat und James, zu müde, um auch nur ein Wort zu sagen. Die beiden Hunde lagen zu Meryns Füßen.

Meryn betrachtete sie der Reihe nach eingehend. »Ihr müsst alle wissen, dass heute Abend Mächte am Werk waren, denen jeder hilflos ausgeliefert war. Geschichten, die eine so große innere Spannung angenommen haben, dass sie auf jeden Fall erzählt werden müssen. Diese Todesfälle sind das Ergebnis von Gefühlen, die sich über zwei Jahrtausende hindurch aufgebaut haben und nie gelöst wurden. Es gab nichts, das wir hätten tun können, um sie zu verhindern. Jeder von uns hat seine Schwächen, und vielleicht muss ein jeder von uns sich eingestehen, dass diese Schwächen möglicherweise ihren Teil zu den Vorfällen beigetragen haben, aber jetzt ist es vorbei.«

Lange Zeit herrschte Stille, bis Viv sich schließlich räusperte. »Ich weiß nicht, wie es euch geht, aber ich habe das Gefühl, dass ich nie mehr werde schlafen können.« Plötzlich liefen ihr Tränen über die Wangen, und sie wischte sie bekümmert fort. »Die Polizei glaubt, dass es sich hier um eine grauenhafte Familientragödie handelt. Wir wissen, dass das nicht stimmt. Um Steves willen müssen wir sicherstellen, dass es wirklich vorbei ist.« Ihr versagte die Stimme, und sie schluchzte auf. »Können wir sicher sein, dass die Geschichte ganz zu Ende erzählt worden ist?«

»Ja.« Meryn nickte. »Wir kennen die Wahrheit. Die Protagonisten können in Frieden ruhen. Die Götter haben ihr letztes Opfer bekommen.«

Pat spielte mit ihrer Zigarettenschachtel. »Und, wie geht sie aus? Wir wissen von Venutius und von Medbs Fluch. Wir wissen, was mit Vellocatus passiert ist. Wir wissen, warum Cartimandua die Römer unterstützt hat. Was ist noch passiert?«

»Gaius!«, flüsterte Viv langsam. »Er ist zu spät gekommen! Dann hat er Carta von ihrem Volk fortgebracht.« Sie verstummte. Es war, als könnte sie seine Stimme in der Ferne hören.

»Ich habe Cartimandua gerettet! Hätte Venutius sie gefasst, dann wäre sie gestorben! Nachdem die Festung an Venutius gefallen ist, haben meine Männer und ich sie über die Saumpfade nach Deva gebracht, eine Festung und Siedlung nach der anderen ist an ihn gefallen. Er hat ganz Brigantia eingenommen.« Er machte eine Pause. »Dann hat er Rom den Krieg erklärt. Aber sie hat ein gutes Leben gehabt. In Deva hat der Statthalter sie in seiner eigenen Villa einquartiert. Sie bekam ihren eigenen Zimmertrakt, Sklaven, den ganzen römischen Luxus, den sie immer so geliebt hatte, und noch anderes, das sie sich nie hätte träumen lassen: heiße Duschen, Zentralheizung. Die Römer waren ihr dankbar für alles, was sie über die Jahre hinweg für sie getan hatte. Sie vergaßen es nicht.«

Aber auch die Geschichte vergaß es nicht. Als das Echo verhallte, schaute Viv seufzend auf den Tisch. Für Historiker würde Cartimandua immer eine Abtrünnige sein: die keltische Königin, die Britannien den Römern überlassen hatte.

Pat zog die letzte Zigarette aus der zerdrückten Packung und zündete sie mit zitternden Händen an. »Und was ist schließlich mit Venutius passiert?«, fragte sie.

Viv lächelte bitter. »Seltsamerweise weiß ich das irgendwie auch. Er fand die Fibel in den Ruinen von Dun Righ, und lange Zeit glaubte er, Cartimandua sei tot.« Sie schüttelte den Kopf. »Mairghread hat ihm die Wahrheit erzählt. Sie hatte Cartimandua nach Deva begleitet, aber sie stellte fest, dass sie einfach nicht in einem römischen Haushalt leben konnte, und deswegen ist sie nach Brigantia zurückgekehrt. Venutius gab ihr ein Zuhause.« Sie schwieg bekümmert. »Aus der Geschichte wissen wir, dass die Römer ihn schließlich doch besiegt haben. Bei einer großen Schlacht in der Nähe von Stanwick. Selbst der Geisterwall konnte ihn nicht retten. Es war sinnlos.«

»Ist er dabei ums Leben gekommen?«

Viv zuckte mit den Schultern. »Das vermute ich mal.« Sie warf einen Blick zu Hugh. »Vielleicht findet sich die Antwort auf die Frage in deinem Buch.«

»Das bezweifle ich. In meinem Buch werden keine Vermutungen angestellt.« Sobald er das gesagt hatte, schaute er betroffen drein. »Tut mir leid, das habe ich nicht so ...«

»Ach ja?« Viv sah ihn skeptisch an. »Ich gehe doch davon aus, dass du mir ein Exemplar schicken wirst, dann kann ich deine Schlussfolgerungen selbst lesen.«

Hugh sah sie an. »Ich werde es dir nicht zu schicken brauchen, Viv. Ich werde es dir eigenhändig überreichen.«

»Nicht, wenn ich den Job annehme, den sie mir in Irland angeboten haben.«

Stille setzte ein. Viv spürte, dass alle Blicke auf sie gerichtet waren. »Besseres Gehalt. Ein großartiges Team, das haben sie mir gesagt. Weit weg von all dem.« Bekümmert zuckte sie mit den Schultern.

»Viv, bitte. Darüber müssen wir uns noch mal unterhalten.« Hugh griff nach ihren Händen. »Du darfst nicht gehen. Nicht nach allem, was passiert ist. Ich brauche dich. Ich kann ohne dich nicht leben.«

Sie hob den Kopf, und kurz sahen sie sich tief in die Augen. Langsam breitete sich ein Lächeln über ihr Gesicht. »Darüber werde ich wohl nachdenken müssen.«

Pat räusperte sich. »Vielleicht ist das der richtige Zeitpunkt, um das Thema zu wechseln.« Sie holte eine kleine Plastikdose aus ihrer Jackentasche. »In dem ganzen Durcheinander habe ich sie völlig vergessen. Was wollt ihr damit machen?«

Alle starrten auf die Dose, die sie in die Mitte des Tisches stellte.

»Wo hast du die denn gefunden?«, fragte Viv heiser.

»An der Stelle, die du mir gezeigt hast.«

Niemand berührte die Dose.

»Wie ist sie denn schließlich nach Stanwick gekommen?«, fragte Hugh schließlich.

Viv machte eine ausweichende Geste. »Venutius hat sie mitgenommen.« Sie war sich nicht sicher, woher sie das wusste, ebenso wenig, woher all die anderen Gewissheiten kamen, die ihr durch den Kopf gingen. »Er und Mairghread haben sie dort mit all ihren bösen Erinnerungen begraben, und fast zweitausend Jahre lang hat niemand sie berührt.«

»Bis Till Wheeler und mein Vater kamen.« Hugh verzog das Gesicht und lachte dann freudlos.

»Werden wir diese Geschichte einmal erzählen? Oder werden wir die Einzigen bleiben, die wissen, was passiert ist?«, fragte Pat erschöpft.

»Ich glaube, Sie sollten sie erzählen. Die Steadmans sollen nicht umsonst gestorben sein«, antwortete James nachdenklich. Er warf einen Blick zu Meryn. »Das sind Sie ihnen schuldig. Ich bin mir ziemlich sicher, dass Steve sich wünschen würde, dass die Wahrheit erzählt wird. Vielleicht könnten Sie das Hörspiel seinem Andenken widmen.« Er zögerte kurz. »Und was die hier angeht«, einen Moment hielt er die Hand über die Dose mit der Fibel, »ich finde, sie sollte vernichtet werden.«

Meryn lächelte geheimnisvoll, hob den Deckel von der Schatulle und nahm die Fibel heraus. »Ich werde sie von Medbs Fluch reinigen und James bitten, sie zu segnen. Nach zwei solchen Behandlungen sollte das Problem gelöst sein.« Er nickte feierlich. »Dann geben wir sie ihrem Besitzer zurück.« Er schaute zu Hugh. »Persönlich bin ich derselben Meinung wie James. Sie sollte verschwinden. Ich würde sie in den Wasserfall werfen, aber ich vermute, der Historiker in dir möchte, dass sie wieder hinter Glas ausgestellt wird. Wenn, dann empfehle ich, dass sie für immer dort bleibt.« Er machte eine kurze Pause. »Wir haben hier heute Abend eine entsetzliche Tragödie miterlebt. Nicht, weil irgendjemand bösartig oder schuldig oder sorglos war, sondern weil ihr alle in eine unglückliche Liebesgeschichte aus uralter Zeit verstrickt wart, und ihr wart durch eine einzige Sache miteinander verbunden: Ihr alle habt die Fibel berührt. Um euer aller willen muss die Verstrickung jetzt aufhören. Peggy und Gordon und Steve wurden von dem Land, auf dem sie lebten, eingeholt, von den Göttern, denen sie hier begegneten. Meiner Ansicht nach solltet ihr, Viv und Pat, euer Stück schreiben, um die Geschichte endlich zu Ende zu bringen. Aber keine Rücksprachen mehr mit den Hauptfiguren. Lasst sie in Frieden ruhen. Sie sind fort. Verwendet einfach das Material, das ihr schon habt.«

Darauf setzte ein langes Schweigen ein, das Hugh schließlich brach. »Also doch keine orthodoxe Forschung«, sagte er trocken. »Nur das, was wir in Fachkreisen kontrafaktische Spekulation nennen.« Er seufzte. »Na ja, vielleicht wird die Geschichtswissenschaft dadurch ein bisschen interessanter!«

»Eines wissen wir aber immer noch nicht«, unterbrach Pat. Sie war sehr blass, dunkle Ringe lagen unter ihren Augen. »Was ist denn mit Carta passiert?«

»Ich glaube nicht, dass ich das wissen will«, sagte Viv rasch. »Lassen wir es dabei bewenden. Bitte. Ich bin derselben Meinung wie Meryn. Es reicht. Keine Nachforschungen mehr.«

»Bis zum nächsten Buch«, ergänzte Hugh.

»Und das Hörspiel. Wir arbeiten doch immer noch zusammen, oder?«, fragte Pat leise. »Die Töchter des Feuers werden doch weiterschreiben, oder?«

## VIII

Eine Woche später hatte Viv wieder einen Traum.

Cartimandua, mittlerweile ergraut, saß neben einem Brunnen in einem kleinen Hof. Rund um sie standen in Töpfen Lavendel und Rosmarin, in der Sonne spielten zwei junge Hunde. Eine Sklavin hatte ihr einen Brief überreicht, und jetzt brach sie vorsichtig das Siegel und rollte ihn auf. Er war in der geheimen Druidenschrift geschrieben. Sie runzelte die Stirn. Solche Buchstaben hatte sie schon lange nicht mehr entziffern müssen.

*An die Herrin Cartimandua*

*Es wurden umfangreiche Nachforschungen über den Verbleib deiner Tochter angestellt, und schließlich hat man sie gefunden. Sie wurde als ganz kleines Kind nach Iou gebracht, der Insel der Druiden vor den Ländern der Kaledonier im Meer, in dem die Sonne untergeht. Jetzt studiert sie am dortigen Kolleg, sicher vor dem Zugriff Roms. Es geht ihr gut, sie ist zufrieden und wird sehr wegen ihrer Fähigkeiten als Dichterin und Heilerin gepriesen. Und sie hat das Geschick ihrer Mutter im Umgang mit Pferden.*

*Von der Druidin Gruoch.*

*Heil, Segen und Lebwohl*

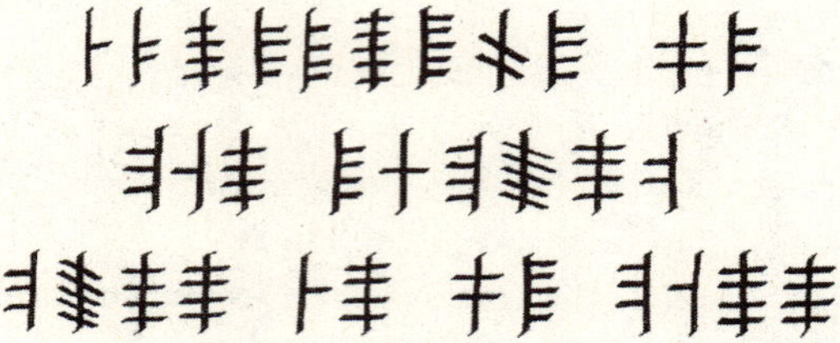

Carta legte den Brief beiseite und lächelte.

*Danke, Vivienne. Gesegnete Göttin, hab Dank!*

# Nachtrag

Heather hatte gerade das Fensterblatt gegossen und wollte sich der gurgelnden Kaffeemaschine widmen, als die Tür aufging und Viv das Büro betrat. Ihr Haar war vom Wind völlig zerzaust.

»Guten Tag, Viv. Kaffee? Ihre Studenten sind noch nicht da. Sie haben noch ein bisschen Zeit.« Heather nahm zwei Becher vom Tablett, während Viv ihre Büchertasche auf den Boden stellte und Schal und Jacke ablegte. »Der Prof ist schon da«, fügte Heather hinzu. »Er ist gerade vor ein paar Minuten gekommen.« Sie hob fragend die Augenbraue.

Viv lächelte. »Also gut, wir sind zusammen hergekommen.« Natürlich war es sinnlos gewesen, noch ein wenig herumzutrödeln, um nicht gleichzeitig mit ihm das Institut zu betreten. Heathers Adleraugen entging nichts.

»Von Aberlady?«

»Ja, von Aberlady.«

»Waren Sie das ganze Wochenende dort?«

»Auch wenn es Sie eigentlich nichts angeht – ja.«

»Natürlich geht es mich was an.« Heather reichte ihr einen Becher, sozusagen als Belohnung für ihre bisherige Offenheit. »Und?«

Viv machte eine ausweichende Geste. »Wir haben am Stundenplan gebastelt.«

»Unsinn. Ich habe den Stundenplan erstellt.«

Viv zuckte mit den Schultern. »Dann haben Sie mich jetzt ertappt!«

»Also, was haben Sie gemacht?«

»Wenn Sie's wirklich wissen wollen, wir sind zu Hughs Freund Meryn gefahren.« Viv zögerte kurz. »Er hat die beiden Hunde der Steadmans zu sich genommen. Sie sind nicht mehr von seiner Seite gewichen, und da hat Steves Bruder gemeint, er solle sie behalten.

Sonst würden sie als Hofhunde vielleicht sogar eingeschläfert werden. Es war schön zu sehen, wie sie durch die Berge sausten. Sie wirkten ganz glücklich.«

Beide Frauen schwiegen einen Moment und dachten an die drei entsetzlichen zurückliegenden Monate: die Ermittlungen der Polizei und dann die des Staatsanwalts, das Medieninteresse, die Wut und die Fassungslosigkeit von Steves Bruder und Schwester, und schließlich ihre schmerzliche Entscheidung, die Farm zu verkaufen.

Es war keinem von ihnen leicht gefallen, das alles hinter sich zu lassen. Natürlich war es das nicht. Wenn Viv an die vergangenen Monate zurückdachte, fielen ihr die vielen Besuche mit Hugh bei Meryn ein. Sie hatten seinen geduldigen, sanften Versicherungen gelauscht, und dabei beide immer ihre Silberamulette getragen, die er eigens für sie angefertigt hatte.

Sie lächelte, als sie daran dachte, wie Hugh es anfangs unbehaglich unter seinem Hemd verbarg, aber mittlerweile hatte er sich daran gewöhnt und stellte es mit jungenhafter Freude zur Schau. Um ehrlich zu sein, war der neue Hugh überhaupt jungenhaft, eine wunderbare Veränderung, die das ganze Institut mit großer Zufriedenheit bemerkte.

Aber an ihren Streitereien hatte sich nichts geändert. Selbst als sie sich das erste Mal geliebt hatten, waren sie zuvor heftig aneinandergeraten. Wieder lächelte sie in Erinnerung an diesen Abend. Sie waren im Museum gewesen, um die neue Dauerausstellung zu sehen, in deren Mittelpunkt die Fibel mit dem Kranichkopf stand. Sie lag auf einer Schicht aus weißem Sand auf dem Stumpf einer geschnitzten schwarzen Mooreiche, der ebenfalls aus der Eisenzeit stammte. Beide hatten sie staunend davorgestanden.

»Sie ist wirklich wunderschön, nicht?«, hatte Viv schließlich gesagt.

Er nickte. »Vielleicht borge ich sie aus, wenn *Venutius, Held des Nordens* erscheint.«

Viv starrte ihn an. »Das soll wohl ein Scherz sein!«

Er zuckte mit den Schultern. »Sie ist gereinigt und gesegnet worden. Welchen Schaden soll sie da noch anrichten?«

»Welchen Schaden?«, fuhr Viv auf. »Hast du denn gar nichts gelernt?«

Natürlich hatte er es nicht ernst gemeint, aber das war ihr nicht klar gewesen. Stattdessen war sie aus dem Museum gestürzt und hatte sich von ihrer Wut hinreißen lassen.

Er war ihr die Chambers Street entlang bis nach Hause und die Steinstufen zu ihrer Wohnung hinauf gefolgt, um dann – mittlerweile genau so wütend wie sie – hinter ihnen die Tür ins Schloss zu werfen. Dann hatte er sie in die Arme geschlossen und sie wenig später zum Bett getragen. Eines war sicher: Mit Hugh würde das Leben niemals langweilig werden.

Wenn es denn ein Leben mit Hugh geben würde. Es war noch zu früh, das zu entscheiden.

Nach der Tragödie auf der Winter Gill Farm hatte er sich rührend um sie gesorgt. Hatte sie getröstet, sie beruhigt, sie im Arm gehalten, und, seitdem sie ein Paar waren, schloss er sie in die Arme, wenn sie schreiend aus den Albträumen aufschreckte, die sie immer noch heimsuchten. Cathy hatte gesagt, das würde sich allmählich legen. Ebenso wie Meryn. Er hatte Cathy und Pete gut gefallen, als sie ihn schließlich kennenlernten. Cathy und er hatten sich stundenlang unterhalten, und mit vereinten Kräften hatten sie Viv fast wieder zu ihrem alten Selbst verholfen.

Heather hatte sich mittlerweile an ihren Computer gesetzt und schaute auf Viv, die gedankenverloren zum Fenster hinausstarrte. »Alles in Ordnung?«

Lächelnd drehte Viv sich zu ihr. »Entschuldigung, ich bin meilenweit weg.«

»Beim Hörspiel?«

Viv schüttelte den Kopf. »Das ist jetzt fertig. Der Rest liegt nicht mehr in unserer Hand.«

Darauf hatte Meryn bestanden. Er hatte ihnen geholfen und sich überraschenderweise für die Technik der Studioproduktion interessiert. Die Sendung würde im kommenden Jahr ausgestrahlt werden, und die Produktionsfirma Töchter des Feuers hatte den Auftrag für ein weiteres Hörspiel bekommen. Über Boudicca. Außerdem hatte Maddie sie um eine Dokumentation über die Entstehung des Hörspiels gebeten, bei der sie ein wenig von ihren unorthodoxen Recherchen preisgeben würden. Viv lächelte wehmütig. Sie alle lernten erst ganz allmählich, sich ihren Dämonen zu stellen und zumindest teilweise öffentlich darüber zu sprechen, was tatsächlich passiert war. Sobald das Hörspiel fertig gewesen war, war Pat nach London zurückgefahren und hatte unmittelbar darauf eine Rolle in einer Fernsehserie bekommen. Aber sie würde bald in Edinburgh sein, um sich mit Viv wieder an die Arbeit zu setzen. In der Zwischenzeit erhielt Viv laufend Anfragen nach Artikeln, Vorträgen und Lesereisen von Menschen, die sie durch ihr Buch und die es begleitende Medienberichterstattung kannten. Ihr Leben war sehr erfüllt.

Donald Grant hatte, wie geplant, die Dozentenstelle angetreten. Es störte sie nicht. Sie hätte gar nicht die Zeit dafür gehabt. Sie hatte ihre Stelle behalten und momentan war sie froh darüber. Sehr froh. So verlockend das Angebot aus Irland gewesen war, sie hatte es ausgeschlagen. Vielleicht würden sich später einmal andere Möglichkeiten eröffnen, und dann würde sie alles noch einmal überdenken, aber momentan war sie für eine Entscheidung von solcher Tragweite nicht bereit.

Eine kleine Gruppe von Studenten überquerte die Straße vom Garten auf dem George Square und ging zum Institut. Es war Zeit, sich an die Arbeit zu machen.

»Viv, das klingt, als würden jetzt Ihre Studenten kommen«, sagte Heather leise, als sie die Tür schlagen hörte und aus dem Flur Gelächter ertönte. Viv nickte. Später, nach ihren Kursen, würden Hugh und sie Stephanie und Bill Steadman zum Mittagessen treffen, um zu besprechen, wie sie in Steves Namen ein Forschungsstipendium einrichten konnten. Zweifellos würden sie alle wieder weinen, aber sie wusste, dass Steve im Geist bei ihnen sein würde. In der Überzeugung hatte Meryn sie bestärkt. Er hatte kopfschüttelnd gelacht, als sie ihm unterstellte, eine Reinkarnation Artgenos' zu sein, aber er hatte sie alle, selbst Hugh, überzeugt, dass Ereignisse in wiederkehrenden Zyklen verlaufen konnten, die dank ihres wachsenden Wissens letztlich immer auch Hoffnung bereithalten würden.

Das bedeutete, dass auf Tränen, so bitter sie auch sein mochten, immer wieder Lachen folgen würde.

## Nachsatz zwei

Warum gibt es Geister?
Auszüge eines Vortrags von Meryn Jones anlässlich der Jahresversammlung der Keltologen-Gesellschaft

Wie einige von Ihnen wissen, habe ich mich in diesem und in vielen anderen Leben mit zahlreichen Philosophien, Geschichtsschreibungen und Religionen beschäftigt. Diejenigen unter Ihnen, die meine Bücher gelesen haben, wissen, dass ich mir sowohl aus diesen Quellen, aber auch aus meinen Meditationen vieles angeeignet habe. Die Mehrzahl der Wissenschaftler und Geistlichen sind anderer Meinung als ich. Das ist ihr gutes Recht. Aber vielleicht kann ich für diejenigen, die Antworten suchen, mit diesen Ausführungen einige der ausgefalleneren Phänomene erläutern, die alle, die mit ihnen konfrontiert werden, mitunter vor ein Rätsel stellen.

Wie Hamlet glaube ich, dass es mehr Dinge zwischen Himmel und Erde gibt, als die Philosophie sich träumen lässt.

Gemäß den meisten Religionen dieser Welt glaube ich, dass die Seele in vielen Leben und vielerlei Gestalt zahlreiche Reisen unternimmt. Sie wird vor Wahlmöglichkeiten gestellt und trifft Entscheidungen. Sie stirbt nie. Idealerweise ist das Ziel der keltischen Seele natürlich Tir n'an Og, das Land der ewigen Jugend, die Insel der Seligen.

Aber wie die Kelten glaube auch ich an eine Art der Reinkarnation. Einige glauben, und ich bin ihrer Meinung, dass sich die Seele beim Tod bisweilen in drei Teile teilt. Ein Teil wird wiedergeboren, ein weiterer geht zur Insel der Seligen, und ein Teil nimmt eine andere Lebensform an – vielleicht als Vogel oder als Sternschnuppe. Andere glauben, und ich bin abermals ihrer Meinung, dass bisweilen die ganze Seele in einem neuen Körper auf diese Erde zurückkehrt.

Wieder andere glauben, und auch darin bin ich ihrer Meinung, dass die Seele als Geist auf diese Erde zurückkehren möchte. Als Gespenst. Dies passiert bisweilen unwillentlich, und dann ist die Seele auf dieser Erde gefangen.

Die Kelten waren davon überzeugt, dass ihre Vorfahren mit ihnen in Kontakt blieben. Sie baten sie um Rat, wie es in vielen Religionen des Ostens noch heute üblich ist. Alle Neuigkeiten werden ihnen mitgeteilt, und sie stehen zur Verfügung, um Ratschläge zu erteilen. Außerdem haben sie eine sehr eigene Meinung zu allem. Das heißt natürlich, dass die Seele bisweilen auf einer anderen Ebene bleibt, um auf diese Art stets zu Diensten zu sein, und auch das glaube ich.

Neben diesen vielen Glaubenssätzen gehen wir überdies davon aus, dass allem ein Geist innewohnt. Nicht nur Tieren, sondern auch Pflanzen, sogar Steinen – einfach allem. Für das moderne und das christliche Denken war dieses Konzept bislang unvorstellbar, aber die Teilchenphysik wirft ein interessantes neues Licht auf diese Überlegungen. Das ist wichtig für Menschen, die naturwissenschaftliche Beweise brauchen für alles, was sie glauben, damit sie nicht als esoterisch abgetan werden können. Der Kelte glaubt dem Beweis seiner eigenen Augen, seines eigenen inneren Blicks, seiner inneren Stimme, dem zweiten Gesicht und seiner Intuition.

Die Seele kann durch die Entscheidungen, die sie trifft, auch unglücklich werden. Vielleicht war das Leben, das sie führte, nicht so, wie es hätte sein sollen, vielleicht endete es in Zorn, Leid, Unerfülltheit. Einige werden es in einem neuen Leben noch einmal versuchen. Aber andere Seelen suchen die Stätten ihres vergangenen Lebens heim. Und wenn sie dies tun, können sie frustriert und wütend werden, weil sie feststellen müssen, das die Menschen sie gemeinhin weder sehen noch hören. Aber sobald sie auf einen Menschen stoßen, der sie sieht und aufnimmt, benützen sie ihn.

Wie die meisten Menschen tratschen auch die meisten Seelen über Belanglosigkeiten. Sie greifen Sätze auf, um sie zu wiederholen, wenn sie jemanden trösten oder bestärken möchten. Daraus erklären sich zumeist die wenig wirklich weltbewegenden Mitteilungen, die Medien übermitteln.

Aber manche Seelen haben große Pläne. Und eben dort kann eine Gefahr lauern. Die Männer und Frauen, die sie ahnungslos in ihr Leben lassen, stellen bisweilen fest, dass sie in Ereignisse verstrickt werden, über die sie keine Kontrolle haben und die ihr Leben und ihren Verstand gefährden.

Freunde, seid wachsam. Überlegt euch genau, bevor ihr einen Fremden in eure Gedanken eintreten lasst. Ich habe erlebt, was dann geschehen kann.

# Chronologie

(Historische Daten sind hervorgehoben)

*Nach Christus*

| | |
|---|---|
| 20 | Geburt Cartimanduas |
| 32 | Cartimandua reist nach Dun Pelder. |
| 36 | Heirat mit Riach |
| 37 | Cartimandua wird Witwe und verliert ihr Kind. |
| 38 | Rückkehr nach Dun Righ |
| | Triganos wird Hochkönig von Brigantia. |
| *40* | *Tod Cunobelinos' im Süden* |
| | *Kaiser Gaius (auch als Kaiser Caligula bekannt) bereitet die Invasion Britanniens vor, gibt den Plan aber auf.* |
| *43* | *Invasion der Römer* |
| | Tod Triganos' |
| | Wahl Cartimanduas zur Hochkönigin von Brigantia |
| *43–47* | *Aulus Plautius Statthalter von Britannien* |
| *44* | *Kaiser Claudius in Camulodunum* |
| 44 | Cartimanduas Heirat mit Venutius |
| | Cartimandua verliert ihr Kind. |
| *47–52* | *Publius Ostorius Scapula Statthalter von Britannien* |
| *47/48* | *Mit der Hilfe Roms wird ein kleiner Aufstand der Briganten niedergeschlagen.* |
| | *Caratacus' Aufstand breitet sich nach Westen aus.* |
| *51* | *Caratacus wird besiegt und flieht nach Brigantia.* |
| 53 | Scheidung Cartimanduas von Venutius |

| | |
|---|---|
| *54* | *Tod Kaiser Claudius' in Rom. Nero tritt seine Nachfolge an.*<br>Heirat Cartimanduas mit Vellocatus<br>Geburt ihres Kindes |
| *58–61* | *Gaius Suetonius Paulinus Statthalter von Britannien* |
| *60/61* | *Angriff Roms auf Anglesey*<br>*Aufstand Boudiccas* |
| *68* | *Tod Neros in Rom* |
| *69/70* | *Cartimandua wird von Rom gerettet. Letzte Erwähnung ihres Namens in den historischen Aufzeichnungen Venutius tritt ihre Nachfolge als König an.* |
| *71–73/74* | *Quintus Petillius Cerialis Statthalter von Britannien. Irgendwann während seiner Regierungszeit wird Venutius besiegt, zu dem es keine weiteren Überlieferungen gibt.* |

Zehn Jahre später waren Wales und ein Großteil Nordenglands in römischer Hand. Aber nur bis Anfang des fünften Jahrhunderts.

# Anmerkung der Autorin

Mit jedem Buch, das ich schreibe, wird mir deutlicher bewusst, wie sehr ich Menschen verpflichtet bin, die mir ihre Zeit widmen und mir mit Rat und Tat zur Seite stehen. Das ist bei diesem Roman nicht anders. Von den vielen, die mir geholfen haben, möchte ich zuallererst Annie McBrearty für unsere Brainstorming-Sitzungen in Wester Ross danken während der Zeit, als ich an dieser Geschichte zu arbeiten begann. Wie in jedem Buch möchte ich auch in diesem betonen, dass nichts und niemand in dieser Geschichte Ähnlichkeiten mit irgendeiner lebenden Person hat – in diesem Fall insbesondere nicht mit jemandem am Institut für keltische Studien an der Universität Edinburgh! Mein Dank gilt auch Mandy Morton und Jon Hope-Lewis für ihren technischen Sachverstand sowie Jo und Ian McDonald für ihre wunderbare Gastfreundschaft und dafür, dass sie mir den Traprain in all seiner kargen Schönheit zeigten. Dank an Peter Buneman für die geografischen Details und an die Mitglieder des Order of Bards, Ovates and Druids, die mich in den vergangenen Jahren mit ihrer Weisheit vertraut machten und mich auf meiner eigenen spirituellen Reise begleiteten. An Nick Kerr und A. J. Hope-Lewis, die – als meine Besuche in Ingleborough aller Gebete und Opfergaben zum Trotz kein einziges Mal von einem Sonnenstrahl gesegnet wurden – an einem Tag, an dem dann tatsächlich doch die Wolkendecke aufriss, dorthin fuhren, Videoaufnahmen für mich machten und mich vom Gipfel aus anriefen (ja, ihr Handy funktionierte wirklich!) und meine Fragen über den Blick von dort oben beantworteten. Sie leisteten herausragende Arbeit, und das mit Begeisterung. An Lis Redfearn, die mich mit den Wundern von Shiatsu vertraut machte und meinen geplagten Körper vor dem entsetzlichen RSI-Syndrom bewahrte. An Rachel Hore für ihre unendliche Geduld und ihr klares Denken, an Carole

Blake für ihre Unterstützung und ihre Begeisterung und an Lucy Ferguson für ihr scharfes Auge. Und vor allem Dank an Pat Taylor, die mir ihr geliebtes Yorkshire zeigte und mit nie erlahmendem Humor mit mir durch die Moore und Täler streifte, die Geister aufstöberte und die atemberaubenden Kulissen dieser Geschichte erforschte.

Wie immer habe ich mir gewisse Freiheiten herausgenommen, in diesem Fall mit der Geografie Yorkshires, aber auch mit den Namen meiner Gestalten aus den Annalen von Wales, Irland und Schottland. Im Gegensatz zu Viv allerdings erhebe ich auch nicht den Anspruch akademischer Korrektheit. In Ermangelung schriftlicher Zeugnisse muss man sich mit der Fantasie, mit Träumen und Eingebungen bescheiden, so dubios sie auch sein mögen! Leider erschien mir die Heldin des Romans nicht, um mich zu retten, außer in ein oder zwei wilden, wunderbaren Träumen, aber ich vermute und hoffe, dass auch dieser kurze Kontakt bedeutet, dass sie mir ihren Segen gibt. Was Einzelheiten und historische Tatsachen betrifft, so habe ich mich nach Kräften um Genauigkeit bemüht, doch letztlich haben wir es hier im Großen und Ganzen mit einer prähistorischen Zeit zu tun. Vor allem aber ist dieser Roman Fiktion. Dies ist der richtige Zeitpunkt und Ort zu gestehen, dass es meines Wissens keine Verbindung zwischen Cartimandua und Ingleborough gibt. Wir wissen weder, zu welchem Stamm sie gehörte, noch ob sie Nachkommen hatte, und obwohl über ihr Leben weitaus mehr bekannt ist als über das ihrer sehr viel berühmteren Zeitgenossin Boudicca, bleibt sie uns dennoch ein Rätsel.

Leserinnen und Leser, die sich für die historisch erwiesenen Tatsachen über Cartimandua interessieren, verweise ich auf die Quellen der römischen Geschichtsschreibung.

Was die Wahrheit über ihr Leben angeht, müssen wir die Archäologie und die Orakel befragen.

Der Rest ist Schweigen.